KB163280

폭풍의 언덕

Wuthering Heights

세계문학전집 118

폭풍의 언덕

Wuthering Heights

에밀리 브론테

김종길 옮김

민음사

차례

1장

1801년, 집주인을 찾아갔다가 막 돌아오는 길이다. 이제부터 사귀어 가야 할 그 외로운 이웃 친구를. 여기는 확실히 아름다운 고장이다. 영국을 통틀어도 세상의 소음에서 이렇게 완전히 동떨어진 곳을 찾을 수는 없을 것 같다. 사람을 싫어하는 자에게는 다시없는 천국이다. 더구나 히스클리프 씨와 나는 이 쓸쓸함을 나누어 갖기에 썩 알맞은 짝이다. 멋진 친구! 말을 타고 다가가는 나를 보고 그의 시꺼먼 두 눈이 눈썹 아래에서 미심쩍다는 듯이 찌푸려지는 것을 봤을 때, 그리고 내가 이름을 대자 그의 손가락들이 잔뜩 경계하며 조끼 속으로 더욱 깊숙이 들어갔을 때, 내 가슴이 얼마나 그에 대한 호감으로 차올랐는지 그는 상상도 못 했으리라.

"히스클리프 씨지요?" 내가 물었다.

그는 고개만 끄덕였다.

"제 이름은 록우드로, 이번에 새로 세를 든 사람입니다. 도착 즉시 찾아뵙는 것은, 제가 스러시크로스 저택을 빌리고 싶다고 억지를 부려서 거북하지나 않으셨는지 인사 말씀을 드리고자 해서입니다. 어제 전해 들었습니다만 다른 생각이 있으셨다고요."

"스러시크로스 저택은 내 집이오." 그가 약간 놀란 듯이 말을 막았다. "내 힘으로 막을 수 있다면 어떤 사람이라도 나를 성가시게 하게 내버려 두지 않을 거요. 자, 들어오시오!"

그 "들어오시오."라는 말은 이를 악물고 내뱉은 터라 "꺼져 버려라!"라는 투로 들렸다. 게다가 그렇게 말하면서도 그는 기대고 있던 대문을 열려고 하지 않았다. 아마도 나는 상대편이 그런 식이니까 도리어 들어가야겠다는 생각을 했던 것 같다. 그가 나보다 훨씬 무뚝뚝해 보이는 사람이라 더욱 흥미로웠던 것이다.

내가 탄 말이 앞가슴으로 대문을 자꾸 미는 것을 보고서야 그는 비로소 주머니에 꾹 찔렀던 손을 빼고 문에 걸린 사슬을 풀었다. 그러고는 골난 사람처럼 앞서 걸어가다가 안뜰에 들어서자 소리쳤다.

"조지프, 록우드 씨의 말을 몰고 가. 그리고 포도주를 좀 가져와."

이렇게 한 사람에게 두 가지 일을 시키는 것을 보자 '아아! 이 집에는 하인이 한 사람뿐이로군. 디딤돌 틈으로 풀이 자라고, 산울타리를 사람이 손질하는 대신 소가 뜯어 먹는 것도 무리가 아니야.' 하는 생각이 들었다.

조지프는 나이가 지긋하다고, 아니 아주 노인이라고 할 수 있을 것 같았다. 정정하고 근력은 좋지만 아마 굉장히 나이가 많을 터였다.

"아이고, 하나님!" 그가 내 말을 넘겨받으며 몹시 불쾌한 듯 나직한 어조로 중얼거렸다. 그러고 나서 또 씁쓰름한 얼굴로 나를 바라보는 투로 짐작건대, 가엾게도 이 늙은이는 위가 나빠 점심밥을 잘 소화시켜 주십사고 비는 것이지 내가 갑자기 나타난 것이 귀찮아서 하나님을 부르지는 않은 것 같았다.

워더링 하이츠란 히스클리프 씨의 집 이름이다. '워더링'이란 이 지방에서 쓰는 함축적인 형용사로, 폭풍이 불면 위치상 정면으로 바람을 받아야 하는 이 집의 혼란한 대기를 표현하는 말이다. 정말 이 집 사람들은 줄곧 그 꼭대기에서 일 년 내내 그 맑고 상쾌한 바람을 쐬고 있을 것이다. 집 옆으로 제대로 자라지 못한 전나무 몇 그루가 지나치게 기울어진 것이나 태양의 자비를 갈망하듯이 모두 한쪽으로만 가지를 뻗고 늘어선 앙상한 가시나무를 보아도 등성이를 넘어 불어오는 북풍이 얼마나 거센지 짐작할 수 있으리라. 다행히 이 집을 지은 건축가는 이를 감안하여 튼튼히 지었다. 좁은 창들은 벽에 깊숙이 박혀 있고 집 모서리는 크고 울퉁불퉁한 돌로 견고하게 마감되어 있었다.

현관에 들어서기 전에 나는 발걸음을 멈추고 집 정면에, 특히 현관문 주위에 새겨진 수많은 기괴한 조각에 감탄했다. 현관문 위에 부스러져 가는, 사자 몸뚱이에 독수리 머리를 가진 괴물과 알몸뚱이 사내아이의 조각 가운데에서 1500년이라는 연대와 헤어튼 언쇼라는 이름이 눈에 띄었다. 나는 그것에 관해 몇 마디 칭찬하고 퉁명스러운 주인에게 그 집의 간단한 내력을 얘기해 달라고 청하고 싶었지만 문간에 선 그의 태도가 빨리 들어올 게 아니면 나가 버리라는 듯한 눈치인 데다 집 내부를 내가 속속들이 보기 전에 그의 불끈하는 성미를 부채질하고 싶지는 않아 그만두기로 했다.

한 발짝 안으로 들어선 곳이 가족 거실이었고, 거기까지는 현관도 복도도 거치지 않았다. 이 고장에서는 이러한 방을 특히 '하우스'라고 불렀다. 이런 방은 보통 부엌과 응접실을 포함하지만, 워더링 하이츠에서는 부엌을 아주 다른 쪽으로 밀어붙여 버린 것 같았다. 사람들 지껄이는 소리와 부엌살림 덜거덕거리는 소리 정도만 저 안쪽에서 들려왔다. 큼직한 벽난로에는 굽거나 끓이거나 빵을 구운 흔적이 전혀 보이지 않았고, 번쩍이는 구리 냄비와 여과기 따위도 벽에 걸려 있지 않았다. 정작 방 한 귀퉁이에는 커다란 참나무로 만든 시렁에 은주전자와 큰 잔과 커다란 주석 접시가 층층이 천장에 닿을 듯이 여러 줄 쌓여 있어 난로의 불빛과 열을 멋지게 반사했다. 천장은 처음부터 반자가 돼 있지 않아 자세히 쳐다보면 속이 그대로 들여다보이고, 귀리 비스킷과 쇠다리와 양고기, 돼지고기가 듬성듬성 놓인 나무 시렁으로 일부분이 감추어져 있을 뿐이었다. 벽난로 위에는 여러 가지 낡은 구식 총과 말안장에 다는 권총 두어 자루가 걸려 있고, 장식 삼아 야단스럽게 색을 칠한 차 깡통 세 개가 벽 선반에 놓여 있었다. 바닥에는 매끄러운 흰 돌이 깔려 있고, 의자는 등이 높고 초록색으로 칠해진 원색적인 물건들이었다. 그 밖에도 육중한 검은 의자 한두 개가 구석에 놓여 있었다. 찬장 밑 아치 모양으로 된 곳에는 큼직한 밤색 어미 포인터 한 마리가 깽깽거리는 강아지 떼에 둘러싸인 채 누워 있고, 다른 개들은 이 구석 저 구석에서 어슬렁거리고 있었다.

방이며 가구 등속은 투박한 외모, 바지에 각반이나 차야 어울릴 억센 다리를 가진 소박한 북쪽 농부의 것으로는 조금도 이상할 게 없었다. 저녁 식사가 끝날 무렵이면 이 근방 8~10킬로미터 안쪽에서는 어느 집에서나 둥근 탁자 위에 거품이 넘치는 커다란 맥주잔을 앞에 놓고 안락의자에 앉아 있는 농부의 모습을 볼 수 있다. 그러나 히스클리프 씨에게는 그의 거처나 생활 양식과 이상하게 어울리지 않는 데가 있었다. 얼굴은 집시처럼 검지만 차림새와 태도는 신사다웠다. 신사래야 시골 유지 정도의 신사로, 단정하다고는 할 수 없을지 모르나 잘생기고 체구가 곧아서 아무렇게나 하고 있어도 어색하지 않고, 약간 침울한 편이었다. 아마 사람에 따라서는 그가 얼마만큼은 천박한 자존심을 풍기는 이라고 생각할지 모르지만 나는 마음속에 공감하는 바가 있어 전혀 그렇게 생각되지 않았다. 그가 무뚝뚝한 것은 감정을 야단스럽게 드러내 보이는 것, 이를테면 서로에 대한 친밀감을 내보인다든가 하는 것이 싫어서라는 것을 나는 직감으로 알았다. 그는 사랑이라든가 미움의 감정을 똑같이 마음속에 접어 두고 있으면서 한편으로는 사랑을 받는다든가 미움을 사는 것을 대단치 않게 여기리라. 아니, 이건 나의 속단이고, 너무 내 멋대로 그를 생각하는 셈이다. 히스클리프 씨가 알은체하는 사람을 만날 때 몸을 도사리는 데는 나와 전혀 다른 이유가 있을지도 모른다. 나의 성질이 좀 별나다고 해 두자. 내 어머니는 내가 원만한 가정을 이루지 못할 거라고 늘 말씀하셨고, 바로 지난여름만 해도 나는 전혀 그럴 만한 사람이 못 된다는 것을 스스로 드러내 보이고 말았다.

날씨 좋은 한 달을 해변에서 즐기는 동안, 나는 정말 매혹적인 아가씨와 만나는 사이가 되었다. 그쪽에서 나를 알은체하지 않는 동안에는 내 눈에 정말 여신 같은 아가씨였다. 나는 이른바 사랑한다는 말을 입 밖에 내어 한 적이 없었다. 그래도 눈이 말을 할 수 있다면, 아무리 어리석은 바보라도 내가 제정신이 아니었음을 짐작했으리라. 드디어 그녀도 내 마음을 알게 되었고 나를 돌아다보게 되었다. 이 세상에 다시없을 귀여운 눈길이었다. 그런데 나는 어떻게 했던가? 부끄러운 말이지만 마치 달팽이처럼 냉랭하게 움츠러들어서 그녀의 눈길이 닿을 때마다 더욱 싸늘히, 더욱 멀찍이 물러섰다. 결국 그 순진한 아가씨는 가엾게도 자신이 잘못 짐작했다고 생각하고는 어쩔 줄 몰라 하며 그녀의 어머니를 졸라 해변을 떠나고 말았다.

이런 별난 성격 때문에 내가 일부러 매정스럽게 군다는 소문이 나고 말았는데, 이 소문이 얼마나 부당한지 아는 사람은 오직 나뿐이다.

나는 집주인이 벽난로의 받침돌 있는 데로 다가오자 그 반대편 끝에 앉아서 한동안의 침묵을 메우기 위해 어미 개나 쓰다듬어 주려고 했다. 그러자 개가 새끼들을 떼어 놓고 내 다리 뒤로 늑대처럼 기어올라서는 잇몸을 드러내고 흰 이빨 사이로 침을 흘리면서 당장이라도 물어뜯을 것처럼 굴었다.

내가 쓰다듬자 개는 길게 목구멍소리로 으르렁거렸다.

"그 개는 내버려 두는 게 좋을 거요." 히스클리프 씨는 개가 더 사납게 덤비지 못하게 발길로 툭 차면서 개와 함께 으르렁대듯 말했다. "그놈은 귀염을 받아 본 일이 없거든. 애완용으로 기른 게 아니니까."

이렇게 말하고 나서 그는 옆문으로 성큼성큼 걸어가더니 다시 소리를 질렀다.

"조지프!"

조지프는 지하실에서 뭐라고 중얼거렸으나 올라오는 기척이 없었다. 그래서 주인이 지하실로 내려갔고, 나는 그 사납게 생긴 암캐와, 아까부터 그놈과 함께 나의 일거일동을 심술궂게 감시하던 험상궂은 털보 셰퍼드 두 마리와 마주 앉아 있게 되었다.

그놈들에게 송곳니로 물어뜯기고 싶지 않아 나는 가만히 앉아 있었다. 그러다가 제까짓 것들이 말없이 업신여겨도 알 턱 있겠냐는 생각에서 경솔하게도 내 멋대로 그 세 놈에게 눈을 깜박거리기도 하고 얼굴을 찌푸리기도 했는데, 내 찌푸린 얼굴이 암놈의 비위를 몹시 거슬렀던지 놈이 갑자기 발칵 성을 내며 두 무릎에 덤벼들었다. 나는 그놈을 냅다 떠밀고는 냉큼 탁자로 막아 놓았다. 이 조치가 벌집을 온통 쑤셔 놓은 결과를 낳고 말았다. 대여섯 마리나 되는 네 발 돋친 마귀들이 큰 놈, 작은 놈, 늙은 놈, 어린 놈 할 것 없이 굴속에 숨어 있다가 튀어나왔으니 말이다. 내 발꿈치와 코트 자락이 주로 놈들의 공격 대상인 모양이었다. 나는 쇠 부지깽이를 들고 솜씨껏 큰 놈들을 막아 내면서 이 소동을 가라앉히기 위해서 누구든 이 집 사람의 도움을 청하느라고 소리치지 않을 수 없었다.

히스클리프 씨와 그의 하인은 부아가 날 만큼 꾸물대면서 지하실 계단을 올라왔다. 난롯가에서 물어뜯고 짖어 대는 등 대소동이 벌어졌는데도 그들은 여느 때보다 단 일 초도 더 빨리 움직이는 것 같지 않았다.

다행히 부엌일을 보는 사람 가운데 하나가 좀 더 빨리 와 주었다. 불에 두 볼이 붉게 익은 억센 여자가 옷자락을 걷어 올려 두 팔을 드러내고 프라이팬을 휘두르며 우리 한가운데로 뛰어들었다. 무기를 휘두르고 말로 꾸짖는 그녀의 솜씨가 워낙 훌륭해서 소동은 신기하게 가라앉았고, 주인이 그 자리에 들어섰을 때 그저 강풍이 분 뒤의 바다처럼 그녀가 숨을 몰아쉬면서 서 있을 뿐이었다.

"도대체 어떻게 된 거요?"

나는 엉터리 대접을 받은 참이라 나를 흘겨보며 묻는 주인의 태도를 곱게 참을 수 없었다.

"정말, 도대체 어찌 된 겁니까!" 내가 투덜거렸다. "귀신 들린 돼지들도 댁의 개들보다 성질이 고약하지는 않을 겁니다. 이건 처음 보는 손님에게 호랑이 떼를 안기는 거나 마찬가지지 뭡니까!"

"저놈들은 가만히 놔두는 사람에게는 성가시게 굴지 않소." 하고 말하며 그는 포도주 병을 내 앞에 놓고 탁자를 제자리에 고쳐 놓았다. "지키는 게 개들이 할 일이니까요. 포도주나 한 잔 드시오."

"됐습니다."

"물리지는 않았소?"

"물렸더라면 나도 놈에게 부지깽이 자국이라도 내 주었을 겁니다."

히스클리프 씨가 얼굴을 좀 누그러뜨리며 싱긋이 웃었다.

"자, 자. 좀 당황하셨군, 록우드 씨. 자, 좀 드시오. 이 집엔 찾아오는 사람이 워낙 드물어서 주인이나 개들이나 모두 손님 대접할 줄을 몰라요. 자, 건강을 위하여!"

고개를 숙이고 그가 권한 축배를 들고 나니, 똥개들의 좋지 못한 행실 때문에 시무룩하게 앉아 있는 것도 멋쩍은 일이라는 생각이 들기 시작했다. 게다가 자진해서 상대편의 재밋거리가 되고 싶지는 않았다. 그는 흥미로운 눈치였으니 말이다.

공연히 세입자의 기분을 상하게 하는 것도 어리석은 짓이라는 신중한 생각에서인지 히스클리프 씨는 대명사나 조동사를 생략해 버리는 딱딱한 말투를 조금 부드럽게 바꾸고, 내가 흥미를 가질 만한 화제라고 생각한 듯한 이야기, 말하자면 내가 앞으로 은거할 곳의 장점이라든지 단점 같은 것에 대한 이야기를 꺼냈다.

우리가 얘기한 화제에 있어 그는 매우 똑똑해 보였다. 그래서 나는 집에 돌아가기도 전에 내일 다시 찾아오리라고 스스로 마음먹을 만큼 용기를 얻게 되었다.

그는 분명 내가 다시 나타나지 않기를 바라는 눈치였다. 그렇지만 다시 찾아갈 작정이다. 그에 비하면 나는 얼마나 사교적인가 하는 생각이 들다니 놀라운 일이다.

2장

어제 오후부터 안개가 끼고 추웠다. 나는 히스[1]와 진흙탕을 헤치며 워더링 하이츠로 갈 것 없이 서재의 난롯가에서 오후를 보낼까도 생각했다.

그런데 오찬을 마치고(나는 12시에서 1시 사이에 오찬을 하는데, 애초에 이 집에 딸린 일종의 비품처럼 집과 함께 맡게 된 마나님 같은 가정부는 5시에 정찬을 하면 좋겠다는 나의 생각을 이해하지 못했고, 이해하려고 하지도 않았다.) 서재에서 한나절을 보내야겠다고 느긋하게 생각하면서 계단을 올라와 방에 들어섰는데, 하녀 애가 무릎을 꿇고 빗자루며 석탄통을 사방에 늘어놓은 채 불을 끄느라고 탄재를 산더미처럼 덮어 지독한 먼지

1) 잎이 까칠한 작은 관목.

를 피우고 있었다. 그 모양을 보고 나는 얼른 물러 나왔다. 모자를 집어 쓰고 나와 6킬로미터나 걸어서 히스클리프 씨네 정원 문간에 이르자 때맞춰 피해 오기라도 한 듯 눈보라를 예고하는 눈송이가 깃털처럼 날리기 시작했다.

그 바람받이 언덕배기 땅이 거무스름한 서리로 얼어붙었고, 바람이 어찌나 차가운지 온몸이 떨렸다. 나는 문을 맨 쇠사슬을 풀 수가 없어 뛰어넘었다. 그리고 흩어진 까치밥나무 덤불이 경계를 이루고 늘어선, 디딤돌을 깐 길을 뛰어가서 현관문을 두드렸으나 들어오라는 기척 없이 주먹만 얼얼해지고 개가 짖어 댔다.

'빌어먹을 사람들 같으니…….' 나는 마음속으로 소리를 질렀다. '이따위로 푸대접을 하니 언제까지나 외톨이로 살 만도 하지. 나 같으면 적어도 대낮에 빗장을 걸어 놓지는 않겠어. 알 게 뭐야. 들어가 봐야지!'

이렇게 결심하고는 손잡이를 꽉 쥐고 세게 흔들었다. 얼굴을 찡그린 조지프가 헛간의 둥근 창문으로 머리를 내밀었다.

"뭣 땜에 그러쇼?" 그가 소리쳤다. "주인은 양 우리에 가셨소. 그 양반에게 할 얘기가 있거든 헛간을 뺑 돌아가쇼."

"집 안에는 문 열어 줄 사람이 아무도 없단 말이오?" 나도 여봐란듯이 딱딱 을러댔다.

"마님밖에 없소. 날이 저물도록 그렇게 소란을 피워도 그분은 문을 열어 주지 않을 거요."

"아니, 내가 누구인지 그분에게 알려 줄 순 없나, 조지프?"

"내가 알 게 뭐요! 난 그런 일엔 상관 않소이다." 그는 이렇게 중얼거리며 내밀었던 머리를 도로 넣어 버렸다.

눈발이 심하게 몰아치기 시작했다. 내가 다시 한번 흔들어 보려고 손잡이를 잡았을 때, 겉옷도 입지 않고 쇠갈퀴를 어깨에 멘 젊은 사람이 내 뒤에 나타났다. 그가 내게 따라오라고 소리쳤다. 빨래하는 곳과 석탄광, 펌프와 비둘기 집이 있는, 돌을 깐 곳을 지난 다음 우리는 마침내 내가 전에 안내받았던 널찍하고 훈훈한 방에 이르렀다.

그 방은 석탄과 토탄과 나무를 함께 지핀 큼직한 벽난로의 불기운으로 기분 좋게 따뜻했다. 그리고 저녁 식사가 푸짐하게 놓여 있는 식탁 가까이 그 '마님'이 앉아 있는 것을 보고 나는 기뻤다. 그녀는 그 집에 있으리라고는 미처 예상치 못한 인물이었다.

나는 인사를 하고서 그 부인이 앉으라는 말을 하리라 생각하고 기다렸다. 그러나 그녀는 의자에 기대앉은 채 나를 쳐다보고는 꼼짝하지 않고 입도 떼지 않았다.

"날씨가 사납군요. 외람된 말씀입니다만 히스클리프 부인, 댁의 하인들이 느림보인 통에 문이 배겨 나지 못하겠던데요. 그들에게 들리도록 문을 두드리느라고 애를 먹었습니다."

그녀는 입을 열지 않았다. 나는 그녀를 유심히 쳐다보았고 그녀 또한 나를 응시했다. 하여튼 그녀가 냉정하고 알은체도 하지 않는 태도로 나를 보는 것이 몹시 거북하면서도 기분 나빴다.

"앉으시오, 주인이 곧 돌아올 테니까." 젊은이가 무뚝뚝하게 말했다.

나는 앉아서 헛기침을 하고는 그 영악한 주노라는 개를 불렀다. 그놈은 두 번째로 만나는 내 낯이 익다는 표시로 꼬리를 살짝 흔들어 보였다.

"그놈 잘생겼군. 부인, 이 녀석들을 나누어 주실 생각이 있으신지요?" 내가 다시 말을 걸었다.

"그 개들은 제 것이 아니에요." 귀여운 안주인이 히스클리프 씨보다도 퉁명스럽게 쏘아붙였다.

"아, 부인께서 좋아하시는 아이들은 이쪽에 있나 보지요!" 내가 고양이 따위들로 가득한, 구석진 데 놓인 방석을 돌아보면서 말을 이었다.

"참 별난 것도 좋아하시네요." 그녀가 비웃듯이 대꾸했다.

재수 없게도 그것은 죽은 토끼들을 쌓아 놓은 더미였다. 나는 다시 한번 헛기침을 하고는 의자를 난로 쪽으로 당겨 놓고 궂은 저녁 날씨 이야기를 또다시 꺼냈다.

"나오지 않으셨더라면 좋았을 걸 그랬지요?" 그녀는 이렇게 말하고 일어서서 화덕 선반에서 칠을 한 차통 두 개를 집으려 했다.

그녀가 지금까지 앉았던 자리는 불빛에 가려 있었다. 그제야 나는 그 얼굴과 용모를 뚜렷이 볼 수 있었다. 몸은 호리호리하고 아직 처녀다운 티가 가시지 않은 듯했다. 그토록 아름다운 자태와 기막히게 예쁜 얼굴은 여태껏 본 적이 없다. 오밀조밀한 이목구비, 희디흰 살결, 곱다란 목덜미에 흩어져 있는, 황갈색이라기보다는 금빛이 나는 곱슬머리와 두 눈은 표정만 상냥했던들 사람을 매혹했을 것이다. 다정다감한 나의 마음을 위해서는 다행스럽게도 그녀의 눈이 나타내는 감정이란, 그 눈매에는 이상하게도 어울리지 않게, 경멸과 절망 사이를 방황하는 것 같았다.

차통은 그녀의 손에 닿을락 말락 했다. 나는 도우려는 몸짓을 해 보였다. 그러자 그녀는 마치 수전노가 돈을 세고 있을 때 다른 사람이 도와주려 하면 기겁하듯 나를 돌아다보았다.

"도와주시지 않아도 돼요. 저 혼자서도 내릴 수 있으니까요." 그녀가 말했다.

"실례했습니다." 나는 얼른 대답했다.

"차를 드시러 오라고 초대받으셨나요?" 그녀가 말쑥한 검은 옷에 행주치마를 두르고 주전자에 차를 한 숟가락 퍼 넣으려고 선 채로 다그쳐 물었다.

"한 잔 주시면 좋겠군요." 내가 대답했다.

"초대받으셨나요?" 그녀가 다시 물었다.

"아닙니다." 나는 살짝 미소를 띠면서 말했다. "초대를 해 주셔야 할 분은 부인이시죠."

그녀는 차고 숟가락이고 할 것 없이 내동댕이치듯 치워 버리고 샐쭉해져서 의자에 도로 앉았다. 이맛살은 찌푸리고 붉은 아랫입술은 울상을 한 어린애처럼 삐죽 내밀고 있었다.

그러는 동안 그 젊은 사나이는 아주 초라한 겉옷을 걸쳐 입고 불 앞에 서서 마치 아직 풀지 못한 사무친 원한이라도 있는 듯이 나를 흘겨보고 있었다. 나는 그가 하인인지 아닌지 의심하기 시작했다. 의복이나 말씨가 모두 거칠어서 히스클리프 씨 내외에게서 볼 수 있는 의젓함이라고는 전혀 없었다. 숱 많은 갈색 곱슬머리는 헝클어졌는데도 손질하지 않은 채였고, 곰처럼 구레나룻이 턱을 덮었으며, 손은 볼품없는 노동자처럼 그을어 있었다. 그렇지만 몸가짐은 거리낌이 없어 거만할 지경이었고, 안주인의 시중을 드는 하인의 부지런함이라고는 전혀 찾아볼 수 없었다.

그의 신분에 대해 명료한 결론을 얻지 못할 바에는 괴상한 거동에 신경 쓰지 않는 게 상책이라고 생각했다. 오 분쯤 지나서 들어온 히스클리프 씨가 이 어색한 상황에서 어느 정도 나를 해방해 준 셈이었다.

"약속대로 찾아왔습니다." 내가 기분 좋은 체하면서 소리 높여 말했다. "그런데 날씨가 이래서야 한 반 시간은 꼼짝할 수 없을 것 같은데요. 물론 그동안 머무르게 해 주실 수 있다면 말입니다만……."

"반 시간이라고요?" 그가 옷에 묻은 눈을 털면서 물었다. "심한 폭설 속에서 산책하려고 일부러 때를 골라잡으신 것 같구려. 진흙탕에서 길을 잃을 위험이 있다는 것을 모르시오? 이런 날 저녁에는 이 근방 지리를 잘 아는 사람들도 길을 잃기 일쑤요. 게다가 지금 같아선 날씨가 좋아질 기미도 없단 말이오."

"댁의 젊은 친구들 가운데 한 사람쯤은 길잡이로 저를 도와줄 수 있겠죠? 그러면 내 집에서 아침까지 머물게 해 드릴 수 있습니다. 한 사람 빌려주실 수 있을까요?"

"아니, 그럴 수 없소."

"허, 그것참! 그렇다면 혼자 어떻게 해 볼 수밖에 없군요."

"흥."

"차를 끓이는 거요?" 초라한 겉옷을 입은 젊은이가 나를 흘겨보던 시선을 젊은 부인에게 돌리며 다그쳐 물었다.

"저분에게도 차를 드리는 건가요?" 그녀가 히스클리프에게 물었다.

"준비나 하지 못해!" 하고 대답하는 말투가 하도 거칠어서 나는 깜짝 놀랐다. 그 말투에서 고약한 천성이 드러나 보였다. 다시는 히스클리프를 멋진 친구라고 부르고 싶지 않아졌다.

차 준비가 끝나자 그는 "자, 의자를 앞으로 당겨 앉으시오." 하면서 나에게 청했다. 그 촌티 나는 젊은이도 우리와 함께 식탁에 둘러앉았으나 차를 마시는 동안 딱딱한 침묵만 깃들 뿐이었다.

내가 이 우울한 분위기를 만든 원인이라면 이를 없애는 일이 나의 의무라는 생각이 들었다. 그들이라고 해서 날마다 이렇게 험상궂고 말없이 지낼 리는 없다. 아무리 성미가 고약해도 모두 이렇게 찌푸리는 것이 평소의 얼굴일 수는 없다.

"참 이상하지요." 나는 차를 한 잔 마시고 한 잔을 더 따라 드는 사이에 말을 시작했다. "습관이라는 것이 우리의 취미나 관념을 만들어 버리니까요. 당신처럼 이렇게 세상과 완전히 떨어져서 외따로 사는 생활에 행복이 있으리라고 생각할 사람은 많지 않을 겁니다, 히스클리프 씨. 하지만 이렇게 가족에게 둘러싸여, 그리고 또 이렇게 귀여운 부인에게 집안과 마음을 다스리게 하고……."

"귀여운 부인이라니?" 그가 거의 악마와 같은 비웃음을 흘리며 말을 가로막았다. "어디에 있단 말이오, 나의 귀여운 아내가?"

"히스클리프 부인, 그러니까 선생의 부인 말입니다."

"원, 아, 그렇군. 당신은 집사람이 죽어서 수호신이 되어 워더링 하이츠의 살림을 지켜 준다는 말을 하려는 거요? 그런 거요?"

큰 실수를 한 것을 알아차리고 나는 수습해 보려고 했다. 부부라기엔 나이 차이가 너무 크다는 것을 눈치챌 수도 있었으리라. 한쪽은 마흔 살쯤 되었는데, 그 나이의 남자들은 분별이 있어 여간해서 젊은 처녀에게 빠져 결혼한다는 생각을 하지 않으며 그러한 꿈은 노년기의 위안으로나 미루어 두는 법이다. 그런데 또 한쪽은 열일곱 살도 돼 보이지 않았다.

이런 생각이 불현듯 떠올랐다. '내 옆에서 대접으로 차를 마시며 씻지도 않은 손으로 빵을 먹고 있는 저 촌스러운 녀석이 그녀의 남편일지도 모르지. 히스클리프의 아들인 것은 말할 것도 없고. 그렇다면 이건 생매장이라도 당한 꼴이군. 달리 더 나은 남자들이 있다는 건 까맣게 모르고 저런 촌뜨기에게 몸을 맡겼으니! 가엾군. 하지만 내가 나타났기 때문에 그녀가 남자를 잘못 택했다고 후회하지는 않도록 조심해야지.'

이런 생각이 건방져 보일지 모르나 사실은 그렇지도 않았다. 내 옆의 친구는 밉살스러울 정도였다. 그런데 지금까지 겪어 봐서 아는 일이지만 나는 꽤 매력 있는 편이다.

"당신이 말하는 히스클리프 부인이란 내 며느리요." 하고 히스클리프가 말한 것으로 보아 내 추측이 틀림없음을 알 수 있었다. 그는 그렇게 말하면서 야릇한 표정으로 그녀 쪽을 보았다. 그의 안면 근육이 다른 사람들과 달리 그의 심중을 나타내지 못할 정도로 비뚤어진 것이 아니라면 그것은 미워하는 표정이었다.

"아, 그렇군요. 이제야 알겠습니다. 당신이 바로 저 인자한 여성의 남편이었군요." 나는 내 옆의 친구를 돌아보면서 말했다.

이렇게 말한 것이 도리어 사태를 악화했다. 그 청년은 얼굴이 새빨개지면서 치고 덤비기라도 할 기세로 주먹을 불끈 쥐었다. 그러나 그는 곧 진정하고 나에 대해 지독한 욕지거리를 중얼거리는 것으로 격분을 참았지만 나는 애써 모르는 척했다.

"추측이 틀렸소! 우리 두 사람 어느 쪽도 당신이 말하는 착한 여성의 주인이 아니오. 그 주인은 죽고 없소. 내가 내 며느리라고 했으니 그럴 법도 하지요. 저 아이가 내 아들과 결혼한 것은 사실이지만."

"그럼 이 젊은이는?"

"물론 내 아들이 아니오!"

히스클리프는 자기를 그 퉁명스러운 녀석의 아비로 보는 것은 좀 지나친 농담이라는 듯이 다시 웃음을 띠었다.

"내 이름은 헤어튼 언쇼요." 젊은이가 으르렁대듯 말했다. "그러니 내 이름을 우습게 여기면 안 된단 말이오!"

"우습게 여긴 적은 없는데." 하고 대답하면서 나는 그가 자기 이름을 대며 보인 위엄을 속으로 비웃었다.

그가 너무 오랫동안 나를 빤히 쳐다봐서 나는 적당히 얼굴을 돌렸다. 자칫하면 그 녀석의 귀퉁이를 갈겨 주든지 아니면 깔깔 웃어 주고 싶어질지도 모르기 때문이었다. 나는 그토록 재미없는 가족 틈에 끼어 있는 것이 아무래도 어색한 느낌이 들기 시작했다. 음산하고 불유쾌한 분위기가 점점 두드러져서 주위의 따뜻하고 아늑한 방 분위기도 아무 소용 없어지고 말았다. 이런 식이라면 세 번째 방문은 잘 생각해 봐야겠다고 마음먹었다.

식사는 끝났고, 사교적인 말 한마디 하는 이가 없었다. 나는 날씨를 살피러 창가로 갔다.

바깥 날씨는 아주 나빴다. 여느 때보다 일찍 어둠살이 잡히고, 바람과 눈발이 한꺼번에 매섭게 회오리치는 가운데 하늘과 언덕을 분간할 수도 없었다.

"이래서야 길잡이 없이는 집으로 돌아갈 수 없겠군." 하고 탄식하지 않을 수 없었다. "길은 이미 눈에 묻혔을 테고, 설사 묻히진 않았더라도 한 치 앞도 내다볼 수 없을 텐데."

"헤어튼, 양 열두 마리를 헛간으로 몰아넣어. 밤새 우리에 두었다간 묻혀 버리겠어. 판자나 한 장 앞에 막아 둬." 히스클리프가 말했다.

"저는 어쩌지요?" 내가 점점 초조해하면서 말을 이었다.

내 질문에는 아무도 대답하지 않았다. 돌아다보니 조지프가 개한테 주려고 죽을 한 통 들여오고 있었고, 히스클리프 부인은 차통을 제자리에 갖다 놓으면서 불 위쪽으로 몸을 기울이고는 마침 벽난로 위 시렁에서 떨어진 한 묶음의 성냥을 심심풀이로 태울 뿐이었다.

조지프가 죽통을 놓고는 방을 유심히 한 번 둘러보고 갈라진 목소리로 지껄여 댔다.

"다들 밖으로 나가 버렸는데, 왜 할 일 없이 서 있나 몰라! 하지만 당신은 쓸모없는 사람이니 말해 봤자 소용없지. 그렇다고 버릇이 고쳐지진 않을 테니. 당신 어미처럼 바로 악마에게 잡혀가는 거지!"

한순간 나는 내게 하는 욕지거리라는 생각에 화가 머리끝까지 치밀어 올라 그 늙은 악한을 문밖으로 걷어찰 작정으로 다가섰다.

그런데 히스클리프 부인의 대답이 나를 말린 셈이 되었다.

"되지못한 늙은 철면피야! 악마의 이름을 말하면 그대로 끌려간다는데 무섭지도 않아? 나를 건드리는 건 삼가는 게 좋을 거야. 그러지 않으면 악마한테 특청해서 당신을 잡아가게 할 테니까. 가만있어. 이봐, 조지프." 그녀가 말을 이으면서 시렁에서 길쭉하고 까만 책을 한 권 끄집어냈다. "내가 얼마나 마술에 익숙해졌는지 보여 주지. 머지않아 마술에 통달할 거야. 그 붉은 암소가 죽은 것도 우연이 아니야. 당신 신경통도 하나님의 뜻이라고 생각했다면 잘못이야!"

"에이, 망측해! 하나님 아버지! 우리를 악에서 건져 주옵소서!" 늙은이가 신음하는 소리로 말했다.

"안 돼, 빌어먹을 늙은이 같으니! 당신은 하나님이 버린 사람이야. 썩 비켜! 비키지 않으면 단단히 혼내 줄 테니까! 밀랍과 진흙으로 온통 본을 떠 버리겠어. 내가 정해 놓은 걸 맨 처음 깨뜨리는 자는, 어떻게 된다고 말은 않겠지만, 곧 알게 될 거야! 썩 꺼져 버려. 내가 지켜볼 거야!"

이 귀여운 마녀가 아름다운 눈에 짐짓 악의를 띠자 조지프는 정말 무서워 벌벌 떨면서 기도하더니 "망측해."라고 소리지르면서 허둥지둥 나가 버렸다.

나는 그녀의 행동이 따분해서 친 장난에 지나지 않는다고 생각했다. 게다가 이제 우리 두 사람만 남았기에 그녀로 하여금 내 고민에 관심을 갖게 하려고 애썼다.

"히스클리프 부인. 성가시게 해서 미안합니다만 당신의 미모라면 마음씨가 곱지 않을 수 없겠군요. 제가 집으로 돌아가는 길을 알 수 있게 무슨 표지가 될 만한 것을 가르쳐 주세요. 부인이 런던에 가는 길을 모르듯 저도 어떻게 집으로 돌아갈지 전혀 모르겠군요."

"오신 길로 해서 가세요." 그녀는 이렇게 대답하고 초 한 자루를 들고 그 길쭉한 책을 펴 놓고 의자에 앉았다. "간단한 충고지만 그 이상 확실한 충고를 드릴 수 없답니다."

"그렇다면 제가 늪이나 눈구덩이에 빠져 시체로 발견됐다는 소식을 들어도 부인께선 조금도 양심의 가책을 느끼지 않을 거라는 겁니까?"

"어째서 제 잘못이겠어요? 동행을 해 드릴 수는 없어요. 이 집 사람들이 저를 담 밖으로 내보내지 않으니까요."

"부인께서 동행을 하시다니요. 이런 날 밤에 집 밖에 나오시라고 청하는 것도 제 양심으로는 할 수 없는 일이지요. 저는 길을 가르쳐 주십사 하는 거지 안내를 해 달라는 게 아닙니다. 그게 아니면 히스클리프 씨에게 말씀드려서 길잡이를 한 사람 붙여 주셔도 좋겠습니다."

"누구를 붙여 달란 말씀이에요? 여기 있는 사람이라고는 그 사람과 언쇼, 질라와 조지프 그리고 저뿐인데. 그중에 누구를 원하시는 거죠?"

"농장에 젊은 사람들은 없습니까?"

"없어요. 지금 말씀드린 사람이 전부인걸요."

"그렇다면 하루 묵고 갈 수밖에 없겠군요."

"그건 주인어른과 상의해 보세요. 저는 뭐라고 말씀드릴 수 없으니까요."

"이번 일을 교훈 삼아 경솔히 이 언덕에서 돌아다니지 않는 게 좋을 거요." 하고 부엌 현관에서 히스클리프의 엄한 목소리가 울려 왔다. "여기서 잔다고 하지만 손님을 위한 공간은 없으니, 만약 자야겠다면 헤어튼이나 조지프와 침대를 같이 써야 하오."

"전 이 방에 있는 의자에서도 잘 수 있습니다." 하고 내가 대답했다.

"아니, 안 되오! 부자든 부자가 아니든 낯선 사람은 낯선 사람이오. 내가 보고 있지 않을 때 누구라도 이 집 안을 맘대로 돌아다니게 할 수는 없소!" 그 무례한 사내가 말했다.

이렇게까지 모욕을 당하고 나도 더는 참을 수 없었다. 나는 싫은 소리를 하면서 그의 옆을 지나 뜰로 나섰으나 서두르다가 그만 언쇼와 부딪쳤다. 하도 어두워서 출구도 보이지 않았다. 그렇게 헤매는 동안 이 집 사람들이 서로 얼마나 예의 바른가 보여 주는 또 하나의 표본과 같은 대화를 들었다.

처음에는 그 젊은이가 내 편을 드는 것 같았다.

"내가 함께 숲 있는 데까지 가지요." 그가 말했다.

"아예 함께 지옥에라도 가지!" 그의 주인인지 무슨 관계인지 알 수 없는 사내가 소리쳤다. "그러면 말은 누가 돌보란 거야, 응?"

"한 사람의 생명을 위해 하루 저녁쯤 말은 내버려 두어도 괜찮지 않나요? 하여튼 누군가는 가야 해요." 히스클리프 부인이 뜻밖에 친절하게 중얼거렸다.

"당신 명령으로는 가지 않아!" 헤어튼이 비꼬았다. "그 사람이 소중하거든 잠자코 있을 일이지."

"그런 소리 하면 그이가 죽어서 유령이 되어 당신을 찾아올 거야. 그리고 아버님에게는 그 저택이 폐허가 될 때까지 다시는 세 들 사람이 없을 거예요!" 그녀가 앙칼지게 대답했다.

"들어, 들어 봐요. 모두를 저주하고 있소." 조지프가 중얼거렸다. 그때 나는 조지프에게 가고 있었다.

그는 그들의 말소리가 들리는 곳에 앉아서 초롱 불빛 아래 우유를 짜고 있었다. 나는 아무 말 없이 그 초롱을 집어 들고 내일 돌려보내겠다는 말을 던지고는 가장 가까운 뒷문 쪽으로 달음질쳤다.

"주인님, 주인님. 저이가 초롱을 훔쳐 갑니다!" 그 노인이 내 뒤를 따라오며 소리쳤다. "어이, 내셔! 멍멍아! 울프! 저자를 잡아라, 잡아!"

작은 문을 열자 털북숭이 개 두 마리가 내 모가지에 덤벼들어 나를 넘어뜨리고 초롱불도 꺼 버렸다. 그때 히스클리프와 헤어튼이 함께 웃는 소리가 들려왔다. 나는 모욕감과 분노가 머리끝까지 치밀었다.

다행히 개들은 나를 산 채로 잡아먹기보다는 앞발을 쭉 뻗고 하품을 하고 꼬리라도 흔들고 싶은 듯이 보였다. 그러나 내가 일어날 여유는 주지 않았다. 나는 그놈들의 악랄한 주인들이 구출하러 올 때까지 누워 있을 수밖에 없었다. 모자도 날아간 채 분노로 몸을 떨면서 나는 "일 분만 더 나를 이대로 두기만 해 봐."라고 앞뒤가 맞지 않는 복수의 위협을 몇 마디 뇌까리며 그 악한들에게 나를 어서 풀어 내라고 명령했다. 내 위협의 말인즉 그 한량없이 깊은 적의가 리어 왕의 절규를 방불케 했다.

격분한 탓에 나는 코피를 심하게 흘렸다. 그런데도 히스클리프는 껄껄 웃고 있었고, 나는 계속 고래고래 고함을 질렀다. 만약 그 자리에 나보다 냉정하고 그 집주인보다 인자한 사람이 없었더라면 그 장면이 어떻게 끝났을지 알 수 없다. 바로 그 사람은 건장한 가정부 질라였다. 마침내 그녀가 무슨 소동인가 하고 나타났던 것이다. 그녀는 누가 내게 난폭한 짓을 했다고 생각한 모양이었다. 그러나 감히 주인에게 덤빌 수는 없고 해서 젊은 녀석에게 퍼부어 댔다.

"자, 언쇼 도련님. 다음엔 어쩔 작정이에요! 바로 우리 집 문간에서 사람을 죽이려는 거예요? 이 집은 내가 있을 곳이 못 되나 봐. 저 불쌍한 젊은 분을 봐요, 숨이 막힐 지경 아니에요. 가만있어요, 가만히! 정말이지 그렇게 떠들고만 있을 일이 아니에요. 들어오세요. 내가 치료해 드릴 테니. 자, 자, 가만히 있어요."

이렇게 말하면서 그녀는 내 목덜미에 얼음물을 한 그릇 확 끼얹고는 나를 부엌으로 끌고 들어갔다. 히스클리프도 따라왔으나, 아까는 웬일로 웃나 싶던 사람이 어느새 평소의 침울한 표정으로 되돌아가 있었다.

나는 몹시 아프고 현기증이 나서 까무러칠 것만 같았다. 그리하여 그 집에서 잘 수밖에 없었다. 그는 내게 브랜디를 한 잔 주라고 질라에게 말하고 안방으로 들어가 버렸다. 질라는 내가 당한 봉변을 위로해 주고 주인이 시킨 대로 브랜디를 주었고, 내가 약간 원기를 회복하자 잠자리로 데려다주었다.

3장

앞장서서 계단을 올라가면서 그녀는 내게 촛불을 숨기고 소리 내지 말라고 일러 주었다. 내가 잘 방에 대해 주인이 이상한 생각을 가지고 있어 누구도 순순히 그 방에 재우지 않는다는 것이었다.

나는 그 이유를 물었다.

그녀는 자기도 모른다고 대답했다. 그녀가 그 집에서 산 지는 두어 해밖에 되지 않았고, 집에 하도 이상한 일이 많아서 일일이 호기심을 가질 수도 없다는 것이었다.

나 자신도 너무 어리둥절해서 미심쩍다는 생각을 할 겨를도 없이 문을 닫아걸고는 침대는 없나 하고 둘러보았다. 가구라고는 의자 한 개와 옷장 하나 그리고 침대 위쪽에 마차의 창 비슷하게 사각형으로 도려낸 큼직한 참나무 창틀이 있을 뿐이었다.

가까이 가서 안을 들여다보니 가족 한 사람 한 사람이 방을 하나씩 차지할 필요를 없애기 위해서 매우 편리하게 꾸민 별난 종류의 구식 침상이 있었다. 사실 그것은 작은 침실을 이루고 있었고, 그 안의 창턱 선반은 탁자로 쓰였다.

나는 판자로 된 옆면을 열고는 촛불을 들고 들어가서 그 판자를 다시 닫고 이제는 히스클리프와 그 밖의 어떤 사람의 눈에도 띄지 않으리라 생각하고 마음을 놓았다.

나는 창턱에 촛불을 놓았다. 그 한쪽 구석에는 곰팡이가 핀 몇 권의 책이 쌓여 있었고, 그곳은 페인트를 긁어서 쓴 글자투성이였다. 글자들은 크고 작은 갖가지 모양으로 같은 이름을 되풀이해서 쓴 것으로, '캐서린 언쇼'라는 이름이 군데군데 있는가 하면 '캐서린 히스클리프'가 되었다가 '캐서린 린튼'이 되어 있기도 했다.

하염없는 기분으로 창에 머리를 기대고 캐서린 언쇼, 히스클리프, 린튼이라는 철자를 계속 더듬다가 눈이 감겼다. 그러나 오 분도 채 못 되어서 어둠 속에서 흰 글자들이 유령처럼 또렷이 떠오르기 시작했다. 허공은 캐서린이라는 글자들로 가득 찼다. 그 눈에 거슬리는 이름을 쫓으려고 일어나 보니 촛불 심지가 낡은 책 하나에 기울어져서 송아지 가죽 타는 냄새가 방 안에 진동했다.

나는 그 심지를 잘라 버리고, 몸이 으스스한 감기 기운과 쉬이 가시지 않는 메스꺼움 때문에 기분이 매우 언짢아져서 일어나 앉았다. 그러고는 약간 타들어 간 큰 책을 무릎 위에 펼쳤다. 그것은 작은 활자로 인쇄된 성경으로 곰팡내가 지독했다. 빈 책장에는 '캐서린 언쇼 장서'라는 글자와 약 이십오 년 전의 날짜가 적혀 있었다.

나는 그 책을 덮고 다른 책도 한 권 한 권 집어 살펴보았다. 캐서린의 장서는 정선된 것이었고, 꽤 닳은 것으로 보아 늘 쓰던 것임을 알 수 있었다. 그러나 그 책들을 꼭 열심히 읽은 것은 아닌 듯했다. 거의 어느 장이나 활자가 찍혀 있지 않은 부분은 조금도 여백을 남기지 않고 빼곡한 펜글씨로 가득 차 있었다.

어떤 것은 독립된 문장이었고, 또 어떤 것은 아이가 서툰 글씨로 휘갈겨 쓴 일기 같았다. 처음 발견했을 때는 마치 보물이라도 본 듯했는데, 빈 페이지 위에 내 친구 조지프를 거칠지만 밉지 않게 썩 잘 그려 놓은 캐리커처가 있어 대단히 재미있었다.

불현듯 캐서린이라는 미지의 여성에 대한 흥미가 생겨 나는 그녀의 읽기 힘든 빛바랜 글자를 해독하기 시작했다.

"지긋지긋한 일요일이다. 아버지가 되살아나셨으면. 힌들리 오빠가 아버지 대신이라니 끔찍하다. 오빠가 히스클리프에게 하는 행동은 잔인하다. H와 나는 반발할 테다. 우리 둘은 오늘 저녁 그 첫발을 내디딘 셈이다.

온종일 비가 퍼부었다. 우리는 교회에 갈 수 없었다. 그래서 조지프가 모두를 다락방에 모아 놓고 설교를 해야 했다. 힌들리 오빠 내외는 밑에서 편안히 불을 쬐고 있는데(둘이서 성경을 읽지 않은 것만은 틀림없다.) 히스클리프와 나와 그 불쌍한 머슴아이는 기도서를 가지고 올라오라는 명령을 받았다. 우리는 곡식 포대 위에 한 줄로 앉혀져서 신음하며 떨고 있었다. 조지프도 떨면 좋겠다고 생각하면서. 그러면 자기 자신을 위해서라도 설교를 짧게 할 테니까. 그러나 터무니없는 생각이었다. 예배는 에누리 없이 세 시간이나 계속됐다. 그런데도 오빠는 우리가 내려오는 것을 보고 '아니, 벌써 끝난 거야?' 하고 소리칠 만큼 뻔뻔스러우니…….

전에 우리는 일요일 저녁에는 떠들지만 않으면 놀아도 괜찮았는데 지금은 조금 웃기만 해도 구석으로 쫓겨난다!

'너는 이 집에 주인이 있다는 걸 잊었니?' 폭군 같은 오빠는 말한다. '나를 골나게 하는 녀석부터 박살 내 주겠어! 절대로 까불고 떠들면 안 돼. 오, 너였어? 프랜시스, 여보, 오는 길에 그놈의 머리카락을 잡아당겨. 지금 그 녀석이 손가락 퉁기는 소리가 시끄러웠거든.'

프랜시스 언니가 그의 머리카락을 힘껏 잡아당겼다. 그러고는 오빠의 무릎에 가서 앉았다. 그들은 그대로 오랫동안 어린애들처럼 둘이서 입을 맞추고 쓸데없는 소리를 주고받았다. 우리까지 낯 부끄러워지는 바보 같은 잡담이었다.

우리는 우리대로 찬장 밑 아치 아래로 기어 들어가서 될 수 있는 대로 편안히 앉아 있었다. 내가 막 우리 앞치마를 한데 연결해서 커튼 대신 드리웠을 때 조지프가 무슨 볼일로 마구간에서 돌아왔다.

그는 내가 만든 커튼을 잡아떼고는 내 뺨을 후려치고 고함을 쳤다.

'주인님의 장례식이 막 끝난 데다 안식일도 아직 지나지 않았고, 복음 소리도 귓전에 남아 있는데 감히 장난을 치다니! 부끄럽지도 않아? 똑바로 앉아, 이 망나니들아. 읽을 생각만 있으면 좋은 책은 얼마든지 있어. 바로 앉아서 너희의 영혼에 대해서나 생각해 봐!'

이렇게 말하면서 그는 낡아 빠진 설교 책을 우리에게 억지로 들리고, 먼 난로의 희미한 불빛에 비춰 읽을 수 있게 우리를 바로 앉혔다.

나는 도저히 그런 식으로 책을 읽고 있을 수는 없었다. 그래서 유익한 책 같은 건 싫다고 말하면서 더러운 책 표지를 찢어 개집으로 던져 버렸다.

히스클리프도 자기 책을 같은 데로 차 버렸다.

그러자 한바탕 소동이 벌어졌다!

'힌들리 도련님!' 우리의 목사님인 조지프가 소리쳤다. '도련님, 이리 와 보세요. 캐시 아가씨가 『구원의 투구』 표지를 떼어 버리고, 히스클리프는 『파멸에의 넓은 길』 1부를 발로 차서 구멍을 뚫어 놨어요. 이런 짓을 하게 두다니 소름이 끼치는군요. 아이고, 어른께서 계셨더라면 제대로 혼을 내셨을 텐데. 이제는 계시지 않으니!'

힌들리 오빠는 난롯가의 낙원에서 달려와 우리 중 한 명은 멱살을 잡고 또 한 명은 팔을 잡아서 둘 다 부엌 안쪽으로 내동댕이쳤다. 거기 있으면 영락없이 악마가 우리를 데려갈 거라고 조지프가 으름장을 놓았다. 그 말을 듣고 우리는 따로따로

구석을 찾아가 악마가 오기를 기다렸다.

나는 햇빛이 들어오게 거실 문을 조금 열어 놓고, 선반에서 이 책과 잉크병을 내려 이것을 쓰면서 이십 분쯤 시간을 보냈다. 그런데 히스클리프가 갑갑해하며, 우유 짜는 여자의 외투를 빌려 뒤집어쓰고 벌판을 뛰어다니자고 했다. 재미있는 생각이다. 그러면 퉁명스러운 영감이 들어와 보고는 정말 자기가 말한 대로 악마가 우리를 데려갔다고 생각할지도 모르지. 빗속에서 뛰어다니더라도 여기보다 습하거나 춥지는 않을 테지."

*

다음 문장이 다른 화제로 옮아간 것으로 보아 캐서린은 그 계획을 실행했던 모양이다. 이번에는 눈물겨운 내용이었다.

"힌들리 오빠가 나를 이렇게 울리리라고 꿈엔들 생각했겠어! 머리가 아파서 베개도 못 벨 지경이다. 울음을 그칠 수도 없다. 불쌍한 히스클리프! 힌들리 오빠는 그를 뜨내기라고 부르면서, 우리와 함께 앉지도 못하게 하고 식사도 같이 못 하게 하겠단다. 그와 내가 함께 놀아도 안 된다고 한다. 만약 그 명령을 따르지 않으면 그를 쫓아내겠다고 위협한다.

오빠는 아버지가 히스클리프에게 너무 잘해 주셨다고 책망한다.(어떻게 감히 그럴 수 있지?) 그리고 히스클리프를 그에게 어울리는 처지로 되돌려 놓겠다고 장담한다."

*

나는 어둠침침한 페이지 위로 꾸벅꾸벅 졸기 시작했다. 내 눈은 펜글씨에서 인쇄된 부분으로 옮아갔다. 붉은 잉크로 쓴 '일흔 번씩 일곱 번 및 일흔한 번째의 처음:[2] 기머든 서프 교회의 제이베스 브랜더럼 목사의 설교'라는 제목이 눈에 띄었다. 나는 반쯤 잠든 채 제이베스 브랜더럼이 그 제목으로 어떻게 이야기했을까 하고 머리를 짜내다가 침대에 누워 나도 모르게 잠이 들어 버렸다.

아, 고약한 차를 마시고 화를 낸 탓이다! 그게 아니면 무엇이 나로 하여금 그렇게도 지긋지긋한 하룻밤을 보내게 했겠는가? 내가 고생이란 걸 안 후로 그날 밤에 비할 만한 밤을 보낸 기억이 없다.

그런 데서 자고 있다는 의식이 채 사라지기도 전에 벌써 꿈을 꾸기 시작했다. 꿈속에서 나는 아침이 되었다고 생각했다. 조지프를 길잡이로 집으로 출발한 참이었던 것이다. 길에는 눈이 몇 자나 쌓여 있었다. 우리가 허우적대면서 걸어가고 있을 때, 조지프가 순례자의 지팡이를 가져오지 않았다며 나를 줄곧 나무라는 통에 나는 지쳐 버렸다. 조지프가 지팡이 없이는 집에 돌아갈 수 없다고 말하고는 손잡이가 묵직한 몽둥이를 뽐내듯이 휘둘러 보였는데 그것을 순례자의 지팡이라고 하는 모양이었다.

---

2) 「마태복음」 18장 21~22절.

그러한 연장을 갖지 않고서는 내 집에 들어갈 수 없다는 것이 순간적으로 터무니없는 일로 여겨졌다. 그러다 문득 다른 생각이 머리를 스쳤다. 내가 지금 집이 아니라 그 유명한 제이베스 브랜더럼 목사가 '일흔 번씩 일곱 번'이라는 성경 구절을 가지고 하는 설교를 들으러 가고 있다는 것이었다. 게다가 조지프와 설교자와 나 세 명 중 어느 누군가가 '일흔한 번째의 치음'의 죄를 범해서 사람들 앞으로 끌려 나가 파문을 당하게 된 것이었다.

우리는 예배당에 도착했다. 내가 산책할 적에 실제로 두세 번 지나친 적이 있는 예배당이었다. 그곳은 두 언덕 사이의 움푹 들어간 곳에 있었다. 들어갔다고 하지만 실은 늪가에 있는 약간 높은 곳으로, 토탄을 머금은 늪의 습기는 그곳에 묻혀 있는 시체의 방부제 기능을 하기에 안성맞춤이라고들 했다. 예배당의 지붕은 지금껏 온전하게 보존되어 있었지만, 목사의 연봉이 불과 20파운드밖에 안 되는 데다 방이 둘밖에 없는 주택도 언제 한 칸밖에 쓰지 못하게 될지 모르는 형편이어서 그곳에서 목사 노릇을 하겠다는 사람은 하나도 없었다. 게다가 그곳 신도들은 목사를 굶겨 죽였으면 죽였지 자기들 호주머니에서는 한 푼도 내줄 생각을 하지 않는다는 소문이 퍼져 있었다. 어쨌든 내 꿈속에서 제이베스 목사는 예배당을 가득 채운 신도들을 향해 설교하고 있었다. 그의 설교는 그야말로 별난 것이었다. 그 설교는 490부분으로 나뉘어 있는 데다 하나하나가 보통의 설교 하나와 넉넉히 맞먹었으며, 또한 하나하나가 별개의 죄를 논했다. 어디서 그런 죄를 찾아냈는지 알 수가 없다. 그는 '일흔 번씩 일곱 번'이라는 문구를 자기 나름으로 해석하면서 신도는 그때그때 다른 죄를 범할 필요가 있다는 듯이 이야기했다.

그 죄라는 것도 정말 기묘해서 전에는 내가 상상도 못 한 것들이었다.

아, 내가 얼마나 지쳤던지. 몸을 비꼬고, 하품을 하고, 꾸벅거리다가 깨어났다. 그러고는 내 몸을 꼬집다가 찌르다가 눈을 비비다가 섰다가 다시 앉았다가, 그러고는 조지프를 쿡 찌르면서 설교가 끝나거든 알려 달라고 부탁했다!

그러나 나는 끝까지 들어야 했다. 드디어 그 '일흔한 번째의 처음'의 죄 이야기에 이르렀다. 그 중대한 순간에 어떤 영감이 불현듯 내 머리를 스쳤다. 나는 벌떡 일어서서 제이베스 브랜더럼이야말로 기독교도로서 용서할 수 없는 죄를 범한 것이라고 규탄하지 않을 수 없었다.

"목사님!" 내가 소리쳤다. "여기 이 예배당에 앉아서 당신이 줄곧 말씀하신 490항목을 참고 들었습니다. 나는 일곱의 일흔 배 번이나 모자를 집어 들고 나가려고 했습니다. 그러나 일곱의 일흔 배 번이나 당신은 터무니없게도 나를 다시 앉혔습니다. 491번째는 너무 심합니다. 나와 같은 욕을 본 여러분, 저 자에게 덤비십시오! 저자를 끌어내서 박살 내어 고향 사람들이 저자를 더는 인정하지 못하게 하십시오!"

"네가 바로 그 죄를 지은 사람이다!" 제이베스가 엄숙한 침묵 끝에 자기 의자에 기대며 외쳤다. "일곱의 일흔 배 번이나 너는 얼굴을 비틀고 하품했어. 일곱의 일흔 배 번이나 나는 내 영혼에게 물어보았어. 보라, 이것이 인간의 약함이로다. 이 또한 용서되기를! '일흔한 번째의 처음'이 왔다. 형제들이여, 기록된 심판을 그에게 행하라. 이러한 영광은 그분의 모든 성자들에게 있는 것이니!"

그 말이 끝나자 거기에 모인 사람들이 저마다 순례자의 지팡이를 쳐들고 내 주위에 무더기로 몰려들었다. 나는 방어할 무기가 없었기 때문에 가장 가까운 데서 가장 영악하게 덤벼드는 조지프의 몽둥이를 빼앗으려 그와 격투를 시작했다. 군중이 밀치락달치락하는 가운데 몇 개의 몽둥이가 날아왔다. 내게 날아온 몽둥이가 다른 사람들의 머리를 쳤다. 순식간에 예배당은 온통 치고받는 소리로 가득했다. 모두 옆 사람에게 덤벼드는 꼴이 되었다. 브랜더럼도 가만히 있을 수 없어 설교단을 수없이 내리쳤다. 울림이 하도 힘차 드디어 나는 잠이 깼다. 정말 이만저만 마음이 놓이는 게 아니었다.

도대체 내게 그러한 소동의 꿈을 꾸게 한 것은 무엇이며 그 소동 가운데 제이베스의 역할을 맡은 것은 무엇이었던가? 그것은 다름 아니라 바람이 울부짖으면서 지나갈 때 전나무 가지가 창살을 때리면서 마른 구과(毬果)가 창유리에 부딪혀 덜거덕거리는 소리였다!

나는 의심쩍어하며 잠시 귀를 기울였다. 그러다가 소리를 낸 것의 정체를 알아차리고는 돌아누워 자다가 또 꿈을 꾸었다. 있을 수 없는 일 같지만 전보다 더욱 사나운 꿈이었다.

이번에는 참나무 침상에 누워 있다는 것을 기억했고, 거센 바람 소리와 눈이 휘몰아치는 소리도 똑똑히 들렸다. 또한 전나무 가지가 되풀이하여 성가신 소리를 내는 것도 들렸으며 그 원인도 정확히 알고 있었다. 그러나 너무 귀찮아서 될 수 있는 한 그 소리를 그치게 하려고 마음먹었다. 그리하여 내가 일어나서 창의 걸쇠를 벗기려고 애쓴 모양이었다. 그러나 그 걸쇠는 걸린 채 백랍으로 봉해져 있었다. 깨어 있을 적에 보았지만 그새 잊어버렸던 것이다.

"저 소리만은 멎게 해야겠어!" 나는 이렇게 중얼거리고는 주먹으로 유리를 깨고 그 성가신 가지를 붙잡으려고 팔을 내밀었다. 그러나 내 손가락에 잡힌 것은 그 가지가 아니라 조그마하고 얼음처럼 싸늘한 손이었다.

악몽같이 몸서리쳐지는 공포가 엄습해 왔다. 나는 팔을 도로 거두려 했다. 그러나 그 손이 붙들고 놓아주지 않았다. 그리고 몹시 구슬프게 흐느끼는 듯한 어린아이의 목소리가 들려왔다.

"들어가게 해 주세요. 들어가게 해 줘요!"

"당신은 누구죠?" 하고 물으면서도 나는 그 손을 뿌리치려고 애썼다.

"캐서린 린튼이에요." 그 소리가 떨면서 대답했다.(왜 린튼이라는 이름이 생각났을까? 린튼이라는 이름보다 언쇼라는 이름을 스무 배는 더 봤을 텐데.) "제가 돌아왔어요. 저는 벌판에서 길을 잃었던 거예요!"

그렇게 말하면서 창을 들여다보는 어린아이의 얼굴이 희미하게 떠올랐다. 겁을 먹은 나는 순간 잔인해졌다. 아무리 뿌리치려 해도 소용이 없기에, 아이의 팔목을 깨진 유리로 끌어당겨 이리저리 문질러 댔다. 그러자 피가 흘러 침구를 적셨다. 아이는 "들어가게 해 주세요!" 하고 울부짖으며 악착같이 내 손을 붙잡고 놓지 않았다. 나는 공포로 미칠 지경이었다.

"내가 어떻게? 들어오고 싶거든 내 손을 놔!" 내가 드디어 말했다.

그러자 그 손이 내 손을 놓았다. 나는 그 구멍에서 내 손을 재빨리 빼내 거기에다 급히 책들을 피라미드 모양으로 쌓아 올리고는 그 애원하는 소리를 듣지 않으려고 귀를 막았다.

십오 분 넘게 귀를 막고 있었던 것 같다. 그러나 다시 손을 뗀 순간에도 그 슬픈 소리는 계속 외치고 있었다.

"가 버려! 이십 년 동안 애걸한대도 들여놓지 않을 테니까!"

"이십 년이에요. 이십 년 동안 떠돌아다니고 있어요!" 하고 그 소리는 탄식했다.

그때 밖에서 약하게 긁는 소리가 나기 시작하더니 쌓아 놓은 책들이 떠밀린 것처럼 움직였다.

벌떡 일어나려 했으나 수족을 움직일 수 없었다. 나는 무서움에 떨면서 미친 듯이 고함쳤다.

정신을 차려 보니 곤란하게도 내가 정말 소리를 지른 모양이었다. 황급한 발걸음이 내 방문 앞으로 다가왔다. 누가 억센 손으로 문을 열었다. 머리맡으로 트인 사각의 창들을 통해 어렴풋이 불빛이 비쳐 들었다. 나는 여전히 덜덜 떨면서 앉아 있었다. 그리고 이마의 땀을 씻었다. 방에 들어온 사람은 주저하는 듯 보였고, 혼자 중얼거렸다.

마침내 그는 대답을 기대하지 않는 것이 분명한 투로 반쯤 속삭이듯 말했다.

"여기 누가 있소?"

나는 내가 있다고 고백하는 것이 상책이라고 생각했다. 히스클리프의 말투임을 알았고, 게다가 만약 잠자코 있다가는 그가 더 안쪽까지 찾아볼지도 모른다는 염려가 언뜻 머릿속에 떠올랐기 때문이다.

이러한 생각으로 나는 돌아앉아 판자 미닫이를 열었다. 문소리에 놀라던 그의 모습이 잊히지 않는다.

히스클리프는 입구 가까이에 셔츠와 바지 차림으로 서 있었다. 들고 있는 촛불에서 그의 손가락으로 촛농이 흐르고 있었고, 그의 얼굴은 그 뒤의 벽만큼이나 창백했다. 참나무 판자 미닫이가 삐걱하고 열리는 첫 소리가 전기 충격처럼 그를 놀라게 했던 것이다. 손에 들었던 초가 몇 자나 떨어진 곳으로 나동그라졌지만 그는 너무 놀라서 다시 집어 들지도 못했다.

"오늘 당신이 재워 주신 사람입니다. 무서운 꿈을 꾸는 바람에 어쩌다가 그만 잠결에 소리를 질러 성가시게 해 드렸군요. 죄송합니다." 나는 더는 그가 겁쟁이라는 것을 드러내서 창피를 주지 않으려고 소리쳤다.

"아니, 제기랄, 록우드 씨로군. 당신 같은 사람은 그냥……." 하고 말하더니 그는 촛불을 가만히 들고 있을 수 없는지 의자 위에 세우면서 다시 내게 말했다.

"그런데 누가 이 방으로 안내한 거요? 누구요? 그따위 것들은 당장이라도 이 집에서 쫓아내야지!" 그가 손바닥에 손톱이 박힐 정도로 주먹을 쥐고, 턱이 덜덜 떨리는 것을 가라앉히려고 이를 갈면서 말했다.

"댁의 가정부인 질라였어요." 하고 나는 대답하고 방바닥으로 뛰어 내려가 급히 옷을 입기 시작했다. "당신이 가정부를 내쫓는다 해도 나는 아무 상관 없소, 히스클리프 씨. 충분히 그럴 만하니. 그녀는 나를 이용해서 이 집에 유령이 나온다는 증거를 하나 더 잡고 싶었던 모양이오. 정말 유령과 악마가 들끓는군요. 당신이 여기를 닫아 두는 것도 확실히 무리가 아닙니다. 이런 곳에서 잠을 재워 준다고 당신에게 감사할 사람은 이 세상에 아무도 없을 거요!"

"도대체 무슨 이야기를 하는 거요?" 히스클리프가 물었다. "그리고 지금 뭘 하는 거요? 이왕 여기서 자게 됐으니 오늘 밤은 여기서 지내시오. 하지만 제발 그런 무시무시한 소리는 지르지 마시오. 목이라도 잘리고 있다면 또 모를까, 그렇게 소란 피우는 것은 용서할 수 없소!"

"그 어린애 귀신이 창으로 들어왔더라면 아마 내 목을 졸라서 죽였을 거요!" 내가 대꾸했다. "당신네 인자하신 조상님들에게 혼나는 것은 이제 죽어도 못 견디겠소. 그 제이베스 브랜더럼 목사는 외가 쪽으로 당신과 친척이 되는 것 아닌가요? 그리고 그 말괄량이인 캐서린 린튼인가 언쇼인가 뭔가 하는 애는 필시 귀신이 바꿔치기한 아이였겠지만, 정말 요망스러운 여자애였소! 그 아이는 이십 년 동안이나 땅 위를 돌아다니고 있다고 했지만, 확실히 그 아이가 저지른 무서운 죄의 대가로는 너무도 당연해요!"

그때 막 생각나기 전까지는 까맣게 잊어버리고 있었지만,

이렇게 말하자마자 그 책에 적혀 있던 히스클리프라는 이름과 캐서린이라는 이름의 관계가 떠올랐다. 문득 나는 경솔했다는 생각이 들어 얼굴을 붉혔다. 그러나 더는 잘못했다는 기색을 드러내지 않고 서둘러 말을 이었다.

"실은 내가 잠들기 전에……." 하고 말하다가 나는 다시 말을 끊었다. "그 낡은 책들을 읽고 있었어요."라고 말할 참이었던 것이다. 그렇게 말한다면 내가 거기에 인쇄된 내용뿐 아니라 펜글씨로 적혀 있는 것까지 알고 있다는 게 탄로 날 판이었다. 나는 생각을 고쳐서 말을 계속했다.

"창턱에 낙서해 놓은 이름을 한 자 한 자 되풀이해서 외우고 있었어요. 마치 수를 세는 사람처럼. 그러다 잠이 들까 싶어서 해 본, 아무 재미 없는 일이었소."

"도대체 어쩌자고 그런 말을 하는 거요!" 히스클리프가 몹시 격분해서 고함을 쳤다. "어떻게 감히 이 집에서, 아니 그런 말을 하다니 이자가 분명 미친 모양이로군." 그러고는 화가 난 나머지 제 손으로 제 이마를 쳤다.

나는 그러한 말투에 화를 내야 할지 변명을 계속해야 할지 알 수 없었다. 그러나 지나치게 흥분한 듯한 그가 불쌍해져서 나는 꿈 이야기를 계속했다. 실제로 그때까지 '캐서린 린튼'이라는 이름을 들은 적은 없지만 그것을 되풀이하여 읽는 동안에 그만 내 상상력이 걷잡을 수 없어져 그 이름의 인상이 한 사람의 모습을 띠게 되었다는 투로 말했다.

내가 말하는 동안 히스클리프는 점점 침대 안쪽으로 꺼지는 듯하더니 마침내 침대에 가려질 정도로 주저앉아 버렸다.

그의 불규칙하고 간간이 끊어지는 숨소리로 보아 극심한 격정을 가라앉히느라 애쓰는 것 같았다.

그러한 그의 마음속 갈등을 눈치채지 못한 척하기 위해서 나는 일부러 계속 부산하게 몸을 움직이며 방 안을 돌아다녔고, 시계를 보고 혼잣말처럼 밤이 긴 것을 푸념했다.

"아직 3시도 안 됐군. 분명 6시는 됐으리라 생각했는데. 이곳에서는 시간이 정지해 버리기라도 한 것 같아. 8시경에 잔 게 틀림없는데."

"겨울에는 언제나 9시에 자고 4시에 일어나지요." 집주인이 신음을 삼키면서 말했다. 그의 팔 그림자의 움직임을 보고 재빨리 눈에서 눈물을 훔치고 있구나 하고 나는 생각했다.

"록우드 씨." 그가 말을 이었다. "내 방에 가셔도 좋소. 이렇게 일찍 내려간다면 방해가 될 뿐이니. 게다가 당신이 어린애처럼 고함을 쳐 놔서 나도 이제 다시 잠들기는 아예 틀려 버렸으니까."

"나도 마찬가지입니다. 날이 샐 때까지 뜰을 거닐다가 돌아가지요. 다시는 찾아오지 않을 테니 걱정하실 필요 없어요. 나도 이제는 시골에서든 도시에서든 사교의 즐거움을 찾겠다는 생각은 완전히 버렸으니까요. 분별 있는 사람이라면 자기 자신과 벗하는 것으로 만족해야겠지요."

"그게 정말 좋은 벗이오!" 히스클리프가 중얼거렸다. "촛불을 들고 아무 데나 가고 싶은 대로 가시오. 나도 곧 갈 테니까. 대신 뜰에는 가지 마시오. 개들을 풀어놓았으니. 거실 쪽은 주노라는 놈이 지키고 있을 게요. 아니, 계단과 복도를 거닐 수

밖에 없겠군. 하여튼 여기서는 나가 주시오. 이 분 후에 나도 갈 테니까.”

시키는 대로 하여튼 그 방에서는 나왔다. 그러나 그 좁은 복도로 가면 어디로 나가는지도 몰라서 가만히 서 있으려다 본의 아니게 집주인의 미신적인 일면을 보게 되었다. 이상하게도 겉보기의 그와는 아주 딴판이었다.

그는 침대에 올라가서 창을 비틀어 열고 당기면서 격정을 걷잡을 수 없었는지 울음을 터뜨렸다.

“들어와! 들어와!” 그가 흐느꼈다. “캐시, 제발 들어와. 아, 제발 한 번만 더! 아! 그리운 그대, 이번만은 내 말을 들어 주오. 캐서린, 이번만은!”

그러나 유령은 유령다운 변덕을 보였다. 나타날 기미가 보이지 않았다. 다만 눈과 바람만 사납게 회오리치며 들어와, 심지어 내가 있는 데까지 불어 들어와 촛불을 꺼 버렸다.

이러한 울부짖음과 더불어 복받쳐 오르는 비통함 속에 쓰라린 고뇌가 있었으므로 나는 불현듯 동정심이 들어 그 어리석은 짓도 그대로 보아 넘겼다. 그러한 것을 엿들은 나 자신에게 화가 날 지경이었고, 바보 같은 꿈 이야기로 고통을 준 것이 난처해서 나는 그 자리를 피했다. 하지만 내 꿈 이야기가 왜 그를 그렇게 슬프게 했는지 알 수 없었다.

나는 조심스럽게 아래층으로 내려갔다. 부엌 안쪽으로 들어서자 한데 긁어모아 둔 불꽃이 남아 있어 촛불을 다시 켤 수 있었다.

재가 있는 곳에서 기어 나와 나를 향해 투덜대듯이 우는 잿빛 얼룩 고양이를 제외하면 주위는 적막했다.

활 모양으로 만들어진 두 개의 벤치가 벽난로를 거의 빙 둘러싸고 있었다. 나는 그중 하나에 몸을 뻗고 누웠고 고양이는 다른 벤치 위로 올라갔다. 누군가가 이쪽으로 오기 전까지 나나 고양이나 꾸벅꾸벅 졸고 있었다. 조지프가 들창을 통해 다락으로 뻗어 있는 사닥다리로 발을 질질 끌면서 내려왔다. 그의 다락방은 그리로 올라가는 모양이었다.

그는 못마땅한 눈초리로 내가 일으켜 놓은 작은 불꽃이 벽난로 앞 철책 사이로 일렁이는 것을 바라보더니, 고양이를 벤치에서 밀쳐 내고는 그 자리에 걸터앉아 8센티미터쯤 되는 파이프에 담배를 쑤셔 넣기 시작했다. 분명 내가 자기 공간에 들어온 것이 입 밖에 내기에도 불쾌할 정도로 불손한 짓으로 보였던 모양이다. 그는 잠자코 팔짱을 끼고는 파이프를 물고 담배를 피웠다.

나는 그가 성가실 것 없이 기분 좋게 담배를 피우도록 내버려 두었다. 마지막 한 모금을 뿜어낸 다음 그는 깊은 한숨을 쉬면서 일어서더니 왔을 때와 마찬가지로 엄숙하게 나가 버렸다.

다음에는 누군가가 더 탄력 있는 발걸음으로 들어왔다. 이번에는 "안녕히 주무셨소?"라고 인사하려고 입을 열었다가 말을 꿀꺽 삼키고는 다시 입을 다물어 버렸다. 헤어튼 언쇼가 눈을 치우기 위해 한구석에서 가래인지 삽인지를 찾으면서 손에 뭔가가 닿을 적마다 나직한 소리로 기도라도 드리듯 욕지거리를 하고 있었던 것이다. 그는 콧구멍을 벌름거리면서 벤치 등받이 너머로 힐끗 넘겨다볼 뿐 나의 짝인 고양이나 나에게 아침 인사를 할 생각은 하지 않았다.

그가 나갈 준비를 하는 것을 보고 이제는 나가도 되겠다고 짐작하고는 딱딱한 잠자리에서 일어나 그를 따라가려고 했다. 그는 이것을 보고, 들고 있던 가래 끝으로 안쪽 문을 툭 치면서 잘 들리지 않는 소리로 어디 가려거든 그리로 가라는 시늉을 했다.

그 문으로 나가자 바로 거실이었다. 거기에는 이미 여자들이 일어나 있었다. 질라는 커다란 풀무로 굴뚝에 불꽃을 불어올리고 있었고, 히스클리프 부인은 난롯가에 무릎을 꿇고 앉아 그 불빛으로 책을 읽고 있었다.

그녀는 눈언저리에 불기운이 닿는 것을 막느라고 손으로 가린 채 열심히 책을 읽고 있는 것 같았다. 불꽃이 날아온다고 가정부를 꾸짖거나 이따금 자신의 얼굴에 버릇없이 코를 문지르는 개를 쫓을 때만 책에서 눈을 뗐다.

히스클리프 또한 거기에 있는 것을 보고 나는 놀랐다. 그는 나를 등지고 불 앞에 서서 불쌍한 질라에게 한바탕 퍼부어 댄 참이었다. 질라는 때때로 일손을 멈추고 앞치마 자락으로 눈물을 닦고는 분에 못 이겨 신음을 내고 있었다.

"그리고 너, 쓸모없는……." 내가 들어갔을 때 그는 예쁜이라든가 겁쟁이 따위같이 악의 없는 말이기는 하지만 글에서는 보통 기호로 나타낼 뿐 잘 쓰지 않는 상소리를 며느리에게 내뱉고 있었다.

"너는 또 하찮은 마술책이나 읽고 있구나! 남들은 일해서 먹고사는데 너는 내 자선 덕분에 살고 있어! 그따위 책은 집어치우고 일거리를 찾아봐. 항상 내 눈에 거슬리는 젓값을 하란 말이야. 알았어? 못난 것 같으니."

"제가 그러지 않겠다고 해 봐야 소용없을 테니 책은 치우겠어요." 젊은 여자가 책을 덮어 의자 위에 던지면서 대답했다. "하지만 뭐라고 하셔도 제가 하고 싶은 일이 아니면 어떤 일도 하지 않겠어요!"

히스클리프가 손을 번쩍 들었다. 그러자 상대편은 그 손의 무게를 잘 알고 있는 듯이 더 안전한 거리로 비켜섰다.

개와 고양이의 싸움 같은 이런 토닥거림을 구경할 생각은 없던 터라 나는 짐짓 불을 쬐고 싶은 듯이, 그리고 중단된 말다툼 같은 것은 전혀 알지도 못한다는 듯이 성큼성큼 앞으로 걸어 나갔다. 두 사람은 그래도 싸움을 계속할 만큼 예의를 모르지는 않았다. 히스클리프는 다시 휘두르고 싶어지지 않도록 양손을 주머니에 쑤셔 넣었다. 며느리는 입술을 샐룩거리고는 멀리 떨어진 자리에 가서, 내가 거기 있는 동안은 그녀가 말한 대로 마치 조상(彫像)처럼 꼼짝도 하지 않았다.

나는 오래 있지 않았다. 그들과의 아침 식사를 사양하고, 날이 새자마자 이제는 맑게 개어 바람도 없는, 보이지 않는 얼음처럼 싸늘한 바깥으로 도망쳐 나왔다.

내가 뜰을 채 빠져나오기도 전에 주인이 뒤에서 나를 불러 세우고 그 벌판을 나와 함께 건너 주겠다고 했다. 그가 따라와 주어서 다행이었다. 등성이 너머는 온통 파도치는 흰빛 바다를 이루고 있었던 것이다. 높아진 곳이나 들어간 곳이 실제 지면의 높낮이와 일치하지 않았다. 적어도 여러 군데 구덩이가 눈에 묻혀 평평해졌고, 전날 걸어오며 보고 기억해 둔 그 주변의 지형에서, 채석장에서 버린 돌 부스러기로 이루어진 둑 같은 것이 송두리째 자취도 없이 사라져 버렸다.

벌판을 다 가도록 길 한쪽에 5~6미터 간격을 두고 일렬로 늘어서 있던 돌들을 보아 두었던 것이다. 그것들은 어두울 때나 지금처럼 눈이 내려 길 양쪽의 깊은 습지와 단단한 길바닥이 구별되지 않을 때 표지 노릇을 하도록 세워진 돌들로, 석회로 하얗게 칠해져 있었다. 그러나 여기저기 더러운 점처럼 솟아 있는 것을 제외하고는 그것들이 있던 흔적은 사라지고 없었다. 그래서 나의 동행자는 내가 꾸불꾸불한 길을 옳게 가고 있다고 생각할 때에도 자주 오른쪽으로 가라든가 왼쪽으로 가라든가 하면서 내게 주의를 줄 필요를 깨달았다.

우리는 거의 한마디도 주고받지 않았다. 그는 스러시크로스의 숲으로 들어가는 곳에서 걸음을 멈추고 거기까지 왔으니 이제 길을 잘못 들지는 않을 거라고 말했다. 우리의 작별 인사는 간단한 고갯짓뿐이었다. 그러고 나서 나는 나의 요량만 믿고 나아갔다. 문지기 집에는 아직 사람이 들지 않은 터였다.

대문에서 저택까지의 거리는 3킬로미터였으나 숲속에서 길을 잃어 눈 속에 목까지 빠지는 통에 아마 6.5킬로미터는 족히 걸었던 모양이다. 그 고생이란 경험한 사람이 아니고는 알 수 없다. 나야 어떻게 헤매었든, 집에 들어섰을 때는 시계가 12시를 치고 있었다. 그러고 보면 워더링 하이츠에서 보통 다니는 길로 1.5킬로미터에 꼭 한 시간씩 걸린 셈이다.

내가 가구처럼 떠맡은 가정부와 그 밑에서 일하는 하인들이 뛰어나와 나를 맞이했다. 그들은 내가 살아 돌아올 거라는 기대를 접었다고 떠들어 댔다. 모두 내가 간밤에 죽었다고 짐작했고, 어떻게 시체를 찾아야 할지 궁리하고 있었다는 것이었다.

나는 그들에게 이제 돌아왔으니 떠들 것 없다고 타일렀다. 그러고는 심장까지 감각을 잃은 채 위층으로 올라갔다. 옷을 갈아입은 뒤 체온을 회복하기 위해 삼사십 분 동안 이리저리 거닐고 나서 따뜻한 난롯불과 원기를 되찾도록 하녀가 끓여 준 뜨거운 커피를 즐길 기력도 없이 고양이 새끼처럼 맥없이 서재로 옮겨 갔다.

4장

인간이란 얼마나 허황한 바람개비같이 변덕스러운 존재인가! 세상과 모든 관계를 끊으려 결심하고 마침내 관계를 가지려야 가질 수도 없는 장소를 발견하여 내 운명에 감사한 나였건만, 약한 인간인 나머지 어두워질 때까지 우울과 고독과의 싸움을 계속하다가 결국은 손을 들지 않을 수 없었던 것이다. 그리하여 가정부인 딘 부인이 저녁 식사를 날라 왔을 때, 살림살이에 필요한 것들에 대한 이야기를 듣고 싶다는 구실 아래 내가 식사하는 동안 옆에 있어 달라고 부탁했다. 그리고 그녀가 타고난 이야기꾼이어서 내 기분을 돋워 주거나 이야기로 나를 잠들게 해 주었으면 하고 바랐다.

"여기서 산 지 꽤 오래됐지요?" 내가 말을 걸었다. "십육 년이라고 했던가?"

"십팔 년이에요. 안주인이 시집오셨을 때 시중을 들려고 왔으니까요. 돌아가신 다음에는 주인께서 가정부로 두셨지요."

"그랬군요."

그러고 나서 잠시 이야기가 끊겼다. 아무래도 그녀는 자신의 이야기가 아니고는 잘 지껄이는 사람이 아닌 모양이었다. 사실 나도 그녀에 관한 이야기는 별로 흥미가 없었다.

그런데 그녀가 주먹을 양쪽 무릎에 얹고 불그레한 얼굴을 찌푸리면서 잠시 생각한 끝에 불쑥 입을 뗐다.

"정말 그 이후로 세상이 많이 달라졌어요!"

"그래. 부인은 세상의 변천을 무던히 보았겠지요?"

"그랬죠. 여러 가지 불행한 일도요."

'옳지, 이야기를 집주인 집안으로 돌리자! 이제부터 시작하기 알맞은 화제로군. 그리고 그 예쁘장한 어린 과부가 이 고장 사람인지, 아니면 아마 대개는 그렇겠지만, 그 무뚝뚝한 토박이 가족이 친척으로 인정하지 않는 타지방 출신인지, 하여튼 그녀의 내력이 궁금하군.' 나는 생각했다.

이러한 생각에서 나는 딘 부인에게 히스클리프가 왜 스러시크로스 저택을 세주고, 위치로 보나 집으로 보나 훨씬 못한 곳에 일부러 살고 있는지 물어보았다.

"그에게 이 저택을 간수할 만한 돈이 없나요?" 내가 물었다.

"돈이야 있지요! 그분 돈이 얼마나 많은지는 아무도 모르는데다 해마다 불어나는걸요. 정말 이보다도 나은 집에 살 만큼 돈이 많아요. 하지만 그분은 엄청난 구두쇠거든요. 설사 스러시크로스 저택으로 이사 올 작정이었더라도 마땅한 세입자가 있다는 말을 들으면 몇백 파운드 더 벌 기회를 절대 놓치지 않을 거예요. 외톨이로 살면서도 그렇게 욕심이 많으니 이상하지요!"

"아들이 하나 있었던 모양이지요?"

"네, 있었어요. 죽었지만요……."

"그리고 그 젊은 부인, 히스클리프 부인이 그의 아들과 사별한 것이오?"

"그래요."

"그 여자는 원래 어디 사람이오?"

"아, 그분은 돌아가신 이 집 주인의 따님이에요. 처녀 때 이름은 캐서린 린튼이고요. 제가 키웠지요. 불쌍한 아씨! 히스클리프 부인이 이리로 옮겨 와서 다시 함께 살았으면 하고 저는 정말 원했어요."

"뭐요, 캐서린 린튼이라고!" 내가 놀라 소리쳤다. 그러나 잠시 생각해 보니 유령으로 나타났던 캐서린은 아니라는 게 확실해졌다. "그렇다면 이 집의 본래 주인의 이름이 린튼이오?"

"그래요."

"그런데 그 언쇼란 누구요? 히스클리프 씨와 함께 살고 있는 헤어튼 언쇼 말이오. 그들은 친척인가?"

"아니에요, 그분은 돌아가신 린튼 부인의 조카인걸요."

"그러면 그 젊은 부인과 사촌 간이란 말이지요?"

"그래요, 게다가 그녀는 자기 남편과도 사촌 간이었어요. 헤어튼 도련님은 이종 사촌이고 그녀의 남편은 고종 사촌이었죠. 히스클리프 씨가 린튼 씨의 누이와 결혼했거든요."

"워더링 하이츠에 있는 집 현관 위에 '언쇼'라는 이름이 새겨져 있던데. 오래된 집안이오?"

"굉장히 오래됐어요. 그리고 헤어튼은 그 집안의 마지막 사람이에요. 마치 캐시가 우리 집, 그러니까 린튼 집안의 마지막 사람인 것처럼. 워더링 하이츠에 가셨던가요? 여쭤봐서 죄송합니다만, 캐시가 어떻게 지내는지 듣고 싶어요!"

"히스클리프 부인 말이오? 매우 건강해 보이고 아주 예쁘던데. 하지만 그리 행복한 것 같지 않았소."

"가엾어라, 그럴 거예요. 집주인은 어떠셨어요?"

"어느 편이냐 하면, 거친 사람이더군요. 딘 부인, 그것이 그 사람 성격 아니오?"

"거칠기는 톱니 같고 여물기는 차돌 같죠! 그분과는 상종 않을수록 좋아요."

"그렇게 사나운 사내가 되기까지는 필경 여러 가지 사연이 많았을 거요. 그 사람 내력에 대해서 아는 게 있소?"

"그야 남의 둥지를 가로채는 뻐꾸기의 내력 같은 거지요. 그 이의 내력이라면 뭐든지 알고 있어요. 다만 어디서 태어났고 부모가 누구였고 맨 처음에 어떻게 돈을 벌었는가 하는 것은 모르지만요. 글쎄, 헤어튼 도련님은 마치 털도 안 난 참새처럼 둥지에서 밀려난 셈이지요! 그런데 어떻게 해서 자기가 속았는지도 모르는 사람은 이 근방에서도 바로 그 불쌍한 도련님 뿐이에요!"

"그럼 딘 부인, 적선하는 셈 치고 내게 그 사람들 이야기를 좀 해 주오. 잠자리에 들어도 잠이 오지 않을 것 같으니까 그대로 앉아서 한 시간쯤 얘기를 해 주오."

"네, 하고말고요! 바느질거리를 가지고 올게요. 그다음에는 원하시는 대로 앉아 있겠어요. 그런데 주인님은 감기가 드셨던데요. 아까 보니까 덜덜 떠시더라고요. 죽이라도 좀 드시고 감기를 몰아내셔야 해요."

그 충실한 가정부가 부산스럽게 방을 나갔다. 나는 불 곁에 더 가까이 쪼그리고 앉았다. 머리가 뜨겁고 몸은 싸늘했다. 게다가 신경과 뇌가 온통 흥분되어 거의 바보가 되어 있었다. 그래서 기분이 나빴다기보다는, 아직도 그렇지만, 오늘과 어제 일들로 심각한 결과나 생기지 않을까 다소 두려웠다.

가정부는 얼마 안 있어 김이 나는 죽 그릇과 바느질 바구니를 가지고 돌아왔다. 그녀는 죽 그릇을 벽난로의 안쪽 시렁 위에 놓고 내가 이렇게도 사교적인 것을 무척 기뻐하면서 의자를 끌어당겨 앉았다.

"제가 이곳에 와서 살기 전에는……." 이야기를 해 달라는 말을 기다리지도 않고 그녀가 이야기를 시작했다.

*

저는 거의 내내 워더링 하이츠에 있었습니다. 제 어머니가 헤어튼의 아버지인 힌들리 언쇼의 유모 노릇을 했기 때문이지요. 그래서 저는 늘 그 집 아이들과 같이 놀았습니다. 심부름을 하거나 건초 만드는 것을 도왔고, 농장에서도 어물거리다가 누가 무엇을 시키면 곧잘 했지요.

어느 갠 여름날 아침, 곡식을 거둬들이기 시작한 때였나 봐요. 큰 주인인 언쇼 씨가 여행 떠날 채비를 하고 아래층으로 내려오셨어요. 조지프에게 그날 할 일을 말씀하시고는 힌들리와 캐시 그리고 저(저는 그 아이들과 함께 앉아서 죽을 먹고 있었거든요.)를 돌아보시면서 아드님에게 말씀하셨어요.

"자, 얘야, 난 오늘 리버풀에 간단다. 무얼 사다 줄까? 무얼 갖고 싶은지 말해 봐. 하지만 작은 물건이라야 해. 걸어갔다 걸어서 돌아올 거니까. 갈 때나 올 때나 97킬로미터나 되거든. 아주 먼 길이지!"

힌들리가 바이올린이 좋다고 말하자 그 어른은 캐시에게도 물으셨어요. 캐시는 여섯 살도 채 안 되었지만 마구간에 있는 말이면 어느 말이라도 탈 수 있었지요. 캐시는 말채찍이 좋다고 했습니다.

그분은 저도 잊지 않으셨어요. 때로는 좀 엄하셨지만 마음이 좋은 분이셨으니까요. 제게는 사과와 배를 호주머니 가득 가져다주겠다고 약속하시고는 당신 아이들에게 입을 맞추고 출발하셨어요.

우리 모두에게는 그분이 안 계신 사흘이 꽤나 오랜 시간처럼 생각됐어요. 어린 캐시는 자주 언제 돌아오시는 거냐고 물었어요. 언쇼 마님은 사흘째 저녁때에는 돌아오시리라 생각하고 저녁 식사를 몇 시간이고 미뤘답니다. 그러나 그분이 돌아오실 기미는 전혀 보이지 않고, 마침내 아이들은 대문까지 달려가 보는 데도 지쳐 버렸지요. 그리고 어두워졌어요. 마님께서는 아이들을 재우고 싶어 했지만 다들 자지 않겠다고 울상을 하고 졸랐어요. 그리고 11시쯤 돼서야 문의 걸쇠를 조용히 올리면서 그 어른이 돌아오셨지요. 그분은 껄껄 웃다가 끙끙 앓다가 하시면서 의자에 털썩 걸터앉아서는 피곤해서 죽을 지경이니 다들 가까이 오지 말라고 하시고 영국을 다 준대도 다시는 그렇게 먼 길을 걷지 않겠다고 하셨어요.

"게다가 막판에는 혼이 났지!" 그분이 둘둘 말아서 끼고 온 외투를 펼치면서 말씀하셨어요. "여보, 부인. 내 평생 그렇게 난처한 일은 없었소. 하지만 당신은 하나님이 주신 선물로 생각하고 받아야 하오. 마치 악마에게서 물려받은 것처럼 얼굴색이 까맣기는 하지만."

우리는 그 주위에 모여 섰답니다. 캐시 아가씨의 머리 너머로 들여다보니 그것은 누더기를 걸친, 더럽고 머리가 새카만 아이였어요. 걸을 수도 있고 이야기할 수도 있을 만큼 큰 아이였고, 사실 그 아이의 얼굴은 캐서린 아가씨보다 더 나이 먹어 보였지요. 그런데도 세워 놓으니까 주위를 빤히 둘러보면서 아무도 알아듣지 못할 이상한 말만 되풀이했어요. 저는 겁이 났고, 언쇼 마님도 그 아이를 당장이라도 창밖으로 내던질 기세였어요. 마님은 정말 펄펄 뛰면서 집에도 먹여 살려야 할 아이들이 있는데 어떻게 그 집시 자식을 집에 데려올 생각이 들었느냐, 그 아이를 어쩔 작정이냐, 미쳤냐고 따지셨어요.

주인어른은 사정을 설명하려고 하셨지요. 하지만 그분은 정말 피로해서 죽을 지경이었고 마님은 딱딱거리고 계셔서 제가 알아들은 이야기는 이것뿐이었습니다. 언쇼 어른께서는 리버풀의 거리에서 그 아이가 먹을 것도 집도 없는 데다 벙어리처럼 말도 못 하는 것을 보고는 누구네 아이냐고 물어보셨대요. 하지만 누구 아이인지 아는 사람은 아무도 없고, 여비도 넉넉지 않은 데다 시간도 부족해서 거기에서 허튼 돈을 쓰기보다는 빨리 집으로 데려오는 게 낫겠다고 생각하셨대요. 그 아이를 발견한 이상 내버려 두고 올 생각은 도저히 나지 않으셨다더군요.

하여튼 결국 마님도 투덜대다가 잠자코 계셨어요. 언쇼 어른은 제게 그 아이를 씻기고 깨끗한 옷을 입혀 아이들과 함께 재우라고 일러 주셨어요.

힌들리 도련님과 캐시 아가씨는 소동이 가라앉을 때까지 옆에서 얌전히 보고 듣고만 있다가 둘 다 약속한 선물이 들어 있나 하고 아버지의 주머니를 뒤지기 시작했지요. 힌들리 도련님은 열네 살 소년이었지만 아버지의 외투 주머니에서 산산이 부서진 바이올린 조각들을 꺼냈을 때는 엉엉 소리 내어 울었어요. 캐시 아가씨는 약속한 말채찍을 잃어버렸다는 말씀을 듣고는 화를 내며 그 바보 같은 어린아이에게 이를 드러내고 침을 뱉었어요. 그러는 통에 버릇을 고쳐 주려는 아버지에게 한 대 톡톡히 얻어맞았지요.

두 아이는 주워 온 아이와 함께 자는 것은 고사하고 한 방에 같이 있는 것조차 반대했답니다. 저도 그들보다 철이 더 들지 않아서 다음 날에는 꺼져 버리기를 바라면서 그 아이를 층계참에 내버려 두었지요. 우연인지 목소리를 듣고 갔는지 그 아이가 언쇼 어른의 방문까지 기어갔던 모양이에요. 그분이 방을 나오실 적에 거기 있었거든요. 당장 그 아이가 어떻게 거기를 갔느냐는 심문이 있었고 저는 고백하지 않을 수 없었어요. 그리하여 비겁하고 인정머리 없다는 이유로 저는 그 댁에서 쫓겨났답니다.

히스클리프는 그렇게 해서 처음 그 집에 오게 되었죠. 제가 쫓겨나기는 했지만 완전히 쫓겨난 거라고 생각지 않고 며칠 후 돌아가 보니 그 아이는 히스클리프라는 이름으로 불리고 있었어요. 어릴 적 죽은 그분 아드님의 이름이었는데, 그 이름이 히스클리프에게 그대로 이름과 성이 되어 버린 거지요.

캐시 아가씨와 그는 벌써 매우 친해져 있었어요. 하나 힌들리 도련님은 그 아이를 미워했고 솔직히 저도 마찬가지였어요. 그래서 우리는 그 아이를 골려 주고 고약하게 굴었어요. 저는 그때까지도 그것이 옳지 못하다는 것을 알 만큼 철이 들지 않았고, 그가 혼이 나는 것을 보셔도 마님께서는 그 아이를 위해서 한마디도 하지 않으셨기 때문이죠.

히스클리프는 무뚝뚝하고 참을성 있는 아이 같았어요. 아마 학대를 받아서 굳세졌겠지요. 힌들리 도련님에게 얻어맞아도 눈 하나 깜짝 않고 눈물 한 방울 안 흘리며 참았고, 저한테 꼬집혀도 마치 자기가 잘못해서 다쳤으니 남을 탓할 수 없다는 듯이 한숨을 들이쉬고는 눈만 끔벅끔벅할 뿐이었어요.

이렇게 히스클리프가 참고 있었기 때문에 언쇼 어른은 언제나 입버릇처럼 아비 없는 불쌍한 자식이라고 부르시고, 당신 아들 힌들리가 괴롭히는 것을 보면 몹시 화를 내셨어요. 그분은 이상하게도 히스클리프를 좋아하셔서 그의 말은 뭐든 믿으셨어요.(아닌 게 아니라 그는 매우 말이 없었고 말하는 것도 대개 진실이었지요.) 그리하여 그분은 지나친 장난꾸러기에 말괄량이여서 귀염을 사지 못하는 캐시 아가씨보다 그를 훨씬 귀여워하셨답니다.

이렇게 해서 처음부터 히스클리프는 집안의 미움을 샀지요. 이 년도 채 못 되어 언쇼 마님이 세상을 떠나셨을 때, 젊은 주인인 힌들리 도련님은 아버지를 자기편이라기보다는 폭군으로 보고 히스클리프를 자기 어버이의 애정과 자신의 특권을 가로채는 사람으로 보게 되었답니다. 그리하여 자기가 손해를 보고 있다고 생각하고는 점점 원한을 품었습니다.

저도 한동안은 그런 그를 동정했어요. 그러나 아이들이 홍역을 앓아 제가 간호하는 동시에 집안 살림도 돌보아야 할 형편이 되자 저는 생각을 바꾸었지요. 히스클리프는 심각할 정도로 아팠어요. 가장 심했을 때는 제가 노상 머리맡에 있어 주었으면 했지요. 제가 무척 친절히 대해 준다고 생각한 모양인데, 제가 어쩔 수 없이 그렇게 해 줘야 했다는 걸 짐작할 만큼 철이 들지도 않았을 테지요. 어쨌든 그만큼 군소리 없이 간호를 받은 아이도 없었던 건 사실이에요. 다른 두 아이와는 너무나 달라서 전처럼 불공평하게 대할 수 없었어요. 캐시 아가씨와 힌들리 도련님은 저를 몹시 괴롭혔지만, 그는 불평 한마디 없이 양처럼 순했어요. 얌전해서가 아니라 강해서 말썽이 없었던 거지요.

히스클리프는 살아났어요. 의사는 제 힘이 컸다고, 잘 돌보았다고 칭찬해 주었답니다. 칭찬을 받으니 기분이 나쁘지 않았고 그것이 히스클리프 덕분이라고 생각하니 그에 대한 감정이 누그러지더군요. 그렇게 해서 힌들리 도련님은 끝까지 자기편이던 저까지 히스클리프에게 빼앗기게 된 거지요. 그래도 저는 히스클리프를 무턱대고 좋아할 수는 없었어요. 지금 돌이켜 보면, 귀염을 받고도 고맙다는 표정 한번 짓지 않는 그 무뚝뚝한 아이의 어떤 점이 좋아서 주인께서는 그렇게도 좋아하시는지 저는 때때로 이상하게 생각했어요. 히스클리프는 은인에게 불손하지는 않았어요. 다만 귀염을 받아도 그것을 느끼지 못할 뿐이었지요. 그러면서도 자기가 주인의 마음을 사로잡고 있다는 것은 빤히 알았고, 자기가 무슨 말을 하기만 하면 그 집 사람들이 자기 뜻대로 해 주지 않을 수 없다는 것도 알았지요.

한 예로, 언쇼 어른께서 언젠가 장에서 망아지 두 마리를 사서 두 소년에게 한 마리씩 주신 일이 생각나네요. 히스클리프가 그중 나은 망아지를 가졌는데, 그 녀석은 얼마 안 가서 절름발이가 되었지요. 이를 알고 그가 힌들리 도련님에게 이렇게 말했답니다.

"말을 바꿔 줘. 내 건 싫어. 바꿔 주지 않으면 네가 이번 주에 나를 세 번이나 때린 걸 네 아버지한테 이르고 어깨까지 멍든 팔을 보여 줄 거야."

그러자 힌들리 도련님은 혓바닥을 내밀어 보이고는 뺨을 후려갈겼어요.

"당장 바꿔 주는 게 좋을 거야. 너는 바꿔 줘야 해. 게다가 내가 맞은 걸 이야기하면 너는 나보다 많이 맞을걸." 그는 문간까지 도망치면서 끝내 우겼습니다.(그들은 마구간에 있었던 것입니다.)

"저리 비켜, 개자식 같으니!" 힌들리 도련님이 이렇게 소리치더니 감자와 건초의 무게를 다는 데 쓰는 저울추를 던지려고 했어요.

"던져 봐. 던지기만 해! 네가 네 아버지만 죽으면 나를 쫓아내겠다고 을러댔다고 이를 테니. 그 말을 듣고 네 아버지가 너를 당장 쫓아내지 않는지 두고 봐." 히스클리프가 가만히 서서 소리쳤어요.

힌들리 도련님은 정말로 저울추를 던졌어요. 히스클리프는 가슴을 맞고 넘어졌지요. 그러나 그는 숨도 쉬지 못하고 하얗게 질려서 비틀거리면서도 곧 일어났어요. 만약 제가 말리지 않았더라면 그는 그대로 주인님께 가서 힌들리가 그렇게 했으니 어떻게 해 달라고 해서 충분히 복수했을 거예요.

"내 망아지 가져, 이 집시 놈아! 그놈 타다가 떨어져서 모가지나 부러져라. 자, 그놈 갖고 지옥에나 떨어져, 이 거지 새끼야! 그리고 내 아버지가 가진 걸 모조리 빼앗아 버려. 단 훗날 네가 마귀 새끼라는 정체만은 보여 드려. 자, 데리고 가. 그놈이 네 골통을 차 버리길 바란다!" 하고 힌들리 도련님이 말했습니다.

히스클리프는 가서 망아지를 풀어 자기 마구간으로 옮겨 놓았어요. 그가 그 망아지 뒤로 돌아가고 있을 때였어요. 힌들리 도련님이 한참 지껄여 댄 다음 히스클리프를 쳐서 말의 발치에 넘어뜨리고는 자기가 바란 대로 히스클리프가 머리라도 차였는지 어쨌는지는 보지도 않고 재빨리 달아났어요.

뜻밖에도 히스클리프는 아무렇지도 않은 듯이 일어나서 그대로 자기가 마음먹었던 일을 해 나갔어요. 안장이고 뭐고 다 바꾸어 놓고는 조금 전에 얻어맞아서 생긴 현기증을 가라앉히느라 짚단 위에 앉아 있다가 집으로 들어갔지요.

그가 멍이 든 것은 말 때문이라고 해 두자고 제가 타이르자 그는 순순히 말을 들었어요. 원하던 것을 가진 이상 그 밖의 일은 아무래도 상관없었던 거지요. 정말이지 그는 그 정도의 일로는 좀처럼 불평을 하지 않아서 저는 그가 진심으로 앙심을 품고 있다고는 생각지 않았어요. 그런데 나중에 이야기를 들으시겠지만 제가 감쪽같이 속았던 거랍니다.

5장

그러는 동안에 언쇼 어른은 몸이 쇠약해지기 시작했어요. 활동적이고 건강한 분이었는데, 갑자기 원기를 잃으셨던 거지요. 난롯가에 앉아 있게만 되신 뒤로는 한심할 정도로 짜증을 잘 내셨어요. 아무것도 아닌 일에 화를 내셨고 당신의 권위가 조금이라도 무시되었다 생각하면 발작을 일으키실 정도였지요.

그분이 귀여워하던 그 아이를 누가 업신여겨 덤빈다거나 골려 주려고 할 때 특히 그러셨어요. 히스클리프에 대해서 누가 몹쓸 소리라도 하지 않나 하고 성화가 대단했어요. 당신이 히스클리프를 귀여워하니까 다들 미워해서 사사건건 혼내려 든다는 생각이 머리에 박힌 듯했어요.

이는 그 아이에게도 좋지 않았지요. 우리 가운데서도 마음씨가 고운 사람들은 주인어른의 짜증을 듣고 싶지 않아서 히스클리프에 대한 편애를 부채질했고, 그 부채질은 히스클리프에게 오만과 나쁜 성미를 길러 주었으니까요. 그래도 그것은 어느 면에서는 필요했지요. 두 번인가 세 번 힌들리 도련님이 아버지 옆에서 히스클리프를 경멸하는 모습을 보여서 그 어른을 화나게 했답니다. 그 어른은 지팡이를 들어 도련님을 때리려고 하셨어요. 하지만 그렇게 할 수 없는 데 화가 나서 부들부들 떠셨어요.

마침내 우리의 부목사님(그때 이 고장에는 린튼과 언쇼 집안의 아이들에게 글을 가르치고 작은 땅을 몸소 일궈서 겨우 살아가던 부목사가 있었답니다.)이 힌들리 도련님을 대학에 보내야 한다고 충고해서 언쇼 어른도 동의는 하셨지만 별로 내켜 하시지 않았어요. 그분은 이렇게 말씀하셨지요.

"힌들리는 쓸모없는 놈이니까 어딜 가도 별수 없을 거야."

이제는 편안해지기를 저는 정말 바랐답니다. 주인어른께서 착한 일을 하고도 도리어 고생하셔야 했던 걸 생각하면 마음이 아파요. 그 어른의 노쇠와 병환이 가족 간의 불화에서 생긴 것 같았지요. 그 어른도 그렇다고 말씀하시곤 했지만 실은 역시 몸 자체가 약해졌기 때문이었어요.

캐시 아가씨와 조지프 두 사람만 없었더라면 우리는 그래도 편안히 지냈을 거예요. 주인님도 거기 가셨을 때 조지프를 보셨겠지요. 그 영감은 아직도 필시 그렇겠지만 기막히게 성가시고 잘난 체만 하는 위선자로 언제나 성경 구절을 끄집어내 자기에게만 유리하게 이야기하고 주위 사람들을 저주했지요. 그는 설교와 경건한 이야기에 재주가 있어서 언쇼 어른을 탄복시키곤 했어요. 그래서 주인어른이 쇠약해질수록 더욱더 방자해졌답니다.

주인어른의 영혼 문제라든가 아이들을 엄격히 다스리는 일로 주인어른을 몹시도 괴롭혔지요. 주인어른을 충동질해서 힌들리 도련님을 망나니로 여기게 하고, 밤마다 빠뜨리지 않고 히스클리프와 캐서린 아가씨에 대해 있는 이야기 없는 이야기를 늘어놓으며 투덜댔고, 특히 언제나 캐서린 아가씨를 가장 나쁘게 말해서 언쇼 어른의 약점을 이용하는 것도 잊지 않았지요.

확실히 캐서린 아가씨에게는 어떤 아이한테서도 본 적 없는 별난 버릇이 있었어요. 아가씨는 우리 모두를 하루에 쉰 번 넘게 화나게 했어요. 아침에 아래층에 내려와서 저녁에 자러 갈 시간까지 단 일 분도 아가씨가 일을 저지르지 않으리라고 안심한 적이 없었으니까요. 아가씨는 항상 들뜬 기분으로 지껄여 대고, 노래를 부르다가는 깔깔 웃고, 자기가 하라는 대로 하지 않으면 성가시게 굴었어요. 이렇게 걷잡을 수 없는 말괄량이이기는 했지만 그 근방에서 가장 눈이 아름답고 웃음이 앳된, 발걸음이 가벼운 아가씨였답니다. 그리고 결국 별로 악의도 없었지요. 일단 누구를 울려 놓고도 대개는 그 옆에서 달래느라 붙어 있어서 도리어 아가씨를 위로하기 위해 이쪽에서 울음을 그쳐야 하는 판이었으니까요.

아가씨는 히스클리프를 무척 좋아했답니다. 우리가 아가씨에게 줄 수 있는 제법 큰 벌은 히스클리프와 떼어 놓는 일이었지요. 그럼에도 아가씨는 우리 중 어느 누구보다도 히스클리프 때문에 꾸중을 들었어요.

놀이를 할 때면 어린 안주인 노릇을 무척 좋아해서, 함부로 손을 놀리고 동무들에게 명령하곤 했어요. 제게도 마찬가지였습니다만, 저는 얻어맞거나 명령받는 걸 견딜 수 없어서 번번이 바른말을 하곤 했지요.

그런데 언쇼 어른은 어린아이들의 농담을 이해하지 못하셨고, 아이들에게 언제나 엄격하고 어렵게 대하셨어요. 캐서린 아가씨는 또 아가씨대로 아버지가 병약해지신 뒤부터는 건강하실 때보다 화를 더 잘 내고 참을성이 없어진 걸 이해하지 못했어요.

그분이 화를 내서 꾸짖으면 아가씨는 재미있어했고 그 때문에 그분은 더 화를 내시곤 했지요. 우리가 모두 함께 꾸짖어도 태연히 건방진 얼굴로 척척 말대꾸를 했어요. 조지프가 종교적인 저주를 퍼부어도 그것을 농담으로 치부하고, 저를 골리고, 주인어른이 가장 싫어하는 짓만 골라 했지요. 그분은 정말이라고 생각하셨지만, 아가씨는 일부러 거만을 떨어서 아버지의 친절보다 자신의 거만이 히스클리프에게 더 힘 있다는 걸, 히스클리프가 자기 명령이면 무엇이든 하지만 그분이 시키는 것은 마음 내킬 때만 한다는 걸 보여 주었어요.

아가씨는 온종일 할 수 있는 한 못되게만 굴다가 밤이 되면 때때로 죄를 씻으려 아버지한테 응석을 부리러 가기도 했어요.

"아니야, 캐시. 나는 너를 귀여워할 수 없어. 너는 네 오라비보다도 나빠. 저기 가서 기도드리고 하나님께 용서를 빌어라.

네 엄마와 나는 너 같은 아이를 기른 걸 뉘우치지 않으면 안 될 것 같구나!"

그렇게 말씀하시면 아가씨도 처음에는 울었지요. 그런데 계속 그렇게 푸대접받는 동안에 뻔뻔스러워져서, 제가 옆에서 잘못을 사과하고 용서를 빌라고 하면 도리어 깔깔 웃는 것이었어요.

그러나 드디어 언쇼 어른이 이 세상의 근심을 잊으실 때가 왔지요. 그분은 10월의 어느 날 저녁, 난롯가 의자에 걸터앉은 채 조용히 돌아가셨답니다.

집 주위에서는 거센 바람이 불어 대고 굴뚝 속에서도 바람이 윙윙거리는 날이었지요. 소리는 사나운 폭풍 같았지만 춥지 않았고, 우리는 모두 한데 모여 있었어요. 저는 난로에서 좀 떨어진 곳에서 열심히 뜨개질을 하고 있었고, 조지프는 탁자 가까이에서 성경을 읽고 있었어요.(당시에는 일이 끝나면 하인들은 대개 거실에 앉아 있었으니까요.) 캐시 아가씨는 몸이 불편해서 가만히 있었어요. 아가씨는 아버지의 무릎에 기대어 있었고, 히스클리프는 캐시 아가씨의 무릎을 베고 바닥에 누워 있었지요.

주인어른이 잠드시기 전에 아가씨의 고운 머리를 쓰다듬으며(그렇게 얌전히 있는 것을 보면 그분은 무척 기뻐하셨으니까요.) 말씀하시던 것이 생각나는군요.

"캐시, 너는 왜 항상 이렇게 얌전히 있지 못하는 거냐?"

그러자 아가씨도 그분의 얼굴을 쳐다보고 웃으면서 대답했어요.

“아버지, 아버지는 왜 항상 무섭게만 구시죠?”

그런데 그 어른이 다시 화내는 것을 보고 아가씨는 손에다 입을 맞추고 주무시게 노래를 불러 드리겠다고 했어요. 그러고는 아주 나직한 소리로 노래를 부르기 시작했는데, 이윽고 아가씨가 잡고 있던 어르신의 손이 툭 떨어지며 고개도 앞으로 푹 수그러졌어요. 그래서 저는 아가씨에게 잠이 깨시면 안 되니까 움직이지 말고 잠자코 있으라고 했어요. 우리는 모두 꼬박 반 시간 동안 생쥐처럼 숨죽이고 있었어요. 만약 조지프가 성경을 다 읽고 일어서서 기도를 드리고 주무시도록 주인어른을 깨워야겠다고 말하지 않았더라면 우리는 더 오래 그러고 있었을 거예요. 조지프가 앞으로 다가가서 주인어른을 부르며 어깨에 손을 얹었어요. 그런데 주인어른은 움직이려 하지 않으셨어요. 그래서 조지프가 촛불을 들고 어르신을 살폈지요.

조지프가 촛불을 놓았을 때 저는 뭔가 이상하다는 생각이 들었어요. 그래서 두 아이의 팔을 잡고 “위층에 가서 자요. 큰 소리는 내지 말고요. 오늘 밤엔 둘이서만 기도해도 돼요. 조지프는 할 일이 있으니까요.” 하고 속삭였어요.

“내가 먼저 아버지한테 안녕히 주무시라고 인사드릴 테야.” 캐서린 아가씨는 우리가 말릴 새도 없이 어르신의 목을 껴안고 말했어요.

가엾게도 아가씨는 아버지가 돌아가신 것을 이내 알아차리고 소리를 질렀어요.

“아버지가 돌아가셨어, 히스클리프! 아버지가 돌아가셨어!”

둘은 함께 애절한 울음을 터뜨렸어요.

저도 그들과 함께 소리 내어 몹시 울었지요. 하지만 조지프는 우리에게 천국에서 성자가 되신 분을 두고 그렇게 울부짖으면 되겠느냐고 했어요.

그는 제게 외투를 걸치고 기머튼으로 달려가 의사와 목사님을 불러오라고 했어요. 그때 의사나 목사님이 무슨 소용이 있는지 저는 모르겠더라고요. 그래도 비바람을 뚫고 가서 의사만 데리고 돌아왔지요. 목사님은 다음 날 아침에 오겠다고 했거든요.

사정 이야기는 조지프에게 맡겨 두고 저는 아이들 방으로 달려갔어요. 문이 조금 열려 있어 들여다봤는데, 자정이 지났는데도 자지 않고 있었어요. 하지만 아까보다 차분해져 있어서 제가 위로할 필요는 없었어요. 두 아이는 저 같으면 떠올리지 못할 기특한 생각으로 서로를 위로하고 있었어요. 세상에 어떤 목사님도 그들이 순진하게 이야기하면서 그려 낸 것만큼 아름다운 천국은 그려 내지 못했을 거예요. 저는 흐느끼면서 두 아이의 이야기에 귀를 기울이는 동안 우리도 모두 그런 천국에 갔으면 하고 바라지 않을 수 없었지요.

6장

대학에 다니던 힌들리 도련님이 장례식 때 돌아왔어요. 그런데 우리도 놀라고 이웃 사람들도 여기저기서 수군거렸어요. 도련님이 부인을 데리고 왔던 것이지요.

아씨가 어떤 사람인지 어디 태생인지는 우리에게 알려 주지 않았어요. 아마 자랑거리가 될 만큼 돈이나 이름이 없었던가 보지요. 그렇지 않으면 도련님이 그 결혼을 어르신께 감추었을 리가 있겠어요?

아씨는 자기 때문에 집안을 시끄럽게 할 사람이 아니었어요. 그 집에 들어서자마자 눈에 띈 모든 물건들과, 장례식 준비며 거기 와 있는 문상객들을 빼고는 주위에서 벌어진 모든 일이 흡족한 모양이었어요.

그동안의 거동으로 미루어 보아 그분은 좀 모자라는 것 같았어요. 제가 아이들에게 옷을 입히고 있는데, 자기 방으로 좀 와 달라고 했어요. 그러고는 거기 앉아서 벌벌 떨며 두 손을 맞잡고 거듭 묻는 거였어요.

"다들 아직도 있나요?"

그러고는 검은 상복을 입은 사람들을 보면 무서워 죽겠다며 히스테리에 걸린 것같이 이야기하기 시작했습니다. 그러다가 소스라치게 놀라고 부르르 떨다 나중에는 울음을 터뜨렸지요. 그래서 제가 왜 그러느냐고 물으니 자기도 모르겠다, 다만 죽는 것이 너무 무섭다고 했어요!

하지만 제 생각에 아씨는 저처럼 쉬이 죽거나 할 것 같지는 않았어요. 몸은 좀 가냘픈 편이었지만 젊고 표정은 생생하고 눈은 다이아몬드처럼 반짝였지요. 하지만 계단을 오를 때는 몹시 숨차했고 조금만 갑작스러운 소리가 나도 온몸을 부들부들 떨었으며, 때때로 고통스럽게 기침을 하는 것은 저도 알고 있었어요. 그러나 그런 증세가 무슨 조짐인지는 전혀 알지 못했고 별로 가엾다는 생각도 들지 않았어요. 주인님, 이 고장 사람들은 상대편에서 먼저 이쪽을 좋아하지 않으면 대체로 타지에서 온 사람들을 좋아하지 않는답니다.

그 댁의 젊은 양반은 객지에 나가 있는 삼 년 동안에 상당히 변해 있었어요. 전보다 몸이 여위고 얼굴빛도 나빠졌으며 말씨나 차림새도 아주 달라져 있었어요. 돌아온 바로 그날, 그분은 조지프와 제게 이제부터 부엌 안쪽에서 거처하라면서 거실은 자기가 쓰겠다고 했어요. 실은 작은 빈방에 양탄자를 깔고 도배를 해서 머물고 싶었던 모양인데, 아씨가 거실의 흰 마룻바닥과 따뜻하고 큰 벽난로와 백랍 접시며 도자기들, 개집 그리고 늘 지내는 곳에 이리저리 돌아다닐 넓은 공간이 있는 걸 무척 좋아해서 아씨에게 편하도록 따로 방을 꾸밀 필요가 없었지요.

아씨는 또한 새 가족 중에 시누이가 있는 것을 알고 기뻐했어요. 그래서 처음에는 캐서린 아가씨에게 이야기도 잘하고, 입도 맞춰 주고, 같이 뛰어다니고, 선물도 많이 주었지요. 그러나 그 애정은 오래가지 못했어요. 그리고 힌들리 서방님은 아씨가 골을 내면 포악해졌답니다. 히스클리프가 싫다는 아씨의 한마디만으로도 그 아이에 대한 오랜 미움을 그대로 되살리기에 충분했지요. 서방님은 그 아이를 자기들과 함께 두지 않고 하인들 있는 데로 쫓아 버리고, 부목사님한테 글을 배우지도 못하게 하고, 밖에 나가서 일을 해야 한다고 우겼습니다. 그리고 그 아이에게 농장에서 일하는 여느 젊은이 못지않게 고된 일을 시켰어요.

히스클리프는 처음에는 그렇게 일하는 것을 꽤 잘 견뎠지요. 캐시 아가씨가 배운 것을 그에게 가르쳐 주고 밭에서도 함께 일하거나 놀았기 때문이지요. 그 아이들은 둘 다 들짐승처럼 거칠게 자랄 게 빤했어요. 젊은 주인은 자기 눈에 띄지만 않으면 그들이 어떻게 행동하든, 무슨 짓을 하든 전혀 개의치 않았으니까요. 두 아이가 교회에 나가지 않아서 조지프와 부목사님이 그분의 부주의를 책망하지 않았더라면 일요일에 아이들을 교회에 보내는 일에도 무관심했을 테지요. 그분은 그러한 책망을 듣고 히스클리프에게는 매질을 하고 캐서린 아가씨에게는 점심이나 저녁을 굶으라고 명령했어요.

두 아이에게 가장 즐거운 일 중 하나는 아침에 벌판으로 달아나서 하루 종일 돌아오지 않는 것이었어요. 나중에 벌받는 것쯤은 차차 그저 웃어넘길 일이 되어 갔지요. 부목사님이 벌로 캐서린 아가씨에게 아무리 많은 숙제를 내 줘도, 조지프가 자기 팔이 아프도록 히스클리프를 때려도 두 아이는 다시 함께 있게만 되면, 그리고 적어도 보복 삼아 어떤 못된 계획을 생각해 내기만 하면 모든 걸 까맣게 잊어버렸답니다. 그들이 날로 더 철없어지는 것을 보고 저는 혼자서 숱하게 울었지요. 그러면서도 편들어 주는 사람도 없는 아이들에게 제가 가지고 있는 조그마한 영향력이나마 잃기가 두려워서 감히 잔소리 한마디 할 수 없었어요.

어느 일요일 저녁, 떠들어서 그랬는지 무슨 대수롭지 않은 일로 아이들이 거실에서 쫓겨난 적이 있었어요. 그 뒤 제가 저녁을 먹으라고 부르러 갔는데 아무 데서도 눈에 띄지 않았어요.

우리가 집 안을 위아래 층으로, 뜰로, 마구간으로 다 찾아보았지만 아이들은 보이지 않았어요. 드디어 화가 난 힌들리 서방님은 우리에게 문을 모두 닫아걸라고 하고는 그날 밤 아무도 그 아이들을 집에 들어오게 해서는 안 된다고 했어요.

온 집 안이 잠들었지요. 저는 너무 걱정되어 눕지도 못하고, 비가 오는데도 창을 열어 놓고 무슨 기척이라도 있나 하고 내다보았어요. 그들이 돌아오기만 한다면 비록 주인이 금했지만 들어오게 할 작정이었지요.

잠시 후에 길을 걸어오는 발소리가 들리더니 초롱 불빛이 대문으로 비쳐 들었어요.

저는 숄을 뒤집어쓰고, 아이들이 문을 두드려서 언쇼 씨를 깨우는 일이 없도록 달려갔어요. 그러나 돌아온 것은 히스클리프 혼자뿐이었어요. 그가 혼자 돌아온 것을 보고 저는 깜짝 놀랐지요.

"캐서린 아가씨는 어디 갔어? 사고 난 건 아니지?" 제가 다급히 외쳤어요.

"스러시크로스 저택에 있어." 그가 대답했어요. "나도 있고 싶었는데 그 집 사람들은 예의를 몰라서 내게는 자고 가라고 하지도 않더군."

"아니, 그런 말 하면 꾸중 들어! 쫓겨나야 속이 시원할 모양이네. 도대체 스러시크로스 저택까지 뭐 하러 갔어?"

"젖은 옷이나 벗게 해 줘. 그러고 나서 다 이야기해 줄 테니까, 넬리." 그가 대답했어요.

저는 주인을 깨우지 말라고 그에게 주의를 줬고, 그가 옷을 벗을 수 있게 촛불을 들고 기다리고 있자니 그가 말을 계속했어요.

"캐시와 나는 마음대로 돌아다니려고 빨래터로 해서 도망쳤어. 그랬는데 그 집의 불빛이 언뜻 보이기에, 그 집에서도 일요일 저녁에 어른들은 먹고 마시고 노래하고 웃고 눈알이 탈 정도로 불을 쬐는데 아이들은 구석에 서서 떨고 있나 보고 싶어졌어. 그럴 거라고 생각해? 아니면 설교집을 읽고 머슴한테 교리 문답을 배우다가 옳게 대답 못 하면 사람 이름이 잇달아

나오는 성경 한 대목을 외우라고 할 것 같아?”

“아마 그러지 않겠지.” 제가 대답했어요. “그 집 아이들은 틀림없이 착할 테니까 이 집 아이들처럼 나쁜 짓을 해서 벌을 받지 않겠지.”

“설교는 집어치워, 넬리. 당치 않은 소리야! 우리는 이 언덕 꼭대기에서 그 집 숲까지 쉬지도 않고 달려갔어. 캐서린은 맨발이라 경주에서 졌지. 늪에 빠뜨린 캐서린의 신발을 내일 찾아야 할 거야. 우리는 산울타리에 뚫린 구멍으로 들어가서 길을 더듬거리며 올라가 응접실 창 밑 화단에 심어 놓은 듯이 섰어. 응접실에서 불빛이 새어 나오고 있었어. 그들은 그때까지 덧창도 닫지 않았고, 커튼도 반밖에 쳐 놓지 않았어. 우리는 둘 다 받침돌 위에 서서 창턱을 붙잡고 안을 들여다볼 수 있었지. 들여다보니까, 아, 참 아름답더군. 진홍빛 양탄자가 깔려 있고 의자와 탁자도 진홍빛 보로 씌워져 있고 새하얀 천장은 금빛으로 선이 둘려 있고, 그 한복판에 은사슬로 매단 촛대에는 유리 장식이 쏟아질 듯이 드리워 작은 촛불 빛으로 반짝거리고 있었어. 늙은 린튼 영감과 그 부인은 없었어. 에드거와 그의 누이밖에는. 그들이 어떻게 행복하지 않을 수 있겠어? 우리 같으면 천국에라도 있는 듯한 기분이었을 거야! 자, 당신이 착하다고 말한 아이들이 뭘 하고 있었는지 알아? 이사벨라, 그 아이는 캐시보다 한 살 아래인 열한 살일 거야. 그 애는 방 저쪽 끝에 주저앉아 마치 마귀할멈이 새빨갛게 단 바늘로 찌르기라도 하는 듯 아우성치면서 울고 있었어. 에드거도 벽난로 앞에 서서 소리 없이 울고 있었지. 그리고 탁자 한복판에는 작은 개 한 마리가 앉아서 앞발을 흔들면서 짖어 대고 있었어. 둘이 서로 나무라는 것으로 보아 그 개를 두 동강이 날 만큼 서로 끌어당기고 있었던 모양이야. 바보 같은 것들! 누가 그 푹신하고 따뜻한 개를 껴안을지를 놓고 서로 싸우더니 그다음에는 서로 갖지 않겠다고 우는 게 재미라니! 우리는 그 응석꾸러기들을 소리 내어 웃어 주고 경멸했어! 캐서린이 원하는 것을 내가 빼앗고 싶어 하거나 우리가 방 이쪽저쪽에서 재미로 울부짖고 훌쩍거리며 방바닥에서 뒹구는 걸 당신이라면 봐줄 것 같아? 나는 무엇을 줘도 여기서의 내 처지와 스러시크로스 저택에서의 에드거 린튼의 처지를 맞바꾸고 싶지는 않아. 설사 조지프를 가장 높은 지붕 꼭대기에서 내던지고, 이 집 정면을 힌들리의 피로 칠할 권리를 가질 수 있대도 말이야!"

"쉿! 쉬!" 저는 이야기를 막았어요. "히스클리프, 캐서린 아가씨가 어쩌다 뒤에 남았는지 아직 이야기하지 않았잖아?"

"우리가 웃었다고 했지." 그가 대답했어요. "그 집 아이들이 우리의 웃음소리를 듣고서 의논이라도 한 듯 쏜살같이 문간으로 달려왔어. 잠잠해졌나 싶더니 '오, 어머니, 어머니! 오, 아버지! 오, 어머니! 이리 와 보세요. 아버지, 빨리!'라고 외치는 소리가 들려왔어. 그 아이들은 정말 그런 식으로 아우성을 쳤어. 우리는 더욱더 겁을 주려고 무시무시한 소리를 냈지. 그러다 누군가가 빗장을 열기에 창턱에서 손을 떼고 도망치는 게 좋겠다고 생각했어. 내가 캐시의 손을 잡고 빨리 가자고 재촉했는데 갑자기 캐시가 넘어진 거야.

'도망쳐, 히스클리프, 도망쳐!' 캐시가 속삭이더군. '이 집 사람들이 풀어놓은 불도그가 나를 물고 있단 말이야!'

정말 그놈이 캐시의 뒤꿈치를 물고 있었어. 넬리, 그놈이 흉측스럽게 코를 킁킁대는 소리가 났어. 하지만 캐시는 비명을 지르지 않았어. 그렇고말고. 미친 소의 뿔에 찔렸다 해도 울부짖지 않았을 테니까. 그런데 나는 고함을 질렀어. 이 세상 어느 악마도 무색할 정도로 욕을 해 줬지. 그리고 돌멩이를 집어서 그 개의 입을 틀어막고는 힘껏 목구멍 쪽으로 밀어 넣었지. 막판에 짐승 같은 머슴 놈이 초롱을 들고 와서 소리쳤어.

'꽉 물고 있어, 스컬커, 꽉 물어!'

하지만 스컬커가 물고 있는 캐시를 보고서는 말투가 달라지더군. 목을 졸라 떼어 놓으니까 개는 입에서 큼직한 자줏빛 혓바닥을 한 자나 늘어뜨리고 축 늘어진 입술로는 피 섞인 침을 질질 흘리고 있었어.

그 머슴이 캐시를 부축해 일으키더군. 캐시는 질려 있었는데 무서워서가 아니라 틀림없이 아파서 그랬을 거야. 머슴은 캐시를 집으로 안고 들어갔어. 나는 원수를 갚겠다고 욕을 하면서 따라갔지.

'로버트, 어떤 녀석이야?' 린튼 영감이 현관에서 소리치더라고.

'스컬커가 여자아이를 붙잡았어요.' 머슴이 말했어. '그리고 여기 머슴애도 있습니다.' 하더니 나를 잡으면서 말을 이었어. '아주 가당찮아 보이는 놈이에요! 도둑놈들이 우리가 잠들면 저희 편에게 문을 열게 해서 우리를 단번에 죽여 버리려고 애들을 창으로 들여보내려 한 게 틀림없어요. 아가리 닥쳐, 이 주둥이 더러운 도둑놈아. 이런 짓을 했으니 교수대로 가게 해 줄 테다. 주인어른, 총을 치우지 마세요!'

'치우지 않지, 로버트!' 하고 그 바보 같은 영감이 말하더군. '악한들이 어제가 지세 받은 날이라는 걸 알고 용케 나를 털려고 한 게야. 데리고 들어와, 내가 그 애들을 대접할 테니까. 이봐, 존. 사슬을 걸고 문단속해. 스컬커에게 물을 좀 줘, 제니. 치안 판사 집에, 그것도 안식일에 대담하게 들어오다니! 어디까지 사람을 깔보려는 건가? 여보, 메리, 여기 좀 봐요! 무서워하지 말고. 애 녀석들에 불과하니까. 그런데도 확실히 악당 같은 얼굴을 하고 있군. 이 녀석의 천성이 얼굴뿐 아니라 행실로 나타나기 전에 당장 목을 매달아 죽이는 게 이 고장을 위해서 친절을 베푸는 셈 아니겠어?'

주인은 달아 놓은 촛대 밑으로 나를 끌고 갔어. 그러자 린튼 부인은 코에 안경을 걸치고 무서워서 두 손을 들며 어쩔 줄 몰라 하더군. 겁쟁이 아이들도 살며시 다가왔는데 이사벨라가 이렇게 종알거렸어.

'아이, 무서워! 그 애를 지하실에 가둬요, 아버지. 내가 길들여 놓은 꿩을 훔쳐 간 점쟁이 아들과 아주 비슷해요. 그렇잖아, 에드거 오빠?'

그들이 나를 조사하는 동안 캐시도 그리로 끌려왔어. 캐시는 내가 점쟁이 아들과 똑같다는 말을 듣고는 웃었어. 캐시의 얼굴을 뚫어지게 들여다보고서야 에드거 린튼이 겨우 캐시를 알아보더군. 다른 데서는 좀처럼 만나지 못했지만 교회에서는 우리를 보았으니까.

'이 애는 언쇼 씨네 딸 아냐!' 그가 어머니에게 속삭였어. '봐요, 스컬커한테 물렸네요. 발에서 피가 흘러요!'

'언쇼 씨 댁 따님이라고? 무슨 소리야!' 그 부인이 외치더군. '언쇼 양이 집시와 함께 이 근방을 돌아다니다니! 한데 상복을 입고 있네. 확실히 그래. 그런데 평생 절게 될지도 모르겠구나!'

'저 아이 오라비의 무관심이 틀렸단 말이야!' 린튼 영감이 나를 보다가 캐서린 쪽을 돌아보면서 소리쳤어. '실더스(부목사입니다.)한테 들었는데 그 사람은 저 아이를 완전히 이교도처럼 자라게 둔다는 거야. 그런데 이 녀석은 누구야? 어디서 이 녀석을 친구로 삼았을까, 응! 그래, 이놈이 죽은 언쇼 씨가 리버풀에 갔을 때 주워 온 아이로군. 동인도인이거나 아메리카인 아니면 스페인인이 버리고 간 아이겠지.'

'하여튼 고약한 아이네요.' 늙은 부인이 말했어. '게다가 점잖은 집에 어울리는 아이가 아니에요! 이 아이가 말하는 것 들었어요, 여보? 난 우리 아이들이 들었을까 봐 소름이 끼쳤어요.'

그래서 내가 또 욕을 퍼부어 줬지. 화내지 마, 넬리. 그러자 로버트를 시켜서 나를 데려가게 하더군. 나는 캐시가 안 가면 가지 않겠다고 버텼지. 로버트는 나를 뜰로 끌고 나가서 초롱을 손에 쥐여 주고 내가 한 짓을 언쇼 씨에게 틀림없이 일러 주겠다고 벼르고는 당장 가라면서 문을 다시 걸어 버렸어.

커튼 한쪽이 여전히 올라가 있기에 다시 붙어 서서 안을 엿보았지. 캐서린이 돌아가고 싶어 하는데 그들이 보내 주지 않으면 그 큼직한 창유리를 산산이 부숴 버릴 작정이었거든.

캐시는 소파에 가만히 앉아 있었어. 린튼 부인은 우리가 덮어쓰고 간, 우유 짜는 여자의 회색 외투를 벗기고는 고개를 저으면서 캐시를 타이르는 모양이었어. 캐시는 아가씨니까 나와는 달리 대했지. 하녀가 더운물을 한 대야 가지고 와서 캐시의 발을 씻겨 줬어. 린튼 영감은 큰 컵에 니거스주[3]를 타 주고, 이사벨라는 접시에 과자를 가득 담아 와서 캐시의 무릎에 쏟아 주고, 에드거는 멀리서 입을 벌리고 서서 지켜보고 있었어. 그러고 나서 그들은 캐시의 아름다운 머리를 말려 빗겨 주고, 큼직한 슬리퍼를 신기더니 캐시가 앉은 의자를 불 앞으로 밀고 갔어. 캐시는 과자를 강아지와 스컬커에게 나눠 주고, 그것을 먹는 스컬커의 코를 잡아당겼는데, 매우 유쾌해 보였어. 그것을 바라보는 그 집 사람들의 멍청한 푸른 눈에도 생기가 도는 듯했는데, 말하자면 캐시의 매력적인 얼굴이 그렇게 만든 거였어. 그걸 보고 나는 떠나왔지. 그들은 바보처럼 캐시에게 온통 반했더군. 캐시는 그들보다, 아니 이 세상 누구보다 훨씬 나으니까. 그렇잖아, 넬리?"

"이번 일은 네가 생각하는 것보다 훨씬 더 큰 일로 번질 거야." 저는 이렇게 대답하고는 그에게 이불을 덮어 주고 불을 껐어요. "너는 어쩔 도리가 없어, 히스클리프. 두고 봐, 힌들리 서방님이 어떻든 지독한 짓을 하고 말 테니까."

---

3) 포도주, 따뜻한 물, 설탕, 향료, 레몬 등을 섞어 만드는 음료.

제 말은 제가 생각했던 것보다 더 적중했지요. 그 불행한 모험은 서방님을 펄펄 뛰게 만들었답니다. 그리고 또 린튼 어른이 사과하려고 다음 날 아침 일부러 찾아와서는 젊은 주인에게 집안을 다스리는 도리를 설교하다시피 했기 때문에 힌들리 서방님도 정말로 단속해야겠다고 생각하게 되었지요.

히스클리프는 매는 맞지 않았지만 그때부터 캐서린 아가씨에게 한마디라도 말을 걸면 당장 쫓겨날 판이었어요. 그리고 언쇼 아씨도 시누이가 돌아오는 대로 적당히 감독을 하기로 했어요. 강압적이지 않게, 영리한 방법으로 할 작정이었지요. 무리하게 할 수는 없었을 테니까요.

7장

캐시 아가씨는 크리스마스 때까지 다섯 주를 스러시크로스 저택에서 머물렀답니다. 그동안 뒤꿈치의 상처는 말끔히 나았고 행실도 많이 좋아져 있었지요. 언쇼 아씨는 틈틈이 찾아가 고운 옷을 입히고 구슬리면서 아가씨의 자존심을 자극함으로써 그 성질을 고치려는 계획에 착수했어요. 캐시 아가씨도 좋아했지요. 그리하여 집에 돌아왔을 때는 모자도 없이 우리에게 달려 들어와 모두가 숨도 못 쉬게 얼싸안는 거친 여자애가 아니라 매우 정숙한 아가씨가 되어 예쁘고 까만 조랑말에서 내리는 것이었어요. 깃털 장식이 꽂힌 수달피 모자 밑으로 갈색 고수머리를 늘어뜨리고 긴 모직 승마복을 입고 있었는데, 의젓이 걸어 들어올 양으로 옷자락도 두 손으로 집어 들어야 했답니다.

힌들리 서방님은 아가씨를 말에서 안아 내리고 기쁜 듯이 소리쳤어요.

"아니, 캐시. 너 아주 미인이 됐구나! 못 알아보겠는데, 이제 아주 숙녀 같아. 이사벨라 린튼은 비교도 안 되겠어. 그렇지, 프랜시스?"

"이사벨라는 타고난 바탕이 없는걸요." 아씨가 대답했어요. "하지만 아가씨도 집에 돌아와서 다시 거칠어지지 않도록 조심해야 해요. 엘런, 캐서린 아가씨가 옷 벗는 걸 도와드려. 잠깐 기다려요, 고수머리가 헝클어지겠어. 내가 모자 끈을 풀어 줄게요."

제가 승마복을 벗기자 그 속의 멋진 격자무늬 실크 가운이며 흰 바지며 반들반들한 구두가 눈이 부실 정도였어요. 개들이 반가워 덤벼들었을 때, 아가씨는 기쁜 듯이 눈을 반짝였지만 그 아름다운 옷에 개들이 매달릴까 봐 쓰다듬어 주지도 않았어요.

아가씨는 제게 살며시 입을 맞추고(저는 그때 크리스마스 케이크를 만드느라 온통 밀가루투성이여서 껴안을 수가 없었을 거예요.) 히스클리프가 있는지 주위를 살폈어요. 언쇼 서방님 내외는 그들이 만나는 것을 걱정스럽게 지켜보았어요. 용케 둘 사이를 떼어 놓을 수 있을지 없을지 어느 정도 판단할 수 있으리라 생각했던 거지요.

히스클리프는 처음에는 좀처럼 눈에 띄지 않았답니다. 캐서린 아가씨가 집을 비우기 전에도 히스클리프는 남에게 관심을 두지 않았고 남의 관심을 받아 보지도 못했지만 아가씨가 돌아온 뒤로는 열 배나 더 그랬어요.

그에게 더러운 아이라고 일러 주고 일주일에 한 번은 몸을 씻으라고 말하는 친절을 베푼 사람도 저뿐이었어요. 게다가 그 또래에 비누와 물을 천성적으로 좋아하는 아이는 거의 없는 법이지요. 그러니 석 달 동안이나 진흙과 먼지투성이인 채 갈아입은 적 없는 그의 옷과 제대로 빗지 않은 숱 많은 머리칼은 말할 것도 없고, 얼굴과 손은 기분이 언짢을 만큼 더러웠지요. 머리가 헝클어져서 나타나리라고 생각했던 제 짝이 그렇게도 아름답고 맵시 있는 아가씨가 되어 돌아온 것을 보고 그가 긴 의자 뒤에 숨어 버린 것도 무리는 아니었지요.

"히스클리프 집에 없어?" 아가씨가 장갑을 벗고 아무것도 하지 않고 집 안에만 있어서 기막히게 하얘진 손가락을 내보이며 묻는 것이었어요.

"히스클리프, 나와도 좋아." 그가 난처해하는 것이 재미나고, 얼마나 보기 싫은 부랑배 꼴로 아가씨 앞에 나설지 보고 싶어서 힌들리 서방님이 외쳤습니다. "너도 나와서 다른 하인들처럼 캐서린 아가씨에게 인사드려라."

캐시 아가씨는 숨어 있는 친구를 언뜻 보고는 껴안으려고 달려갔어요. 눈 깜짝할 사이에 예닐곱 번이나 키스를 하더니 멈추고 물러나 깔깔 웃으면서 소리쳤어요.

"아니, 어쩌면 이렇게 시커멓고 무뚝뚝한 얼굴을 하고 있는 거지? 왜 이렇게 우습고 무서운 얼굴을 하고 있을까! 에드거와 이사벨라 린튼을 줄곧 보아 왔기 때문에 그런 걸 거야. 그래, 히스클리프. 나를 잊어버렸어?"

아가씨가 그렇게 묻는 데는 이유가 없지 않았지요. 수치심과 자존심이 그의 얼굴에 이중의 어둠을 던져 그가 꼼짝도 하지 않았기 때문이지요.

"악수해, 히스클리프." 언쇼 서방님이 친절을 베풀듯이 말했어요. "때로 그 정도는 괜찮지."

"싫어!" 그 소년이 드디어 입을 떼어 대답했어요. "나는 웃음거리가 되고 싶지 않아. 그건 견딜 수 없어!"

그리고 그가 자리를 빠져나가려고 했지만 캐시 아가씨가 그를 다시 붙잡았어요.

"너를 비웃으려던 게 아니야. 그냥 어쩌다 웃음이 나왔지. 히스클리프, 그래도 악수는 하자! 뭣 때문에 시무룩한 거야? 네가 이상해 보여서 그랬을 뿐이야. 얼굴을 씻고 머리를 빗으면 괜찮을 텐데. 하지만 지금은 너무 더러워!"

아가씨는 잡고 있던 그 거무스레한 손가락을 걱정스러운 듯이 내려다보고 자기 옷도 살펴보았어요. 히스클리프의 옷에 닿아서 더러워지지나 않았나 생각한 거죠.

"나를 굳이 만질 필요는 없었어!" 히스클리프가 캐시의 눈치를 알아차리고 손을 빼면서 대답했어요. "앞으로도 내 마음 내키는 대로 얼마든지 더럽게 할 테야. 나는 더러운 게 좋아. 그래서 일부러 더럽게 하는 거라고."

그렇게 말하고 그는 주인 내외가 껄껄대고 캐서린 아가씨가 몹시 난처해하는 동안에 쏜살같이 밖으로 뛰어나갔어요. 아가씨는 자기가 한 말에 그가 어째서 뛰쳐나갈 만큼 화를 내는지 이해할 수 없었지요.

돌아온 아가씨의 시중을 든 뒤 저는 과자를 오븐에 넣고 크리스마스이브답게 거실과 부엌에 불을 잔뜩 지펴 훈훈하게 만들고 나서 편히 앉아 크리스마스 캐럴을 부르며 혼자 즐기려고 했어요. 조지프는 제가 즐겨 부르는 즐거운 노래는 보통 노래와 별로 다를 것이 없다고 놀렸지만 저는 그런 것쯤 아무렇지도 않았어요.

조지프는 벌써 자기 방에 틀어박혀 혼자 기도를 드리고 있었어요. 언쇼 서방님 내외는 신세 진 데 대한 보답으로 린튼 씨 댁의 자제들에게 보내라고 캐서린 아가씨를 위해 사 온 여러 가지 싸구려 물건들을 내보이면서 아가씨의 관심을 사려 했지요.

서방님 내외는 린튼 씨 댁 자제들을 다음 날 워더링 하이츠에 초대하여 승낙도 받았지만 거기에는 한 가지 조건이 붙어 있었어요. 린튼 부인이 자기네 아이들이 그 '입버릇 사나운 장난꾸러기'와 놀지 않게 주의를 시켜 달라고 한 것이었지요.

이러한 사정으로 저는 혼자 남아 있었어요. 술에 향료를 넣어 데우는 냄새가 진하게 났지요. 반짝이는 주방 용구와 호랑가시나무로 장식한 반들거리는 시계, 향료를 넣어 데운 맥주를 저녁 식사 때 따를 수 있게 쟁반 위에 놓아둔 은잔, 무엇보다도 제가 특별히 손질하여 티 하나 없이 깨끗이 닦고 말끔히 쓸어 놓은 마룻바닥을 저는 뿌듯하게 바라보았어요.

마음속으로 그 하나하나에 박수를 보내고 나자 전에 이렇게 모든 것을 깨끗이 해 놓을 때면 언쇼 어른이 들어오셔서 저에게 바지런한 여자애라면서 크리스마스 용돈으로 1실링짜리 은화를 손에 살짝 쥐여 주시던 생각이 났어요. 그러자 그 분이 히스클리프를 좋아하신 일과 당신이 돌아가신 다음에 히스클리프가 푸대접을 받지는 않을까 염려하시던 일들 또한 생각났어요. 그런 생각을 하니 자연히 그 불쌍한 소년의 지금 처지가 생각나서 노래를 부르다가 갑자기 울고 싶어졌어요. 하지만 눈물을 흘리느니 그 아이가 받는 푸대접이 조금이라도 덜해지도록 노력하는 것이 현명한 일이라는 생각이 떠올랐지요. 저는 일어나서 그를 찾으러 안뜰로 걸어 나갔어요.

그는 멀리 가지는 않았더군요. 마구간에 새로 들여놓은 조랑말의 윤기 흐르는 털을 쓸어 주고, 언제나 그랬듯이 다른 말들에게도 먹이를 주고 있었어요.

"빨리 해, 히스클리프! 부엌이 참 아늑하고 좋아. 조지프는 위층에 올라갔고. 빨리 해. 그러면 캐시 아가씨가 나오기 전에 깨끗하게 옷 입혀 줄 테니까. 둘이 함께 앉아 난로를 실컷 차지할 수도 있고 잘 때까지 오래도록 이야기할 수도 있잖아."

그는 계속 말을 돌보면서 제가 있는 쪽으로는 얼굴도 돌리지 않았어요.

"어서 와. 올 거지?" 제가 계속 말했습니다. "둘이 먹어도 넉넉할 만큼 과자도 있어. 하지만 옷을 갈아입으려면 반 시간은 걸릴 거야."

오 분쯤 기다렸지만 대답이 없기에 저는 들어왔어요. 캐서린 아가씨는 오빠와 올케와 함께 저녁 식사를 했어요. 저는 조지프와 같이 먹었지만 그쪽에서 잔소리를 하면 이쪽에서도 퉁명스럽게 대꾸하고 해서 자리가 서먹해졌지요. 히스클리프 몫의 과자와 치즈는 요정들에게라도 준 듯이 밤새도록 식탁에 남아 있었어요. 그는 9시까지 이래저래 일을 계속하고는 말없이 무뚝뚝한 표정으로 자기 방으로 들어가 버렸어요.

캐시 아가씨는 새 친구 맞을 준비를 여러 가지 하느라 늦게까지 앉아 있었어요. 옛 친구와 이야기를 나누려고 부엌에도 한 번 들렀지만 그는 가 버린 뒤였고, 아가씨는 그에게 무슨 일이 있냐고만 묻고는 도로 들어갔지요.

다음 날 아침에 히스클리프는 일찍 일어났더군요. 그날이 일요일이었기 때문에 기분이 나쁜 채로 벌판으로 나가 버렸다가 그 집 사람들이 교회에 갈 때가 되어서야 다시 나타났어요. 먹지도 않고 반성을 해서인지 기분은 좀 누그러진 것 같았지요. 제 앞에 와서는 한동안 우물거리더니 용기를 내서 불쑥 소리쳤어요.

"넬리, 나를 보기 싫지 않게 해 줘. 나도 점잖아지고 싶어."

"잘 생각했어, 히스클리프. 너는 캐서린 아가씨를 슬프게 했어. 집에 돌아온 것을 후회하고 있을 거야! 모두 아가씨를 너보다 소중히 하니까 네가 시기하는 건지도 모르지." 제가 말했습니다.

그는 캐서린 아가씨를 시기하는 것 같다는 말은 알아듣지 못했지만, 그녀를 슬프게 한다는 말은 분명히 알아들은 모양이었어요.

"캐시가 슬프대?" 그가 매우 심각한 얼굴로 물었어요.

"네가 오늘 아침 다시 나갔다니까 아가씨가 울었어."

"나도 간밤에 울었단 말이야." 그가 대답했어요. "캐시보다 내가 울 이유가 더 많지."

"그래, 네가 오기로 밥도 먹지 않고 자러 간 데도 이유가 있겠지." 제가 말했습니다. "오만한 사람들은 스스로 슬픈 일을 만드니까. 하지만 작은 일로 화를 낸 것이 창피하거든 캐서린 아가씨가 들어오면 용서를 빌어. 곁에 가서 입을 맞추게 해 달라고 하고, 그다음에 뭐라고 말할지는 네가 더 잘 알겠지. 진심으로 그렇게 해. 옷차림이 훌륭해져서 서먹하게 생각했다는 눈치를 보여선 안 돼. 지금은 음식 준비를 해야 하지만 틈이 나면, 에드거 린튼이 옆에 오면 인형 정도로밖에 보이지 않을 만큼 너를 멋지게 꾸며 줄게. 정말 에드거는 치장한 인형 같아. 너는 나이는 어리지만 틀림없이 키는 에드거보다 크고 어깨도 두 배나 넓으니까……. 그따위는 단번에 넘어뜨릴 수 있을 거야. 그렇게 생각하지 않니?"

히스클리프의 얼굴이 순간적으로 밝아졌어요. 그러다가 다시 어두워지면서 한숨을 내쉬는 거였어요.

"그렇지만 넬리, 내가 그 녀석을 스무 번쯤 때려눕힌다 해도 그 때문에 그 녀석이 덜 멋있어지고 내가 더 멋있어지지는 않겠지. 나도 머리 색이 엷고 살결이 희었으면. 그리고 그 녀석처럼 옷 잘 입고 행실 점잖고 그만큼 부자가 될 기회가 있다면 좋겠는데!"

"그리고 걸핏하면 엄마 하고 울고." 제가 말을 이었습니다. "촌뜨기가 주먹을 쳐들어도 벌벌 떨고, 비가 한참 쏟아졌다고 하루 종일 집에 처박혀 있고 싶다는 거지. 얘, 히스클리프. 너는 약한 마음을 드러내 보이고 있어! 거울 있는 데로 와. 네가 어떻게 해야 하는지 보여 줄 테니까. 네 두 눈 사이에 있는 두 줄의 주름살과 아치 모양으로 올라가지 않고 중간이 내려와 있는 저 짙은 눈썹 그리고 쑥 들어간 저 시커먼 악마 같은 두 눈, 그 창을 당당하게 여는 법 없이 마치 악마의 첩자처럼 그 아래 숨어서 번득이고 있는 두 눈이 보여? 그 시무룩한 주름살을 활짝 펴고 눈꺼풀을 솔직하게 뜨고 악마 같은 두 눈을, 아무것도 의심하지 않고 누구든지 분명한 적이 아닌 경우에는 친구라고 생각하는, 숨김없고 순진한 천사 같은 눈으로 바꾸도록 힘써. 발길에 채는 것이 당연한 벌임을 아는 듯하면서도 그 아픔 때문에 발로 찬 사람뿐 아니라 온 세상을 미워하는 사나운 똥개 같은 얼굴은 하지 마."

"결국 에드거 린튼 같은 크고 푸른 눈과 번듯한 이마를 원해야 한단 말이지." 그가 대답했어요. "나도 소원이지만, 그런다고 마음대로 되지는 않지."

"마음씨가 착하면 얼굴도 선해지는 거야, 이 사람아. 네가 진짜 흑인이더라도 말이야. 그리고 마음씨가 나쁘면 아무리 아름다운 얼굴도 보기 싫은 정도가 아니라 아주 흉측해지지. 씻고, 빗고, 시무룩한 얼굴도 하지 않으니까 너 자신이 좀 멋있어진 것 같지 않니? 정말이지 나는 그렇게 생각해. 변장한 왕자라고 해도 믿겠어. 네 아버지는 중국의 황제이고 네 어머니는 인도의 여왕이고, 두 사람 각자가 일주일 수입으로 워더링 하이츠와 스러시크로스 저택을 한꺼번에 살 수 있을 만큼 부자인 거야, 그럴지도 모르잖아? 그리고 너는 고약한 뱃사람들에게 납치되어 영국으로 오게 된 거야. 만약 너 같은 처지라면, 나는 내 태생이 귀하다고 생각할 거야. 그러면 하찮은 농부처럼 천대받아도 아무렇지 않을 만한 용기와 위엄을 얻게 될 거야!"

이렇게 저는 이야기를 계속했답니다. 그러자 히스클리프의 찌푸린 얼굴이 차차 펴지고 썩 유쾌해 보이기 시작했어요. 그때 우리의 대화는 한길로 올라와서 안뜰로 들어서는 마차 소리 때문에 갑자기 중단되었지요. 히스클리프는 창으로, 저는 문간으로 달려갔는데, 마침 린튼 씨 댁의 두 남매가 외투와 털가죽에 숨이 막힐 만큼 싸여서 자가용 마차에서 내리고 있고, 언쇼 집안의 남매들은 말에서 내리고 있었어요. 겨울이면 그들은 흔히 말을 타고 교회로 갔거든요. 캐서린 아가씨는 린튼 집안 남매들의 손을 하나씩 잡고 거실로 데리고 들어와서 불 앞에 앉혔어요. 그러자 두 아이의 흰 얼굴에 곧 붉은빛이 돌았어요.

제가 히스클리프에게 어서 가서 귀염성 있는 표정을 지으라고 재촉하자 그는 기꺼이 제 말에 따르더군요. 그런데 재수 없게도 그가 부엌 쪽에서 문을 열었을 때 힌들리 서방님이 반대편에서 그 문을 연 거예요. 두 사람의 얼굴이 마주쳤지요. 서방님은 히스클리프가 깨끗하고 쾌활한 것이 화가 나서였는지, 아니면 린튼 부인과의 약속을 지키고 싶어서였는지 몰라도 그를 냅다 떠밀고는 성난 듯이 조지프에게 당부하는 것이었어요. "이 녀석을 이 방에 들이지 마. 식사가 끝날 때까지 다락방에 보내. 일 분만 혼자 내버려 둬도 파이를 손가락으로 쑤시고 과일을 훔치고 있을걸."

"아니에요, 서방님. 아무것도 건드리지 않을 거예요. 이 아이도 우리와 마찬가지로 맛있는 것을 먹어야 하잖아요." 하고 저는 대답하지 않을 수 없었어요.

"어두워질 때까지 다시 아래층에 내려와 있는 게 눈에 띄었다간 내 주먹을 먹여 주지. 저리 가! 뜨내기 녀석 같으니. 아니, 맵시를 부리려고 해? 내가 그 맵시 있는 머리카락 잡아채 줄 때까지 기다려. 확 당겨서 좀 더 길게 만들어 주지!" 힌들리 서방님이 외쳤습니다.

"이미 충분히 긴데요." 린튼 도련님이 문간에서 들여다보면서 말참견을 했어요. "머리카락이 저렇게 긴데도 머리가 안 아픈지 몰라. 마치 망아지 갈기가 눈을 덮고 있는 꼴이군."

그가 모욕하려고 한 말은 아니었지만, 히스클리프의 격한 성격은 그때도 그가 경쟁자로서 미워하는 듯했던 사람의 건방진 말씨를 참을 준비가 되어 있지 않았지요. 그는 맨 처음 손에 잡히는 대로 뜨거운 애플 소스가 든 그릇을 집어 들어 린튼 도련님의 얼굴과 목덜미에 온통 끼얹어 버렸어요. 도련님은 당장 비명을 질렀고, 그 소리를 듣고 이사벨라 아가씨와 캐서린 아가씨가 급히 그리로 달려왔어요.

언쇼 서방님은 즉시 히스클리프를 붙잡아 그의 침실로 데려갔어요. 거기서 아마 자기 흥분을 가라앉히느라 모진 매질을 했겠지요. 서방님이 얼굴이 시뻘게져서는 숨을 헐떡이면서 나왔으니까요. 저는 행주를 가지고 다소 심술맞게 에드거 도련님의 코와 입을 닦아 주면서 쓸데없는 참견에 대한 벌이라고 일러 주었어요. 그의 누이가 집에 간다며 울기 시작했고 캐시 아가씨는 어쩔 줄 몰라 하며 서 있었어요.

"그 애한테 말을 걸지 말았어야 했어!" 캐시 아가씨가 린튼 도련님을 타일렀어요. "그 애는 처음부터 기분이 나빴고, 그래서 너희의 방문도 이 꼴이 돼 버린 거야. 그 애는 매를 맞을 거야. 하지만 나는 그 애가 매 맞는 게 싫어! 식사도 못 하겠어. 왜 그 애에게 말을 걸었어, 에드거?"

"말을 건 게 아니야." 그 소년이 내 손에서 벗어나더니 자기 손수건으로 아직 얼굴에 묻어 있는 애플 소스를 마저 닦으면서 흐느끼듯 말했어요. "그 애에게 한마디도 하지 않겠다고 어머니와 약속했고, 정말 아무 말도 안 했어!"

"자, 울지 마!" 캐서린 아가씨가 경멸하듯이 말했습니다. "네가 죽은 것도 아니잖아. 더는 곤란하게 하지 마. 오빠가 와. 조용히 해! 그쳐, 이사벨라! 누가 널 어떻게 하기라도 했니?"

"자, 자, 모두 자리에 앉지!" 힌들리 서방님이 부산하게 들어오면서 외쳤어요. "그 개 같은 녀석을 두들겨 줬더니 몸이 훈훈하군. 에드거, 다음번에는 네가 두들겨 주는 거야. 그러면 입맛이 당길 테니까!"

그 조그마한 모임은 좋은 냄새가 나는 음식을 보자 다시 조용해졌어요. 다들 마차를 타고 오느라 배가 고팠고, 정말로 누가 크게 다친 건 아니어서 쉽사리 마음이 풀어진 거지요.

언쇼 서방님은 고기를 썰어서 접시에 가득가득 담아 줬어요. 아씨는 명랑한 이야기로 그들을 즐겁게 했고요. 저는 아씨 뒤에서 시중을 들고 있었는데, 캐서린 아가씨가 눈물도 흘리지 않고 무심한 얼굴로 자기 앞에 놓인 거위의 날갯죽지 살을 자르기 시작하는 것을 보니 괘씸하더군요.

'매정한 것 같으니. 오랜 친구의 쓰라림을 저렇게 간단히 잊어버리다니, 저렇게 저만 아는 애인 줄 몰랐네.' 저는 혼자 생각했습니다.

아가씨는 고기를 한 조각 입으로 가져가더니 다시 내려놓았어요. 얼굴이 상기되고 눈물이 쏟아져 나왔지요. 일부러 포크를 바닥에 떨어뜨리고는 줍는 체하면서 급히 식탁보 밑으로 들어갔어요. 매정하다는 생각이 곧 가시더군요. 아가씨가 그날 하루 종일 지옥과 같은 괴로움 속에서 어떻게든 혼자 있거나 히스클리프를 찾아갈 기회를 찾느라 마음 졸이는 것을 알았기 때문이지요. 제가 슬며시 음식을 갖다주려다가 알았는데, 주인이 히스클리프를 가두어 두었던 거였어요.

저녁에는 춤을 추었어요. 캐시 아가씨는 이사벨라 아가씨가 춤출 상대가 없다고 히스클리프를 풀어 달라고 졸랐지만 그 간청은 받아들여지지 않았어요. 그래서 제가 대신 이사벨라 아가씨를 상대하게 되었지요.

우리는 신나게 춤을 추어 우울한 기분을 모조리 떨쳐 버렸어요. 그리고 가수들 외에도 나팔, 트롬본, 클라리넷, 바순, 프렌치 호른과 첼로 연주자 등 열다섯 명의 기머튼 악단이 와서 우리의 즐거움은 한층 더했지요. 그 악단은 훌륭한 집들을 찾아 돌아다니며 크리스마스 때마다 기부를 받는데, 우리는 그 악단의 노래를 듣는 것이 무엇보다 즐거웠답니다.

으레 부르는 크리스마스 캐럴이 끝난 다음 우리는 그들에게 가곡과 합창곡을 청했어요. 음악을 좋아하는 언쇼 부인을 위해 그들은 노래를 많이 불러 주었지요.

캐서린 아가씨도 음악을 좋아했어요. 그런데 아가씨가 계단 꼭대기에서 듣는 것이 제일 좋다고 말하고는 어둠 속으로 올라가기에 저도 뒤따라 올라갔어요. 밑에서는 우리가 없어진 것도 모르고 거실 문을 닫아 버렸어요. 아가씨는 계단 꼭대기에서 멈추지 않고 히스클리프가 갇혀 있는 다락방 쪽으로 올라가서 그를 불렀어요. 그는 잠시 동안은 아무리 불러도 대답하지 않았어요. 아가씨가 끈질기게 몇 번이고 부르고 나서야 마침내 벽을 사이에 두고 이야기하게 되었지요.

저는 방해하지 않고 둘이서 이야기하게 두었어요. 밑에서 노래가 끝날 무렵이 되어 악사들이 가벼운 음식을 들 참이라고 생각하고는 캐서린 아가씨에게 깨우쳐 주려고 다락으로 통하는 사다리를 올라가 봤지요.

그런데 캐서린 아가씨는 밖에 없고 방 안에서 소리가 들려오는 거였어요. 이 원숭이 같은 아가씨가 이쪽 다락방의 들창으로 해서 지붕을 타고 저쪽 다락방의 들창으로 들어간 거였답니다. 그래서 아가씨를 구슬려 다시 나오게 하느라고 저는 몹시 애를 먹었지요.

아가씨가 나올 때 히스클리프도 같이 나왔어요. 아가씨는 저한테 그를 부엌으로 데려가 달라고 졸랐어요. 조지프는 우리가 불러 달라는 노래를 '악마의 노래'라고 즐겨 말했는데, 그 노랫소리를 듣지 않겠다고 이웃집에 가 있던 참이었지요.

저는 그들에게 그들의 계략을 도울 생각은 조금도 없다고 말했지만, 히스클리프가 어제 점심 이후로 아무것도 먹지 못한 탓에 이번만은 힌들리 서방님을 속이는 것을 못 본 체해 주고 싶었어요.

히스클리프가 밑으로 내려왔기에 불 가까이 있는 의자를 내주고 맛있는 음식을 많이 주었지요. 하지만 그는 속이 메스꺼워 거의 먹지 못했고, 그를 대접하겠다는 제 의도는 허사가 되어 버렸답니다. 그는 무릎 위에 두 팔꿈치를 대고 손으로 턱을 받치고는 묵묵히 생각에 잠겨 있었어요. 제가 무슨 생각을 하느냐고 묻자 그가 침울하게 대답했어요.

"힌들리에게 어떻게 복수할까 생각하고 있었어. 언젠가 할 수만 있다면 기다리는 것쯤은 괜찮아. 제발 나보다 먼저 죽지나 말았으면!"

"창피한 줄 알아, 히스클리프!" 제가 말했습니다. "고약한 사람들을 벌하는 것은 하나님이 하시는 일이야. 우리는 용서를 배워야지."

"아니야, 하나님은 내가 맛볼 만족감을 맛보시지 못할 거야." 그가 대꾸했어요. "나는 제일 좋은 방법을 알고 싶을 뿐이야! 나를 가만히 놔둬. 생각해 내게. 복수를 생각하는 동안엔 나는 아무렇지도 않아."

그런데 주인님, 제가 깜빡했네요. 이런 이야기로는 기분 전환이 안 될 텐데. 어쩌다가 이렇게 지루한 이야기를 계속하게 됐는지 죄송스럽군요. 죽은 다 식어 버렸고 주인님은 졸고 계시는데! 히스클리프의 사연 같은 것은 정말 필요한 대목이라면 대여섯 마디로도 충분히 말씀드릴 수 있었을 것을요.

*

이렇게 스스로 이야기를 중단하면서 가정부는 일어나 바느질거리를 치웠다. 그러나 나는 벽난로 앞을 떠날 수 없을 것 같았고 졸음이라고는 전혀 오지 않았다.

"가만히 앉아 있어요, 딘 부인. 반 시간만 더 앉아 있어요. 천천히 딱 알맞게 이야기했소. 그렇게 이야기하는 것이 나는 좋소. 그러니 끝까지 그런 식으로 이야기해 주면 좋겠소. 당신이 이야기한 인물이 어떻든 간에 난 다 재미있으니."

"시계가 11시를 치고 있는걸요."

"상관없소. 나는 11시나 12시에는 자지 않으니까. 10시까지 누워 있는 사람에게는 1시나 2시도 이른 시간이오."

"10시까지 누워 계시면 안 돼요. 그때면 벌써 아침의 가장 좋은 시간이 지나 버리니까요. 10시까지 하루 일의 반을 하지 않은 사람은 나머지 반도 못 하기 일쑤지요."

"어쨌든 딘 부인, 다시 의자에 앉아요. 나는 내일 오후까지 잘 작정이니까. 내 감기는 아마도 곧 나을 감기가 아닌 것 같아요."

"그렇지 않아야 할 텐데요. 글쎄, 제가 이야기를 계속하더라도 삼 년 정도는 뛰어넘어야겠네요. 그 삼 년 동안에 언쇼 부인께서는……."

"아니, 아니, 그럴 수 없소. 이런 기분을 당신이 알는지. 혼자 앉아 있는데 그 앞에 양탄자 위에서 고양이가 새끼를 핥아 주다가 한쪽 귀라도 핥지 않고 두었을 때 그것을 바라보는 사람은 굉장히 화가 난다든가 하는 기분 말이오."

"끔찍이도 심심한 기분이군요."

"그와 반대로 지루한 듯 활기 있는 기분이지. 그것이 지금 내 기분이란 말이오. 그러니까 이야기를 자세히 계속해요. 같은 거미라도 보통 집에 줄을 치면 반갑지 않지만, 감옥에서 줄을 치면 거기 갇혀 있는 사람들에게는 반가운 것처럼 나로서는 도시 사람들은 재미가 없지만 이 고장 사람들은 매우 재미있소. 그러면서도 이 고장 사람들에게 깊은 매력을 느끼는 것은 그 사람을 바라보는 나 자신의 처지 때문이 아니오. 이 지방 사람들은 도시 사람들보다 더 열심히, 좀 더 깊숙한 자기 속에서 살고 있기 때문에, 도시 사람들처럼 껍데기뿐인, 분주하고 하잘것없는 외적인 사물에 별로 마음 쓰지 않으면서 살고 있소. 이런 데서는 한평생 연애를 할 수도 있을 것 같소. 게다가 나는 어떠한 연애도 일 년을 넘기지 못한다고 믿는 사람이거든. 한쪽은 배고픈 사람에게 단 한 접시의 음식만 주어서 식욕을 온전히 그것에 집중하여 충분히 맛보게 하는 것이고, 또 한쪽은 프랑스인 요리사들이 차려 놓은 식탁에 앉히는 것과 같아, 아마 그 요리를 전부 맛보는 즐거움이야 한 접시에 집중하는 것 못지않겠지만, 요리 하나하나는 그의 관심과 기억에 거의 남지 않을 거요."

"아니에요! 여기 사람들도 알고 보면 어디 사람이나 마찬가지예요." 딘 부인이 다소 어리둥절한 듯이 깨우쳐 주었다.

"미안하지만……." 하고 내가 응답했다. "첫째, 당신 자신이 그 주장에 반대되는 뚜렷한 증거라오. 대수롭지 않은 몇 가지

시골티를 제외하고는 내가 당신과 같은 계층의 사람들에게 특유한 것이라고 생각해 온 표시 같은 것이 전혀 없소. 확실히 당신은 보통 하인들보다 훨씬 깊게 사고해 온 것 같소. 아마도 하잘것없는 일들에 시간을 낭비하면서 살 기회가 없으니 더욱 깊이 생각하는 능력을 기르지 않을 수 없었던 게지."

딘 부인이 웃었다.

"확실히 저 자신을 꾸준하고 분별 있는 인간이라고 생각하고 있지만, 산골 구석에 살고 있어서 같은 얼굴과 같은 행동만 보기 때문만은 아니고, 엄격한 수련을 쌓아서 지혜도 배운 데다 아마 주인님이 생각하시는 것보다 책을 많이 읽어서겠지요. 제가 읽고 무엇인가 배우지 않은 책은 이 서재에 한 권도 없답니다. 물론 저기 죽 꽂힌 그리스어와 라틴어 그리고 프랑스어 책은 빼고요. 하지만 그리스어인지 라틴어인지 구별할 줄은 알지요. 가난한 사람의 딸로서 그 이상 바랄 수는 없지요. 정말 잡담식으로 이야기를 계속해야 한다면 하지요. 그럼 삼 년을 뛰어넘는 것은 그만두고 이듬해 여름인 1778년, 그러니까 지금으로부터 근 이십삼 년 전 여름 이야기로 넘어가지요."

8장

화창한 6월의 어느 날 아침, 제가 맨 처음 기른 귀여운 아이이자 오랜 언쇼 가문의 혈통을 마지막으로 이어받을 아이가 태어났답니다.

우리가 멀리 떨어진 들판에 나가 건초를 만드느라고 바쁘게 일하고 있을 때, 늘 우리의 아침 식사를 날라 오던 여자아이가 한 시간이나 일찍 제 이름을 부르면서 풀밭을 건너 샛길을 달려왔어요.

"아이고, 어쩌면 그리도 훌륭한지!" 그 여자애가 헐떡이면서 말했습니다. "그처럼 예쁜 아기는 없을 거야! 하지만 의사가 주인아씨는 희망이 없다고 했어. 벌써 여러 달째 폐병을 앓고 있다는 거야. 힌들리 서방님께 얘기하는 것을 들었는데, 주인아씨는 이제 기력이 없어서 겨울까지도 못 버틸 거래. 어서 돌아가야 해. 넬리 언니가 그 아이를 키우게 될 거야. 설탕과 우유를 먹이고 밤낮으로 돌봐야 한대. 내가 언니라면 좋겠어. 주인아씨가 돌아가시고 나면 아기는 아주 언니 아기가 되는 거나 마찬가지일 것 아냐!"

"그러면 아씨가 정말 위험하신 거야?" 제가 갈퀴를 내던지고 모자 끈을 매면서 물었어요.

"그런가 봐. 그렇지만 보기에는 아무렇지도 않으셔." 그 여자애가 대답하더군요. "마치 아기가 어른이 될 때까지 살아계실 것처럼 말씀하셔. 너무 좋아서 미치실 것만 같아. 그만큼 아기가 훌륭하거든! 내가 아씨라면 절대로 죽지 않을 거야. 케네스 선생님이 뭐라고 하셔도 아기를 보기만 하면 병이 나을 것 같아. 나는 그분이 몹시 못마땅했어. 아처 할멈이 천사 같은 아기를 거실에 계시는 서방님께 안고 왔지. 그래 서방님의 얼굴이 막 환해지려는데 함부로 지껄이는 그 의사 영감이 튀어나와서 이렇게 말하는 거야. '언쇼 씨, 부인이 아직까지 살아서 당신에게 이 아들을 남겨 준 것은 하나님 덕분이오. 부인이 오셨을 때 오래가지는 못하리라고 나는 확신했소. 그리고 지금 같아서는 솔직히 아마 겨울을 넘기지 못할 거요. 그러나 너무 슬퍼하거나 다급히 생각하지는 마시오. 어쩔 수 없는 일이니까. 게다가 그처럼 가냘픈 여자를 택한 당신에게도 잘못은 있으니까!'"

"그러니까 서방님이 뭐라고 대답하시던?" 제가 물었어요.

"무언가 상소리를 하셨던 것 같아. 하지만 나는 개의치 않았어. 아기를 보느라 정신이 없었거든." 그렇게 말하고 그 여자

애는 다시 황홀한 듯이 아기 이야기를 시작했어요. 그 여자 못지않게 아기 이야기에 열중해 있던 저도 아기가 보고 싶어 부지런히 집으로 돌아갔답니다. 물론 힌들리 서방님에게는 참 안된 일이었지요. 그분 마음속에는 소중한 것이 두 가지밖에 없었거든요. 부인과 자기 자신 말이에요. 그분은 부인과 자기 자신을 모두 몹시 소중히 여겼지만 더욱이 부인이라면 끔찍이 아껴서 만약 부인이 돌아가면 도저히 견뎌 내지 못할 것 같았어요.

우리가 워더링 하이츠로 돌아갔을 때 그분은 현관 앞에 서 계셨어요. 그 옆을 지나가면서 제가 아기는 어떠냐고 물어보았지요.

"금방이라도 뛰어다닐 것 같아, 넬리." 그분이 쾌활하게 웃으면서 대답했어요.

"아씨는요? 의사 선생님 말씀으로는……." 저는 큰마음을 먹고 물어보았어요.

"그따위 의사가!" 서방님은 얼굴을 붉히면서 제 말을 가로막았습니다. "프랜시스 말이 옳아. 다음 주 이맘때면 완쾌될 거야. 2층으로 가는 거야? 떠들지 않기로 약속한다면 내가 올라가겠다고 프랜시스에게 알려 주겠어? 도무지 입을 다물려고 하지 않아서 나와 버렸거든. 그리고 케네스 선생이 안정하지 않으면 안 된다고 하더라고도 말해 줘."

이 말씀을 언쇼 아씨에게 전했지요. 그랬더니 아씨가 들뜬 기분으로 명랑하게 대답했어요.

"난 한마디도 하지 않았어, 엘런. 그런데 그이는 두 번이나 울면서 나갔어. 그래, 떠들지 않기로 약속한다고 말해 줘. 그렇다고 그이를 보고 웃지 않겠다는 약속은 아냐!"

가엾은 분이었죠! 죽기 일주일 전까지도 명랑한 기분을 잃지 않으셨으니까요. 서방님은 하루하루 나아져 간다고 완고하게, 아니 맹렬하게 주장했지요. 케네스 선생님이 병이 그 정도가 되면 자기 약은 소용없고 더는 치료비를 쓸 필요도 없다고 일러 주었을 때 서방님은 말씀하셨어요.

"필요 없다는 것은 알아요. 집사람은 멀쩡하니까. 이제 당신 치료는 받지 않을 생각이오! 원래 폐병이 아니었소. 열만 있었을 뿐이지. 그리고 열도 없어졌소. 지금은 나만큼 맥박도 느려지고 열도 식었으니까."

서방님은 아씨에게도 같은 이야기를 했고 아씨도 그 말을 믿는 것 같았어요. 그런데 어느 날 밤, 아씨가 서방님의 어깨에 기대어 있다가 내일이면 일어날 수 있을 것 같다고 말하면서 한차례 기침을 했어요. 아주 가벼운 기침이었지요. 서방님은 아씨를 안아 일으키셨어요. 그런데 서방님의 목을 껴안은 아씨의 얼굴이 달라지더니 그만 돌아가시고 말았답니다.

그 여자애의 예상대로 아기 헤어튼은 전적으로 저한테 맡겨졌지요. 언쇼 서방님은 아기가 건강하고 울지만 않으면 만족해하셨어요. 그러나 당신 자신은 자포자기하셨지요. 그분의 슬픔은 울고불고하는 따위가 아니었어요. 울지도 않고 기도를 드리지도 않으셨지요. 저주하고 반항하고 하나님이고 인간이고 다 미워하고, 멋대로 방탕하게 지냈어요.

하인들로서는 그분의 포악하고 옳지 못한 행동을 오래 견딜 수 없었답니다. 얼마 되지 않아 그 집에 붙어 있는 사람은 조지프와 저 두 사람뿐이었지요. 저는 제가 맡은 아기를 버리고 갈 용기가 나지 않았어요. 게다가 저는 서방님의 수양 누이여서 남보다는 그분의 행동을 쉽게 용서할 수 있었던 거죠.

조지프는 남아서 소작인들과 일꾼들에게 우쭐거렸어요. 고약한 일들이 벌어지는 곳에서 잔소리하는 것이 천직인 사람이었으니까요.

주인의 고약한 행실이나 나쁜 친구들이 캐서린 아가씨와 히스클리프에게는 좋은 본보기가 되었지요. 히스클리프에 대한 그의 학대란 성인(聖人)도 악마로 만들기에 족한 것이었어요. 그리고 정말 그 무렵 그 아이는 마치 악마라도 씐 듯했어요. 그 아이는 힌들리 서방님이 구할 길 없이 타락해 가는 것을 보고 좋아했지요. 그리고 날로 점점 더 음흉스럽고 영악해지는 것이 눈에 보였답니다.

그때 그 집이 얼마나 지긋지긋했는지는 이루 다 말할 수 없어요. 부목사님도 오시지 않게 되고, 마침내 점잖은 사람치고 우리를 가까이하는 이가 없었어요. 에드거 린튼 도련님이 캐시 아가씨에게 놀러 오는 게 예외라면 예외였지요. 열다섯 살이 되자 캐시 아가씨는 이 고장의 여왕 같았어요. 대적할 상대가 없던 터라 아가씨는 거만한 고집쟁이가 되었답니다. 제가 그 오만을 누르려다가 자주 아가씨의 화를 돋웠지요. 그러나 아가씨는 저를 싫어하지는 않았어요. 아가씨에게는 이상하리만큼 오랜 친구에게 한결같은 데가 있었지요. 히스클리프조차 변함없이 아가씨의 애정을 차지했을 정도니까요. 린튼 도련님은 그렇게 월등하면서도 그만큼 캐시 아가씨의 마음을 끌기는 어려웠어요.

린튼 도련님은 저의 전 주인으로, 벽난로 위에 걸려 있는 것이 그분의 초상화랍니다. 원래는 한쪽 옆에 걸려 있었고 다른 쪽에는 부인의 초상이 걸려 있었는데, 부인의 초상화는 내렸지요. 걸려 있었더라면 어떻게 생긴 분인지 좀 알 수 있으셨을 것을. 저것은 잘 보이세요?

*

딘 부인이 촛불을 들어 주었다. 덕분에 워더링 하이츠에 있는 젊은 과부와 몹시 닮은, 부드러우면서도 표정이 그보다 더 차분하고 귀염성 있는 얼굴을 알아볼 수 있었다. 옅은 빛깔의 긴 머리카락이 관자놀이 위에서 약간 곱실거리고, 눈은 크고 진지했으며, 모습은 지나칠 정도로 우아했다. 이 사람이라면 캐서린 언쇼가 어릴 적 친구인 히스클리프를 잊어버린 것도 무리는 아닌 것 같았다. 그러나 마음이 그 모습처럼 고운 사람이었다면 내가 상상하는 캐서린 언쇼를 어떻게 좋아할 수 있었는지 이상하게만 생각되었다.

"마음에 쏙 드는 초상인데." 내가 가정부에게 말했다. "꼭 닮은 거요?"

"네, 그래요. 활기가 있을 때는 더 좋았지요. 이것이 그분의 평소 얼굴이긴 하지만, 대체로 활기가 없는 분이었어요."

*

캐서린 아가씨는 린튼 씨 댁에서 다섯 주를 지낸 뒤로 그 집 사람들과 교제를 계속했어요. 게다가 그 집 사람들이 있는 데서는 거친 면을 보이고 싶어 하지 않았고, 한결같이 예의 바른 사람들 앞에서 무례하게 구는 것은 창피한 일임을 알았기 때문에 교묘하게 처신해서 자기도 모르게 린튼 부부를 속였던 거지요. 이사벨라 아가씨를 탄복게 했고, 그 오빠의 마음을 온통 사로잡았지요. 이렇게 그 남매의 호감을 산 것은 처음부터 아가씨에게 기쁜 일이었어요. 아가씨는 꼭 누구를 속일 생각은 없었지만 차차 이중인격을 갖게 되었지요.

그 집에서는 히스클리프를 두고 "야비한 어린 악마"니 "짐승만도 못한 녀석"이라느니 하고 말하는 것을 들은 터라 그녀는 그런 행동을 하지 않으려고 조심했답니다. 그러나 집에 돌아와서는 얌전한 체해 봤자 비웃음만 살 뿐이고 방종한 성질을 억제한댔자 신임을 얻거나 칭찬받을 것도 아니어서 그러고 싶은 생각은 추호도 없는 듯했어요.

에드거 도련님은 공공연하게 워더링 하이츠를 방문할 용기는 좀처럼 내지 못했지요. 도련님은 언쇼 서방님에 대한 악평에 겁을 집어먹고 만나는 것도 피했어요. 그러나 도련님이 찾아오면 우리로서는 되도록 예의 바르게 대접했답니다. 서방님 자신도 그가 왜 왔는지 알기 때문에 그에게 불쾌감을 주는 행동을 피했으며, 만일 의젓하게 행동할 수 없을 것 같으면 자리를 비켜 주었지요. 에드거 도련님이 찾아오는 것을 캐서린 아가씨는 싫어했던 것 같아요. 아가씨는 수완도 없었고, 아양을 떠는 일도 없었으며, 분명 에드거 도련님과 히스클리프가 만나는 것도 좋아하지 않았으니까요. 히스클리프가 린튼 도련님 앞에서 경멸감을 표시할 때에도 본인이 없는 데서 하는 것처럼 맞장구를 칠 수가 없었고, 린튼 도련님이 히스클리프에 대한 혐오나 반감을 보일 때에도 어릴 적 친구를 깎아내리는 것을 아무렇지 않은 듯 들어 넘길 수가 없었기 때문이지요.

저는 아가씨가 어쩔 줄 몰라 하거나 말 못 할 괴로움을 겪는 것을 보고 웃은 적도 많답니다. 저한테 조롱받는 것이 싫어서 아가씨는 숨기려고도 했지만 잘되지 않았지요. 이렇게 말하면 제가 성미 고약한 사람처럼 들리겠지만, 정말이지 아가씨는 자존심이 너무 강해서 더 겸손해지기 전에는 난처해하는 것을 보고도 가엾게 생각할 수가 없었답니다.

하지만 마침내 아가씨가 제게 고백하고 다 털어놓았지요. 의논 상대로 삼을 수 있는 사람이 저밖에 없었으니까요.

어느 날 오후, 힌들리 서방님이 밖에 나가고 없었어요. 히스클리프는 그 틈을 타서 일을 쉬기로 했지요. 그때 아마 열여섯 살쯤 되었던 것 같은데, 얼굴이 추한 것도 아니고 머리가 나쁘지도 않으면서 고약한 인상을 주려고 일부러 성질이나 모습을 꾸몄어요. 지금 그에게는 전혀 그런 흔적이 남아 있지 않지만요.

첫째로, 어릴 적에 받은 교육의 혜택을 그때 이미 잃어버리고 있었어요. 아침 일찍 시작해서 저녁 늦게 끝나는 끊임없는 고된 일이 한때 그가 가졌던 지식욕과 책이나 학문에 대한 애정을 다 없애 버렸지요. 언쇼 어르신의 귀염으로 갖게 되었던 어릴 적의 우월감도 사라져 버렸답니다. 오랫동안 공부 면에서 캐서린 아가씨에게 지지 않으려고 노력했지만 결국 져 버리고, 입 밖에는 내지 않았지만 사무치는 후회에 사로잡혀 있었어요. 그리고 그가 불가피하게 그 전 수준보다 떨어질 수밖에 없다는 것을 알았을 때는 아무리 그를 향상시키려고 해도 소용없었어요. 그러자 용모까지 정신적인 타락과 보조를 같이하여 걸음걸이도 단정치 못해지고, 얼굴도 비열해졌지요. 타고난 무뚝뚝한 성품이 과장되어서 바보처럼 지나치게 붙임성 없고 침울한 성격으로 변해 버렸어요. 그리고 많지도 않은 아는 사람들에게 존경보다는 차라리 미움을 품게 하는 데서 이상한 쾌감을 느끼는 것 같았어요.

히스클리프가 한가한 시간이면 캐서린 아가씨와 그는 여전히 변함없는 친구였어요. 그러나 말로 아가씨를 좋아한다고 표현하지는 않게 되었고, 아가씨가 수줍은 듯 그를 어루만지거나 하면 자기한테 무턱대고 그러한 애정 표현을 해도 보람 없는 일임을 알기라도 하는 듯이 화를 내고 의아해하면서 피하는 것이었어요. 아까 말씀드린 그날 오후에도 히스클리프는 거실에 들어와서 그날은 아무 일도 하지 않을 작정이라고 선언했지요. 그때 저는 캐시 아가씨가 옷 입는 것을 거들고 있었어요. 아가씨는 그가 일을 쉰다고는 짐작도 못 하고 그날 거실은 자기 차지라고 생각하고서 에드거 도련님에게 오빠가 없다는 것을 알린 다음 그를 맞이할 준비를 하고 있었던 거지요.

"캐시, 너 오늘 오후에 바빠? 어디 가려고?" 히스클리프가 물었어요.

"아니, 비가 오잖아." 아가씨가 말했어요.

"그런데 왜 실크 드레스를 입는 거야? 아무도 여기 오지 않겠지?" 그가 물었어요.

"내가 알기로는 안 오는데. 하지만 너는 들에 가 있어야지, 히스클리프. 점심때가 지난 지도 한 시간이나 됐어. 나는 나간 줄 알았지." 아가씨가 말을 더듬거렸어요.

"힌들리가 밉살맞게 붙어 있지 않은 적이 별로 없잖아. 오늘은 일 그만두고 너랑 있을 테야."

"오, 그렇지만 조지프가 이를걸. 일하러 가는 게 좋을 거야!" 아가씨가 말했어요.

"조지프는 페니스톤 절벽 저쪽에서 석회를 싣고 있어. 어두워져서야 일이 끝날 테니 알 게 뭐야."

그렇게 말하면서 그는 불 있는 데로 걸어가 앉았어요. 캐서린 아가씨는 잠시 미간을 찌푸리면서 생각에 잠겼어요. 아가씨는 오빠가 없는 틈을 타서 찾아오는 사람들에게 방해되는 일이 없게 할 필요가 있었던 거지요.

"이사벨라와 에드거 린튼이 오늘 오후에 온다고 했어." 아가씨가 잠시 입을 다물었다가 말했어요. "비가 와서 올 것 같지는 않지만, 올지도 몰라. 만약 온다면 네가 빈둥거린다고 꾸지람을 들을 염려가 있지."

"엘런에게 네가 바쁘다고 하라고 시켜, 캐시." 그가 고집을 부렸어요. "그 형편없이 어수룩한 친구들 때문에 날 쫓아내지는 마! 나는 때로는 불평이 터져 나올 것 같은 때가 있어. 그

따위들이…… 하고 말이야. 하지만 그만두겠어."

"그들이 어떻다는 거야?" 캐서린 아가씨가 난처한 얼굴로 노려보면서 외쳤어요. "아이 참, 넬리!" 아가씨가 내 손에서 머리를 빼내면서 성마르게 외쳤어요. "머리를 그렇게 빗으면 고수머리가 풀린단 말이야! 됐어, 그냥 둬. 넌 뭘 불평하려 했다는 거야, 히스클리프?"

"아무것도 아니야. 하지만 저 벽에 걸린 달력을 보란 말이야." 그가 창 가까이 틀에 넣어 걸려 있는 종잇장을 가리키면서 말을 이었어요. "저 십자 표시는 네가 린튼네 남매와 함께 보낸 밤이고, 점 찍은 건 나와 함께 보낸 밤이야, 알겠어? 내가 매일 표시한 거야."

"흥! 어리석기도 하지. 내가 그런 걸 마음에 둘 줄 알고!" 캐서린 아가씨가 뾰로통한 어조로 대꾸했어요. "그러는 게 무슨 의미가 있어?"

"내가 마음에 두고 있다는 걸 보여 주려고 한 거야." 히스클리프가 말했어요.

"그러면 내가 항상 너와 함께 앉아 있어야 한단 말이야?" 아가씨는 점점 더 화가 나서 따지고 들었어요. "그러는 게 나한테 무슨 소용이 있어? 도대체 무슨 이야기를 하는 거야? 나를 즐겁게 하려고 무슨 얘기를 하든, 무슨 짓을 하든 너는 벙어리나 어린애 같아!"

"내가 너무 말이 없다거나 나하고 같이 있는 게 싫다는 말 여태껏 한 적 없잖아, 캐시!" 히스클리프는 매우 흥분하여 소리쳤어요.

"아무것도 모르고 아무 말도 하지 않는 사람하고도 상대가 되는 줄 아나 봐." 아가씨가 투덜거렸어요.

히스클리프가 일어섰지만 아가씨는 더는 자신의 감정을 이야기할 시간이 없었어요. 자갈길을 지나오는 말발굽 소리가 들리더니 곧이어 린튼 도련님이 조용히 노크하고 뜻밖의 부름을 받은 기쁨에 싱글벙글하며 들어섰기 때문이지요.

한쪽은 들어서고 한쪽은 나가는데, 틀림없이 캐서린 아가씨는 그 두 친구 사이의 차이를 눈치챘을 거예요. 두 사람의 대조는 황량한 언덕배기 탄광 지대를 본 다음에 아름답고 기름진 골짜기에 들어서는 것과도 같았거든요. 게다가 에드거 도련님은 듣기 좋은 음성으로 나직하게 말했고, 그 말투가 주인님 같은 도시 사람들과 같았지요. 즉 이 지방 사람들처럼 거친 게 아니라 한결 부드러운 말투였어요.

"너무 빨리 왔소?" 도련님이 저를 흘낏 보면서 물었어요. 저는 접시를 닦고 찬장 저쪽 끝에 달린 몇 개의 서랍을 치우기 시작하던 참이었지요.

"아니에요." 캐서린 아가씨가 대답했어요. "거기서 뭘 하고 있어, 넬리?"

"일하고 있어요, 아가씨." 하고 제가 대답했지요.(힌들리 서방님이 린튼 도련님이 슬쩍 찾아오거든 언제든지 두 사람 옆에 있어 달라고 지시했거든요.)

아가씨가 제 뒤에 와서 토라진 듯이 속삭였습니다. "행주 가지고 가. 손님이 오셨을 때 하녀가 그 앞에서 닦고 청소하는 건 예의가 아냐!"

"서방님이 계시지 않아 마침 잘됐다고 생각했어요." 저는 일부러 큰 소리로 대답했어요. "그분이 계시는 데서 이런 일로 수선을 떨고 있으면 싫어하셔서요. 하지만 에드거 도련님은 봐주시겠죠."

"나 있는 데서 수선 떠는 건 나도 싫어해." 손님에게 대답할 틈을 주지 않고 아가씨가 재빨리 말했어요. 히스클리프와 말다툼을 한 뒤라 그때까지도 진정하지 못했던 것이지요.

"미안합니다, 캐서린 아가씨!" 하고 말하고 저는 다시 제 일에 열중했어요.

아가씨는 에드거 도련님에게 보이지 않으리라 생각하고 내 손에서 행주를 빼앗고 밉살스럽다는 듯이 내 팔을 지그시 비틀면서 꼬집더군요.

제가 아가씨를 좋아하지 않는다는 말씀을 드렸지만 이따금 그녀의 허영심을 꺾는 걸 즐겼지요. 게다가 몹시 아파서 저는 벌떡 일어서면서 아우성을 쳤어요.

"아니, 아가씨. 너무 심하지 않아요! 나를 꼬집을 권리는 없어요. 더는 못 참겠어요!"

"손도 안 댔어, 이 거짓말쟁이!" 아가씨는 다시 저를 꼬집고 싶어서 손가락을 꼼지락거렸고, 화가 나서 귓불까지 새빨개져서 소리쳤어요. 원래 감정을 숨기지 못하고 화가 나면 언제나 얼굴이 온통 새빨개지는 사람이었지요.

"그럼 이건 뭐죠?" 저는 반박하기 위한 증거로 시퍼렇게 멍든 팔을 내보였어요.

아가씨는 발을 구르고 잠시 머뭇거리더니 사나운 성미를

주체하지 못하고 두 눈에 눈물이 나도록 매섭게 제 뺨을 때리더군요.

"캐서린, 이봐요! 캐서린!" 린튼 도련님이 자신의 애인이 거짓말과 폭행이라는 이중의 잘못을 저지르는 것을 보고 몹시 놀라서 끼어들었어요.

"이 방에서 나가, 엘런!" 아가씨가 온몸을 부들부들 떨면서 거듭 말했어요.

어디나 저를 따라다니고 그때도 제 옆에 앉아 있던 아기 헤어튼이 제 눈물을 보고 따라 울기 시작했어요. "나쁜 캐시 고모." 하고 흐느끼면서 투덜댔지요. 이를 듣자 아가씨는 그 불쌍한 아이에게 분풀이를 했어요. 아기의 어깨를 붙잡더니 파랗게 질릴 때까지 흔들었어요. 에드거 도련님이 아이를 구하려고 별생각 없이 아가씨의 두 손을 붙잡았어요. 그러자 아가씨가 한쪽 손을 비틀어 빼내고는 놀란 그 소년의 뺨을 장난이라고는 할 수 없을 정도로 호되게 후려갈겼어요.

도련님은 깜짝 놀라서 물러섰어요. 저는 헤어튼을 안고 부엌으로 데려갔지만 통로의 문은 그대로 열어 두었어요. 두 사람이 싸움을 어떻게 해결하는지 보고 싶었으니까요.

모욕당한 손님은 파랗게 질리고 입술을 떨면서 모자를 놓아둔 곳으로 갔어요.

"그렇지! 제대로 알았으니 돌아가야지! 아가씨의 본성을 구경시켜 준 것도 친절이지 뭐야." 저는 혼자 중얼거렸어요.

"어딜 가는 거예요?" 캐서린 아가씨가 문간으로 다가서면서 다급히 물었어요.

도련님이 옆으로 비켜 지나가려고 했어요.

"가면 안 돼요!" 아가씨가 힘주어 소리쳤어요.

"돌아가야겠소, 돌아가야겠다고!" 도련님이 가라앉은 목소리로 대답했어요.

"안 돼요! 아직은 안 돼, 에드거 린튼. 앉아요. 그런 기분으로는 가게 두지 않겠어요. 그럼 내가 밤새도록 괴로울 테니까. 당신 때문에 괴로워하고 싶지는 않아!" 하고 아가씨는 문손잡이를 잡고 고집을 부렸어요.

"당신이 나를 때렸는데도 그냥 있을 수 있다고 생각하오?" 린튼 도련님이 물었어요.

캐서린 아가씨는 잠자코 있었어요.

"나는 당신이 무서워졌고, 당신 때문에 부끄러워졌어!" 그가 말을 계속했어요. "이제 다시는 오지 않겠어!"

아가씨의 눈에 눈물이 글썽거리기 시작했고 곧이어 눈꺼풀도 깜박거리기 시작했어요.

"게다가 당신은 일부러 거짓말을 했어!" 도련님이 말했어요.

"아니!" 아가씨가 겨우 입을 떼면서 소리쳤어요. "난 아무것도 일부러 하지 않았어요. 자, 갈 테면 가요. 가란 말이야! 그럼 나는 울 거야. 병이 나도록 울 거야!"

아가씨는 의자 옆에 무릎을 꿇고 정말로 울기 시작했어요.

에드거 도련님은 결심을 굽히지 않고 안뜰까지 나갔다가 거기서 머뭇거렸어요. 저는 그의 용기를 북돋워 주기로 결심했지요.

"아가씨는 지독히도 제멋대로예요!" 제가 큰 소리로 말했어요. "그렇게 버릇없는 사람은 없어요. 말을 타고 돌아가시는 게 좋을 거예요. 그러지 않으면 우리를 곤란하게 만들려고 아프다느니 어쩌니 할 테니까요."

그 마음 약한 청년은 곁눈질로 창을 들여다보더군요. 고양이가, 반쯤 죽여 놓은 생쥐나 반쯤 먹다 둔 새를 두고 가기 어려운 것처럼 그도 그냥 가 버리기 어려운 모양이었어요.

'아, 그렇다면 하는 수 없지.' 저는 생각했어요. '악운을 짊어지고 파멸로 뛰어드는 거지!'

과연 그대로였답니다. 도련님은 갑자기 돌아서더니 바삐 거실로 다시 들어가서 문을 닫아 버렸어요. 잠시 뒤에 제가 서방님이 엉망으로 취해 돌아오셔서 언제 소란을 피울지 모른다고(정말 취하면 대개 그랬지요.) 알려 주러 들어갔더니, 두 사람은 싸움을 해서 도리어 사이가 좋아져 있었어요. 소년 소녀다운 표면적인 수줍음을 깨뜨리고 친구라는 탈도 벗어 버리고 서로 사랑을 고백할 수 있게 되었을 뿐이었지요.

힌들리 서방님이 돌아왔다는 말을 듣고 린튼 도련님은 급히 말 있는 데로 달려갔고 캐서린 아가씨도 급히 자기 방으로 도망쳐 갔어요. 저는 아기 헤어튼을 숨기고 서방님의 새총에서 총알을 뽑아 버렸어요. 그분은 미친 듯이 흥분하면 새총 만지기를 좋아했고 거슬리거나 심지어 지나치게 주의를 끄는 사람이라도 있으면 누구에게라도 총을 쏠 것 같았거든요. 그래서 저는 그 총을 쏘더라도 피해가 없도록 총알을 빼 버리기로 한 것이지요.

9장

서방님은 듣기에도 무시무시한 저주의 말을 소란스럽게 떠들면서 들어왔어요. 그러다가 제가 그분의 아들을 부엌 찬장 속에 숨기고 있는 것을 보았지요. 헤어튼은 아버지가 야수처럼 맹목적으로 귀여워하거나 미친 사람처럼 성내는 것을 보면 자연히 겁을 먹었답니다. 귀여워할 때에는 껴안고 입을 맞추고 해서 숨이 막힐 위험이 있었고 성을 낼 때는 불 속이나 벽에다 집어 던질 염려가 있었으니까요. 그래서 그 불쌍한 아기는 내가 어디에 숨기든지 간에 숨죽여 가만히 있었답니다.

"그래, 이번에야말로 잡혔군." 힌들리 서방님이 제 목덜미를 개처럼 뒤로 잡아당겼어요. "너희, 틀림없이 그 아이를 죽일 작정이었지! 아이가 늘 내 눈에 띄지 않는 이유를 이제야 알겠어. 사탄의 힘을 빌려서라도 너한테 식칼을 먹이겠어, 넬리!

웃을 일이 아냐. 이제 막 케네스 녀석을 블랙호스 늪에 거꾸로 처박고 오는 길이라고. 하나나 둘이나 마찬가지지. 난 너희 가운데 하나를 죽이고 싶어. 그러지 않고는 편하지 않겠어!"

"저는 식칼을 삼키기 싫어요, 힌들리 서방님." 제가 대답했죠. "그걸로 구운 청어를 자르고 있었는걸요. 죽이시겠다면 총으로 쏴 죽이는 게 좋겠어요."

"차라리 지옥에 떨어지는 게 나을 거야! 정말 그렇게 해 주지. 자기 집의 질서를 바로잡는 짓을 방해하는 법은 영국에 없지. 그런데 내 집은 몸서리가 쳐질 정도야! 자, 입 벌려." 그분이 말했습니다.

그분은 칼을 들고 그 끝을 제 이 사이로 밀어 넣었어요. 하지만 저는 그분의 주정 따위는 별로 겁나지 않았답니다. 저는 침을 탁 뱉고, 그 맛이 고약해서 무슨 일이 있어도 먹지 않겠다고 일러 드렸어요.

"아하!" 그분이 저를 놓으면서 말했어요. "저 흉측하고 쬐그만 녀석은 헤어튼이 아니군. 넬리, 이건 잘못됐어. 저게 만약 헤어튼이라면 나를 맞이하러 달려오지도 않고 마치 내가 마귀인 것처럼 아우성만 치니 산 채로 껍질을 벗길 만도 하지. 이 인정머리 없는 녀석, 이리 와. 인심 좋고 늘 속기만 하는 아비를 속이는 법을 가르쳐 주지. 그런데 저 녀석, 귀라도 잘라 주는 게 보기 낫지 않을까? 귀를 자르면 개도 더 영악해 보이지. 난 영악한 게 좋단 말이야. 가위를 가져와. 영악하고 깔끔한 게 좋아! 게다가 귀를 소중히 하는 것은 돼먹지 않은 겉치레고 지독히 건방진 거야. 귀 같은 게 없어도 우린 원래 바보야. 그쳐, 이 녀석, 그쳐! 그러고 보니 너는 내 귀여운 아이로구나. 조용히 해, 울지 마. 자, 웃으면서 내게 입을 맞춰. 뭐! 싫다고? 헤어튼! 이 녀석, 입을 맞춰! 정말 이런 괴물 같은 녀석을 기르진 않았는데! 이 녀석의 모가지를 확 부러뜨릴 테다!"

불쌍한 헤어튼은 아버지의 품에서 있는 힘을 다해 울부짖으며 발버둥 쳤어요. 그리고 서방님이 위층에 데리고 가서 난간 너머로 쳐들었을 때는 갑절이나 더 크게 울었지요. 저는 아이가 놀라서 발작이라도 일으키겠다고 소리치면서 구하려고 달려갔어요.

제가 달려갔을 때 힌들리 서방님은 난간 밖으로 몸을 내밀고 손에 든 게 무엇인지는 거의 잊어버린 채 밑에서 들려오는 소리에 귀를 기울이고 있었어요.

"저게 누굴까?" 서방님이 계단 밑으로 가까이 다가오는 발소리를 들으며 물었어요.

히스클리프의 발소리라는 것을 알고서 그를 그쪽으로 오지 못하게 할 양으로 저도 몸을 내밀었지요. 그런데 제가 헤어튼에게서 눈을 떼는 순간, 그 아이가 갑자기 뛰어올라 부주의하게 안고 있던 아버지의 품에서 밑으로 떨어졌어요.

아찔한 공포를 경험할 틈도 없이 우리는 아이가 무사하다는 것을 알았답니다. 그 아슬아슬한 순간에 히스클리프가 바로 밑에 와 있어서 떨어지는 아이를 본능적으로 받았던 것이지요. 그러고는 아이를 세워 안으며 누가 사고를 냈는지 알아보려고 올려다보았어요.

언쇼 서방님의 모습을 본 그의 얼굴이란, 복권을 5실링에

팔아 버린 구두쇠가 다음 날 그 때문에 5000파운드를 놓쳤다는 것을 알았을 때보다도 어이없다는 표정이었지요. 그의 얼굴에는 그 자신이 오히려 자기의 복수심을 방해하는 수단이 되어 버린 데 대한 더할 나위 없는 괴로움이 말보다 뚜렷이 나타나 있었어요. 아마 어두웠더라면 헤어튼의 골통을 쳐부숴서라도 자기 실수를 보상하려 했을 거예요. 그런데 헤어튼이 구조된 것을 우리가 보고 말았지요. 저는 곧 밑으로 내려가서 제게 맡겨진 소중한 아기를 꼭 껴안았어요.

힌들리 서방님은 술도 깨고 창피하기도 해서 저보다 천천히 내려왔어요.

"네가 잘못한 거야, 엘런. 아이를 내 눈에 띄지 않는 곳에 둬야 했고, 내게서 아이를 데려갔어야 했어! 어디 다친 데는 없어?" 서방님이 물었어요.

"다쳤느냐고요!" 제가 화를 내며 외쳤어요. "죽지는 않더라도 바보가 되었을 거예요, 정말! 서방님이 아기를 어떻게 대하는지 보러 아기 엄마가 무덤에서 나오지 않을지 모르겠네요. 서방님은 이교도보다도 고약해요. 당신 혈육을 그렇게 다루시다니!"

옆에 제가 있는 것을 알고 무서운 것도 잊어버리고 울음을 그친 아이를 힌들리 서방님이 만지려고 했어요. 하지만 아버지의 손가락이 닿자마자 아기는 전보다 더 큰 소리로 비명을 지르며 경련이라도 일으킬 듯이 몸부림쳤어요.

"건드리지 마세요!" 제가 말을 계속했습니다. "아기는 서방님을 미워해요. 다들 미워하지요. 정말이에요. 행복한 가족을 거느리셨군요. 서방님 처지도 훌륭하시고요!"

"머잖아 더 훌륭한 처지가 되겠는걸, 넬리!" 마음이 비뚤어져 버린 사람이 다시 냉혹한 성미로 돌아가서 껄껄 웃었어요. "지금은 그 아이를 안고 저쪽으로 가 줘. 히스클리프도 들어! 너도 내 곁에서 멀찍이 비키란 말이야. 오늘 밤엔 죽이지 않겠어. 내가 집에 불이라도 지른다면 어떻게 될지 모르지만. 하지만 그것도 내 마음에 달렸지."

이렇게 말하면서 힌들리 서방님은 찬장에서 500밀리미터짜리 브랜디 병을 꺼내 와서는 큰 잔에 조금 따랐어요.

"아니, 안 돼요!" 제가 애원했어요. "힌들리 서방님, 제 말 들으세요. 서방님 자신은 상관없으셔도 이 불행한 아이만은 예쁘게 생각하세요!"

"누가 길러도 나보다 낫겠지." 그분이 대답했어요.

"자신의 영혼도 소중히 생각하세요!" 제가 그분의 손에서 잔을 빼앗으려 애쓰면서 말했어요.

"싫어! 반대로 그것을 만든 조물주를 벌하기 위해서라면 내 영혼을 지옥에 보내는 일쯤은 기꺼이 할 용의가 있어. 내 영혼의 온전한 파멸을 위해서 건배!" 그분이 신을 모독하며 소리쳤어요.

그분은 독주를 마시고는 갑갑한 듯이 우리에게 가라고 했어요. 그리고 마지막에는 무시무시한 저주를 한바탕 퍼부었는데, 되풀이하거나 곱씹기 역겨울 정도로 지독했어요.

"저 녀석이 술로 뒈지지 않는 게 이상해." 히스클리프는 힌들리 서방님이 문을 닫고 나가자 서방님이 퍼부은 저주를 흉

내 내면서 말했어요. "마실 만큼 마시고는 있지만 몸이 좋으니까 죽지 않는 거지. 케네스 선생은 그가 기머튼 쪽 사람 중 누구보다 오래 살 테고, 백발이 될 때까지 죄를 짓다가 죽을 거라며 자기 암말을 걸고 내기라도 하겠다고 하고 있어. 운 좋게 어떤 사고라도 일어나지만 않는다면 말이야."

저는 부엌으로 들어가서 귀여운 아기를 재우려고 했어요. 히스클리프는 방으로 해서 헛간으로 갔다고만 생각하고 있었지요. 그런데 나중에 보니까 불 있는 데서 먼 벽 옆의 긴 의자에 드러누워 잠자코 있었기 때문에 등이 높은 긴 의자에 가려 보이지 않았을 뿐이었답니다.

저는 헤어튼을 무릎에 올려놓고 흔들면서 이렇게 시작하는 노래를 흥얼거리고 있었어요.

이슥한 밤에 아기가 울면
무덤 속 어머니가 엿들으시고

그때 캐시 아가씨가 자기 방에서 그 소동에 귀를 기울이고 있다가 머리를 내밀고 속삭였어요.

"혼자 있어, 넬리?"

"그래요, 아가씨." 제가 대답했어요.

아가씨는 들어와서 불 가까이 다가왔어요. 저는 그녀가 무슨 말을 하려는가 하고 쳐다보았어요. 곤란한 듯하고 걱정스러운 표정이었어요. 무슨 말을 하려는 듯 입술이 반쯤 열리고 숨을 들이쉬었지만 그것은 말을 이루지 못하고 한숨이 되어

나왔어요.

저는 아가씨가 조금 전에 제게 한 짓을 잊지 않고 있던 터라 모르는 척하고 노래를 불렀어요.

"히스클리프는 어디 갔어?" 아가씨가 제 노래를 가로막으면서 묻더군요.

"마구간에서 일하고 있을 거예요." 제가 대답했어요.

히스클리프가 거기 없는 것 같았으니까요. 아마 긴 의자 뒤에서 잠이 들었던 모양이지요. 그러고 나서도 오랫동안 말이 끊겼어요. 그동안에 캐서린 아가씨의 뺨에서 눈물이 한두 방울 바닥에 떨어지는 것이 보였어요.

자신의 부끄러운 행동을 슬퍼하는 것일까 하고 저는 혼자 생각했어요. 그렇다면 그건 그때까지 없던 일이었지요. 하고 싶은 말이 있으면 자기가 할 일이지, 내가 물어볼 것까지는 없지! 하고 저는 생각했습니다. 그런데 아니었어요. 그녀는 자기 걱정 외에는 어떠한 일에도 별로 마음을 쓰지 않았어요.

"아이 참!" 아가씨가 마침내 외쳤습니다. "나는 참 불행해!"

"안됐군요." 제가 말했습니다. "아가씨는 성미가 까다로워요. 친구는 그렇게 많고 걱정은 그렇게 적은데도 만족할 줄을 모르잖아요!"

"넬리, 비밀 지켜 주겠어?" 아가씨는 이렇게 조르면서 제 옆에 무릎을 꿇고 도무지 화낼 만한 때에 화를 내지 못하게 하는 매력적인 눈초리로 제 얼굴을 쳐다보는 것이었어요.

"지킬 만한 비밀이에요?" 제가 마음을 조금 누그러뜨리면서 물었어요.

"그래, 괴로워서 털어놓지 않고는 못 배기겠어! 어떻게 해야 할지 알고 싶어. 오늘 에드거 린튼이 청혼을 해서 대답해 버렸어. 내가 동의했는지 거절했는지는 덮어 두기로 하고 내가 마땅히 어떻게 했어야 했는지 말해 줘."

"정말이지 캐서린 아가씨, 내가 그걸 어떻게 알겠어요?" 제가 말했어요. "하지만 오늘 오후 그분이 있는 데서 아가씨가 그런 짓을 한 걸 생각하면, 거절하는 게 현명했으리라고 말할 수 있을 것 같네요. 그런 일이 있은 다음에 청혼을 했으니 그분은 형편없이 미련하거나 앞뒤 가리지 못하는 바보임이 틀림없을 테니까요."

"그렇게 말하면 아무 말도 않겠어." 아가씨가 일어서면서 뾰로통하게 대꾸했어요. "난 승낙했어, 넬리. 빨리, 내가 잘못한 건지 말해 봐!"

"승낙했다고요? 그렇다면 이러니저러니 해 봤자 소용없잖아요? 이미 약속해 버렸으니 물러설 수 없지요."

"내가 그렇게 한 게 마땅한지 그렇지 않은지 말해 봐. 어서!" 아가씨는 손을 맞비비고 얼굴을 찌푸리면서 약이 오른 듯한 어조로 소리쳤어요.

"그 질문에 옳게 대답하자면 여러 가지를 생각해야지요." 제가 점잔을 빼면서 말했어요. "우선 무엇보다도 에드거 도련님을 사랑하세요?"

"사랑을 어쩔 수 있어? 물론 사랑하지." 아가씨가 답했어요.

그리고 저는 다음과 같이 여러 가지 질문을 했답니다. 스물두 살 난 아가씨로서는 분별이 없지도 않은 편이었지요.

"왜 그분을 사랑해요, 캐시 아가씨?"

"무슨 소리야, 사랑하니까 사랑하는 거지. 그걸로 충분해."

"결코 그렇지 않아요. 이유를 말해야만 해요."

"글쎄, 그이는 잘생기고 함께 있으면 즐거우니까."

"안 돼요."라는 것이 제 의견이었어요.

"그리고 그이는 젊고 명랑하니까."

"그것도 안 돼요."

"그리고 그이는 나를 사랑하니까."

"그것은 중요하지 않아요."

"그리고 그는 재산을 많이 물려받을 거고, 나는 근방에서 제일가는 부인이 되고 싶고, 그렇게 훌륭한 남편을 둔 것이 자랑스러울 테니까."

"제일 못쓰겠군요. 자, 이번에는 아가씨가 얼마나 그를 사랑하는지 말해 봐요."

"다른 사람과 마찬가지지. 바보 같아, 넬리."

"조금도 바보 같지 않아요. 대답해 봐요."

"그이가 살고 있는 땅, 그이 머리 위의 하늘, 그이의 손이 닿는 모든 것 그리고 그이가 말하는 모든 말을 사랑하지. 그이의 모든 표정, 그이의 모든 행동 그리고 그이의 전부를 사랑해. 그만하면 됐지!"

"그렇다면 왜 그렇게 좋아졌을까?"

"싫어, 놀리는 거지. 성미가 아주 고약하네! 농담 아냐!" 아가씨는 얼굴을 찌푸리면서 불 있는 데로 얼굴을 돌렸어요.

"농담하는 게 아니에요, 캐서린 아가씨." 제가 대답했지요.

"아가씨는 에드거 도련님이 잘생기고 젊고 명랑하며 돈 많고 아가씨를 사랑하기 때문에 사랑한다고 했죠. 하지만 마지막 이유는 아무 뜻이 없어요. 아마 그 이유가 아니라도 아가씨는 그분을 사랑할 거예요. 그리고 설사 그분이 아가씨를 사랑한다고 해도 앞의 네 가지 매력이 없다면 아가씨는 그분을 사랑하지 않을 거예요."

"그렇지, 그렇고말고. 그렇다면 나는 불쌍하게만 생각할 거야. 그가 보기 싫고 촌뜨기라면 아마 그를 미워하겠지."

"그렇지만 세상에 잘생기고 돈 많고 젊은 사람은 많아요. 어쩌면 그분보다 더 잘생기고 돈이 많은 사람이 있을지도 모르죠. 그렇다면 왜 그런 사람들은 좋아할 수 없나요?"

"그런 사람이 있다고 해도 내 눈앞에는 없잖아. 난 에드거 같은 사람은 본 적이 없거든."

"몇 명쯤 볼지도 모르죠. 그분이 항상 잘생기고 젊지는 않을 테고, 언제까지나 재산을 유지하지 못할지도 모르지요."

"하지만 지금은 그러니까, 더욱이 나는 현재만 생각하니까. 좀 이치에 맞게 얘기하면 좋겠어."

"그렇다면 그뿐이죠. 정말 현재만 생각한다면 린튼 도련님과 결혼하세요."

"넬리의 허락을 바라는 게 아냐. 하여튼 그와 결혼할 테니까. 내가 승낙한 게 잘한 건지 잘못한 건지 아직 이야기해 주지 않았어."

"만약 현재만 생각해서 결혼해도 좋다면 조금도 틀리지 않았어요. 이번에는 무엇 때문에 불행한지 들어 봅시다. 서방님은 좋아하실 테고 린튼 씨 부부도 반대는 안 하실 거예요. 그리고 지금의 어수선하고 편치 않은 집을 피해서 돈 많고 점잖은 집으로 가게 되고, 아가씨도 에드거 도련님을 사랑하고 에드거 도련님도 아가씨를 사랑하지요. 그러니 모든 것이 순조로워 보이는데 어디에 무슨 잘못이 있단 말이에요?"

"여기에! 그리고 여기에도!" 캐서린 아가씨가 한 손으로 이마를 치고 다른 손으로는 가슴을 치면서 대답했어요. "어느 쪽에 영혼이 들어 있든 영혼에 물어봐도 가슴에 물어봐도 틀렸다고만 생각되는 거야!"

"거참 이상한데요! 난 모르겠어요."

"그게 내 비밀이야. 나를 조롱하지 않는다면 설명할게. 똑똑히 설명할 수는 없지만 내 느낌만은 말해 줄 수 있어."

아가씨가 다시 내 곁에 앉았어요. 얼굴은 더 슬프고 침울해졌으며 맞잡은 손은 떨리고 있었지요.

"넬리는 기이한 꿈 꾸지 않아?" 아가씨가 몇 분 동안 생각한 끝에 불쑥 말했어요.

"네, 이따금 꾸지요." 제가 대답했어요.

"나도 그래. 평소에 늘 마음속에 남아 있다가 내 생각을 바꾸게 하는 꿈을 꾼 적이 있어. 마치 물에 탄 포도주처럼 그런 꿈은 내 속으로 샅샅이 스며들어 내 마음의 빛깔을 바꿔. 지금부터 이야기하는 것도 그런 꿈이야. 하지만 어떤 이야기를 해도 웃지 말아 줘."

"오! 제발 그만두세요, 캐서린 아가씨! 우리는 성가신 유령과 환영을 불러내지 않아도 이미 침울할 대로 침울해요. 자,

기운을 내요. 아가씨답게 아기 헤어튼을 봐요. 음산한 꿈이라고는 꾸고 있지 않아요. 자면서 어쩌면 저리 귀엽게 웃을까!"

"그래. 이 아이의 아빠가 혼자서 저주를 퍼붓는 꼴은 또 얼마나 귀엽고! 그런 오빠도 이 아이처럼 보송보송하고 이만큼 어리고 순진한 아이였을 때를 넬리는 아마 기억하겠지. 그런데 넬리, 내 꿈 이야기를 들어 줘야겠어. 별로 길지도 않아. 오늘 밤은 도저히 명랑하게 있을 수 없어."

"듣지 않을래요. 듣지 않아!" 제가 급히 말을 되풀이했어요.

당시 저는 꿈에 관해 미신을 갖고 있었고 지금도 마찬가지지요. 게다가 캐서린 아가씨의 모습이 여느 때보다 침울하기에 무슨 나쁜 조짐이 되고 무서운 파국을 내다보게 하는 이야기를 듣게 되지 않을까 두려웠던 거죠.

캐서린 아가씨는 화를 냈지만 이야기를 꺼내지는 않았습니다. 다른 이야기를 하다가 잠시 후 아가씨가 말을 이었어요.

"내가 만약 천국에 간다면, 넬리, 나는 지극히 불행할 거야."

"아가씨는 거기에 어울리지 않지요." 제가 대답했어요. "죄지은 사람들은 모두 천국에서는 불행하니까요."

"그런 게 아니야. 한번은 내가 천국에 간 꿈을 꾸었어."

"꿈 이야기는 듣지 않겠어요, 캐서린 아가씨! 그만 가서 잘래요." 제가 다시 말을 가로막았어요.

아가씨는 깔깔 웃고, 제가 의자에서 일어서려고 하자 저를 붙잡았어요.

"이건 아무것도 아니야." 아가씨가 외쳤어요. "천국은 내가 갈 곳이 아닌 것 같다고 말하려 했을 뿐이야. 나는 지상으로 돌아오려고 가슴이 터질 만큼 울었어. 그러자 천사들이 몹시 화를 내며 나를 워더링 하이츠의 꼭대기에 있는 벌판 한복판에 내던졌어. 거기서 나는 기뻐서 울다가 잠이 깼지. 이것이 다른 것과 마찬가지로 내 비밀을 설명해 줄 거야. 나는 천국에 가지 않아도 되는 것처럼, 에드거 린튼과 꼭 결혼할 필요도 없는 거지. 저 방에 있는 저 고약한 사람이 히스클리프를 저렇게 천한 인간으로 만들지 않았던들 에드거와 결혼하는 일 같은 건 생각지도 않았을 거야. 그러나 지금 히스클리프와 결혼한다면 격이 떨어지지. 그래서 내가 얼마나 그를 사랑하는가 하는 것을 그에게 알릴 수가 없어. 히스클리프가 잘생겼기 때문이 아니라, 넬리, 그가 나보다도 나 자신이기 때문이야. 우리의 영혼이 무엇으로 되어 있든 그의 영혼과 내 영혼은 같은 거고, 린튼의 영혼은 달빛과 번개, 서리와 불같이 전혀 다른 거야."

이 말이 끝나기 전에 저는 히스클리프가 옆에 있다는 것을 깨달았답니다. 약간 움직이는 기척이 나기에 그쪽을 돌아다보니 그가 긴 의자에서 일어나서 가만히 나가 버리는 것이었어요. 그는 캐서린 아가씨가 그와 결혼한다면 격이 떨어질 거라고 말할 때까지 듣고 있다가 그 이상은 듣지 않고 나갔던 것이지요.

캐서린 아가씨는 바닥에 앉아 있었기 때문에 긴 의자의 등에 그가 가려 있던 것도 나간 것도 몰랐지만, 저는 깜짝 놀라 아가씨에게 조용하라고 말했어요.

"왜?" 아가씨가 걱정스러운 듯이 주위를 살피며 물었어요.

“조지프가 왔어요.” 마침 길에서 그의 짐마차 소리가 나기에 제가 말했어요. “히스클리프도 같이 들어올 거예요. 벌써 문간에 와 있는지도 모르겠네요.”

“아니, 문간에선 내가 한 말이 들릴 리 없지! 식사 준비를 하는 동안 헤어튼은 내게 줘. 그리고 식사가 준비되거든 넬리와 같이 먹게 불러 줘. 마음이 편치 않아 잊어버리고 싶고, 히스클리프가 이러한 일을 전혀 눈치채지 못했을 거라 안심하고 싶어. 눈치채지 못했겠지? 사랑하고 있다는 게 어떤 건지 그는 모르겠지?”

“아가씨가 알고 있다면 그도 모르리란 법이 없죠.” 제가 대꾸했습니다. “만약 히스클리프가 아가씨를 좋아한다면 그보다 불행한 사람은 없어요! 아가씨가 린튼 부인이 되기만 하면 그는 친구와 모든 것을 잃어버리니까요! 아가씨는 그와 헤어지는 걸 참을 수 있을지, 또 그가 이 세상에서 외톨이가 된다는 걸 어떻게 참을지 생각해 본 적 있어요? 그것은 캐서린 아가씨…….”

“그가 외톨이가 된다고! 우리가 헤어진다고!” 아가씨가 화난 어조로 말했습니다. “누가 우리를 갈라놓는단 말이야? 그 따위들은 밀로[4] 같은 꼴이 될 거야! 내가 살아 있는 한 나는 그를 버리지 않아, 엘런. 그 누구를 위해서도. 린튼 가문의 사람이 지상에서 모조리 사라지더라도 히스클리프를 버릴 생각

---

4) 고대 그리스의 폭군으로 압제를 견디다 못한 백성들이 그를 알페이오스 강에 던졌다.

은 없어. 오, 전혀 그럴 생각 없어. 그럴 작정은 아니고말고! 그러한 희생을 치러야 한다면 나는 린튼 부인 같은 건 되지 않을 거야! 히스클리프는 예전에 그랬듯이 앞으로도 내게 소중해! 에드거는 그를 싫어해선 안 되고 적어도 그에게만은 너그러워야 해. 히스클리프에 대한 나의 진정을 알면 그도 그렇게 할 거야. 넬리, 넬리는 내가 지독히 이기적인 여자애라고 생각하겠지만, 만약 내가 히스클리프와 결혼한다면 우리가 거지가 될 거라고 생각한 적 없어? 하지만 내가 린튼과 결혼한다면 히스클리프가 오빠의 손아귀에서 벗어나게 도울 수 있어."

"아가씨 남편의 돈으로 말이죠, 캐서린 아가씨?" 제가 물었어요. "그분은 아가씨가 생각하는 것만큼 만만하지는 않을 거예요. 게다가 나로서는 뭐라고 할 수 없지만 린튼 도련님과 결혼하는 동기로서 지금까지 말씀하신 것 가운데서도 그게 제일 나쁘다고 생각해요."

"그렇지 않아." 아가씨가 반박했습니다. "그것이 제일 훌륭한 동기지! 다른 동기는 내 변덕을 만족시키는 것들이었고, 에드거를 위해서도 만족할 만한 거야. 하지만 이것은 에드거나 나 자신에 대한 나의 느낌을 몸소 이해해 주는 사람을 위한 것이거든. 꼭 집어 말할 수는 없지만 확실히 당신이든 누구든 자기를 넘어선 삶이 있다고, 또는 그런 삶이 있어야 한다고 생각할 거야. 만약 내가 이 지상만의 것이어야 한다면 이 세상에 태어난 보람이 무엇일까? 이 세상에서 내게 큰 불행은 히스클리프의 불행이었어. 그리고 처음부터 나도 각자의 불행을 보고 느꼈어. 내가 이 세상에 살면서 무엇보다도 생각한 것은 히스클리프 자신이었단 말이야. 만약 모든 것이 없어져도 그만 남는다면 나는 역시 살아갈 거야. 그러나 모든 것이 남고 그가 없어진다면 이 우주는 아주 서먹해질 거야. 나는 그 일부분으로 생각되지도 않을 거야. 린튼에 대한 내 사랑은 숲의 잎사귀와 같아. 겨울이 돼서 나무의 모습이 달라지듯이 세월이 흐르면 그것도 달라지리라는 것을 나는 잘 알아. 그러나 히스클리프에 대한 애정은 땅 밑에 있는 영원한 바위와 같아. 눈에 보이는 기쁨의 근원은 아니더라도 없어서는 안 되는 거야. 넬리, 내가 바로 히스클리프야. 그는 언제까지나, 언제나 내 마음속에 있어. 나 자신이 반드시 나의 기쁨이 아닌 것처럼 그도 그저 기쁨으로서가 아니라 나 자신으로서 내 마음속에 있는 거야. 그러니 다시는 우리가 헤어진다는 말은 하지 마. 그것은 있을 수 없는 일이니까. 그리고……."

아가씨가 말을 끊고 제 외투 자락에 얼굴을 묻었지만, 저는 억지로 밀어냈답니다. 아가씨의 어리석은 이야기를 참을 수 없었거든요!

"내가 아가씨의 종잡을 수 없는 수작을 조금이라도 대중잡아 본다면, 아가씨는 결혼으로 짊어지게 될 의무를 모르거나, 그게 아니면 고약하고 지조 없는 분이라고 생각할 수밖에 없어요. 그러니 이 이상 비밀이니 뭐니 해서 나를 괴롭히지 말아 주세요. 비밀을 지키겠다는 약속은 못 하니까요."

"그래도 지킬 거지?" 아가씨가 열을 올리며 물었어요.

"아뇨, 약속 못 해요." 저는 같은 말을 되풀이했지요.

아가씨가 약속해야 한다고 막 우기려고 할 때 조지프가 들어와서 우리의 대화는 끊어졌어요. 캐서린 아가씨는 한구석으로 자리를 옮겨 헤어튼을 보고, 그동안 저는 저녁 식사를 준비했지요.

식사 준비가 끝나고 나서 조지프와 저는 누가 힌들리 서방님한테 저녁을 날라 가느냐 하는 문제를 두고 다투기 시작했어요. 음식이 거의 식을 때까지도 결정을 짓지 못했지요. 우리는 서방님이 저녁을 자실 마음이 있어 가져오라고 할 때까지 내버려 두기로 합의를 보았답니다. 서방님이 얼마 동안 혼자 계실 적에는 그분께 가는 걸 우리는 특히 두려워했거든요.

"그건 그렇고, 그 녀석은 어째서 아직도 들에서 돌아오지 않는 건가? 무엇을 하고 있지? 게을러빠진 녀석 같으니!" 조지프는 히스클리프가 있는지 두루 살피면서 물었어요.

"내가 불러올게요." 제가 대답했어요. "틀림없이 헛간에 있을 거야."

제가 가서 불렀지만 대답이 없었어요. 돌아와서 저는 캐서린 아가씨에게 그녀가 아까 말한 것을 그가 대부분 들었을 거라고 작은 소리로 일러 주었지요. 그리고 아가씨가 히스클리프에 대한 오빠의 행동을 놓고 막 불평했을 때 그가 부엌에서 나가는 것을 봤다는 이야기도 해 주었답니다.

몹시 놀란 아가씨는 헤어튼을 긴 의자에 내버려 두고 몸소 히스클리프를 찾으러 달려갔어요. 자기가 왜 그렇게 당황하는지 혹은 자기가 한 말이 그에게 어떻게 들렸을지 생각할 겨를도 없었겠지요.

아가씨가 너무 오랫동안 돌아오지 않자 조지프는 더 기다릴 것 없이 식사를 하자고 했어요. 조지프는 자신의 장황한 기도를 듣지 않으려고 도망친 거라고 그럴듯하게 짐작했던 거지요. 못할 짓이 없는 녀석들이라고 말하더군요. 그리고 그들을 위해 그날 밤에는 보통 십오 분 동안 하는 식전 기도에 특별 기도까지 붙이고 게다가 식후 기도가 끝난 다음에도 특별 기도를 하나 더 곁들일 판이었는데, 그때 아가씨가 좇아 들어와서 우리한테 길로 뛰어나가 히스클리프가 어디 돌아다니고 있든 당장 찾아오라고 급히 명령했어요.

"그에게 이야기할 게 있어. 자러 올라가기 전에 꼭 해야겠어." 아가씨가 말했어요. "대문이 열려 있어. 어디 불러도 들리지 않는 곳에 가 있을 거야. 양 우리 꼭대기에서 있는 힘을 다해 외쳤지만 대답이 없었어."

조지프는 처음에는 반대했어요. 하지만 너무 심각해진 아가씨가 반대를 받아들이지 않자 결국 모자를 쓰고 투덜거리면서 나갔지요.

그동안 캐서린 아가씨는 방을 왔다 갔다 하면서 소리치는 것이었어요.

"어디 갔나 몰라. 갈 데가 있어야지! 내가 뭐라고 말했지, 넬리? 나는 잊어버렸어. 오늘 오후 내 기분이 언짢았다고 히스클리프가 화가 났던가? 아니! 내가 무슨 말로 그를 슬프게 했는지 말해 줘. 제발 돌아오면 좋겠어. 제발 돌아왔으면!"

"아무것도 아닌 것을 가지고 무슨 쓸데없는 소동이에요!" 저도 조금 걱정이 됐지만 외쳤습니다. "뭘 그런 하잘것없는 일로 걱정을 하세요! 히스클리프가 달밤에 벌판을 얼쩡거리고 우리하고 말하기 싫어서 건초장에 누워 있다고 해서 놀랄 것은 조금도 없어요. 틀림없이 거기 숨어 있을 거예요. 내가 찾아낼 테니 가 보세요!"

저는 다시 찾아보려고 나갔지요. 그러나 소득이 없었고 조지프의 수색도 마찬가지였답니다.

"그 녀석 갈수록 못쓰겠군. 못쓰게 되어 가는데!" 그가 돌아와서 이렇게 외쳤습니다. "그 녀석이 문을 활짝 열어 놓아서 아가씨의 조랑말이 보리밭을 두 이랑쯤 짓밟고 그대로 목장 쪽으로 올라가 버렸어. 내일 주인어른이 보면 화가 나서 가만있지 않으실 거야. 그런 부주의하고 쓸모없는 녀석을 그대로 잘도 참으셨지. 정말 참을성도 대단해! 하지만 언제까지 그럴 수는 없을 거야. 다들 알게 될 테니까! 공연히 그분을 화나게 해서는 안 되지!"

"히스클리프는 찾았어, 이 바보 영감아?" 캐서린 아가씨가 말을 가로막았어요. "내가 시킨 대로 그를 찾은 거야?"

"그 녀석을 찾느니 말을 찾는 게 낫지. 그게 더 지각 있는 일이지. 이런 밤에 말이든 사람이든 찾을 게 뭐람. 마치 굴뚝 속처럼 캄캄한데! 게다가 히스클리프는 내 휘파람 소리쯤으로 올 녀석이 아니거든. 아가씨가 부르신다면 모를까."

여름철로는 정말 지독히도 어두운 밤이었어요. 구름 모양새가 곧 천둥소리라도 낼 듯했어요. 그래서 저는 모두 앉아서 기다리는 게 낫겠다고 했지요. 비가 오면 가만히 둬도 틀림없이 돌아올 테니까요.

그러나 캐서린 아가씨는 무슨 말을 해도 가만히 있지 못했어요. 불안해서 잠자코 있지 못하고, 대문과 문간 사이를 줄곧 왔다 갔다 했지요. 마지막에는 길이 가까운 담 옆에 붙어 선 채 제가 뭐라고 하든, 천둥이 치고 굵다란 빗방울이 떨어지기 시작하는데도 아랑곳없이 꼼짝도 하지 않고, 때때로 이름을 부르다가는 귀를 기울이고 그러다가는 울음을 터뜨리는 것이었어요. 아가씨가 몹시 복받쳐서 울 적에는 아기 헤어튼이나 어떤 아이보다도 심했습니다.

우리는 자정까지 앉아 있었는데 그때 그 언덕 너머로 폭풍이 맹렬히 불어왔어요. 천둥뿐 아니라 바람도 사나웠고, 어느 쪽인지 집 모퉁이에 선 나무를 마구 부러뜨렸어요. 커다란 가지 하나가 지붕에 떨어져 동쪽 굴뚝 한 모서리가 무너졌고, 돌이며 검댕이 부엌 난로 속으로 와르르 떨어졌답니다.

우리는 벼락이 우리 한복판에 떨어진 줄 알았지요. 조지프는 무릎을 꿇고 하나님께 죄 있는 자는 벌하시더라도 족장인 노아와 롯을 생각하시어 옛날처럼 바르게 사는 자들은 살려 주십사고 기도를 드렸어요. 저도 그것이 정녕 우리에 대한 심판일 거라는 생각까지 들더군요. 요나[5]가 바로 언쇼 서방님이라는 생각이 들어서 아직 살아 있는지 확인하려고 그분의 방문 손잡이를 흔들어 보았어요. 서방님은 들을 수 있을 만큼 큰 소리로 대답했고, 그 소리에 조지프는 더욱 요란하게 자기 같은 성자와 주인 같은 죄인을 확실히 구별해 주십사고 고함

5) 구약 성서의 인물로, 하나님의 명령을 거역하고 항해에 나섰다가 풍랑을 만나는 바람에 신의 노여움을 샀다고 여겨져 바다에 던져지나, 큰 물고기의 배 속에서 사흘간을 지내다가 기적적으로 살아났다.

을 지르면서 기도하는 것이었어요. 이십 분 후에 폭풍은 지나갔답니다. 우리는 모두 무사했지요. 다만 캐시 아가씨는 고집을 부려 비를 피하지 않고 모자와 숄도 쓰지 않은 채 서 있다가 머리고 옷이고 함빡 젖었지요.

아가씨는 방에 들어와서도 온통 젖은 채로 긴 의자에 의자 등을 보고 누워 두 손으로 얼굴을 가렸어요.

"자, 아가씨!" 제가 아가씨의 어깨에 손을 얹으면서 소리쳤어요. "설마 죽고 싶은 건 아니겠죠. 지금 몇 시인 줄 아세요? 12시 30분이에요. 자, 주무세요. 그 어리석은 녀석은 더 기다려도 소용없어요. 기머튼에 가서 잘 거예요. 그는 우리가 이렇게 늦게까지 자지 않고 기다리는지 모를 거예요. 힌들리 서방님만 깨어 있을 거라 생각하고 주인이 문을 열게 하는 것은 피하고 싶은 걸 거예요."

"아니, 아니야. 기머튼에 가지 않았어!" 조지프가 말했어요. "틀림없이 늪 구멍 바닥에 빠져 있을 거야. 이렇게 하나님이 노하시는 데는 다 까닭이 있는 거라고. 아가씨도 조심하셔야겠어요. 다음 차례가 될지도 모르니까. 하나님께 모든 것을 고마워해야 해. 쓰레기 속에서 가려낸 자들을 위해서는 모든 게 잘돼 가고 있는 거지! 성경에서도 그렇게 말하잖아."

그러고는 성경을 몇 구절 인용하면서 그것이 어디 있다는 것까지 들먹이기 시작했어요.

그 고집 센 아가씨에게 일어나서 젖은 옷을 벗으라고 아무리 말해도 듣지 않자 저는 조지프는 설교하게, 아가씨는 떨게 내버려 둔 채 헤어튼을 데리고 잠자리에 들었어요. 아기는 주위 사람들이 모두 자고 있는 것처럼 곤히 잠들어 있었지요.

그 뒤 잠시 동안 조지프가 계속 성경을 읽는 소리가 들렸어요. 그리고 그가 천천히 사다리를 밟고 다락방으로 올라가는 소리를 듣고 저도 잠이 들었답니다.

평소보다 조금 늦게 내려갔더니 덧창 틈으로 비쳐 드는 햇빛에 캐서린 아가씨가 그때까지 벽난로 가까이 앉아 있는 것이 보였어요. 거실 문도 열려 있었어요. 닫지 않은 창으로 햇빛이 들고 힌들리 서방님은 이미 나와서 초췌하고 졸린 얼굴로 부엌 난롯가에 서 있었어요.

"왜 그래, 캐시?" 제가 들어갔을 때 힌들리 서방님이 말씀하셨어요. "마치 물에 빠진 강아지 꼴이구나. 왜 그렇게 흠뻑 젖었고 얼굴빛은 또 왜 그리 나쁘냐?"

"비를 맞았어요." 아가씨가 귀찮은 듯이 대답했어요. "그리고 추워서 그래요. 그뿐이에요."

"아이고, 말씀 마세요!" 저는 서방님이 술이 무던히 깬 것을 눈치채고 외쳤지요. "간밤에 소나기를 흠뻑 맞고서 거기 앉아 밤을 지새웠답니다. 그런데 아무리 해도 꼼짝을 않네요."

언쇼 서방님이 놀란 듯이 우리를 노려보셨답니다. "밤새도록?" 서방님은 말을 되풀이하셨어요. "뭣 때문에 못 잤어? 천둥이 무서웠던 건 아닐 테고. 이미 오래전에 멎었으니."

우리는 숨길 수 있는 데까지는 숨기고 히스클리프가 없어졌다는 말은 하고 싶지 않았답니다. 그래서 저는 왜 아가씨가 자지 않고 앉아 있으려 했는지 모른다고 대답했고, 아가씨도 잠자코 있었지요.

신선하고 상쾌한 아침이었어요. 창을 열어젖히자 뜰에서 풍겨 오는 향기가 곧 방 안을 채웠어요. 하지만 캐서린 아가씨가 뾰로통하게 말하는 것이었어요.

"엘런, 창 닫아. 추워 죽겠어!" 그러면서 아가씨는 꺼져 가는 불 앞으로 다가앉아 몸을 움츠리고 이를 달달 떨었어요.

"몸이 불편한 모양이군." 힌들리 서방님이 그녀의 손목을 잡으며 말했어요. "그래서 못 잔 것 같구나. 제기랄! 이제 더는 집에 있는 병자 때문에 고생하고 싶지 않은데. 뭣 때문에 비가 오는데 나갔던 거냐?"

"늘 그랬듯이 사내 뒤를 쫓아간 게지요." 조지프는 우리가 망설이고 있던 그 기회를 놓칠세라 거친 목소리로 악담을 늘어놓았어요.

"주인어른, 만약 제가 주인어른이라면 귀천을 가리지 않고 누구도 이 집에 얼씬도 못 하게 하겠어요! 주인어른만 안 계시면 저 고양이 같은 린튼 녀석이 살그머니 오지 않는 날이 없어요! 그러면 넬리도 얌전한 척 부엌에 앉아 주인어른이 돌아오시는지 망을 본답니다. 그래서 서방님이 들어오시면 그 녀석은 다른 문으로 도망을 친단 말씀이지요. 그러면 우리 아가씨도 어슬렁어슬렁 만나러 나가신단 말씀! 밤 12시가 지나서 저 더러운 망할 놈의 집시 녀석인 히스클리프와 들판에서 숨어 돌아다니니 훌륭도 하시지! 내 눈이 멀었다고 생각하지만 천만에! 나는 그런 바보는 아니거든! 린튼 녀석이 오는 것도, 가는 것도 보고 있지. 그리고 너(말머리를 제게로 돌리면서)도 쓸모없고 지저분한 여자애야. 서방님의 말발굽 소리가 길에서 가까워지면 당장 쫄랑쫄랑 거실로 뛰어 들어갔지."

"입 닥쳐, 이 엿듣기쟁이!" 캐서린 아가씨가 외쳤습니다. "내 앞에서 건방진 소리 하지 마. 에드거 린튼은 어제 우연히 왔어요, 오빠. 그리고 그에게 가라고 말한 것은 나였어요. 오빠가 그렇게 취해 있어서 그를 만나고 싶지 않을 것 같았거든요."

"거짓말이지, 캐시? 틀림없어." 아가씨의 오빠가 대답했습니다. "너는 바보야! 하지만 지금은 린튼 걱정은 마라. 너 엊저녁에 히스클리프와 같이 있었지? 자, 바른대로 말해. 같이 있었다고 해도 그 녀석을 어쩌지는 않을 테니까. 그 녀석을 미워하는 것은 마찬가지지만 어제 그 녀석이 내게 잘해 줬으니 녀석의 목을 분지를 수는 없지. 이제 그런 일이 없도록 오늘 아침 그 녀석을 내쫓아 버리겠어. 그리고 그 녀석이 가고 나면 너희도 모두 정신을 차리는 게 좋을 거야. 내 성미가 그만큼 너희 쪽으로 쏠릴 테니까!"

"간밤에 히스클리프의 코끝도 보지 못했어요." 캐서린 아가씨가 몹시 흐느끼기 시작하면서 대답했어요. "만일 오빠가 그를 내쫓는다면 나도 그와 함께 가겠어요. 하지만 기회는 없을 거예요. 그는 가 버렸을 테니까." 여기까지 말하고 나서 그녀가 슬픔을 억제하지 못하고 울음을 터뜨리는 바람에 나머지 말은 잘 알아들을 수 없었답니다.

힌들리 서방님은 아가씨에게 경멸로 가득 찬 악담을 퍼붓고 당장 아가씨 방으로 들어가든지 아니면 아무것도 아닌 일로 울지 말라고 했어요. 저는 아가씨를 억지로 방으로 데리고 갔지요. 방에서 아가씨가 슬퍼하던 광경을 저는 잊을 수 없을 거예요. 무시무시했지요. 저는 그녀가 미친 줄 알고 조지프에게 의사를 불러오라고 애걸했어요.

과연 그것은 정신 착란의 시초였지요. 케네스 선생은 아가씨를 보자마자 위험하다고 진단했답니다. 열병에 걸렸던 것이지요.

의사는 피를 뽑고 나서 우유를 거른 물과 미음만 먹이고 아래층이나 창밖으로 몸을 내던지지 않게 주시하라고 저에게 일러 주고 나서 떠났어요. 집과 집 사이가 보통 3~5킬로미터 떨어져 있는 이 마을에서 그분은 이리저리 뛰어다녀야만 했거든요.

저 자신도 살가운 간호사 노릇을 했다고 말할 수는 없지만 조지프와 주인은 더 말할 것도 없었답니다. 게다가 캐서린 아가씨도 환자로서는 가장 귀찮고 고집이 센 편이었지만 하여튼 병을 이겨 나갔지요.

린튼 씨 댁 노부인은 분명히 대여섯 번은 찾아오셔서 이것저것 일들을 바로잡아 주고, 우리 모두를 꾸짖기도 하고 지시를 내리기도 하셨어요. 그리고 캐서린 아가씨가 회복되기 시작했을 때는 아가씨를 스러시크로스 저택으로 옮기라고 우기셨지요. 그러는 것을 우리는 매우 고맙게 생각했답니다. 그러나 그분은 가엾게도 자신의 친절을 후회하게 되었지요. 두 내외분 모두 열병이 옮아 며칠 사이에 돌아가시고 말았거든요.

우리 아가씨는 전보다 더욱 건방지고 성 잘 내고 거만해져서 돌아왔지요. 히스클리프는 천둥이 치고 폭풍이 불던 밤 이후로는 소식이 없었고요. 어느 날 저는 아가씨에게 몹시 화가 나서 히스클리프가 사라진 것도 아가씨 탓이라고 말했답니다.(정말 그렇다는 것은 아가씨도 잘 알았지만요.) 그때부터 몇 달 동안 아가씨는 저를 단순한 하녀로 대할 뿐 달리 제게 어떠한 말도 건네지 않았지요. 또한 조지프도 상대하지 않았어요. 그는 하고 싶은 말은 다 하고 마치 아가씨가 어린아이인 양 여전히 설교를 하고 싶어 했거든요. 그러나 아가씨는 자기 자신을 어른이요, 우리의 안주인으로 생각했고, 병을 앓은 다음이라 자기를 극진히 대접해 줘야 한다고 생각하고 있었답니다. 게다가 의사도 너무 화를 내게 해서는 안 되며, 마음대로 하게 둬야 한다고 했고요. 그러니 누구라도 감히 그녀에게 맞서서 대꾸라도 한다는 것은 그녀가 보기에는 살인이나 마찬가지였던 것이지요.

언쇼 서방님과 그분의 친구들은 상대도 하지 않았지요. 케네스 선생한테 들은 바도 있고 화를 내면 흔히 심한 발작이 일어나려 했기 때문에 아가씨의 오빠도 누이의 요구는 무엇이든 들어주기로 하여 대개는 그 불같은 성미를 부채질하는 것을 피했답니다. 지나칠 정도로 누이의 변덕을 받아 주었다고 할 수 있지요. 애정에서가 아니라 자부심에서 서방님은 누이가 린튼 가문에 시집가서 당신 집안을 명예롭게 해 주기를 열렬히 바라고 있었어요. 그리고 누이가 자기에게 방해만 되지 않으면 우리를 노예처럼 짓밟아도 모르는 척했지요.

에드거 린튼 도련님은, 예나 지금이나 드문 일은 아닙니다만, 사랑에 눈이 어두워져 있었어요. 그리하여 그의 부친이 돌아가시고 삼 년 뒤, 캐서린 아가씨의 손을 잡고 기머튼 예배당으로 들어가던 날에는 자신이 세상에서 가장 행복한 사람이라고 생각할 정도였지요.

저는 워더링 하이츠에서 아가씨를 따라 이 집으로 옮겨 왔답니다. 전혀 내키지 않았지만 다들 타이르는 바람에 어쩔 수 없었지요. 아기 헤어튼이 다섯 살이 다 되어 제가 글자를 가르치기 시작한 참이었거든요.

우리도 헤어지는 것을 슬퍼했지만, 캐서린 아가씨는 더욱 심하게 울었지요. 제가 가지 않겠다고 했을 때, 그리고 아가씨가 아무리 부탁해도 제가 움직이려 하지 않았을 때, 아가씨는 울면서 남편과 오빠에게 갔어요. 아가씨의 오빠는 제게 짐을 싸라고 명령했어요. 이제 안주인이 없으니 그 집에 여자는 소용없으며 헤어튼은 머지않아 부목사가 맡을 거라더군요. 제가 택할 길은 한 가지밖에 없었지요. 명령에 따를 수밖에요. 저는 주인에게 진실한 사람들을 모두 버린다면 좀 더 빨리 파멸할 뿐이라고 말씀드렸지요. 헤어튼에게는 입을 맞추고 작별 인사를 했어요. 그 뒤로 그 아기는 제게 낯선 사람이나 다름없었어요. 생각하면 퍽 이상하지만, 그 아이는 엘런 딘에 관해서, 그리고 자신이 제게 이 세상에서 가장 소중했고 저도 자신에게 그랬다는 걸 틀림없이 깨끗이 잊어버렸을 거예요!

*

여기까지 이야기하고 나서 가정부는 무심코 벽난로 위에 놓인 시계를 보았다. 그리고 바늘이 1시 30분을 가리키는 것을 보고 깜짝 놀랐다. 그녀는 일 초도 더 이곳에 있으려고 하지 않았다. 사실 나도 그녀의 뒷이야기를 다음 기회로 미루고 싶던 참이었다. 이제 그녀도 쉬러 가고, 나 역시 한두 시간 생각에 잠겨 있던 탓에 머리와 사지가 쑤시고 나른하니 용기를 내어 자러 가야겠다.

10장

은둔 생활에 들어서는 첫걸음으로서는 멋진 일이었다. 넉 주 동안 앓아누워 뒤척이게 되었으니! 아, 이 스산한 바람, 매운 북녘의 하늘, 다닐 수 없는 길 그리고 꾸물대는 시골 의사들! 아, 사람의 얼굴이라고는 볼 수 없는 이 적막 그리고 무엇보다도 망측한 것은 봄이 올 때까지 문밖에 나갈 생각 따위는 아예 하지 말라는 케네스 선생의 무서운 선고이다.

히스클리프 씨가 이제 막 문병을 와 주었다. 이레 전쯤에는 뇌조 한 쌍을 보내 주었다. 이 겨울의 마지막 것이었다. 악당 같으니! 내가 이렇게 몸져누운 것에 그도 전혀 책임이 없는 것은 아니다. 그리고 나는 그 점을 그에게 말해 주고 싶었다. 그러나 참, 내 침대 곁에서 족히 한 시간이나 앉아 있어 주고, 다른 사람들처럼 알약이나 물약, 발포제나 거머리 얘기 따위를 지루하게 늘어놓지도 않는 고마운 사람의 비위를 내가 어떻게 감히 거스를 수 있었으랴!

이는 아주 한가로운 휴가이기도 하다. 너무 허약해서 책을 읽을 수도 없지만, 재미있는 것이면 즐길 수 있을 것 같다. 딘 부인을 불러올려 그 이야기를 마치게 하면 좋을 게 아닌가. 그녀가 전에 이야기한 데까지의 주요한 사건은 기억이 난다. 그래, 그녀 이야기의 주인공은 도망을 가서 삼 년 동안이나 소식이 없었지. 그리고 여주인공은 결혼을 하고. 종을 흔들어야지. 내가 기분 좋게 이야기할 수 있는 것을 알면 그녀도 기뻐할 거야.

딘 부인이 왔다.

"약을 잡수실 때까지는 아직 이십 분이나 있어야 해요." 그녀가 말했다.

"제발 약 소리는 하지 마오! 내 소원은……."

"가루약은 그만 잡수셔도 좋다고 의사 선생님이 말씀하시네요."

"대환영이오! 내 말이나 좀 들어 보시오. 이리 와 앉아요. 그 죽 늘어놓은 쓴 약병만 만지지 말고 주머니에서 뜨개질거리나 꺼내요. 옳지. 자, 히스클리프 씨의 사연이나 계속 얘기해 주세요. 전에 얘기한 데서 오늘날까지. 그가 유럽 대륙에 건너가서 교육을 다 받고 신사가 되어 돌아왔거나 대학에서 특대생이라도 된 거요? 또는 미국에라도 도망가서 자기를 길러 준 영국의 피를 흘리게 하여 이름을 떨쳤거나 영국의 대로에서 쉽게 한밑천 장만했소?"

"그런 일들을 조금씩 했는지도 모르죠, 주인님. 그러나 꼭 그렇다고는 말할 수 없지요. 그가 어떻게 돈을 벌었는지는 모른다고 전에 말씀드렸죠. 야만인처럼 무식했던 사람이 어떻게 해서 그만큼 교양을 쌓았는지도 저는 몰라요. 하지만 제 이야기가 싫증 나지 않으실 것 같으면 분부대로 이야기를 계속하지요. 오늘 아침에는 기분이 좀 나으신가요?"

"훨씬 낫소."

"잘됐군요."

*

저는 캐서린 아씨를 모시고 스러시크로스 저택으로 옮겨 왔답니다. 아씨가 예상한 것보다 훨씬 얌전해서 뜻밖이었습니다만 기뻤지요. 아씨는 린튼 서방님을 지나칠 정도로 좋아하는 듯했어요. 그리고 시누이에게도 아주 살가웠답니다. 그 남매도 확실히 아씨를 마음 편하게 해 주려고 애썼어요. 그러니까 가시나무가 인동덩굴 쪽으로 휘어진 것이 아니라 인동덩굴이 가시나무를 감은 격이었지요. 서로 양보하는 것이 아니라 한쪽이 꼿꼿이 서 있으면 다른 쪽 사람들이 굽어 드는 것이었어요. 반대도 하지 않고 냉담하지도 않은데 누군들 고약하게 굴거나 화를 낼 수 있겠어요?

에드거 서방님은 아씨의 기분을 건드릴까 봐 몹시 두려워하는 것 같았어요. 아씨에게는 이를 숨겼지만, 만약 제가 딱딱하게 대답하는 것을 듣거나 다른 하인이 아씨의 거만한 명령에 기분 나쁜 표정을 짓는 것을 보면 자기 때문에는 그런 적 없건만 얼굴을 불쾌하게 찌푸리고 곤란한 표정을 지으시는 것이었어요. 서방님은 여러 번 고분고분하지 못한 제 태도에 대해 엄격한 주의를 주셨어요. 아씨가 화내는 것을 보실 때 느끼는 고통이 칼에 찔린 아픔보다 더하다고 단언하셨지요.

마음씨 고운 서방님을 괴롭히지 않으려고 저도 화를 덜 내게 되었어요. 그리고 반년 동안은 폭발하게 하는 불이 가까이 없었기 때문에 화약 같은 아씨의 성미도 모래처럼 잠잠했지요. 그러나 이따금 캐서린 아씨는 우울하고 말이 없을 때가 있었어요. 그럴 때면 서방님 쪽에서도 말없이 동정하셨지요. 전에는 기분이 침울한 적이 없었는데 중병 때문에 체질에 변화가 생긴 거라고 그분은 말씀하셨어요. 그러다 다시 햇빛이 비치듯 아씨의 기분이 좋아지면 그분도 명랑한 얼굴로 반겼답니다. 정말 그분들 사이에는 날로 더해 가는 깊은 행복이 깃들었다고 해도 좋을 것 같았어요.

그러나 그 행복도 끝장이 났답니다. 글쎄, 우리 인간이란 결국 자기 본위가 되고 마는가 보죠. 순하고 너그러운 사람이라 해도 거만한 사람보다는 더 정당하게 이기적이라는 차이뿐이지요. 그리하여 여러 가지 사정으로 상대가 자신의 흥미 위주로 생각해 주지 않는다고 느끼게 되었을 때 그분들의 행복은 끝장이 났답니다.

9월의 어느 아늑한 저녁에 저는 손수 딴 사과를 담은 무거운 바구니를 들고 뜰에서 돌아오고 있었어요. 이미 어두워졌고, 안뜰의 높은 담장 너머로 달이 떠 있어 여기저기 집의 튀어나온 모서리에 무언가가 숨어 있는 듯한 그늘이 드리워 있었지요. 저는 문 옆 계단에 바구니를 놓고 쉬면서 부드럽고 향기로운 공기를 좀 더 들이마시고 있었어요. 현관을 등지고 달을 쳐다보고 있었지요. 그때 제 뒤에서 소리가 났어요.

"넬리, 당신이야?"

그것은 깊이 있는 음성이었고 외국인 같은 어조였어요. 그런데 제 이름을 발음하는 투가 어딘지 귀에 익은 데가 있었어요. 저는 누군가 하고 두려워하면서 돌아보았어요. 문들은 닫혔고 계단 쪽으로 오는 사람이라고는 보이지 않았거든요.

그런데 현관에서 무언가가 움직이는 게 보였어요. 가까이 가 보니 얼굴과 머리가 검고 검은 옷차림을 한, 키가 큰 사람이라는 것을 알 수 있었지요. 그는 현관 옆에 기대어 서서 문을 열려는 듯 걸쇠에 손을 대고 있었어요.

'대체 누굴까? 언쇼 서방님일까? 아니지! 목소리가 비슷한 데가 없는데.' 저는 생각했어요.

"여기서 한 시간을 기다렸어." 그는 제가 계속 뚫어져라 살피는 동안 다시 말했습니다. "내내 주위가 쥐 죽은 듯 고요하더군. 그래서 감히 들어갈 수 없었어. 나를 모르겠어? 봐, 낯선 사람이 아니야!"

달빛 한 가닥이 그의 모습을 비췄어요. 두 뺨은 거무스레했고 검은 구레나룻이 반쯤 덮여 있었어요. 눈썹은 험상궂고, 두 눈은 깊이 박혀 특이한 데가 있었지요. 그 두 눈이 기억에 되살아났어요.

"뭐!" 저는 그를 이 세상 사람이라고 봐야 할지 몰라 소리치고 놀라움에 두 손을 쳐들었습니다. "뭐! 네가 돌아온 거야? 정말 너야, 정말?"

"그래, 히스클리프야." 그는 대답하고서 저를 보던 눈을 들어 창들을 쳐다보았지만, 창들은 하나하나 달빛만 반사할 뿐 안에서 새어 나오는 불빛은 없었어요. "다들 집에 있는 거야? 그녀는 어디 있어? 넬리, 당신은 반갑지 않겠지만, 그렇게 당황할 필요 없어. 그녀가 여기 있어? 말해 봐! 그녀와 한마디만 하고 싶어. 당신 안주인 말이야. 가서 기머튼에서 온 어떤 사람이 만나고 싶어 한다고 말해 줘."

"아씨가 어떻게 생각하실까?" 제가 소리쳤어요. "아씨가 어떻게 하실까? 뜻밖의 일이라 나도 이렇게 어리둥절한데. 아씨는 실성하시겠네! 당신이 정말 히스클리프란 말이지? 그런데 못 알아보겠네! 아니, 이해할 수가 없어. 군인 노릇이라도 한 거야?"

"가서 내 말을 전해 줘." 그가 갑갑한 듯이 말을 가로막았습니다. "당신이 그렇게 해 주기 전까지는 지옥에 있는 기분일 거야."

그가 걸쇠를 벗겼고 저는 들어갔지요. 그러나 린튼 내외분이 계시는 거실에 이르렀을 때, 저는 도저히 들어갈 수가 없었답니다.

마침내 저는 촛불을 켜 드릴지 여쭈어보는 것을 구실로 삼기로 결심하고 문을 열었지요.

그분들은 함께 창가에 앉아 계셨어요. 창은 바깥벽에 닿도록 열려 있어, 뜰의 나무와 넓은 푸른 숲 너머로 기머튼 골짜기가 보이고 한 가닥 안개가 굽이쳐 그 꼭대기까지 올라가 있었지요.(아마 보셨겠지만, 예배당을 지나 얼마 안 가면 늪에서 흘러오는 도랑이 그 골짜기를 돌아 흐르는 개천과 합쳐지지요.) 워더링 하이츠는 이 은빛 안개 위에 솟아 있었지만 우리가 살던 집은 보이지 않았어요. 그 너머 좀 낮은 곳에 있는 것이었지요.

방 안도, 거기 있는 사람들도, 그들이 바라보는 경치도 모두 너무나 평화로워 보였지요. 그래서 촛불을 켤지 묻고 나서는 용건을 말하지 않고 나오려 했지만, 제가 어리석다는 생각이 들어 되돌아가서 중얼거렸어요.

"기머튼에서 온 분이 뵈었으면 하네요, 아씨."

"무슨 볼일로?" 캐서린 아씨가 물었어요.

"물어보지는 않았어요." 제가 대답했어요.

"커튼을 닫아 줘, 넬리. 그리고 차를 올려 와. 곧 돌아올 테니까."

그러고 나서 아씨는 방을 나갔어요. 에드거 서방님은 별생각 없이 누구냐고 물었어요.

"아씨에게는 뜻밖의 사람이지요. 히스클리프예요. 생각나시겠지만 언쇼 서방님 댁에 살던 사람 말이에요."

"뭐라고, 그 집시라고! 그 들에서 일하던 녀석? 왜 캐서린에게 그렇게 말하지 않았어?" 그분이 외쳤어요.

"쉿! 그 사람을 그렇게 부르시면 안 됩니다. 아씨께서 들으시면 언짢아하실 거예요. 그 사람이 달아났을 때 얼마나 상심하셨다고요. 그가 돌아온 걸 무척 기뻐하실 거예요."

린튼 서방님은 안뜰이 내려다보이는 방 저쪽 창가로 걸어갔어요. 그분은 창을 열고 몸을 내밀었어요. 두 사람이 그 밑에 있었던 게지요. 그분이 재빨리 이렇게 소리치셨으니까요.

"여보, 거기 서 있지 마요! 누구든 특별한 손님이거든 데리고 들어와요."

이윽고 걸쇠가 걸리는 소리가 들렸고, 캐서린 아씨는 너무 흥분해 반가운 기색도 없었어요. 숨도 제대로 못 쉬면서 정신없이 2층으로 뛰어 올라왔지요. 정말 그 얼굴을 보았다면 누구라도 무서운 변고가 일어났다고 짐작했을 거예요.

"아, 에드거, 에드거!" 아씨가 서방님의 목덜미를 덥석 껴안고 헐떡이며 말했어요. "아, 에드거, 여보! 히스클리프가 돌아왔어요. 정말 그 사람이에요!" 그렇게 말하면서 껴안은 팔을 쥐어짜듯이 죄었어요.

"그래그래." 서방님은 짜증이 난 듯이 외쳤어요. "그렇다고 내 목을 조르지 마요! 그 사람이 그렇게 중한 사람이라고는 생각한 적 없소. 그렇게 이성을 잃을 필요는 없잖소!"

"당신이 좋아하지 않는다는 건 알아요." 아씨가 기쁨을 약간 억누르면서 대답했어요. "하지만 나를 위해서 이제는 두 사람이 사이좋게 지내야 해요. 올라오라고 할까요?"

"이리로?" 서방님이 말했어요. "이 거실로 말이야?"

"그러면 어디로 오란 말이에요?" 아씨가 되물었어요.

서방님은 화가 난 듯했고, 그 사람에게는 부엌이 더 적당한 곳일 거라는 뜻을 내비치셨지요.

린튼 부인은 말도 안 된다는 듯이 그분을 보았어요. 그분의 까다로움을 노여움 반, 비웃음 반으로 대하는 듯했지요.

“안 돼요.” 아씨가 잠시 후에 말을 이었어요. “내가 부엌에 앉아 있을 수는 없어요. 여기에 탁자를 둘 놓아, 엘런. 하나는 지체 높으신 주인과 이사벨라 아가씨를 위해서, 다른 하나는 신분이 낮은 히스클리프와 나를 위해서. 그렇게 하면 속이 시원하시겠지요, 여보? 그렇지 않으면 다른 방에 불을 켜라고 할까요? 그렇다면 말씀하세요. 나는 달려 내려가 손님을 붙들겠어요. 너무 기뻐서 믿어지지 않아요!”

아씨는 막 다시 뛰어가려고 했지만 에드거 서방님이 붙잡았어요.

“넬리가 가서 올라오라고 해.” 그분이 저를 보고 말했어요. “그리고 캐서린, 기뻐하는 건 좋지만 바보같이 굴지 마요! 당신이 도망간 하인을 오빠로 맞이하는 걸 집에 있는 모든 사람에게 보일 필요는 없으니까.”

내려갔더니 히스클리프는 분명히 들어오게 하리란 걸 예상한 듯이 현관 밑에서 기다리고 있었어요. 그는 아무 말 없이 제가 안내하는 대로 따라왔어요. 그를 주인과 아씨가 있는 데로 안내했을 때 두 분이 얼굴을 붉히고 있는 것으로 보아 격한 말이 오간 것을 알 수 있었지요. 그러나 아씨는 히스클리프가 문간에 나타나자 또 다른 감정으로 얼굴을 붉혔어요. 아씨는 뛰어나와 그의 두 손을 잡고 린튼 서방님에게 데려갔어요. 그러고는 린튼 서방님의 내키지 않는 손을 잡아 그의 손에 덥석 쥐여 주었지요.

그때 난롯불과 촛불이 환한 곳에서 보니 히스클리프의 달라진 모습은 정말 깜짝 놀랄 정도였답니다. 그는 키가 크고 튼튼하고 균형이 잘 잡힌 사람이 되어 있어 그 옆에 선 우리 주인은 아주 가냘픈 소년 같아 보였지요. 히스클리프의 곧은 자세는 군대라도 다녀오지 않았나 생각하게 했어요. 그의 표정과 얼굴 윤곽은 린튼 서방님의 얼굴보다 훨씬 나이 들고 총명해 보였으며, 예전의 천했던 티는 조금도 남아 있지 않았어요. 미개인과 같은 사나움은 아직도 찌푸린 미간과 음울한 열정으로 불타는 두 눈에 숨어 있었지만 두드러지지는 않았지요. 그의 태도에는 위엄까지 배어 있었고, 우아하다고 하기에는 너무 준엄했지만, 거친 점은 말끔히 가셔 있었답니다.

우리 주인도 저처럼 놀랐거나 그 이상이어서 조금 전에 일하는 녀석이라고 부른 그 사람을 어떤 말투로 대해야 할지 몰라 잠시 어리둥절해 있었어요. 히스클리프는 린튼 서방님의 가냘픈 손을 놓고 상대편이 말하려고 할 때까지 차갑게 그분을 보고 서 있었어요.

"앉으시죠." 서방님이 마침내 입을 열었어요. "집사람이 옛날을 생각해서 내가 진심으로 당신을 대접해 주었으면 하고 바라서만이 아니라 나도 집사람을 기쁘게 하는 일이 생겨 흐뭇합니다."

"나도 그렇습니다." 히스클리프가 대답했어요. "무엇이든 나와 관계된 일일 때에는 더욱 그렇습니다. 기꺼이 한두 시간 머물겠습니다."

히스클리프는 캐서린 아씨 맞은편에 자리를 잡았어요. 캐서린 아씨는 마치 자기가 눈을 떼면 그가 사라져 버리지나 않을까 염려하듯이 그에게 시선을 고정하고 있었어요. 히스클리프는 아씨를 자주 보지는 않았고 이따금 한 번씩 재빨리 슬쩍 보는 것으로 그쳤어요. 그러나 볼 적마다 더 자신 있게, 아씨의 눈길에서 들이마시는 기쁨을 숨김없이 그도 내비치는 것이었어요.

그들은 서로의 기쁨에 너무 열중해 있어서 거북한 것도 잊어버렸지요. 그러나 에드거 서방님은 반대로 불쾌감으로 점점 창백해졌답니다. 자기 부인이 일어나 양탄자를 가로질러 가서 히스클리프의 손을 다시 잡고 제정신이 아닌 것처럼 깔깔 웃었을 때 그 불쾌감은 절정에 달했지요.

"내일쯤이면 꿈같다는 생각이 들 거야!" 아씨가 외쳤어요. "다시 너를 보고 만지고 이야기했다는 것이 믿어지지 않을 거야. 잔인한 히스클리프! 사실은 이렇게 맞이해 줄 것도 없지. 삼 년 동안이나 자취도, 소식도 없이 내 생각은 하지도 않았으니!"

"네가 나를 생각한 것 이상으로 널 생각했을 거야!" 그가 중얼거렸어요. "캐시, 네가 결혼했다는 소식은 들은 지 얼마 되지 않았어. 그리고 저 밑 뜰에서 기다리는 동안 이런 생각을 했지. 아마 놀랄 테고 기쁜 척하겠지만, 그러는 너의 얼굴을 한 번만 보고, 그 뒤에는 힌들리에 대한 원한을 풀고, 그러고는 자살해서 법의 신세를 지지 않겠다고 말이야. 그러나 네가 이렇게 반겨 줘서 그런 생각이 내 마음에서 사라져 버렸어. 이다음에 찾아올 때 달라진 태도로 나를 대하지 말아 줘! 아니, 또다시 나를 쫓아내지는 않겠지? 내게 정말 미안했지, 그렇지? 그래, 이유가 있었으니까. 너의 음성을 마지막으로 들은 뒤 지독히도 고생해 왔으니까. 하지만 오직 너를 위해서 싸워 왔으니까 나를 용서해 줘야 해."

"캐서린, 식은 차를 마시지 않으려거든 제발 식탁으로 오지." 린튼 서방님이 평상시 어조와 알맞은 정도의 예의를 유지하려고 애쓰면서 말을 가로막았어요. "오늘 밤 어디서 묵을지는 모르겠지만 히스클리프 씨는 먼 길을 가야 할 거요. 나도 목이 마르고."

캐서린 아씨가 찻주전자 앞으로 나왔고 이사벨라 아가씨도 종소리를 듣고 왔어요. 저는 두 분에게 의자를 가져다주고 방을 나왔지요.

차 마시는 시간은 십 분도 채 걸리지 않았어요. 캐서린 아씨는 잔을 채우지 않았어요. 아씨는 먹을 수도 없고 마실 수도 없었던 것이지요. 에드거 서방님도 차를 조금 따랐지만 역시 한 모금도 마시지 못했어요.

손님인 히스클리프는 그날 저녁 한 시간 이상 있지 않고 돌아갔어요. 그가 떠날 적에 저는 기머튼에 가냐고 물었어요.

"아니, 워더링 하이츠로 갈 거요. 아침에 갔을 때 언쇼 씨가 나를 초대했어."

언쇼 씨가 그를 초대했고, 그가 언쇼 씨를 방문했다니! 그가 간 다음 저는 이 말을 골똘히 생각해 보았답니다. 그가 위선을 좀 익힌 다음 이 고장에 돌아와 탈을 쓰고 나쁜 짓을 하려는 건가? 곰곰이 생각해 보았지요. 그가 돌아오지 말았어야 한다는 예감이 먼저 들더군요.

한밤중에 캐서린 아씨가 살며시 제 방에 들어와서 침대 옆에 앉아 머리카락을 당기는 바람에 저는 잠에서 깨어났어요.

"난 잘 수가 없어, 엘런." 아씨가 변명 삼아 말했습니다. "너무 기뻐서 누가 상대를 해 줬으면 해! 자기한테는 흥미 없는 것을 내가 좋아한다고 에드거는 기분이 나쁜 거야. 토라져서 바보 같은 소리나 할 때가 아니면 입을 열려고 하지 않아. 그렇게 몸이 불편하고 잠이 오는데 이야기하자고 드는 것은 잔인하고 이기적이라는 거야. 조금만 화가 나면 언제나 몸이 불편하대지! 내가 히스클리프를 몇 마디 칭찬했더니 두통이 나는지 질투가 나는지 그만 울기 시작하는 거야. 그래서 일어나서 와 버렸지."

"그분에게 히스클리프 칭찬을 해서 무슨 소용이 있어요? 어릴 적에도 서로 싫어했으니 히스클리프도 그분을 칭찬하는 것을 들으면 마찬가지로 싫을 거예요. 그것이 인간이니까요. 둘 사이에 싸움을 일으키고 싶지 않거든 그분 앞에서 그 이야기는 꺼내지 마세요."

"하지만 그건 커다란 약점을 드러내는 것 아니야?" 아씨가 말을 계속했습니다. "나는 시기하지 않아. 이사벨라의 머리카락이 금빛이고 살결이 희고 맵시가 우아하고 가족 모두가 그녀를 좋아한다고 해서 나는 결코 마음이 상하지 않아. 심지어 넬리까지도 우리가 말다툼할 때는 무조건 이사벨라 편을 들지. 하지만 나는 마치 너그러운 어머니처럼 양보하고 그녀를 아기라고 부르고 아양을 떨어서 화를 풀게 한다고. 우리 사이가 좋은 것을 보면 오빠 되는 사람도 기뻐하고 그러면 나도 기쁘단 말이야. 그런데 그 남매는 아주 닮았어. 너무 귀염만 받으며 자랐어. 이 세상이 자기네만 살도록 만들어졌다고 생각하는 모양이야. 나도 두 사람 모두의 비위를 맞추고 있지만 역시 한번 골려 주는 게 그들에게는 좋을 것 같아."

"그렇지 않아요, 아씨. 그분들이 아씨의 비위를 맞추는 거죠. 그분들이 비위를 맞추지 않는다면 어떻게 될지 빤하거든요. 그분들이 아씨 소원을 들어주려고 애쓰니까 아씨도 그분들의 일시적인 변덕을 너그럽게 봐주실 수 있었던 거지요. 그러나 양쪽이 같은 정도로 중요한 일에서 부딪치면 결국 싸우실지도 몰라요. 그러면 아씨가 약하다고 말씀하시는 그분들도 아씨 못지않게 고집을 부릴 수 있는 거예요."

"그때는 죽도록 싸우는 거지, 뭐. 그렇잖아, 넬리?" 아씨는 깔깔 웃으면서 대답하는 것이었어요. "아니야! 실은 나도 그이의 사랑을 믿어. 내가 그이를 죽인대도 그이는 보복도 하고 싶어 하지 않을 거야."

그토록 사랑해 주시니 더욱더 그분을 소중히 해야 한다고 저는 충고했어요.

"그야 소중히 하지. 하지만 사소한 일로 훌쩍거릴 필요는 없잖아. 유치하단 말이야. 내가 히스클리프는 어느 누구한테든 존경받을 만하고 그와 사귀는 것은 이 고장 제일의 신사에게도 명예로운 일일 거라고 말했다고 해서 눈물을 흘리면 안 되지. 또 자기도 그 정도의 말은 하면서 함께 기뻐했어야지. 그이는 그와 친해져야 하고, 그를 좋아할 만도 하지. 히스클리프도 그이에게 할 말이 있다는 것을 생각하면 그의 행동은 훌륭했다고 생각해!"

"그가 워더링 하이츠로 가는 것은 어떻게 생각해요?" 제가 물었습니다. "보기에 그는 모든 점에서 달라졌어요. 완전히 기독교도다워졌어요. 사방의 원수에게 우정의 손을 내미네요!"

"그가 설명을 하더군. 나도 넬리 못지않게 놀랐어. 넬리가 아직도 거기 살고 있다고 생각하고 넬리한테 내 소식을 들으려고 갔었다는 거야. 그래서 조지프가 힌들리 오빠에게 말했더니 오빠가 나와서 그동안 무엇을 했으며 어떻게 살았느냐고 묻기 시작하더라는 거야. 그리고 마지막에는 들어오라고 하더래. 마침 몇 사람이 노름을 하고 있었는데 히스클리프도 끼게 되었고 오빠가 그에게 돈을 좀 잃었대. 게다가 그에게 돈이 많은 것을 알고 저녁에 다시 와 달라고 부탁해서 그도 승낙했다는 거야. 힌들리 오빠는 너무 무모해서 친구를 신중하게 고르지 못하지. 자신이 그렇게 야비하게 욕을 보인 사람이라면 조심해야 할 텐데, 그런 생각을 하려 들지 않는단 말이야. 그러나 히스클리프가 예전에 자기를 박해하던 사람과 다시 인연을 맺으려는 것은, 무엇보다도 이 저택에 걸어서 올 수 있는 곳에 몸을 두고 싶고, 우리가 함께 살았던 집에 대한 애착이 있어서야. 게다가 기머튼보다 거기서 살면 나도 그를 만날 기회가 더 많으리라고 생각했기 때문이라는 거야. 워더링 하이츠에서 살게 해 주면 사례는 후하게 할 작정이라니까 오빠는 틀림없이 욕심이 나서 단박에 허락할 거야. 오빠는 언제나 욕심이 많았거든. 오른손으로 잡은 것을 왼손으로 내버리기도 하지만 말이야."

"젊은 사람이 살기에는 좋은 집이지요!" 제가 말했습니다.

“그 결과가 어떨지는 염려되지 않으세요, 아씨?”

“히스클리프라면 조금도 걱정 없어. 그는 똑똑하니까 위험한 일은 하지 않을 거야. 힌들리 오빠는 조금 걱정되지만. 그러나 지금보다 심보가 더 나빠질 리도 없고, 해를 입힌다거나 하지 않게 내가 중간에 서지, 뭐. 오늘 저녁 일 때문에 나는 다시 신과 인간에게 돌아서게 됐어. 지금까지는 하나님의 뜻에 화가 나서 거역했어. 정말 넬리, 나는 너무 괴로웠어! 그 괴로움이 얼마나 지독했는지 안다면 그이도 괜히 화를 내서 괴로움이 사라진 기쁨을 흐리는 것을 부끄러워할 거야. 그 괴로움을 혼자 참으려 한 것은 그이에 대한 배려에서였어. 자주 느끼는 괴로움을 내가 표시라도 했다면 그이도 나 못지않게 그 괴로움이 덜어지기를 원했을 거야. 그러나 이제 지난 일이야. 그러니 그이가 어리석은 짓을 한다고 해서 보복하지는 않겠어. 지금부터는 무슨 일이든지 참을 수 있어. 아무리 천한 인간에게 뺨을 맞더라도 다른 쪽 뺨을 돌려 댈 뿐 아니라 화를 돋운 데 대해 용서를 빌 거야. 그 증거로 당장 그이한테 가서 화해를 청하겠어. 잘 자. 나는 이제 천사야!”

이렇게 우쭐해하면서 아씨는 나갔어요. 그리고 그 결심을 수행한 결과가 성공했다는 것은 다음 날 명백해졌지요. 린튼 서방님은 화를 내지 않았을 뿐 아니라(캐서린 아씨가 너무 쾌활하기 때문에 흥이 나지는 않는 것 같았지만) 캐서린 아씨가 이사벨라 아가씨를 데리고 그날 오후에 워더링 하이츠로 가기로 한 데 대해서도 반대하지 않았어요. 그리고 캐서린 아씨는 그 보답으로 린튼 서방님께 한껏 살갑게 대하고 애정을 쏟아 며칠 동안 그 집은 마치 천국과 같았지요. 그리하여 주인도, 하인들도 그칠 줄 모르는 햇볕을 쬐는 듯했답니다.

히스클리프는(앞으로는 히스클리프 씨라고 해야겠지요.) 처음에는 스러시크로스 저택을 방문할 때 조심하여 집주인이 자신의 방문을 어느 정도까지 참아 주는지 알아보려는 눈치였어요. 캐서린 아씨도 그를 맞이할 때 지나치게 기쁜 내색을 않는 것이 지각 있는 일이라고 생각했지요. 그리하여 그는 차차 스러시크로스 저택에 찾아갈 수 있는 손님으로서의 권리를 굳혔답니다.

그는 소년 시절에는 남 앞에서 몹시 수줍어했는데 그 버릇이 많이 남아 있어 감정을 야단스럽게 드러내지 않는 데 도움이 되었지요. 우리 주인도 한시름 놓게 되었지만 그것도 잠깐이었고 그 뒤의 사정으로 한동안 또 다른 걱정을 하지 않으면 안 되었어요.

새로운 걱정거리란 찾아오는 대로 내버려 둔 손님인 히스클리프를 이사벨라 린튼 아가씨가 갑자기, 그리고 걷잡을 수 없이 좋아하게 된 예기치 않은 불행이었지요. 이사벨라 아가씨는 그때 열여덟 살의 매력적인 아가씨였어요. 눈치도 빠르고 감정도 퍽 예민하며, 화가 나면 참을 줄을 몰랐지요. 성격은 팔팔했지만 태도는 어린애 같은 데가 있었어요. 이사벨라 아가씨를 몹시 사랑한 아가씨의 오빠는 터무니없는 사람을 좋아하는 데 놀랐지요. 이름도 없는 사내와 결혼하는 것이 타락이라든가, 자신에게 아들이 없을 경우 자기 재산이 그러한 자에게 넘어갈 수 있다든가 하는 사실은 제쳐 두고라도 그는 히스클리프의 성질을 꿰뚫어 보고, 비록 외모는 달라졌다 해도 그의 마음은 달라질 수 없고 달라지지도 않았다는 것을 알 만한 눈치는 있었지요. 린튼 서방님은 그 속내가 두렵고 싫었던 거예요. 이사벨라 아가씨의 인생을 그에게 맡긴다는 생각은 불길한 예감이 들어서 하고 싶어 하지도 않으셨지요.

게다가 상대편에서는 아무 말 없는데 이사벨라 아가씨가 혼자 좋아했고 그런데도 상대편이 아무렇지 않아 한다는 것을 알았더라면 서방님은 더욱더 마음이 내키지 않으셨을 테지요. 그것은 그렇다는 걸 알아차리자마자 히스클리프가 일부러 꾸민 일이라고 책망하신 걸 보면 알 수 있는 일이지요.

우리는 한동안 이사벨라 아가씨가 무엇엔가 초조해하고 연연해한다는 것을 눈치챘어요. 아가씨는 점점 성질을 부리고 귀찮게 굴었어요. 늘 캐서린 아씨에게 대들고 골리고 하여 원래 참을성이 적은 아씨를 금세라도 화나게 할 것 같았지요. 우리는 건강이 나쁜 탓이라 생각해서 어느 정도까지는 내버려 두었답니다. 아무튼 수척해지는 것이 우리 눈에도 뚜렷했으니까요. 그런데 어느 날 아가씨가 이상하게도 고집을 부리면서 아침도 먹지 않고, 하인들이 시킨 일을 하지 않는다는 둥 자기가 이 집에서 푸대접을 받아도 아씨가 내버려 두며 에드거 서방님도 자기를 소홀히 한다는 둥 문을 열어 두어서 감기가 들었는데 우리가 자기 성미를 건드리려고 일부러 거실의 난롯불을 꺼 버렸다는 둥 투덜대며 그 밖에도 여러 가지 하찮은 비난을 늘어놓자, 캐서린 아씨는 잔말 말고 자라고 실컷 꾸짖은 다음 의사를 부르러 사람을 보내겠다고 소리쳤답니다.

케네스 선생 얘기가 나오자 이사벨라 아가씨는 단박에 자기는 아프지 않고 캐서린 언니가 심하게 굴어서 언짢은 거라고 소리쳤어요.

"어떻게 내가 심하게 군다고 할 수 있어요? 버릇없는 어린애 같으니라고!" 캐서린 아씨가 부당한 주장에 놀라면서 외쳤어요. "확실히 머리가 어떻게 된 모양인데, 언제 심하게 했단 말이에요?"

"어제." 이사벨라 아가씨가 흐느끼면서 말했어요. "그리고 지금!"

"어제라니?" 올케가 되물었어요. "무슨 일 말이에요?"

"우리가 벌판을 걸어오고 있을 때. 나한테는 맘대로 돌아다니라고 하고 언니는 히스클리프 씨와 산책을 했잖아요!"

"그게 심했다는 거예요?" 캐서린 아씨가 웃으면서 말했습니다. "그것은 아가씨가 옆에 있어서 방해가 된다는 뜻이 아니었어요. 아가씨가 옆에 있든 없든 우리는 상관없었으니까. 나는 다만 히스클리프의 이야기가 아가씨한테는 전혀 재미없을 것 같아서 그랬죠."

"아니, 그렇지 않아요." 아가씨는 울었습니다. "언니는 내가 거기 있고 싶어 하는 걸 알고 나를 쫓으려고 한 거야!"

"이 아가씨가 제정신일까?" 캐서린 아씨가 제게 하소연하듯 물었어요. "우리가 한 얘기를 한마디도 빼지 않고 되풀이하겠어요, 이사벨라 아가씨. 아가씨에게 재미있었을 일이 있으면 말해 봐요."

"이야기는 아무래도 좋아요." 아가씨가 대답했어요. "나는 같이 있고 싶었단 말이에요…….”

“그래요?” 캐서린 아씨는 이사벨라 아가씨가 말을 맺기를 주저하는 걸 눈치채고 대꾸했어요.

“그이하고 같이 말이에요. 그리고 이제 그대로 물러나지만은 않겠어요!” 아가씨가 열을 올리면서 계속 말했어요. “언니는 이솝 이야기에 나오는 말구유의 개처럼 심보가 고약해. 자기 말고는 그 누구도 사랑받는 꼴을 못 보지!”

“아가씨는 건방진 원숭이 새끼 같아요!” 캐서린 아씨가 깜짝 놀라 소리쳤어요. “그러나 그런 천치 같은 수작은 믿지 않겠어요! 아가씨가 히스클리프의 사랑을 탐내고 그를 좋은 사람으로 생각한다는 건 있을 수 없는 일이에요! 내가 아마 잘못 들은 거겠죠, 이사벨라 아가씨?”

“아니, 잘못 듣지 않았어요.” 사랑에 푹 빠진 아가씨가 말했어요. “언니가 에드거 오빠를 사랑하는 것보다 더욱 나는 그이를 사랑한단 말이야. 그이도 언니만 내버려 둔다면 나를 사랑할 거야!”

“그렇다면 나는 왕국을 준대도 아가씨가 되지는 않겠어요!” 캐서린 아씨가 힘주어 잘라 말했어요. 그 말은 진지한 것 같았지요. “넬리, 아가씨가 미쳤다는 걸 납득시켜 줘. 히스클리프가 어떤 사람인지, 세련된 데라고는 없고 교양도 없는 야만인이며, 퍼즈[6]와 현무암뿐인 메마른 들판 같은 인간이란 걸 말해 줘. 나는 아가씨에게 그를 사랑하라고 권하느니 차라리

6) 금작화의 한 종류.

저 어린 카나리아를 겨울 숲에 놓아주겠어! 아가씨가 그런 꿈을 꾼다는 것은 그의 성격을 한심할 정도로 모르기 때문이야. 그가 겉으로 봐서는 무서워도 마음속에는 깊은 인자함과 애정을 감추고 있다고 생각한다면 큰 잘못이야! 그는 아직 다듬지 않은 다이아몬드나 진주가 들어 있는 조개와 같은 촌뜨기가 아니라 사납고 무자비하고 늑대 같은 사내야. 난 그 사람에게 이러저러한 원수를 해치는 것은 너그럽지 못하고 잔인한 일이니까 그대로 놓아두라는 투로 말한 적이 없어. 그들이 욕을 보는 게 싫어서 놔두라고 말하는 거야. 만약 아가씨가 귀찮다고 생각되면 그는 아가씨를 참새 알처럼 쥐어서 터뜨릴 걸. 그가 린튼 집안 사람을 사랑할 리 없다는 걸 난 알아. 그렇지만 아가씨의 재산과 앞으로 물려받을 유산을 보고 결혼할 수는 있겠지. 충분히 그럴 수 있어. 그 사람은 점점 탐욕이라는 죄에 빠지고 있는 것 같아. 내가 보기에는 그래. 그리고 나는 그와 친구 사이야. 어느 정도인가 하면 만약 그가 정말 아가씨를 차지하려 한다면 아마 나로서는 아가씨가 덫에 걸리도록 가만히 보고만 있어야 할 정도로 친하단 말이야."

이사벨라 아가씨가 올케를 노여운 눈초리로 바라보았어요.

"어쩌면! 어쩌면!" 아가씨는 노엽게 말을 되풀이했어요. "언니는 스무 명의 적보다 나빠. 악독한 친구 같으니!"

"아! 그렇다면 내 말을 믿지 않는단 말이야?" 캐서린 아씨가 말했어요. "내가 고약한 이기심에서 이런 말을 들려주는 줄 알아?"

"그렇지, 확실히 그래." 이사벨라 아가씨가 비꼬았어요. "언니를 보면 몸서리가 쳐져."

"좋아!" 하고 상대편도 외쳤습니다. "정 그렇게 생각한다면 마음대로 하라지. 난 할 말 다 했으니 이제 이야기는 그만두고 아가씨의 건방진 거만에 져 주기로 하지."

"언니의 이기심 때문에 내가 고생이란 말이야!" 이사벨라 아가씨는 캐서린 아씨가 방을 나가자 흐느끼면서 말했습니다. "모두가 나를 방해해. 언니는 단 하나밖에 없는 내 위안을 망쳐 버렸어. 언니가 한 말 거짓말이지, 그렇잖아? 히스클리프 씨는 악마 같은 사람이 아니야. 훌륭하고 진실한 영혼을 가지고 있어. 그렇지 않다면 어떻게 언니를 잊지 않았겠어?"

"그는 생각하지 마요, 아가씨." 제가 말했습니다. "불길한 징조를 가지고 오는 새 같은 사람이죠. 아가씨의 짝이 될 만한 사람이 아니에요. 캐서린 아씨의 말이 좀 지나치기는 했지만 틀렸다고 할 수는 없어요. 그의 마음을 나나 그 누구보다도 더 잘 알고 있거든요. 그리고 아씨는 그 사람을 실제보다 더 나쁘게 말하는 법이 없어요. 정직한 사람들은 자기가 한 짓을 감추지 않아요. 그가 어떻게 살아왔으며, 어떻게 돈을 벌었으며, 왜 그가 미워하는 사람의 집인 워더링 하이츠에 머물고 있다고 생각하세요? 그 사람이 오고부터는 언쇼 서방님이 점점 나빠지고 있다고들 해요. 그 두 사람은 날마다 밤샘 노름을 하고, 힌들리 서방님은 토지를 잡혀 돈을 꿔 가지고는 노름이나 술 마시는 것 외에는 하는 일이 없어요. 바로 일주일 전에 들은걸요. 조지프 영감이 말했어요. 기머튼에서 만났거든요. 그가 그러더군요. '넬리, 우리는 머지않아 검시관의 조사를 받아야 한대. 우리 집 두 양반 중에 한 사람이, 다른 하나가 마치 송아지라도 죽이듯 제 몸에 칼을 꽂는 것을 말리려다가 손가락이 떨어질 뻔했어. 자살하려고 한 것은 주인이야. 하나님의 심판을 받고 싶어서 못 견디겠다는 거지. 주인은 하나님의 법정에 앉아 있는 재판관들을 두려워하지 않아. 바울, 베드로, 요한 혹은 마태, 어느 누구도 겁내지 않는단 말이야. 우리 주인은 그러한 성자들 앞에 그 뻔뻔스러운 얼굴을 내밀고 싶다는 거지. 게다가 그 히스클리프라는 녀석 말이야. 그 녀석 대단해! 진짜 악마의 장난을 보고도 누구 못지않게 껄껄 웃을 수 있으니 말이야. 임자네 집에 가서, 우리 집에서 자기가 얼마나 멋지게 살고 있는지 이야기하지 않던가? 이런 식이야. 해 질 때 일어나서 주사위를 던지고 브랜디를 마시고 덧창을 닫고 다음 날 낮이 될 때까지 촛불을 켜 놓는단 말이야. 그러고 나면 우리 집 주인이 욕지거리를 하고 고래고래 고함을 지르면서 자기 방으로 가는데, 점잖은 사람은 낯부끄러워서 손가락으로 귀를 틀어막지 않을 수 없어. 그리고 그 악한은 돈 계산을 하고 먹고 자고, 가서 남의 마누라와 쓸데없는 수작을 하는 거지. 물론 캐서린 아씨에게는 아씨의 아버님 돈이 어떻게 해서 자기 주머니로 들어오는지, 그리고 아씨 오빠가 몰락의 대로를 달음질쳐 가면 자기가 미리 달려가서 통행세를 받고 문을 열어 주어 빨리 파멸에 이르게 하고 있다는 걸 말해 주겠지.' 자, 보세요, 린튼 아가씨. 조지프는 고약한 늙은이지만 거짓말쟁이는 아니랍니다. 히스클리프의 행동에 대한 그 영감의 이야기가 사실이라면 아가씨도 그러한 남편을 바라는 건 아니겠지요?"

"엘런도 다른 사람들과 한패가 되었군." 아가씨가 말했어요. "그런 중상모략은 듣지 않겠어. 이 세상에 행복은 없는 거라고 남에게 납득시키고 싶어 하다니 엘런도 틀림없이 고약한 사람이야!"

혼자 내버려 두었다면 이사벨라 아가씨가 그러한 생각을 그만두었을지, 아니면 끈기 있게 줄곧 그 생각만 하고 있었을지는 알 수 없지만, 아가씨는 생각할 겨를도 없었지요. 그다음 날 이웃 읍내에서 치안 판사 회의가 있어서 우리 서방님이 참석하지 않으면 안 되었어요. 그래서 히스클리프가 서방님이 없다는 것을 알고 보통 때보다도 조금 일찍 찾아왔지요.

캐서린 아씨와 이사벨라 아가씨는 서로 적의를 품고 있었지만, 말없이 서재에 앉아 있었어요. 이사벨라 아가씨는 경솔하게도 은밀히 품고 있던 생각을 순간적인 감정에서 털어놓은 것을 스스로 놀랍게 생각하고 있었고, 캐서린 아씨는 아무리 생각해도 이사벨라 아가씨가 정말 괘씸했겠지요. 그녀로서는 이사벨라 아가씨의 주제넘은 짓을 다시 비웃기는 할망정 웃어넘길 수 없었을 거예요.

히스클리프가 창 밑으로 지나가는 것을 보았을 때 캐서린 아씨는 웃음을 지었답니다. 저는 난로 청소를 하다가 아씨의 입술에 짓궂은 미소가 떠오르는 것을 보았지요. 이사벨라 아가씨는 생각에 잠겨 있거나 책에 열중해 있어서 문이 열릴 때까지도 거기 있었어요. 도망칠 수 있었더라면 도망치고 싶었겠지만 너무 늦어 그럴 수도 없었지요.

"들어와요. 마침 잘됐어요!" 캐서린 아씨가 난롯불 앞으로 의자를 끌어다 놓으면서 쾌활하게 소리쳤어요. "여기 두 사람 사이의 얼음을 녹여 줄 제삼자가 정말로 필요하던 참인데, 당신이 바로 우리 두 사람에게 그렇게 해 줄 사람이거든, 히스클리프. 드디어 나보다도 더 당신을 생각하는 사람을 떳떳이 소개하겠어. 이제 우쭐하시겠군. 아니, 넬리가 아니야. 그쪽을 보지 마요! 가엾게도 내 시누이가 당신의 아름다운 모습과 마음을 생각하기만 해도 그리움에 애가 타는 판이네요. 이 집 주인의 매제가 되는 것도 당신 마음에 달렸어. 아니, 아니, 이사벨라. 달아나게 두지는 않겠어." 아씨는 어쩔 줄 몰라 분개하며 일어서는 이사벨라 아가씨를 붙들고 놀리는 척하면서 말을 계속했어요. "우리는 당신 일로 마치 고양이들처럼 다투고 있었어. 그리고 당신에 대한 감탄과 헌신적인 사랑을 들고 나오는 통에 내가 완전히 당했지. 게다가 내가 점잖게 물러서기만 한다면 내 경쟁자가 되려는 아가씨가 당신 가슴에 사랑의 화살을 쏘아 영원토록 자기 것으로 삼고 내 모습 같은 건 영원히 잊어버리게 만들 거라고 하지 않겠어!"

"캐서린……." 이사벨라 아가씨는 체면을 차려, 자기를 꼭 붙잡고 있는 언니의 손을 뿌리치려고도 하지 않고 말했어요. "농담이라 해도 진실을 잊지 않고 나를 중상모략하지 않은 것에 감사하고 싶어. 히스클리프 씨, 당신 친구에게 나를 놓으라고 말씀해 주세요. 언니는 당신과 내가 친한 사이가 아니라는 것을 잊고 있어요. 그리고 언니는 그런 이야기를 재미있어하지만 나로서는 말할 수 없이 고통스러워요."

손님은 아무 대답도 하지 않고 의자에 앉았어요. 상대가 자기에게 어떠한 감정을 가졌든 철저히 무관심한 듯이 보이자 이사벨라 아가씨는 자기를 괴롭히고 있는 언니를 향해 속삭이는 소리로 놓아 달라고 하소연했어요.

"절대로 안 되지! 다시는 말구유의 개라고 부르게 두지 않겠어. 못 가. 히스클리프, 좋은 소식을 듣고도 왜 기쁜 얼굴을 하지 않지? 이사벨라는 나에 대한 에드거의 사랑 같은 것은 당신에 대한 자기 사랑에 비하면 아무것도 아니라고 맹세하고 있어. 확실히 그렇게 말했지, 엘런? 그리고 이 사람은 그저께 산책을 한 뒤로 줄곧 단식하고 있어. 당신하고 같이 있으면 안 된다며 내가 자기를 쫓아 버려서 속상하기도 하고 분하기도 해서라는데."

"당신이 거짓말하는 것 같은데." 히스클리프가 두 사람 쪽으로 의자를 돌리면서 말했습니다. "하여튼 아가씨는 나와 함께 있는 걸 피하고 싶어 하는군."

그러고 나서 히스클리프는, 예를 들면 인도에서 가져온 지네같이 징그럽지만 호기심에서 보고 싶어지는 낯설고 역겨운 동물이라도 바라보듯이 화제가 되고 있는 이사벨라 아가씨를 뚫어지게 바라보았어요.

가엾게도 이사벨라 아가씨는 이를 참을 수 없었지요. 얼굴이 계속 붉으락푸르락하더니 속눈썹에 눈물이 맺히면서 그 작은 손가락에 힘을 주어 캐서린 아씨의 꼭 붙잡은 손을 풀려 했어요. 그러나 팔을 잡고 있는 캐서린 아씨의 한 손가락을 풀면 다른 손가락이 감기자 전부 한꺼번에 풀 수 없다는 것을 알고는 손톱을 사용하기 시작했어요. 그 날카로운 손톱에 긁힌 캐서린 아씨의 손에는 초승달 같은 새빨간 손톱자국이 났지요.

"이런 암호랑이 같으니!" 캐서린 아씨가 아가씨를 놓고 아픈 나머지 손을 흔들며 소리쳤어요. "제발 가 버려. 그리고 그 여우 같은 낯짝 내놓지 마! 좋아하는 사람 앞에서 손톱을 드러내다니 어리석기도 하지. 그이가 어떻게 생각할지 짐작도 안 가? 봐, 히스클리프! 저 손톱이 사람 잡을 무기야. 눈을 할퀴지 않도록 조심해야겠어."

"만약 나를 할퀴려 들면 그 손톱을 뽑아 주지." 이사벨라 아가씨가 문을 닫고 나갔을 때 그가 우악스럽게 대답했어요. "그런데 대체 무슨 생각으로 그 아가씨를 그렇게 골린 거지, 캐시? 아까 말한 게 정말은 아니겠지?"

"정말이었어. 아가씨는 몇 주 동안이나 당신 때문에 애를 태우고 있어. 오늘 아침에는 당신 이야기로 온통 야단이었고. 그래서 좀 진정시키려고 내가 당신의 결점을 똑바로 말해 줬더니 기분이 나빴는지 고래고래 소리를 지르면서 악담을 퍼붓잖아. 하지만 더는 신경 쓰지 마. 건방진 애를 골려 주려고 한 것뿐이니까. 사랑하는 히스클리프, 나는 아가씨를 너무 좋아하기 때문에 당신이 꼼짝 못 하게 붙잡아서 집어삼키게 내버려 둘 수 없어."

"그 아가씨를 별로 좋아하지 않으니까 그럴 생각 없어. 굴[7]

7) ghoul. 송장 파먹는 귀신.

처럼 뜯어 먹으려고 든다면 별문제지만. 내가 만약 그 메스꺼운 납 인형 같은 얼굴과 함께 산다면 이상한 소문이 날 거야. 가장 평범한 소문이 내가 하루나 이틀마다 그 흰 얼굴을 무지갯빛으로 멍들게 하고 푸른 눈에는 시커멓게 핏발이 맺히게 한다는 것이겠지. 그 두 눈이 보기 싫게 린튼을 닮았더군."

"'보기 좋게'라고 말해." 캐서린 아씨가 말했어요. "그건 비둘기의 눈, 천사의 눈이야!"

"그 아가씨가 자기 오빠의 상속인이지, 그렇지?" 그가 잠시 말을 끊었다가 물었어요.

"그건 생각만 해도 분해." 캐서린 아씨가 대답했습니다. "에드거와 나 사이에 대여섯 명의 아이가 태어나 아가씨의 상속권을 없애길 빌어 줘! 하지만 지금 그런 생각은 하지 마. 당신은 주위 사람들의 재산을 너무 탐내. 이 이웃집 재산은 내 것이라는 걸 잊지 마."

"설사 이 집 재산이 내 소유라 해도 당신의 것임엔 변함이 없지." 히스클리프가 말했어요. "하지만 이사벨라 린튼은 어리석을지는 몰라도 미쳤을 리 없어. 어쨌든 당신이 충고한 대로 그 문제는 덮어 두지."

두 사람은 그 이야기를 중단했어요. 캐서린 아씨는 아마 입으로만이 아니라 머리로도 잊어버린 모양이었어요. 그러나 히스클리프는 틀림없이 그날 밤에도 자주 그 생각을 하는 것 같았어요. 캐서린 아씨가 그 방에서 나갈 때마다 그가 혼자서 미소를 띠었다기보다는 싱긋 웃으며 생각에 잠기는 것을 보았거든요.

저는 그의 행동을 감시하기로 결심했답니다. 제 마음은 언제나 캐시 아씨보다 서방님 쪽으로 기울어 있었는데, 그것도 당연하다고 생각했지요. 서방님은 친절하고 사람을 믿어 주고 명예를 존중했거든요. 캐시 아씨는 정반대라고는 할 수 없더라도 몸가짐이 너무 단정치 못한 것 같아서 아씨의 지조를 별로 신뢰할 수 없었고 아씨의 기분에는 더욱더 공감할 수 없었지요. 무슨 일이라도 일어나 워더링 하이츠와 스러시크로스 저택이 히스클리프 씨한테서 조용히 놓여나고 우리 모두 그가 돌아오기 전으로 되돌아가기를 바랐답니다. 그의 방문은 제게 깨지 않는 악몽과 같았고, 서방님에게도 아마 그랬을 거예요. 그 사람이 워더링 하이츠에서 살고 있다는 사실은 이루 말할 수 없는 압박감을 주었어요. 하나님이 길 잃은 양 같은 힌들리 서방님을 버리시어 악의 구렁텅이를 헤매게 하시자 한 마리의 악독한 짐승이 잡아먹으려고 돌아오는 길목에서 기다리고 있다는 느낌이 들었지요.

11장

때때로 혼자서 이러한 일들을 생각할 때면 갑자기 무서운 생각이 들어 벌떡 일어나서 그 집 농장은 어떻게 되었는지 보러 가려고 모자를 쓴 적이 있었답니다. 힌들리 서방님에 대해 세상 사람들이 어떻게 말하는지 그분에게 경고 삼아 알리는 게 제 의무라는 생각이 양심에서 우러나왔어요. 그러다가도 그분의 나쁜 버릇이 이제는 굳어 버려 고칠 수 없을 것 같아 제 말을 곧이듣지 않으리라는 생각이 들면 그 음산한 집에 다시 들어가기가 망설여졌지요.

한번은 기머튼으로 가는 길에 일부러 길을 돌아 그 옛집 대문 앞을 지났답니다. 제가 지금 이야기하는 그 무렵이었지요. 활짝 갠 싸늘한 오후였고 땅은 황량하고 길은 단단하고 메말랐어요.

저는 왼편 벌판으로 길이 갈라지는 길목의 돌이 서 있는 데까지 갔어요. 그 돌이란 기둥 모양의 거친 사암으로, 북쪽에는 W. H., 동쪽에는 G., 서남쪽에는 T. G.라는 글자가 새겨져 있었지요. 워더링 하이츠와 기머튼 마을, 스러시크로스 저택으로 가는 이정표 구실을 하는 것이랍니다.

태양이 여름을 연상시키면서 그 잿빛 돌의 꼭대기를 노랗게 비추고 있었어요. 그런데 까닭은 모르겠지만 갑자기 어린 시절의 감회가 왈칵 가슴속에 이는 것이었어요. 이십 년 전에 힌들리 서방님과 제가 즐겨 놀던 곳이라서요.

저는 그 비바람에 깎인 돌을 오랫동안 물끄러미 바라보고 있었어요. 그러고 나서 몸을 구부려 보니까 그 돌 밑바닥 가까이 있는 구멍에 아직도 달팽이 껍데기와 조약돌이 가득 차 있지 뭐예요. 우리는 그러한 것을 그보다 빨리 썩어 없어지는 것들과 함께 그곳에 두기를 좋아했지요. 그래서 제 눈에는 어릴 적 친구인 힌들리 서방님이 메마른 잔디에 앉아 까맣고 네모진 머리를 앞으로 숙이고, 그 작은 손으로 납작한 돌 조각을 쥐고 흙을 파내는 모습이 선했답니다.

"불쌍한 힌들리 서방님." 저는 무심코 소리쳤어요.

저는 깜짝 놀랐어요. 어릴 적 힌들리 도련님이 얼굴을 쳐들고 저를 똑바로 쳐다보는 게 역력히 보이는 듯했거든요! 눈 깜짝할 사이에 사라졌습니다만, 저는 당장 어떻게 해서라도 그 집에 가 보지 않고는 못 견딜 그리움을 느꼈답니다. 게다가 미신 같은 생각이 들어 그 기분에 따르지 않을 수 없었어요. 만약 그분이 죽었다면! 혹은 곧 죽게 된다면! 이것이 죽음을 알리는 것이라면! 하는 생각이 불현듯 들었던 것이지요.

그 집에 가까이 갈수록 점점 걱정이 되었고 그 집을 보자 사지가 부들부들 떨렸어요. 조금 전에 본 환영이 저보다 앞서 가서 대문 사이로 내다보면서 서 있는 것 같았지요. 그것이 곱슬머리에 갈색 눈을 가진 아이가 쇠창살에 발그레한 얼굴을 갖다 대고 있는 것을 보았을 때 처음 떠오른 생각이었어요. 그런데 잘 생각해 보니, 열 달 전에 제가 두고 온 뒤 별로 변하지 않은 헤어튼 도련님이 틀림없었어요.

"아이고, 도련님이군요." 저는 조금 전의 어리석은 두려움도 잊어버리고 외쳤어요. "헤어튼 도련님, 넬리예요……. 도련님을 기르던 넬리라고요."

헤어튼 도련님은 제 팔이 닿지 않는 곳으로 물러서서 큼직한 돌멩이를 집어 들었어요.

"아빠를 만나 뵈러 왔어요, 도련님." 저는 도련님이 하는 짓으로 보아 설사 넬리를 기억하더라도 제가 그 넬리라고는 미처 알아보지 못한 것이려니 짐작하고 말을 이었어요.

도련님은 돌을 쳐들고는 던지려고 했어요. 제가 달래려고 말을 시작했지만 도련님의 손길을 막을 수는 없었어요. 그 돌은 제 모자에 맞았고 그 어린 도련님의 더듬거리는 입에서 한바탕 욕지거리가 잇달아 튀어나왔어요. 그 욕지거리는 뜻을 알든 모르든 익숙하게 강조점을 둔 것이었고 그 어린 얼굴에 몸이 오싹할 정도의 악의가 나타났어요.

제가 화가 나기보다 슬펐다는 것은 말할 것도 없지요. 울고 싶은 심정으로 주머니에서 오렌지를 한 개 꺼내 도련님을 달래려고 주었어요.

도련님은 망설이다가 단지 꾀는 것일 뿐 주지는 않을 거라 생각했는지 제 손에서 냉큼 그것을 빼앗았어요.

저는 도련님의 손이 닿지 않게 하나 더 들어 보였어요.

"누가 그런 훌륭한 말을 가르쳐 줬어요, 도련님? 부목사님인가?" 제가 물었어요.

"부목사나 너 같은 게 다 뭐람! 그거나 줘." 도련님이 대꾸했어요.

"어디서 그런 말을 배웠는지 가르쳐 주면 이걸 주지. 누가 선생님이지요?"

"악마 같은 아빠지."

"그러면 아빠한테서 뭘 배우는데요?" 저는 계속 물었어요.

헤어튼 도련님이 오렌지를 잡으려고 덤볐지만 저는 더 높이 쳐들었어요. "아빠가 뭘 가르쳐 주나요?" 제가 다시 물었어요.

"아무것도. 옆에 얼씬거리지만 말라고 그러지. 내가 아빠한테 욕을 하니까 아빠도 참지 못하거든."

"아! 그러면 악마가 도련님에게 아빠한테 욕을 하라고 가르쳐 주던가요?" 저는 도련님을 살펴보았어요.

"응, 아니, 아니야." 도련님은 귀찮은 듯 꾸물대면서 대답했어요.

"그럼 누구죠?"

"히스클리프야."

저는 히스클리프가 좋으냐고 물어보았어요.

"응!" 도련님이 다시 대답했어요.

그를 좋아하는 이유를 알고 싶었지만, 이런 말만 주워들었을 뿐이에요. "모르겠어. 아빠가 내게 뭐라고 하면 그 아저씨도 아빠한테 뭐라고 해 줘. 내게 욕을 한다고 아빠에게도 욕을 하거든. 아저씨는 내 멋대로 하라고 해."

"그러면 부목사님이 읽고 쓰는 것을 가르쳐 주지 않으세요?" 제가 계속 물었어요.

"응, 부목사님이 집에 들어오기만 하면 이를 부러뜨려 목구멍으로 삼키게 해 주겠대. 히스클리프가 정말 그러겠대!"

저는 오렌지를 도련님의 손에 쥐어 주고 아버지에게 넬리 딘이라는 여자가 말씀드릴 일이 있어 대문에서 기다리고 있다고 말하라고 시켰어요.

도련님은 뜰을 걸어서 집으로 들어갔어요. 그런데 힌들리 서방님은 나오지 않고 히스클리프가 문간 디딤돌 위에 나타났어요. 저는 곧 돌아서서 그 이정표 있는 데까지 쉬지 않고, 마귀라도 불러낸 듯이 겁을 집어먹고 그 길을 달려 내려갔답니다.

이 일은 이사벨라 아가씨와는 별로 관계가 없어요. 다만 이러한 일이 있은 다음부터 저는 더욱더 경계했답니다. 설사 캐서린 아씨의 기쁨을 방해함으로써 집안싸움을 일으키는 일이 있더라도, 그러한 나쁜 영향이 이 저택에까지 퍼지는 것을 막기로 결심을 더욱 굳힌 것이지요.

그다음에 히스클리프가 왔을 때 이사벨라 아가씨는 마침 안뜰에서 비둘기에게 모이를 주고 있었어요. 사흘 동안이나 올케에게는 말 한마디 하지 않았지만, 그렇다고 짜증 내며 투덜대지도 않아서 우리는 매우 편했지요.

히스클리프가 그때까지 이사벨라 아가씨에게는 불필요한 인사말 같은 것은 한마디도 한 적이 없다는 것을 저는 알고 있었어요. 그런데 히스클리프가 이사벨라 아가씨를 보자마자 먼저 조심스럽게 집 정면을 슬쩍 훑어보더군요. 저는 부엌 창가에 서 있다가 몸을 숨겼어요. 그는 포장한 길을 건너 아가씨에게 가서 뭐라고 말했어요. 아가씨는 거북해하면서 피하고 싶어 하는 눈치였어요. 그러지 못하게 그가 아가씨의 팔을 잡았어요. 아가씨는 외면했어요. 무언지 대답하기 싫은 질문을 한 모양이었지요. 다시 집 쪽을 재빨리 훑어보고는 아무도 보지 않는다고 생각했는지 그 악한이 능청맞게도 아가씨를 껴안았어요.

"유다 같은 놈! 배신자! 이제 봤더니 위선자로군. 그렇지? 작정한 사기꾼 같으니." 제가 소리쳤어요.

"누가 그렇단 말이지, 넬리?" 바로 옆에서 캐서린 아씨의 목소리가 들렸어요. 밖에 있는 두 사람에게 정신이 팔려 있던 터라 아씨가 들어온 것도 몰랐던 거지요.

"아씨의 엉터리 친구 말이에요!" 제가 흥분해서 대답했습니다. "저기 있는 좀도둑 같은 놈이요. 아, 우리를 슬쩍 보았네요. 안으로 들어오는군요. 어쩌면 아씨에게는 싫다고 해 놓고 이사벨라 아가씨에게 연애를 건 데 대해 그럴듯한 변명이나 할 재주가 있을까 몰라?"

캐서린 아씨도 이사벨라 아가씨가 히스클리프의 손을 뿌리치고 정원으로 뛰어나가는 것을 보았어요. 잠시 후에 히스클리프가 문을 열었어요.

저는 분풀이로 몇 마디 하지 않을 수 없었어요. 그런데 캐서린 아씨는 가만히 있으라고 화를 내며 소리치고는 만약 제가 그렇게 건방진 소리를 한다면 내보내겠다고 으름장을 놓았어요.

"넬리 말을 들으면 넬리가 이 집 안주인인 것 같아!" 아씨가 외쳤습니다. "자기 분수를 알아야지! 히스클리프, 당신 무슨 짓 했어? 이렇게 소동을 일으키고. 이사벨라에게는 손대면 안 된다고 했잖아! 이 집에 오는 것이 싫증이 났거나 린튼이 문에 빗장을 걸고 당신을 못 들어오게 하고 싶은 게 아니라면 내 말 들어!"

"그렇게 해 보시지!" 그 흉악한 악한이 대답했어요. 바로 그 순간 저는 그놈이 몹시도 싫어지더군요. "얌전히 참고 있으라고 해! 날이 갈수록 저놈을 천당에 보내고 싶어 미칠 지경이니까!"

"쉿!" 캐서린 아씨가 안쪽 문을 닫으면서 말했어요. "나를 흥분시키지 마. 왜 내 부탁을 무시했지? 아가씨가 일부러 당신한테 접근한 거야?"

"그게 어쨌다는 거지?" 그는 으르렁거렸어요. "만약 그녀가 원한다면 내게는 입을 맞춰 줄 권리가 있지만 당신한테는 반대할 권리가 없어. 나는 당신의 남편이 아니야. 내게 질투할 자격 없어!"

"당신한테 질투하는 게 아니야. 당신을 위해서 질투하는 거야. 얼굴을 펴. 날 보고 찌푸리지 말고! 이사벨라가 마음에 들거든 결혼시켜 줄게. 하지만 정말 좋아해? 똑바로 말해 봐. 저 봐, 대답하려 하지 않지. 좋아하지 않는 게 분명해!"

"그리고 린튼 서방님께서 누이동생이 저런 사람하고 결혼하는 것을 승낙하시겠어요?" 제가 물었어요.

"내가 승낙하게 만들겠어." 아씨가 똑똑히 대답했어요.

"승낙할 것도 없지." 히스클리프가 말했습니다. "그의 허락 같은 건 받지 않고도 결혼할 수 있으니까. 그리고 캐서린 당신한테는 이런 이야기가 나온 김에 몇 마디 하지. 당신이 나를 지독하게, 정말 지독하게 대접한 것을 내가 기억하고 있다는 걸 알아 달라고, 알겠어? 만약 내가 모른다고 우쭐거린다면 당신은 그야말로 바보야. 다정한 말 몇 마디로 날 위로할 수 있다고 생각한다면 당신은 천치야. 또 내가 복수도 않고 그냥 있으리라고 생각한다면 얼마 안 있어 그렇지 않다는 것을 보여 주겠어! 그러나 당신 시누이의 비밀을 내게 말해 준 것은 감사해. 나는 그 비밀을 최대한으로 이용할 작정이야. 당신은 방해나 하지 마!"

"이런 사람인 줄은 몰랐군." 캐서린 아씨가 놀라 소리쳤어요. "내가 당신을 지독하게 대접했다고, 그리고 복수를 하겠다고! 언제 복수할 건데? 배은망덕도 분수가 있지. 내가 당신을 어떻게 지독하게 대접했단 거지?"

"당신에게 복수하려는 건 아니야." 히스클리프가 조금 누그러져서 대답했어요. "그럴 계획은 아니야. 폭군이 노예들을 학대해도 노예들은 반항하지 않고 도리어 그들 밑에 있는 자들을 못살게 굴지. 그와 마찬가지로 당신이 재미있거든 나를 죽도록 골려도 좋아. 그러는 대신 나도 마찬가지로 재미를 볼 수 있게 해 줘. 그리고 될 수 있는 대로 나를 모욕하지는 말아 줘. 내 궁전을 허는 대신 오막살이를 세워 주고는 내게 집을 지어 줬다고 우쭐해서 생색내지 말란 말이야. 당신이 정말로 내가 이사벨라와 결혼하고 싶어 한다고 생각한다면 내 목을 베어 버리겠어!"

"아, 내가 질투하지 않는 게 나쁘다는 거지? 그렇다면 다시는 당신한테 아내를 권하지 않겠어. 그것은 어차피 지옥으로 갈 사람을 사탄에게 데려가는 거나 마찬가지니까. 당신은 사탄과 같아. 사람을 불행하게 만드는 게 재미있는 거지. 당신은 그것을 증명하고 있어. 당신이 돌아왔을 때 화를 내던 에드거도 불편한 심기가 가라앉았고, 나도 안정되고 조용한 생활을 시작하고 있는데 당신은 우리가 평화로운 것을 보고 안절부절못해서 싸움을 일으킬 결심을 한 거야. 싸우고 싶거든 에드거와 붙어, 히스클리프. 그리고 그의 누이동생을 속여. 그것이 바로 내게 복수하는 가장 효과적인 방법일 테니." 캐서린 아씨가 외쳤어요.

이야기는 여기서 끊어졌어요. 캐서린 아씨는 상기된 얼굴로 우울하게 난롯가에 앉았어요. 그때까지 아씨의 힘이 되었던 활기가 점점 걷잡을 수 없어졌어요. 아씨는 그것을 가라앉힐 수도 자제할 수도 없었지요. 히스클리프는 팔짱을 끼고 난로 옆에 서서 사악한 생각에 잠겨 있었어요. 그들을 그대로 둔 채 저는 서방님을 찾으러 갔어요. 서방님은 무엇 때문에 캐서린 아씨가 아래층에서 오래 있나 궁금해하고 있었어요.

"엘런, 아씨 보았어?" 제가 들어갔을 때 서방님이 말했어요.

"네, 부엌에 계세요. 히스클리프 씨의 행동 때문에 화가 나 계세요. 정말 그가 찾아오는 것을 어떻게 달리 생각해 봐야 할 때가 왔다고 생각해요. 너무 상냥하게 대하면 해로워요. 벌써 이렇게까지 되었으니까요." 그러고 나서 저는 안뜰에서 일어난 일과 그 뒤에 일어난 싸움을 되도록 자세히 말씀드렸어요. 그렇게 이야기하는 것이 캐서린 아씨에게도 그리 불리할 것은 없으리라고 생각했거든요. 물론 나중에 아씨가 히스클리프를 옹호해서 그렇게 될 수도 있었지만요.

에드거 린튼 서방님은 차마 제 이야기를 끝까지 들을 수 없는 모양이었어요. 그분의 첫마디로 봐서 자기 부인에게도 허물이 없지 않다고 생각하는 눈치더군요.

"도저히 못 참겠군." 그분이 소리쳤습니다. "그놈을 친구라고 내게까지 교제를 강요하더니 망신이군. 엘런, 하인들 방에서 두 녀석을 불러 줘. 더는 캐서린을 그 비열한 놈과 말다툼하게 두지 않겠어. 비위를 맞추는 것도 분수가 있지."

서방님은 내려가서 하인들에게 복도에서 기다리라고 하고 저를 데리고 부엌으로 갔어요. 부엌에 있던 두 사람은 다시 말다툼을 시작한 터였어요. 캐서린 아씨는 하여튼 새로 기운을 내서 욕을 퍼붓고 있었고, 히스클리프는 창가로 가서 아씨의 격한 말투가 다소 마음에 걸리는 듯이 고개를 숙이고 있었어요.

히스클리프가 먼저 서방님을 보고 급히 아씨에게 가만히 있으라는 손짓을 했어요. 그러자 아씨도 그 이유를 알고는 갑자기 입을 다물었지요.

"도대체 어떻게 된 거요? 저런 녀석에게 그런 말을 듣고도 여기 그대로 있다니 당신의 예절 관념은 도대체 어떻게 된 것 아니오? 저 녀석의 말투가 늘 저러니 당신은 아무렇지도 않은가 보지. 당신은 저 녀석의 야비함에 길들어 있고, 아마 나도 길들일 수 있다고 생각하는 모양이지!"

"문간에서 듣고 있었어요, 여보?" 아씨는 남편이 화가 난 것에도 아랑곳없이 경멸하듯, 그분을 자극하려는 듯한 투로 물었어요.

서방님의 이야기에 눈을 치켜뜨고 있던 히스클리프는 아씨의 말을 듣고 일부러 린튼 서방님의 주의를 끌려는 듯이 비웃는 것이었어요.

그는 그렇게 하는 데 성공했지만, 에드거 서방님은 그의 계략대로 감정을 폭발시키려 하지는 않았지요.

"이때까지 내가 당신의 행동을 참아 온 것은……." 하고 서방님이 조용히 말했어요. "당신의 야비하고 타락한 성격을 몰라서가 아니라 단지 당신의 잘못만은 아니라고 생각했기 때문이야. 그리고 캐서린이 당신과 교제를 계속하고 싶어 했기 때문에 잠자코 있었던 거야. 어리석게도. 당신이 나타나면 가장 훌륭한 사람도 악에 물들게 된단 말이야. 그 때문에, 그리고 더 나쁜 결과를 막기 위해서 앞으로는 이 집에 발을 들여놓지 못하게 하겠어. 지금 당장 떠나 줘. 잠시라도 우물쭈물하다간 본의 아니게 창피를 당하게 될 거야."

히스클리프는 그렇게 말하는 상대편의 키와 어깨 너비를

아주 싸늘하게 비웃는 눈초리로 유심히 훑어보았어요.

"캐시, 당신의 이 양 새끼가 황소처럼 위협하는군. 그러면 내 주먹에 골통이 깨질 염려가 있을 텐데. 정말 린튼 군, 자네를 때려눕힐 가치도 없다는 것이 유감이야!"

서방님이 복도 쪽을 흘깃 보면서 제게 하인들을 데려오라고 눈짓했어요. 몸소 상대하여 위험을 무릅쓸 생각은 없으셨던 것이지요.

저는 지시에 따랐어요. 그런데 캐서린 아씨가 무엇인가 눈치채고 따라와 제가 그들을 부르려고 하자 저를 끌어당기고는 문을 쾅 닫고 잠가 버렸답니다.

"떳떳한 방법이군요." 아씨가 노여우면서도 놀란 듯한 남편의 얼굴에 맞서듯 말했어요. "공격할 용기가 없으면 사과를 하든지 두들겨 맞든지 해요. 그러면 실력 이상으로 허세 부리는 버릇이 고쳐질 테니. 안 돼요! 당신에게 열쇠를 주느니 삼켜 버리겠어요. 나는 어느 편에도 친절하게 했는데 참으로 유쾌한 보답을 받는군요. 마음 약한 당신이 우는소리를 해도 화 한 번 내지 않았고, 짓궂은 히스클리프도 짓궂은 대로 내버려 뒀더니 그 보답이 고작 터무니없이 어리석어 빠진 지독한 배은망덕의 두 표본이로군요. 여보, 나는 당신과 당신의 재산을 지켜 주고 있었던 거예요. 그런데 감히 나를 나쁘게 생각하다니, 히스클리프가 당신을 병이 나도록 때려 주면 좋겠어!"

주인을 병이 나게 하려고 때릴 필요도 없었지요. 서방님이 캐서린 아씨의 손에서 열쇠를 빼앗으려고 했어요. 그러나 아씨는 빼앗기지 않으려고 그것을 난로 속으로 던져 넣었어요.

그러자 에드거 서방님은 몸을 덜덜 떨면서 얼굴이 파랗게 질렸어요. 아무리 해도 그 격정을 참을 수 없었고 고통과 굴욕이 한데 뒤섞여 기진맥진했지요. 서방님은 의자 등에 기대어 얼굴을 두 손으로 감쌌어요.

"아! 세상에! 옛날 같으면 이 정도 용기로도 기사가 됐을 텐데! 그래요. 우리가 졌어요. 우리가 졌어! 히스클리프는 왕이 생쥐 떼에게 군대를 보내지 않는 것과 마찬가지로 당신에게는 손가락 하나도 대지 않을 거예요. 기운 내요. 다치지 않을 테니까! 당신 같은 사람은 양 새끼가 아니라 젖먹이 토끼 새끼예요." 캐서린 아씨가 소리쳤어요.

"이 젖내 나는 겁쟁이를 남편으로 둔 행복을 즐기기를 빌어, 캐시! 당신의 취향을 치하하지. 이렇게 침 흘리고 벌벌 떠는 녀석을 나보다 좋아하는 취향 말이야! 이런 녀석은 주먹이 아니라 발로 뻥 차 줘야 속이 후련하겠는데. 그가 울고 있는 거야, 그렇지 않으면 무서워서 까무러치려는 거야?"

그 녀석은 가까이 가서 린튼 서방님이 기대고 있는 의자를 떠밀었어요. 가까이 가지 않는 게 좋았을 텐데 말이죠. 우리 서방님이 벌떡 일어나더니 좀 더 약한 사람이면 나가떨어졌을 정도로 히스클리프의 목을 힘껏 한 대 갈겼어요.

히스클리프는 잠시 숨을 쉬지 못했어요. 그가 숨이 막혀 하는 동안 린튼 서방님은 뒷문으로 해서 뜰로 나가 현관으로 들어갔어요.

"거봐! 이제 다시는 여기 못 오게 됐잖아." 캐서린 아씨가 외쳤습니다. "자, 이제는 가. 그이가 권총 두 자루와 대여섯 사람을 거느리고 돌아올 거야. 그가 정말 우리 말을 엿들었다면 당연히 당신을 용서할 수 없을 거야. 당신은 내게 친절하지 않았어, 히스클리프! 가, 빨리! 당신보다는 차라리 그이가 곤경에 빠지는 걸 보는 게 낫지."

"내가 그 녀석에게 목을 얻어맞기만 하고 그냥 갈 거라 생각해?" 히스클리프가 고함을 질렀습니다. "절대로 못 가지! 이 집을 나가기 전에 그 녀석의 갈비뼈를 썩은 개암 껍데기처럼 부숴 놓겠어. 만약 지금 때려눕히지 못한다면 언젠가는 그 녀석을 죽일 테니까, 그 녀석이 살아 있기를 바란다면 지금 덤비게 해 줘!"

"서방님은 이리로 오시지 않아." 제가 거짓말을 했어요. "마차꾼과 두 정원사가 왔어. 그 사람들에게 밀려 길바닥으로 쫓겨나기를 기다리는 건 아니겠지! 다들 몽둥이를 들고 있어. 서방님은 필시 거실 창에서 그들이 시킨 대로 하는지 보고 계실 거야."

정원사들과 마차꾼이 거기 온 건 사실이었어요. 그러나 서방님도 함께였지요. 그들은 어느새 안뜰에 들어섰어요. 히스클리프는 생각을 바꿔서 하인 셋과 싸우는 것을 피하기로 결심한 것 같았어요. 그들이 부지깽이를 들고 안쪽 문의 자물쇠를 부수고 들어왔을 때는 벌써 달아나고 없었으니까요.

캐서린 아씨가 매우 흥분한 표정으로 제게 위층으로 따라오라고 했어요. 아씨는 그 소동이 제가 끼어들어서 벌어졌다는 사실을 몰랐고, 저도 끝내 알리지 않으려고 했어요.

"미칠 지경이야, 넬리!" 아씨가 소파에 몸을 던지면서 소리쳤어요. "1000명의 대장장이들이 내 머릿속에서 망치를 두들기고 있는 것 같아! 이사벨라에게 내 곁에 오지 말라고 말해 줘. 이 소동은 그 애 때문이니까. 그리고 아가씨든 어느 누구든 지금 화를 더 돋우면 난 미쳐 버릴 거야. 그리고 넬리, 오늘 밤에 서방님을 보거든 내가 큰 병이 날지 모르겠다고 말해 줘. 정말 그러면 좋겠어. 그이가 나를 지독히도 놀래고 괴롭혔으니까. 나도 그이를 놀래 주고 싶어. 게다가 그이가 여기 와서 한바탕 악담이나 넋두리를 늘어놓기 시작할지도 모르지. 그러면 나도 필시 가만히 있지 않을 테고, 결국에는 어떻게 될지도 모르지. 그러니까 아프다고만 해 줘, 착한 넬리. 이번 일에 내가 어느 모로나 책임질 만한 일을 하지 않았다는 건 넬리가 알지? 어떻게 해서 그이가 엿듣게 되었는지 몰라! 히스클리프의 얘기는 넬리가 나간 뒤로는 도가 지나쳤어. 그러나 곧 내가 이사벨라 이야기에서 화제를 돌릴 수도 있었을 텐데. 그랬다면 그 뒤의 이야기는 아무렇지도 않았을 텐데. 자신에 대한 악담을 귀신이 지핀 것처럼 몹시 듣고 싶어 하는 사람들이 있는데, 그이도 그랬으니 이제 만사 다 틀렸어! 만일 우리 얘기를 듣지만 않았더라도 그이에게는 별일 없었을 텐데. 정말 내가 그이를 위해 목이 쉬도록 히스클리프를 욕한 다음에 그이가 와서 싫은 소리를 했을 때는 그들이 서로 뭘 하든 될 대로 되라는 생각이었어. 게다가 우리가 모두 뿔뿔이 헤어져서 다시는 얼굴을 맞댈 날이 오지 않을지 모른다고 생각하니 더욱 그럴 수밖에. 어쨌든 히스클리프를 내 친구로 사귈 수 없다면, 그리고 그이가 그렇게도 속 좁게 굴고 질투한다면 내가 애를 태우다 죽어서 그들의 애를 태워 주겠어. 내가 극에 다다르면 그렇게 하는 것이 모든 것을 단숨에 끝장내는 길이 될 거야! 그러나 한 가닥 외로운 희망을 위해서라도 그렇게는 하지 않겠어. 그이한테 갑자기 그런 짓을 하기는 싫으니까. 지금까지 그이는 나를 화나게 하는 것이 두려워서 신중했지. 그 방법을 버린다면 위험하다는 걸 넬리가 말해 줘. 그리고 잘못 건드리면 미쳐 날뛸 지경이 되는 나의 격한 성미를 잊지 않게 깨우쳐 줘. 넬리는 그렇게 무심한 얼굴만 하지 말고 좀 더 나를 걱정해 주는 것처럼 보이면 좋겠어!"

제가 무신경하게 이 말을 듣고 있었으니 아씨는 틀림없이 좀 화가 났을 거예요. 아씨의 말은 정말 진지했거든요. 그러나 감정의 발작을 잘 이용하려고 미리 계획할 수 있는 사람이라면, 그 감정이 사라지기 전이라도 의지의 힘으로 자기 자신을 무던히 억제할 수 있으리라고 생각했답니다. 그리고 저는 아씨가 말한 대로 서방님을 놀래거나 아씨의 비위를 맞추기 위해 그분을 더욱 괴롭히고 싶지는 않았거든요.

그래서 저는 서방님이 거실로 오고 있는 것을 보았을 때도 아무 말 하지 않았답니다. 대신 두 사람이 다시 말다툼을 시작하지나 않나 하고 되돌아와 엿들었지요.

린튼 서방님이 먼저 말문을 열었어요.

"당신은 그대로 있어, 캐서린." 그분이 노한 음성이 아니라 매우 슬프고 침울한 어조로 말했어요. "나는 나가겠어. 말다툼을 하거나 화해를 청하러 온 것이 아니라 다만 좀 알고 싶은 게 있어서. 오늘 저녁 일이 있은 뒤에도 당신은 계속 그를 가까이할 작정인가?"

"아, 제발!" 아씨가 발을 구르면서 말을 가로막았습니다. "제발 이제 그 이야기는 하지 마요. 당신의 차가운 피는 아무리 해도 뜨거워지지 않는군요. 당신의 혈관은 얼음물로 가득 차 있지만 내 혈관은 끓고 있어서 그렇게 찬 것을 보면 더욱더 끓게 돼요."

"나를 쫓아내기 위해서라도 내 질문에 대답해." 린튼 서방님은 계속 버텼습니다. "대답을 해야 해. 당신의 끓는 피도 겁나지 않아. 당신은 마음만 먹으면 누구 못지않게 냉철하다는 걸 알았어. 지금부터 히스클리프를 버리겠어, 그게 아니면 나를 버리겠어? 당신은 동시에 내 친구도 되고 그의 친구도 될 수는 없어. 그리고 나로서는 당신이 어느 쪽을 택할지 꼭 알아야겠어."

"난 혼자 있어야겠어요. 날 가만히 놔두란 말이에요! 내가 제대로 서 있을 수도 없다는 것 몰라요? 에드거, 당신, 나가 줘요!"

아씨가 종을 너무 세게 흔드는 바람에 쨍그랑 하고 종이 깨졌어요. 저는 천천히 들어갔어요. 너무 분별없이 고약하게 화를 내는 터라 성인(聖人)이라도 참을 수 없을 정도였지요. 아씨는 누운 채로 소파의 모서리에 머리를 부딪치고, 이가 으스러져 버리지 않을까 생각될 만큼 이를 갈아 대고 있었어요.

린튼 서방님은 갑자기 후회하는 듯한, 겁이 나는 듯한 얼굴로 바라보면서 서 있었어요. 그분은 제게 물을 좀 가져오라고 했어요. 캐서린 아씨는 숨이 막혀 말을 할 수도 없었고요.

저는 물을 한 잔 가득 가져갔어요. 아씨가 마시려 하지 않자 얼굴에 뿌렸지요. 그러자 아씨는 몸이 뻣뻣해지고 눈을 치뜨더니 두 뺨이 퍼렇게 납빛을 띤 죽은 사람 같았어요.

린튼 서방님은 겁에 질린 얼굴이었지요.

"아무것도 걱정하실 것 없어요." 제가 속삭였습니다. 저도 속으로는 걱정되지 않을 수 없었지만 서방님이 지는 것이 싫었거든요.

"입술에서 피가 나." 그분이 벌벌 떨면서 말했어요.

"신경 쓰지 마세요!" 제가 매섭게 대답했어요. 그리고 서방님이 오시기 전부터 아씨가 미친 체하기로 마음먹고 있었다고 말씀드렸지요.

제가 그 이야기를 너무 큰 소리로 말하는 바람에 캐서린 아씨가 듣고 말았답니다. 아씨가 벌떡 일어난 것으로 알 수 있었지요. 머리카락은 어깨 위로 나부끼고 두 눈은 번득였으며 목과 팔의 근육이 뒤틀렸어요. 저는 적어도 뼈가 몇 개 부서질 각오를 했는데, 아씨는 다만 잠시 주위를 살피더니 방에서 뛰어나갔어요.

서방님이 제게 따라가라고 지시했어요. 저는 그 말대로 아씨의 침실 문 앞까지 따라갔지만 문을 잠가 버려서 들어갈 수 없었답니다.

다음 날 아침, 아씨가 식사를 하러 내려오려고 하지 않아서 무엇을 올릴지 물으러 갔지요.

"안 먹어!" 아씨가 딱 잘라 대답했어요.

점심때와 차 마시는 시간에도 물어보았어요. 그리고 그다음 날도 물어보았지만 대답은 마찬가지였어요.

린튼 서방님도 서재에서 시간을 보내며 아씨가 무엇을 하는지 묻지도 않으셨어요. 서방님이 이사벨라 아가씨와 한 시간쯤 이야기를 했는데, 서방님은 누이에게서 히스클리프의 접근을 두려워하는 눈치를 찾아보려 했지만, 누이의 대답이 분명치 않아서 얻은 바도 없이 미흡한 채로 묻는 것을 그만두셨답니다. 그 대신 만약 누이가 그 쓸모없는 사내에게 마음을 줄 정도로 정신이 불건전하다면 완전히 의절하겠다고 엄숙하게 경고하셨지요.

12장

이사벨라 아가씨는 항상 말없이, 그리고 거의 언제나 눈물을 흘리면서 정원을 거닐고, 서방님은 펴 보지도 않으시던 책에 파묻히고(제 생각으로는 캐서린 아씨가 자기가 한 행동을 뉘우치고 제 발로 걸어와서 용서를 빌고 화해를 청하리라는 막연한 기대에 지치신 듯했습니다만) 캐서린 아씨는, 아마 식사 때마다 에드거 서방님이 자기가 그 자리에 없어서 목이 멜 지경이지만 자존심 때문에 달려와서 자기 발치에 엎드리지 못하는 것이려니 생각하고는 끈기 있게 단식을 계속했답니다. 그러는 동안 저는 이 집에서 분별 있는 사람이라고는 저밖에 없다고 확신하면서 집안일을 돌봤지요.

저는 아씨에게 쓸데없는 위로도 하지 않고 타이르지도 않았으며, 아씨의 음성을 들을 수 없으니 아씨의 이름이라도 듣고 싶어 했을 서방님의 한숨도 알은체하지 않았어요.

'화해하고 싶다면 알아서들 할 일이지.' 하고 저는 마음먹고 있었어요. 그것은 지루할 만큼 더딘 과정이기는 했어도 반갑게도 화해할 기미가 조금씩 보이기 시작하는 듯했는데, 그마저 기미에 그치고 말았답니다.

사흘째 되던 날, 캐서린 아씨가 방문을 열고 물그릇에도, 물병에도 물이 남지 않았으니 물을 갖다 달라고 하고는 죽을 것만 같으니 죽도 한 그릇 먹고 싶다고 하더군요. 저는 그것이 서방님 귀에도 들어갔으면 하고 한 말일 거라 짐작이 갔지만 꼭 그런 것 같지는 않아 저 혼자만 알고 차와 버터를 바르지 않은 토스트를 가져갔습니다.

아씨는 정신없이 먹고 마셨어요. 그러고는 다시 베개에 쓰러지면서 두 주먹을 쥐고 신음하는 것이었어요.

"아, 난 죽을 거야. 내 일은 아무도 걱정하지 않으니까, 내가 없어도 보고 싶어 하지 않을 거야!" 아씨가 외쳤어요.

그러고 나서 한참 뒤에 투덜거리는 소리가 들렸어요. "아니, 죽지 않을 거야. 그럼 그이가 기뻐할 테니까. 그이는 날 조금도 사랑하지 않아. 결코 날 그리워하지 않을 거야!"

"뭐 시키실 일 없으세요, 아씨?" 아씨가 무서운 얼굴로 이상스럽게 과장된 태도를 보이고 있었지만 저는 겉으로는 여전히 태연한 체하면서 물었어요.

"그 무정한 사람은 뭘 하고 있지?" 아씨가 여윈 얼굴에서 헝클어진 머리카락을 쓸면서 다그쳐 물었어요. "그이는 잠자는 병에라도 걸렸나, 아니면 죽기라도 한 거야?"

"어느 쪽도 아니에요. 주인님 말씀이시라면 공부를 좀 지나치게 하시는 것 같기는 합니다만, 건강은 좋은 편이세요. 달리 얘기할 상대가 없으니까 줄곧 책에만 파묻혀 계세요."

아씨의 건강이 어떤지 제대로 알았더라면 그렇게 말하지는 않았을 거예요. 그러나 아씨가 아무래도 좀 꾀병을 부린다는 생각이 들었거든요.

"책에 파묻혔다고! 그리고 나는 죽어 가고 있고! 나는 무덤에 한쪽 발을 걸치고 있어! 이럴 수가 있어! 내가 얼마나 쇠약해졌는지 알고나 있어!" 아씨가 어이없다는 듯이 외쳤습니다. 아씨는 건너편 벽의 거울에 비친 자기 모습을 뚫어지게 바라보면서 말을 계속했어요. "저것이 캐서린 린튼이란 말이야? 그이는 내가 심술이 나서 아마 일부러 이러고 있는 줄 아는 모양이지? 조금도 거짓이 아니라는 것을 그이에게 알려 줄 수는 없어? 넬리, 나는 지금이라도 그이의 기분을 알 수 있다면 두 가지 중 하나를 택하겠어. 당장 굶어 죽든지(그에게 인정머리가 없다면 벌이 되지도 않겠지만) 아니면 회복해서 이 고장을 떠나 버리든지 하고 싶단 말이야. 넬리는 지금 그이에 대해서 사실을 말하는 거야? 거짓말해선 안 돼. 그이는 정말로 내 생명에 대해서는 아주 전적으로 무관심한 눈치야?"

"아니에요, 아씨. 서방님은 아씨의 정신이 이상하다는 것은 모르고 계세요. 물론 굶어서 돌아가시리라는 염려도 하지 않으시고요."

"그렇게 생각해? 내가 그럴 거라고 그이에게 말해 줄 수는 없어? 잘 얘기를 하란 말이야! 넬리가 그렇게 생각한다는 투로 말이지! 틀림없이 내가 그럴 거라고 말해 줘!" 아씨가 대꾸했습니다.

"안 돼요, 아씨! 아씨는 오늘 저녁에 음식을 얼마간 맛있게 드셨다는 것을 잊고 있어요. 내일이면 생기가 돌 텐데요."

"내가 죽으면 그이도 죽는다는 게 확실하기만 하다면……." 하고 아씨가 제 말을 가로막았어요. "당장 죽겠는데! 그 지긋지긋한 사흘 밤 동안 눈을 붙인 적이 없어. 얼마나 시달렸는지! 가위에 눌린 듯이 괴로웠어, 넬리. 그런데 넬리는 나를 좋아하지 않는 것 같네. 좀 이상해! 모든 사람이 서로 미워하고 멸시하더라도 나를 사랑하지 않을 수는 없다고 생각했는데, 몇 시간 뒤에는 모두 돌아서서 적이 되거든. 정말 그렇단 말이야, 이 집에 있는 사람들은. 그들의 싸늘한 얼굴에 둘러싸여 죽는다면 얼마나 쓸쓸하겠어! 이사벨라는 내가 죽는 것을 보는 것이 무섭고 소름 끼쳐서 이 방에는 들어오려고도 하지 않을 거야. 그리고 그이는 엄숙한 얼굴로 옆에 서서 내가 죽는 것을 지켜보고, 자기 집에 평화가 돌아온 것을 하나님께 감사하는 기도를 드리고는 또 책 있는 데로 돌아가겠지! 조금이라도 인정이 있다면 내가 죽어 가는데 책을 읽을 수 있겠어?"

제가 그런 생각을 하게 했지만, 서방님이 차분히 체념하고 있다고 생각하면 아씨는 참을 수 없는 모양이었어요. 몸을 뒤치락거리면서 아씨는 열에 들떠 미친 듯이 이로 베개를 물어뜯더니 온몸이 불덩이가 되어 일어나서는 제게 창문을 열어 달라고 했어요. 때는 한겨울이라 북동풍이 강하게 불어서 제가 반대했지요.

그런데 아씨의 얼굴에 스치는 표정이나 기분의 변화에 몹시 겁이 나기 시작하면서, 아씨가 전에 아팠던 일과 아씨의 성미를 건드려서는 안 된다는 의사의 말이 생각났어요.

조금 전까지도 미쳐 날뛰던 아씨가 이번에는 한쪽 팔을 괴고 앉아서 제가 창을 열지 않은 것도 잊어버리고 자기가 이로 물어뜯은 베개에서 깃털을 꺼내 종류별로 홑이불 위에 늘어놓으면서 어린애처럼 좋아하고 있었어요. 벌써 다른 생각에 잠긴 것이었지요.

"이건 칠면조 털이야. 이건 들오리 털이고, 이건 비둘기 털이야. 아하, 비둘기 털을 베개 속에 넣었네. 어쩐지 죽을 수 없더라니! 잘 때 잊지 말고 방바닥에 내던져야겠어. 이건 붉은뇌조의 털이고. 이것은, 아무리 많아도 알겠어, 도요새 털이야. 귀여운 새지. 벌판 한복판에서 우리의 머리 위를 빙빙 돌았더랬지. 구름이 언덕 위에 드리우고 비가 올 것 같으면 둥지로 돌아가고 싶어 했지. 이 깃털은 벌판에서 주운 거야. 새를 쏘지는 않았어. 겨울에 둥지를 보니까 조그마한 머리뼈들이 소복이 들어 있었어. 히스클리프가 그 위에 덫을 놓아서 어미새들이 오지 못했던 거야. 그 뒤로 도요새는 쏘지 말라고 그에게 약속시켰고, 그도 쏘지 않았지. 그래, 여기도 또 있네! 히스클리프가 내 도요새를 쏘았던가, 넬리? 그중에 붉은 것이 있어? 보여 줘." 아씨가 혼자 중얼거렸어요.

"그런 어린애 같은 짓은 그만두세요." 저는 말을 가로막으면서 베개를 빼앗고는 찢어진 구멍을 밑으로 해서 요 위에 놓았어요. 아씨가 그 안에 든 깃털을 한 줌씩 꺼내고 있었거든요.

"누워서 눈을 감으세요. 아씨는 엉뚱한 생각을 하고 있어요. 야단났네! 깃털이 눈처럼 날리잖아!"

저는 여기저기 널린 깃털을 주우면서 돌아다녔어요.

"넬리." 아씨가 꿈꾸듯 말을 계속했어요. "나는 넬리가 할머니처럼 보여. 머리가 희고 어깨는 구부러지고 말이야. 이 침대는 페니스톤 절벽 아래 있는 요정의 동굴인데 넬리는 우리 송아지를 해치려고 돌촉을 줍고 있어. 내가 가까이 있을 때는 양털을 줍는 체하면서. 지금부터 오십 년 뒤에 넬리는 그렇게 될 거야. 지금은 그렇지 않다는 것 알아. 나는 엉뚱한 생각을 하고 있지 않아. 잘못 생각한 거야. 그렇지 않다면 정말 넬리는 그 쪼그라진 할머니이고 난 페니스톤 절벽 아래 있다고 생각할 거야. 하지만 지금은 밤이고 탁자에 촛불이 두 자루 서 있어서 저 검은 장롱이 새까만 구슬처럼 빛나는 것을 알고 있는걸."

"검은 장롱? 그런 게 어디 있어요? 아씨는 잠꼬대를 하고 있어요!"

"항상 그렇듯이 벽에 기대어 서 있잖아. 이상하게도 보이네. 그 안에 얼굴이 보여!"

"이 방에는 장롱이 없고, 있던 적도 없어요." 저는 말하면서 다시 자리에 앉아 아씨를 잘 보려고 커튼을 올렸어요.

"저 얼굴이 보이지 않아?" 아씨가 열심히 거울을 보면서 물었어요.

자기 얼굴이 비친 것임을 어떤 말로도 이해시킬 수 없어서 저는 일어서서 숄로 거울을 덮어 버렸어요.

"여전히 저 뒤에 있어!" 아씨가 걱정스러운 듯이 계속 말했어요. "그리고 움직였어. 누굴까? 넬리가 가고 나서 저게 나오지 않으면 좋겠는데. 아! 넬리, 이 방에 유령이 나오나 봐. 혼자 있는 건 무서워!"

저는 아씨의 손을 잡고 진정하라고 했어요. 부들부들 떨고 몸을 뒤틀면서도 계속 거울 쪽을 보려고 기를 쓰고 있었으니까요.

"이 방에는 아무도 없어요! 그것은 아씨 자신이었어요, 아씨. 아까는 알았잖아요." 하고 저는 우겼어요.

"나 자신이라고? 시계가 12시를 치고 있네, 그러고 보니 사실인 모양이지? 아이, 무서워!" 아씨가 신음하듯이 말했어요.

아씨는 손가락으로 옷을 거머쥐고 그것으로 눈을 가렸어요. 저는 주인을 부를 양으로 문 있는 데로 살그머니 가려고 했어요. 그런데 날카로운 비명이 나는 바람에 되돌아섰지요. 숄이 거울에서 떨어진 거였어요.

"왜, 왜 그러세요? 지금 보니 아씨는 겁쟁이네요? 눈을 바로 뜨세요! 저것은 거울, 거울이에요, 아씨. 거울에 아씨가 비친 거예요. 아씨 옆에 저도 있고요."

아씨는 떨고 당황하면서 저를 꼭 붙들었지만 차차 아씨의 얼굴에서 공포가 사라졌어요. 창백하던 얼굴이 이번에는 부끄러움으로 붉어졌어요.

"아이고머니! 내가 집에 있는 줄 알았어." 아씨는 한숨지었어요. "워더링 하이츠의 내 방에 누워 있는 줄 알았어. 허약해지고 머리가 혼란스러워 무의식적으로 소리를 질렀어. 아무 말도 하지 말고 나와 함께 있어 줘. 잠드는 게 두렵고 꿈꾸는 게 무서워."

"한숨 푹 자고 나면 괜찮을 거예요, 아씨. 이만큼 고생하셨으니 다시는 굶으려고 하지 않으면 좋겠네요."

"아, 우리 집 내 침대에 누워 있다면 얼마나 좋을까!" 아씨는 애처롭게 말을 계속하면서 두 손을 마주 잡고 뒤틀었어요. "창밖에 서 있는 전나무를 잡아 흔들던 그 바람 소리, 그 바람을 쐬게 해 줘. 바로 저 벌판으로 불어오니까, 그 바람을 한 번만 들이마시게 해 줘!"

아씨를 진정하려고 저는 잠시 창을 열었어요. 차가운 바람이 불어 들어오기에 저는 창을 닫고 제자리에 돌아왔지요.

아씨는 눈물로 얼굴이 흠뻑 젖은 채 조용히 누워 있었어요. 몸이 지칠 대로 지쳐서 기운이라고는 전혀 없었던 거지요. 성미가 불같았던 캐서린 아씨도 우는 어린아이에 불과했어요.

"내가 여기 틀어박힌 지 며칠이나 된 거야?" 아씨가 갑자기 다시 생기를 띠면서 물었어요.

"월요일 저녁부터였어요. 그리고 지금은 목요일 밤, 아니 금요일 새벽이에요." 제가 대답했지요.

"뭐! 같은 주의 금요일이란 말이지?" 아씨가 소리쳤습니다. "그렇게밖에 안 됐어?"

"냉수밖에 마시지 않고 화만 내면서 무던히 버티셨네요." 제가 말했어요.

"아무튼 지칠 정도로 지루했던 것 같아." 아씨가 의심스러운 듯이 중얼거렸어요. "틀림없이 더 오래된 것 같은데. 그들이

다툰 다음에 내가 거실에 있었던 게 생각나거든. 그리고 에드거가 지독한 소리를 하기에 화가 나서 될 대로 되라고 이 방으로 달려왔지. 문을 닫아걸고 나서 앞이 캄캄해지더니 방바닥에 쓰러진 거야. 그이가 계속 나를 골린다면 내가 틀림없이 발작을 일으키거나 미친 듯이 펄펄 날뛸 거라는 것을 그이에게 설명할 순 없었어. 내 혀는 마음대로 움직이지 않고, 머리도 바보가 되어 있었어. 그러니까 그이는 아마 나의 괴로움을 몰랐던 모양이지. 나는 그이가 있는 데서, 그의 말소리가 들리는 데서 피할 생각만 했을 뿐이야. 내가 회복돼서 눈도 보이고 귀도 들릴 정도가 되기 전에 벌써 날이 새고 있었어. 넬리, 내가 무슨 생각을 했고, 나중에 내 정신이 이상해질 정도로 왜 같은 일을 되풀이해서 생각했는지 말해 줄게. 저 탁자 다리에 머리를 기대고 누워 희뿌예지는 네모난 창을 어렴풋이 바라보면서 나는 옛집의 그 참나무 판자로 둘러싸인 침대에 누워 있는 줄 알았어. 그리고 내 마음은 어떤 대단한 슬픔으로 고통스러웠는데, 막 눈을 뜬 참이라 무슨 슬픔이었는지 생각이 나지 않았어. 나는 곰곰이 생각하면서 그것이 무엇이었는지 알아내려고 애썼어. 그런데 아주 이상하게도 지난 칠 년 동안의 생활이 모두 텅 비어 버린 것처럼 생각되었어. 도대체 그 칠 년이 있었다는 것도 생각이 나지 않았어! 나는 어린아이였고 아버지가 돌아가신 지 얼마 안 되었는데, 힌들리 오빠가 히스클리프와 같이 놀아서는 안 된다고 하는 말을 듣고 슬퍼하고 있었어. 나는 난생처음으로 혼자였어. 밤새도록 울고 나서 쓸쓸한 채로 잠이 들었다가 깨어서 판자를 밀어제치려고 손을 들었지. 그런데 손에 부딪친 것은 탁자였어! 그래서 양탄자를 만져 보았지. 그랬더니 갑자기 기억이 되살아나서 그때까지의 슬픔이 절망적인 발작 속으로 휩쓸려 들어갔어. 왜 그렇게 미칠 듯이 슬펐는지는 모르겠어. 틀림없이 일시적인 정신 착란이었을 거야. 별다른 원인이 없었으니까. 그러나 열두 살이라고 생각했던 내가 워더링 하이츠와 어릴 때 친숙했던 모든 것과 당시 내게는 없어서는 안 될 사람이었던 히스클리프한테서 억지로 떨어져 나와서 단박에 린튼 부인이며, 스러시크로스 저택의 안주인이며, 낯선 사람의 아내가 되어 버린 거지. 그때부터 쭉 자기 세계에서 쫓겨나고 버림받은 사람이 되었다는 걸 생각해 봐. 그러면 깊은 구렁을 기어 다닌 듯한 내 기분을 조금이라도 알 수 있을 거야! 넬리가 아무리 머리를 흔들어 봤자 넬리도 함께 거들어서 내 머리를 이상하게 만든 셈이야. 넬리는 그이에게 말을 해야 했어. 정말 넬리는 그이가 나를 가만 놔두게 얘기를 해 줬어야 했어. 오, 내 몸이 불덩이 같아! 밖으로 나갔으면, 다시 야만에 가까운, 억세고 자유로운 여자아이가 되어 어떤 상처를 입더라도 미치거나 하지 않고 깔깔 웃을 수 있었으면! 왜 나는 이렇게 달라졌을까? 왜 조금만 뭐라고 해도 내 피는 끓어오를까? 저 언덕 무성한 히스 속에 한번 뛰어들면 틀림없이 정신이 날 텐데. 다시 창을 활짝 열어 줘, 빨리. 왜 가만히 있어?"

"감기가 들어서 돌아가시는 일이 없게 하기 위해서예요." 제가 대답했어요.

"내게 살 기회를 주지 않겠단 말이지." 아씨가 심술궂게 말했어요. "그래도 아직 기운을 다 잃지는 않았어. 내가 열겠어."

그러고는 말릴 사이도 없이 침대에서 미끄러져 내려가 매우 불안정한 걸음걸이로 방을 걸어가서 창을 활짝 열고 칼로 에는 듯한 차가운 공기에도 아랑곳없이 몸을 내밀었어요.

저는 사정을 하다가 마지막에는 억지로라도 침대에 되돌아가게 하려고 했어요. 그러나 열에 들뜬 아씨의 힘은 도저히 당해 낼 수 없다는 걸 곧 알아차렸지요. 아씨가 정말 제정신을 잃고 들떠 있었다는 것을 저는 확실히 알았답니다.

달 없는 밤이어서 지상의 모든 것은 안개 같은 어둠에 덮여 있었어요. 멀리서든 가까이서든 불빛이 새어 나오는 집이 없었어요. 모두 불을 끈 지가 오래되었고, 워더링 하이츠의 불도 전혀 보이지 않았지요. 그런데도 아씨는 그것이 보인다고 우기는 것이었어요.

"저 봐!" 아씨가 열에 들떠 외쳤어요. "촛불이 켜져 있고 그 앞에 나무가 흔들리고 있는 데가 내 방이야……. 그리고 또 하나의 촛불이 조지프의 다락방에 켜져 있네……. 조지프는 언제나 늦게까지 자지 않지? 그는 대문을 잠그려고 내가 돌아오기를 기다리고 있는 거야……. 뭐, 좀 더 기다리게 하지. 게다가 그 길을 가자면 기머튼 교회를 지나지 않으면 안 돼. 우리는 툭하면 유령 같은 건 무섭지 않다고 거기 있는 묘지에 들어가 유령을 불러내 보겠다고 했지. 히스클리프, 지금도 해 볼 수 있으면 해 보라고 내가 말한다면, 당신은 해낼 수 있겠어? 당신이 간다면 나도 같이 가지. 나 혼자 거기 누워 있기는 정말 싫어. 열두 자 깊이로 나를 묻고 교회를 그 위에 얹어 준대도 당신이 옆에 올 때까지는 편안히 잠들지 못할 거야."

아씨가 잠시 말을 끊었다가 이상한 웃음을 띠면서 다시 말을 이었어요. "그는 생각하고 있어……. 내가 와 주면 좋겠다는 거지! 그렇다면 저 교회를 통하지 않고 가는 길을 찾아봐……. 뭘 꾸물대는 거야! 투덜대지 마. 당신은 언제나 내 뒤를 따라왔으니까!"

제정신을 잃은 아씨에게 무슨 소리를 해도 소용없다는 것을 알고는 아씨를 붙잡은 채 몸에 걸칠 것을 가져올 수 없을지 생각했어요. 열린 창가에 아씨를 혼자 두려니 마음이 놓이지 않았거든요. 그때 놀랍게도 문손잡이가 덜거덕거리더니 린튼 서방님이 들어왔어요. 서재에서 나와 복도를 막 지나다가 우리의 말소리를 듣고 호기심에서인지 걱정에서인지, 그 밤중에 무슨 일인지 알고 싶으셨던 게지요.

"아, 서방님!" 우리의 거동과 방 안에 찬바람이 불어닥치고 있는 데 놀라 소리치려는 서방님한테 제가 외쳤어요.

"아씨가 가엾게도 병이 나셨는데 제 말은 통 들으려고 하시지 않아요. 저로서는 어쩔 도리가 없으니 제발 오셔서 자리에 드시라고 타일러 주세요. 노여움은 잊어버리세요. 아씨는 고집만 피우시지 어떻게 하기가 어려우니까요."

"캐서린이 병이 났다고?" 서방님이 우리에게 빨리 걸어오면서 말씀하셨어요. "창을 닫아, 엘런! 캐서린! 왜……."

서방님은 말을 잇지 못했어요. 아씨의 초췌한 모습을 보고 말문이 막혔던 것이지요. 그러고는 두렵고 놀라워서 다만 아씨와 저를 번갈아 보실 뿐이었어요.

"아씨는 이 방에서 애를 태우고 계셨어요. 그리고 거의 아무것도 잡수시지 않고 불평도 하지 않으세요. 오늘 저녁까지 아무도 방에 들이지 않으려고 하셨고, 우리도 몰랐기 때문에 서방님께도 알리지 못했어요. 하지만 별일은 없어요."

저는 제 설명이 어색하다고 생각했고 서방님도 얼굴을 찌푸리셨어요. "별일없다니, 엘런 딘? 이렇게 되도록 내가 모르게 둔 것을 좀 더 똑똑히 설명해 봐!" 서방님이 준엄하게 말씀하셨어요. 그러고는 아씨를 품에 안고 괴로운 듯이 바라보셨어요.

처음에 아씨는 서방님을 알아보는 것 같지 않았어요. 아씨의 멍한 눈초리에는 그분이 보이지 않았던 거지요. 그러나 완전히 정신을 잃은 것은 아니었어요. 물끄러미 보고 있던 어둠에서 눈을 떼고 나서 아씨는 그분에게 주의를 집중하고는 자기를 부축하고 있는 사람이 누구인지 알아차렸지요.

"아하! 당신이 왔군요, 당신이, 에드거 린튼?" 아씨가 노여운 빛을 띠면서 말했어요. "당신은 바라지도 않을 때 나타나고 바랄 때는 나타나지 않는 사람이군요. 이제 실컷 탄식할 때가 올 거예요……. 내게는 죄다 보여요……. 하지만 내가 저기 있는 무덤으로 가는 것을 막을 수는 없어요. 봄이 가기 전에 난 그리로 가게 되어 있어요! 저기로요. 예배당 안에 묻혀 있는 린튼 가문의 조상들 사이가 아니라 빈터의 묘석 아래 묻히겠어요. 당신은 그분들이 묻힌 데로 가든 내가 묻힌 데로 오든 마음대로 해요!"

"캐서린, 도대체 어떻게 된 거야!" 서방님이 말문을 열었어요. "당신에겐 이제 나라는 사람은 아무것도 아니란 말이야? 당신은 그 녀석을 사랑하는 거야, 그 히스……."

"쉿!" 아씨가 외쳤습니다. "지금은 말하지 마요. 당신이 그 이름을 입 밖에 내면 나는 창에서 뛰어내려 당장 끝장을 내 버리겠어요! 지금 당신의 손이 닿은 내 몸은 당신 것일지 몰라도, 당신이 다시 내게 손을 대기 전에 내 영혼은 저 언덕 꼭대기에 가 있을 거예요. 당신은 소용없어요, 에드거. 당신이 필요한 때는 지났어요……. 당신은 책 있는 데로 돌아가요……. 당신이 책이라는 위안을 가졌다니 반갑군요. 내 마음속에 간직했던 당신은 온통 사라져 버렸으니까요."

"아씨가 정신이 오락가락하세요." 제가 말참견을 했습니다. "저녁 내내 헛소리만 하고 계신답니다. 하지만 안정시켜 드리고 적당히 간호해 드리면 나으실 거예요……. 앞으로는 아씨의 기분을 거스르는 것은 조심하셔야 해요."

"이제 자네의 충고는 바라지 않아. 자넨 아씨의 성질을 잘 알면서 나를 충동질해서 아씨를 괴롭혔어. 게다가 지난 사흘 동안 아씨가 어떤지 전혀 알려 주지 않았어. 매정하게도. 몇 달을 앓아도 이렇게 변할 순 없을 거야!"

남의 고약한 고집 때문에 책망받는 것은 너무 억울하다는 생각이 들어 저는 변명을 하기 시작했어요!

"아씨가 고집이 세서 당신 마음대로 하신다는 건 알고 있었어요. 하지만 서방님께서 그분의 격한 성격을 더 키워 주고 싶어 하시는 줄은 몰랐네요. 아씨의 비위를 맞추기 위해 히스클리프 씨를 대범하게 봐야 한다는 것도 몰랐네요. 저는 충실한 하녀로서 의무를 다하느라고 서방님께 말씀드린 것뿐이었어요. 그런데 그에 대한 대가가 고작 이거군요. 좋아요. 이것으로 다음에는 조심해야 한다는 것을 알았습니다. 다음에는 서방님께서 몸소 정탐하시는 게 좋을 겁니다!" 제가 외쳤어요.

"이다음에 내게 쓸데없는 이야기를 꾸며 대면 이 집에서 내보내겠어, 엘런 딘." 그분이 말씀하셨어요.

"그렇다면 아예 아무 말씀도 듣지 않으시는 게 좋겠군요, 서방님. 히스클리프 씨가 이사벨라 아가씨를 유혹하러 오고, 서방님이 안 계실 때마다 아씨와 서방님 사이를 일부러 망쳐 놓기 위해서 와도 좋다는 허락을 하신 셈인가요?"

캐서린 아씨는 정신이 혼란스럽기는 했지만 우리의 대화를 열심히 듣고 있었어요.

"아! 넬리가 배반을 했군." 아씨가 격해져서 소리쳤습니다. "넬리가 나의 숨은 원수였어. 이 마녀 같은 년, 정말 너는 우리를 해치려고 돌촉을 찾고 있었어! 자, 나를 놔요. 저년을 뉘우치게 해 주겠어! 저년에게 큰 소리로 사과를 시키겠어!"

아씨는 두 눈에 미친 사람 같은 노기를 띠며 서방님의 품에서 벗어나려고 몸부림쳤어요. 저는 이 일을 보고 있을 기분이 나지 않아서 의사를 부를 요량으로 그 방을 나왔어요.

길을 나서려고 뜰을 지나는데, 담장에 말을 매는 고리가 박혀 있는 곳에서 무엇인가 흰 물건이 불규칙적으로 움직이는 것이 눈에 띄었어요. 분명히 바람에 흔들리는 것은 아니었어요. 나중에라도 그것이 틀림없이 유령이었다고 생각하고 싶지는 않아서 저는 바쁜 걸음을 잠시 멈추고 자세히 보았답니다.

눈으로 보았다기보다는 손으로 만져 보고, 그것이 이사벨라 아가씨의 패니라는 스패니얼 종의 개인데 누군가가 손수건으로 매달아 숨이 넘어갈 지경이라는 것을 알고는 몹시 놀라기도 하고 어리둥절하기도 했어요.

저는 급히 그 개를 풀어서 뜰에 놓아주었어요. 그놈이 이사벨라 아가씨가 자러 갈 때 위층으로 뒤따라가는 것을 봤는데 어떻게 해서 거기 나와 있었는지, 그리고 어떤 고약한 사람에게 그런 변을 당했는지 몹시 궁금했어요.

고리에 감은 매듭을 푸는데, 약간 떨어진 곳에서 달려가는 말발굽 소리가 몇 차례 들려온 것 같았어요. 그러나 너무 여러 가지 일에 정신이 팔려 있던 터라 새벽 2시에 그런 곳에서 이상한 소리가 나기는 했지만 그 이상 별로 생각해 보지도 않았어요.

제가 거리에 이르렀을 때 케네스 선생은 마침 마을의 환자를 보러 가려고 집에서 나오던 길이었어요. 제가 캐서린 아씨의 병에 대해 얘기했더니 그분은 곧 저를 따라왔어요.

그분은 단순하고 거친 분이었어요. 만약 캐서린 아씨가 전에 앓았을 때보다 그의 지시에 더 잘 따르지 않는다면 두 번째인 이번에는 살아날지 어쩔지 모르겠다는 말을 아주 예사로 하는 것이었어요.

"엘런 딘, 여기에는 특별한 이유가 있다고 생각하지 않을 수 없소. 그 댁에서 무슨 일이 있었던 게 아니오? 이쪽에는 이상한 소문이 퍼져 있소. 캐서린같이 튼튼하고 생기 있는 젊은 여자는 사소한 일로 병이 나지 않소. 그런 사람은 병이 나서도 안 되는 것이고. 그런 사람들에게 열병이니 뭐니 하는 병을 치르게 하는 것은 힘든 일이오. 그래, 어떻게 시작되었소?" 케네스 선생이 말했어요.

"주인님께서 말씀하실 거예요. 선생님은 언쇼 집안 사람들의 격한 성질을 알고 계시지요. 린튼 부인은 그분들 가운데서도 제일이지요. 이 정도는 말씀드릴 수 있겠네요. 그 시초는 말다툼이었어요. 아씨가 화가 나서 펄펄 뛰는 동안에 일종의 발작이 일어났어요. 적어도 아씨 자신은 그렇게 말씀하세요. 아씨가 한창 화가 났을 적에 뛰쳐나가서 방에 틀어박혀 버렸으니까요. 그 뒤로는 아무것도 먹으려 하지 않았어요. 그리고 지금은 헛소리를 하면서 반쯤 꿈을 꾸고 있는 형편이에요. 옆에 있는 사람들은 알아봅니다만 머릿속에는 온갖 이상한 생각과 환상이 가득 차 있답니다."

"린튼 씨는 안됐다고 생각하시겠소?" 케네스 선생이 의심스러운 듯이 물었어요.

"안됐다고 생각하시겠냐고요? 아마 무슨 일이 일어나면 가슴이 찢어지실 거예요! 그러니까 필요 이상으로 그분을 놀라게 하지는 마세요."

"그래, 주의를 하라고 일렀건만. 내 경고를 무시해서 이런 일이 일어났으니 감수해야지. 그분이 최근에 히스클리프 씨와 친하지 않았소?" 케네스 선생이 말했어요.

"히스클리프가 자주 그 댁에 찾아오죠. 하지만 어릴 적에 아씨를 알았기 때문이지, 주인이 그가 오는 것을 좋아하시기 때문은 아니에요. 그러나 지금은 찾아오지 못하게 되었어요.

음흉하게도 린튼 아가씨를 좋아하는 눈치를 보였기 때문이죠. 아마 다시는 집에 들어오게 하지 않을 거예요.”

“아가씨도 그에게 냉담한 태도를 취하나?” 의사가 이번에는 이렇게 물었어요.

“아가씨는 제게 털어놓고 얘기하지 않으니까요.” 제가 그 이야기를 계속하기를 꺼리면서 대답했어요.

“아니, 그 처녀는 여간내기가 아니지.” 그가 고개를 내저으면서 말했어요. “혼자 비밀을 지키고 있지! 하지만 정말 어수룩한 처녀거든. 믿을 만한 데서 들었는데, 간밤(아주 멋진 밤이었지!)에는 그 처녀와 히스클리프가 당신네 집 뒤 숲속을 두 시간 넘게 거닌 모양이오. 그런데 그가 다시 집에 들어가지 말고 자기 말을 타고 함께 도망치자고 졸랐던가 보오. 내 들은 이야기로는, 다음번에 그렇게 할 준비를 해 가지고 나오겠다고 굳게 약속하고 겨우 헤어졌다는 거요. 다음번에 만나는 게 언젠지는 듣지 못했다지만. 당신이 린튼 씨에게 잘 살피라고 말해 주시오!”

이 소식을 듣고 제 마음은 새로운 걱정으로 가득 찼답니다. 저는 케네스 선생보다 앞서서 달리다시피 하여 돌아왔지요. 그 작은 개는 아직도 뜰에서 짖고 있었어요. 저는 잠시 걸음을 멈추고 그 개를 위해서 문을 열어 주었지만 개는 현관 쪽으로 가지 않고 이리저리 냄새를 맡으며 풀밭을 돌아다니더군요. 제가 그놈을 붙잡아 데리고 들어가지 않았더라면 밖으로 도망쳤을 거예요.

이사벨라 아가씨의 방에 올라가 보니 제가 걱정했던 일은 사실이었어요. 그 방은 비어 있었답니다. 제가 몇 시간만 더 빨랐더라도 이사벨라 아가씨가 아씨의 병을 알고 경솔한 짓은 하지 않았을지도 모르지요. 그러나 그때 어떻게 할 도리가 있었겠어요? 당장 뒤쫓았다면 그들을 따라잡을 수도 있었겠지만 저는 따라갈 수 없었어요. 게다가 감히 온 집안을 깨워서 소동을 벌일 수도 없었고요. 서방님에게 그 일을 알릴 생각은 더구나 없었지요. 아씨의 병에 골몰해 있고 새로운 걱정을 할 마음의 여유가 없었을 테니까요.

입을 다물고 일이 되어 가는 대로 둘 수밖에 없었지요. 얼마 후 케네스 선생이 도착하자 저는 몹시 착잡한 얼굴로 그분이 오셨다는 걸 알리러 갔답니다.

캐서린 아씨는 고통 속에 잠들어 있었는데, 서방님이 들어온 덕에 미쳐 버리는 것만은 겨우 면한 듯했지요. 서방님은 아씨의 머리맡에 서서 괴로운 기색이 역력한 아씨의 얼굴 변화를 하나하나 지켜보고 계셨어요.

의사는 진찰을 하고 나서 만약 주위 사람들이 아주 조용히만 해 준다면 결국에는 나을 것이라고 서방님에게 희망적으로 말했어요. 그리고 제게는 죽지는 않겠지만 영영 정신이 이상해질 위험이 있다는 듯이 말했어요.

저는 그날 밤 눈을 붙이지 못했고, 린튼 서방님도 마찬가지였답니다. 우리는 아예 잠자리에 들지도 않았지요. 하인들은 다들 보통 때보다 훨씬 일찍 일어나 발소리를 죽이고 집 안을 돌아다니면서 각자 자기 일을 하다가 얼굴이 마주치면 서로 수군거렸어요. 모두 일어나 있었지만 이사벨라 아가씨만은 보이지 않았어요. 그래서 다들 잠도 잘 잔다며 한마디씩 하기 시작했어요. 서방님도 아가씨가 일어났는지 물으셨고 아가씨가 나타나기를 몹시 고대하면서 올케를 걱정하는 빛을 보이지 않는 것에 기분이 상한 듯했어요.

제게 불러오라고나 하지 않을까 하며 저는 떨고 있었답니다. 그런데 이사벨라 아가씨가 도망친 것을 제 입으로 먼저 말해야 하는 고통은 면했지요. 아침 일찍 기머튼에 심부름을 갔던 철없는 하녀 하나가 입을 벌리고 헐떡거리면서 위층으로 올라와 방에 뛰어들면서 외쳤어요.

"아이고, 이 일을 어쩐담! 다음엔 또 무슨 일이 일어날까? 주인님, 주인님, 아가씨께서……."

"조용히 해!" 저는 그녀의 요란스러운 거동에 화가 나서 급히 외쳤어요.

"나직이 말해, 메리. 무슨 일인가? 아가씨가 어쨌다는 거야?" 린튼 서방님이 물으셨어요.

"아가씨가 도망을 갔어요, 글쎄. 도망을 갔다고요! 히스클리프가 아가씨를 데리고 달아났어요!" 그 계집애가 신음하듯 말했지요.

"그럴 리가 있나!" 서방님이 당황해 일어서면서 소리쳤어요. "그럴 리가 없어. 어떻게 그런 생각이 들었지? 엘런 딘, 가서 그 애를 찾아봐. 믿어지지 않아. 그럴 리가 없어."

이렇게 말하면서 그분은 하녀를 문 있는 데로 데려가서는 왜 그런 말을 했는지 다그쳐 물었어요.

"아니, 여기 우유를 가져가는 젊은 사람을 길에서 만났는데요…….” 그녀는 말을 더듬거렸습니다. “그랬는데, 여기서 큰 소동이 벌어지지 않았느냐고 묻더라고요. 저는 마님이 편찮으신 것을 말하는 줄 알고 그렇다고 대답했지요. 그랬더니 이렇게 말했어요. ‘누가 따라갔겠지?’ 저는 눈이 휘둥그레졌어요. 그는 제가 아무것도 모른다는 것을 알고는 모두 알려 주었지요. 간밤에 자정이 좀 지나서 기머튼에서 3킬로미터쯤 떨어진 대장간에 점잖은 남녀가 들어와서는 말굽에 편자를 박으려고 하더래요! 그래서 대장간 집 딸이 일어나서 누구인지 봤더니 단박에 알겠더라나요. 그 처녀는 그 남자가 분명 히스클리프였다고 하더래요. 아무도 그를 잘못 볼 사람은 없지요. 그 남자가 대금으로 자기 아버지 손에 1파운드짜리 금화를 쥐여 주는 것을 보았대요. 여자는 외투로 얼굴을 가리고 있었지만, 물을 한 모금 달라고 해서 마시는 동안 외투가 미끄러져 내려 얼굴을 똑똑히 봤대요. 히스클리프가 양손에 고삐를 잡고 말을 타고서 그 마을을 떠나 그 험한 길을 되도록 빨리 가더라는 거예요. 그 처녀가 자기 아버지에게는 아무 말도 않고 오늘 아침에 온 기머튼에 그 이야기를 퍼뜨렸대요.”

저는 달려가서 그저 형식적으로 이사벨라 아가씨의 방을 들여다보았어요. 그리고 돌아가서 그 하녀가 한 말이 사실이라고 말했지요. 린튼 서방님은 침대 옆에 다시 앉아 있었는데, 제가 돌아갔을 때도 그저 눈을 들어 멍하니 제 표정의 의미를 알아차리실 뿐 한마디 명령이나 말씀도 없이 다시 눈길을 내리까셨어요.

“아가씨를 쫓아가서 데려오려면 무슨 수를 써야 할까요? 우리가 어떻게 해야 할까요?" 제가 물었어요.

"그 애는 제 발로 갔어." 서방님이 대답했어요. "가고 싶으면 갈 권리가 있지. 이제 그 애 일로 나를 괴롭히지 마. 이제부터 그 애는 내게 다만 명목상의 누이에 지나지 않아. 내가 아니라 그 애가 인연을 끊었으니까."

그 문제에 대해서 주인님은 그 말밖에 하지 않으셨어요. 더는 아무것도 묻지 않으셨고, 이사벨라 아가씨에 대한 이야기는 결코 하지 않으셨지만, 어디든 이사벨라 아가씨가 새 보금자리를 꾸민 곳을 알게 되거든 이 집에 있는 아가씨의 물건을 다 그리로 보내라고 제게 지시하셨지요.

13장

두 사람은 도망가서 두 달 동안 나타나지 않았답니다. 그 두 달 사이에 캐서린 아씨는 뇌막염이라는 병 중에서도 가장 악성인 뇌막염에 시달렸지만 결국 이겨 냈어요. 하나뿐인 자식을 간호하는 어머니라도 그렇게 헌신적으로 간호하지 못할 만큼 에드거 서방님은 지성으로 아씨를 돌보았어요. 그분은 밤낮으로 병자 옆을 지키고 앉아, 캐서린 아씨가 아무리 짜증을 내고 성가시게 굴어도 끈기 있게 참는 것이었어요. 케네스 선생은 서방님이 아씨의 목숨을 건지기는 했어도 그 간호의 보답으로 앞으로도 없어지지 않을 걱정거리를 얻게 되었다고 (사실 서방님의 건강과 기력은 한 사람의 폐인을 살리는 데 희생되었지요.) 말했지만, 캐서린 아씨의 생명이 위험을 벗어났다는 말을 들었을 때 서방님이 느낀 고마움과 기쁨은 이루 말할 수 없었지요. 그리고 몇 시간이고 계속 옆에 앉아서 아씨가 차츰 건강을 회복하는 것을 지켜보고, 아씨의 정신이 차츰 돌아와서 머지않아 예전의 캐서린으로 돌아가리라는 밝은 희망으로 마음이 부풀어 계셨어요.

아씨가 처음으로 그 방을 나온 것은 다음 해 3월이 시작될 무렵이었어요. 서방님은 그날 아침, 아씨의 베개 위에 한 줌 가득 금빛 크로커스를 갖다 놓았어요. 오랫동안 기쁨이라고는 모르던 아씨의 눈은 잠이 깨어 그 꽃을 보자 기쁨에 반짝였고 아씨는 그것을 열심히 끌어모았답니다.

"이것이 워더링 하이츠에서 맨 먼저 피는 꽃이에요!" 아씨가 탄성을 질렀어요. "이걸 보니까 눈을 녹이는 부드러운 바람, 따뜻한 햇볕 그리고 거의 다 녹은 눈이 생각나요. 여보, 남풍이 불지 않나요? 그리고 눈은 이제 거의 녹지 않았나요?"

"이곳 평지에서는 다 녹았어, 여보. 온 벌판에 흰 곳이라고는 두 군데밖에 눈에 띄지 않는구려. 하늘은 푸르고 종달새가 노래 부르며, 개울물과 시냇물도 모두 넘쳐흐르고 있어. 캐서린, 지난봄 이맘때는 당신을 이 집으로 몹시 데려오고 싶어 했는데. 그런데 지금은 당신이 저 언덕을 2~3킬로미터쯤 올라갈 수 있었으면 하고 바라는군. 바람이 저렇게도 향기롭게 부니 저런 바람을 쏘이면 당신 몸도 나을 것만 같아."

"나는 그곳에 한 번밖에 더 갈 수 없을 거예요! 그때가 되면 당신은 나를 내버려 두고 가실 테고, 나는 영원히 거기 남을 거예요. 내년 봄에도 당신은 내가 이 집에 있었으면 하고 생각하며 오늘 일을 돌이켜 보고는, 그때는 행복했지 하고 생각하실 거예요."

린튼 서방님은 그지없이 다정하게 부인을 애무하고 가장 정다운 말로 유쾌하게 해 주려고 하셨어요. 그러나 물끄러미 그 꽃을 바라보는 아씨의 속눈썹에는 눈물이 맺혀 있었어요. 아씨는 눈물이 뺨으로 흐르는 것을 그대로 내버려 둔 채 닦지도 않았어요.

우리는 아씨의 병이 나았다고 알고 있었지요. 그래서 그렇게 침울해하는 것도 오랫동안 한곳에만 갇혀 있었기 때문이고 거처만 달라지면 나아지리라고 생각했지요.

서방님은 제게 여러 주 비워 두었던 거실에 불을 지피고 창가의 볕이 드는 곳에 안락의자를 내놓으라고 말씀하셨어요. 그러고 나서 아씨를 데리고 내려왔어요. 아씨는 아늑한 온기를 즐기면서 오래 앉아 있었어요. 그렇게 해서 아씨는 우리 예상대로 아씨 주위의 여러 가지 물건들로 인해서 생기를 회복했답니다. 주변 물건들이래야 늘 보아 오던 것이지만 아씨가 싫어하던 병실을 감싸고 있던 음산한 연상은 가셨던 것이지요. 저녁 무렵에 아씨는 매우 지친 듯했어요. 그러나 아무리 타일러도 자기 방으로 돌아가려고 하지 않았어요. 그래서 저는 다른 방이 준비될 때까지 거실 소파에 누울 수 있게 해 드려야 했지요.

층계를 오르내리는 피로를 덜어 주기 위해 우리는 거실과 같은 층에 있는, 지금 주인님께서 누워 계시는 이 방을 꾸며 놓았답니다. 아씨는 얼마 안 가서 서방님의 팔에 기대어 이 방과 거실 사이를 오갈 만큼 기운을 차렸지요.

아, 그렇게도 정성스러운 간호를 받았으니 이제는 나으려나 보다 하고 저는 생각했어요. 게다가 우리가 그렇게 바라는 데는 또 다른 이유가 있었답니다. 아씨가 살아야 또 하나의 생명도 살 수 있었기 때문이지요. 조금만 있으면 아기가 태어날 테고, 그러면 서방님의 토지도 남의 손에 빼앗기지 않게 되리라는 희망을 우리는 품고 있었던 것이지요.

집을 나간 지 여섯 주쯤 지난 뒤 이사벨라 아가씨가 자기 오빠에게 짧은 편지를 보내 히스클리프와의 결혼을 알린 것을 말씀드려야겠군요. 편지는 냉담하고 메마른 것이었지만 그 끝에 연필로 자기 행동에 화가 났더라도 용서해 달라는 어색한 변명과 자기를 너무 나쁘게 생각하지 말고 화해하자는 간청이 적혀 있었지요. 그리고 그때는 하는 수 없었으며 결혼한 지금 그걸 취소할 수도 없다는 것이었어요.

그리고 두 주가 지난 뒤에 제게도 긴 편지가 왔는데, 신혼여행에서 갓 돌아온 신부가 쓴 것치고 좀 이상했답니다. 그 편지를 읽어 드리겠어요. 아직 가지고 있으니까요. 살아 있을 적에 소중한 사람이었다면 그 사람의 유물 역시 소중하지요.

엘런에게

간밤에 워더링 하이츠에 와서 캐서린 언니가 많이 아팠고 아직도 그렇다는 말을 처음으로 들었어. 언니에게 편지를 써서는 안 될 것 같고, 오빠 역시 내게 답장을 하기에는 너무 화가 나 있거나 너무 슬픔에 잠겨 있을 것 같아. 그래도 누군가에게 편지를 써야 하겠기에 결국 엘런을 선택한 거야.

에드거 오빠에게 부디 이 말을 전해 줘. 내가 어떻게 해서라도 오빠의 얼굴을 다시 보고 싶어 한다고. 집을 떠난 지 하루 만에 이미 내 마음은 스러시크로스 저택에 돌아가 있었으며, 이 순간에도 에드거 오빠나 캐서린 언니에 대한 애정으로 가득 차 있다는 걸 말이야! 그러나 내 몸은 마음을 따라 돌아갈 수 없어.(이 말에는 밑줄을 쳤습니다.) 그러니까 내가 돌아가리라고 기대해선 안 돼. 그리고 오빠나 언니가 어떻게 생각해도 괜찮아. 하지만 내가 돌아가지 않는 것이 의지가 약하거나 애정이 없어서라고는 생각하지 마.

지금부터는 엘런에게만 하는 이야기야. 엘런에게 물어보고 싶은 게 두 가지 있어.

첫째, 엘런은 이 집에 있을 적에 어떻게 인간으로서의 동정심을 잃지 않을 수 있었지? 주위 사람들이 나와 같은 감정을 가지고 있다고는 생각할 수 없으니 말이야.

내가 매우 흥미롭게 여기는 둘째 질문은 이거야.

히스클리프 씨가 인간인가 하는 것이야. 만약에 인간이라면 미친 것인지, 만약 인간이 아니라면 귀신인지. 내가 이렇게 묻는 이유는 말하지 않겠어. 그러나 엘런이 알고 있다면 대체 내가 결혼한 상대의 정체를 설명해 줬으면 해. 엘런이 나를 만나러 올 때 말이야. 그리고 엘런, 가능한 한 속히 찾아와야 해. 편지하지 말고 와 주어야 해. 그때 에드거 오빠한테서 무엇이든지 가져왔으면 해.

이제 이 집이 나의 새로운 가정이 되겠지만, 내가 이 집에서 어떤 대우를 받았는지 이야기할게. 주위에 아무런 위안도 없다는 사실을 넋두리하는 것은 다만 마음의 위안을 얻기 위해서야. 위안이 그리울 때가 아니면 위안 같은 것은 생각지도 않지만, 만약 주위에 위안이 없다는 것이 내 불행의 전부이고 그 나머지는 터무니없는 꿈이라면 나는 기뻐서 웃고 춤출 거야!

우리가 벌판 쪽을 돌아보았을 때 해가 우리 집 뒤에서 저물고 있었으니 6시쯤 됐다고 생각했어. 히스클리프는 반 시간쯤 머물며 숲이며 정원이며 아마 집까지도 될 수 있는 대로 자세히 돌아본 모양이야. 그래서 우리가 이 집의 돌이 깔린 뜰에 내렸을 때는 이미 어두워져 있었어. 엘런의 옛 동료인 조지프가 작은 촛불을 들고 나와 우리를 맞아 주었어. 하도 정중하게 마중을 해 주어서 탄복했지. 그는 먼저 내 얼굴 있는 데까지 촛불을 들이밀고 심술궂게 흘겨보고는 아랫입술을 삐죽 내밀며 돌아서 버렸어.

그러고는 우리가 타고 온 두 마리 말을 마구간으로 끌고 가더니, 마치 우리가 옛 성에 살고 있기라도 한 듯이 바깥 대문의 자물쇠를 채우려고 다시 나오는 것이었어.

히스클리프는 그 자리에 남아 그에게 이야기를 했고, 나는 부엌으로 들어갔어. 그 더럽고 지저분한 굴속으로 말이야. 아마 엘런은 못 알아볼 거야. 엘런이 없고부터 그만큼 변했을 테니까.

난로 옆에는 악당 같은 아이가 서 있었는데, 팔다리가 튼튼하고 옷은 더러웠어. 그런데 눈매와 입 언저리가 어딘지 캐서린 언니와 닮은 데가 있었어.

'이 애가 에드거 오빠의 처조카로구나. 그러면 내게도 조카뻘이 되네. 악수를 하고, 그렇지, 입을 맞춰야지. 처음부터 서로 잘 사귀어 두는 것이 좋지.' 하고 나는 생각했어.

나는 가까이 가서 그 통통한 손을 잡으려 하면서 말했어.

"안녕, 꼬마 도련님!"

그 아이가 뭐라고 중얼거렸지만 알아들을 수 없었어.

"우리 친구 할까, 헤어튼?" 하고 나는 한 번 더 말을 걸어 보았어.

내가 그렇게 참을성 있게 대하는데도 그 아이는 욕을 하며 나가지 않으면 스로틀러를 풀어 물게 하겠다고 위협했어.

"야, 스로틀러. 이봐!" 그 작은 녀석이 구석빼기에 누워 있던 잡종 불도그를 작은 소리로 불러냈어. 그러더니 "자, 나가지 못해?" 하고 위세를 부리면서 말했어.

나는 목숨이 아까웠기에 바깥으로 나가 다른 사람들이 들어오기를 기다렸어. 히스클리프는 어디 갔는지 보이지 않았고, 조지프는 내가 마구간까지 따라가서 같이 들어가 달라고 부탁했는데도 나를 노려보면서 혼자 중얼거린 다음 콧등에 주름을 잡고 혀를 차면서 대답하는 거였어.

"우아한 척하기는! 그런 소리는 도무지 들어 본 적이 없어. 당신 말은 통 알아들을 수가 없다고."

"나와 함께 집으로 들어가 주었으면 한다고 말하는 거예요!" 나는 그가 귀머거리인가 싶어 크게 외쳤는데, 사실 그의 무례에 몹시 화가 났어.

"안 돼요, 더 할 일이 있어서." 그는 대답하고 일을 계속했어.

그러면서도 긴 턱을 움직이며 내 옷과 얼굴(옷은 너무 화려했지만 얼굴은 그지없이 슬퍼 보였을 거야.)을 매우 경멸하는 표정으로 훑어보았어.

나는 뜰을 돌아 작은 문을 지나 다른 문이 있는 데로 가서 좀 더 예의 바른 하인이 나와 줄까 하고 문을 두드려 보았어.

조마조마하며 잠시 있는데, 키가 크고 여윈 사내가 문을 열어 주었어. 그 사내는 목도리도 하지 않았을뿐더러 도무지 단정치 않았어. 얼굴은 어깨 위로 내려온 텁수룩한 머리칼에 가려 있었어. 그런데 눈만은 (캐서린 언니의 눈과 같은 아름다움은 찾을 수 없었지만) 언니가 유령으로 나타난 것처럼 어딘가 닮은 데가 있었어.

"무슨 볼일로 왔소? 당신은 누구요?" 그가 엄하게 물었어.

"제 이름은 전에는 이사벨라 린튼이었어요. 전에 뵌 적이 있죠. 최근에 히스클리프 씨와 결혼해서 그가 저를 이리로 데려온 거예요. 아마 당신의 허락을 받았겠지요."

"그럼 그가 돌아온 거요?" 그 은자 같은 사나이가 굶주린 늑대처럼 눈을 번득이며 물었어.

"네, 우린 이제 막 왔어요. 그런데 그이가 저를 부엌 문간에 두고 어디론가 갔어요. 그래서 집 안에 들어가려고 하는데, 댁의 아드님이 불도그를 불러내서 저를 쫓아 버렸어요."

"그 마귀 같은 놈이 내가 시킨 대로 약속을 잘 지켰군." 앞으로 내가 신세를 지려는 집의 주인은 으르렁대듯이 말하며 히스클리프를 찾을 양으로 내 뒤의 어둠 속을 살폈어. 그러고는 혼잣말로 실컷 욕지거리를 하다가 그 "악마 같은 녀석"이 자기를 속이기라도 하면 어떻게 해 주겠다는 둥 위협했어.

내가 이렇게 다시 그 집에 들어가려 한 것을 후회하고, 그가 투덜대는 동안에 도망쳐 버리고 싶었지만 그렇게 하지도 못하고 있는 참에 그가 내게 들어오라고 하고는 문을 다시 닫아걸어 버렸어.

안에는 커다란 난로에 불이 타오르고 있었는데 큰 방을 비추는 불빛이라고는 그 난롯불뿐이었어. 방바닥은 고루 잿빛으로 변해 있었고, 어릴 적엔 번쩍번쩍해서 늘 내 눈길을 사로잡던 백랍 접시도 녹이 슬고 먼지가 앉아 거무칙칙했어.

나는 하녀를 불러 침실로 안내를 받아도 좋겠느냐고 물어보았어. 그런데 언쇼 씨가 대답하지 않는 거야. 그는 내가 있다는 것도 까맣게 잊어버린 듯 호주머니에 손을 찔러 넣은 채 이리저리 거닐고 있었어. 정신이 나간 듯했고, 모든 거동이 사람을 싫어하는 눈치여서 다시 그에게 말을 걸지 못했어.

엘런, 당신은 짐작할 수 있을 거야. 이 푸대접하는 집 난롯가에 혼자 앉아 있는 것보다 무서운 외로움을 느끼면서, 내가 이 세상에서 누구보다도 사랑하는 사람들이 사는 그 편안한 집이 6.5킬로미터 밖에 있다는 것을 생각했을 때 내가 얼마나 막막한 느낌을 받았을지. 더구나 그 6.5킬로미터가 대서양을 사이에 둔 것만큼이나 내게는 건널 수 없는 먼 거리가 되고 말았으니 말이야!

나는 스스로 물어보았어. 내가 어디서 위안을 찾아야 하는지를. 에드거 오빠나 캐서린 언니에게는 이야기하지 마. 그러고 보니 그 밖의 어떤 슬픔보다도 히스클리프를 상대하는 데 내

편이 되어 줄 사람이 없는 게 가장 막막했어.

내가 기꺼이 워더링 하이츠에 신세를 지려고 한 것도 그렇게 하면 그이와 둘이서만 살지 않아도 된다는 생각에서였어. 그런데 그이는 이 집 사람들을 잘 알아서 그들의 간섭은 아예 염려도 하지 않았던 거야.

나는 한참 동안 서글프게 앉아 생각에 잠겼어. 시계가 8시를 치고 9시를 쳤건만 언쇼 씨는 여전히 고개를 푹 숙이고 묵묵히 방 안을 이리저리 거닐면서 간간이 신음을 내거나 탄식을 할 뿐이었어.

집 안에서 여자의 목소리가 나지 않나 하고 나는 귀를 기울였어. 그러는 동안 나는 미칠 듯한 후회와 불길한 예감에 사로잡혀 있다가 마침내 걷잡을 수 없는 한숨과 울음을 터뜨리고 말았어.

나도 모르게 얼마나 슬픈 기색을 보였는지 언쇼 씨가 규칙적인 걸음걸이로 걷고 있다가 내 맞은편에 서서는 새삼 놀란 듯이 나를 보았어. 그가 다시 주의를 기울인 틈을 타서 내가 소리쳤어.

"먼 길을 오느라 피곤해서 자야겠어요! 하녀는 어디 있죠? 하녀가 내게 오지 않으니 어디 있는지 가르쳐 주세요!"

"하녀라고는 없소. 자기 일은 자기가 해야 하오!"

"그러면 어디서 자야 하나요?" 나는 흐느꼈어. 피로와 비참한 생각에 지쳐 체면을 차릴 수도 없었던 거야.

"조지프가 히스클리프의 방으로 안내할 거요. 저 문을 열어 봐요. 거기 있을 테니." 그가 말했어.

그가 시키는 대로 하려는데 그가 느닷없이 나를 붙잡고 괴상한 어조로 말을 이었어.

"문을 잠그고 빗장을 거시오. 잊지 말고!"

"아니, 왜 그러세요, 언쇼 씨?" 나는 히스클리프와 단둘이서 문을 닫아걸고 있을 생각은 없었거든.

"이걸 봐요!" 그가 이렇게 대답하고 조끼에서 이상한 모양의 권총을 꺼냈는데 총신에는 용수철을 장치한 쌍날칼이 붙어 있었어. "자포자기한 사내에게 이건 대단한 유혹 아니오? 나는 밤마다 이놈을 가지고 가서 그 녀석의 방문을 흔들어 보지 않고는 견디지 못하오. 문이 열리기만 하면 그 녀석은 마지막이오! 그런 짓은 말아야 한다는 이유를 여러모로 생각하고 있을 때도 나는 여전히 이놈을 가지고 그 방문까지 가 본단 말이오. 그 녀석을 죽여 나 자신의 계획을 망쳐 버리라고 아무래도 무슨 마귀가 시키는 모양이오. 당신은 그 녀석을 사랑할 수 있도록 끝까지 그 마귀와 싸워 보구려. 그러나 때가 오면 하늘의 천사들이 모조리 나서도 그 녀석을 살리진 못할 거요!"

나는 그 무기를 유심히 보았어. 문득 섬뜩한 생각이 들었어. 그런 무기를 가질 수 있다면 얼마나 든든할까! 나는 그것을 그의 손에서 빼앗아 그 칼날을 만져 보았어. 그 사람은 내 얼굴에 잠깐 스치는 표정을 보고 놀라는 듯했어. 무섭다는 표정이 아니라 갖고 싶다는 눈치를 보였으니 말이야. 그는 심술궂게 권총을 도로 빼앗아 칼을 접고 자기 조끼 속에 집어넣었어.

"그 녀석에게 말해도 상관없소. 그 녀석에게 주의를 시키고 당신도 감시해 주시오. 우리 사이가 어떻다는 건 알고 있을 줄

아오. 그의 신변이 위험하대도 당신은 놀라지 않겠지."

"도대체 히스클리프가 당신에게 무슨 짓을 한 거예요? 당신에게 무슨 몹쓸 짓을 했기에 그렇게 미움을 산 거예요? 차라리 이 집에서 나가라고 하는 게 낫지 않겠어요?" 내가 물었어.

"안 돼." 언쇼 씨가 고함을 질렀어. "만약 이 집에서 나가겠다고 말만 해 봐, 살려 두는가. 그렇게 하라고 부추긴다면 당신이 살인을 범하는 거나 다름없지! 나보고 되찾을 기회도 없이 몽땅 잃어버리란 말인가? 헤어튼이 거지가 되어야 한다고? 천만의 말씀! 나는 도로 찾고 말겠어. 그 녀석의 돈까지 빼앗아야겠어. 그리고 그 녀석의 피도. 영혼은 지옥으로 보내지! 그 녀석이 가면 지옥도 열 배는 더 어두워질 거야!"

엘런, 당신이 내게 옛 주인의 버릇을 이야기한 적이 있지. 그는 분명히 미친 것 같아. 적어도 간밤에는 그랬어. 옆에 있자니 몸서리가 쳐졌어. 하인인 조지프의 천박한 퉁명스러움이 차라리 마음에 들 정도였지.

그가 다시 방 안을 거닐기 시작하기에 나는 빗장을 열고 부엌으로 피해 갔어.

조지프는 난로 위에 몸을 구부리고 거기 걸려 있는 큼직한 냄비를 들여다보고 있었어. 바로 옆에 놓인 긴 의자 위에는 오트밀이 담긴 나무 그릇이 놓여 있었어. '우리의 저녁 식사를 준비하는구나.' 하고 짐작하고 배가 고파 그것이라도 먹을 작정을 했어. 그래서 "죽은 내가 쑤겠어요!" 하고 새된 목소리로 외치면서 나는 그 그릇을 그의 손이 닿지 않는 데로 옮기고 모자와 승마복을 벗기 시작했어. "언쇼 씨가 내 일은 알아서 하라고 했어. 그렇고말고. 여기서 점잔을 빼다간 굶어 죽겠어." 하고 나는 말을 계속했어.

"어이구!" 하고 중얼거리며 그는 앉은 채로 골이 진 긴 양말을 무릎에서 발목까지 쓰다듬었어. "두 주인 섬기는 데 겨우 이력이 날 만하니까 또 새로 명령하는 분이 생기는군. 마님까지 모셔야 할 판이면 꽁무니를 뺄 때도 된 모양이지. 내가 오래 살던 이 집을 떠나야 할 날이 오리라고는 생각한 적도 없는데. 그날도 멀지 않았나 보군."

이렇게 탄식하는 것도 들은 체하지 않고 나는 부지런히 저녁 준비를 하면서도 그런 것이 모두 한낱 재미에 불과했던 지난날을 생각하고는 한숨지었어. 그러나 곧 그러한 생각은 하지 않기로 했어. 지난 일들을 생각하면 고통스러운 데다 옛일이 눈앞에 선하게 떠오르면 떠오를수록 막대기로 죽을 젓는 손이 빨라졌고 한 줌씩 굵은 가루를 물에 넣는 것도 빨라졌지.

조지프는 내 요리 솜씨를 지켜볼수록 부아가 치미는 모양이었어.

"저것 봐! 헤어튼, 오늘 밤 죽은 못 먹겠군. 죽이 아니라 내 주먹만 한 덩어리일 테니까. 또 저것 봐! 내가 당신처럼 죽을 쑬 판이면 그릇이고 뭐고 할 것 없이 다 한데 집어넣겠어! 저것 봐, 위 꺼풀만 걷어 내면 다 됐는데. 게다가 쿵덕쿵덕 소리까지 내고. 그러고도 냄비 밑바닥이 빠지지 않으니 다행이지!" 그는 이렇게 소리쳤어.

죽을 그릇에 담아 보니 과연 잘된 음식은 아니었어. 그래도 네 사람분은 되더군. 우유를 짜는 데서 4.5리터들이 단지로 우유를 가져왔는데 헤어튼이 그 큼직한 입으로 단지째 마시면서 철철 흘리는 것이었어.

나는 그렇게 더럽게 마시면 내가 마실 수 없으니 그릇에 따라 마시라고 타일렀어. 그러자 그 빈정대기 좋아하는 영감은 내가 까다롭게 군다고 단단히 화가 나서 나보다 "이 아이가 조금도 못한 것이 없고 몸에 병이라고는 없"다면서 왜 그렇게 잘난 체하느냐고 어이없다는 표정을 몇 번이고 짓는 것이었어. 그러는 동안에도 그 녀석은 계속 우유를 마셨고 단지 속에 침을 흘리면서 네까짓 게 뭐냐는 듯이 나를 노려보았어.

"난 다른 방에서 식사를 하겠어요. 거실은 없어요?" 하고 내가 말했어.

"거실이라고!" 조지프가 비웃듯이 그 말을 되풀이했어. "거실이라고! 없소. 이 집에는 그런 것 없소. 우리와 함께 있는 것이 싫다면 주인어른의 방이 있고, 주인어른이 싫다면 우리와 함께 있는 거고."

"그럼 위층으로 가겠어요. 방을 하나 안내해 줘요!" 내가 말했어.

나는 내 그릇을 쟁반에 올려놓고 직접 가서 우유를 좀 더 가져왔어.

조지프는 몹시 투덜대며 일어나 앞장서서 계단을 올라갔어. 우리가 올라간 데는 다락이었는데, 그는 이따금 방문을 열고는 방 안을 들여다봤어.

"여기 방이 있군." 그가 드디어 돌쩌귀를 단 덜렁거리는 판자문을 열어젖히면서 말했어. "죽 그릇이나 핥기엔 충분한 방이지. 저기 구석에 보리 포대가 놓여 있지만 그만하면 더럽진 않아. 그래도 당신의 좋은 비단옷을 더럽힐 염려가 있거든 그 위에 손수건이라도 펴시구려."

그 '방'이란 골방 같은 것으로, 엿기름과 곡식 냄새가 코를 찌르고, 그런 물건이 든 온갖 포대가 둘레에 쌓여 있었는데, 한가운데에 자리가 넓고 엉성하게 비어 있었어.

"아니, 이봐요!" 나는 노엽게 그를 보면서 소리쳤어. "여긴 자는 곳이 아니잖아. 침실을 보여 달란 말이에요."

"침실이라고!" 그가 조롱조로 그 말을 되풀이했어. "여긴 침실이라고는 저것뿐인데, 저건 내 침실이오."

그가 보여 준 다락방은 벽 근처에 아무것도 없고 한쪽 구석에 남색 이불만 놓인, 커튼도 없는 큼직한 낮은 침대가 있다는 게 조금 전에 본 방과 달랐어.

"영감의 침실을 봐서 뭘 해?" 내가 비꼬아 말했어. "히스클리프 씨는 이 집 꼭대기에 묵지 않았나, 그렇지요?"

"그럼 히스클리프 어른의 침실 말이었소?" 그가 마치 새로운 발견이라도 한 듯 외쳤어. "진작 그렇게 말할 일이지. 그랬으면 이런 헛수고를 하지 않고도 그 방만은 볼 수 없다고 말했을 텐데. 그는 항상 방을 잠가 놓아서 그 말고는 아무도 얼씬거리지 못하는걸."

"참 좋은 집이군, 조지프 영감." 하고 나는 말해 주지 않을 수 없었어. "사람들도 좋고. 내 운명이 이 집 사람들과 연결된 날부터 온 세상 모든 광증(狂症)의 응어리가 한데 엉겨 내 머릿속에 들어온 것 같아! 하지만 그런 건 지금 문제 삼을 일이 아니고,

달리 방법이 있을 테니 제발 빨리 어디든 들어앉게 해 줘요!"

조지프는 이 말에는 대답도 하지 않고 무뚝뚝하게 나무 계단을 터덜터덜 내려가서 어느 방 앞에서 걸음을 멈추었어. 그렇게 발걸음을 멈춘 것이나 그 방의 가구가 훌륭한 것으로 보아 나는 그것이 제일 좋은 방이라고 생각했어.

거기에는 양탄자가, 그것도 좋은 것이 깔려 있었지만, 먼지 때문에 무늬는 보이지 않았어. 벽난로에는 예쁘게 오린 종이 장식이 더러워진 채 갈기갈기 찢어져 있었어. 꽤 비싼 천으로 현대식으로 만든 치렁치렁한 진홍빛 커튼이 드리운 훌륭한 참나무 침대도 놓여 있었어. 그런데 그 커튼은 분명 험하게 사용한 듯했고, 침대 휘장도 고리에서 떨어져 늘어져 있고 그 고리가 걸린 쇠막대기도 한쪽이 활처럼 휘어져서 천이 방바닥에 질질 끌리고 있었어. 의자도 모두 망가져 있었는데 심하게 부서진 것도 여럿 있었어. 그리고 벽의 판자도 군데군데 깊이 패어 있어 볼썽사나웠지.

내가 들어가 그 방을 차지하려고 하자 그 바보 같은 안내인이 말했어.

"이건 주인어른의 방이오."

이미 내 저녁 식사는 식어 버렸고 식욕도 없어졌으며, 더 이상 견딜 수도 없었어. 당장에 들어갈 수 있는 장소를 마련하고 쉴 수 있게 해 달라고 우겨 댔지.

"도대체 어디에 들어가겠다는 건지?" 신앙심 깊은 영감이 말하기 시작했어. "주여, 복을 내리소서! 용서하옵소서! 도대체 어디를 가겠다는 거요? 되지못한 귀찮은 사람 같으니! 헤어튼의 작은 방을 빼고는 모조리 다 본 거요. 이 집에는 그 밖에 잘 수 있는 방이라곤 없소."

나는 하도 화가 나서 들고 있던 쟁반과 거기 담긴 것을 바닥에 내던지고는 계단 꼭대기에 앉아 두 손으로 얼굴을 가리고 울었어.

"어이구! 어이구!" 조지프가 소리쳤어. "잘한다! 잘했어! 주인 어른이 깨진 사기그릇에 걸려 넘어지기라도 해 봐. 틀림없이 야단법석이 날 테니 두고 보라지. 아무짝에도 쓸모없는 사람 같으니라고! 화가 났다고 하나님께서 주신 음식을 내동댕이치다니. 지금부터 크리스마스 때까지 굶어도 말은 못 하게 됐소. 그런 성미로 오래 못 갈 것만은 틀림없어. 히스클리프가 그런 짓을 참을 것 같아? 그렇게 화내고 있는 걸 그가 보면 참 좋겠군. 제발 그러면 좋겠어."

이렇게 잔소리를 늘어놓으면서 그는 촛불을 들고 밑에 있는 자기 방으로 내려갔어. 나는 어둠 속에 혼자 남게 됐어.

이런 실없는 짓을 한 뒤 잠시 생각해 보니 자존심과 분을 누르고 내가 엎지른 것은 내가 치워야겠다는 생각이 들었어.

그런데 마침 뜻밖에도 스로틀러라는 녀석이 와서 도움이 되었어. 그때 보니 녀석은 우리 집 스컬커란 놈의 새끼로, 강아지 때 우리 집에 있다가 아버지가 힌들리에게 선물한 거였어. 녀석은 나를 아는 것 같았어. 인사를 하듯이 코를 내 코에 갖다 대고는 얼른 죽을 핥아먹기 시작했어. 그동안 나는 계단을 한 층 한 층 손으로 더듬어서 깨진 사기 조각을 주워 모으고 난간에 묻은 우유를 손수건으로 닦았어.

거의 다 치웠을 때쯤 복도에서 언쇼 씨의 발소리가 났어. 스로틀러는 꼬리를 틀어박고 몸을 벽에 딱 붙였고, 나도 제일 가까운 방문 쪽으로 몸을 숨겼어. 계단을 급히 뛰어 내려가는 소리와 함께 길고 애처로운 울음소리가 나는 것으로 보아 개는 주인을 피하지 못한 것 같았어. 나는 운이 좋았지. 언쇼 씨는 내 옆을 지나 자기 방에 들어가서 문을 닫았어.

그러자 조지프가 헤어튼을 재우려고 데리고 올라왔어. 내가 피해 들어간 곳은 헤어튼의 방이었는데 그 영감은 나를 보자 이렇게 말했어.

"자, 이제는 이 집에서 뽐내든지 어쩌든지 당신 맘대로 해도 좋을 거요. 다 잠들었으니 맘대로 할 수 있단 말이오. 당신같이 돼먹지 못한 사람을 꼬박 따라다니는 건 악마 정도일 테니까!"

나는 기꺼이 그 말을 받아들이고는 난롯가에 있는 의자에 몸을 내던지기가 무섭게 꾸벅거리며 잠이 들었어.

곤하게 잠이 들었지만, 곧 깨어났어. 히스클리프가 깨웠던 거야. 그가 들어오자마자 내게 부드러운 말투로 거기서 무얼 하느냐고 묻지 않겠어.

나는 이렇게 늦게까지 깨어 있는 것은 우리 방의 열쇠가 그의 주머니에 들어 있기 때문이라고 말해 주었지.

그런데 그는 '우리'라는 말에 몹시 화가 났던 모양이야. 그는 절대로 우리 방이 아니며, 내 방이 될 수도 없다는 거야. 그가 다른 말도 했지만 그의 말을 여기 옮겨 놓거나 그의 행동을 이야기하지는 않겠어. 그는 교묘하고도 끈질기게 나의 미움을 사려는 거였어! 나는 때때로 너무 어이가 없어 무서운 것도 잊어

버릴 지경이었어. 이제 호랑이나 독사도 내게는 그처럼 무섭지 않아. 그는 내게 캐서린 언니가 아프다는 이야기를 하고는 오빠가 병을 더치게 했다고 비난했어. 그리고 에드거 오빠를 손에 넣을 때까지 나를 대신 괴롭히겠다는 거야.

그가 지긋지긋해. 나는 비참해졌어. 바보짓을 했어. 이런 이야기는 집에 있는 누구에게도 하지 말아 줘. 엘런이 오기를 날마다 기다리겠어. 실망시키지 말아 줘!

이사벨라

14장

저는 이 편지를 읽자마자 주인한테 가서 이사벨라 아가씨가 워더링 하이츠에 도착했는데, 아씨의 병세를 슬퍼하고 있고 서방님을 몹시 보고 싶어 한다는 편지를 저한테 보내왔다고 말씀드렸어요. 그분이 될 수 있는 대로 빨리 저를 시켜 어떤 용서의 표시를 아가씨에게 전했으면 싶었던 것이지요.

"용서라니!" 하고 서방님은 말씀하셨어요. "난 그 애를 용서할 게 하나도 없어, 엘런. 워더링 하이츠에 가 보려거든 오후에 가서 나는 화를 내고 있는 게 아니라 그 애를 잃은 것을 서운하게 생각하는 거라고 말해도 좋아. 그 애가 행복하리라고는 생각할 수 없으니 더욱 그렇지. 하지만 내가 그 애를 보러 가는 것은 말도 안 돼. 우리는 영원히 헤어지는 거고, 만약 그 애가 정말로 내게 잘하고 싶다면 제가 결혼한 그 악한에게 이 고장을 떠나라는 말이나 하라고 해."

"그럼 아가씨에게 한마디도 안 쓰시겠다는 말씀이세요?" 제가 애원하듯이 물었어요.

"안 쓰겠어. 그럴 필요가 없어. 히스클리프가 우리 집에 편지하지 말았으면 하는 것과 마찬가지로, 나도 히스클리프의 집에 편지를 보내고 싶지 않아. 편지 왕래 같은 것은 절대로 안 돼!"

에드거 서방님의 냉담한 태도에 저는 몹시 맥이 빠졌답니다. 워더링 하이츠로 가는 내내 저는 서방님의 말씀을 아가씨에게 전할 때 어떻게 좀 더 다정하게, 그리고 아가씨를 위로하기 위해서 몇 줄 적는 것조차 하지 않으시겠다던 말씀을 어떻게 좀 더 부드럽게 전할 수 없을까 머리를 짜 보았지요.

아마 아가씨는 아침부터 제가 오는지 내다보고 있었던가 봐요. 뜰을 걸어가는데 아가씨가 집 밖을 내다보고 있기에 제가 고개를 끄덕였죠. 그런데 아가씨는 누가 보고 있지나 않을까 두려운 듯이 물러서는 것이었어요.

저는 노크도 하지 않고 들어갔어요. 전에는 퍽 명랑하던 집이 이를 데 없이 쓸쓸하고 음산했어요. 사실이지, 제가 만약 아가씨의 처지였다면 적어도 난로를 쓸고, 탁자도 행주로 닦았을 거예요. 하지만 아가씨는 이미 자기 주변의 등한한 생활에 젖어 있었어요. 그 예쁜 얼굴은 창백하고 맥이 없었지요. 머리카락도 풀어진 채로 몇 가닥은 축 늘어져 있고 다른 몇 가닥은 아무렇게나 머리에 휘감겨 있었어요. 아마 옷은 그 전날 저녁부터 입고 있었던 듯했어요.

힌들리 서방님은 보이지 않았어요. 히스클리프 씨는 탁자에 앉아서 지갑에 든 종이쪽지를 뒤적거리고 있었는데 제가 나타나자 일어서더니 안부를 물으며 의자를 내밀었어요.

거기서 의젓해 보이는 것은 그 사람뿐이었습니다. 그리고 얼굴도 그렇게 좋아 보인 적이 없었던 것 같아요. 환경이 신분을 뒤바꿔 놓아서 그를 모르는 사람 같으면 신사로 태어나서 신사로 자란 것처럼 보았을 테고, 그의 부인은 단정치 못한 여자로 보았을 거예요.

아가씨는 저를 맞으러 황급히 달려와서 기다리던 편지를 받으려고 손을 내밀었어요.

저는 고개를 저었어요. 그러나 아가씨는 그 눈치를 알아차리지 못하고, 제가 모자를 놓으러 선반 있는 데로 가자 그곳까지 따라와서 가져온 것을 어서 내놓으라고 속삭이는 어조로 조르는 것이었어요.

히스클리프가 이사벨라 아가씨의 거동의 의미를 짐작하고 이렇게 말했어요.

"물론 있겠지, 이사벨라에게 전할 것이 있거든 줘, 넬리. 숨길 필요 없어. 우리 사이에 비밀은 없으니까."

"하지만 가져온 것이 없어요." 저는 당장에 사실대로 말해 버리는 것이 상책이라고 생각하고 대답했지요. "우리 집 서방님께서는 현재로서는 아가씨께서 당신의 편지나 방문을 기대해서는 안 된다고 말씀드리라고 하셨어요. 서방님은 아가씨에게 안부를 전하고 행복을 빌며, 걱정시키긴 했지만 아가씨를 용서하신다고 말씀하셨어요. 하지만 앞으로는 당신 집안과 이 집안의 교제는 해 보았댔자 아무 소용이 없을 테니 하지 말아야 한다고 생각하고 계세요."

히스클리프 부인의 입술이 가볍게 떨렸고, 그녀는 처음에 앉아 있던 창가 자리로 돌아갔어요. 그 남편은 제 옆에 있는 벽난로 바닥에 깐 돌을 딛고 서서 캐서린 아씨에 대해 묻기 시작했어요.

저는 아씨의 병에 대해서는 말해도 괜찮을 만큼 이야기했지요. 그런데 그가 몹시 꼬치꼬치 캐물어서 그 병의 원인에 관계되는 사실을 대충 말하지 않을 수 없게 만들었어요.

저는 캐서린 아씨가 모든 일의 화근이었다고 아씨를 나무랐는데, 사실 그런 소리를 들을 만도 했지요. 그리고 마지막으로 저는 히스클리프 씨에게 린튼 서방님을 본보기로 해서 앞으로 좋든 나쁘든 그 집안일에 간섭하는 것은 피하는 게 좋을 거라고 말했어요.

"우리 아씨께서는 이제 점차 회복되고 있어요. 결코 전 같아지지는 않겠지만 목숨은 건지셨지요. 정말 조금이라도 아씨를 생각하는 마음이 있다면 다시 만나는 것을 피해 줘요. 아니, 이 고장을 아주 떠나 주는 게 좋겠어요. 미련이 남지 않도록 말씀드리는 거지만, 지금의 캐서린 린튼 아씨는 저와 다른 만큼이나 당신의 옛 친구인 캐서린 언쇼 아가씨와도 다른 사람이 되었어요. 모습도 많이 변했지만 성격은 더더욱 변했지요. 싫어도 캐서린 아씨와 같이 계실 수밖에 없는 우리 집 서방님은, 이제부터는 아씨에 대한 옛 추억과 인정과 의무감 때문에 겨우 애정을 지탱해 나가실 거예요!"

"물론 그럴 수 있는 일이지." 히스클리프 씨가 억지로 냉정한 체하면서 말했습니다. "당신 주인이 인정과 의무감밖에 의지할 것이 없다는 것은 아주 그럴 법한 얘기야. 하지만 당신은 내가 캐서린을 그 사람의 의무와 인정에 맡겨 두리라고 생각하는 거야? 당신은 캐서린에 대한 내 감정과 그의 감정을 비교할 수 있다고 생각하는 거야? 당신이 돌아가기 전에 캐서린과 만나게 해 준다는 약속을 받아야겠어. 당신이 승낙하든 거절하든 나는 만나고 말겠어! 그러니 어서 말해 봐."

"히스클리프 씨. 내가 중간에 끼어들어서 만나게 해서는 안 되겠지요. 만나게 하지도 않겠어요. 당신과 우리 집 서방님이 다시 만난다면 우리 집 아씨는 영영 돌아가시고 말 거예요!"

"당신이 도와준다면 그건 피할 수 있을 거야. 그리고 만일 그런 위험이 있다면, 에드거가 캐서린의 생명에 조금이라도 더 고통을 주는 원인이 된다면, 설령 내가 극단적인 일을 한다고 해도 이치에 어긋나지는 않을 거야! 에드거가 없어지면 캐서린이 많이 괴로워할지 정직하게 말해 주었으면 해. 캐서린이 괴로워하지나 않을까 생각하니 망설여져. 바로 거기에 우리 두 사람의 큰 차이가 있는 거지. 그가 만약 내 처지에 있고, 내가 그의 처지에 놓였더라면 그에 대한 미움이 아무리 견디기 어려울지라도 나는 그에게 손끝 하나 까딱하지 않았을 거야. 당신이 믿어지지 않는다는 얼굴 해도 좋아! 나는 캐서린이 바라는 한, 그와 못 만나게 하지는 않았을 거야. 하지만 캐서린만 상관 않는다면 나는 당장 그의 심장을 찢어발겨서 피를 들이마실 거야. 지금까지 내가 한 말이 믿어지지 않는다면 당신은 나라는 사람을 잘못 안 거지. 그의 머리칼 하나를 건드리느니 차라리 내가 조금씩 말라 죽는 편이 낫겠지!"

"말은 그렇게 하지만……." 하고 제가 그의 말을 가로막았어요. "당신은 아씨께서 당신을 거의 잊은 지금 아씨에게 당신을 생각하게 해서 새삼 불화를 일으켜 완전히 회복하리라는 희망을 송두리째 없애도 상관없다는 거로군요."

"당신은 그녀가 나를 거의 잊었다고 생각해? 아, 넬리! 그렇지 않다는 건 알잖아! 린튼을 한 번 생각하는 동안에 나를 천 번이나 생각한다는 걸 당신은 잘 알잖아! 내 평생 가장 비참했던 시기엔 나도 캐서린에게 잊혔다고 생각하기도 했어. 작년 여름 이곳으로 돌아왔을 때도 줄곧 그런 생각을 했지. 하지만 이제는 캐서린 자신이 그렇다고 단언하지 않는 한 다시는 그런 무서운 생각은 하지 않을 거야. 그렇게 된다면 린튼이고 힌들리고 내가 지금까지 꾼 꿈이고, 다 아랑곳없어질 테니까. 내 장래는 단 두 마디면 족할 거야. 죽음과 지옥이라는 두 마디. 캐서린을 잃어버린 뒤의 내 삶이란 지옥일 거야.

그러면서도 한때는 어리석게 캐서린이 나의 애정보다 에드거 린튼의 애정을 더 소중히 여긴다고 생각했지. 설사 그가 그 빈약한 몸집으로 온 힘을 다해 사랑한대도 그의 팔십 년 사랑은 내 하루 동안의 사랑에도 미치지 못할 거야. 그리고 캐서린은 나와 마찬가지로 속이 깊은 사람이지. 그러니 그 애정을 에드거가 송두리째 차지한다는 것은 바닷물을 말죽통에 담을 수 있다는 거나 마찬가지야. 칫! 그 녀석은 캐서린에게 개나 말보다 더 소중할 것도 없지. 나처럼 사랑받을 거라곤 없다고. 사랑할 게 없는데 캐서린이 어떻게 그를 사랑하지?"

"캐서린 언니와 에드거 오빠는 어느 누구 못지않게 서로 사랑해요!" 이사벨라 아가씨가 갑자기 생기 있게 외쳤어요. "아무도 그런 식으로 말할 권리 없어. 우리 오빠를 얕보는데 가만히 듣고 있진 않겠어!"

"당신 오빠는 당신을 퍽도 좋아하지, 그렇지? 놀랄 만큼 민첩하게 당신을 세상으로 내쫓았으니까." 히스클리프가 경멸하듯이 말했어요.

"오빠는 내가 얼마나 고생하는지 알지도 못해요. 내가 말하지 않았으니까."

"그럼 이야기를 하기는 했군그래. 편지를 한 거지?"

"결혼했단 말을 하려고 편지했어요. 그 쪽지 보셨잖아요."

"그 뒤로는 하지 않았고?"

"안 했어요."

"아가씨께서는 이리로 오셔서 얼굴이 더 나빠지셨어요. 분명 사랑이 부족한 모양인데, 어느 분의 사랑인지 짐작은 가지만 말하지 않는 게 좋겠죠." 하고 제가 말해 주었어요.

"나는 이사벨라 자신의 사랑이 모자란다고 짐작하는데. 아주 게으른 여자가 돼 버렸단 말이야! 나를 기쁘게 하려는 데도 지쳐 버렸으니 여자치고는 유난히 빠른 셈이지. 당신은 믿지 않겠지만 결혼 다음 날 벌써 집에 가고 싶어서 울고 있었으니까. 너무 깔끔하지 않은 것이 이 집에는 도리어 어울릴지 모르지. 하지만 밖으로 나돌아 다니며 나를 망신시키는 일이 없도록 주의시키겠어." 히스클리프 씨가 말했어요.

“글쎄요, 히스클리프 부인께서는 누가 돌보고 시중을 드는 데 익숙하다는 걸 좀 생각해 줬으면 해요. 누가 언제라도 시중들게 되어 있는 외동딸답게 자란 분이라는 걸 말이에요. 신변을 깨끗이 보살펴 드리도록 하녀를 둬야 하고, 살갑게 해 주셔야 해요. 에드거 서방님을 어떻게 생각하시든 간에 부인은 사람을 깊이 사랑하실 수 있는 분이라는 걸 의심해서는 안 돼요. 만약 그러지 않는다면 그렇게도 우아하고 편안한 집과 가족을 버리고 당신과 이런 곳에 만족해서 사실 수는 없을 거예요.” 제가 대답했어요.

“집사람이 잘못 생각하고 그런 집과 가족을 버린 거지. 나를 로맨스의 주인공으로 상상하고는 내가 기사처럼 헌신적으로 무엇이든 바라는 대로 해 주리라고 기대한 거야. 이사벨라는 이성을 가진 사람으로는 볼 수 없어. 그렇게도 끈질기게 나라는 사람에 대해 터무니없는 생각을 하고 그릇된 인상을 가지고 행동했으니 말이지. 그런데 드디어 나라는 사람을 알기 시작한 것 같아. 처음 내 비위를 거스르던 그 싱거운 웃음이나 찡그리는 얼굴을 이제는 볼 수 없으니까 말이야. 그리고 이사벨라가 우쭐대는 것을 어떻게 생각하며, 자신을 어떻게 생각하는지 말해 주어도 내가 진심으로 말한다고는 생각지 못하던 무분별함도 이제는 보이지 않거든. 영리하지 못한 이사벨라로서는 내가 사랑하지 않는다는 걸 알아차리기까지 참으로 대단한 노력이 필요했지. 나도 한때는 무슨 짓을 해도 이 사람은 모를 거라고 생각했단 말이야! 그리고 지금도 잘은 몰라. 내가 실제로 자기로 하여금 나를 미워하게 하는 데 성공했다는 걸 오늘 아침에야 알았다는 듯이 이야기하니 말이지! 그건 확실히 헤라클레스의 노력에 필적하는 거야! 만약 그것이 성공했다면 나는 감사할 만해. 당신이 말한 것이 틀림없겠지. 이사벨라, 나를 정말 미워하는 건가? 내가 한나절만 당신을 혼자 내버려 둔다면 다시 한숨을 쉬고 다정한 말을 걸면서 내게로 오는 것 아냐? 이사벨라는 아마 당신 앞에서는 내가 아주 다정한 체해 주었으면 싶을 거야. 이렇게 진실을 폭로하면 자존심이 상할 테니까. 하지만 그쪽에서 내게 몸이 달았다는 것을 누가 안대도 나는 상관없어. 그 점에 대해서는 이사벨라에게 거짓말을 한 적이 없으니까. 단 한 번이라도 마음에도 없이 좋아하는 척했다고 나를 비난할 수는 없을 거야. 그 집에서 나와 내가 맨 처음 해 보인 것은 이사벨라의 조그만 개를 매단 거였어. 그리고 이사벨라가 그 개를 풀어 주라고 말했을 때, 내가 한 첫마디는 한 사람을 빼고 그 집안 사람은 모조리 목을 매다는 게 소원이라는 것이었어. 이사벨라는 그 예외인 한 사람이 아마 자신인 줄 알았을 거야. 그러니 이 사람은 내가 아무리 잔인한 짓을 해도 예사로 생각했거든. 자기에게 소중한 한 사람만 다치지 않는다면. 아마 선천적으로 잔인한 짓을 좋아하는 모양이야! 저렇게 가엾고 노예같이 비굴한 계집이 내 사랑을 받을 수 있으리라고 생각한다는 게 그지없이 어리석고 어이없는 일 같지 않아? 넬리, 내 평생에 이 사람처럼 비열한 인간은 처음 보았다고 당신 주인에게 말해 주고 싶어. 저런 사람은 린튼 집안의 수치야. 아무리 심한 짓을 해도 참고 여전히 창피하게 매달려 오는 통에 나로서는 정말로 골려 줄

묘안이 떠오르지 않아서 때로는 더 시험해 보지도 못하고 그만두는 수밖에 없을 때가 있었어! 그러나 린튼에게는 오빠나 치안 판사로서 걱정할 필요가 없다고 말해 줘. 나는 엄밀히 법률의 한계 내에서 그러는 것이니까. 지금까지는 이사벨라에게 이혼을 요구할 여지는 조금도 주지 않았어. 게다가 누가 우리를 떼어 놓는대 봤자 이사벨라는 고마워하지도 않을 거야. 만약 나가고 싶다면 나갈 수도 있지. 골려 주는 것도 재미는 있지만 옆에 있어서 귀찮은 일이 오히려 더 많으니까!"

"히스클리프 씨, 그건 미친 사람이나 하는 수작이에요. 그리고 아마 부인께서는 분명 당신이 미쳤다고 생각하고 계실 거예요. 그러니까 이제껏 참아 오신 거지요. 하지만 당신이 나가도 좋다고 한 이상 틀림없이 좋아라 하고 나가실 거예요. 아가씨, 아가씨가 자진해서 저 사람과 함께 살 만큼 홀리신 것은 아니겠지요?" 제가 말했습니다.

"조심해, 엘런!" 이사벨라 아가씨가 분한 듯이 눈을 번득이며 말했어요. 그 눈길로 보아 그녀에게 미움받으려는 남편의 노력이 완전히 성공했음은 의심할 여지가 없었어요. "저이가 하는 말은 한마디도 믿어서는 안 돼. 저이는 거짓말쟁이에 악마고 괴물이지 사람이 아니란 말이야! 전에도 나가도 좋다는 말을 들은 적이 있었어. 그래서 나가려고 한 적도 있지만 차마 두 번 다시 그러지는 못하겠어. 다만 엘런, 저이의 부끄러운 수작에 대해 오빠나 캐서린 언니에게 한마디도 하지 않겠다고 약속해 줘. 저이는 무슨 방법을 써서라도 결국 에드거 오빠를 화나게 해서 자포자기하게 만들고 싶은 거야. 저이는 오빠를 마음대로 주무를 속셈으로 나와 결혼했다고 하지만 그렇게 하도록 내버려 두지는 않을 거야! 그렇게 하느니 차라리 내가 먼저 죽어 버리겠어! 나는 오직 저이가 악마 같은 집념을 버리고 나를 죽여 주었으면 하고 바랄 뿐이야. 내가 생각해 낼 수 있는 단 한 가지 기쁨은 내가 죽거나 저이가 죽는 것을 보는 것뿐이야!"

"자, 그만하면 됐지? 넬리, 만약 당신이 법정에 불려 간다면 저 사람이 지금 한 말을 기억하겠지! 그리고 저 얼굴을 잘 봐 둬. 이제 제법 나와 어울리지. 아니, 이사벨라, 이제 당신을 그냥 내버려 둘 수는 없어. 나는 당신을 법적으로 보호할 위치에 있으니까. 아무리 그 의무가 언짢다 해도 내 감독 아래 두어야겠어. 위층으로 올라가. 나는 엘런 딘에게 조용히 할 말이 있으니까. 그리로 가서는 안 되지, 위층이라는데. 아니, 위층은 이리로 올라가는 거야!" 히스클리프 씨가 말했어요.

히스클리프 씨는 이사벨라를 붙잡아 방에서 밀어내고는 이렇게 중얼거리면서 돌아왔어요.

"내가 불쌍히 여길 줄 알아! 어림도 없지! 벌레가 꿈틀거리면 꿈틀거릴수록 나는 더욱더 짓밟아서 창자가 튀어나오게 하고 싶어진단 말이야. 마치 이가 돋아나느라 아픈 거나 마찬가지지. 아프면 아플수록 더 힘을 주어 지그시 물고 싶거든!"

"불쌍히 여긴다는 말이 무슨 뜻인지나 알아요? 평생 조금이라도 불쌍하다는 감정을 느낀 일이 있나요?" 제가 급히 모자를 집어 들면서 말했어요.

"그것 내려놔!" 그는 제가 떠나려 한다는 것을 알아차리고는 제 말을 가로챘어요. "당신은 아직 가면 안 돼. 자, 이리 와, 넬리. 나는 캐서린을 만날 작정인데, 그러려면 당신을 타이르든지 억지로 하게 하든지 나를 돕게 해야겠어. 그것도 당장 말이야. 해를 끼칠 생각이 없다는 건 맹세하지. 무슨 소란을 피우거나 린튼 씨를 화나게 하거나 모욕하고 싶지는 않아. 다만 캐서린한테서 병세가 어떠하며 왜 병을 앓는지 직접 듣고 내가 도울 게 있는지 묻고 싶은 거야. 간밤에 그 집 뜰에서 여섯 시간 동안이나 있었고 오늘 밤에도 그리로 다시 가려고 해. 이제부터 밤마다 그곳에 갈 거야. 만약 에드거 린튼을 만난다면 그 자리에서 녀석을 때려눕히고 내가 머무는 동안 잠자코 있게 해 주겠어. 만약 하인들이 덤빈다면 이 권총으로 위협해서 쫓아 버릴 거야. 하지만 하인들이나 에드거와 충돌하는 일은 피하는 게 좋겠지? 그런데 당신 같으면 매우 쉽게 만나게 해 줄 수 있을 거란 말이야! 내가 가면 당신에게 신호를 할게. 그러면 캐서린이 혼자 있게 되는 즉시 아무도 보지 못하게 나를 들일 수 있겠지. 내가 떠날 때까지 망을 봐 줄 수도 있고. 양심의 가책을 받을 건 전혀 없어. 당신은 불행한 일을 막는 것뿐이니까."

저는 제가 시중들고 있는 집에서 그런 배신행위를 하기는 싫다고 했어요. 게다가 자신의 만족을 위해서 린튼 아씨의 안정을 파괴하는 것은 잔인하고 이기적이라고 주장했지요.

"지극히 평범한 일로도 아씨께서는 애처로울 만큼 놀라시는걸요. 신경이 아주 예민해서 당신이 불쑥 찾아간다면 정말 충격을 견디지 못할 거예요. 제발 고집 부리지 마요. 끝끝내 그렇게 하겠다면 도리 없이 서방님께 당신의 계획을 알려 드리겠어요. 그렇게 하면 그분께서는 집과 사람들의 안전을 위해 그런 부당한 침입을 막을 방도를 취하실 거예요!"

"그렇다면 나는 당신을 붙잡아 둘 방도를 취하겠어! 당신을 내일 아침까지 여기 붙잡아 두겠어. 캐서린이 나를 만날 수 없으리라고 주장하는 것은 어리석은 수작이야. 게다가 나도 갑작스럽게 만나고 싶지는 않아. 당신이 미리 말해 두는 거야. 내가 가도 좋은지 물어 주는 거야. 캐서린이 내 이름을 말하는 일이 없고 누가 내 말을 해 주는 사람도 없다고 당신이 말했지. 그 집에서 내 이야기를 하는 것이 금지되어 있다면 캐서린인들 누구에게 내 이야기를 하겠어? 캐서린은 당신네가 모두 남편의 첩자라고 생각하는 거야. 아니, 캐서린은 당신네 틈에서 정녕 지옥에 있는 기분일 거야! 무엇보다도 말을 안 한다니 그 사람의 기분을 알겠어. 당신은 그 사람이 자주 안절부절못하며 걱정스러워 보인다고 했는데, 그것이 안정의 증거란 말이야? 당신도 그 사람의 마음이 안정되지 않았다는 이야기를 했지. 그런 지긋지긋한 고독 가운데서 도대체 어떻게 마음의 안정을 얻는단 말이야? 게다가 그 맥없고 하찮은 녀석이 의무와 인정으로 간호한다는 거잖아. 연민과 자비심으로 말이야! 그 어설픈 간호로 캐서린의 기력을 회복시킬 수 있다고 생각하는 것은 참나무를 화분에 심어 놓고 무성해지기를 바라는 거나 마찬가지야! 자, 당장 결정짓기로 하지. 당신이 여기 있고 내가 린튼과 그의 하인들을 밀어제치고 억지로라도 캐서린을 만나러 갈지, 그렇지 않으면 당신이 지금까지 그랬던 것처럼 내 편이 되어 나의 부탁을 들어줄지. 자, 결정을 하잔 말이야! 끝내 짓궂은 고집을 부릴 판이면 잠시라도 더 우물쭈물할 필요는 없으니까!"

글쎄, 주인님. 제가 따지기도 하고 불평도 하면서 몇 번이나 잘라 거절했는지 모르겠어요. 그러나 결국 그는 제가 어쩔 수 없이 어느 정도 그의 말을 듣지 않을 수 없게 만들었어요. 저는 그의 편지를 아씨에게 전하기로 하고 만약 아씨가 좋다고 하면 제가 그에게 린튼 서방님이 언제 집을 비울지 알리기로 약속했지요. 그때 그가 오면 들어올 수 있는 데로 들어오기로 하고 말이지요. 저도 그 자리에 있지 않기로 하고 다른 하인들도 마찬가지로 방해가 안 되도록 밖에 나가 있게 한다는 것이었어요.

그것은 옳은 일이었을까요, 아니면 그른 일이었을까요? 할 수 없는 일이었다고 해도 제가 잘못했던 것 같아요. 저는 히스클리프 씨의 말을 들음으로써 다른 폭발을 막는다고 생각했지요. 그리고 그것이 좋은 계기가 되어서 캐서린 아씨의 정신병에 차도가 생길지도 모른다고 생각했죠. 그러고 나니 에드거 서방님이 저더러 말을 옮긴다고 몹시 나무라시던 일이 생각나더군요. 그래서 그것도 주인의 신뢰를 배반하는 것이라면 다시는 그런 일을 하지 않겠다고 거듭 다짐해서 그렇게 하는 데 대한 불안감을 없애 보려고 했답니다.

그럼에도 귀갓길의 기분은 워더링 하이츠로 갈 때보다 더욱 슬펐어요. 게다가 큰마음 먹고 그 편지를 린튼 부인의 손에 쥐여 주기까지는 무던히도 망설였지요.

그런데 케네스 선생이 오셨군요. 제가 내려가서 주인님이 훨씬 나아지셨다고 말씀드리지요. 제 이야기는 이 고장 사투리로 말한다면 '지리한 것'이지만, 아침나절의 심심풀이는 될 거예요.

*

'지루하고 음산한 얘기로군.' 나는 그 기특한 여인이 의사를 맞이하러 내려갔을 때 이렇게 생각했다. 그리고 재미있게 들을 이야기로는 좀 부적당하다고도 생각했다. 그러나 신경 쓸 것은 없다. 쓴 약초와 같은 딘 부인의 이야기에서 몸에 좋은 약을 뽑아내자. 그리고 워더링 하이츠에서 본 캐서린 히스클리프의 빛나는 두 눈에 숨은 매력이나 경계하자. 만약 내가 그 젊은 과부에게 마음을 뺏겨서 그녀가 모친의 재판(再版)이라도 된다면 그야말로 이상한 입장에 놓일 테니.

15장

또 한 주가 지났다. 그리고 나도 그만큼 건강이 회복되고, 봄도 그만큼 가까워졌다. 가정부가 다른 중요한 일에서 짬이 날 때마다 몇 번이고 이야기를 계속해 주어서 내 이웃의 내력을 모조리 들었다. 나는 내 이야기를 다소 줄이는 한이 있더라도 되도록 가정부가 말한 대로 그 이야기를 계속할까 한다. 그녀는 대체로 이야기 솜씨가 매우 훌륭해 내가 더 맵시 있게 고칠 수 있을 것 같지 않다.

*

제가 워더링 하이츠에 찾아갔던 날 저녁, 보이지는 않았지만 히스클리프 씨가 집 근처에 있다는 것은 확실했어요. 그래서 저는 밖으로 나가는 것을 피했어요. 그의 편지가 여전히 제 주머니에 들어 있었고 더는 협박이나 고통을 겪기 싫었기 때문이지요.

캐서린 아씨가 그 편지를 받으면 어떻게 될지 알 수 없어서 서방님이 어디라도 가시기 전에는 전하지 않기로 작정했어요. 그 때문에 그 편지를 사흘이 지나도록 아씨에게 전하지 못했답니다. 나흘째 되는 날이 일요일이라 집 사람들이 교회에 간 뒤에야 아씨가 계시는 방으로 가지고 갔지요.

그때 남자 하인 하나가 저와 함께 남아서 집을 지키고 있었어요. 우리 집에서는 교회에서 예배를 보는 동안에는 대개 문을 잠그기로 되어 있었지만, 그날은 하도 날씨가 따뜻하고 좋아서 문을 활짝 열어 놓았지요. 저는 약속을 지키기 위해서, 그리고 올 사람이 누구인지 알고 있었기 때문에, 그 하인에게 아씨가 오렌지를 몹시 먹고 싶어 하시니 급히 마을로 가서 돈은 내일 준다고 하고 몇 개 가져오라고 시켰답니다. 하인이 떠나자 저는 위층으로 올라갔어요.

린튼 부인은 헐렁한 흰옷에 가벼운 숄을 어깨에 걸치고 여느 때와 마찬가지로 창문을 열어 놓은 창가에 앉아 있었어요. 아씨의 탐스럽고 긴 머리는 병이 났을 적에 조금 잘랐지만, 이제는 빗질만으로 자연스럽게 관자놀이며 목덜미에 드리워 있었어요. 제가 히스클리프 씨에게 말한 것처럼 아씨의 모습은 변해 있었지만, 이렇게 조용히 있을 적에는 그 변화 속에서도 이 세상 사람 같지 않은 아름다움이 보였어요.

그 빛나던 두 눈은 꿈꾸는 듯하고 수심에 찬 듯한 부드러움을 담고 있었어요. 이제는 주위의 것들을 눈여겨보지도 않는 것 같고 항상 저편을, 그것도 먼 곳을, 말하자면 이 세상 밖을 응시하는 것 같았어요. 그리고 약간 살이 올라 야윈 모습은 가셨지만 그 창백한 얼굴과 정신 상태에서 오는 특이한 표정은 애처롭게도 그렇게 된 사연을 엿보이고 있어 보는 사람의 마음을 더욱 끌었지요. 게다가 제게는 언제나 그랬고 그분을 보는 사람이면 누구에게라도 그랬지만 눈에 띄는 회복의 증후는 사라지고 이제는 영 나을 가망이 없다는 인상을 주었어요.

책 한 권이 아씨 앞의 창턱에 펴진 채 놓여 있었어요. 그리고 부는 듯 마는 듯한 바람결에 책장이 이따금 팔락였어요. 그 책은 린튼 서방님이 그 자리에 늘 두던 것 같았어요. 아씨는 책을 읽는다든가 무슨 일을 해서 기분을 돌리려고 하신 적이 없었으니까요. 서방님은 무엇이든 아씨가 전에 낙으로 삼던 일에 주의를 기울이게 하려고 몇 시간씩 애쓰곤 했어요.

아씨도 그분의 생각을 알아서 기분이 괜찮을 적에는 그런대로 조용히 있었지만, 이따금 지친 듯 새어 나오는 한숨을 참다가 마지막에는 그지없이 슬픈 미소나 키스로 그 모든 것이 소용없음을 보여 주었어요. 또 기분이 언짢을 때는 뾰로통하게 외면한 채 두 손으로 얼굴을 가리거나 심지어 화를 내며 남편을 밀어내기도 했어요. 그러면 서방님도 아씨를 혼자 있게 하려고 애쓰셨어요. 어떤 노력도 소용없다는 것을 그분은 잘 알았던 것이지요.

기머튼 예배당의 종소리가 여전히 울리고 있었어요. 넘실

거리며 부드럽게 흐르는 골짜기 시냇물 소리도 사람의 마음을 달래듯 귓전에 들려왔어요. 스러시크로스 저택 주위 나무들의 잎이 무성해지면 시냇물 소리 같은 것은 들려오지 않기 때문에, 그것은 아직 들을 수 없는 여름철 나뭇잎의 속삭임을 대신하는 듯한 아름다운 소리였어요. 워더링 하이츠에서는 한창 눈이 녹거나 비가 줄곧 온 뒤의 조용한 날에는 언제나 그 시냇물 소리가 들렸지요. 캐서린 아씨는 그때 그 소리에 귀를 기울이면서 워더링 하이츠를 생각하고 있었을 거예요. 아씨가 조금이라도 생각하거나 귀를 기울일 수 있었다면 말이지요. 하지만 아까 말씀드린 것처럼 멍하니 먼 데를 보아서 눈이나 귀로 이 세상의 것을 보거나 듣지 않는 듯했답니다.

"편지가 왔어요, 아씨. 답장을 해야 하니 바로 읽으셔야 해요. 제가 겉봉을 뜯을까요?" 제가 아씨의 무릎 위에 놓인 손에 편지를 살짝 쥐여 주면서 말했어요.

"그래." 아씨가 그대로 멍하니 먼 데를 보며 대답했어요.

저는 그것을 뜯었어요. 매우 간단한 쪽지였지요.

"자, 읽어 보세요."

아씨가 손을 움츠리는 바람에 편지가 떨어졌어요. 저는 다시 그것을 아씨의 무릎 위에 놓고 아씨가 아래를 내려다볼 생각이 들 때까지 서서 기다렸어요. 그런데 좀처럼 그런 기색이 없어 마침내 제가 다시 말했어요.

"제가 읽어 드릴까요, 아씨? 히스클리프 씨한테 왔어요."

그러자 캐서린 아씨는 깜짝 놀라 추억을 더듬는 듯 괴로운 빛을 보이더니 생각을 가다듬으려고 애쓰는 듯했어요. 아씨가 그 편지를 집어 들고 자세히 읽는 것 같았어요. 히스클리프 씨의 이름이 적힌 것을 보고는 한숨을 쉬었지요. 그러면서도 그 편지의 의미는 알지 못했던 모양이에요. 제가 회답을 듣고 싶다고 말했을 때 아씨는 다만 그 이름을 가리키고는 서글프고 의아해하는 눈치로 열심히 저를 응시할 뿐이었거든요.

"저, 그가 아씨를 만나고 싶어 해요." 저는 설명할 필요가 있다고 짐작하고 말했어요. "지금쯤 뜰에서 제가 어떤 회답을 가지고 올지 초조하게 기다리고 있을 거예요."

저는 그렇게 말하면서, 밑에 있는 양지바른 풀밭에 누워 있던 큼직한 개가 막 짖으려다가 낯선 사람이 아닌 어떤 사람이 가까이 오고 있다는 표시로 꼬리를 흔드는 것을 눈여겨보고 있었어요.

린튼 부인은 앞으로 몸을 숙이고 숨죽이며 귀를 기울였어요. 조금 뒤에 현관을 지나는 발소리가 났어요. 문이 열려 있었기 때문에 히스클리프 씨가 들어오고 싶은 유혹을 이기지 못하고 걸어 들어온 것이었지요. 십중팔구 제가 약속을 어기려는 줄로만 알고 자신의 용기를 믿을 수밖에 없다고 결심한 모양이었어요.

캐서린 아씨는 긴장된 얼굴로 자기 방 입구 쪽을 보고 있었어요. 히스클리프 씨는 어느 방인지 이내 알아내지는 못한 모양이었어요. 아씨는 제게 그를 안내하라는 몸짓을 했지만 제가 미처 방문 있는 데까지 가기도 전에 그가 방을 알아내고 한두 걸음에 아씨 옆으로 다가와 아씨를 껴안는 것이었어요.

그는 오 분쯤 입을 열지도 껴안은 팔을 풀지도 않았어요.

그리고 그동안 그가 그때까지 평생 한 것보다 더 많은 키스를 퍼부었을 거예요. 그러나 키스를 먼저 한 것은 아씨 쪽이었어요. 그리고 저는 히스클리프 씨가 너무 마음이 아파서 차마 아씨의 얼굴을 내려다보지 못하는 것을 똑똑히 보았답니다. 아씨를 보는 순간 저와 마찬가지로 그는 아씨가 끝내 회복될 가망이 없고 그렇게 죽을 수밖에 없다고 확신한 것이지요.

"아, 캐시! 아, 나의 생명이여! 내가 어떻게 참을 수 있겠어?" 라는 것이 그의 첫마디였어요. 자신의 절망을 숨기려고도 하지 않는 어조였어요.

그때 아씨를 바라보는 그의 눈길이 너무나 강렬해서 눈에 눈물이 괸 것만 같았지요. 그러나 그의 두 눈은 괴로움으로 이글거릴 뿐 눈물을 흘리지는 않았어요.

"뭐라고?" 캐서린 아씨가 이렇게 말하더니 몸을 뒤로 젖히고는 갑자기 이마를 찌푸리면서 그를 마주 바라보았어요. 아씨의 기분은 항상 변하는 변덕스러운 바람개비에 지나지 않았던 것이지요. "당신과 에드거가 내 가슴을 찢어 놓았어, 히스클리프! 그러면서도 당신들은 둘 다 불쌍한 건 자기네인 양 나한테 와서 탄식하고 있는 거야! 나는 당신네를 불쌍히 여기지 않겠어. 않고말고. 당신들은 나를 죽여 놓고는 마치 그 덕에 더 잘 사는 것 같아. 굳세기도 하지! 내가 죽은 뒤 몇 해나 더 살려고들 하는 거야?"

히스클리프 씨가 아씨를 껴안으려고 무릎을 꿇고 있던 한쪽 다리로 일어서려고 하자 아씨는 그의 머리를 붙잡고 일어나지 못하게 했어요.

"우리가 둘 다 죽을 때까지 이렇게 붙잡고 있을 수만 있다면." 아씨가 분한 듯이 말을 계속했습니다. "당신이 얼마나 괴롭든 나는 상관하지 않을 거야. 당신의 괴로움 같은 건 아무것도 아니야. 당신이라고 괴롭지 말라는 법 있어? 나도 이렇게 괴로운데! 당신은 나를 잊겠지? 당신은 내가 땅에 묻히면 행복하겠어? 이십 년 뒤에 당신은 이렇게 말할 거야? '저것이 캐서린 언쇼의 무덤이야. 오래전에 나는 그녀를 잃고 슬퍼했지. 그러나 지난 일이야. 그 뒤로 나는 여러 사람을 사랑했고 내 아이들이 그녀보다 더 소중하지. 죽을 때도 그녀에게 가서 좋기보다는 아이들을 두고 떠나서 슬플 거야!' 그렇게 말하겠지, 히스클리프?"

"내가 당신처럼 미치기 전에는 나를 괴롭히지 말아 줘." 히스클리프 씨가 잡힌 머리를 빼내고 이를 갈면서 외쳤어요.

두 사람의 모습을 옆에서 냉정하게 바라보는 사람에게는 이상하고도 무서운 광경이었지요. 캐서린 아씨가 육신과 함께 생시의 성격을 버리지 않는 한, 설사 천국에 가더라도 자신이 귀양 간 것으로밖에 생각지 않을 것 같았어요. 당시 아씨의 표정은 창백한 뺨과 핏기 잃은 입술과 반짝이는 눈에 맹렬한 복수심을 나타내고 있었어요. 그리고 거머쥔 손가락 사이에는 잡고 있던 히스클리프 씨의 머리칼이 한 줌 빠져 남아 있었지요. 한편 히스클리프 씨는 한쪽 손으로 몸을 일으키려고 하면서 다른 손으로는 아씨의 팔을 잡고 있었는데, 그런 병자를 다루는 데 필요한 고운 마음씨 같은 것은 없었기 때문에 그가 아씨의 팔을 놓았을 때 그 핏기 없는 피부에는 네 개의 손가락 자국이 파랗게 또렷이 남아 있었어요.

"당신은 죽어 가면서도 내게 그런 투로 말하다니 악마에게 홀리기라도 한 거야?" 히스클리프 씨가 사납게 말을 계속했어요. "당신이 지금 한 말이 내 기억에 새겨져 당신이 세상을 떠난 뒤에도 영원토록 내 가슴에 파고들리라고 생각하는 거야? 캐서린, 내가 내 존재를 잊을 수 없듯 당신을 잊을 수 없으리라는 것 알잖아! 당신이 무덤 속에서 편안히 잠들어 있을 때 나는 살아남아서 지옥 같은 고통 속에 몸부림치리라는 것을 생각하면 아무리 지독히 자기만 생각하는 당신이라도 만족할 것 아닌가?"

"나는 편히 잠들지 못할 거야." 캐서린 아씨가 고르지 못하고 격렬한 심장 박동으로 자기 몸이 쇠약함을 깨닫고 신음하듯 말했어요. 아씨의 심장은 지나친 흥분으로 인해 눈으로 볼 수 있고 귀로도 들을 수 있을 만큼 심하게 뛰고 있었어요.

아씨는 그 발작이 끝날 때까지 더는 아무 말도 못 했어요. 그러고 나서 좀 더 부드러운 어조로 이렇게 말을 이었어요.

"나보다 더한 고통을 당신에게 주고 싶지는 않아, 히스클리프. 나는 그저 우리가 언제까지라도 헤어지지 않기를 바랄 뿐이야. 그러니까 내가 한 말이 훗날 당신을 슬프게 하는 일이 있거든 나도 땅속에서 마찬가지로 슬퍼하고 있을 거라고 생각해. 그리고 나를 위해 날 용서해 줘. 이리 와서 다시 무릎을 꿇어 줘. 당신은 지금까지 나를 해친 적이 없어. 아니, 당신이 노여움을 품고 있다면 내 모진 말보다 그것이 더 나쁜 기억일 거야! 다시 이리 와 줘, 제발!"

히스클리프 씨는 아씨가 앉은 의자 뒤로 가서 허리를 굽혔지만 아씨에게 그의 얼굴이 보일 만큼 굽히지는 않았어요. 그의 얼굴은 북받치는 감정으로 핏기가 없었어요. 아씨가 몸을 돌려 그를 보려고 했지만 그는 얼굴을 보이려고 하지 않고 갑자기 돌아서더니 벽난로 쪽으로 걸어가서 우리에게 등을 돌린 채 말없이 서 있었어요.

린튼 부인은 의아하다는 눈초리로 그를 보고 있었어요. 그의 거동 하나하나가 그녀의 가슴속에 새로운 감정을 일깨우는 것이었지요. 잠시 말없이 바라본 뒤 실망한 아씨는 화가 난 투로 제게 말했어요.

"오, 저렇다니까, 넬리! 저이는 잠시 동안이라도 나를 가엾게 여겨 살리려고 하지 않아. 내가 받은 사랑이란 저런 것이야. 하지만 괜찮아. 저런 것이 나의 히스클리프는 아니니까. 나는 그래도 나의 히스클리프를 사랑할 테고, 저승까지도 데리고 갈 거야. 그는 내 마음속에 있으니까." 그리고 잠깐 쉰 다음에 아씨가 생각에 잠긴 듯이 말했어요. "내가 싫어하는 것은 결국 이 부서진 감옥 같은 육신이야. 이런 육신에 갇혀 있는 것에 지칠 대로 지쳤어. 나는 한시바삐 저 영광스러운 세계로 피해 가서 항상 거기에 있고 싶어. 눈물을 통해 어슴푸레하게 보고, 아픈 가슴의 벽을 사이에 두고 동경하는 것이 아니라 정말 그것과 함께 있고 그 속에 있고 싶은 거야. 넬리, 당신은 나보다 더 낫고 더 행복하다고 생각하지? 건강하고 힘이 넘치니까 내가 불쌍할 거야. 그러나 머지않아 처지가 바뀔 거야. 내가 당신을 불쌍하다고 생각하게 될 거야. 나는 당신네 있는 곳과는 비할 바 없이 멀고 높은 곳에 가 있을 거야. 저이가 내 옆에 오지 않으려고 하다니 이상하지." 아씨가 혼잣말을 계속했어요. "내 옆에 오고 싶어 할 줄 알았는데. 이봐, 히스클리프! 당신은 지금 그렇게 시무룩하게 있어서는 안 돼. 내가 있는 데로 와, 히스클리프."

열중한 나머지 아씨는 일어서서 의자 팔걸이에 몸을 기댔어요. 그렇게까지 간절한 하소연에 그가 아씨를 돌아보았지만, 완전히 자포자기한 얼굴이었지요. 크게 뜬 두 눈은 마침내 눈물로 젖어 있었지만 아씨를 매섭게 쏘아보았고, 그의 가슴은 격렬하게 헐떡거리고 있었어요. 잠시 두 사람은 떨어진 채로 서 있었는데 그러다가 어떻게 서로 껴안게 되었는지 저도 알 수 없었어요. 캐서린 아씨가 몸을 내던지자 그가 얼른 받아 안았는데, 그들이 얼마나 꼭 껴안았던지 도저히 아씨가 살아서 그 팔에서 풀려날 것 같지 않았답니다. 사실 제가 보기에 아씨는 곧 실신할 것 같았어요. 히스클리프 씨는 제일 가까운 의자에 몸을 내던졌어요. 아씨가 까무러치지나 않았나 하고 제가 급히 달려가자 그는 저를 보고 이를 갈며 미친개처럼 입에 거품을 물고 얼씬도 못 하게 아씨를 끌어당겼어요. 저는 그가 저와 같은 사람이라고 느껴지지 않았어요. 그에게 말을 해 보았댔자 알아들을 것 같지도 않았고요. 저는 어리둥절한 나머지 물러서서 잠자코 있었어요.

곧 캐서린 아씨가 몸을 움직여서 저는 마음이 조금 놓였어요. 아씨가 손을 올려 그의 목덜미를 끌어안고, 안긴 채 그의 뺨에 자기 뺨을 비볐어요. 그도 미친 듯이 아씨를 애무하면서 정신없이 말했어요.

"이제야 당신이 얼마나 잔인하고 위선적이었는지 알겠어. 왜 나를 경멸했지? 왜 당신 마음을 배반했어, 캐시? 나로선 위로할 말이라고는 한마디도 없어. 당신에게는 그래 마땅해. 당신은 자기 마음을 죽인 거야. 그래, 나에게 입 맞추고 울려면 울어도 좋아. 나의 입맞춤과 눈물을 빼앗으려면 빼앗아도 좋아. 그러면 당신은 더욱 시들고 자신을 저주하게 될 거야. 당신은 나를 사랑했어. 그러면서도 무슨 권리로 나를 버리고 간 거지? 무슨 권리로? 대답해 봐. 린튼에 대한 어리석은 생각 때문이었어? 불행도, 타락도, 죽음도, 그리고 신이나 악마가 할 수 있는 어떠한 것도 우리 사이를 떼어 놓을 수는 없었기 때문에 당신 스스로 나를 버린 거야. 내가 당신의 마음을 찢은 것이 아니라 당신 자신이 찢은 거야. 그리고 그렇게 함으로써 당신은 내 가슴도 찢은 거야. 건강한 만큼 나는 불리하지. 내가 살고 싶은 줄 알아? 당신이 죽은 뒤에 내 삶이 어떨 것 같아? 아, 당신 같으면 자기 영혼 같은 연인을 무덤 속에 묻고도 살고 싶겠어?"

"나를 가만히 둬. 가만히 좀. 내가 잘못했다면 나는 그 때문에 죽는 거야. 그것으로 족하지! 당신도 나를 버리고 가지 않았어? 그러나 당신을 책망하지는 않겠어. 나는 당신을 용서할게. 당신도 나를 용서해 줘." 캐서린 아씨가 흐느끼면서 이야기했습니다.

"용서하는 것도, 그 두 눈을 보는 것도, 그리고 그 여윈 손을 만지는 것도 괴로운 일이야. 내게 다시 입을 맞춰 줘. 하지만 당신 눈은 보이지 말아 줘. 당신이 내게 한 짓은 용서하겠어. 나는 나를 죽인 사람을 사랑하는 거야, 바로 당신을! 내가 어쩔 수 있겠어?"

그들은 입을 다물었어요. 서로 얼굴을 맞대고 서로의 눈물로 얼굴을 적시면서, 하여튼 둘 다 울고 있는 것 같았어요. 히스클리프 씨조차 그리 벅찰 때는 울 수 있는 모양이었어요.

그러는 동안 저는 매우 걱정되었답니다. 오후 시간이 빨리 지나가, 제가 심부름 보낸 사람도 돌아왔고, 골짜기 위로 기운 서녘 햇빛으로 기머튼 예배당 현관 밖으로 사람들이 밀려 나오는 것이 보였거든요.

"예배가 끝났어요. 반 시간만 있으면 서방님이 돌아오실 거예요." 제가 알렸어요.

히스클리프 씨가 신음하듯 저주하면서 캐서린 아씨를 더욱 힘주어 껴안았고, 아씨는 꼼짝도 하지 않았지요.

이윽고 하인들 한 패가 뜰로 난 길로 해서 부엌채 쪽으로 지나가는 것이 보였어요. 린튼 서방님도 조금 뒤에 따라왔지요. 그분은 대문을 손수 열고는 여름처럼 부드러운 바람이 부는 아름다운 오후를 즐기는 듯이 천천히 걸어왔어요.

"서방님이 돌아오셨어요. 제발 빨리 내려가 주세요! 앞 층계로 내려가면 아무도 만나지 않을 거예요. 빨리요. 그리고 서방님이 방으로 들어오실 때까지 나무들 뒤에 숨어 있어요." 제가 소리쳤습니다.

"캐시, 나는 가야 해." 히스클리프가 자기를 껴안고 있는 아씨의 팔을 풀려고 하면서 말했어요. "그러나 내가 살아 있는 한 당신이 잠들기 전에 다시 보러 올게. 당신의 창문에서 5미터도 떨어져 있지 않을 거야."

"가면 안 돼!" 아씨가 있는 힘을 다해서 그를 꽉 붙들며 대답했어요. "난 안 보낼 테야."

"한 시간 동안만." 그가 진심으로 애원했어요.

"일 분 동안이라도 안 보내겠어." 아씨가 대답했어요.

"정말 가야 해. 린튼이 곧 올라올 거야." 불안해진 침입자가 우겼어요.

그가 일어서서 아씨의 손을 풀려고 하면, 아씨는 헐떡이면서 매달리는 것이었어요. 아씨의 얼굴에는 미친 듯한 기색이 역력했어요.

"안 돼! 아, 가지 마. 가지 마. 이게 마지막이야, 에드거도 우리를 어쩌지는 못할 거야. 히스클리프, 나는 죽어! 죽는다고!" 아씨가 새된 음성으로 외쳤어요.

"빌어먹을 녀석 같으니, 저기 오는군." 히스클리프 씨가 이렇게 외치고는 의자에 털썩 주저앉았어요. "쉿, 내 사랑! 조용, 조용히, 캐서린! 가지 않을게. 이대로 그 녀석이 내게 총을 쏜대도 입으로 축복하면서 숨을 놓겠어."

그리고 그들은 다시 꼭 껴안는 것이었어요. 저는 서방님이 층계를 올라오는 소리를 듣고 이마에서 식은땀이 흐르고 겁이 났어요.

"당신은 아씨의 헛소리에 귀를 기울이려는 거야?" 제가 격해져서 말했습니다. "아씨는 자신이 무슨 말을 하는지도 몰라. 아씨가 제정신이 아니라고 당신이 아씨를 망쳐 놓을 작정이야? 일어서, 당장! 뿌리칠 수 있잖아. 이건 당신이 한 짓 가운데서도 가장 몹쓸 짓이야. 우리는, 서방님이고 아씨고 하인이고 다 이걸로 마지막이야."

제가 두 손을 맞잡고 비틀면서 고함을 질렀어요. 그 고함 소리를 듣고 린튼 서방님이 급히 달려오셨지요. 이런 흥분 속에서 캐서린 아씨의 팔이 축 늘어지고 머리가 앞으로 숙여지는 것을 보고 저는 정말로 살았다는 느낌이 들었어요.

'아씨는 까무러쳤거나 돌아가신 거야. 그렇다면 오히려 잘된 거지. 주위의 모든 사람들에게 짐이 되고 불행을 가져오는 사람으로 살아 있기보다는 돌아가시는 게 훨씬 낫지.' 저는 생각했어요.

에드거 서방님은 그 불청객에 대한 놀라움과 분노로 하얗게 질려 덤벼들었어요. 어떻게 하려고 했는지는 알 수 없지만 히스클리프 씨가 죽은 듯이 보이는 캐서린 아씨를 그에게 안겨 주자 에드거 서방님은 당장 아무런 행동도 취할 수 없게 되었지요.

"자, 봐." 그가 말했어요. "당신이 악마가 아니라면 부인을 먼저 살리고 나서 내게 할 말이 있으면 해!"

히스클리프 씨는 응접실로 걸어 들어가서 앉았어요. 린튼 서방님이 저를 불렀어요. 그리고 우리는 여러 가지로 손을 쓰고 나서 그럭저럭 아씨의 의식을 회복시켰지요. 그러나 아씨는 온통 갈피를 못 잡고 한숨을 쉬고 신음할 뿐 아무도 알아보지 못했답니다. 에드거 서방님은 아씨 때문에 걱정이 돼서 그 원수 같은 친구가 있는 것도 잊어버렸지요. 그러나 저는 잊지 않았어요. 저는 틈을 타서 그에게 가서는 캐서린 아씨가 좀 나아졌고 오늘 밤 경과는 내일 아침에 알려 주겠다는 다짐을 하고 떠나 달라고 부탁했어요.

"밖으로는 나가겠어." 그가 대답했습니다. "하지만 뜰에 있겠어. 그러니 넬리, 내일의 약속을 잊지 마. 저기 낙엽송 밑에 있을 테니까, 정말이야! 그러지 않으면 린튼이 있든 없든 다시 찾아올 거야."

그는 반쯤 열린 방문으로 침실 안을 재빨리 힐끗 보고는 제 말이 틀림없다는 것을 확인하고 나자 이 집에서 그 불길한 존재를 감추었답니다.

16장

그날 밤 자정 무렵에 태어난 분이 바로 주인님이 워더링 하이츠에서 보신 그 캐서린인데, 칠삭둥이로 태어난 아주 조그만 아기였지요. 그리고 두 시간 뒤에 아씨는 히스클리프 씨가 없는 것을 안타깝게 여기거나 에드거 서방님을 알아볼 만한 의식도 회복하지 못한 채 세상을 떠나고 말았답니다.

에드거 서방님이 아씨를 잃고 절망하시는 모습이 어찌나 비통한지 이루 다 말할 수 없었어요. 그 슬픔이 얼마나 깊었는지는 그 뒤의 결과로도 알 수 있었지요.

제가 보기에 더욱 큰 불행은 그분이 집안을 이을 아들 하나 없이 혼자 되셨다는 것이었어요. 저는 그 약해 빠진 어미 없는 아기를 바라보노라니 그 일이 더욱 슬펐고요. 그리고 저는 돌아가신 린튼 영감님이, 그야 단순한 어버이의 정 때문이겠지만, 재산을 손녀에게 물려주지 않고 당신의 따님에게 물려주기로 한 것을 마음속으로 원망했답니다.

가엾게도 그 아이는 반갑지 않은 아기였어요! 아기가 나서 처음 얼마 동안은 설령 울다가 지쳐 죽는대도 누구 하나 거들떠보지 않았을 거예요. 나중에는 그래도 관심이 갔지만 처음에는, 죽을 때도 그렇게 되기 쉽겠지만 친절하게 돌보는 사람이라고는 없었지요.

다음 날 아침, 바깥은 밝고 화창했어요. 방 안은 고요하고 덧창 틈으로 아침 햇살이 부드럽게 비쳐 들어 침상과 그 위에 누워 있는 시신을 싱그럽고도 아늑하게 비추고 있었지요.

에드거 린튼 서방님은 베개를 베고 눈을 감고 누워 있었어요. 그분의 젊고 수려한 모습은 옆에 누워 있는 아씨의 모습과 마찬가지로 거의 죽은 사람의 형상이었고 거의 움직이지도 않았답니다. 그러나 서방님의 모습에는 고뇌에 지친 고요가 서려 있었고 아씨의 모습에는 다시없는 아늑함이 깃들어 있었어요. 아씨의 이마는 매끈하고 눈은 감겨 있었으며 입술에는 웃는 기색조차 어려 있었어요. 하늘의 천사도 아씨의 그 모습보다 더 아름답지는 못했을 거예요. 저도 아씨가 누워 있는 그 무한한 고요 속에 젖어 드는 것 같았지요. 제 마음은 성스러운 안식에 묻힌 그 편안한 모습을 우두커니 바라보고 있을 때만큼 신성한 기분에 젖어 본 일이 없었던 것 같아요. 저는 불과 몇 시간 전에 아씨가 하시던 몇 마디 말씀을 저도 모르게 되뇌고 있었어요. "우리가 있는 곳과는 비할 수 없이 멀고 높은 곳에 가셨지. 아직 지상에 머무르고 있든, 이제는 천국에 가 있든 아씨의 영혼은 하나님과 함께 계시는 거야!"

이건 거의 괴벽인지 모르겠지만, 미친 듯이 또는 절망에 빠져 슬퍼하는 사람과 함께 있지만 않으면 저는 시신이 있는 방을 지키는 동안 대개 행복을 느낀답니다. 이승의 괴로움도, 저승의 괴로움도 깨뜨릴 수 없는 안식이 있거든요. 그리고 앞으로 올 어두운 그림자라고는 없는 끝없는 세상에 대한 확신 같은 것을 느끼지요. 고인들이 들어간 영원의 세계를 말이에요. 거기에서 생명은 무한히 지속되고 사랑은 연민으로 싸여 있으며 기쁨이 넘쳐흐르니까요. 저는 그때 린튼 서방님이 캐서린 아씨의 그러한 복된 해방을 몹시 서러워하는 것을 보고, 그분이 지닌 것과 같은 애정에조차 얼마나 많은 이기심이 깃들어 있는지 보았답니다. 아씨가 그런 제멋대로의 참을성 없는 일생을 마친 뒤에도 평화로운 천국에 들어갈 자격이 있는지는 틀림없이 누구나 의심할 거예요. 냉정히 돌이켜 보면 그런 의심도 들겠지만 그때 아씨의 시신 앞에는 스스로의 안식이 뚜렷이 드러나 있었고, 그것은 아씨의 영혼도 그런 고요를 얻을 수 있다고 보증하는 듯했습니다.

*

"록우드 씨, 그런 사람들도 저세상에 가면 행복하리라고 생각하세요? 저는 그게 몹시 궁금하거든요."

딘 부인의 이 물음에 무언가 이단적인 느낌이 들어 나는 대답을 거절했다. 딘 부인이 이야기를 계속했다.

*

캐서린 린튼 아씨의 일생을 돌이켜 보면 저는 그분이 저세상에서도 행복하지 못할 것 같아 두려워요. 그러나 하나님께 맡기도록 하지요.

서방님이 잠들어 있는 것 같아서 저는 해가 떠오르자 곧 방을 나와 맑고 신선한 바깥으로 나갔어요. 하인들은 제가 밤새 자지 않았기 때문에 졸려서 바람을 쏘이러 나왔겠거니 생각했겠지만, 사실 제 의도는 히스클리프 씨를 만나려는 것이었지요. 만약 그가 밤새도록 낙엽송 사이에 있었다면 어쩌면 심부름꾼이 기머튼에 가느라고 타고 간 말발굽 소리는 들었을지 몰라도 저택 안에서 일어난 소동은 전혀 듣지 못했을 테니까요. 혹 그가 좀 더 가까이 와 있었다면 아마 이리저리 움직이는 불빛이며 바깥문을 열었다 닫았다 하는 것을 보고 집 안에 심상치 않은 일이 일어났다는 것을 알아차릴 수는 있었겠지요.

저는 그가 거기에 있었으면 하고 생각했지만 한편 만나기가 두렵기도 했어요. 무서운 소식을 전해 주지 않으면 안 된다, 어서 그 이야기를 해 버려야지 하고 생각하면서도 막상 말을 어떻게 꺼내야 할지 몰랐지요.

그는 거기에 있었어요. 적어도 몇 미터쯤 숲속으로 깊이 들어간 곳이었어요. 모자를 벗은 채 고목이 된 물푸레나무에 기대고 있었는데, 싹이 튼 가지에 맺혔다가 그의 주위로 후드득 떨어진 이슬 때문에 머리가 흠씬 젖어 있었어요. 그는 그 자리에 그대로 오랫동안 서 있었나 봐요. 메추리 한 쌍이 그에게서 1미터도 채 떨어지지 않은 곳을 왔다 갔다 하며 바삐 둥지를 트는데, 그곳에 있는 그를 나무토막으로 알고 있었으니 말이에요. 제가 가까이 가자 새들은 날아가 버리고 그가 눈을 쳐들고 말했어요.

"캐서린이 죽었지! 넬리한테서 그 이야기를 들으려고 기다린 건 아니야. 손수건일랑 저리 치워. 내 앞에서 찔끔거리지 말란 말이야. 모두 죽일 것들이야! 캐서린은 너희가 울어 주기를 바라지 않으니까!"

저는 아씨 못지않게 그를 위해서도 울었답니다. 우리는 더러 자기 자신이나 남을 동정할 줄 모르는 사람들을 불쌍히 여기는 수가 있지요. 처음 그의 얼굴을 들여다보았을 때, 저는 그가 캐서린 아씨의 죽음을 알고 있다는 것을 짐작했어요. 그러고는 어리석게도 그가 기도를 드리는가 보다 하고 생각했답니다. 입술을 달싹거리면서 땅을 내려다보고 있었거든요.

"네, 돌아가셨어요!" 제가 흐느낌을 억누르고 볼을 훔치면서 대답했어요. "천국으로 가셨을 거예요. 우리도 조심해서 악을 버리고 선을 좇는다면 누구나 아씨와 함께 그리로 갈 수 있겠지요!"

"그럼 캐서린이 조심했단 말인가?" 히스클리프 씨가 일부러 비웃는 듯이 물었어요. "성자처럼 죽었단 말이야? 자, 죽을 때의 모습을 그대로 이야기해 줘. 어떻게 해서……."

그는 아씨의 이름을 말하려고 애썼지만, 결국 입 밖에 내지 못했어요. 입을 꼭 다물고는 말없이 내심의 고뇌와 싸우면서도 저의 동정 따위는 아랑곳없다는 듯이 사나운 눈초리로 뚫어지게 저를 노려보았어요.

"어떻게 죽었느냔 말이야?" 그가 다그쳐 물었어요. 마침내 그는 완강한 성격에도 불구하고 나무에 기대지 않을 수 없었지요. 괴로움과의 싸움 끝에 자기도 모르게 손끝까지 떨고 있었으니까요.

'가엾은 사내 같으니! 역시 다른 사람들과 같은 마음과 신경을 가지고 있었어! 그것을 왜 그렇게 숨기지 못해 안달했을까? 아무리 버텨 봐도 하나님을 속이지는 못할 텐데! 하나님을 시험하려고 하지만 결국 하나님의 힘에 못 이겨 굴욕의 울음을 터뜨리고 마는군.' 저는 생각했어요.

"아씨는 어린 양처럼 조용히 숨을 거두셨어요!" 제가 큰 소리로 대답해 주었어요. "마치 잠자던 어린아이가 눈을 떴다가 다시 잠이 들듯이 한숨을 들이쉬고는 몸을 폈어요. 손을 대 보니 오 분쯤 있다가 가슴이 힘없이 한 번 뛰더니 그만 멎어 버리더군요."

"그리고 한 번이라도 내 말을 하던가?" 그가 마치 그 물음에 대한 대답으로 참고 들을 수 없을 이야기가 나올까 두렵다는 듯이 머뭇거리면서 물었어요.

"아씨는 의식이 돌아오지 않으셨어요. 당신이 나간 다음에는 아무도 알아보시지 못했어요. 얼굴에 상냥한 미소를 띠고 누워 계셨지요. 그리고 마지막 순간에는 즐거웠던 어린 시절의 일들이 다시 떠오른 모양이에요. 아씨의 일생은 조용한 꿈속에서 끝을 맺은 거지요. 부디 저승에서도 그렇게 살며시 눈을 뜨셨으면."

"고통 속에 눈을 뜨라지!" 그가 발을 구르고 걷잡을 수 없는 격정으로 발작을 일으키며 무시무시하게 외쳤어요. "그래, 끝까지 거짓말쟁이였군. 어디로 갔지? 거기가 아니야, 천국이 아니라고, 없어진 것도 아냐. 그러면 어디로 간 거지? 아! 당신은 내 괴로움 같은 건 알 바 아니라고 했지! 난 한 가지만 기도하겠어. 내 혀가 굳어질 때까지 되풀이하겠어, 캐서린 언쇼! 당신이 내가 살아 있는 동안은 편히 쉬지 못하기를! 당신은 내가 당신을 죽였다고 했지. 그러면 귀신이 되어 나를 찾아오란 말이야! 죽은 사람은 죽인 사람에게 귀신이 되어 찾아온다면서? 난 유령이 지상을 돌아다닌다는 것을 알아. 언제나 나와 함께 있어 줘. 어떤 형체로든지, 차라리 나를 미치게 해 줘! 제발 당신을 볼 수 없는 이 지옥 같은 세상에 나를 버리지만 말아 줘. 아! 견딜 수 없어! 내 생명인 당신 없이는 못 산단 말이야! 내 영혼인 당신 없이는 살 수 없단 말이야!"

그러면서 그가 나무의 줄기에 머리를 부딪치는 것이었어요. 그러고는 눈을 치켜뜨고 사람이 아니라 칼이나 창에 맞아 죽어 가는 야수처럼 고함을 쳤어요.

나무껍질에 몇 군데 피가 튄 자국이 보였고 그의 손과 이마에도 피가 묻어 있었어요. 제가 목격한 광경은 아마 밤중에도 여러 번 되풀이됐을 거예요. 그 광경은 동정심을 자아내기보다 그저 놀라울 뿐이었지요. 그래도 저는 그를 그대로 둔 채 돌아설 생각은 나지 않았어요. 그러나 그가, 제가 그 광경을 보고 있다는 것을 알아차릴 만큼 정신이 나자마자 저더러 가라고 버럭 고함을 치는 바람에 저는 돌아서고 말았지요. 제 재주로는 도저히 그를 진정하거나 위로할 수 없었답니다!

린튼 부인의 장례식은 돌아가신 다음 금요일에 치르기로 정했어요. 그리고 그때까지 관은 뚜껑을 덮지 않은 채 꽃이며 향기로운 나뭇잎을 뿌려 넓은 응접실에 놓아두었지요. 린튼 서방님은 밤낮으로 그곳에서 지내면서 잠도 자지 않고 지키고 있었어요. 그리고 저 말고는 아무도 모르는 일이었지만, 히스클리프는 적어도 밤에만은 바깥에서 린튼 서방님과 마찬가지로 자지 않고 지새웠어요.

저는 그와 연락은 하지 않았지만 들어올 수만 있다면 들어올 생각이라는 것을 알고 있었지요. 그런데 화요일에 날이 저물고 조금 있다가 서방님이 순전히 피로 때문에 어쩔 수 없이 두 시간쯤 그 방을 비우게 되었을 때 제가 가서 창문을 하나 열었어요. 그의 참을성에 마음이 움직여 변해 가는 그의 우상의 모습에 마지막 인사라도 할 수 있는 기회를 주고 싶었던 것이지요.

그는 조심스럽고도 짧게 그 기회를 놓치지 않고 이용했어요. 얼마나 조심스럽게 움직였던지 조금도 소리가 나지 않아 그가 온 줄도 모를 정도였지요. 사실 시신의 얼굴을 가린 천이 흐트러지고 은실로 맨 옅은 빛깔의 머리카락이 방바닥에 떨어져 있는 것을 보지 못했더라면 저도 그가 왔다 간 것을 몰랐을 거예요. 알고 보니 그 머리카락은 캐서린 아씨의 목에 걸려 있던 로켓[8]에서 꺼낸 것이 틀림없었어요. 히스클리프가

8) 사진 따위를 넣어 목걸이에 다는 장신구.

로켓의 뚜껑을 열어 안에 든 것을 비우고는 자신의 검은 머리카락을 대신 넣어 두었던 것이지요. 저는 두 머리카락을 감아 함께 넣었어요.

언쇼 씨는 물론 누이의 유해를 묘지로 보내는 날 참석해 달라는 초대를 받았지만 거절한다는 말도 없이 끝내 오지 않았어요. 그리하여 문상객이라고는 서방님 이외에 소작인과 하인들밖에 없었지요. 이사벨라 아씨는 부르지도 않았답니다.

캐서린 아씨의 묘지는 마을 사람들도 놀랐지만 예배당 안에 새겨 놓은 린튼 집안의 묘석 아래도 아니고, 그렇다고 바깥에 있는 아씨의 친척들 무덤이 있는 곳도 아니었어요. 교회 공동묘지의 한구석에 있는 푸른 언덕배기를 파고 묻었는데, 그 근처는 벌판 쪽에서부터 기어 올라온 히스며 월귤나무로 뒤덮이고 토탄질의 흙에 묻히다시피 할 정도로 담이 아주 낮았어요. 아씨의 남편도 지금은 같은 자리에 묻혀 있지요. 두 분의 무덤 위에는 각각 간단한 비석이 서 있고 밑에는 묘가 있다는 표시로 수수한 잿빛 받침돌이 놓여 있을 뿐이랍니다.

17장

캐서린 아씨의 장례식 날이던 그 금요일은 한 달 동안이나 계속된 좋은 날씨의 마지막 날이었어요. 날이 저물자 날씨가 궂어지기 시작하더군요. 남풍에서 북동풍으로 바뀌더니 처음에는 비가 오다가 나중에는 진눈깨비가 되고 다시 눈으로 변했어요.

그 이튿날 아침에는 여름 날씨가 석 주 동안이나 계속됐다고는 믿어지지 않을 정도였어요. 앵초와 크로커스는 겨울처럼 눈더미에 덮이고 말았지요. 종달새 소리도 들리지 않고 일찍 돋아나는 나무의 새싹들은 이지러지고 까맣게 변했어요. 쓸쓸하고 춥고 우울하게 그날 하루가 어느새 저물었지요. 서방님은 방에서 나오시지 않았어요. 저는 텅 빈 응접실을 아기방으로 만들어 거기에 있었지요. 울고 있는 인형 같은 아기를 무릎에 놓고 앉아서 흔들어 주면서, 커튼도 없는 유리창에 소리 없이 눈송이가 날려 쌓이는 것을 바라보고 있었어요. 그때 문이 열리더니 웬 사람이 헐레벌떡 들어와서는 깔깔 웃는 것이었어요!

저는 잠시 놀라기도 했지만 그보다 화가 났어요. 하녀이겠거니 생각하고 제가 외쳤지요.

"무슨 짓이야! 어쩌자고 여기 와서 이렇게 까부는 거야? 서방님께서 들으시면 뭐라고 하시겠어?"

"미안해!" 하고 대꾸하는 소리를 들으니 귀에 익은 음성이었어요. "하지만 에드거 오빠는 자잖아? 웃음이 나오는 걸 참을 수가 없어서 그래."

그녀가 이렇게 말하고 나서 숨을 헐떡거리며 허리에 손을 짚고 난로 쪽으로 다가왔어요.

"워더링 하이츠에서 내내 뛰어오는 길이야!" 그녀가 잠시 말을 끊었다가 다시 이었어요. "이따금 나는 듯이 뛰기도 했지. 몇 번이나 넘어졌는지 셀 수도 없어. 아이고, 온몸이 쑤시네! 놀라지 마. 숨을 돌리는 대로 이야기해 줄 테니까. 그런데 미안하지만 지금 나가서 기머튼까지 날 데려다줄 마차를 불러줘야겠어. 그리고 하녀에게 내 옷장에서 옷을 몇 가지 꺼내 오라고 말해 주고."

이렇게 갑자기 뛰어 들어온 사람은 바로 히스클리프 부인이었지요. 아가씨는 확실히 웃고 있을 형편은 아닌 것 같았어요. 머리는 어깨까지 축 늘어진 채 눈에 젖어 물방울이 뚝뚝 떨어졌고 옷은 여느 때처럼 처녀 같은 차림이었는데, 나이에는 어울렸지만 부인답지는 않았지요. 그 차림새란 소매가 짧은 옷으로 모자도 쓰지 않고 목도리도 하지 않은 것이었어요. 그것도 얇은 비단이라 젖어서 몸에 착 붙어 있었지요. 발에는 겨우 얇은 슬리퍼를 신고 있었고요. 게다가 한쪽 귀 밑에 깊은 상처가 있었는데 추위에 얼어서 피가 많이 흐르지는 않았고, 핼쑥한 얼굴에는 손톱자국에 멍까지 들어 있고 몸은 지쳐서 가누지 못할 지경이었어요. 그러니 제가 아가씨를 천천히 자세히 살펴본 뒤에도 처음의 놀라움이 별로 가시지 않았으리라고 상상하실 수 있을 거예요.

"아이고, 아가씨. 입은 것일랑 다 벗어 버리고 마른 것으로 갈아입으실 때까지는 여기서 한 발짝도 움직이지 않고 아무 말도 듣지 않겠어요. 그리고 확실히 오늘 밤엔 기머튼에 못 가세요. 그러니까 마차를 부를 필요도 없어요."

"어떻게든 갈 거야. 걸어가든 타고 가든 말이야. 남부끄럽잖게 옷을 갈아입는 것은 반대하지 않겠어. 아이고, 이 목에 흐르는 것 좀 봐! 불을 쬐니까 따끔따끔 쑤시네." 아가씨가 말했습니다.

제가 아가씨의 말을 들어주기 전에는 자기 몸에 손도 못 댄다고 아가씨는 우겼어요. 마부에게 떠날 채비를 하라고 이르고, 필요한 옷가지를 하녀가 꾸리기 시작한 다음에야 저는 상처에 붕대를 감고, 옷을 갈아입는 것을 거들 수 있었지요.

"자, 엘런." 제가 일을 끝마치자 아가씨가 난로 앞에 있는 안락의자에 앉아서 찻잔을 앞에 놓고 말했어요. "내 앞에 앉아. 그 불쌍한 캐서린 언니의 아기는 저리 뉘어 놓고. 보기 싫단 말이야! 내가 들어올 때 그렇게 바보같이 굴었다고 해서 캐서린 언니를 조금도 생각하지 않는다고 여기면 안 돼. 나도 몹시 울었어. 정말 누구나 울 만한 이유가 있겠지만 난 누구보다 더 울었어. 엘런도 기억하겠지만, 우린 싸운 채 화해도 않고 헤어졌잖아. 난 지금도 내가 나빴다고 생각해. 그래도 그놈을 동정하고 싶은 마음은 나지 않았어. 그 짐승 같은 놈은! 참, 그 쇠꼬챙이 좀 이리 줘! 내가 지니고 있는 그의 물건이라고는 이게 마지막이야." 아가씨가 가운뎃손가락에서 금반지를 빼더니 마룻바닥에 내던졌어요. "내 이걸 깨뜨려 버릴 테야." 아가씨는 어린애가 화풀이하듯 그 반지를 두드리며 말을 계속했어요. "이걸 태워 버리겠어!" 하며 마구 두드리던 금반지를 집어서 석탄 불 속에 던져 버렸어요. "좋아! 그놈이 날 다시 끌고 가면, 하나 더 사게 하지. 그는 오빠를 못살게 굴기 위해서 나를 찾으러 올 거야. 그놈의 악독한 머릿속에 그따위 생각이 들지 못하게 내가 여기 있지 말아야 한단 말이야. 게다가 에드거 오빠는 그에게 친절하게 대한 일이 없잖아? 오빠한테 도와달라고 하지는 않을 테야. 오빠를 더는 괴롭히지도 않을 거야. 다급해서 어쩔 수 없이 이리로 피해 왔어. 그렇지만 오빠가 잔다는 걸 몰랐더라면 부엌에서 잠깐 쉬었다가 세수하고 몸이나 좀 녹인 다음 필요한 것은 엘런더러 가져오게 하고 다시 어디로든지 그 지긋지긋한 놈의 손이 닿지 않는 곳으로 떠났을 거야. 사람의 탈을 쓴 그 악마가 찾아올 수 없는 곳으로 말이야. 아아, 그놈이 어찌나 화를 내는지! 내가 붙잡히기라도 했다면! 힌들리가 그놈의 힘을 당할 수 없는 게 유감이야. 힌들리가 그자를 해칠 수만 있었다면, 그자가 거꾸러지는 걸 볼 때까지 달리지는 않았을 텐데!"

"원, 그렇게 급하게 이야기하시면 어떻게 해요, 아가씨!" 하고 제가 말을 가로막았어요. "얼굴에 매 드린 손수건이 풀려서 상처에서 다시 피가 나겠어요. 차 드시고 좀 쉬세요. 그리고 웃지 마세요. 이 댁은 아직 웃음소리가 들릴 곳이 아니에요. 그리고 아가씨도 웃으실 입장이 아니고요!"

"그건 틀림없는 사실이야. 저 애 좀 봐! 내내 울고 있잖아. 한 시간 동안만 우는 소리 좀 안 들리는 곳으로 데리고 나가라고 해 줘. 그 이상 여기 있지는 않을 테니까."

저는 종을 울려서 하녀를 부르고는 아기를 맡겼어요. 그러고 나서 아가씨한테 물었어요. 무엇 때문에 이런 모습으로 워더링 하이츠에서 도망쳐 나오지 않으면 안 되었으며, 우리와 함께 있을 생각이 아니면 도대체 어디로 갈 작정이냐고요.

"난 여기 있어야 하고 있고 싶기도 해." 아가씨가 대답했습니다. "오빠를 위로하고 아기를 돌보는 두 가지 일을 위해서도 그렇고, 이 집이 진짜 내 집이기도 하니까. 그렇지만 틀림없이 그자가 나를 그대로 놔두지 않을 거야! 내가 점점 살이 오르고 즐겁게 지내는 걸 보고 그자가 가만히 있을 것 같아? 우리가 오붓하게 지낸다고 생각하면 우리의 편안한 생활을 해치지 않을 수 있을 것 같아? 내 소리가 들리거나 내 모습이 보이기만 해도 아주 성가시게 생각할 정도로 나를 싫어하는 게 틀림없다고 생각하니 이제 안심이 돼. 내가 그의 앞에 나타나기만 하면 저도 모르게 안면 근육이 일그러지고 영 마땅찮은 표정이 된단 말이야. 그건 한편으로는 내가 그에게 감정을 품을 이유가 충분하다는 것을 그가 알기 때문이고, 한편으로는 본래부터 나를 싫어하기 때문이지. 내가 어떻게 해서든 감쪽같이 자취를 감춘다면 그가 온 영국 안을 쫓아다니지는 않으리라고 안심해도 좋을 만큼 싫어하는 거지. 그러니까 아예 종적을 감춰야겠어. 그의 손에 죽어도 좋다는 처음 생각이 지금은 없어졌어. 오히려 이젠 그가 자살이라도 하면 좋겠어. 그는 내 애정을 용케도 없애 버렸어. 그러니 내 마음은 편해졌지. 그렇지만 내가 그를 얼마나 사랑했는지 기억할 수 있고 아직도 그를 사랑할 수 있으리라는 것을 어렴풋이나마 상상할 수는 있어. 만일…… 아니, 아냐! 설령 그가 나를 지극히 사랑했더라도 그 악마 같은 성질은 어떻게든 마각을 드러냈을 거야. 캐서린 언니는 그를 그만큼 잘 알면서도 그렇게 극진히 좋아했으니 지독히도 별난 취미였지. 정말 그는 사람이 아니야. 그런 인간은 이 세상에서, 그리고 내 기억에서 사라져 버리면 좋겠어!"

"쉿, 진정하세요! 그도 사람인걸요. 좀 더 너그럽게 생각하세요. 그래도 이 세상엔 그보다 더 나쁜 인간들도 있으니까요!" 제가 말했어요.

"그자는 사람이 아냐. 내게 너그러운 마음을 요구할 권리 같은 건 없어. 난 그에게 내 마음을 바쳤는데, 그자는 그걸 받아 비틀어 죽이고는 도로 내던졌어. 사람이란 마음이 있으니까 느끼는 거잖아, 엘런. 그런데 그가 내 마음을 파괴해 버렸으니 내겐 그를 동정할 힘도 없어. 그리고 설사 그가 지금부터 죽는 날까지 신음하고 캐서린 언니를 위해 피눈물을 흘린대도 난 동정하지 않겠어! 그래, 정말 동정하지 않을 거야!" 이렇게 말하고 이사벨라 아가씨는 울기 시작했어요. 그러나 곧 속눈썹에 괸 눈물을 훔치더니 다시 이야기를 시작했어요.

"무엇 때문에 결국 내가 도망치지 않으면 안 되었느냐고 물었지? 그냥 심술이라고는 할 수 없을 정도로 그의 화를 돋우는 데 성공했기 때문이야. 붉게 달군 족집게로 신경을 집어내는 데는 주먹으로 머리를 두들기는 것보다 냉정이 더 필요하거든. 그는 점점 화가 치밀어 오르자 그가 뽐내는 악마 같은 조심성도 잊어버리고 살인이라도 할 듯이 폭력을 휘둘렀어. 난 그를 격노하게 할 수 있다는 데 쾌감을 느꼈어. 쾌감이 나 자신을 지켜야겠다는 본능을 눈뜨게 한 거야. 그래서 아주 뛰쳐나왔지. 만약 내가 다시 그의 손아귀에 들어간다면 어떤 복수라도 하게 내버려 두겠어.

어제는 말이야, 언쇼 씨도 사실은 장례식에 나올 참이었어. 그러기 위해서 술도 삼갔어. 너무 취하지 않을 생각이었던 거지. 6시쯤 미친 사람 모양으로 잠자리에 들었다가 12시쯤 술이 깨지 않은 채 일어나는 일은 피하려고 말이야. 그런데 일어났을 때는 자살이라도 할 듯이 우울해서 춤추러 가는 것은 말할 것도 없고 교회에도 나가지 못할 형편이었어. 그러니 장례식에도 가지 못하고 난롯가에 주저앉아서는 진인지 브랜디인지를 큰 잔으로 들이켜고 있었지.

히스클리프와는, 난 그의 이름을 부르기만 해도 몸서리가 쳐질 지경이야, 지난 일요일부터 오늘까지 집에서도 남같이 지냈어. 천사가 먹여 주었는지 아니면 땅속에 있는 친척한테서 얻어먹었는지 모를 일이지만, 어쨌든 거의 한 주 동안 식구들과 함께 식사한 일이 없어. 그는 동이 틀 무렵에야 겨우 돌아와서는 위층 자기 방으로 올라가 문을 잠가 버렸어. 마치 귀찮게 그를 따라다니고 싶어 하는 사람이라도 있다는 듯이. 거기서 그는 감리교인처럼 계속 기도를 드렸어! 그가 애원하는 신이란 오직 아무 감각도 없는 흙이 되어 버린 캐서린 언니지. 그리고 어쩌다가 하나님께 기도를 드려도 이상스럽게 하나님이 악마와 혼동되는 거야! 그런 귀중한 기도를 끝마친 다음에는(기도는 대개 목이 점점 쉬어 소리가 목구멍에 걸려 안 나올 때까지 계속되었는데) 또 나가는 거야. 언제나 이 집으로 곧장 내려온 거지! 오빠는 왜 순경을 불러 그를 가두지 않는지 모르겠어. 난 캐서린 언니가 죽어서 슬프기는 했지만, 그 덕택으로 지긋지긋한 압박에서 풀려난 요 며칠 동안 즐거운 휴가라도 얻은 것 같았어.

나는 조지프의 기나긴 잔소리를 눈물 흘리지 않고도 들어 넘길 수 있을 만큼 기운이 회복됐고, 전과는 달리 놀란 도둑처럼 걷지 않고도 집 안을 돌아다닐 수 있게 됐지. 엘런은 내가 조지프의 잔소리 정도로 울리라고는 생각하지 않을 거야. 하지만 조지프가 헤어튼과 한자리에 있는 것은 질색이야. 그 '작은 주인'이나 그의 충실한 지지자인 저 밉살스러운 늙은이보다는 차라리 힌들리와 함께 앉아서 그의 듣기 싫은 이야기를 듣는 게 낫지!

히스클리프가 집에 있을 때는 별수 없이 부엌으로 기어 들어가서 부엌 사람들 틈에 끼거나 축축한 빈 방에서 굶은 일이 한두 번이 아냐. 그가 없을 때는, 바로 이번 주에 그랬지만, 거실 난롯가의 한구석에다 탁자와 의자를 갖다 놓고 언쇼 씨가 무엇을 하든 알은체하지 않는 거야. 그리고 언쇼 씨도 내가 하는 일에 참견하지 않아. 요즈음 언쇼 씨는 누가 집적거리지만 않으면 그 전보다 훨씬 조용해졌어. 더욱 시무룩하고 침울하지만 화는 덜 내지. 조지프의 말로는 틀림없이 사람이 달라졌다는 거야. 하나님의 신령이 그의 마음에 내려서 그가 '불로 구원받듯' 구원을 받았다는 거지. 그이가 그렇게 좋은 사람이 되었다는 표적이 더러 눈에 띄어 나도 놀라고 있지만 내가 알 바 아냐.

어젯밤, 나는 한구석에 앉아서 자정 무렵까지 옛날 책을 읽고 있었어. 밖에는 눈보라가 휘몰아치고, 생각은 끊임없이 교회 묘지와 그곳의 새 무덤으로 쏠리는 바람에 위층으로 올라가려니 몹시 음산한 기분이 들었어. 앞에 펴 놓은 책에서 눈을 떼기만 하면 그 순간 서글픈 묘지의 광경이 눈에 선하게 떠올라서 감히 눈을 뗄 수 없었어.

힌들리는 맞은편에 앉아 있었어. 손으로 이마를 받치고 있었는데, 아마 똑같은 생각에 잠겨 있었을 거야. 그는 몹시 취하기 전에 술잔을 놓더니 두세 시간 동안 움직이지도 않고 입을 열지도 않더군. 이따금 창문을 덜컥거리는, 우짖는 듯한 바람 소리, 난로에서 석탄이 튀는 어렴풋한 소리 그리고 내가 가끔 길어진 촛불의 심지를 자를 때 나는 가위 소리만 들릴 뿐 집 안은 괴괴했어. 헤어튼과 조지프는 아마 정신없이 자고 있었을 거야. 나는 너무나 슬펐어. 책을 읽는 동안에도 한숨이 나왔어. 모든 기쁨이 이 세상에서 사라져 버리고 다시는 돌아오지 않을 것만 같았으니 말이야.

그 구슬픈 정적은 마침내 부엌 쪽에서 난 빗장 소리에 깨졌어. 히스클리프가 여느 때보다 일찍 밤샘에서 돌아온 거지. 아마 갑자기 폭풍이 불어닥쳤기 때문이었을 거야. 문은 잠겨 있었어. 그가 다른 문으로 들어오려고 돌아가는 소리가 나더군. 내가 참고 있던 감정을 어쩔 수 없이 말로 터뜨리며 일어나자, 문 쪽을 응시하고 있던 힌들리가 그 소리를 듣고 나를 돌아보았어.

'오 분쯤 들어오지 못하게 하겠어.' 힌들리가 소리쳤어. '괜찮겠지?'

'그럼요, 나를 위해선 밤새도록 못 들어오게 해도 좋아요.' 내가 대답했어. '어서! 걸쇠를 잠그고 빗장을 내려요.'

히스클리프가 앞으로 돌아오기 전에 힌들리는 걸쇠를 잠그고 빗장을 내려 버렸어. 그러고 나서 내 탁자 반대편에 의자를 가져다 놓고 기대어 눈에서 타는 듯한 증오의 빛을 뿜으며 내 눈에서도 같은 감정을 찾는 거야. 그는 살인이라도 할 것처럼 보였고 정말 그러고 싶기도 한 것 같았어. 나는 공감한다는 기색까지는 보이지 않았어. 그런데 그는 이야기만은 들어 주겠지 싶었던 모양이야.

'당신이나 나나 밖에 있는 녀석에게 갚아 줘야 할 큰 빚이 있소. 우리 두 사람 다 겁쟁이가 아닌 바에야 서로 힘을 합해 그 빚을 갚을 수 있을 거요. 당신도 오빠처럼 마음이 약한가?

끝까지 참기만 하고 한번 갚아 볼 생각은 없소?'

'나도 이제 참는 게 지겨워요.' 내가 대답했지. '나 자신에게 되돌아오지만 않는다면 나도 얼마든지 보복하겠어요. 하지만 배반이나 폭력은 양쪽 끝이 뾰족한 창과 같아서 그것을 쓰는 사람이 그걸 받는 사람보다 더 크게 다치는 법이지요.'

'배반과 폭력은 배반과 폭력으로 갚는 것이 당연하오!' 힌들리가 외쳤어. '히스클리프 부인, 나는 당신에게 뭘 하라는 게 아니라 그저 가만히 앉아 아무 소리 말고 있어 달라는 거요. 어서 말해 보시오. 그럴 수 있소? 난 당신도 틀림없이 나와 마찬가지로 저 악마의 목숨이 끝장나는 것을 본다면 기뻐하리라고 생각하오. 당신이 미리 손을 쓰지 않으면 당신은 죽게 될 테고 나도 파멸할 거요. 지긋지긋한 저 악마 같은 놈! 벌써 이 집 주인이나 된 듯 문을 두드리는군. 아무 소리 않겠다고 약속하시오. 그럼 저 시계가 치기 전에, 지금은 1시 삼 분 전이오, 당신은 자유로운 몸이 될 테니!'

그는 내가 넬리에게 보낸 편지에서 이야기한 칼이 달린 권총을 가슴에서 꺼내더니 촛불을 끄려고 하는 거야. 그래서 내가 그걸 낚아채고는 그의 팔을 붙들었지.

'나는 잠자코 있을 수 없어요! 저이에게 손을 대면 안 돼요. 문이나 잠그고 가만히 있어요!'

'안 되오! 난 이미 결심했소. 기어코 해치우고 말겠소!' 그 사람이 자포자기해서 외쳤어. '당신이 뭐라고 하든 난 당신을 위해 하겠소. 그리고 헤어튼을 위해서도 마땅히 해야 할 일이오! 나를 감싸기 위해 골치 썩일 필요 없소. 캐서린도 이미 가 버렸고, 내가 당장 내 목을 찔러 죽는다 해도 슬퍼하거나 부끄러워할 사람도 없을 테니……. 끝장을 낼 때가 온 거요!'

그를 말린다는 건 곰과 맞붙는 것과 마찬가지이고, 타일러 보았자 미친 사람을 상대하는 거나 매한가지였어. 결국 내가 할 수 있는 일이라고는 창가로 뛰어가서 그가 노리는 히스클리프에게 들어오면 위험하다고 일러 주는 것뿐이었지.

'오늘 밤은 어디 다른 데서 자는 것이 좋겠어요.' 내가 좀 의기양양하게 소리쳤어. '당신이 기어이 들어온다면 언쇼 씨가 총을 쏠 작정이에요.'

'문을 여는 게 좋을걸, 이…….' 하고 그가 대답하고는 옮기기도 싫은 그 점잖은 말투로 몇 마디 퍼붓더군.

'난 참견하지 않겠어요. 총에 맞고 싶으면 어서 맘대로 들어와 봐요! 내 할 일은 다 했으니까.'

이렇게 말하고 나서 난 창문을 닫고 난롯가에 있는 내 자리로 돌아왔어. 그가 위험하다고 걱정스러운 척이라도 할 만큼 능청을 떨 줄도 모르니까 말이야.

힌들리는 내가 아직도 그 악한을 사랑한다면서 온갖 욕설을 퍼부었어. 그런데 나는 마음속으로(그렇다고 양심의 가책은 조금도 받지 않았어.) 히스클리프가 이 사람을 해치워 그의 불행을 끝장낸다면 그를 위해서 얼마나 다행한 일일 것이며, 그가 히스클리프를 갈 곳으로 보내 준다면 나를 위해서 얼마나 고마운 일일까 생각했어. 이런저런 생각을 하면서 앉아 있는데, 히스클리프가 주먹으로 치는 바람에 내 뒤의 창문이 마룻바닥에 툭 떨어지며 그의 검은 얼굴이 징그럽게 나타난 거야.

문설주 사이가 너무 좁아서 그의 어깨는 들어오지 못했어. 난 못 들어오겠거니 안심하고 미소를 띠었지. 머리와 옷에는 흰 눈이 쌓였고 추위와 노여움으로 드러낸 식인종 같은 이가 어둠 속에서 번득였어.

'이사벨라, 날 들여보내 줘. 그러지 않으면 후회할 테니!' 그가 조지프의 말마따나 을러대는 것이었어.

'난 살인은 할 수 없어요. 힌들리 씨가 칼이 달린 권총에 실탄을 끼워 가지고 서 있어요.'

'그럼 부엌문으로 들어가게 해 줘!' 그가 말했어.

'힌들리가 먼저 가 있을걸요. 그리고 당신의 애정은 한바탕 눈도 참아 내지 못할 만큼 보잘것없군요! 여름 달이 비치는 동안에는 집을 잘도 떠나 있다가, 겨울바람이 불자 당장 피해 오니 말이에요. 히스클리프, 내가 당신이라면 그녀의 무덤 위에 누워서 충성스러운 개처럼 죽을 거예요. 지금 세상은 확실히 살 만한 곳이 못 돼요! 분명 캐서린 언니가 삶의 모든 즐거움인 것 같았는데, 어떻게 당신이 언니 없이 산다는 걸 생각이라도 할 수 있는지 난 상상조차 못 하겠어요.'

'그 녀석이…… 거기 있소?' 힌들리가 소리치면서 창문이 떨어져 나간 곳으로 달려왔어. '내 팔을 내뻗칠 수만 있다면 쏘아 버리겠소!'

엘런은 내가 정말 고약하다고 생각할 거야. 하지만 엘런은 사정을 다 알지는 못하니 마음대로 판단하지 마. 무엇을 준대도 그의 목숨까지 빼앗는 일을 돕는다거나 시킬 수는 없지. 그렇지만 그가 죽었으면 하는 생각도 했어. 그래서 그가 힌들리의 총에 덤벼들어 그의 손아귀에서 총을 비틀어 빼앗았을 때 난 몹시 실망했어. 그리고 아까 내가 욕설을 했기 때문에 일어날 일이 무서워서 용기를 잃고 말았어.

총알이 튀어 나갔고, 총에 달린 칼이 다시 접히다가 그만 힌들리의 팔목에 꽂혀 버렸어. 히스클리프가 있는 힘을 다해 칼을 잡아당기는 바람에 살이 쭉 찢어졌고, 그는 피가 뚝뚝 떨어지는 채로 그것을 호주머니에 쑤셔 넣었어. 그러고 나서 그는 돌멩이를 집어 창과 창 사이의 칸막이를 두들겨 부수고 안으로 뛰어 들어왔어. 상대편은 통증이 심하고 동맥인지 대정맥에서 많은 피가 솟는 바람에 의식을 잃고 쓰러졌어.

그 악당 놈이 힌들리를 발로 차고 밟고 머리를 잡아 바닥에 깔린 돌에 대고 몇 번이고 부딪치는 거였어. 그러면서도 조지프를 부르지 못하게 한 손으로 나를 꼭 붙들고 있었어.

힌들리를 아주 없애 버리고 싶은 마음을 참느라고 그는 초인적인 자제력을 발휘한 셈이었지. 하지만 저도 숨이 차 오르자 결국 단념하고 보기엔 죽은 거나 다름없는 힌들리의 몸뚱이를 의자 위에 끌어다 놓더군.

그러고는 힌들리의 겉옷 소매를 찢어서 난폭하게 상처 난 곳을 동여매면서도 아까 발로 찰 때와 같은 기세로 침을 뱉고 욕지거리를 퍼부었어.

몸이 자유로워지자 나는 얼른 그 하인 영감을 찾으러 갔는데, 내가 다급하게 지껄이는 이야기의 뜻을 겨우 알아들은 영감은 한 번에 두 계단씩 뛰어 헐레벌떡 아래로 내려갔어.

'이걸 어떡하면 좋아? 이걸 어쩐단 말인가?'

'네 주인이 미친 것뿐이야. 저놈이 한 달만 더 산다면 정신병원에 집어 넣어 줄 테야. 도대체 어째서 나를 들어오지 못하게 한 거야, 이 얼빠진 개자식! 거기서 중얼거리면서 서 있지 마. 이봐, 난 저런 자를 간호하고 싶지 않아. 저 피나 씻어 버려. 그리고 그 촛불을 조심해. 저놈의 피는 반 이상이 브랜디니까!' 히스클리프가 고함쳤어.

'그러니까 당신이 주인을 죽이려고 했단 말이지.' 조지프가 무서워서 손을 쳐들고 천장을 쳐다보면서 소리쳤어. '이런 무참한 광경은 처음 봐! 하나님이시여.'

히스클리프가 그를 떠다밀어 피가 흐르는 한복판에 무릎을 꿇리고는 수건을 던져 주었어. 그러나 영감은 피를 닦으려고는 하지 않고 두 손을 모으고 기도하기 시작했는데, 그 말투가 하도 이상해서 난 웃음을 터뜨리고 말았어. 난 어떤 것을 보아도 놀라지 않을 배짱이 생긴 터였어. 사실 교수대 아래 태연히 서 있는 죄수와도 같은 기분이었지.

'그렇지, 네가 있는 걸 잊어버렸군. 너도 같이 해. 무릎을 꿇고. 그래도 저놈과 짜고 내게 반항하겠지, 이 독사 같은 년! 어서 해, 너 따위에게 꼭 맞는 일이야!' 그 폭군이 말했어.

그는 내 이에서 덜덜 소리가 나도록 나를 흔들더니 조지프 옆으로 내동댕이쳤어. 영감이 끈질기게 기도를 끝마치고 일어서더니 곧장 우리 집에 다녀오겠다고 하지 않겠어. 린튼 어른은 치안 판사니까 아무리 부인을 잃으셨더라도 이런 사건은 조사해야 한다는 거였지.

조지프가 아무래도 그래야겠다고 고집을 부리자, 히스클리프도 내 입으로 그 사건의 요점을 설명하게 하는 것이 편하겠다고 생각했던 모양이야. 조지프의 질문에 대답하면서 내가 달갑지 않게 설명하자, 히스클리프는 증오가 치밀어 씨근덕거리며 내 옆에 서 있었어.

히스클리프가 먼저 달려들지 않았다는 것을 영감이 알아듣게 설명하자니 무척 힘이 들었어. 더구나 꼬치꼬치 캐묻는 말에 하는 수 없이 하는 대답이었으니. 그런데 언쇼 씨가 아직 살아 있다는 게 확인되었어. 조지프가 냉큼 술을 한 모금 먹이자, 언쇼 씨는 다시 몸을 움직이고 의식도 회복했어.

히스클리프는 언쇼 씨가 자기가 무슨 일을 당했는지 모른다는 것을 알고는 취해서 제정신이 아니었다고 몰아세웠어. 그리고 이제 그가 저지른 몹쓸 짓에 대해선 나무라지 않을 테니 가서 잠이나 자라고 했어. 다행히 그는 그럴싸한 충고를 하고 나서 나가 버렸지. 그리고 힌들리는 난로의 받침돌 위에 누워 버렸어. 나도 그렇게 쉽게 빠져나오게 된 걸 신기하게 생각하면서 내 방으로 갔지.

오늘 아침 11시 30분쯤 되어 위층에서 내려왔는데, 언쇼 씨가 몹시 편찮은 듯이 난롯가에 앉아 있었어. 그리고 그에게 붙어 다니는 마귀 같은 히스클리프도 똑같이 초췌하고 험상궂은 모습으로 난로에 몸을 기대고 있었어. 식탁 위에 있는 음식이 모두 식어 빠질 때까지 기다려도 둘 다 먹으려는 기색조차 보이지 않아 나 혼자 먹기 시작했지.

식사하는 데 아무것도 마음에 걸릴 게 없어서 마음껏 먹었어. 그리고 묵묵히 앉아 있는 두 사람에게 가끔 눈길을 주면서 난 일종의 만족감과 우월감 같은 걸 맛보았고, 아무 거리낌 없는 마음의 위안 같은 걸 느꼈지.

식사를 한 뒤 나는 여느 때와 달리 대담하게 난롯가로 가서 언쇼 씨 자리를 돌아 그의 옆 모퉁이에서 무릎을 꿇었어.

히스클리프는 내 쪽을 거들떠보지도 않았어. 그래서 난 침착하게 고개를 똑바로 쳐들고 마치 돌이나 되는 듯이 그의 얼굴을 이모저모 뜯어보았어. 전에는 아주 남자답게 생겼구나 싶던 것이 그땐 몹시 독살스러워 보였어. 그의 이마에는 침울한 그림자가 서려 있었고 뱀 같은 두 눈도 잠을 못 자서 거의 빛을 잃었어. 그때 눈썹이 젖어 있던 걸로 보아 아마 울고 있었던 모양이야. 입술도 그 사나운 냉소가 가신 채 말할 수 없이 슬픈 표정으로 굳어 있었어. 그게 다른 사람이었더라면, 그런 비통한 꼴에 난 그만 얼굴을 가리고 말았을 거야. 그런데 바로 그자의 꼴이라 속이 후련해졌고, 쓰러진 적을 모욕하는 것 같아 야비하기는 하지만, 그를 쏠 수 있는 기회를 놓칠 수는 없었어. 악을 악으로 갚는 쾌감을 맛볼 수 있는 건 오직 그가 약해졌을 때뿐이니까."

"아이고 저런, 아가씨!" 제가 말을 가로막았어요. "다른 사람이 들으면 아가씨가 평생 성경은 펴 본 적도 없다고 생각할 거예요. 하나님께서 원수에게 벌을 내리시면 그것으로 족하지요. 거기에 아가씨까지 그를 괴롭히는 것은 비겁하고 지나친 짓이죠."

"여느 때 같으면 나도 그렇다고 인정해, 엘런." 아가씨가 말을 계속했어요. "하지만 나도 한몫 끼어 혼내 주지 않는다면,

히스클리프가 아무리 비참한 일을 당한대도 시원치 않아. 만일 내가 그에게 고통을 줄 수 있고 그렇다는 걸 그자가 알기만 한다면 그가 지금보다 고통을 덜 당하더라도 난 상관없어. 아, 난 그에게 갚을 것이 너무나 많단 말이야. 내가 그를 용서할 수 있는 조건은 한 가지뿐이야. 그건 내가 만약 눈에는 눈, 이에는 이로 갚을 수 있다면, 내가 당한 모든 쓰라린 괴로움을 똑같이 쓰라린 괴로움으로 되돌려주고 그자를 나와 대등한 위치로 끌어내리는 거야. 그자가 먼저 해를 입혔으니까 그자가 먼저 용서를 빌게 하는 거지. 그런다면(그러고 난 다음이라면) 엘런, 나도 너그럽게 대할 수 있어. 하지만 도저히 나의 앙심이 풀릴 것 같지는 않아. 그러니까 나는 용서할 수 없어. 힌들리가 물이 마시고 싶다기에 한 잔 따라 주고 어떠냐고 물어보았지.

'난 더 아프고 싶은데 그렇지 않군.' 그가 대답했어. '그런데 팔을 빼고는 온몸이 마치 도깨비 떼와 한바탕 싸우고 난 것처럼 쑤시는걸!'

'네, 그럴 거예요. 캐서린 언니는 늘 자신이 있어서 당신이 몸을 다치지 않는 거라고 뽐냈지요. 몇몇 사람들은 자신이 화를 낼까 봐 당신에게 손을 대지 않는다는 거였죠. 죽은 사람들이 정말로 무덤에서 나올 수 없기에 망정이지 나올 수만 있다면 어젯밤만 해도 언니에게는 망측한 광경이었을 거예요! 가슴과 어깨에 온통 멍이 들지 않았어요?' 내가 말했지.

'모르겠소.' 그가 대답했어. '그건 왜 묻는 거요? 내가 넘어졌을 때 그가 날 차기라도 했소?'

'발로 밟고 찬 다음 바닥에 내던졌어요. 그리고 당신을 이로 물어뜯으려고 입에서 침을 흘리고 있었어요. 하기야 그자는 반은 사람이 아니니까요. 그 이상이지요.' 내가 작은 소리로 일러 줬어.

언쇼 씨도 나처럼 우리 공동의 원수인 그자의 얼굴을 쳐다보았어. 그런데 그자는 슬픔에 빠져서 주위의 일은 아무것도 모르는 모양이었어. 그자가 오래 서 있을수록 그 흉악한 속내가 얼굴에 더욱 뚜렷이 나타났지.

'아, 하나님께서 나의 마지막 고통 속에서나마 저자의 목을 졸라 죽일 수 있는 힘을 내려 주신다면, 기꺼이 지옥에라도 갈 텐데.' 언쇼 씨는 초조하게 말하며 신음하면서 일어서려고 애쓰다가 자기에게는 싸울 힘이 없다는 걸 알고 실망하고는 도로 주저앉았어.

'아니, 저자는 댁의 사람들 가운데서 하나를 죽였으면 됐지. 우리 집에서는 히스클리프만 아니었더라면 당신의 누이동생이 죽지 않았을 거라고들 믿고 있어요. 결국 저 사람한테 사랑을 받는 것보다는 차라리 미움을 받는 게 나아요. 우리가 얼마나 즐거웠는지, 저자가 오기 전에는 캐서린 언니가 얼마나 행복했는지를 생각하면 그날이 저주스러워져요.' 내가 큰 소리로 깨우쳐 줬어.

아마 히스클리프는 그날이 저주스럽다는 걸 그렇게 말한 나 자신보다 더 절실히 느꼈을 거야. 그 말을 듣고 그는 정신이 든 것 같았어. 두 눈에서 쏟아지는 눈물이 재에 뚝뚝 떨어지며 답답한 숨을 내쉬는 걸 보았으니까.

나는 그를 똑바로 쳐다보고는 경멸하듯이 웃어 주었어. 그러자 지옥의 흐린 창 같은 그의 두 눈이 나를 향해 번쩍였어. 그런데 대개는 그 눈에서 뿜어지던 마귀 같은 빛이 그때는 희미하게 눈물에 젖었기에 나는 별로 두려운 생각 없이 모험 삼아 다시 소리 내어 비웃어 주었지.

그러자 '일어나! 내 눈앞에서 썩 없어져 버려.' 하고 그 비탄에 빠졌던 자가 말했어.

도저히 알아들을 수 없는 목소리였으나 그렇게 말한 것이라고 나는 추측했어.

'미안해요.' 내가 대답했지. '그렇지만 나도 캐서린 언니를 사랑했어요. 그런데 그 언니의 오빠에게 시중들 사람이 필요하니 언니 대신이라고 생각하고 내가 돌보는 거예요. 언니가 죽고 나니 언쇼 씨한테 언니의 모습이 보이는 것 같아요. 만약 당신이 이분의 눈을 후벼 내려 하지 않고, 눈언저리를 검게 멍들이거나 붉은 상처를 입히지 않았다면, 힌들리 씨의 눈은 언니의 눈과 똑같았을걸요. 그리고 언니의……'

'이 비열한 멍청아, 밟아 죽이기 전에 어서 일어나!' 그자가 이렇게 외치면서 다가오려고 해서 나는 물러섰어.

'하지만……' 나는 언제든지 도망칠 태세를 갖추면서 계속 말했어. '만약 캐서린 언니가 당신을 믿고 히스클리프 부인이라는 우스꽝스럽고 더럽고 창피한 호칭을 갖게 되었더라도 곧 나와 같은 꼴이 되고 말았을걸요! 언니인들 당신의 그 지긋지긋한 행동을 조용히 참고 있진 않았을 거란 말이에요. 밉살스럽고 넌더리가 나서 가만히 있지는 못했을 거예요.'

긴 의자의 등과 언쇼 씨의 몸이 나와 히스클리프 그자 사이에 가로놓여 있었기 때문에 그는 나를 잡으려고 애쓰는 대신 식탁 위에 있는 나이프를 집더니 내 머리에 던졌어. 나이프가 내 귀 밑에 박혀서 난 하던 말을 끝맺지 못했어. 하지만 그걸 뽑고 문께로 달아나면서 한마디 더 해 주었지. 그것이 그자가 던진 칼보다 좀 더 날카로웠던 모양이야.

내가 마지막으로 그를 흘끗 보니 그자가 미친 듯이 날 쫓아오는 것을 힌들리가 껴안고 막는 바람에 두 사람은 서로 끌어안고 난로 위에 넘어지고 말았어.

부엌을 빠져나와 달아나면서 나는 조지프에게 주인한테 가 보라고 일러 주고, 문간에서 의자 등받이에다 강아지를 매달고 있는 헤어튼을 넘어뜨리고는 지옥을 빠져나온 영혼처럼 기쁜 마음으로 그 가파른 길을 달렸어. 꾸불꾸불한 그 길을 벗어나 곧장 벌판을 지나고 뒹굴듯이 둑을 넘고 늪을 건너서, 사실 우리 집의 불빛을 표지 삼아 쏜살같이 달려온 거야. 워더링 하이츠의 지붕 밑에서 하룻밤이라도 더 보내느니 영원히 지옥에서 살라는 선고를 받는 편이 차라리 훨씬 낫겠어."

이사벨라 아가씨는 말을 멈추고 차를 한 모금 마셨어요. 그러고는 일어서서, 모자와 내가 가져온 큰 숄을 씌워 달라더니 한 시간만 더 있다 가라는 내 간청도 들은 척하지 않고 의자 위에 올라서서 에드거 서방님과 캐서린 아씨의 초상에 입을 맞추고 내게도 같은 인사를 한 다음 마차 있는 데로 내려갔어요. 패니란 놈이 옛 주인을 만나 기뻐서 미친 듯이 짖어 대며 따라갔어요. 아가씨는 이렇게 마차를 타고 떠난 뒤로 다시는 이 고장을 찾지 않았어요. 그러나 모든 일이 좀 안정되자 오빠인 우리 주인어른과는 자주 편지를 주고받았지요.

아가씨가 새로 옮겨 간 곳은 남쪽 지방, 런던 가까이였다고 알고 있어요. 거기서 아가씨는 도망간 지 몇 달 만에 아들을 낳았지요. 린튼이라고 이름을 지었는데, 처음부터 병이 잦고 까다로운 아이라는 소식을 아가씨가 전해 왔답니다.

하루는 히스클리프 씨가 마을에서 저를 보더니 아가씨가 어디 사느냐고 물었어요. 저는 일러 주지 않았어요. 아가씨가 어디 살든 그건 중요한 문제가 아니지만 그녀의 오빠한테 오는 것만은 조심해야 할 거라고 히스클리프 씨는 말했어요. 그는 자신이 그녀를 부양해야 하는 한이 있더라도 그녀의 오빠와 함께 있어서는 안 된다는 거였어요.

저는 어쨌든 아무 말도 하지 않았는데, 그는 다른 하인들 가운데 누군가의 입을 통해서 이사벨라 아가씨가 사는 곳이며, 어린애가 있다는 것을 다 알아냈던 모양이에요. 그렇다고 아가씨를 괴롭히거나 하지는 않았어요. 그렇게 가만 내버려 두는 것도 자기를 싫어하기 때문이라고 이사벨라 아가씨는 고맙게 생각했을지 모르지요.

저를 만나면 히스클리프 씨는 그 어린아이에 대해서 곧잘 묻곤 했어요. 그리고 그 애의 이름을 듣고는 험상궂은 미소를 지으면서 깨우쳐 주었어요.

"그들은 내가 어린것도 미워하기를 바라고 있지, 그렇지?"

"다들 당신이 그 애에 대해 아무것도 모르기를 바라고 있어요." 제가 대답했어요.

"그렇지만 그 애는 내가 데려올 거야. 데려오고 싶을 때 말이야. 모두 그렇게 알고 있어!" 히스클리프 씨가 말했어요.

다행히 그 애의 엄마는 그런 때가 오기 전에 세상을 떠났답니다. 캐서린 아씨가 돌아가신 지 십삼 년쯤 뒤인데, 린튼이 열두 살 아니면 아마 그보다 좀 더 컸을 때였죠.

뜻밖에 이사벨라 아가씨가 찾아온 다음 날에도 저는 주인 어른께 그 사실을 이야기할 틈이 없었어요. 그분은 남과 이야기하는 것을 피했고 의논 같은 걸 하고 싶어 하지 않았지요. 나중에 그분에게 이야기를 전해 드렸더니 그분은 누이가 남편에게서 도망친 것을 좋아하는 눈치였어요. 그분은 그 유순한 성질로는 그럴 수 없을 만큼 지독히 히스클리프를 미워했거든요. 그분의 증오가 얼마나 깊고 날카로웠던지 히스클리프를 만날 만한 장소나 소문이 들릴 만한 곳에는 아예 가지 않았으니까요. 캐서린 아씨를 잃은 슬픔과 증오의 감정 때문에 그분은 아주 은자가 돼 버렸어요. 치안 판사 일도 걷어치우고 교회조차 나가지 않았으며, 무슨 일이 있어도 마을에는 가지 않고 숲과 울타리 안에서 완전한 은거 생활을 했지요. 달리 하는 일이라고는 벌판을 홀로 어슬렁거린다거나 부인의 무덤을 찾아가는 일뿐이었지만 그나마 대개는 저녁이나 다른 사람들이 밖으로 나돌아 다니지 않는 이른 아침이었지요.

그러나 워낙 착한 분이라 언제까지나 그렇게 불행하게 지낼 수만은 없었지요. 그분은 캐서린 아씨의 영혼이 자신에게 나타나게 해 달라고 빈다든가 하지는 않았어요. 시간이 흐름에 따라 체념하게 되었고, 우울도 흔해 빠진 즐거움보다 달콤한 것이었지요. 그분은 열렬하면서도 부드러운 애정과 천국에 대한 희망에 찬 동경으로 부인을 회상했고 부인이 틀림없이 천국에 갔다는 것을 의심하지 않았어요.

그분은 지상에서의 위안과 애정도 갖게 되었지요. 아까도 말했지만, 처음 며칠 동안 그분은 돌아가신 부인의 어린 후계자에게는 관심이 없는 것 같았어요. 그런데 그 냉담함은 4월의 눈처럼 슬슬 녹아 버리고, 그 조그만 아기는 옹알이를 하고 아장아장 발걸음을 내딛기도 전에 벌써 독재자처럼 그분의 마음을 지배해 버렸답니다.

그 아기에게는 캐서린이라는 이름을 지어 주었으나 그분은 돌아가신 부인 이름을 줄여서 부른 일이 없었듯이 그 아기의 이름을 본명대로 부르는 일이 없었어요. 부인 이름을 줄여서 부르지 않은 것은 아마 히스클리프가 버릇처럼 그렇게 불렀기 때문일 거예요. 그 어린 아기는 언제나 캐시였는데, 그렇게 부르는 것이 그분에게는 아기 엄마와 분명히 구별되면서도 한편으로는 이어 주기 때문이었어요. 그리고 그분의 애정은 그 아기가 자신의 아이여서라기보다는 부인의 아이라는 데서 우러나오는 것이었지요.

저는 그분과 힌들리 언쇼를 비교해 보았는데, 왜 그분들의 행동은 비슷한 환경인데도 그렇게 반대되는 것일지 만족스러운 설명을 얻으려고 애써 보았어요. 그분들은 다 좋은 남편들이었고, 똑같이 아이들을 사랑했지요. 그런데 어떻게 좋은 길이건 나쁜 길이건 간에 같은 길을 걷지 않았는지 모르겠어요. 그러나 저는 더 똑똑해 보이는 힌들리가 오히려 더 나쁘고 더

약한 인간임을 스스로 드러내 보인 것이라고 생각했지요. 그들의 경우를 난파선에 비유한다면, 힌들리는 배가 암초에 부딪쳤는데 선장이 자기 자리를 버리고 승무원들도 배를 건지려고 애쓰지 않고 소동과 혼란 속에 빠져 그들의 불행한 배에 조금도 미련을 두지 않는 것과 같았지요. 그와 반대로 린튼 서방님의 경우는 고지식하고 충실한 정신에서 우러나는 진실한 용기를 보이고, 하나님을 믿고 하나님도 그를 위로한 것이지요. 한 사람은 희망을 가졌고, 한 사람은 희망을 버렸어요. 그들은 자신의 운명을 선택했으니 마땅히 그것을 견디지 않으면 안 되었지요.

제 설교 같은 걸 듣고 싶지는 않으시겠지요. 주인님, 주인님도 저와 마찬가지로 옳고 그른 것을 판단하실 수 있을 것입니다.

언쇼 씨의 죽음은 대체로 예상한 그대로였답니다. 그의 누이인 캐서린 아씨의 뒤를 바로 따랐지요. 반년도 못 되어서였으니까요. 이 댁에서는 누구도 그분이 죽기 전의 상태에 대해서는 아주 간단한 말 한마디도 듣지 못했어요. 제가 장례식 준비를 거들러 워더링 하이츠에 갔을 때 비로소 알게 됐지요. 케네스 선생이 린튼 서방님에게 그 일을 알리러 왔더라고요.

"저, 넬리." 케네스 선생이 어느 날 아침 마당으로 말을 타고 들어와서 말을 거는데, 저는 너무 이른 때라 좋지 않은 소식일 거라 예감하고 놀랐어요.

"이제 나와 넬리가 문상을 가야 할 차례가 왔네. 자, 누가 죽었는지 알겠소?"

"누가 죽었어요?" 제가 당황하며 물었죠.

"어디 알아맞혀 보시오!" 그분이 말에서 내려 굴레를 문고리에 걸어 매면서 대답했어요. "그리고 그 앞치마 자락을 잡고 울 준비나 하지. 꼭 그래야 할 테니까."

"히스클리프 씨는 아니겠죠, 네?" 제가 소리쳤어요.

"뭐라고! 그가 죽어도 울 텐가? 아니, 히스클리프야 건강한 젊은이지. 오늘따라 더 팔팔해 보이던데. 지금 막 만나고 오는 길인걸. 마누라가 나간 뒤에 빠진 살이 다시 찌고 있지."

"그럼 누구예요, 케네스 선생님?" 저는 조바심이 나서 재차 물었어요.

"힌들리 언쇼일세! 당신의 옛 친구, 힌들리 말일세." 하고 그분이 대답하더군요. "내겐 나쁜 친구였지. 요즈음 한동안은 지나치게 난폭해져서 만나지 않았지만 말이오. 그것 보시오! 내 울 거라고 그랬지. 하지만 낙담하진 마오! 마음껏 취해 가지고 그답게 죽었으니까. 가엾은 친구지. 나도 섭섭하오! 누구나 마찬가지로 옛 친구를 잃는다는 건 섭섭한 일이 아닐 수 없지. 그 친구에겐 우리가 생각지도 못한 괴벽이 있었소. 나도 몹쓸 짓을 여러 번 당했지만. 그 사람 아마 이제 겨우 스물일곱 살인 모양인데, 그렇다면 넬리 자네와는 동갑이군그래. 둘이 한 해에 태어났다는 걸 누가 생각이나 했겠소!"

솔직히 말해서 그때 제가 받은 충격은 캐서린 아씨가 돌아가셨을 때보다 훨씬 더 컸답니다. 옛 생각이 제 마음을 맴돌고 있었으니까요. 케네스 선생한테는 다른 하인을 데리고 서방님께 가시라고 부탁드리고, 저는 현관에 주저앉아 혈육이라도 잃은 듯이 심하게 울었답니다.

'편안히 돌아가셨을까?' 저는 곰곰이 생각하지 않을 수 없었어요. 무슨 일을 해도 그 생각이 저를 괴롭혔지요. 그 생각이 어찌나 성가시고 끈질기게 따라다니던지 워더링 하이츠에 가서 장례식 일이나 거들도록 허락받을 결심을 했지요. 린튼 서방님은 몹시 마땅치 않은 기색이었지만, 돌보아 줄 사람이 없을 그의 처지를 잘 말씀드렸어요. 그는 제 옛 친구인 동시에 한 젖을 먹고 자란 형제지간 같은 사람이니 린튼 서방님과 똑같이 제가 모실 의무가 있다고 말씀드렸지요. 게다가 어린 헤어튼은 서방님의 처조카인데, 더 가까운 친척이 없으니 서방님께서 마땅히 아이의 보호자가 되어야 하며, 유산은 또 어떻게 되었는지 알아봐야 하고 그 밖에 처남의 뒷일을 살펴야 한다는 것을 일깨워 드렸답니다.

린튼 서방님은 그 무렵 그런 일을 돌보실 처지가 아니었기 때문에 서방님의 변호사와 의논해 보라고 제게 이르시고는 마침내 제가 워더링 하이츠에 가는 것을 허락해 주셨지요. 그분의 변호사는 언쇼 서방님의 변호사이기도 했어요. 저는 마을로 변호사를 찾아가서 저와 함께 가기를 청했어요. 그는 머리를 설레설레 흔들더니, 히스클리프가 하는 대로 내버려 두라고 권하면서 사실을 알아본다면 헤어튼은 거지나 다름없으리라고 말해 주었어요.

"그 애의 아버지는 빚을 지고 죽었어요. 재산이 몽땅 저당 잡혀 있으니 상속인에게 남은 유일한 기회는 채권자의 마음에 다소나마 동정심을 불러일으켜 되도록 너그럽게 처리하게끔 마음을 돌리는 것입니다." 하고 변호사가 말하더군요.

워더링 하이츠에 도착하자 저는 모든 일이 제대로 잘돼 가는지 보려고 왔노라고 말했어요. 몹시 근심스러워 보이던 조지프는 제가 온 것에 만족해하는 표정이었지요. 히스클리프 씨는 제가 필요하다는 생각은 없었지만, 기왕 왔으니 원한다면 남아서 장례식 준비나 맡아 보는 게 좋겠다고 말하더군요.

"실은 저 바보 같은 놈의 시체는 장례식이고 뭐고 치를 것도 없이 네거리에 갖다 묻어야 해. 어제 오후에 내가 십 분쯤 집을 비웠더니 그사이에 내가 못 들어오게 집의 양쪽 문을 잠가 놓고 일부러 밤새도록 술을 마시다가 죽은 거야! 오늘 아침 말이 코를 고는 소리가 나기에 문을 부수고 들어가 보았더니 긴 의자에 벌렁 나자빠져 있더군. 살가죽을 벗긴대도 깰 것 같지 않았어. 그래 케네스 선생한테 사람을 보냈더니 선생이 오기는 했는데 이미 그때 저놈은 시체가 되어 있었단 말이지. 죽어서 차디차고 빳빳하게 굳어 버린 거지. 그러니 그 녀석 때문에 더 이상 법석대 봤자 소용없었다는 걸 알 수 있겠지!" 히스클리프 씨가 말했어요.

늙은 하인은 그의 이야기를 인정하면서도 중얼거렸지요.

"차라리 저 양반이 의사를 부르러 가 주었으면 했어! 주인어른은 내가 더 잘 보살펴 드릴 수 있었을 텐데. 내가 떠날 때는 돌아가시지 않았거든. 절대로 돌아가실 기미는 없었단 말이야!"

저는 장례식을 훌륭하게 치러야 한다고 우겼어요. 히스클리프 씨는 그것도 제 마음대로 하라는 것이었어요. 다만 모든 비용이 자기 호주머니에서 나온다는 것만은 잊지 말라고 당부하더군요.

그 사람은 기쁘지도 슬프지도 않은 기색으로 내내 냉정하고 무관심한 태도였지요. 굳이 말하자면 어려운 일을 무사히 치르고 나서 느끼는 냉철한 만족감 같은 것을 느끼는 표정이라고 할까요. 정말 한번은 무엇인가 굉장히 기뻐하는 것 같은 그이의 모습을 보았어요. 마침 사람들이 관을 집에서 들어 내갈 때였지요. 그도 뻔뻔스레 문상객 틈에 끼었더군요. 헤어튼과 함께 관을 따라가기 전에 그가 그 불쌍한 아이를 탁자 위에 올려놓더니 색다른 즐거움을 느끼며 중얼거렸어요.

"야, 이 녀석아, 이제 너는 내 거야! 나무를 휘게 할 정도로 강한 바람을 맞고도 이 나무가 다른 나무처럼 휘지 않고 자랄 수 있는지 어디 두고 보자!"

아무것도 모르는 아이는 그 말을 듣고 즐거웠는지 히스클리프의 구레나룻을 만지작거리기도 하고 볼을 쓰다듬기도 했지만, 저는 그 말의 뜻을 알아채고 신랄하게 꼬집어 줬지요.

"이봐요, 그 도련님은 나와 함께 스러시크로스 저택으로 돌아가야 해요. 그 도련님이 당신의 것이라니 세상에 그런 법이 어디 있어요!"

"린튼이 그렇게 말하던가?" 그가 다그쳐 물었어요.

"물론이에요. 도련님을 데려오라고 분부하셨어요."

"자, 지금 그 문제는 논의하지 않기로 하지. 그러나 내 손으로 아이를 하나 길러 보고 싶은데, 만약 그가 이 애를 데려간다면 난 그 대신 내 자식을 데려와야겠다고 주인에게 말해. 아무 소리 없이 헤어튼을 보내지도 않겠지만, 언젠가 내 자식을 데려오는 건 틀림없는 일이야! 잊지 말고 주인에게 그렇게 말해 줘." 악당이 말했어요.

이 말을 듣고 보니 우리는 어쩔 수 없었어요. 돌아와서 말씀드렸더니, 처음부터 별로 흥미 없다는 듯이 듣고 있던 에드거 린튼 서방님은 더 이상 간섭하겠다는 말씀은 하지 않으셨어요. 설사 서방님께서 꼭 그럴 생각이었다 해도 얼마나 효과를 거두실 수 있었을지는 모르지요.

식객이던 사람이 이제는 워더링 하이츠의 주인이 되었답니다. 그는 빈틈없는 소유권을 쥐고서, 언쇼가 도박에 미쳐 현금을 대기 위해 소유지를 몽땅 저당 잡혔는데 그 저당권자가 바로 자기라는 것을 변호사에게 증명했고, 변호사는 그것을 린튼 서방님에게 증명했어요.

그리하여 헤어튼 도련님은 지금쯤 이 근방에서 첫째가는 어른이 되셨어야 할 텐데, 꼼짝없이 아버지의 숙적의 손에 매여 사는 신세가 되고 말았지요. 자기 집에서 월급도 못 받는 하인이 되어 살고 있는데도 옆에서 보살펴 주는 사람도 없고 자신이 부당한 대접을 받는다는 것을 모르기 때문에 전혀 제 권리를 되찾을 수 없었던 것이지요.

18장

"그런 암담한 시기가 지난 후 열두 해 동안은 제 생애에서 가장 행복한 시절이었어요." 딘 부인이 이야기를 계속했다.

*

그동안에 제가 겪은 제일 어려운 일이라면 어린 아가씨의 잔병치레 정도지요. 그야 있는 집 아이나 없는 집 아이나 다 같이 한 번씩은 치러야 할 병들이었지만요.

그 밖에는 아무 일 없이 처음 육 개월이 지나자 아가씨는 낙엽송 자라듯이 잘 자라서, 캐서린 아씨의 무덤 위에 두 번째로 히스 꽃이 피기 전에 혼자서 걸어 다니고 말도 할 줄 알게 되었지요.

이 귀여운 아기는 쓸쓸한 집에 밝은 햇빛을 가져온 가장 매력적인 녀석이었어요. 언쇼 집안의 아름다운 검은 눈에다 린튼 집안의 고운 살결과 오밀조밀한 생김새와 노란 곱슬머리를 물려받은 정말 예쁜 아기였어요. 버릇없지는 않았지만 도도한 성격으로, 지나칠 정도로 애정에 민감하고 발랄했지요. 이처럼 열렬한 애정을 가질 수 있다는 점에서는 어머니를 연상케 했지만 그럼에도 어머니를 닮지는 않았지요. 아가씨는 비둘기처럼 순하고 부드러울 수 있으며, 음성은 상냥하고, 무엇인가 생각에 잠기는 듯한 표정이었고, 화를 내도 결코 난폭하지 않고, 애정 면에서도 결코 분별없이 격렬한 게 아니라 깊고 온화했으니까요.

그렇지만 그 타고난 천품을 깎아내리는 결점이 있었던 것도 사실이랍니다. 자칫 건방져지는 버릇도 그중 하나였고, 성품이야 좋든 나쁘든 귀염받고 자란 아이들에게는 꼭 괴팍한 버릇이 있지요. 혹 하인이 성가시게 굴라치면 아가씨는 늘 "아빠한테 이를 테야!" 하는 것이었어요. 그리고 서방님이 눈만 흘기는 정도로라도 아가씨를 나무라는 기색이 보이면 굉장히 슬픈 일이라도 당한 것처럼 야단이 났지요. 사실 서방님이 아가씨에게 엄한 말씀이라고는 한마디도 하신 일이 없었던 것 같은데 말이에요.

서방님은 아가씨의 교육을 전적으로 몸소 맡고, 그걸 낙으로 삼으셨어요. 아가씨는 다행히 호기심도 있고 이해도 빨라서 공부를 곧잘 했지요. 그래서 서방님도 가르치는 데 보람을 느끼셨어요.

아가씨는 열세 살 때까지는 혼자서 울안 숲 밖으로 나간 일이 한 번도 없었어요. 린튼 서방님은 어쩌다 아가씨를 데리고 1.5킬로미터쯤 바깥에 나가시는 일은 있어도 절대로 다른 사람에게 데리고 가게 하지는 않았답니다. 기머튼이라는 마을도 아가씨의 귀에는 생소한 이름이었고, 자기 집 이외에 아가씨가 가까이 가 보거나 안에 들어가 본 집이라고는 오직 예배당뿐이었지요. 워더링 하이츠와 히스클리프 씨는 아가씨에게는 없는 거나 마찬가지였어요. 아가씨는 바깥세상과 완전히 격리된 생활을 했지만 그것으로 충분히 만족하는 것 같았어요. 하기야 더러는 창밖으로 그 고장 경치를 내다보면서 이렇게 말하기는 했지요.

"엘런, 난 얼마나 있으면 저기 저 언덕 꼭대기까지 올라갈 수 있을까? 언덕 너머 저쪽에는 무엇이 있는지 모르겠어. 바다가 있을까?"

"아니에요, 캐시 아가씨. 그 너머에도 저런 언덕이 있어요."

"그럼 저 금빛 나는 바위들은 그 밑에 가서 보면 어떻게 생겼을까?"

무엇보다도 아가씨는 깎아지른 듯한 페니스톤 절벽에 마음이 끌렸는데, 특히 저녁 해가 그 절벽과 제일 높은 봉우리에 비치고 그 옆에 펼쳐지는 모든 풍경에 그늘이 질 때는 더욱 마음이 끌리는 모양이었어요.

그 절벽은 순전히 커다란 돌덩어리로, 나무 한 그루 자랄 만한 흙도 없다고 저는 설명했지요.

"그럼 여기는 벌써 저녁때가 되었는데, 왜 저기는 저렇게 오래도록 환하지?" 아가씨가 캐물었어요.

"저기는 여기보다 훨씬 높으니까 그렇죠. 저기는 너무 높고 험해서 아가씨는 올라갈 수 없어요. 이곳에 겨울이 오기도 전에 저곳에는 서리가 내려요. 그리고 한여름에도 동북쪽에 있는 저 시커먼 골짜기 아래에는 눈이 보일 때도 있는걸요."

"어머, 그럼 엘런은 저길 올라가 본 적이 있겠네! 그럼 나도 어른이 되면 올라갈 수 있겠다. 아빠도 가 보셨을까, 엘런?" 아가씨가 몹시 기뻐하며 소리쳤어요.

"아빠는 말이에요, 아가씨, 저런 데는 일부러 가 볼 필요가 없다고 말씀하실 거예요. 아빠와 함께 산책하는 저 벌판이 훨씬 더 좋죠. 이 스러시크로스 숲이 이 세상에서 제일 좋은 곳이고요." 제가 급히 대답했어요.

"하지만 이 숲은 가 봐서 알지만, 저긴 모르거든. 그리고 말이야, 제일 높은 저 산꼭대기에 올라가서 사방을 둘러보면 참 좋을 거야. 언제든 내 조랑말 미니를 타고 한번 가 봐야지." 아가씨가 혼자서 중얼거렸어요.

하인들 가운데 누군가가 그곳에 요정 동굴이 있다는 이야기를 해서 아가씨의 머리에는 온통 그 계획을 실현할 생각뿐이었지요. 그래서 아가씨는 그 일을 가지고 린튼 서방님을 졸랐어요. 서방님은 아가씨가 좀 더 크면 보내 주겠다고 약속했어요. 그런데 캐시 아가씨는 달수로 나이를 따지는 것이었어요. 그러고는 "이제 페니스톤 절벽에 갈 만큼 컸잖아?" 하고 입버릇처럼 늘 물었지요.

그곳으로 가는 길은 워더링 하이츠 바로 옆으로 구불구불하게 나 있었어요. 서방님은 거기를 지나가고 싶지 않았던 것이지요. 그러니 아가씨는 언제나 "아직 멀었어. 아가, 아직 못 가." 하는 대답밖에 들을 수 없었지요.

히스클리프 부인은 남편을 떠난 뒤로 열두 해 남짓하게 살아 있었다는 말씀은 아까도 드렸지요. 이사벨라 아가씨의 친정 식구들은 모두 병약했어요. 아가씨나 오라버니인 에드거 서방님이나 다 이 고장에서 흔히 볼 수 있는 혈색 좋은 건강 체질은 아니었지요. 아가씨가 마지막으로 앓은 병이 무엇이었는지 잘은 모르지만, 두 분이 같은 병으로 돌아가시지 않았나 싶어요. 그건 일종의 열병으로, 불치병이어서 처음에는 대단치 않지만 나중에 가서는 돌연 재촉하듯이 목숨을 빼앗아 갔지요.

아가씨는 넉 달 동안이나 병으로 신음한 뒤에 뒷일을 예견한 듯한 편지를 오빠한테 보내왔어요. 처리해야 할 여러 가지 일도 있고, 마지막 인사도 하고 싶고, 린튼을 오빠 손에 안전하게 맡겨 두고 싶으니 되도록 와 달라고 간청했더군요. 아가씨의 희망은 린튼을 아가씨가 데리고 지내 온 것처럼 오빠한테 맡겨 두었으면 하는 것이었어요. 아이의 아버지인 히스클리프가 아들의 양육이랄지 교육이라는 짐을 맡으려 하지 않을 거라고 아가씨는 믿었던 것이지요.

린튼 서방님은 조금도 주저하지 않고 아가씨의 청에 응하셨어요. 보통 일로는 집을 비우는 걸 여간 꺼리지 않으셨지만 그 소식을 듣고는 곧장 달려가셨어요. 집을 비우시는 동안 캐시 아가씨를 각별히 보살피라고 제게 당부하시면서 아가씨를 정원 바깥으로는 비록 저와 함께라도 나가 놀게 해서는 안 된다고 분부하셨어요. 서방님은 아가씨가 혼자서 다닌다는 것은 생각조차 할 수 없었지요.

서방님은 석 주 동안 가 계셨어요. 처음 하루 이틀 동안 아가씨는 너무 쓸쓸해서 책도 읽지 않고 놀지도 않고 서재 한구석에만 앉아 있었어요. 그렇게 조용하게 지내니 저는 별로 할 일이 없었지요. 그런데 그 뒤부터는 가끔 싫증이 나는지 짜증을 내기 시작하더군요. 그 무렵 저는 너무 바쁘기도 하고 나이도 먹은 탓에 아래위로 오르내리면서 아가씨를 즐겁게 해 줄 수 없어서 아가씨 혼자서 놀게 할 방법을 생각해 냈지요.

저는 아가씨 혼자서 뜰 안을 여기저기 돌아다니게 해 보았어요. 걷게도 하고 말을 태우기도 했지요. 그리고 아가씨가 돌아오면, 아가씨가 실제로 한 일이며 머릿속에 상상한 모험 따위를 모두 참을성 있게 들어 주었지요.

여름이 한창일 때였어요. 아가씨는 혼자서 돌아다니는 것에 재미가 들어서 아침을 먹고 나가면 차 마실 시간이 되어서야 돌아오는 일도 가끔 있었답니다. 그런 날 밤이면 아가씨의 공상에 찬 이야기들을 들으며 시간을 보냈지요. 대문은 대개 잠겨 있었고, 열려 있더라도 아가씨 혼자서 함부로 뛰어나가리라고는 생각지 않았기 때문에 저는 아가씨가 울타리 밖으로 나가리라는 염려는 하지 않았어요.

불행히도 아가씨를 믿은 것이 잘못이었지요. 어느 날 아침 8시에 아가씨가 제게 오더니 그날은 아가씨가 아라비아 상인이 되어 대상을 거느리고 사막을 건넌다는 거예요. 그러니 아가씨와 말 한 마리와 낙타 세 마리가 먹을 식량을 충분히 줘야 한다는 것이었지요. 낙타 세 마리란 큰 사냥개 한 마리와 포인터 두 마리를 두고 한 말이지요.

저는 맛있는 것을 잔뜩 가져다가 바구니에 넣어서 말안장 한쪽에 매달아 주었어요. 아가씨는 7월의 햇볕을 가릴 챙 넓은 모자와 얇은 너울을 쓰고는 요정처럼 즐겁게 말에 뛰어오르더니 빨리 달리지 말고 일찍 돌아와야 한다는 저의 세심한 충고를 비웃는 듯이 쾌활하게 웃으면서 빠른 속도로 말을 몰고 나갔어요.

그 장난꾸러기가 차 마실 시간에도 영 모습을 보이지 않더군요. 나이를 먹어 편안한 것을 좋아하는 사냥개는 돌아왔지요. 그런데 캐시 아가씨와 조랑말, 포인터 두 마리는 아무 데도 보이지 않았어요. 이곳저곳으로 사람을 보내고 나중에는 저도 같이 아가씨를 찾아 헤맸답니다.

일꾼 한 명이 뜰과 경계를 이루는 숲의 울타리를 손질하고 있었어요. 저는 그 사람에게 아가씨를 못 보았느냐고 물어보았지요.

"아침에는 보았어요." 그가 대답했습니다. "나한테 개암나무 회초리를 베어 달래 가지고는 그 조랑말로 저쪽 울타리의 제일 낮은 곳을 뛰어넘어서 어디론가 달려가 버립디다."

이 이야기를 들은 제 마음이 어땠을지 짐작하실 수 있겠지요. 문득 아가씨가 틀림없이 페니스톤 절벽 쪽으로 갔으리란 생각이 들더군요.

"아가씨가 어떻게 되셨을까?" 저는 이렇게 외치고는 그 인부가 고치고 있던 울타리의 뚫린 곳을 빠져나가 곧장 큰길로 나갔어요.

저는 마치 내기라도 한 사람처럼 몇 킬로미터를 급히 걸어갔어요. 마침내 모퉁이에 이르자 워더링 하이츠가 보이더군요. 그러나 어디에도 캐시 아가씨는 보이지 않았어요.

그 절벽은 히스클리프 씨 집에서 2.5킬로미터쯤 떨어진 곳에 있었고, 그 집은 스러시크로스 저택에서 6.5킬로미터나 되기 때문에 저는 그곳에 도착하기 전에 날이 저물까 두려워 뛰기 시작했어요.

'혹시 아가씨가 그 절벽에 올라가려다 미끄러져서 죽었거나 뼈라도 부러졌으면 어떡하지?' 하는 생각이 들었어요.

정말 이만저만 불안한 게 아니었어요. 그런데 그 농가 옆을 급히 지나가다가 포인터 중에서 제일 사나운 찰리란 놈이 머리가 붓고 귀에서는 피를 흘리면서 유리창 밑에 누워 있는 것을 보자 처음에는 반가워 마음이 놓이더군요.

저는 옆문을 열고 현관문으로 뛰어가서는 문을 열어 달라고 마구 문을 두드렸지요. 저도 안면이 있는 여자가 나왔는데, 전에 기머튼에서 살던 사람이었어요. 그녀는 언쇼 서방님이 돌아가신 뒤부터 그 집 하녀로 와 있었던 것이지요.

"어머나! 작은아씨를 찾으러 오셨구나! 걱정하지 마세요. 여기서 잘 놀고 있으니까. 그런데 주인어른이 아니어서 다행이에요." 그녀가 말했어요.

"그럼 주인어른은 집에 안 계시는군요?" 제가 물었어요. 저는 급히 걸어온 데다 놀란 터라 숨이 많이 차서 헐떡거리며 말했어요.

"네, 안 계세요. 주인도 안 계시고 조지프도 나갔어요. 한 시간 남짓 있어야 돌아올걸요. 들어와서 좀 쉬었다 가시구려."

들어가 보니 저의 길 잃은 양, 캐시 아가씨가 아가씨의 엄마가 어릴 때 쓰던 난롯가의 조그만 의자에 앉아 몸을 흔들고 있더군요. 모자는 벽에 걸어 놓고 조금도 낯설지 않은지 전에 없이 쾌활한 기분으로 헤어튼과 웃으면서 종알거리고 있는 거예요. 헤어튼은 벌써 키가 크고 건장한 열여덟 살의 젊은이가 되어 있었는데, 대단한 호기심을 가지고 놀라운 듯이 아가씨를 바라보고 있었어요. 그러나 아가씨의 입에서 쏟아져 나오는 그 거침없는 여러 가지 이야기며 질문은 거의 알아듣지 못하는 것 같았어요.

"잘도 하시는군요, 아가씨." 제가 반가운 마음을 화난 얼굴로 감추고 소리를 질렀습니다. "아버님이 돌아오실 때까지 이제 말은 다 탔어요. 다시는 문 밖에도 내보내지 않겠어요. 얌전치 못한 말괄량이 아가씨 같으니!"

"어머나, 엘런!" 아가씨는 유쾌하게 외치면서 벌떡 일어서더니 제가 있는 쪽으로 뛰어왔어요. "오늘 밤엔 재미있는 이야기를 해 줄 참인데, 용케 찾아왔네. 엘런은 전에 여기 와 본 적 있어?"

"저 모자나 쓰고 어서 집으로 돌아가요. 캐시 아가씨, 아가씨 때문에 얼마나 속이 상했는지 몰라요. 정말 나쁜 짓을 한 거예요. 토라져서 울어도 소용없어요. 그런다고 아가씨를 찾느라고 온 동네를 돌아다니며 애태운 것이 갚아지지는 않을 테니까요. 아버님께서 아가씨를 내보내지 말라고 그렇게 당부를 하셨는데, 살그머니 빠져나가다니. 이제 깜찍한 새끼 여우 같은 아가씨라는 걸 알았으니 아무도 다시는 아가씨를 믿지 않을 거예요." 제가 말했어요.

"내가 어쨌다는 거야?" 하며 아가씨는 흐느껴 울더니 곧 울음을 그치고 말했어요. "아빠가 나한테는 아무 말도 하지 않으신걸. 그러니까 아빠는 야단치지 않으실 거야. 엘런, 아빠는 엘런처럼 그렇게 화내지 않으신단 말이야!"

아가씨가 모자를 벗어 버리고 제 손이 닿지 않게 굴뚝 쪽으로 달아나자 제가 말했어요.

"자, 이리 오세요! 제가 리본을 매 줄게요. 이제 우리 화내지 마요. 아이, 창피해. 열세 살이나 되었는데 이렇게 아기 짓을 하다니!"

"내버려 두세요. 귀여운 아가씨를 너무 나무라지 마세요, 딘 부인. 우리가 붙든걸요. 아가씨는 당신이 걱정할까 봐 그냥 갈 참이었어요. 그런데 헤어튼이 같이 가 주겠다기에 저도 그러면 좋겠다고 생각했지요. 언덕길은 험하니까요." 그 하녀가 말했어요.

헤어튼은 이런 말이 오가는 동안 거북해서 말도 하지 않고, 호주머니에 손을 꽂은 채 서 있기만 하더군요. 제가 나타난 것이 마땅치 않은 눈치이기도 했고요.

"얼마나 더 기다리란 말이에요?" 저는 그 여자의 참견에는 대꾸도 하지 않고 말을 계속했어요. "십 분만 있으면 어두워져요. 말은 어디다 뒀어요, 아가씨? 피닉스는 어디 있고? 빨리 서두르지 않으면 떼어 놓고 갈 테니 마음대로 하세요."

"말은 뜰 안에 있어. 피닉스도 저기 가둬 뒀고. 피닉스가 물렸어. 찰리도 물리고. 다 이야기하려고 했는데 엘런이 화를 내니까 말하지 않을 테야." 아가씨가 대답했어요.

저는 모자를 집어 다시 씌워 주려고 가까이 갔어요. 그런데 그 집 사람들이 자기를 편드는 걸 알아차리고는 아가씨가 방 안을 이리저리 뛰기 시작하는 거예요. 제가 쫓아가자 생쥐처럼 가구 위로 뛰어넘었다 밑으로 빠졌다가 뒤로 숨었다 하는 바람에 쫓아다니는 제가 우습게 돼 버렸지요.

헤어튼과 하녀가 웃으니까 아가씨도 따라 웃으면서 점점 더 건방지게 구는 것이었어요. 얼마나 화가 나던지 저는 소리를 치고 말았지요.

"이봐요, 아가씨. 이게 누구네 집이란 걸 아가씨가 안다면 더 있고 싶지 않을 거예요."

"여기 너희 아빠 집이지, 그렇잖아?" 아가씨가 헤어튼을 돌아보면서 이렇게 말했어요.

"아니야." 헤어튼이 눈길을 내리깔고 부끄러운 듯 얼굴을 붉히며 대답했어요.

아가씨의 두 눈이 자신과 꼭 닮았는데도 그는 아가씨의 눈길을 똑바로 마주 보지 못했어요.

"그럼 누구네 집이야. 주인집이야?" 아가씨가 물었어요.

헤어튼은 또 다른 감정으로 얼굴이 더욱 붉어지더니 중얼중얼 욕지거리를 하면서 외면해 버렸어요.

"저 애 주인은 누구야?" 그 귀찮은 아가씨가 저에게 계속 물었어요. "저 애는 '우리 집'이니 '우리 식구들'이라고 했어. 그래서 저 애가 이 집 주인의 아들인 줄 알았지. 그리고 저 애는 나를 아가씨라고 부르지 않았거든. 저 애가 하인이라면 그렇게 불렀을 텐데 말이야. 그렇지 않아?"

헤어튼은 철모르는 이 말을 듣자 먹구름이 몰려들듯 얼굴이 어두워졌어요. 저는 조용히 아가씨를 달래어 드디어 떠날 채비를 시키는 데 성공했지요.

"자, 내 말을 데려와야지." 아가씨가 마치 자기 집에서 어린 마부에게 명령하듯이 그 미지의 친척에게 말했어요. "그리고 나와 함께 가는 거야. 난 마귀 사냥꾼이 나온다는 늪도 보고, 네가 말한 그 요정 이야기도 듣고 싶어. 그러니 빨리 해! 뭘 하는 거야? 말을 데려오라는데."

"내가 네까짓 것의 하인이 되기 전에 네가 뒈지는 꼴을 보고 말겠어!" 그 젊은이가 덤벼들 듯이 말하더군요.

"뭘 보고 말겠다고?" 캐시 아가씨가 놀라서 물었어요.

"뒈지는 걸 말이야. 요 건방진 마귀 같은 년아!"

"그것 봐요, 캐시 아가씨! 좋은 친구를 알게 되었지요!" 하고 제가 가로막았지요. "젊은 아가씨 앞에서 그런 말을 쓰다니! 제발 저 사람과 다시는 이야기하지 마요. 자, 우리 미니를 찾아서 가요."

"그렇지만 엘런." 아가씨가 놀라 눈을 휘둥그렇게 뜨면서 외쳤어요. "어떻게 저 애가 내게 그런 말을 할 수 있지? 저 애는 내가 시킨 일을 하면 안 돼? 넌 나쁜 놈이야. 네가 말한 것을 아빠한테 일러 줄 테니 두고 봐!"

헤어튼은 그따위 위협은 아무렇지도 않다는 표정이었어요. 그 때문에 아가씨는 화가 나서 눈물을 글썽거렸지요. "당신이 말을 데려와요. 내 개도 당장 풀어놓고!" 아가씨가 하녀를 보고 소리쳤어요.

"상냥하게 말해요, 아가씨." 그 말을 들은 하녀가 대답했어요. "예의가 발라서 나쁠 건 아무것도 없어요. 그런데 말이에요, 저기 있는 헤어튼 도련님은 주인어른의 아들은 아니지만 아가씨의 사촌이라우. 그리고 나는 아가씨의 시중을 들라고 있는 사람이 아니고."

"쟤가 내 사촌이라고!" 캐시 아가씨가 비웃으면서 외쳤어요.

"그래요, 정말이에요." 아가씨를 꾸짖은 하녀가 대꾸했어요.

"아이, 엘런! 저 사람들이 저런 말 못 하게 해 줘." 아가씨가 매우 난처한 표정으로 말을 계속했어요. "아빠는 내 사촌을 데리러 런던에 가셨단 말이야. 내 사촌은 신사의 아들이야. 그 내……." 아가씨는 말을 잇지 못하고 울음을 터뜨렸어요. 그런 시골뜨기와 사촌이라는 생각만 해도 분통이 터진 거지요.

"그만, 조용히 해요! 누구나 사촌이 여럿일 수 있고 별의별 사촌도 있을 수 있는 거예요, 캐시 아가씨. 그렇다고 나쁠 건 아무것도 없어요. 그 사촌들이 싫고 나쁜 사람들이라면 상종하지 않으면 그만이죠." 제가 가만히 말했어요.

"저 애는 아냐. 내 사촌이 아니란 말이야, 엘런!" 아가씨는 생각해 보니 다시 슬퍼지는지 그 생각에서 빠져나오기라도 하려는 듯이 제 팔에 몸을 던지면서 말을 이었어요.

저는 아가씨나 그 하녀가 서로 공연한 이야기를 했다 싶어 몹시 속이 상했어요. 아가씨가 말을 해 버렸으니 린튼 서방님이 런던에서 아이를 데려온다는 사실이 분명히 히스클리프 씨에게 알려질 테고, 서방님이 돌아오시기만 하면 캐시 아가씨가 대뜸 그 하녀가 말한 버릇없는 친척에 대해서 이야기해 달라고 조를 것이 틀림없을 것 같았거든요.

헤어튼은 하인 취급을 당한 데 대한 억울한 감정도 사라지고 아가씨가 슬퍼하는 것이 마음에 걸리는 모양이었어요. 그는 말을 문 쪽으로 끌어다 놓고 아가씨를 달랠 양으로 개집에서 다리가 휜 잘생긴 테리어 새끼를 안아다가 자신이 악의로 한 말은 아니니까 조용히 하라고 이르면서 아가씨 손에 안겨 주는 것이었어요.

아가씨는 잠시 울음을 멈추고 두려움과 증오에 찬 눈초리로 힐끗 헤어튼을 살피고는 다시 울음을 터뜨렸어요.

저는 아가씨가 그 불쌍한 사촌을 싫어하는 것을 보고 아무래도 웃음을 참을 수 없었어요. 헤어튼은 체격도 좋고 힘이 센 젊은이로, 얼굴도 잘생기고 튼튼하고 건강했지만 입고 있는 옷은 밭에서 매일같이 일할 때나 벌판에서 토끼 같은 사냥감을 찾아다닐 때 입으면 알맞은 것이었지요. 그래도 그의 인상으로 보아 그가 제 아버지보다는 마음씨가 좋은 것같이 느껴졌답니다. 확실히 훌륭한 소질이 우거진 잡초 속에 묻혀 있고, 그것을 가꾸지 않고 제멋대로 내버려 두어서 잡초가 훨씬 높이 우거진 꼴이었지요. 그럼에도 다른 좋은 환경에서라면 풍성한 수확을 거둘 비옥한 토양과 같은 바탕임이 분명했지요. 제 생각에 히스클리프 씨가 그를 신체적으로 학대하지는 않았던 것 같아요. 헤어튼의 겁 없는 성격 덕분에 히스클리프 씨가 힘으로 억누를 생각은 하지 않았던 거지요. 헤어튼에게는 학대할 맛이 날 만큼 소심한 감수성이 전혀 없다고 판단을 내린 거겠지요. 그는 헤어튼을 짐승 같은 인간으로 만들겠다는 악의를 품은 모양이었어요. 헤어튼은 읽기나 쓰기를 배워 보지 못했고 주인을 성가시게 하지 않는 것이라면 어떤 나쁜 습관이라도 꾸중이라고는 들어 본 일이 없으며, 좋은 곳에는 한 발짝도 인도받아 본 일이 없고, 나쁜 일을 해서는 안 된다는 말은 한 번도 들어 본 일이 없었던 것이지요. 그리고 제가 들은 바에 의하면, 헤어튼이 오랜 가문의 종손이라 해서 조지프 영감이 소견 없이 편애하느라고 어린애 다루듯 비위를 맞추고 귀여워하기만 하는 바람에 그가 타락하는 데 조지프의 힘이 적지 않게 작용했다는 것이었어요. 그리고 조지프는 캐서린 아씨와 히스클리프가 어릴 때 그의 말대로라면 '몹쓸 짓'을 해서 서방님을 화나게 하여 어쩔 수 없이 술로 위안을 삼게 했다고 항상 그들을 비난했듯이, 이제는 헤어튼의 모든 잘못을 그의 재산을 빼앗은 히스클리프의 책임으로 돌렸던 것이지요.

헤어튼이 욕을 해도 조지프는 버릇을 고쳐 주려 하지 않았고 아무리 옳지 못한 짓을 해도 내버려 두었어요. 헤어튼이 나빠지는 것을 보는 것이 조지프로서는 분명히 유쾌한 일인 것 같았어요. 그는 헤어튼은 글렀다느니, 그의 영혼은 지옥에 떨어졌다느니 하면서도 그 책임은 히스클리프가 져야 한다고 생각했어요. 헤어튼의 타락이 히스클리프의 책임이라고 생각하니 조지프는 무척 마음이 놓이는 모양이었어요.

조지프는 헤어튼에게 그의 가문과 혈통에 대한 자부심을 불어넣고 있었어요. 워더링 하이츠의 현 주인인 히스클리프와의 사이에 증오가 생기게 할 수도 있었지만, 그의 주인에 대한 공포는 미신에 가까운 지경이라 히스클리프에 대한 감정은 중얼중얼 입 속에서만 비꼬거나 자기 혼자만의 위협으로 그치고 말았지요.

저는 당시 워더링 하이츠의 일상적 모습을 잘 안다고 할 수 없어요. 별로 가 보지 않아서 그저 소문을 듣고 이야기하는 것뿐이지요. 동네 사람들은 히스클리프 씨가 소작인들에게 인색한 데다 잔인하고 가혹한 지주였다고 말했어요. 그러나 집 안은 여자가 와서 살림을 하기 때문에 옛날과 같은 아늑한 모습을 되찾았고 힌들리 서방님이 살아 있을 때 흔히 볼 수 있었던 소동은 이제 그 집에서 다시 일어나지 않았다더군요. 그 집 주인은 너무 침울해서 좋은 사람이건 나쁜 사람이건 어떤 사람과도 친하게 지내려고 하지 않았어요. 아직도 그렇긴 합니다만.

이야기가 다른 데로 흘렀군요. 캐시 아가씨는 화해의 표시로 준 테리어 새끼를 받지 않고 자기가 데리고 온 찰리와 피닉스를 내놓으라고 했어요. 두 마리의 개는 다리를 절뚝거리며 고개를 떨어뜨리고 나타났어요. 그리고 우리는 모두 풀이 죽어서 집으로 향했지요.

아가씨는 그날 겪은 일에 대해서 입을 열려고 하지 않았어요. 다만 제가 추측한 대로 아가씨의 목적지는 페니스톤 절벽이었고, 그 농가의 대문까지는 별일 없이 갔는데, 헤어튼이 우연히 나타났고, 그가 데리고 나온 개들이 아가씨의 일행에게 덤벼들었다는 것이었지요.

개들은 주인들이 미처 떼어 놓기도 전에 한바탕 격렬하게 싸웠답니다. 그래서 서로 인사를 하게 됐다는 거지요. 캐시 아가씨가 헤어튼에게 자기 이름과 가는 곳을 댔고 길을 안내해 달라고 부탁해서 결국 그를 꾀어 가지고 동행했고요.

그는 아가씨를 안내하면서 요정 동굴에 대한 이상한 이야기며 그 밖의 여기저기 괴상한 곳에 대한 이야기를 들려주었던 모양이에요. 그렇지만 저는 아가씨의 기분을 상하게 한 탓에 아가씨가 본 여러 가지 재미있는 것에 대한 이야기는 듣지 못했지요.

그런데 아가씨의 이야기를 종합해 보면, 아가씨가 헤어튼을 하인 취급해서 그의 감정을 상하게 하고, 히스클리프의 가정부가 헤어튼이 아가씨의 사촌이라고 해서 아가씨가 언짢아지기 전까지는 안내자인 헤어튼이 마음에 들었던 모양이에요.

그래서 헤어튼이 퍼부은 욕지거리가 아가씨를 섭섭하게 했던 거지요. 아가씨는 집에서 누구한테서나 '사랑'이니, '귀염둥이'니, '여왕'이니, '천사'니 하는 소리만 듣다가 낯선 사람한테 그런 말을 들었으니 심한 모욕을 당한 셈이지요! 아가씨는 이해하지 못했지만, 아버지에게 이르지 않겠다는 약속을 받느라고 저는 무척 애를 썼답니다.

저는 린튼 서방님께서 워더링 하이츠 사람들을 얼마나 싫어하시며 아가씨가 거기에 갔다는 걸 알면 얼마나 섭섭해하실지 설명해 드렸지요. 그러나 제가 무엇보다 강조한 것은, 만약 서방님께서 제가 그분의 분부를 소홀히 했다는 것을 아가씨가 말씀드려 아시게 되는 날에는 아마 굉장히 화를 내실 테고 저는 이곳을 떠나야 할 거라는 점이었어요. 캐시 아가씨에게 제가 나간다는 것은 생각만 해도 견딜 수 없는 노릇이었겠지요. 그리하여 아가씨는 굳게 약속했고, 저를 위해서 그 약속을 지켜 주었답니다. 어쨌든 귀여운 아가씨였지요.

19장

검은색으로 테를 두른 편지로 서방님이 돌아오실 날짜를 알게 되었지요. 이사벨라 아가씨가 돌아가셨던 거예요. 따님에게 상복을 입히고, 어린 조카를 데리고 올 테니 방을 마련하고 그 밖의 준비를 해 놓으라고 당부하셨더군요.

캐시 아가씨는 아버지를 맞이할 생각으로 기뻐서 어쩔 줄을 몰랐어요. 그리고 '진짜' 사촌에게는 이루 헤아릴 수 없는 훌륭한 점이 있으리라는 희망에 잔뜩 부풀어 있었지요.

아버지가 사촌을 데리고 온다고 한 날 저녁때가 되었어요. 이른 아침부터 아가씨는 자신의 자질구레한 일들을 이래라저래라 명령하기에 바빴어요. 그러고 나서 새로 지은 검은색 옷을 입고, 가엾게도 고모가 돌아가셨다는데 별로 슬픈 빛은 보이지 않고 정원 밖으로 마중을 나가야 한다고 사뭇 귀찮게 저를 졸랐어요.

"린튼은 나보다 꼭 여섯 달 늦게 태어났대." 아가씨가 나무 그늘 밑 이끼 끼고 울퉁불퉁한 잔디밭을 저와 함께 한가로이 걸어가면서 말했어요. "그 애와 함께 놀면 얼마나 재미있을까! 이사벨라 고모가 아빠한테 그 애의 고운 머리카락을 한 줌 보냈거든. 그런데 내 머리보다도 더 연한 빛깔이었어. 담황색에 더 가깝고 내 것처럼 부드러울 거야. 조그만 유리 상자 속에 소중히 넣어 두었지. 그 머리 임자를 만날 수 있으면 얼마나 좋을까 하고 여러 번 생각했어. 아이, 좋아라! 우리 아빠가 오시나 봐! 빨리 와, 엘런, 우리 뛰어가! 뛰어가자니까."

아가씨는 내가 서두르지 않는 걸음걸이로 대문에 이를 때까지 몇 번이나 뛰어갔다 돌아오기를 반복하다가 길가 언덕의 풀밭에 앉아서 침착하게 기다려 보려고도 했지요. 그러나 어림없는 일로, 단 일 분도 가만히 있지 못했어요.

"왜 이렇게 늦는담!" 아가씨가 소리쳤어요. "앗, 저 길 위에 먼지가 나는 것 봐. 오시는 거야! 아니네! 언제 올 거지? 우리 조금만 더 가 볼 수 없을까? 1킬로미터만, 엘런, 꼭 1킬로미터만 말이야! 간다고 대답 좀 해. 저 모퉁이 떡갈나무 숲 있는 데까지만 말이야!"

저는 냉정히 거절했어요. 그리고 결국 아가씨의 조바심도 끝이 났지요. 역마차가 굴러오는 것이 보였거든요.

캐시 아가씨는 창으로 내다보는 아버지의 얼굴이 보이자마자 소리를 지르면서 두 팔을 내밀었어요. 아버지도 딸 못지않게 정신없이 마차에서 내렸지요. 그리고 한참이나 그들은 옆에 다른 사람이 있다는 생각을 할 겨를이 없었답니다.

두 분이 얼싸안고 있는 동안 저는 린튼이 어떻게 하고 있나 싶어 안을 들여다보았어요. 그는 마치 겨울이나 만난 것처럼 따뜻한 털로 안을 댄 외투를 걸치고 한쪽 구석에 잠들어 있었어요. 얼굴이 희고 가냘픈 것이 여자같이 생긴 소년이었는데, 서방님의 동생이라고 해도 곧이들을 만큼 서방님과 무척 닮았더군요. 그러나 에드거 린튼 서방님에게서는 볼 수 없었던 병약하고 까다로운 데가 있어 보였어요.

서방님이 안을 들여다보고 있는 저에게 악수를 청하면서 여행으로 피곤할 테니 그대로 놓아두고 문을 닫으라고 말씀하셨어요.

캐시 아가씨도 한번 들여다보고 싶은 모양이었어요. 그러나 서방님이 어서 오라고 부르셔서 서방님과 함께 정원을 걸어 올라갔지요. 그사이 저는 하인들에게 미리 알리기 위해서 빨리 앞서 갔어요.

"얘, 캐시." 린튼 서방님이 현관 앞 계단 밑에서 걸음을 멈추고 따님에게 말씀하셨어요. "네 사촌 동생은 말이다, 너처럼 건강하지 않고 명랑하지도 못해. 엄마가 죽은 지 얼마 되지 않았다는 건 너도 알지? 그러니까 당장 함께 뛰어다니며 놀 생각은 하지 마라. 귀찮게 너무 떠들지도 말고. 적어도 오늘 밤만은 가만 놓아둬야 해. 알았지?"

"응, 알았어, 아빠. 하지만 한번 보면 좋겠어. 그 애는 아직 한 번도 바깥을 내다보지 않은걸." 하고 캐서린 아가씨가 대답했어요.

마차가 서고, 잠자던 도련님이 깨어나서 외삼촌에게 안겨 내렸어요.

"얘가 네 사촌 캐시야, 린튼." 서방님이 두 아이의 손을 쥐여 주면서 말했어요. "캐시는 벌써 너를 좋아해. 그러니까 너도 오늘 밤에는 울어서 누나를 걱정시켜서는 안 돼. 자, 이제 기운을 좀 내야지. 여행도 끝났으니 네가 할 일이라고는 편히 쉬고 네 맘대로 재미있게 노는 일뿐이란다."

"그럼 난 잘래." 소년은 아가씨가 인사하는 것도 제대로 받지 않고 말했어요. 그리고 손가락을 눈에 갖다 대고는 솟아 나오는 눈물을 닦는 것이었어요.

"자, 이리 와요, 착한 도련님." 제가 조그만 목소리로 달래면서 안으로 데리고 들어갔어요. "도련님이 울면 아가씨도 울어요. 저 봐요! 아가씨가 도련님 때문에 걱정하잖아요!"

아가씨가 도련님 때문에 걱정을 했는지 어쨌는지는 모르지만, 어쨌든 아가씨도 도련님과 똑같이 슬픈 얼굴을 하고는 서방님한테 돌아갔어요. 세 사람은 함께 집 안으로 들어가서 차 마실 준비를 해 놓은 서재로 올라갔어요.

저는 린튼 도련님의 모자와 외투를 벗겨 주고 탁자 옆에 있는 의자에 앉혔지요. 그런데 도련님은 앉자마자 다시 울기 시작했어요. 서방님이 왜 그러느냐고 물으셨어요.

"난 의자에는 못 앉아." 도련님은 흐느껴 울었어요.

"그럼 소파에 앉으렴. 엘런이 차를 갖다줄 테니." 린튼 도련님의 외삼촌이 참을성 있게 대답했어요.

서방님은 이 까다롭고 병약한 조카를 데려오느라고 여행

중에도 틀림없이 무척 애먹었으리라고 저는 생각했어요.

도련님은 천천히 몸을 끌듯이 의자에서 내려 소파에 드러누웠어요. 캐시 아가씨가 발받침과 자기 찻잔을 그의 옆으로 가지고 갔어요.

아가씨는 처음에는 잠자코 앉아 있었지만 오래가지는 못했어요. 아가씨는 바라던 대로 사촌 동생을 자신의 귀염둥이로 삼을 작정이었지요. 아가씨는 그의 머리카락을 매만지기도 하고 볼에 입을 맞추며 갓난아기 다루듯이 자기 받침 접시에 차를 따라서 먹이려 들었어요. 도련님은 갓난아기나 별반 다를 바가 없었기 때문에 그런 짓이 즐거웠나 봐요. 도련님이 눈물을 닦고 어렴풋이 웃는 것이었어요.

"저런, 저만하면 됐어." 서방님이 잠시 그들을 지켜보고 나서 제게 말씀하셨어요. "잘됐어. 우리하고만 있게 된다면 말이야, 엘런. 제 또래의 어린애와 놀면 곧 기운이 날 테니까. 그리고 때가 되면 튼튼해질 거야."

'우리가 데리고 있기만 하면야 그렇게 되겠죠!' 저는 속으로 생각했어요. 그리고 그렇게 되리라는 희망은 거의 없다는 염려를 씻을 수 없었지요. 그러자 도대체 저런 약골이 어떻게 워더링 하이츠 같은 데서 그의 아버지와 헤어튼 틈에 끼어 살 수 있을까 하는 생각이 들었어요. 그 사람들이 어떻게 친구가 되고 선생이 되랴 싶었던 것이지요.

우리의 의심은 제가 예상했던 것보다 빨리 결말이 났답니다. 저는 차를 마신 뒤 바로 두 아이를 위층으로 데려갔고, 린튼 도련님이 잠드는 것을 보았지요. 도련님이 잠들 때까지 곁을 떠나지 못하게 했으니까요. 그러고는 내려와서 거실 탁자 옆에 서서 서방님 침실에 놓을 촛불을 켜고 있는데, 하녀 하나가 부엌에서 나오더니 히스클리프 씨네 하인 조지프가 문간에 와서 서방님께 말씀드릴 게 있단다고 알려 주었어요.

"무슨 일로 왔는지 내가 먼저 알아보지." 제가 조금 떨리는 마음으로 말했어요. "남의 집을 찾아오기에는 시간이 너무 늦지 않아? 그리고 서방님은 먼 여행에서 막 돌아오신 참인데 말이야. 서방님이 만나시지 않을 것 같은데."

제가 이런 말을 하고 있는데 조지프가 부엌을 지나서 어느새 거실로 들어서고 있었어요. 그는 주일에 입는 나들이옷을 입고 몹시 경건하고 엄숙한 체하는 얼굴로, 한 손에는 모자를 들고 다른 손에는 지팡이를 들고 매트 위에 서서 신발을 닦으려는 참이었어요.

"안녕하시오, 조지프 영감. 이 밤에 무슨 일로 오셨수?" 제가 냉랭하게 말했어요.

"린튼 서방님께 드릴 말씀이 있어서." 그는 저 같은 건 저리 비키라는 듯이 멸시하는 투로 손을 흔들며 대답했어요.

"서방님은 지금 잠자리에 드실 시간인데 특별히 말씀드려야 할 일이 아니면 오늘 밤엔 들으려고 하지 않으실 거요." 제가 말을 이었어요. "나한테 볼일을 이야기해 두는 게 좋을 텐데."

"주인 양반 방은 어디요?" 영감은 캐물으면서 쭉 늘어선 닫힌 문들을 훑어보았어요.

저는 제가 중간에 서는 것을 그가 거부할 기세임을 알아차렸지요. 몹시 마땅치 않았지만 서재로 올라가서 때아닌 손님이 왔다는 것을 알려 드리고, 내일 다시 오게 하는 게 좋겠다고 말씀드렸어요.

서방님께서 저더러 그렇게 하라고 이르실 겨를도 없었어요. 조지프가 바로 제 뒤를 따라 올라왔기 때문이죠. 영감은 방 안으로 들이와서는 두 주먹을 지팡이 손잡이에 포갠 채 탁자 저쪽 끝에 버티고 서서 반대할 것을 예상하고 왔다는 듯이 높은 소리로 이야기를 꺼냈어요.

"히스클리프 씨가 아드님을 데려오라고 보내서 왔습니다. 그러니 저는 도련님을 두고는 돌아가지 못합지요."

서방님은 잠시 말이 없으셨어요. 몹시 슬픈 표정이 얼굴을 덮었지요. 서방님 스스로도 그 아이를 불쌍히 여기셨는데 죽은 이사벨라의 소망과 근심, 자식에 대한 애절한 바람 그리고 잘 보살펴 달라고 자기에게 부탁한 일들을 생각하니 그 애를 넘겨준다는 것이 너무 가슴 아프고, 어떻게 피할 수 없을까 궁리하는 표정이었어요. 묘안이 떠오르지 않았어요. 그를 데리고 있겠다는 생각을 겉으로 드러내 보이기만 해도 저쪽에서는 더욱 강경하게 나올 테니 아이를 내줄밖에 다른 도리가 없었지요. 그러나 서방님은 지금 자고 있는 아이를 깨울 생각은 없었어요.

"아들은 내일 워더링 하이츠로 데려가겠다고 히스클리프 씨에게 전해 주게." 서방님이 조용히 대답하셨어요. "그 애는 지금 너무 피곤해서 자고 있으니 아무 데도 갈 수 없단 말이야. 애 엄마가 나에게 그 애를 데리고 있어 달라고 부탁했다는 것과 지금 그 애의 건강 상태가 매우 위험하다는 것도 아울러 이야기해 줘."

"안 될 말씀입니다!" 조지프가 지팡이로 바닥을 탕 치고는 당당한 태도로 말했어요. "안 되지요! 그까짓 건 아무것도 아닙니다. 주인 양반은 아이 엄마나 당신은 대수롭게 여기지 않아요. 당신의 아들을 찾는다 이거요. 그러니 나는 꼭 데리고 가야겠수다. 이만하면 아시겠지요!"

"오늘 밤에는 못 데려가네!" 서방님도 단호하게 대답하셨어요. "당장 내려가. 그리고 주인에게 내가 말한 대로 전하기나 해. 엘런, 이 영감을 데리고 내려가, 가란 말이야."

서방님은 잔뜩 성이 난 영감의 팔을 잡아서 방 밖으로 쫓아내고는 문을 닫아 버렸어요.

"좋소!" 조지프가 천천히 물러나면서 소리 질렀어요. "내일은 주인 양반이 직접 오실 테니, 그 양반도 내쫓으려면 내쫓아 보라지!"

20장

히스클리프가 직접 온다는 위협이 현실이 된다면 곤란하기 때문에 그것을 미리 막기 위해서 린튼 서방님은 제게 다음 날 아침 일찍 도련님을 캐시 아가씨의 조랑말에 태워 데려다주고 오라고 이르시고는 말씀하셨어요.

“이제 우리로선 그 애의 운명이 좋건 나쁘건 어쩔 수 없을 테니 캐시에게는 그 애가 어디로 갔다는 얘기는 일절 하지 말아야 해. 어차피 그 애하고는 어울릴 수 없을 테니. 그리고 그 애가 가까운 곳에 있다는 것도 모르고 지내는 게 좋을 거야. 그렇지 않으면 캐시가 마음을 잡지 못하고 워더링 하이츠에 가고 싶어 할 테니까. 그저 그 애의 아버지가 갑자기 데리러 보내서 어쩔 수 없이 떠났다고만 말해 줘.”

린튼 도련님은 새벽 5시에 일어나는 것이 몹시 싫은 데다 다시 여행 준비를 해야 한다는 말을 듣자 화들짝 놀랐어요. 그러나 아빠인 히스클리프 씨와 함께 지내게 되며, 아빠가 보고 싶어 하고, 여독이 풀릴 때까지 기다릴 수 없다고 하니 어쩔 수 없다는 말로 달랬지요.

"우리 아빠라고?" 이상하게도 도련님이 당황하면서 외쳤습니다. "엄마는 한 번도 아빠가 있다는 말을 한 적이 없는데. 아빠는 어디 살아? 난 외삼촌과 살고 싶은데."

"아버님은 이 댁에서 별로 멀지 않은 곳에 사세요." 제가 대답했습니다. "저 언덕 너머인데요, 그다지 멀지 않으니까 도련님이 건강해지시면 걸어서 넘어올 수도 있어요. 아버님을 만나니 좋으시겠네요. 어머님을 좋아한 것처럼 아버님도 좋아해야 돼요. 그러면 아버님도 도련님을 사랑해 주실 테니까."

"그런데 왜 나는 지금까지 아빠 이야기를 듣지 못했을까? 그리고 왜 엄마와 아빠는 다른 사람들처럼 함께 살지 않았을까?"

"아버님은 북쪽에 할 일이 있었기 때문이에요. 그리고 어머님은 건강 때문에 남쪽에서 사셔야 했고요."

"그런데 왜 엄마는 나한테 아빠 이야기를 안 하셨지?" 도련님이 끈질기게 캐물었어요. "삼촌 이야기는 가끔 하셨거든. 그러니까 나도 전부터 삼촌을 좋아하게 된 거야. 그런데 어떻게 아빠가 좋아질 수 있을까? 난 아빠를 모르는데."

"아, 아이들은 누구나 부모를 좋아해요. 어머님은 아마 도련님에게 아버님 이야기를 하면 도련님이 아버님과 함께 있고 싶어 할 거라고 생각하셨나 보죠. 자, 빨리요. 이렇게 날씨 좋은 날 아침에 일찍 말을 타는 것이 한 시간 더 자는 것보다 훨씬 좋아요."

"그 애도 우리랑 함께 가는 거야? 어제 만난 여자애 말이야." 도련님이 물었어요.

"오늘은 함께 안 가요." 제가 대답했어요.

"외삼촌은?" 도련님이 다시 물었어요.

"안 가세요. 내가 거기까지 같이 갈 거예요."

린튼 도련님은 베개 위에 도로 드러눕더니 멍하니 생각에 잠겼어요.

"외삼촌이 안 가면 나도 안 갈래. 나를 어디로 데려가는지도 모르는데." 도련님이 마침내 소리쳤어요.

저는 아버지를 만나러 가는 것이 싫다니 버릇없는 짓이라고 타일러 보았어요. 그래도 도련님이 옷을 갈아입는 것조차 막무가내로 거부하는 통에 저는 그를 달래어 자리에서 일어나게 하는 데 서방님의 도움을 청하지 않을 수 없었지요.

곧 돌아온다느니, 외삼촌과 캐시가 찾아갈 것이라느니 하는 몇 가지 허황된 다짐을 받고 나서야 그 불쌍한 도련님은 마침내 자리에서 일어났지요. 워더링 하이츠로 가면서도 저는 그와 비슷한 믿을 수 없는 몇 가지 약속을 되풀이하여 꾸며댔어요.

히스 향기가 풍기는 맑은 공기에 밝은 햇빛 그리고 뚜벅뚜벅 순하게 걸어가는 조랑말의 발걸음 같은 것들 때문에 잠시 후 도련님의 침울했던 기분도 풀어졌답니다. 도련님은 그의 새 집이며, 거기에 사는 사람들에 관한 이야기를 그때까지보다 훨씬 더 흥미를 가지고 활발하게 묻기 시작했어요.

"워더링 하이츠도 스러시크로스 저택처럼 좋은 곳이야?" 도련님이 골짜기 쪽을 마지막으로 한 번 더 바라보면서 물었습니다. 골짜기에서는 엷은 안개가 피어올라 푸른 하늘가에 양털 같은 흰 구름이 되어 퍼지고 있었지요.

"그곳은 나무가 그렇게 울창하지 않아요. 그리고 그렇게 크지도 않지만 사방으로 아름다운 시골 경치를 볼 수 있지요. 그리고 공기는 도련님 몸에 더욱 좋을 거예요. 훨씬 신선하고 건조하니까요. 어쩌면 처음에는 집이 낡고 어둡다고 생각하실지 몰라요. 하지만 훌륭한 집이고 이 근방에서는 둘째가는 집이랍니다. 벌판을 거닐면 얼마나 즐겁다고요! 헤어튼 언쇼 도련님(캐시 아가씨의 외사촌이니까 도련님하고도 사촌이 되는 사이지요.)이 아주 좋은 곳들을 안내해 줄 거예요. 날씨가 좋을 때면 책을 가지고 나가서 푸른 골짜기를 서재 삼아 공부할 수도 있을 테고요. 그리고 가끔 도련님의 외삼촌이 도련님과 함께 산책도 하실 거예요. 그분은 저 언덕 위로 자주 산책을 나가시니까요."

"그런데 우리 아빠는 어떻게 생긴 분이야? 아빠도 외삼촌처럼 젊고 잘생겼어?" 도련님이 물었어요.

"아버님도 젊으시지요." 제가 대답했어요. "그렇지만 머리와 눈이 검고 더 엄해 보이세요. 키와 몸집도 더 크시답니다. 본래 성격이 그런 분이기 때문에 아마 처음에는 외삼촌처럼 인자하고 친절해 보이지 않을지도 몰라요. 그렇지만 아버님께는 솔직하고 다정하게 대해야 해요. 그러면 자연히 외삼촌보다 더 도련님을 사랑해 주실 거예요. 도련님은 그분의 아드님이니까요."

"머리와 눈이 검은 빛깔이야?" 린튼 도련님은 생각에 잠겼어요. "짐작이 가지 않는데. 그럼 난 아빠와 닮지 않았어?"

"별로 닮지는 않았지요." 제가 대답했어요. 저는 섭섭한 마음으로 도련님의 창백한 안색이며 가냘픈 몸매 그리고 생각에 잠긴 듯한 커다란 눈을 살피면서 속으로는 조금도 닮지 않았다고 생각했지요. 그 눈은 병적인 감수성으로 잠깐 빛날 때가 아니면 어머니의 불꽃같은 기운은 티끌만큼도 없다는 점을 제외하고는 어머니의 눈 그대로였답니다.

"아빠가 한 번도 엄마와 나를 보러 오지 않았다는 게 참 이상해! 아빠는 나를 본 적이 있을까? 보셨다면 틀림없이 내가 갓난아기 때였을 거야. 아빠에 대해선 아무것도 생각나지 않는걸!" 도련님이 중얼거렸습니다.

"이봐요, 린튼 도련님. 480킬로미터란 아주 먼 거리예요. 그리고 십 년이란 세월은 어른들에게는 도련님이 생각하는 것과 길이가 아주 다른 법이지요. 아버님께서는 아마 여름이 되면 가 보려니 생각하시다가 마땅한 기회가 없어 못 가셨나 보죠. 그러다 너무 늦은 거겠죠. 그러니 그런 걸 아버님에게 귀찮게 묻지 마요. 아버님을 성가시게 할 뿐 아무 소용도 없으니까요." 제가 말했습니다.

그 뒤로는 우리가 워더링 하이츠의 농가 대문 앞에 가서 멈출 때까지 도련님은 혼자 골똘히 생각에 잠겨 있었어요. 저는 도련님이 어떤 인상을 받는지 표정을 지켜보고 있었어요. 도련님은 조각을 해 놓은 현관이며 낮게 달려 음침해 보이는 창이며 제멋대로 자란 까치밥나무 숲이며 구부러진 전나무들을 엄숙한 표정으로 열심히 살펴보고는 고개를 내저었어요. 새로 살게 된 그 집의 바깥 모양새가 속으로는 영 마땅치 않았던 것이지요. 그러나 당장 불평하지 않을 만큼 분별 있는 아이였어요. 안에 들어가 보면 그렇지 않을 수도 있을 테니까요.

도련님이 말에서 내리기 전에 제가 먼저 가서 문을 열었어요. 6시 30분이었는데도 식구들은 막 아침을 먹고 난 참이었어요. 하녀가 식탁을 치우는 중이었지요. 조지프는 주인의 의자 옆에 서서 절름발이 말에 대해 이야기하고, 헤어튼은 건초밭에 나갈 준비를 하고 있었어요.

"어서 와요, 넬리!" 히스클리프 씨가 저를 보자 소리쳤어요. "난 내가 직접 내려가서 물건을 찾아와야 되나 보다 했는데 넬리가 데려온 거요? 어디 쓸 만한가 좀 봅시다!"

히스클리프 씨는 일어서서 문 쪽으로 성큼성큼 걸어왔어요. 헤어튼과 조지프가 호기심에 멍청히 입을 벌리고 따라왔지요. 불쌍한 린튼 도련님은 놀란 눈으로 세 사람의 얼굴을 번갈아 쳐다보았어요.

"이런!" 조지프가 얼굴을 찌푸리면서 살펴보고는 말했어요. "그 양반이 아기를 바꿔치기했습니다요, 서방님, 이 아이는 그 양반의 따님 같은뎁쇼!"

히스클리프 씨는 자기 아들을 뚫어지게 바라봐서 도련님이 당황해 학질이라도 걸린 듯 덜덜 떨게 해 놓고는 멸시가 담긴 웃음소리를 냈어요.

"이것 참! 예쁜 아이로군. 참 예쁘고 귀엽기도 하지! 넬리, 저 애를 달팽이와 쉬어 빠진 우유로 기른 것 아냐? 에이, 빌어먹을! 생각했던 것보다 더 못쓰겠군. 하기야 처음부터 기대를 걸진 않았지만!" 그가 큰 소리로 말했어요.

저는 빌빌 떨며 이쩔 줄 몰라 하는 도련님에게 말에서 내려 안으로 들어가라고 일렀어요. 도련님은 자기 아버지가 한 말의 뜻을 제대로 알아듣지도 못했고, 자기를 두고 한 말인지도 잘 몰랐지요. 사실 도련님은 사람을 멸시하는 그 낯설고 험상궂은 사람이 자기 아버지라는 것도 확실히 몰랐답니다. 그래서 더욱더 무서워하며 제게 달라붙었지요. 히스클리프 씨가 자리에 앉으면서 도련님에게 "이리 온." 하고 말하자 도련님은 그만 얼굴을 제 어깨에 파묻고 울었어요.

"쯧쯧!" 히스클리프 씨는 혀를 차더니 한 손을 뻗어 함부로 도련님을 자기 무릎 사이로 끌어당겨서는 턱을 잡고 고개를 쳐들었어요. "바보같이 울긴 왜 울어! 아무도 너를 해치려는 게 아냐, 린튼. 네 이름이 린튼이랬지? 너는 그야말로 네 어미의 자식이로구나! 어느 구석에 나를 닮은 데가 있단 말이냐, 이 울보야?"

히스클리프 씨는 도련님의 모자를 벗겨 숱 많은 담황색 곱슬머리를 뒤로 넘기고, 가는 팔과 조그만 손가락 등을 만져 보았어요. 그러는 동안에 도련님도 울음을 그치고 그 커다란 파란 눈을 들어 아버지를 훑어보았어요.

"너 나를 알아보겠니?" 히스클리프 씨는 도련님의 사지가 모두 약하다는 것을 확인하고 나서 물었어요.

"몰라요!" 린튼 도련님이 멍하니 두려운 눈초리로 쳐다보면서 말했어요.

"그럼 내 이야기는 들은 적이 있겠지?"

"못 들었어요." 도련님이 대답했어요.

"못 들어? 아비에 대한 자식으로서의 정을 깨우쳐 준 일이 없다니 네 어미는 참 몹쓸 사람이구나! 그렇다고 하니 말하는데 너는 내 아들이다. 그리고 네게 이런 아비가 있다는 걸 네가 모르게 내버려 둔 네 어미야말로 나쁜 년이지. 자, 그렇게 겁내지 말고 얼굴을 붉히지도 마. 얼굴이 붉어지는 걸 보면 너도 피가 희지는 않은 모양이니 마음이 놓이는구나. 훌륭한 사람이 돼야 해. 그러면 나도 네게 잘할 테니까. 넬리, 피곤하거든 좀 앉아 쉬지그래. 그렇지 않으면 돌아가고. 당신은 듣고 본 대로 그 집의 바보 같은 친구에게 보고하겠지. 이 녀석은 당신이 옆에서 서성거리는 동안에는 안정이 되지 않겠어."

"그럼 도련님에게 친절히 대해 주기 바랍니다, 히스클리프 씨. 그러지 않으면 오래 데리고 있지 못할 테니까요. 그리고 도련님은 이 넓고 넓은 세상에서 당신에게는 유일한 혈육이잖아요. 알겠지요?" 제가 말했어요.

"아주 친절히 대하고말고. 염려 마!" 그가 껄껄 웃으면서 말했습니다. "단 다른 누구도 이 애에게 친절히 대해서는 안 돼. 난 이 아이의 애정을 독점할 작정이니까. 내 친절을 보여 주지. 조지프! 이 아이에게 아침을 좀 갖다줘. 헤어튼, 이 망할 녀석아, 넌 나가서 일이나 해. 참, 넬리!" 그들이 나가자 그가 말을 이었어요. "내 아들은 장차 당신이 사는 곳의 주인이 될 텐데,

이 아이가 후계자라는 확신이 설 때까지는 죽게 하고 싶지 않단 말이야. 더욱이 이 애는 내 자식이니까 내 후손이 당당하게 그 집 재산의 주인 노릇을 하고, 내 아들이 그 집 애들에게 품삯을 주어 그들 조상의 땅을 갈게 하는 것을 보는 쾌감을 맛보고 싶단 말이야. 내가 이런 녀석을 참고 받아들이는 것도 오직 그런 생각이 있기 때문이지. 난 이 녀석 자체도 싫지만 이 녀석이 기억을 되살려 주기 때문에 더 싫어. 그러나 아까 말한 것 같은 요량이 있으니까 문제없어. 저 녀석은 나한테 맡겨도 아무 탈 없을 거야. 당신네 주인이 제 자식 보살피는 것 못지않게 나도 이 애에게 잘해 줄 테니까. 저 녀석한테 주려고 위층에 방을 잘 꾸며 놓았지. 저 녀석이 배우고 싶은 것을 가르쳐 줄 가정 교사도 32킬로미터나 떨어진 곳에서 한 주에 세 번씩 오도록 약속해 두었고. 헤어튼에게도 저 애의 말에 순종하라고 일러 놓았어. 사실 나는 저 녀석이 주위 사람들과는 달리 저 자신의 우수한 점과 신사적인 면을 유지할 수 있도록 만반의 준비를 갖춰 놓았지. 그런데 애쓴 보람이 거의 없게 생겼으니 몹시 섭섭하군. 내가 이 세상에서 바라는 복이 있다면 그건 저 녀석이 자랑할 만한 자식이 되는 것뿐이었는데, 저렇게 허여멀건 얼굴에 울보라니 몹시 실망이야!"

히스클리프 씨가 이런 이야기를 하는 동안에 조지프가 우유죽 한 그릇을 가져와서 도련님 앞에 놓았어요. 도련님은 마땅치 않은 얼굴로 그 변변치 않은 죽을 휘휘 젓더니 이런 건 먹을 수 없다고 했어요.

히스클리프 씨가 하인들에게 도련님을 존경하라는 태도를

분명히 보였기 때문에 그 늙은 하인도 어쩔 수 없이 마음속에 감추기는 했지만 주인처럼 제법 도련님을 멸시하는 눈치가 엿보였답니다.

"먹을 수가 없다고?" 조지프가 도련님의 얼굴을 들여다보면서 남이 들을까 봐 목소리를 낮춰 작은 소리로 물었어요. "헤어튼 도련님도 어릴 때 이것밖에 먹은 게 없어. 헤어튼 도련님이 먹을 만한 것이면 도련님도 먹을 수 있을 것 같은데!"

"난 안 먹어!" 린튼 도련님이 퉁명스럽게 말했어요. "도로 가져가."

조지프는 부아가 나서 죽 그릇을 냉큼 집어 들고 우리 쪽으로 가져왔어요.

"그래, 이 음식이 뭐가 잘못됐습니까요?" 조지프가 쟁반을 히스클리프 씨의 코밑에 들이대면서 물었습니다.

"잘못되긴 뭐가 잘못됐단 말이야?" 히스클리프 씨가 말했어요.

"원 참! 서방님의 까다로운 아드님께서 이런 것은 못 잡수시겠다는뎁쇼. 한데 그도 그럴 법하군요. 도련님의 어머님이 꼭 그랬거든요. 그 아씬 우리같이 더러운 것들이 심은 밀로 만든 빵은 드시지 않았으니까요."

"저 애 어미에 대해서는 내게 이야기하지 마." 주인이 화를 내며 말했습니다. "애가 먹을 수 있는 걸로 갖다주면 되잖아. 저 애가 여느 때 뭘 먹었지, 넬리?"

저는 데운 우유나 차가 좋을 거라고 일러 주었어요. 그러자 히스클리프 씨가 가정부에게 그런 걸 좀 만들어 오라고 하더군요.

'옳지, 아버지의 욕심이 아들을 편안하게 해 줄 수 있겠구나.' 저는 혼자 생각했어요. 히스클리프 씨는 아들의 몸이 약하니 그에 알맞게 다루어야 한다는 것을 알아차린 모양이었지요. 저는 히스클리프 씨의 기분이 그렇게 돌아가더라는 것을 말씀드려 서방님을 안심시켜야겠다고 생각했어요.

더 머뭇거릴 것도 없어 저는 도련님이 순하게 생긴 셰퍼드 한 마리가 가까이 오는 것을 겁내며 쫓고 있는 사이에 살짝 빠져나왔지요. 그런데 도련님은 그런 일을 모를 만큼 방심하지 않았어요. 제가 문을 닫자 우는 소리가 나면서 도련님이 미친 듯이 이렇게 되풀이해 외쳤어요.

"나를 두고 가지 마! 난 여기 있지 않을 테야! 여기엔 있지 않겠어!"

그때 빗장을 올렸다가 다시 내리는 소리가 났어요. 그들이 도련님을 못 나오게 했던 것이지요. 저는 미니에 올라타고 급히 몰았답니다. 이렇게 해서 잠시간의 제 보호는 끝이 났지요.

21장

그날 우리는 캐시 아가씨 때문에 슬픈 고역을 치렀답니다. 아가씨는 아침에 사촌과 함께 놀고 싶다는 생각을 하며 아주 기분 좋게 일어났지요. 그런데 그가 떠났다는 말을 듣고 어찌나 많이 울고 슬퍼하는지 에드거 서방님이 나서서 린튼은 곧 돌아온다고 하시며 아가씨를 달래지 않을 수 없었어요. 그러나 "데려올 수 있으면."이라는 단서를 붙였어요. 그럴 희망은 조금도 없었지요.

이 약속으로 아가씨는 겨우 진정되었고, 시간은 더욱 큰 힘이 되었답니다. 그래도 가끔 아가씨가 린튼은 언제 돌아오느냐고 묻는 일이 있기는 했지만 그를 다시 만나 보기 전에 그의 얼굴에 대한 기억이 차츰 희미해져서 만나도 알아볼 수 없을 정도가 되었지요.

저는 기머튼에 볼일이 있어 가는 길에 워더링 하이츠의 가정부를 우연히 만날 때면 늘 그 어린 도련님의 안부를 물어보았어요. 도련님도 캐시 아가씨와 마찬가지로 집 안에만 갇혀 살다시피 해서 통 만날 수 없었거든요. 도련님은 여전히 약골이고 귀찮은 식구라는 것을 그 가정부의 이야기로 알 수 있었지요. 그녀의 말로는 히스클리프 씨는 내색하지 않으려고 하지만 날이 갈수록 도련님을 더욱 싫어하는 듯하다는 것이었어요. 히스클리프 씨는 도련님의 목소리만 들려도 질색하고 한 방에서 몇 분 동안 함께 앉아 있는 것조차 영 견디지 못한다는 얘기였어요.

둘 사이에는 거의 말이 없다고 했어요. 도련님은 공부를 하거나 밤에 응접실이라고 부르는 조그만 방에서 지내지 않으면 온종일 침대에서 잠을 잔다는 것이었어요. 도련님은 늘 기침을 하는데 감기가 들거나 어디가 아프거나 아니면 무슨 병을 앓기 때문이라는 것이었어요.

"그런데 그렇게 마음이 약한 아이는 처음 보았어요. 누가 그렇게 제 몸을 위합니까? 저녁에 어쩌다 조금만 늦게까지 창문을 닫지 않으면 잔소리가 나오는 거예요. '아이! 밤바람을 쐬면 추워 죽겠어!' 하고 말이에요. 한여름에도 불을 피우지 않으면 안 되지요. 조지프가 담뱃대로 담배를 피우면 독하다고 잔소리고요. 단것이나 맛있는 것을 입에 달고 살아야 하고, 밤낮 '우유, 우유.' 하고 우유만 찾는답니다. 우리가 겨울에 추워서 얼마나 고생하는지는 아랑곳하지 않지요. 자기는 털외투로 몸을 감싸고 난롯가의 의자에 앉아서 토스트나 물, 그 밖의 먹을 것을 벽난로 옆 시렁 위에 올려놓고 홀짝홀짝 마시는 거예요. 혹 헤어튼이라도 도련님을 불쌍히 여겨 옆에 가서 같이 놀라치면, 헤어튼은 좀 거칠기는 해도 본심은 나쁘지 않아요, 반드시 하나는 욕지거리를 하고 하나는 울면서 헤어지게 마련이지요. 만약에 린튼 도련님이 자기 아들만 아니라면, 서방님은 언쇼 도련님이 아들을 납작해지도록 두들겨 주는 것을 좋아하실 거예요. 그리고 틀림없이 아드님을 밖으로 쫓아내 버렸을 테고요. 아드님이 자기 몸만 위한다는 걸 서방님이 절반만이라도 아셨다면 말이에요. 그런데 당신이 스스로 그런 위험을 피하시는 거지요. 서방님은 응접실에 들어가시는 일이 없고, 도련님이 집 안 어디선가 서방님이 계시는 곳에서 그런 짓을 할라치면 당장 위층으로 올려 보내 버리신답니다." 가정부가 말했어요.

이 이야기를 듣고 저는 히스클리프 도련님이 본래 그렇지는 않았을 텐데, 아무도 동정해 주지 않으니 자연히 이기적이고 달갑지 않은 성격이 되어 버렸다는 것을 알 수 있었지요. 도련님의 운명에 안타까운 마음이 없지 않았지만, 결국 그에 대한 제 관심은 사라지고 말았답니다.

에드거 서방님은 도련님 소식을 알아보라고 자주 말씀하셨어요. 서방님은 도련님을 끔찍이 생각하셨고, 다소 위험을 무릅쓰고라도 만나 보고 싶으신 모양이었지요. 그리고 한번은 그 댁 가정부에게 도련님이 동네에 나오는 일이 있는지 물어보라고 제게 말씀하셨어요.

그 가정부 말로는, 도련님이 마을에 꼭 두 번 나온 일이 있었는데, 히스클리프 씨와 함께 말을 타고 나왔다는 것이었어요. 그리고 두 번 다 마을에 다녀간 뒤에는 사나흘 동안 아주 녹초가 된 모양이더라는 것이었어요.

그 가정부는 제 기억이 틀림없다면, 도련님이 온 지 이 년 뒤에 나가고, 제가 모르는 다른 여자가 그 뒤를 이어 들어와서 아직까지 살고 있을 거예요.

캐시 아가씨가 열여섯 살이 될 때까지 이 댁에서는 전과 다름없이 즐거운 세월이 흘러갔답니다. 아가씨 생일날에 우리는 조금도 축하다운 축하를 한 일이 없어요. 그날은 캐서린 아씨의 제삿날이기도 했으니까요. 린튼 서방님께서는 그날 반드시 서재에서 홀로 지내시다가 어두워지면 기머튼에 있는 교회 묘지까지 걸어갔는데 자정이 지날 때까지 계시는 일도 종종 있었어요. 그러니 캐시 아가씨는 혼자서 놀 거리를 찾아 놀았지요.

그해 3월 20일은 아름다운 봄날이었답니다. 린튼 서방님이 서재에 들어가시자, 아가씨는 나들이옷으로 갈아입고 내려와서 저와 함께 벌판 가로 산책을 나가도 좋으냐고 서방님께 여쭈었고, 멀리 가지 않고 한 시간 안으로 돌아올 수만 있다면 그렇게 하라고 승낙하셨다고 했어요.

"그러니까 빨리 해, 엘런! 꼭 가 보고 싶은 곳이 있어. 뇌조들이 많이 내려오는 곳 말이야. 아직 집을 지었는지 안 지었는지 보고 싶어서 그래." 아가씨가 재촉했어요.

"거긴 꽤 멀 텐데. 뇌조는 벌판 가에서는 새끼를 까지 않거든요." 제가 대답했습니다.

"아냐, 그렇게 멀지 않아. 아빠랑 바로 그 근처까지 갔다 온 일이 있는걸."

저는 그 일에 대해 더는 생각하지 않고 모자를 쓰고 기분 좋게 집을 나섰답니다. 아가씨는 제 앞을 깡총거리며 뛰어갔다가 옆으로 돌아와서는 다시 뛰어가고 하는 것이 마치 어린 사냥개 같았어요. 처음에는 여기저기서 지저귀는 종다리 소리에 귀를 기울이기도 하고 따뜻한 햇볕을 쬐기도 하고, 제 귀염둥이이며 즐거움인 아가씨가 하는 짓을 지켜보기도 하느라 무척 즐거웠어요. 아가씨의 금빛 곱슬머리는 묶지 않아 뒤로 나부꼈으며 환한 볼은 막 피어난 들장미처럼 부드럽고 순결했고 눈은 구김살 없는 즐거움으로 빛나고 있었지요. 그 무렵의 아가씨는 천사 같은 행복한 소녀였답니다. 그런데도 아가씨가 만족하지 못했다는 것은 가엾은 일이지요.

"자, 그 뇌조가 어디 있단 말이에요, 캐시 아가씨? 이제는 눈에 띄어야 할 텐데. 이제 저택의 숲 울타리가 까마득해요."

"아이, 조금만 더 가. 정말 조금만 더 가 보자, 엘런." 아가씨는 줄곧 졸라 댔어요. "저 언덕에 올라가서, 저 둑을 지나, 엘런이 저쪽으로 내려갈 때쯤 새가 날아갈 거야."

그러나 오르고 지나야 할 언덕과 둑이 너무 많아서 마침내 지치기 시작한 저는 이제 그만 돌아가야 한다고 말했어요.

아가씨가 저보다 훨씬 앞서 갔기에 소리를 질렀어요. 그런데 아가씨는 제 소리가 들리지 않았는지 듣고도 모르는 체하는지 자꾸만 뛰어갔어요. 그래서 저도 어쩔 수 없이 좇아갔지요. 드디어 아가씨가 어느 골짜기로 뛰어내렸어요. 제가 다시 아가씨의 모습을 보았을 때는 자기 집보다도 워더링 하이츠가 3킬로미터나 더 가까운 곳에 가 있었지요. 그리고 두 사람이 아가씨를 붙잡는 것이 보였는데 그중 한 사람은 히스클리프 씨가 틀림없다고 저는 생각했습니다.

캐시 아가씨가 뇌조의 둥지를 훔치거나 적어도 그것을 찾고 있다가 붙잡혔던 거지요.

워더링 하이츠가 히스클리프 씨의 소유였으니, 그는 밀렵꾼을 꾸짖는 것이었지요.

"저는 하나도 훔치지 않았고, 보지도 못한걸요." 제가 그들 옆에 갔을 때 아가씨가 결백하다는 증거로 두 손을 펴 보이면서 말했어요. "훔칠 생각이 아니었어요. 아빠가 이 근처에는 뇌조가 많다고 가르쳐 주셨거든요. 뇌조 알이 보고 싶었어요."

히스클리프 씨는 상대방이 누구라는 것을 알았고, 따라서 그냥 두지는 않겠다는 듯이 능글맞게 웃으며 저를 힐끗 쳐다보고는 '아빠'가 누구냐고 물었어요.

"스러시크로스 저택의 린튼 씨예요." 아가씨가 대답했어요. "아저씨는 저를 모르시는 모양이죠, 아신다면 그렇게 말씀하실 리가 없을 테니까요."

"그럼 네 아빠가 퍽이나 훌륭하고 존경받는 분이라고 생각하겠구나?" 그가 비웃듯이 말했어요.

"그런데 아저씨는 누구세요?" 캐서린 아가씨가 상대방을 신기하다는 눈초리로 쳐다보면서 물었어요. "저 사람은 전에 본 일이 있는데. 아저씨 아들인가요?"

아가씨가 옆에 서 있는 헤어튼을 가리켰어요. 헤어튼은 나이를 두 살 더 먹는 동안에 몸이 붇고 건강해졌을 뿐 달라진 데라고는 없었고, 여전히 만만찮고 거칠어 보였어요.

"캐시 아가씨." 하고 제가 가로막았지요. "한 시간만 산책한다는 게 세 시간이 다 돼 가요. 이제 정말 돌아가야겠어요."

"아니, 쟤는 내 아들이 아니다." 히스클리프 씨가 저를 밀어내면서 아가씨를 보고 대답했어요. "내게도 아들이 하나 있는데, 너도 그 애를 전에 본 일이 있을 거야. 그리고 말이다, 저 아줌마는 가자고 서두르지만 둘 다 좀 쉬었다 가는 게 좋을 것 같구나. 이 언덕 꼭대기를 돌아서 우리 집으로 가자. 좀 쉬면 더 빨리 집에 돌아갈 수 있을 테니까. 그리고 우리 집에 가면 너를 반갑게 맞아 줄 거야."

저는 아가씨에게 무슨 일이 있어도 그의 청에 응해서는 안 되며 그건 전혀 말도 안 되는 이야기라고 작은 소리로 일러 주었어요.

"왜? 난 뛰어다녔더니 피곤한데. 그리고 땅도 이슬에 젖어서 여기서는 앉을 수도 없고. 우리 가자, 엘런! 게다가 저분의 아들을 내가 본 일이 있다잖아. 저 아저씨가 잘못 생각한 걸 거야. 난 저분이 어디 사는지 짐작이 가. 내가 페니스톤 절벽에 갔다 오다 들렀던 그 농가지, 그렇지?" 아가씨가 큰 소리로 물었어요.

"맞았어, 자, 넬리! 다른 말 말고 집에 들러. 모두 만나면 저 애도 좋아할 거야. 헤어튼, 넌 저 아가씨와 함께 먼저 가거라. 넬리는 나와 함께 갈 테니."

"안 돼요, 아가씨는 그런 데는 못 가요." 저는 그가 붙잡은 팔을 뿌리치려고 애쓰면서 외쳤어요. 그러나 아가씨는 잽싸게 언덕배기를 돌아 마구 뛰어서 어느새 집 문 앞에 돌을 깔아 놓은 데까지 가 있었어요. 아가씨와 함께 가라는 말을 들은 헤어튼은 따라가려고도 하지 않고 길옆으로 비켜나더니 보이지 않았어요.

"히스클리프 씨, 이건 정말 잘못이에요. 옳지 못하다는 것 알잖아요? 그리고 아가씨가 댁에 가면 린튼 도련님을 만날 텐데. 집에 돌아가자마자 모든 걸 털어놓을 거란 말이에요. 그러면 야단은 제가 맞게 되지요." 제가 말했어요.

"난 저 애가 린튼을 만났으면 한단 말이야. 린튼은 요 며칠 동안 좀 나아졌지. 그 애는 남을 만나 볼 만큼 기분이 좋을 때가 별로 없거든. 그리고 오늘 만난 일은 비밀로 해 두라고 캐시를 타이를 수도 있잖아. 그런데 뭐가 곤란하단 말이야?"

"내가 옆에 있으면서 아가씨를 댁에 들어가게 내버려 두었다는 걸 서방님이 아시면 꾸중을 들을 테니 곤란하지요. 그리고 히스클리프 씨가 아가씨에게 가자고 자꾸만 권하는 것은 뭔가 꿍꿍이속이 있어서라는 것도 잘 알고 있어요." 제가 대답했어요.

"내 계획은 지극히 정직해. 그 내막을 전부 이야기하지. 그건 저 두 사촌끼리 사랑하게 되어 결혼할 수 있으면 좋겠다는 생각에서야. 나는 그 댁 주인에 대해서도 너그럽게 생각해서 이러는 거야. 그의 어린 딸은 받을 유산도 없으니 그 애가 내 생각대로 되기만 하면 당장 린튼과 함께 재산을 상속받을 수 있게 해 줄 거야."

"만약에 린튼 도련님이 죽는다면, 사실 도련님의 목숨은 정말 믿을 수가 없으니까 말인데요, 그렇게 되면 캐시 아가씨가 상속인이 되겠지요." 제가 말했어요.

"아니, 그렇게는 안 되지. 유언장에는 그걸 보장하는 조항이 없을 테니까. 그의 재산은 내게로 돌아오지. 그러나 나는 말썽이 나지 않도록 그들이 결합하기를 바라는 거고, 그것을 실현할 작정이야."

"그런데 나는 아가씨와 함께 다시는 댁의 문전에 가까이 가지 않을 작정인데요." 제가 대문 앞에 갔을 때 대꾸했어요. 문간에서는 캐시 아가씨가 우리가 오기를 기다리고 있었어요.

히스클리프 씨는 저한테 잠자코 있으라고 하더니 우리보다 앞서 빨리 길을 올라가서 현관문을 열었어요. 캐시 아가씨는 그를 어떻게 생각해야 좋을지 마음을 확실히 정하지 못하겠다는 듯이 몇 번이나 그를 쳐다보았어요. 그러나 아가씨와 눈이 마주치자 그가 미소를 지었고 아가씨에게 이야기할 때는 음성도 한결 부드러웠기 때문에 저는 어리석게도 아가씨의 어머니에 대한 추억이 그에게서 아가씨를 해치려는 마음을 사그라지게 했나 보다고 상상했답니다.

린튼 도련님은 난로 앞에 서 있었어요. 모자를 쓰고 있는 것으로 보아 들에 나가 거닐다 온 모양으로, 조지프에게 마른 신발을 가져오라고 말하는 중이었어요.

열여섯 살이 되려면 아직도 몇 달이 지나야 했지만 나이에 비해서 키가 컸어요. 도련님의 얼굴은 여전히 아름다웠고, 눈이며 안색도 건강에 좋은 공기와 따뜻한 햇볕을 쬐어 생긴 일시적인 윤기이기는 했겠지만, 제가 생각했던 것보다는 훨씬 밝았어요.

"자, 저게 누구지? 누군지 알겠지?" 히스클리프 씨가 캐시 아가씨를 보고 물었어요.

"아저씨 아들인가요?" 아가씨는 의심스러운 듯이 한 사람씩 번갈아 보면서 물었어요.

"그래, 맞았어." 그가 대답했습니다. "그런데 저 애를 지금 처음 보는 거냐? 생각해 봐! 이런! 기억력이 나쁘구나. 얘, 린튼. 네가 보고 싶다고 그렇게 졸라 대던 네 사촌을 모르겠어?"

"뭐, 린튼이라고!" 아가씨는 그 이름을 듣고 뜻밖의 기쁨으로 얼굴에 환한 빛을 띠며 외쳤어요. "쟤가 린튼이야? 나보다 키가 더 큰데. 네가 정말 린튼이야?"

소년은 다가서더니 그렇다고 말했어요. 아가씨가 그에게 열렬히 입을 맞추고 나서 둘은 세월이 각자의 용모에 가져다준 변화를 놀라워하며 유심히 바라보았어요.

캐시 아가씨는 자랄 대로 다 자랐지요. 토실토실하면서도 날씬하고, 강철처럼 탄력이 있었으며, 온몸이 건강하고 혈기가 넘쳐 발랄해 보였어요. 린튼 도련님의 표정과 몸짓은 무척 기운이 없어 보였고, 체구는 몹시 가냘펐어요. 그러나 그의 태도에는 그런 결점을 메워 주는 맵시가 있어서 싫은 인상을 주지는 않았지요.

사촌과 이런저런 정다운 인사를 주고받은 뒤에 아가씨는 히스클리프 씨에게 갔어요. 히스클리프 씨는 문 옆을 서성거리면서 집 안팎 양쪽에 마음을 쓰고 있었는데, 실은 밖을 내다보는 척하면서도 집 안에만 주의를 기울이고 있었지요.

"그럼 아저씨는 제 고모부로군요." 인사를 하려고 다가서면서 아가씨가 외쳤어요. "처음엔 저한테 화를 내셨지만 저는 고모부가 좋았어요. 왜 린튼을 데리고 우리 집에 안 오시죠? 내내 이렇게 가까운 이웃에 살면서 한 번도 우리를 보러 오시지 않다니 이상한데요. 무엇 때문에 그러셨어요?"

"네가 태어나기 전에 한때는 너무 자주 찾아갔단다." 그가 대답했어요. "이런! 그만둬! 그렇게 입을 맞추고 싶으면 린튼에게나 맞추렴. 나한텐 소용없어."

"엘런은 심술쟁이야!" 캐서린 아가씨가 소리치고는 이번에는 그 주체할 수 없는 키스를 저한테 퍼부으려고 덤벼들었어요. "엘런은 나빠! 나를 이 집에 들어오지 못하게 하고 말이야. 그렇지만 앞으로는 아침마다 이렇게 산책을 올 테야. 고모부, 와도 되죠? 때때로 아빠도 모시고요? 고모부는 우리를 만나는 게 좋지 않아요?"

"좋고말고!" 히스클리프 씨는 대답했지만, 아침마다 오겠다는 두 사람에 대한 깊은 혐오감으로 일그러지는 표정을 애써 억누르는 것이었어요. "하지만 잠깐." 그가 아가씨를 향해 말을 이었어요. "이제 생각났는데 말이야, 네게 이야기해 두는 게 좋겠다. 네 아버지는 내게 반감을 가지고 있거든. 언젠가 한번 기독교도답지 않게 심하게 싸운 일이 있지. 네가 만약 여기 온다는 걸 아버지에게 이야기하면 너 혼자 오는 것마저 반대할 거다. 그러니 앞으로 네 사촌을 보고 싶지 않으면 몰라도, 그게 아니라면 그 이야기는 아버지한테 해서는 안 돼. 네가 오고 싶으면 와도 좋지만, 이야기해서는 안 된단 말이다."

"두 분이 왜 싸우셨어요?" 아가씨는 꽤 기가 죽어 물었어요.

"네 아버지는 내가 너무 가난해서 자기 누이와 결혼할 수 없다고 생각했지. 그런데 내가 기어이 결혼하고 마니까 원망하게 되었지. 자존심이 상한 거야. 그래서 그 일을 절대 용서하지 않는 거란다." 히스클리프 씨가 대답했어요.

"그건 잘못이지요! 언제든 아빠한테 그렇게 말씀드리겠어요. 하지만 린튼과 저는 두 분의 싸움과 아무 관계도 없는 거네요. 그럼 저는 오지 않을 테니까 린튼을 저희 집으로 오게 하세요."

"나한텐 너무 멀어. 6.5킬로미터나 걸었다가는 나는 죽을 거야. 그러지 말고 캐서린 양이 이곳에 와. 매일 아침 오지 말고 가끔 오면 되잖아. 일주일에 한두 번씩 말이야." 아가씨의 사촌이 중얼거렸어요.

히스클리프 씨는 아들에게 심한 멸시의 눈초리를 보냈어요.

"넬리, 아무래도 내가 헛수고를 하는가 봐." 히스클리프 씨가 저를 보고 투덜거렸어요. "저 바보 녀석이 부르는 대로 캐서린 양이 저 녀석이 못났다는 것을 알아보고 상대도 하지 않을 거야. 그건 그렇고, 저게 헤어튼이라면 얼마나 좋을까! 저렇게 천하게 내동댕이쳐 두긴 하지만 헤어튼이 내 자식이라면 얼마나 좋을까 하고 하루에도 몇 번씩이나 저놈을 탐내는지 알아? 헤어튼이란 놈이 언쇼의 자식이 아니고 다른 사람의 자식이었다면 나도 사랑했을 거야. 그러나 헤어튼이 캐시의 마음에 들 리는 없겠지. 저 못난 녀석이 냉큼 움직이지 않으면 헤어튼과 경쟁을 붙여 주겠어. 아무래도 린튼이란 녀석, 열여덟 살까지 살 것 같지도 않지만 말이야. 아, 못나고 김빠진 녀석. 저 녀석은 발을 말리는 데만 정신이 팔려서 캐시 쪽은 보지도 않는군. 얘, 린튼!"

"네, 아버지." 그 소년이 대답했어요.

"너, 네 사촌에게 아무 데도 안내할 곳이 없니? 하다못해 산토끼나 족제비 집 같은 거라도 없느냐 말이다! 신발을 바꿔 신기 전에 마당으로라도 안내해 줘. 마구간에 가서 네 말이라도 보여 주란 말이야."

"여기 앉아 있는 게 좋지 않아?" 린튼 도련님이 다시 움직이기 싫은 듯한 어조로 캐시 아가씨에게 물었어요.

"글쎄." 아가씨는 문 쪽으로 아쉬운 눈길을 던지면서 분명 몹시 뛰어다니고 싶은 눈치로 대답했어요.

린튼 도련님은 자리를 지킨 채 난롯가로 더 가까이 몸을 웅크렸어요.

히스클리프 씨가 일어서서 부엌에 들어가더니 다시 뒷마당으로 나가서 헤어튼을 불러 댔어요.

헤어튼의 대답 소리가 들리고 곧 두 사람이 다시 들어왔어요. 두 볼이 불그레하고 머리가 젖은 것으로 보아 헤어튼은 몸을 씻고 있었던 모양이에요.

"참, 고모부한테 물어볼 게 있어요." 아가씨는 가정부가 한 말이 생각났는지 큰 소리로 물었어요. "저 사람은 제 사촌이 아니죠, 그렇죠?"

"왜 아냐." 히스클리프 씨가 대답했습니다. "네 엄마의 조카인데. 저 애가 싫으냐?"

캐시 아가씨는 미심쩍다는 얼굴이었어요.

"훌륭한 젊은이 같지 않니?" 히스클리프 씨가 말을 계속했어요.

버릇없는 소녀는 발돋움을 하고 히스클리프 씨의 귀에 대고 무슨 말을 소곤거렸어요.

히스클리프 씨는 껄껄 웃었어요. 그러자 헤어튼의 얼굴이 어두워졌어요. 자기를 멸시하지 않나 하는 것에 그가 아주 민감하고, 희미하게나마 열등감을 갖고 있다는 것을 저는 분명히 알 수 있었어요. 그러나 그의 주인인지 보호자인지 하는 자가 이렇게 큰 소리로 말하자 그의 찌푸려진 얼굴이 다시 펴졌어요.

"네가 우리 가운데 제일 사랑을 받겠구나, 헤어튼! 캐시가 말하는데, 너는 말이다, 뭐랬더라? 어쨌든 매우 칭찬하는 말이야. 얘! 캐시와 함께 농장이나 한 바퀴 돌고 오너라. 신사답게 굴어야 해, 알았지? 나쁜 말은 한마디도 쓰지 말고. 그리고 캐시가 너를 보고 있지 않을 때는 너도 물끄러미 쳐다보아서는 안 돼. 캐시가 너를 볼 때는 얼굴을 돌리고 말할 때는 또박또박 천천히 하고 호주머니에 손을 넣어서는 안 된다. 나가 봐. 그리고 될 수 있는 대로 친절하게 대해 줘."

그는 둘이 창문을 지나 걸어가는 것을 지켜보았어요. 언쇼 도련님은 캐시를 숫제 외면하고 있더군요. 눈에 익은 풍경인데도 마치 처음 보는 사람이나 화가와 같은 흥미를 가지고 살피는 것 같았어요.

캐시 아가씨가 그를 흘끔 훔쳐보았지만 별로 훌륭하게 생각하는 것 같지 않은 표정이었어요. 아가씨는 혼자서 무엇인가 재미있는 것을 찾기로 마음을 돌리고는 즐겁게 발걸음을 옮기면서 상대방이 말이 없는 사이에 노래를 흥얼거렸어요.

"입을 막아 놓았으니 저 녀석은 내내 말 한마디 못 하고 말 거야! 넬리, 내가 저만 했을 때 기억할 테지. 아니, 좀 더 어렸을 때 말이야. 나도 저렇게 우둔하고, 조지프 말마따나 저렇게 미련해 보인 일이 있었던가?" 히스클리프 씨가 말했어요.

"더했지요. 게다가 더 침울했으니까요." 제가 대답했습니다.

"난 저 녀석을 보면 즐겁단 말이야!" 그가 계속해서 자신의 속마음을 이야기했어요. "저 녀석은 내 기대에 어긋나지 않았어. 만약 저 녀석이 바보로 태어났더라면 내가 이렇게 즐거움을 느낀다는 건 어림도 없지. 그런데 저 녀석은 바보가 아니거든. 그리고 나 자신이 그런 걸 경험했기 때문에 저 녀석의 기분을 다 알 수 있단 말이야. 가령 지금 저 녀석이 무엇 때문에 괴로워하는지 난 다 알지. 그건 단지 그가 앞으로 겪을 괴로움의 시작에 지나지 않지만 말이야. 그리고 자기가 빠져 있는 상스러움과 무지 속에서 절대 벗어나지 못할 테니까. 나는 악당인 저 녀석의 아비가 나를 물고 늘어진 것 이상으로 저 녀석을 단단히 움켜쥐고 있고 내가 당한 것보다 더욱 천하게 다루고 있지. 저 녀석은 짐승 같은 야만성에 자부심을 가지고 있으니까. 난 저 녀석에게 동물과 다른 것은 모조리 어리석고 약한 것이니 경멸하라고 가르쳐 주었어. 만약 힌들리가 살아서 저 녀석을 볼 수 있다면 내가 거의 내 자식을 자랑하지 않듯이 그자도 제 자식을 자랑하지 않을 것 같지? 그러나 그런 차이는 있지, 말하자면 한쪽은 금덩어리인데도 길에 까는 돌로 쓰이고, 다른 한쪽은 양철 조각을 은처럼 보이려고 닦는 셈이야. 내 자식은 쓸 데라고는 조금도 없는 놈이지만 그래도 그런 빈약한 놈이 갈 수 있는 데까지 가게 해서 되도록 소질을 살려 볼 작정이야. 힌들리의 아들 놈은 여러 가지 훌륭한 소질을 타고났지만 다 잃어버리고 말았거든. 쓸모가 없는 것도 모자라 그보다 더 나빠졌어. 나야 조금도 섭섭할 게 없어. 그가 얼마나 많이 후회할지는 내가 아니면 모를 거야. 그리고 그중에서도 제일가는 것은 헤어튼이란 놈이 나를 몹시 좋아한다는 사실이지! 그 점에서는 내가 그보다 낫다는 걸 당신도 인정할 거야. 그 죽은 악한이 자기 자식을 부당하게 대우한다고 나를 비난하기 위해 무덤에서 기어 나올 수 있다 해도, 나는 그 자식 놈이 이 세상에 둘도 없는 자기 친구에게 욕하는 것에 분개하여 그를 쫓아 보내는 광경을 재미있게 보고 있을 거란 말이야!"

히스클리프 씨는 그런 광경을 생각하고 악마처럼 킥킥거렸어요. 그가 제 대답을 바라지 않는다는 것을 알았기 때문에 저는 가만히 있었어요.

그러는 동안에 우리의 이야기가 들리지 않을 만큼 멀찌감치 떨어져 앉아 있던 도련님이 불안한 기색을 보이기 시작했어요. 아마도 좀 피곤하다고 캐서린과 놀 수 있는 좋은 기회를 스스로 거절한 것을 후회하고 있었겠지요.

그의 아버지는 그가 불안한 눈초리로 창문 쪽을 두리번거리며 어물어물 모자를 집으려 하는 것을 보았지요.

"일어나, 이 게으름뱅이야!" 그가 짐짓 다정한 체하며 소리쳤어요. "저 애들을 쫓아가 봐! 이제 막 저 모퉁이 벌통 옆을 돌아가고 있어."

린튼 도련님은 기운을 내서 난로 옆을 떠났지요. 창문이 열려 있었어요. 도련님이 막 나가자, 캐시 아가씨가 그 무뚝뚝한 헤어튼에게 문에 새겨진 글자가 무엇이냐고 묻는 소리가 들렸어요.

헤어튼은 물끄러미 쳐다보더니 정말 촌뜨기같이 머리를 긁적거렸어요.

"뭐 시시한 말이 쓰여 있겠지. 읽을 줄은 모르지만."

"저걸 못 읽어?" 아가씨가 소리쳤어요. "난 읽을 수 있어……. 저건 말이야…… 그런데 왜 저기다 새겨 놓았는지 모르겠네."

린튼 도련님이 낄낄 웃었어요. 처음으로 즐거운 표정을 보인 것이지요.

"저 앤 글자를 몰라." 린튼 도련님이 아가씨에게 말했어요. "저런 커다란 바보가 있다는 걸 몰랐지?"

"저래도 사람 구실을 할까?" 캐시 아가씨가 진지하게 물었어요. "둔한 건지……. 어딘가 좀 이상하지? 방금 두 가지나 물어보았는데, 두 번 다 아주 바보 같은 얼굴이었거든. 내가 말하는 걸 못 알아듣나 봐. 사실은 나도 저 애가 하는 말을 거의 못 알아듣겠어!"

린튼 도련님이 다시 낄낄 웃고는 조롱하듯이 헤어튼을 힐끗 쳐다보았어요. 헤어튼은 확실히 뭐가 뭔지 잘 모르는 모양이었어요.

"그저 게으른 것뿐이지 그것 말고는 아무렇지 않아. 그렇지, 언쇼? 내 사촌은 네가 바보인 줄 안단 말이야……. 네가 늘 '쓸모없는 하문'이니 뭐니 하며 공부하는 걸 멸시하니까 이런 꼴이 되는 거야……. 캐서린, 저 애의 지독한 요크셔 사투리 들어 봤지?"

"그래, 그 망할 놈의 공부는 해서 무슨 소용이 있다는 거야?" 헤어튼은 매일 함께 지내는 친구에게는 대답하기가 좀 더 쉬웠던지 으르렁대듯이 말했어요. 그가 뭐라고 좀 더 말할 참이었는데 두 젊은이가 요란스럽게 즐거운 웃음을 터뜨리는 바람에 말문이 막혀 버렸답니다. 경망스러운 우리 아가씨는 자기가 헤어튼의 이상한 말버릇을 웃음거리로 삼을 수 있다는 것을 알고 재미있어한 것이지요.

"이야기할 때 그 '망할 놈'이란 말을 덧붙여서 무슨 소용이 있다는 거야?" 린튼 도련님이 킥킥거렸어요. "아빠가 욕은 절대 쓰지 말랬는데 넌 입만 벌리면 욕이 나오잖아. 신사답게 행동해. 제발 그렇게 해 보란 말이야!"

"네놈이 계집애 같은 사내만 아니라면 당장 때려눕히고 말지, 가만두지 않아. 이 병신 같은 말라깽이야!" 성이 난 촌뜨기가 물러가면서 대꾸했어요. 그의 얼굴은 분한 마음이 창피하다는 생각과 범벅이 되어 붉게 달아올랐어요. 모욕당했다는 것을 알면서도 어떻게 분풀이할지 몰랐기 때문이지요.

저는 물론 히스클리프 씨도 그들의 이야기를 들었고, 헤어튼이 물러가는 것을 보자 빙그레 웃었어요. 그러나 곧 문간에 서서 지껄이고 있는 경박한 두 아이를 이상하게 언짢은 눈으로 쳐다보았어요. 린튼 도련님은 헤어튼의 실수와 결점을 이러니저러니 늘어놓고 그의 여러 가지 행동에 대한 재미있는 이야기들을 늘어놓느라 신이 났으며, 아가씨는 아가씨대로 도련님의 건방지고 못된 말들에 비뚤어진 심보가 드러난다는 것을 생각지도 못하고 즐겁게 듣고 있었어요. 그런데 저는 린튼 도련님이 심술궂게 생각되는 이상으로 미워하는 마음이 들기 시작했고, 그의 아버지가 그를 하찮게 여기는 데 대해서도 어느 정도 수긍이 가더군요.

우리는 오후까지 거기에 있었어요. 저는 좀 더 일찍 캐시 아가씨를 억지로라도 데리고 올 수가 없었답니다. 다행히 린튼 서방님은 서재에서 나오시지 않았고 우리가 그렇게 오랫동안 나가 있었던 것도 모르고 계셨지요.

돌아오면서 저는 지금 헤어지고 오는 사람들의 성격이 어떻다는 것을 아가씨에게 일러 주고 싶었어요. 그러나 아가씨는 제가 그들에 대해서 무슨 편견이라도 가지고 있는 줄 알았던 모양이에요.

"아하!" 아가씨가 외쳤습니다. "엘런은 아빠 편을 드는구나. 엘런은 공평하지 못하단 말이야. 그렇지 않다면 오랫동안 린튼이 아주 먼 곳에서 산다고 나를 속이지 않았을 거야. 정말 굉장히 화가 나는데 오늘은 너무 기분이 좋아서 화풀이를 안 하는 것뿐이야! 하지만 엘런은 고모부에 대해서 입을 열면 안 돼. 그분은 나에게 고모부 되는 분이란 말이야, 알지? 난 아빠한테 왜 고모부와 싸웠느냐고 뭐라고 해 줄 테야."

아가씨가 이렇게 계속 이야기를 늘어놓는 바람에 저는 아가씨의 생각이 잘못되었다는 걸 깨우쳐 주려다가 그만두었답니다.

아가씨는 그날 밤에도 서방님을 뵙지 못했기 때문에 워더링 하이츠에 갔다 온 이야기는 하지 않았지요. 다음 날 모든 것이 탄로 났을 때 저는 분하기는 했지만 그렇다고 전적으로 딱하기만 하지는 않았답니다. 아가씨를 지도하고 훈계하는 일은 저보다 서방님께서 직접 하시는 편이 더욱 효과적일 거라고 생각했으니까요. 그러나 서방님은 너무 기가 약해서 왜 아가씨가 워더링 하이츠의 사람들과 가까이 지내서는 안 되는지 납득 갈 만한 이유를 밝혀 주지 못했지요. 그런데 아가씨는 아가씨대로 지금까지 자기 멋대로 모든 것을 할 수 있었기 때문에 그러지 못하게 하는 것에 대해서 충분한 이유를 알고 싶어 했어요.

"아빠! 어제 말이야, 벌판으로 산책 갔을 때 내가 누구를 만났는지 알아맞혀 봐요. 아이, 아빠, 지금 놀랐지! 그런데 아빠가 잘못한 일이 있지 않아? 난 알았어. 들어 봐요, 내가 어떻게 알게 됐는지 이야기할 테니까. 그리고 엘런도 아빠와 한편이 돼서, 내가 린튼이 돌아오기를 그렇게 바라고 있다가 오지 않아 실망하면 동정하는 척했지!" 아침 인사가 끝난 뒤에 아가씨가 큰 소리로 말했어요.

아가씨는 산책 갔을 때의 일이며 그 뒤에 일어난 일들을 그대로 털어놓았어요. 그리고 서방님은 몇 번이고 꾸짖는 듯한 눈으로 저를 보셨지만 아가씨의 말이 끝날 때까지 아무 말씀도 안 하셨어요. 그러고 나서 서방님은 아가씨를 가까이 오게 하시더니 왜 아빠가 린튼이 바로 이웃에 사는 걸 숨기고 있었는지 아느냐, 그리고 네가 아무 문제 없이 린튼을 만나 재미있게 놀 수 있는데도 왜 굳이 그 즐거움을 막았다고 생각하느냐고 물으시는 것이었어요.

"그건 아빠가 히스클리프 씨를 싫어하니까 그렇지, 뭐." 아가씨 대답했어요.

"그럼 캐시, 넌 아빠가 아빠 생각 때문에 네 감정을 희생시키고 있다고 생각하는 거니? 그렇지 않아. 그건 내가 히스클리프 씨를 싫어하기 때문이 아니라 그가 나를 싫어하기 때문이야. 그리고 그는 아주 악한 사람이어서 자기가 미워하는 사람은 조그만 꼬투리라도 잡으면 해를 끼치고 망치는 것을 좋아한단다. 네가 그 사람과 만나지 않고 네 사촌과 교제를 시작하더라도, 결국 히스클리프 씨도 알게 될 테고 그러면 그가 나를 미워하니 너도 미워할 거라고 생각한 거야. 네가 린튼을 다시 만나지 않도록 경계한 것은 너를 위해서지 다른 이유는 없단다. 네가 좀 더 나이를 먹으면 언제든 얘기할 생각이었는데, 지금까지 이야기를 못 해 줘 미안하구나!"

"하지만 히스클리프 씨는 아주 친절하던데, 아빠." 아가씨는 전혀 납득이 안 간다는 듯이 말했어요. "그리고 그분은 우리가 만나는 것을 반대하지 않았어. 단지 아빠와 싸운 일이 있고, 이사벨라 고모와 결혼한 것을 아빠가 용서하지 않으려고 하니까 아빠한테는 말하지 말고 내가 오고 싶으면 집에 와도 좋다는 거야. 그런데 아빠가 용서하지 않으려고 하는 거지. 나쁜 건 아빠야. 그분은 적어도 우리가 친구가 되기를 원하고 있어. 린튼과 내가 말이지. 그런데 아빠는 그러기를 원하는 것 같지 않거든."

린튼 서방님은 아가씨가 고모부의 악한 성격에 대한 당신의 말씀을 믿으려 하지 않는 것을 알고, 그가 이사벨라 아가씨에게 한 짓과 워더링 하이츠를 자기 소유로 만든 경위를 대강 들려주셨어요. 서방님은 그 문제에 대해서 오래 이야기하는 것은 참지 못하셨어요. 서방님은 거의 말씀하지 않으셨지만, 캐서린 아씨가 돌아가신 뒤에도 내내 마음을 차지하고 있던 숙적에 대한 공포와 증오가 되살아났기 때문이겠지요. '그 자만 아니었더라면 아내는 아직 살아 있을 게 아닌가!' 하는 쓰라린 생각이 서방님의 마음을 줄곧 떠나지 않았고, 서방님의 눈에는 히스클리프 씨가 살인자로 비쳤던 것이지요.

급한 성미와 경망스러운 생각으로 말을 잘 듣지 않는다든가, 억지를 쓴다든가, 화를 내고도 그런 짓을 한 바로 그날로 잘못했다고 후회하는 아가씨 자신의 사소한 잘못 이외에 나쁜 행동이라고는 알지 못하는 캐시 아가씨는 몇 해씩이나 복수심을 마음속에 품고 있다가 양심의 가책도 없이 어김없이 그 계획을 실행하는 따위의 흉악한 마음을 가진 사람도 있나 하며 깜짝 놀라는 눈치였어요. 아가씨는 그런 사람이, 지금까지 생판 보지도 못하고 생각해 본 일도 없는 사람이 있다는 것을 처음 알고 매우 깊은 인상과 충격을 받은 모양이었어요. 그러니 서방님은 그 이야기를 더 할 필요가 없다고 생각하셨지요. 다만 이렇게 덧붙이셨어요.

"아가, 이제는 왜 네가 히스클리프의 집에 가지 않고 그 집 사람들도 만나지 않기를 아빠가 바라는지 너도 알 거야. 자, 다시 전처럼 공부하며 놀고 그 사람들에 대해서는 더 생각하지 마라!"

캐서린 아가씨는 아버지께 입을 맞추고 나서 습관대로 조용히 앉아서 두어 시간 공부를 했어요. 그러고 나서 아버지를 따라 정원에 나가 여느 때와 같은 하루를 보냈지요. 그런데 저녁에 아가씨가 자기 방에 들어간 뒤 제가 옷을 갈아입는 것을 도와주러 들어갔더니 아가씨가 침대 옆에 무릎을 꿇고 앉아서 울고 있었어요.

"아이, 이런, 무슨 바보짓이에요! 정말로 슬픈 일이 생기면 이런 하찮은 일로 쓸데없이 눈물 흘린 걸 부끄럽게 생각할 거예요. 캐서린 아가씨, 아가씨는 아직 진짜 슬픔은 전혀 몰라요. 잠시나마 아버님과 내가 죽어서 아가씨 홀로 이 세상에 남았다고 생각해 봐요. 그땐 어떤 생각이 들까요? 지금의 이 경우와 그런 불행한 경우를 비교해 봐요. 그리고 친구를 더는 가지려 하지 말고 아버님이나 나 같은 사람이 옆에 있다는 걸 고맙게 생각하세요." 제가 외쳤어요.

"나 자신 때문에 우는 게 아냐, 엘런. 린튼이 불쌍해서 그래. 그 앤 내일 나를 다시 만날 줄 알고 있는데, 굉장히 실망할 거야. 그가 기다릴 텐데, 나는 못 가니까 말이야!"

"허튼소리 마요! 그 도련님도 아가씨가 도련님을 생각하듯이 아가씨를 생각할 줄 알아요? 도련님에게는 함께 놀 헤어튼이 있잖아요? 겨우 두 번, 그나마 오후에 잠깐 만난 친척을 만나지 못한다고 우는 사람은 백에 하나도 없어요. 린튼 도련님은 어찌 된 일인지 어림짐작하고 아가씨 같은 사람은 이제 염두에도 두지 않을 거예요." 제가 말했습니다.

"그렇지만 못 가는 이유를 편지로라도 써 보내면 안 될까?" 아가씨가 일어서면서 물었어요. "내가 빌려주기로 약속한 책들을 보내 주면서 말이야. 그 애의 책은 내 책만큼 좋지 않았어. 그래서 내 책들이 아주 재미있다고 이야기했더니 몹시 보고 싶어 했어. 빌려줄 수 없을까, 엘런?"

"안 돼요. 정말 안 되고말고요!" 저는 잘라 대답했습니다. "그렇게 되면 린튼 도련님이 아가씨에게 편지를 쓸 텐데, 그럼 끝이 없을 거예요. 안 돼요, 아가씨. 완전히 접촉을 끊어야 해요. 아버님께서도 그럴 줄로 알고 계시고, 나도 그렇게 되게 하겠어요."

"하지만 짤막한 편지 한 장쯤이야." 아가씨가 애원하는 얼굴로 다시 말했어요.

"잠자코 있어요!" 제가 말을 가로막았습니다. "그 편지에 대해선 이제 그만 이야기해요. 잠이나 자요!"

아가씨는 아주 버릇없는 눈으로 저를 쳐다보더군요. 어찌나 건방진 눈초리였는지, 저는 처음으로 잘 자라는 인사로 입을 맞추려고도 하지 않고 이불을 덮어 주고는 몹시 언짢아져서 문을 닫았지요. 그러나 도중에 안됐다 싶어 조용히 다시 들어갔지요. 그랬더니 어쩌면! 아가씨는 책상 앞에 서서 흰 종잇조각을 앞에 놓고 손에는 연필을 쥐고 있다가 제가 다시 들어가자 죄라도 지은 듯 얼른 감추었어요.

“아가씨, 그걸 갖다줄 사람은 아무도 없어요. 편지를 쓴다 해도 말이에요. 그러니 이제 촛불을 끄겠어요.” 제가 말했어요.

제가 촛불 덮개를 불꽃에 씌우는데 아가씨가 제 손등을 찰싹 때리고 버럭 화를 내며 “심술쟁이!” 하는 것이었어요. 그러고 나서 저는 다시 나왔는데, 아가씨가 몹시 토라져서 빗장을 걸어 버렸답니다.

그 편지는 다 써 가지고 마을을 돌아다니며 우유를 가져가는 소년을 시켜 목적지에 전달한 모양인데, 저는 한참 뒤에야 그 사실을 알게 되었지요. 몇 주가 지나고 아가씨도 기분이 가라앉았어요. 그러기는 했지만 아가씨는 혼자서 살그머니 구석을 차지하는 버릇이 생기고 가끔 책을 읽을 때 갑자기 제가 다가갈라치면 깜짝 놀라며 분명히 책을 보이지 않을 양으로 그 위에 엎드리는 것이었어요. 그러면 책갈피 사이로 다른 종이 끄트머리가 삐죽 나와 있는 것이 눈에 띄었지요.

아가씨는 또 아침 일찍 내려와서 마치 무언가를 기다리는 듯이 부엌을 서성대는 버릇이 생겼어요. 그리고 서재 책장에 달린 작은 서랍 하나를 자기 것으로 쓰면서 그것을 몇 시간씩 뒤적거리는 일도 있었는데, 아가씨가 방에 없을 때는 그 서랍 열쇠를 특별히 간수해 두는 것이었어요.

하루는 아가씨가 그 서랍을 살펴보고 있을 때 보니까 얼마 전까지만 해도 그 안에 들어 있던 장난감이며 자질구레한 물건들은 없어지고 그 대신 차곡차곡 접은 종잇조각들이 들어 있더군요.

저는 호기심과 의심이 생겼어요. 그래서 아가씨의 그 신비스러운 보물을 몰래 들여다보기로 마음먹었지요. 그리하여 밤에 아가씨와 서방님이 위층으로 올라가자 제가 가지고 있는 집 안 열쇠들을 뒤적거려 그 서랍에 맞는 것을 하나 찾아냈답니다. 서랍을 열어 속에 들어 있는 것들은 몽땅 앞치마에 털어서 제 방에서 천천히 조사해 보려고 가지고 왔지요.

수상쩍다고 생각은 하고 있었지만, 그것들은 모두 아가씨가 보낸 편지에 대한 린튼 히스클리프의 답장으로, 모두 거의 매일같이 온 것임에 틀림없다는 사실을 알았을 때, 저는 매우 놀랐답니다. 처음 것들은 수줍고 짤막했지요. 그런데 갈수록 기다란 연애편지로 바뀌어 가더군요. 물론 쓴 사람의 나이도 나이인지라 자연히 유치하기는 했지만 그래도 제 생각으로는 더 경험 많은 사람에게 빌린 것 같은 솜씨도 여기저기 눈에 띄었어요.

그중에는 열의와 평범함이 이상하게도 뒤섞인 것 같은 것들도 있었는데, 강렬한 감정으로 시작하여 마치 중학생이 있지도 않은 상상의 애인에게라도 보냄 직한 투로 끝을 맺은 것이었어요.

그것들에 대해서 캐시 아가씨가 만족했는지는 모르지만 어쨌든 제게는 아무 쓸모 없는 종이로밖에 보이지 않았지요.

이만하면 알 만하다 싶을 만큼 몇 장을 훑어본 다음, 저는 그것들을 손수건에 싸서 따로 내놓고 빈 서랍은 다시 잠가 버렸어요.

여느 때와 마찬가지로 아가씨는 일찍 내려와서 부엌으로

들어왔어요. 가만히 지켜보고 있으려니 우유 가져가는 소년이 도착하자 아가씨가 문 쪽으로 가는 것이었어요. 우유 짜는 하녀가 그가 가지고 온 통에 우유를 따라 주는 동안 아가씨는 그의 겉옷 호주머니에 무언가를 쑤셔 넣고는 무언가를 끄집어내더군요.

저는 뜰로 돌아가서 그 소년을 기다렸어요. 그가 자기에게 맡겨진 물건을 지키려고 용감하게 제게 대들었고, 그러다가 그만 우유가 쏟아져 버렸지요. 그러나 저는 결국 그 편지를 빼앗는 데 성공했답니다. 냉큼 돌아가지 않으면 큰일날 거라고 을러 놓고는 담 밑에 서서 캐시 아가씨의 열렬한 편지를 읽었어요. 사촌의 편지보다는 더욱 단순하고 한결 뜻이 잘 나타나 있는, 아주 귀엽고 우스꽝스럽기도 한 것이었지요. 저는 고개를 흔들고 곰곰이 생각하면서 집으로 들어왔어요.

그날 비가 와서 뜰에 나가 놀 수도 없게 되자 아가씨는 아침 공부가 끝나고 그 서랍으로 가서 마음을 달래려 했던 모양이에요. 서방님은 책상에 앉아 책을 읽고 계셨지요. 저는 일부러 창문 커튼의 술이 조금 터진 곳을 찾아 몇 바늘 꿰매면서 아가씨의 거동을 줄곧 지켜보고 있었어요.

둥우리 가득 짹짹거리는 새끼들을 놓아두고 나갔던 어미새가 돌아와서 둥우리째 없어진 것을 보고 비통한 소리를 내고 파닥거리며 절망하는 모습도 아가씨가 "어머나!" 하고 외마디 소리를 지르고 조금 전까지도 즐거웠던 안색이 싹 가시며 실망하는 모습처럼 대단하지는 못했을 거예요. 서방님이 캐서린 아가씨를 쳐다보셨어요.

"무슨 일이냐, 아가? 어디 다쳤니?" 서방님이 말씀하셨어요.

아버지의 음성이나 표정으로 보아 소중히 감춰 둔 것을 찾아낸 것은 아버지가 아니라는 것을 아가씨는 알았겠지요.

"아니야, 아빠." 아가씨가 숨 가쁘게 말했어요. "엘런! 위층으로 좀 와, 나 기분이 좀 이상해!"

저는 아가씨의 말에 따라 아가씨와 함께 서재를 나왔어요.

"아, 엘런! 엘런이 꺼냈지?" 아가씨는 우리끼리 위층 방으로 들어가 문을 닫자 무릎을 꿇으면서 대뜸 말을 꺼냈어요. "오, 돌려줘. 그럼 다시는 그런 짓 안 할게! 아빠한텐 말하지 말고. 아빠한테 아직 말하지 않았지, 엘런? 하지 않았다고 말해 줘! 정말로 잘못했어. 그렇지만 다시는 그러지 않을 테야!"

저는 매우 엄숙한 태도로 아가씨에게 일어서라고 했어요.

"그러고 보니 아가씨, 꽤 깊이 들어가신 모양이군요. 그런 걸 부끄러워해야 해요! 진짜, 할 일 없을 때 볼 만한 종이 다발이더군요. 정말 인쇄를 해도 될 만하더라고요! 제가 서방님께 그걸 보여 드린다면 어떻게 생각하실 것 같아요? 아직 보여 드리지는 않았지만, 앞으로도 그 우스꽝스러운 비밀을 지켜 주리라는 기대는 아예 하지 마세요. 정말 부끄러운 일이에요! 틀림없이 아가씨가 꾀어서 그런 어리석은 것을 쓰게 했을 거예요. 저쪽에서는 그런 걸 먼저 시작할 생각도 안 했을 거예요. 확실해요." 제가 큰 소리로 말했어요.

"내가 먼저 한 게 아냐! 먼저 한 게 아니라고!" 아가씨는 가슴이 터질 듯이 울었어요. "난 그 애를 사랑한다는 생각은 한 번도 한 적이 없단 말이야. 그런데……"

"사랑이라고요!" 저는 그 말을 되도록 경멸조로 외쳤어요. "사랑이라니! 그런 말이 어디 있어요! 그건 마치 내가 일 년에 한 번씩 집에 밀을 사러 오는 방앗간 사람에게 사랑한다고 말할 수 있는 거나 같은 꼴이지요. 정말 굉장한 사랑이로군요. 아가씨가 지금까지 린튼 도련님을 만난 것은 두 번 다 합해서 네 시간도 채 못 돼요! 그런데 벌써 이런 유치한 편지 나부랭이나 쓰다니. 서재로 가져가겠어요. 그런 사랑에 대해서 아버님은 뭐라고 말씀하시나 들어 봅시다."

아가씨는 그 귀중한 편지를 빼앗으려고 펄쩍 뛰어올랐어요. 그러나 저는 그것을 머리 위로 쳐들었어요. 아가씨는 저더러 그것을 태워 버려도 좋다고, 아니 보이지만 않게 된다면 어떻게 해도 좋다면서 더욱 미친 듯이 애원했어요. 그게 모두 소녀의 허영심이라고 여겨져 혼내 줄 생각이 나는 것 못지않게 웃음이 터져 나올 것 같았지만, 저는 결국 조금 딱하다는 생각이 들어 물어보았어요.

"만약 내가 그것들을 태우겠다고 하면 아가씨는 다시는 편지를 보내지도 받지도 않고, 책도(책 보낸 것도 알고 있으니까요.) 보내지 않고, 머리 타래며 반지, 장난감 같은 것도 보내거나 받지 않겠다고 철석같이 약속하겠어요?"

"우린 장난감 같은 건 보내지 않아!" 아가씨는 자존심이 상해 부끄럼도 잊어버리고 외치더군요.

"그럼 아무것도 보내지 않는다는 거지요, 아가씨? 어쨌든 그러겠다고 약속하지 않으면 난 아버님께 가겠어요." 제가 말했어요.

"약속해. 엘런!" 아가씨가 제 옷자락을 붙들며 말했습니다. "제발, 그거 불 속에 던져 버려. 어서 던져 버리래도!"

그러나 제가 부지깽이로 편지를 집어 넣을 자리를 후비고 있으려니 아가씨는 그 희생이 너무나 쓰라려 견딜 수 없는 모양이었어요. 아가씨는 그중 한두 통만 남겨 달라고 애걸복걸했어요.

"엘런, 제발 린튼을 위해서 한두 통만 남겨 줘!"

제가 손수건을 풀어 한쪽부터 편지를 던지기 시작하자 불꽃이 빙빙 돌면서 굴뚝으로 솟아올랐어요.

"하나라도 꺼낼 테야, 이 지독한 여편네!" 아가씨가 날카롭게 소리를 지르더니 손가락 데는 건 생각지도 않고 덥석 불 속에 손을 넣어 반쯤 타다 남은 조각을 몇 장 끄집어냈어요.

"잘하시는군요. 그럼 나는 아버님께 몇 장이라도 갖다 보여 드리겠어요!" 저는 이렇게 말하고 나머지를 다시 싸 가지고는 문 쪽으로 향했어요.

아가씨는 까매진 조각들을 불 속에 집어 던지더니 나머지도 마저 태워 버리라는 몸짓을 했어요. 결국 모두 태워 버렸지요. 저는 타 버린 재를 휘젓고 그 위에 석탄을 한 삽 덮었어요. 아가씨는 몹시 기분이 상해서 잠자코 자기 방으로 물러갔고요. 저는 아래로 내려가서 아가씨의 언짢은 기분은 거의 가라앉았으나 잠시 누워 있게 하는 것이 좋겠다고 서방님께 말씀드렸어요.

아가씨는 점심은 먹으려 하지 않았지만 차 마시는 시간에는, 얼굴이 창백하고 눈언저리가 불그레하긴 했지만 신통하게도 겉으로는 침착한 모습으로 다시 나타났더군요.

이튿날 아침 저는 린튼 도련님에게서 온 편지의 답장으로 종이쪽지에다 이렇게 적어서 보냈답니다. "캐서린 아가씨께서는 히스클리프 도련님이 보내는 편지를 받지 않을 것이니 앞으로는 보내지 마시기를." 그 뒤로 우유를 가져가는 소년도 빈 주머니로 오게 되었지요.

22장

여름이 끝나고 가을에 들어섰지요. 미카엘제(祭)가 지났는데도 그해에는 추수가 늦어 우리 밭 중에서도 아직 다 거둬들이지 못한 곳이 몇 군데 있었어요.

린튼 서방님과 캐시 아가씨는 가끔 추수하는 사람들이 있는 데로 산책을 나갔답니다. 마지막 밀 다발들을 들여오는 날은 두 분도 어두워질 때까지 밭에 남아 계셨는데, 그날 저녁따라 공기가 차고 습했어요. 서방님은 독한 감기가 들었는데 그것이 그만 난치인 폐병의 원인이 되어 겨우내 거의 밖에도 못 나가고 집 안에만 들어앉아 계셨지요.

가엾은 캐시 아가씨는, 그 조그만 연애 사건으로 기가 꺾여 단념한 뒤로는 아주 쓸쓸하고 맥이 없어 보였어요. 서방님께서는 너무 책만 읽지 말고 운동을 좀 더 하라고 권하셨어요.

그 무렵에는 서방님이 병 때문에 아가씨의 친구가 되어 주지 못하던 터라, 제가 될 수 있는 대로 서방님 대신 동무가 되어 주는 것이 의무가 아닌가 싶었답니다. 그런데 저도 낮에 할 일이 많아서 겨우 두세 시간밖에 아가씨를 따라다녀 줄 수 없었기 때문에 제가 서방님 대신 친구 노릇을 하는 것도 충분하지 못했고, 게다가 캐시 아가씨로서는 저와 어울리는 것이 서방님과 함께 다니는 것보다 마음이 내키지 않는 것도 사실이었지요.

10월이었던가 11월 초였던 어느 날 오후, 그날은 서늘하고 비가 뿌리는 날씨에 잔디밭과 좁은 길에는 젖은 가랑잎이 사각거렸고, 싸늘하게 갠 푸른 하늘은 반쯤 구름에 가려 잿빛 구름이 갑자기 서쪽 하늘에 덮이는 것이 큰비가 올 것 같았지요. 그래서 저는 아가씨에게 산책을 그만두자고 말했어요. 아가씨는 듣지 않았어요. 저는 어쩔 수 없이 외투를 입고 양산을 들고 숲 끝까지 아가씨를 따라 산책하게 되었답니다. 아가씨가 맥이 빠질 때면 흔히 잠깐 나갔다 오는 형식적인 산책이었지요. 그런데 서방님께서는 여느 때보다 산책을 조금만 더 하셔도 그만 기운이 없어지는 것이었어요. 서방님 자신이 그런 말씀을 입 밖에 내신 일은 한 번도 없었지만, 서방님이 더욱 말이 없어지고 표정이 우울해지는 것을 보고 아가씨와 제가 짐작했지요.

아가씨는 쓸쓸히 걸었어요. 매서운 바람 때문에 달리고 싶었을 법한데도 아가씨는 달리지도, 뛰지도 않더군요. 저는 가끔 곁눈질로 아가씨가 손을 들어 뺨을 훔치는 것을 볼 수 있었지요.

저는 아가씨의 마음을 돌릴 만한 일이 없나 하고 둘러보았어요. 길 한쪽은 높고 울퉁불퉁한 언덕이었는데 거기에는 개암나무며, 제대로 자라지 못한 참나무들이 뿌리를 반쯤 드러낸 채 언제 넘어질지 모를 불안한 모양으로 서 있었어요. 참나무 둘레의 흙이 무너져 내려서 어떤 것은 강풍으로 땅에 닿을 만큼 넘어져 있는 것도 있었지요. 여름이면 아가씨는 그런 나무줄기 사이로 6미터나 되는 높다란 곳까지 기어 올라가 가지에 걸터앉아서는 흔들기를 좋아했어요. 그리고 저는 아가씨의 그 민첩한 몸짓이며, 경쾌하고 어린애다운 마음이 좋으면서도 그렇게 높은 곳에 올라가는 것을 볼 때마다 야단을 쳐야겠다고 생각했지요. 그렇지만 아가씨도 내려올 필요가 없다는 걸 알고 있었나 봐요. 점심을 먹고 나면 차 마시는 시간까지 아가씨는 그 산들산들 흔들리는 요람에 기대어, 어릴 때 저한테 배운 뱃노래를 혼자서 마냥 부르거나, 같은 나무에 앉아 있는 새들이 새끼들에게 먹이를 먹이고 나는 연습을 시키는 것을 지켜보고 있거나, 눈을 감고 편안히 누워 반은 생각에 잠기고 반은 꿈을 꾸는 듯한 말할 수 없는 행복한 기분에 젖었어요.

"저기 보세요, 아가씨! 여긴 아직 겨울이 오지 않았네요. 저기 조그만 꽃이 하나 있잖아요. 저건 7월에 저 잔디밭 길에 라일락 빛깔의 안개가 낀 듯 함빡 피었던 블루벨이 다 시들고 그 중에 마지막으로 핀 거예요. 올라가서 꺾어다 아버님께 보이세요." 제가 뒤틀린 나무의 뿌리 밑에 있는 움푹한 곳을 가리키며 큰 소리로 말했어요.

아가씨는 후미진 곳에서 외롭게 흔들거리는 꽃을 한참 동안 쳐다보고 나서 마침내 대답했어요.

"아냐, 난 꺾지 않을 테야. 쓸쓸해 보이지 않아, 엘런?"

"그래요. 어쩐지 아가씨처럼 시들시들하고 맥이 없는 것 같군요. 아가씨의 볼에 핏기가 없어요. 우리 손 잡고 한번 뛰어 봐요. 아가씨가 기운이 없으니 저도 지금은 아가씨를 따라 뛸 수 있을 것 같아요."

"싫어." 아가씨는 다시 대답하고는 계속 거닐다가 이따금 걸음을 멈추고 한 줌의 이끼며 하얗게 시든 풀포기 아니면 갈색의 가랑잎 더미에서 밝은 오렌지빛으로 돋아난 버섯 같은 것들을 물끄러미 내려다보며 생각에 잠겼어요. 그리고 가끔 얼굴을 돌리고는 손을 갖다 댔어요.

"아가씨, 왜 울어요, 네?" 제가 다가서서 어깨를 감싸며 물었어요. "아버님이 감기 같은 것으로 편찮으시다고 울면 안 돼요. 그보다 더한 병이 아닌 걸 다행으로 여겨야죠."

그러자 아가씨는 더 이상 참지 못하고 울음을 터뜨리고 말았어요. 숨이 막힐 듯이 흐느껴 울더군요.

"하지만 더 나쁜 병이 될지 누가 알아. 그리고 아빠와 엘런이 내 곁을 떠나고 나 혼자 남는다면 난 어떻게 해? 엘런이 한 말이 잊히지 않아. 언제나 내 귀에 남아 있단 말이야, 엘런. 아빠와 엘런이 세상을 떠난다면 나는 어떻게 살아가고 이 세상은 얼마나 쓸쓸해지겠어?"

"우리보다 아가씨가 먼저 돌아가실지 누가 알아요? 불행한 일을 미리 생각하는 건 나빠요. 우리 가운데 누구라도 세상을 떠나려면 아직 멀고 멀었다는 걸 생각해야지요. 서방님은 아직 젊으세요. 저도 이렇게 튼튼하고 이제 겨우 마흔다섯도 안 됐는걸요. 우리 어머니는 여든까지 사셨는데, 돌아가실 때까지 정정한 할머니셨어요. 그리고 서방님께서 예순까지만 사신다고 해도 그때는 아가씨 나이가 배 이상이 되는걸요. 앞으로 올 불행을 이십 년이나 앞당겨 슬퍼한다는 건 어리석은 짓 아니에요?"

"하지만 이사벨라 고모는 아빠보다 더 젊었는걸." 아가씨는 좀 더 위안을 받고 싶다는 듯이 수줍은 희망을 보이면서 저를 쳐다보고 말했어요.

"이사벨라 고모님은 아가씨나 저같이 간호해 줄 사람도 없었어요." 제가 대답했습니다. "그분은 아버님만큼 행복하지 않으셨고, 더 사실 만한 즐거움도 없었거든요. 무엇보다도 아가씨가 해야 할 일은 아버님을 잘 섬기고 아가씨가 즐거워하는 모습을 보여 드려 기운을 내시게 하는 일이에요. 그리고 무슨 일로든지 아버님께 걱정을 끼치지 않아야 해요. 알겠어요? 아가씨, 솔직히 말씀드리지만 만약 아가씨가 아버님이 어서 돌아가시기를 바라는 사람의 아들에게 어리석고 헛된 사랑을 느끼고 아가씨 멋대로 무모한 짓을 하며 그것에 미련을 갖거나, 아버님께서 어련히 생각해서 교제를 막은 일을 놓고 고민한다거나 하는 것을 아버님께서 아신다면, 아버님을 생으로 돌아가시게 하는 결과가 될지도 몰라요." 제가 대답했어요.

"난 정말 아빠의 병환 이외에는 아무것도 걱정하지 않아. 난 아빠 이외에는 아무것도 생각하지 않는단 말이야. 그리고 난 절대로, 절대로, 정말 절대로, 내 정신이 어떻게 되지 않는 한, 아빠를 성가시게 하는 행동이나 말은 하지 않을 테야. 난 내 몸보다도 아빠를 더 사랑해, 엘런. 그건 이걸 봐도 알 수 있어. 난 밤마다 내가 아빠 뒤에 남게 해 주십사고 기도를 드린다는 걸 말이야. 왜냐하면 난 아빠가 슬퍼하시는 것보다는 차라리 내가 슬픈 일을 당하는 게 낫다고 생각하기 때문이야. 이것으로도 내가 나 자신보다 아빠를 더 사랑한다는 걸 알 수 있지."

"좋은 말씀이에요. 하지만 실제 행동으로 그런다는 걸 보이셔야 해요. 그리고 아버님이 나으신 뒤에도 아버님을 염려하던 때 한 결심을 잊지 마세요."

이런 이야기를 주고받는 사이에 우리는 길 쪽으로 나 있는 문에 가까워졌답니다. 아가씨는 다시 명랑해진 기분으로 담장 위에 기어 올라가 앉아서 큰길 쪽으로 우거진 찔레나무 맨 윗가지에 달려 있는 빨간 열매를 따려고 손을 뻗쳤어요. 낮은 데 열린 열매들은 벌써 없어졌지만, 지금 아가씨가 있는 곳 말고는 새들이나 오를 수 있는 높은 데 열매가 달려 있었죠.

아가씨가 열매를 따려고 몸을 내밀다가 모자가 벗겨졌어요. 문이 잠겨 있었기 때문에 아가씨는 내려가서 모자를 주워 오겠다고 했어요. 제가 떨어지지 않게 조심하라고 이르는데 아가씨가 재빨리 담 너머로 내려가 버리더군요.

그러나 다시 올라오기란 그리 쉬운 일이 아니었어요. 돌은 반반하고 시멘트가 매끄럽게 발라져 있는 데다 찔레나무 덤불과 엉겨 붙은 산딸기 덩굴도 다시 올라오는 데 도움이 되지 않았어요. 바보 같은 저도 아가씨가 웃으면서 큰 소리로 이렇게 말하는 소리가 들려올 때까지는 그런 생각을 못 하고 있었지요.

"엘런, 엘런이 열쇠를 가져와야겠어. 그러지 않으면 내가 문지기네 집까지 뛰어갔다 와야 하니까 말이야. 이쪽에서는 담을 올라갈 수 없어!"

"거기 그대로 있어요. 내 호주머니에 열쇠 뭉치가 있으니까 어쩌면 열 수 있을지도 몰라요. 열리지 않으면 내가 다녀올게요."

캐서린 아가씨는 제가 큰 열쇠를 차례로 하나씩 다 끼워 보는 동안 문 앞에서 왔다 갔다 하며 춤을 추면서 혼자 놀고 있었어요. 마지막으로 하나를 끼워 보았으나 결국 맞는 것은 없었어요. 그래서 아가씨에게 거기 그대로 있으라고 다시 말하고 급히 집으로 뛰어가려던 참인데, 무언가가 다가오는 소리가 들렸어요. 그것은 빠른 걸음으로 뛰어오는 말발굽 소리였어요. 캐시 아가씨도 춤을 멈추고 이내 말도 걸음을 멈추는 소리가 났어요.

"그게 누구예요?" 제가 가만히 물었어요.

"엘런, 문이 빨리 열리면 좋겠어." 아가씨도 걱정스러운 듯 저쪽에서 조그만 목소리로 말했어요.

"허어, 린튼 아가씨로군." 말을 타고 온 사람의 굵직한 목소리가 외쳤어요. "참 반갑군. 내가 설명을 좀 듣고 싶은 게 있으니 너무 서둘지 마요."

"고모부, 저는 고모부와 이야기하지 않겠어요. 아빠가 그러시는데, 고모부는 나쁜 사람이래요. 그리고 고모부는 아빠와 저를 미워한대요, 엘런도 그랬고요." 캐서린 아가씨가 대답했어요.

"그런 건 지금 문제가 아냐." 히스클리프 씨가 말했어요. 말을 타고 온 사람은 바로 히스클리프 씨였던 거지요. "난 내 아들은 미워할 생각이 없는데. 그리고 내가 네게 하고 싶은 말도 그 애에 관한 거다. 그렇지! 네게도 얼굴을 붉힐 만한 이유가 있겠지. 두세 달 전만 해도 넌 줄곧 린튼에게 편지를 보내지 않았니? 장난으로 연애를 했지, 응? 너희는 둘 다 벌로 매를 맞아도 싸! 넌 손위니까 더욱 그렇지. 나중에 알고 보니 네가 더 매정스러웠어. 네가 보낸 편지를 내가 가지고 있으니, 네가 만약 버릇없이 굴면 그 편지를 모두 네 아비에게 보낼 테다. 난 네가 그 장난에 싫증이 나서 집어치운 줄 알았는데, 그렇지 않니? 어쨌든 네가 그러는 바람에 린튼이란 놈은 '절망의 수렁'에 빠져 버리고 말았어. 그 녀석은 진정이었단 말이다. 사랑에 빠진 거지. 정말, 정말로 그 녀석은 너 때문에 죽어 가고 있다. 너의 변심으로 그 녀석은 가슴이 터질 지경이란 말이다. 이건 과장해서 하는 말이 아니라 사실을 말하는 거야. 헤어튼이란 놈이 여섯 주 동안 내리 놀려 대고, 나도 더욱 엄한 수단을 써서 그 녀석의 어리석은 생각을 깨우치려고 해 보았지만, 나날이 더 나빠지는구나. 네가 그 녀석의 마음을 돌이켜 주지 않으면 여름이 오기 전에 그 녀석은 땅속에 들어가고 말게 생겼다!"

"어쩌면 가엾은 어린 아가씨에게 그렇게 허황된 거짓말을 할 수 있죠!" 제가 담 안쪽에서 큰 소리로 외쳤어요. "어서 돌아가요! 어떻게 그런 시시한 거짓말을 일부러 꾸며 내느냐 말이에요! 캐시 아가씨, 제가 돌로 자물쇠를 두들겨 부술 테니 그따위 시시한 거짓말일랑 믿지 마세요. 잘 알지도 못하는 사람을 사랑하다가 죽은 사람은 없다는 건 아가씨 혼자서 생각해 봐도 알 수 있을 거예요."

"엿듣는 사람이 있는 줄은 몰랐군." 거짓말을 하다 들킨 그 악당이 중얼거렸지요. "훌륭하신 딘 부인, 난 당신이 좋지만, 당신의 그 겉 다르고 속 다른 행동은 마음에 안 들어. 당신이야말로 어떻게 그 '가엾은 어린 아가씨'를 내가 미워한다는 따위의 허황된 거짓말을 할 수 있지? 그리고 어떻게 그런 도깨비 같은 소리를 만들어 내 가지고는 캐시가 무서워서 우리 집 문간에도 못 오게 할 수 있지? 캐서린 린튼, 바로 이 이름만 들어도 내 마음이 따뜻해지는데. 귀여운 아가씨, 난 이번 주 내내 집에 없을 테니 내 말이 사실인지 아닌지 가 보려무나. 꼭 가 봐. 귀여운 아이니까 네 아비와 나의 입장을, 그리고 린튼과 너의 입장을 바꿔 놓고 상상해 봐. 네 아비가 직접 그에게 이렇게 간청하는데도, 그가 너를 위로하기 위해서 한 발짝도 움직이지 않는다면 너는 그런 매정한 연인을 어떻게 생각하겠니? 넌 미련하게 이런 과오를 저지르지 마. 내 결단코 맹세하지만, 그 녀석은 지금 다 죽게 됐고, 그 녀석을 구할 사람은 너밖에 없단 말이다!" 그가 큰 소리로 말했어요.

자물쇠가 겨우 부서져서 저는 밖으로 뛰어나갔어요.

"린튼이란 녀석은 정말 죽게 됐단 말이야." 히스클리프 씨가 저를 노려보면서 거듭 말했어요. "슬픔과 실망이 그 녀석의 죽음을 재촉하고 있소. 넬리, 정 캐시를 못 가게 하려거든 당신이 직접 가 봐. 난 다음 주 이맘때까지는 돌아오지 않을 거야. 그리고 당신네 주인도 설마 자기 딸이 사촌 동생에게 문병을 간다는데 반대하지는 않겠지!"

"들어와요." 저는 아가씨의 팔을 붙들고 반쯤 강제로 들어오게 했어요. 속으로는 거짓말을 하면서도 겉으로는 몹시 엄격한 표정을 짓고 있는 그의 얼굴을 아가씨가 걱정스러운 눈으로 바라보면서 꾸물거리고 있었거든요.

히스클리프 씨가 말을 가까이 대고 허리를 구부리며 덧붙였어요.

"캐서린, 솔직히 말해서 나로선 린튼을 어떻게 해 볼 도리가 없어. 헤어튼과 조지프는 나보다 더하지. 사실 그 녀석은 매정한 패들과 살고 있는 셈이야. 그 녀석은 애정은 말할 것도 없고 친절한 마음씨를 애타게 갈망하고 있단다. 그러니 너의 친절한 말 한마디는 더없이 좋은 약이 될 거야. 딘 부인의 잔인한 주의일랑 듣지 말고 너그러운 마음으로 어떻게 하든지 그 녀석을 좀 만나 보도록 해. 밤낮으로 그 애는 너만 생각하고 있단다. 그러니 네가 편지도 보내지 않고 찾아오지도 않은 뒤로는, 네가 그 녀석이 싫어서 그러는 게 아니라고 아무리 이야기해도 듣지 않는단 말이야."

저는 문을 닫고 부서진 자물쇠만으로는 걸리지 않겠기에 돌멩이를 굴려서 문에다 기대 놓았어요. 저는 우산을 펴고 아가씨를 그 밑으로 끌어당겼어요. 바람 소리가 스치는 나뭇가지 사이로 후드득후드득 빗방울이 떨어지기 시작해서 더 지체할 수 없었거든요.

집으로 가는 길에는 급히 걸어야 했기 때문에 히스클리프 씨를 만난 이야기를 할 틈이 없었어요. 그러나 저는 이제 캐서린 아가씨의 마음이 두 겹의 어둠으로 흐려져 있음을 직감적으로 알아챘지요. 아가씨의 모습이 어찌나 슬퍼 보이던지 마치 딴사람의 얼굴 같았어요. 아가씨는 들은 이야기 한마디 한마디가 모두 사실이라고 믿는 것이 틀림없었지요.

서방님은 우리가 돌아오기 전에 당신 방으로 돌아가 쉬고 계셨어요. 캐시 아가씨가 살그머니 아버님 방으로 들어가서 좀 어떠시냐고 여쭈어보려고 했지만 벌써 잠이 드셨지요. 아가씨는 돌아오더니 저더러 서재에 함께 있어 달라고 했어요. 우리는 함께 차를 마셨어요. 그러고 나서 아가씨는 양탄자 위에 눕더니, 피곤하니까 이야기는 하지 말라고 하더군요.

저는 책을 한 권 들고 읽는 척하고 있었어요. 아가씨는 제가 책에 열중해 있으려니 하는 생각이 들자 곧 소리 없이 울기 시작했어요. 그즈음은 소리 없이 우는 것이 아가씨의 유일한 소일거리가 된 것 같았지요. 저는 잠시 마음대로 울게 내버려 두었어요. 그러고 나서 저는 히스클리프 씨가 그의 아들에 대해서 늘어놓은 이야기들을 모두 비웃고 조롱하면서 아가씨를 달랬지요. 슬프게도 제게는 히스클리프 씨의 이야기가 가져온 효과를 줄일 만한 기술이 없었답니다. 상황이 히스클리프 씨의 뜻대로 되고 말았지요.

"엘런 말이 옳을지도 몰라. 하지만 사실을 알기 전에는 절대로 마음을 놓을 수 없을 거야. 그리고 내가 편지를 보내지 않은 것은 내 탓이 아니라는 걸 린튼에게 말해 줘야겠어. 그리고 마음이 변하지 않으리라는 것을 믿게 해 줘야겠어."

아가씨가 그렇게 어수룩하게 믿어 버리는 것에 화를 내거나 반대를 해 보았자 무슨 소용이 있었겠어요? 우리는 그날 밤 다투고 헤어졌어요. 그러나 다음 날 저는 우리 고집쟁이 아가씨의 조랑말을 따라 워더링 하이츠로 가는 길을 걷고 있었답니다. 아가씨가 애통해하는 꼴을 옆에서 보고 있을 수 없었고, 풀 죽은 창백한 얼굴과 근심에 싸인 눈을 차마 볼 수 없었던 거죠. 그리고 린튼 도련님을 직접 만나 보면 그 이야기가 사실과 얼마나 다른지 알게 되리라는 막연한 희망도 있고 해서 제가 양보했던 것이지요.

23장

밤에 비가 오더니 아침에는 안개가 자욱이 끼었더군요. 서리가 뒤섞인 이슬비가 내리고, 비 때문에 갑자기 생겨난 여울에는 높은 지대에서 물이 콸콸 흘러내려 길이 막혀 있었어요. 발이 흠씬 젖었지요. 짜증이 나고 기분도 내키지 않더군요. 분명 이런 불쾌한 일들은 사람을 화나게 만들기에 딱 맞는 것이었지요.

우리는 히스클리프 씨가 정말로 집에 없는지 확인하기 위해 부엌으로 해서 집 안으로 들어갔답니다. 저는 그가 주장하는 말들을 별로 신뢰하지 않았으니까요.

조지프는 이글거리는 난로 옆에 혼자 앉아 있는 꼴이 무척 기분 좋아 보였어요. 옆에 있는 탁자 위에는 1리터들이 맥주 한 병과 큼직하게 구운 귀리 비스킷 조각을 잔뜩 쌓아 놓고는 그 까맣고 짧은 파이프를 입에 물고 있었어요.

캐서린 아가씨는 난롯가로 뛰어가서 불을 쬐었어요. 저는 주인이 계시느냐고 물었어요.

묻는 말에 한참 동안이나 대답이 없기에 저는 영감이 그동안 귀가 먹었나 보다 싶어 다시 큰 소리로 물었어요.

"아! 안 계시는데!" 그가 으르렁거린다기보다도 코로 소리를 지르는 것처럼 말했어요. "아, 안 계시는데! 그대로 돌아가는 게 좋을걸."

"조지프!" 제가 부르는 것과 거의 동시에 안에서 역정을 내며 부르는 소리가 들려왔어요. "몇 번이나 불러야 알아듣겠어? 이제 불이 다 꺼져 간단 말이야. 조지프! 빨리 좀 와 봐."

담배 연기를 푹푹 뿜어 대면서 까딱도 하지 않고 난로 속을 뚫어지게 들여다보고 있는 것이 그 정도의 애원은 들리지도 않는다는 듯한 태도였어요. 가정부와 헤어튼도 보이지 않았어요. 아마 가정부는 심부름을 갔을 테고 헤어튼은 일을 하고 있었겠지요. 우리는 린튼 도련님의 목소리를 알아듣고 안으로 들어갔어요.

"제발 너 같은 건 다락방에서 뒈져 버려! 굶어 죽어야 해." 도련님은 우리가 가까이 가자 말을 듣지 않는 자기네 하인인 줄로 잘못 알고 이렇게 말했어요.

도련님이 잘못 알았다는 것을 깨닫고 말을 멈추자 사촌 누이는 그에게로 뛰어갔어요.

"린튼 양이었구나!" 도련님이 기대앉았던 커다란 의자의 손잡이에서 머리를 들면서 말했어요. "아이, 입은 맞추지 마. 숨이 차서 그래. 웬일이야! 아빠도 누나가 찾아올 거라고는 했지만." 캐서린 아가씨의 포옹에서 한숨 돌린 다음 도련님이 말을 계속했어요. 아가씨는 너무 세게 포옹을 했다 싶어 깊이 뉘우치는 표정으로 옆에 서 있었지요. "미안하지만 문 좀 닫아 줘. 열려 있잖아. 그런데 저, 저 망할 것들이 난로에 석탄을 넣어 주지 않는단 말이야. 추워 죽겠는데!"

저는 난로 속의 재를 뒤적거려 놓고 나서 석탄을 한 통 가득 퍼 왔어요. 환자는 재가 날린다고 투덜댔어요. 그러나 그가 지겨운 기침을 하며 열이 나고 몸이 좋지 않은 안색이어서 저는 그의 투정을 나무라지 않았어요.

"어때, 린튼, 내가 와서 좋으니? 내가 무슨 도움이 되겠어?" 도련님의 찌푸렸던 이마의 주름살이 펴지자 아가씨가 중얼거리듯 말했어요.

"왜 진작 오지 않았어? 편지를 보내는 대신 직접 오라고 할 걸 그랬어. 그 긴 편지를 쓰느라 혼났단 말이야. 누나와 직접 이야기했으면 좋았을 텐데. 이제 이야기할 기운도 없고 아무것도 하고 싶지 않아. 질라는 또 어딜 간 거야! (저를 보며) 부엌에 있는지 좀 가 봐요." 도련님이 말했어요.

먼저 해 준 일에 대해서도 고맙다는 말 한마디 없자 그의 명령으로 이리 가고 저리 가는 게 싫어서 저는 이렇게 대답해 버렸어요.

"부엌에는 조지프 말고 아무도 없어요."

"물 좀 마시고 싶은데." 도련님은 골이 나서 큰 소리로 말하고 고개를 돌려 버렸어요. "질라는 아빠가 나가신 뒤엔 줄곧 기머튼에만 싸다니거든. 정말 너무해! 그래서 난 어쩔 수 없이 이리 내려온 거야. 2층에서는 불러도 아무도 대답을 안 하기로 작정을 했는지 영 들어 주지 않거든."

"아버님은 잘해 주시나요, 도련님?" 저는 아가씨가 다정스럽게 무엇인가 말하려다가 그만두는 것을 보고 이렇게 물어보았어요.

"잘해 주냐고? 다른 사람들에게는 내게 좀 더 잘해 주라고 시키기는 하지. 망할 것들이야. 그런데 누나, 저 짐승 같은 헤어튼이란 놈이 날 비웃는단 말이야. 난 그 자식이 보기 싫어 죽겠어. 실은 모두가 다 밉지만 말이야. 다 못된 것들이거든." 도련님이 내뱉었어요.

캐시 아가씨는 물을 찾기 시작했어요. 찬장 안에 있는 주전자에서 물을 큰 컵에 가득 부어 가지고 왔어요. 도련님은 탁자 위에 있는 포도주 병에서 한 숟가락만 따라 물에 타 달라고 아가씨에게 말했어요. 한 모금 마시고 나더니 한결 마음이 가라앉는 모양인지 도련님이 아가씨더러 매우 고맙다고 인사말을 했어요.

"그래, 내가 와서 좋아?" 아가씨는 아까 물어본 말을 되풀이해 물어보고는 도련님의 얼굴에 엷은 미소가 어리는 것을 보고 기뻐했어요.

"그럼, 좋고말고. 누나 같은 목소리는 처음 듣는 것 같아! 하지만 누나가 와 주지 않아서 화가 났단 말이야. 그런데 아버지는 누나가 오지 않는 건 나 때문이라는 거야. 그리고 나더러 불쌍하고 느려 빠지고 못난 놈이래. 누나도 나를 멸시한다면서 만약 아빠가 내 입장이라면 지금쯤은 누나네 아빠보다도 더 멋지게 그 집의 주인 노릇을 하고 있을 거라는 거야. 린튼 양은 날 멸시하지 않지, 그렇지?" 그가 말했어요.

"캐서린이나 캐시라고 불러 주면 좋겠어!" 아가씨가 말을 가로막았어요. "너를 멸시한다고? 천만에! 난 아빠와 엘런 다음으로 누구보다도 너를 사랑하는걸. 하지만 너희 아빠는 싫어. 너희 아빠가 돌아오시면 난 못 올 거야. 여러 날 안 오셔?"

"여러 날은 아냐. 하지만 사냥철이 시작돼서 자주 들에 나가시니까. 아빠가 집에 안 계시는 한두 시간은 나와 함께 지내도 돼. 그렇게 해! 그런다고 말해 줘! 누나와 함께 있으면 난 화도 내지 않을 거야. 누나는 나를 성가시게 하지 않고 언제나 나를 도와주려 할 테니까 말이야. 그렇잖아?" 도련님이 말했어요.

"그럼." 캐서린 아가씨가 그의 길고 부드러운 머리카락을 쓰다듬으며 말했어요. "난 아빠가 승낙만 해 주시면 내게 주어진 시간의 절반은 너와 함께 지낼 거야. 귀여운 린튼! 네가 내 동생이라면 좋겠어!"

"그럼 누나는 나를 누나네 아빠만큼 좋아할 거야?" 그가 더욱 기운이 나서 물었어요. "하지만 아빠가 그러시는데, 누나가 내 아내가 된다면 누나는 누나네 아빠보다도, 그리고 세상 누구보다도 나를 사랑할 거래. 누나가 그러면 좋겠어!"

"안 돼! 난 누구도 아빠보다 더 사랑할 수는 없어." 아가씨가 심각한 얼굴로 대답했습니다. "그리고 때로는 자기 아내를 미워하는 사람들도 있거든. 하지만 남매간에는 미워하지 않는

단 말이야. 네가 만약 내 동생이라면 너는 우리와 함께 살 테고, 아빠는 나와 마찬가지로 너도 귀여워하실걸."

린튼 도련님은 사람들이 자기 아내를 미워하지 않는다고 했어요. 그러나 캐시 아가씨는 미워한다고 우기고, 자기가 아는 사실로 바로 도련님의 아버지가 아내인 아가씨의 고모를 미워했다는 실례를 이야기했어요.

저는 아가씨의 철없는 이야기를 막으려고 애썼어요. 그러나 막지 못했고, 아가씨는 자기가 아는 것을 모두 털어놓고 말았지요. 린튼 도련님은 몹시 흥분해서 아가씨의 이야기가 거짓말이라고 우겼어요.

"아빠가 이야기해 주셨어. 우리 아빠는 거짓말하지 않는단 말이야!" 아가씨가 화가 나서 대답했어요.

"우리 아빠는 누나네 아빠를 경멸해! 아빠는 그분이 겁쟁이 바보랬어!" 린튼 도련님이 외쳤어요.

"네 아버지는 나쁜 사람이야." 아가씨가 대꾸했어요. "그리고 너도 네 아빠가 한 말을 그대로 되풀이하는 것은 큰 잘못이야. 이사벨라 고모를 그렇게 도망치게 하다니, 네 아빠는 틀림없이 나쁜 사람이란 말이야!" 아가씨가 대꾸했어요.

"엄마는 도망간 게 아냐. 내 말에 반박하지 마!" 도련님이 말했어요.

"도망갔어!" 아가씨가 외쳤어요.

"나도 누나에게 할 말이 있어! 누나네 엄마가 누나네 아빠를 미워했대. 자, 어때?" 린튼 도련님이 말했어요.

"어머나!" 캐서린 아가씨가 소리치고는 너무 화가 나서 말을 잇지 못했어요.

"그리고 누나네 엄마는 우리 아빠를 사랑했대!" 도련님이 덧붙였어요.

"이 거짓말쟁이야! 이제 너 같은 건 싫어." 아가씨가 헐떡거리며 말하고는 흥분해서 얼굴이 빨개졌어요.

"정말이야! 정말이란 말이야!" 린튼 도련님은 노래를 부르듯이 말하고는 의자에 푹 주저앉으며 뒤에 서 있는 상대방이 흥분하는 꼴을 보려고 머리를 뒤로 젖히면서 의자에 기댔어요.

"쉿, 도련님! 그것도 도련님 아버지가 지어낸 이야기일 거예요." 제가 말했어요.

"그렇지 않아, 당신은 입 닥쳐!" 도련님이 대답했어요. "정말이야, 정말이래도, 캐서린. 정말이야. 우리 아빠를 사랑했대!"

캐시 아가씨가 어쩔 줄 몰라 의자를 세게 밀어붙이는 바람에 도련님은 한쪽 팔을 바닥에 짚으며 의자에서 떨어졌어요. 도련님이 갑자기 숨 막힐 듯 기침을 하기 시작해서 그 의기양양한 기세도 사라지고 말았어요.

기침을 너무 오래 계속하는 통에 저마저 놀랐지요. 아가씨를 보니 자신이 저지른 일에 어리둥절해져서 아무 말 못 하고 마구 울고 있었어요.

저는 기침이 저절로 멎을 때까지 도련님을 붙들고 있었어요. 기침이 그치자 그는 나를 떠밀어 내고 말없이 고개를 숙였어요. 캐서린 아가씨도 울음을 그치고 맞은편에 앉아서 심각한 표정으로 난롯불을 들여다보았어요.

"이제 좀 어때요, 도련님?" 제가 십 분쯤 기다렸다가 물어보았어요.

"캐시도 이렇게 당해 보면 좋겠어. 잔인한 심술쟁이! 헤어튼도 나를 건드린 일이 없는데, 이제까지 한 번도 나를 때린 일은 없단 말이야. 그리고 오늘은 기분이 좋았는데, 그런데……." 그의 목소리는 훌쩍거리느라고 잘 들리지도 않았어요.

"널 때린 게 아니야!" 캐시 아가씨는 다시 울음이 터지려는 것을 참으려고 입술을 깨물며 중얼거렸어요.

도련님은 몹시 앓는 사람처럼 한숨을 쉬며 신음했어요. 분명 자기 사촌을 괴롭히기 위해서 일부러 십오 분 동안이나 그렇게 하는 것 같았어요. 아가씨가 참다못해 흐느끼는 것을 볼 때마다 도련님은 새삼 괴롭고 슬픈 소리를 냈으니까요.

"아프게 해서 미안해, 린튼!" 아가씨가 결국 견디다 못해 말했어요. "하지만 나 같으면 그렇게 조금 밀었다고 아프지는 않을 거야. 그리고 너도 그렇게 아프리라고는 생각하지 않았어. 별로 아프지는 않지? 그렇지, 린튼? 너를 아프게 해 놓고 죄책감을 느끼며 돌아갈 수는 없어! 대답해 줘, 말해 봐."

"말 못 해." 그가 중얼거렸습니다. "나를 이렇게 아프게 해 놓았으니 밤새도록 기침에 시달리느라 잠도 못 잘 거야! 누나도 한번 당해 보면 어떤지 알 텐데. 나는 괴로워서 못 견디는데도 누나는 편안히 잘 자겠지. 내 옆에 있어 주는 사람도 없는데! 누나 같으면 이렇게 무서운 밤을 어떻게 지낼까!" 그는 자기 연민에 겨워 큰 소리로 서럽게 울기 시작했어요.

"도련님이 늘 그렇게 지긋지긋한 밤을 보낸다니, 도련님을 괴롭히는 건 아가씨가 아니네요. 아가씨가 오지 않았더라도 마찬가지였을 테니까. 어쨌든 아가씨가 다시 도련님을 괴롭히지는 않을 거예요. 그리고 우리가 돌아가면 아마 도련님도 좀 가라앉겠지요." 제가 말했어요.

"나 돌아가야 해? 내가 가면 좋겠니, 린튼?" 아가씨가 슬픈 표정으로 그에게 몸을 숙이며 묻더군요.

"누나가 이미 한 일을 어쩔 수는 없잖아." 도련님이 아가씨에게서 몸을 움츠려 돌아서며 대답했어요. "나를 괴롭혀 열이 나게 해서 악화할 수는 있겠지만."

"내가 가야 하냐고?" 아가씨가 다시 물었어요.

"제발 나 좀 가만 내버려 둬. 그렇게 이야기하는 걸 견딜 수가 없단 말이야!" 그가 말했어요.

아가씨는 제가 가자고 아무리 권해도 듣지 않고 한동안 지루할 정도로 머뭇거리더니, 도련님이 쳐다보지 않고 말도 하지 않자 결국 문 쪽으로 발을 옮겼고, 저도 뒤를 따랐어요.

우리는 비명을 듣고 다시 방으로 들어갔어요. 도련님이 의자에서 난롯가로 미끄러져 내려와 버릇없이 성가시게 구는 심술쟁이 어린애같이 될 수 있는 대로 슬프고 괴롭게 보일 작정으로 몸을 뒤틀며 누워 있더군요.

저는 그의 행동으로 성격을 충분히 알 수 있었지요. 그의 비위를 맞춰 주는 것은 어리석은 짓이라는 것도 당장 깨달았고요. 그런데 아가씨는 그러지 못해서, 놀라 뛰어가서는 무릎을 꿇고 함께 울면서 달래기도 하고 애원도 했답니다. 그러는 사이에 도련님은 결코 아가씨를 괴롭힌 것이 미안해서가 아니라 숨이 차서 어쩔 수 없이 조용해졌지요.

"도련님을 긴 의자에 뉘어야겠어요. 그러면 맘대로 뒹굴겠지요. 우린 이렇게 도련님을 지켜보고 있을 수만은 없어요, 아가씨. 아가씨가 도련님에게 도움을 줄 수 있는 사람이 아니고 도련님의 건강 상태가 아가씨를 보고 싶어서 저렇게 된 게 아니라는 것을 이제 충분히 아셨겠죠? 자, 의자에 뉘었어요! 어서 갑시다. 도련님도 자신의 바보 같은 짓을 아무도 옆에서 돌봐 주지 않는다는 걸 알면 별수 없이 조용히 누워 있을 거예요!" 제가 말했어요.

아가씨는 쿠션을 머리 밑에 받쳐 주고 물도 갖다주었어요. 도련님은 물을 안 마시겠다면서 받쳐 준 쿠션이 딱딱한 돌멩이나 나무토막이기라도 한 듯이 거북하게 고개를 움직였어요.

아가씨는 좀 더 편안하게 해 주려고 하더군요.

"이건 안 돼. 낮단 말이야!" 도련님이 말했어요.

아가씨는 쿠션을 하나 더 가져다 그 위에 받쳐 주었어요.

"이건 너무 높아!" 그 성가신 친구가 투덜댔어요.

"그럼 어떻게 하면 돼?" 아가씨가 어쩔 줄 몰라 물었어요.

도련님은 아가씨가 의자 옆에 반쯤 무릎을 꿇자 몸을 일으켜 아가씨를 감싸 안으며 어깨에 머리를 기댔어요.

"아니, 그러면 안 돼요! 쿠션으로 충분하실 텐데, 도련님! 아가씨는 도련님 때문에 벌써 너무 많은 시간을 보냈어요. 우린 이제 오 분 이상은 더 지체할 수 없는걸요." 제가 말했지요.

"아냐, 아냐, 괜찮아!" 아가씨가 대답했어요. "린튼은 이제 얌전히 잘 참는데, 뭐. 내가 찾아와서 린튼의 병이 더 나빠졌다고 생각하면 오늘 밤에 내가 린튼보다 더 괴로울 테고, 다시는 내가 오지 못하리라는 걸 린튼도 아는 모양이야. 바른대로 말해 봐, 린튼. 만약 나 때문에 더 나빠졌다면 내가 다시 와서는 안 되니까 말이야."

"누나가 와서 고쳐 줘야 해. 나를 아프게 했으니까 와야 한다고. 나를 굉장히 아프게 했잖아? 누나가 들어왔을 때는 지금처럼 아프지 않았단 말이야, 안 그래?" 도련님이 말했어요.

"하지만 네가 혼자 울고 화내고 해서 더 아픈 거지, 뭐. 나한테만 책임이 있는 건 아냐. 어쨌든 우리 사이좋게 지내자. 넌 내가 오기를 원하고, 가끔 나를 만나고 싶어 했잖아, 그렇지?" 아가씨가 말했어요.

"그렇다고 했잖아, 그렇다고!" 도련님이 성급히 대답했어요. "저 의자에 앉아서 무릎을 베게 해 줘. 엄마는 늘 오후 내내 그렇게 해 줬거든. 가만히 앉아서 말하지 말고, 노래를 할 줄 알면 노래를 해 주든지 아니면 재미있고 긴 발라드나 들려줘. 나한테 가르쳐 준다고 약속한 것 말이야. 아니면 이야기라도 좋아. 하지만 난 발라드가 더 좋은데, 해 줘."

캐서린 아가씨는 자신이 아는 것 중에서 제일 긴 발라드를 들려주었어요. 그러면서 두 사람은 대단히 즐거워했지요. 도련님은 하나 더 들려 달라고 했어요. 제가 성을 내며 반대하는 것에도 아랑곳하지 않고 하나가 끝나면 또 다른 것을 해 달라고 졸라 댔어요. 그들은 시계가 12시를 칠 때까지 계속 그랬답니다. 헤어튼이 점심을 먹으러 돌아오는 기척이 뜰에서 들려왔어요.

"그럼 내일 해, 캐서린. 내일도 올 수 있지?" 린튼 도련님은 아가씨가 마지못해 일어나자 아가씨의 옷자락을 붙잡으며 물었어요.

"안 돼요! 그리고 모레도 안 돼요." 제가 대답했어요. 그런데 아가씨가 허리를 구부리고 도련님의 귀에 뭐라고 소곤거리자 그의 이마가 활짝 펴지는 것이 아가씨가 분명 다르게 대답한 모양이었어요.

"내일은 못 오세요. 아시겠지요, 아가씨! 그러실 생각은 아니겠죠?" 그 집을 나오자 제가 말을 꺼냈어요.

아가씨는 빙긋이 웃더군요.

"참, 내가 단속을 잘해야겠군요." 제가 말을 계속했어요. "그 자물쇠를 고쳐 놓으면 아가씨가 다른 데로는 빠져나갈 길이 없으니까요."

"담을 넘어가지, 뭐. 우리 집은 감옥이 아냐, 엘런. 엘런이 나를 지키는 간수도 아니고. 그뿐 아니라 나도 열일곱이 다 됐어. 어른이란 말이야. 그리고 틀림없이 린튼은 내가 가서 돌봐주기만 하면 곧 나을 거야. 난 그 애보다 나이도 많고, 철도 더 들었고 덜 어리단 말이야, 그렇지 않아? 그 앤 내가 조금만 달래면 곧 내가 하자는 대로 할 거야. 얌전할 때는 귀여운 아이지. 만약 친동생이라면 정말 귀여워해 줄 텐데. 자주 만나서 친해지면 싸우지도 않을 거야, 그렇지? 엘런은 그 애를 좋아하지 않아?" 아가씨가 웃으며 말했어요.

"그가 좋으냐고요? 그렇게 고약한 성미에다 병까지 있는 어린 몸으로 용케 열몇 살까지 견뎌 냈어요! 그리고 히스클리프씨 말마따나 스무 살을 넘기지는 못하겠더군요. 정말 봄이나 넘길지 의심스러워요. 그 도련님이 언제 세상을 떠난대도 그 댁으로선 상실감도 크지 않을 테고요. 그의 아버지가 받아들인 것이 우리한텐 큰 다행이죠. 도련님은 친절히 대해 주면 대해 줄수록 더 귀찮은 욕심꾸러기가 될 테니까요! 아가씨가 도련님을 서방님으로 맞이하지 않아도 되게 생겼으니 저는 다행으로 생각한답니다, 아가씨!" 제가 큰 소리로 말했어요.

아가씨는 이 말을 듣더니 사뭇 무서운 표정을 짓더군요. 도련님의 죽음에 대해서 그렇게 함부로 말하니 기분이 상했던 것이지요.

"그 앤 나보다 더 어린걸." 아가씨가 한참 동안 생각에 잠겨 있다가 대답했어요. "그러니까 그 애가 제일 오래 살아야 해. 그 앤 꼭 오래 살 거야. 나만큼은 꼭 살아야지. 그 앤 처음 이곳에 왔을 때와 마찬가지로 건강해. 틀림없어! 아빠와 마찬가지로 그저 감기 때문에 그러는 거야. 엘런은 아빠는 곧 나으실 거라고 하면서 왜 그 애는 낫지 못한다는 거지?"

"자, 자, 아무튼 우리가 걱정할 필요는 없어요. 잘 들어 둬요, 아가씨. 저는 제가 한 말은 꼭 지키는 사람이에요. 만약 아가씨가 저와 함께 가시든 혼자 가시든 다시 워더링 하이츠에 가시려고만 하면, 저는 아버님께 말씀드리겠어요. 그리고 아버님께서 승낙하시지 않으면 그 사촌과 전처럼 친하게 지내서는 안 돼요." 제가 외쳤어요.

"그 전처럼 친해졌는걸!" 아가씨가 심술궂은 표정으로 중얼거렸어요.

"그러나 더 계속해서는 안 돼요!" 제가 말했어요.

"생각해 볼게!" 아가씨가 대답하고 나서 뒤따라가느라 애쓰는 저를 떼어 놓고 말을 몰았어요.

우리는 둘 다 점심 전에 집에 도착했답니다. 서방님은 우리가 숲을 거닐다 온 줄 아시는 모양이었지요. 어디 갔다 왔느냐고 묻지도 않으시더군요. 집에 들어가자마자 저는 흠씬 젖은 신발과 양말을 급히 갈아 신었어요. 그러나 워더링 하이츠에서 그렇게 오랫동안 그대로 앉아 있었던 게 잘못이었나 봅니다. 다음 날 아침 일어날 수가 없었거든요. 그로부터 석 주 동안을 꼼짝도 못 했지요. 전에 없던 일이었고, 다행히 그 뒤로는 아직 한 번도 그런 일이 없었어요.

우리 작은 아가씨는 마치 천사처럼 저한테 와서 시중을 들어 주고 외로움을 달래 주더군요. 방 안에 갇혀 있으니 몹시 기분이 우울했는데 말이지요. 저처럼 늘 움직이던 사람이 하는 일 없이 누워 있자니 무척 지루했어요. 그러나 저는 불평거리라고는 조금도 없었답니다. 캐서린 아가씨는 서방님의 방을 나오는 즉시 제 침실에 들렀어요. 아가씨의 하루는 서방님과 제가 반반씩 나누어 가진 셈이었고, 잠시도 노는 시간이라고는 없었지요. 식사며 공부, 노는 것도 잊었어요. 아가씨처럼 다정다감한 분은 없었답니다. 그렇게 아버지를 섬기면서 제게도 그처럼 정성스럽게 대해 주는 것으로 보아 아가씨는 마음씨가 따뜻한 사람임에 틀림없었지요.

아가씨의 나날은 서방님과 제가 반씩 나누어 가졌다고 말씀드렸지만, 서방님은 일찍 당신 방에 드셨고 저도 대개 6시만 지나면 아무것도 할 일이 없었으니, 그 뒤로는 아가씨의 자유

시간이었지요.

불행히도 아가씨가 차 마시는 시간이 지난 뒤에는 혼자서 무엇을 하는지 저는 생각해 본 일이 없었어요. 그리고 가끔 제 방을 들여다보며 잘 자라고 인사할 때 아가씨의 두 볼에 생기가 돌고 가느다란 손가락이 불그레해진 것을 보기는 했지만, 설마 그것이 말을 몰고 추운 들판을 건넌 탓이라고는 상상도 못 하고 그저 서재의 뜨거운 난롯가에 있었기 때문이려니 생각했답니다.

24장

석 주가 지날 무렵에야 저는 제 방을 나와서 거동할 수 있었지요. 처음으로 제가 저녁에 일어나 앉아 있게 된 때의 일이었는데, 저는 시력이 약해져서 아가씨에게 아무거나 좀 읽어 달라고 부탁했답니다. 서방님은 벌써 잠자리에 드신 뒤라 우리는 서재에 앉아 있었지요. 아가씨는 그러마고 승낙은 했지만 별로 마음이 내키지 않는 것 같았어요. 제 구미에 맞는 책은 아가씨에게 어울리지 않을 것 같아 무엇이든 아가씨가 읽고 싶은 것을 마음대로 골라 읽어 달라고 했지요.

아가씨는 자기가 좋아하는 것을 하나 골라서 한 시간가량 계속 읽어 내려갔어요. 그런데 그 뒤로는 자주 이렇게 묻는 것이었어요.

"엘런, 피곤하지 않아? 이제 그만 눕는 게 좋지 않을까? 이렇게 오래 앉아 있으면 몸에 좋지 않을 텐데, 엘런."

"아니, 괜찮아요, 아가씨. 아직 피곤하지 않다니까요." 저는 그럴 때마다 이렇게 대답했지요.

그런 말로는 제가 움직이려 하지 않는다는 것을 알아차린 아가씨는 책 읽기가 싫어졌다는 것을 보이기 위해 다른 방법을 쓰더군요. 하품을 하고 기지개도 켜면서 말이에요.

그러고는 "엘런, 나 이제 피곤해졌어." 하는 거예요.

"그럼 그만 읽고 이야기나 해 보세요." 제가 대답했어요.

그것은 더 싫었겠지요. 귀찮아진 아가씨는 한숨을 내쉬면서 8시가 될 때까지 시계만 보더니 마침내 자기 방으로 가 버리더군요. 아가씨가 연신 눈을 비벼 대는 것으로 보아 잠이 쏟아져서 못 견디겠다는 투였지요.

이튿날 밤에는 아가씨가 더욱 참기 어려웠나 봐요. 그러다가 사흘째 되던 날 밤에는 골치가 아프다고 투정을 부리면서 제 곁을 떠나고 말았지요.

저는 아가씨가 하는 짓이 이상하다고 생각했어요. 한참 동안 혼자 앉아 있다가, 올라가서 골치 아픈 게 좀 나은지 물어보고 어두운 2층에 있지 말고 아래로 내려와서 소파에라도 누워 있으라고 하려고 마음을 먹었지요.

올라가 보니 캐서린 아가씨는 보이지 않았고, 아래에 내려와 봐도 없었어요. 하녀들도 아가씨를 보지 못했다는 것이었어요. 서방님의 방문에 귀를 기울여 보았어요. 아무 소리도 나지 않았어요. 저는 아가씨의 방으로 다시 들어가서 촛불을 끄고 창가에 앉았어요.

달빛이 밝았어요. 땅 위에는 눈이 하얗게 깔려 있었고요. 어쩌면 아가씨가 뜰을 거닐며 바람을 쐬어야겠다고 생각했는지도 모를 일이라고 저는 생각했어요. 자세히 보니 숲 울타리 안쪽을 따라 살금살금 걸어가는 그림자가 있더군요. 그런데 그 그림자는 아가씨가 아니었어요. 밝은 데로 모습을 드러낸 것을 보니 마부였어요.

그는 뜰에 나 있는 마차 길을 살펴보며 한참 동안 서 있더니 마치 무엇이라도 찾아낸 듯 날쌘 걸음으로 걸어갔다가 이번에는 아가씨의 작은 말을 끌고 곧 다시 나타나더군요. 그런데 아가씨가 막 말에서 내려 옆에서 걸어오는 것이었어요.

마부는 말을 끌고 살그머니 잔디밭을 지나 마구간으로 가 버렸어요. 캐시 아가씨는 응접실 창문으로 들어오더니 제가 앉아서 기다리고 있는 아가씨의 방으로 소리 없이 가만가만 올라왔어요.

아가씨는 조용히 문을 닫고는 눈 묻는 신발과 모자를 벗었어요. 그리고 제가 숨어 있는 줄도 모르고 외투를 벗으려고 할 때 제가 불쑥 일어서 얼굴을 내밀었지요. 아가씨는 깜짝 놀라 한동안 꼼짝도 않고 있다가 뭐라고 알아들을 수도 없는 큰 소리를 지르더니 그대로 우두커니 서 있었어요.

"캐서린 아가씨." 저는 그 무렵 몸져누워 있던 제게 잘해 준 아가씨에 대한 고마움이 너무도 생생히 머리에 박혀 있어서 차마 화를 내지 못하고 말했답니다. "이렇게 늦었는데 말을 타고 어딜 갔다 오세요? 그리고 어쩌면 그렇게 말을 꾸며 대어 나를 속이려 드세요? 어딜 갔다 왔어요? 말해 보세요!"

"저 숲가에 갔었어." 아가씨가 더듬거렸어요. "거짓말 아냐."

"그리고 다른 데는 안 가셨어요?" 제가 다그쳤지요.

"그래." 아가씨가 우물우물 대답했어요.

"아이, 아가씨," 제가 서글프게 외쳤어요. "좋지 않은 짓을 하고 있다는 길 알면서 그래요. 그렇지 않다면야 나한테 거짓말을 할 까닭이 없을 텐데요. 나는 그게 슬퍼요. 아가씨가 그렇게 일부러 거짓말을 꾸며 댄다면 내가 차라리 석 달을 더 앓는 게 좋겠어요."

아가씨는 앞으로 뛰쳐나와 울음을 터뜨리면서 팔을 벌려 제 목을 얼싸안았어요.

"하지만 엘런, 난 엘런이 화내는 게 정말 무서워. 화내지 않겠다고 약속해 줘. 그러면 사실대로 모두 이야기할게. 나도 숨기는 건 싫어."

우리는 창가에 앉았어요. 저는 아가씨의 비밀이 어떤 것이든 절대 야단치지 않겠다고 다짐했고, 물론 짐작은 하고 있다고 말했어요. 그런데 아가씨가 이렇게 말하는 것이었어요.

"워더링 하이츠에 갔다 오는 길이야, 엘런. 엘런이 병이 난 뒤로는 하루도 빠뜨리지 않고 갔다 왔어. 엘런이 낫기 전에 세 번, 나은 뒤로 두 번 빼놓고 말이야. 마이클에게 책과 그림을 주고 매일 밤 미니를 끌고 나오게 해서 갔다 온 뒤에는 다시 마구간에 데려다 두라고 부탁했어. 마이클도 야단치지 마, 부탁이야. 6시 30분에 워더링 하이츠에 가서 대개 8시 30분까지 있다가 말을 달려 온 거야. 내가 거기 간 것은 재미있어서가 아냐. 밤새도록 몹시 슬플 때도 있었어. 더러는, 아마 한 주에 한 번쯤일까, 즐거울 때도 있긴 했지만 말이야. 처음에는 내가 린튼과 약속한 대로 그에게 갈 수 있도록 엘런을 납득시킨다는 게 퍽 어려운 일로 여겨졌어. 우리가 그 애를 만나고 온 이튿날 다시 가겠다고 내가 약속했으니까 말이야. 그런데 그 이튿날 엘런이 2층에 누워 있게 돼서 그럴 걱정은 안 해도 됐지. 그날 오후 마이클이 정원으로 들어오는 문의 자물쇠를 잠글 때 열쇠를 달랬어. 그리고 마이클에게 말했어. 내 사촌 동생이 아파서 우리 집에 못 오는데 내가 찾아가기를 얼마나 기다리는지 모른다고 말이야. 또 아빠가 내가 거기에 가는 것을 얼마나 싫어하시는지 모른다는 이야기도 했지. 그러고 나서 마이클과 조랑말에 대해 교섭을 했어. 마이클은 책을 좋아하거든. 그리고 결혼하기 위해서 곧 떠날 생각이라는 거야. 그러니 내가 서재에서 책을 갖다 빌려주면 내 소원대로 해 준다는 거야. 내가 내 책을 주는 편이 낫겠다고 했더니, 그러면 더욱 좋다고 하잖아.

내가 두 번째 찾아갔을 때 린튼은 기분이 좋아 보였어. 그리고 그 집의 가정부인 질라가 우리를 위해서 방을 깨끗이 치워 주고 불을 많이 때 주면서, 조지프는 기도회에 갔으니(나중에 들은 이야기지만 헤어튼 언쇼는 개를 데리고 우리 집 산으로 꿩을 잡으러 나갔고) 마음대로 놀아도 좋다는 거야.

질라가 데운 포도주랑 생강 과자를 갖다주었는데, 사람이 퍽 좋아 보였어. 린튼은 안락의자에 앉고 나는 난로 앞에 있는 조그만 흔들의자에 앉아서 아주 재미있게 웃고 이야기하며 있었는데, 할 이야기가 너무 많지 뭐야. 우리는 여름에 어디를 가고 무엇을 할지까지 계획을 짜 놓았어. 엘런이 바보 같은 짓이라고 할 테니까 그 이야기는 안 할래.

그런데 우린 한 번 싸울 뻔했어. 그 애가 그러는데 7월의 더운 날을 유쾌하게 지내는 방법은 말이지, 아침부터 저녁까지 벌판 가운데 있는 히스 비탈에 누워서 꽃 사이를 꿈꾸듯이 윙윙거리며 날아다니는 벌 소리를 듣고, 머리 위로 높이 날며 지저귀는 종달새 소리도 듣고, 구름 한 점 없는 푸른 하늘을 보면서 내리쬐는 맑은 햇볕을 쬐는 거라지 뭐야. 그게 린튼의 가장 완전한 행복이라는 거야. 그런데 나는 말이지, 살랑거리는 푸른 나무 위에 앉아 흔들거리며, 불어오는 서풍을 받고 맑고 흰 구름이 하늘을 흘러가는 것을 보면서 종달새뿐만 아니라 지빠귀, 굴뚝새, 방울새, 뻐꾸기 같은 새들이 사방에서 울어 대는 소리가 들리고, 거기에 시원해 보이는 으스름 골짜기를 드문드문 이루며 멀리 뻗쳐 있는 벌판이 보이고, 가까이는 산들바람에 물결치듯 나부끼는 긴 풀이 무성한, 굽이치는 커다란 언덕이 있고 숲이며 소리 내며 흐르는 시내 그리고 온 세상이 기쁨에 깨어 날뛰는 모습을 보는 것이야말로 최고의 행복이라고 했어. 린튼은 모든 것이 평화의 황홀경에 취해 누워 있기를 원했고, 나는 모든 것이 눈부신 환희 속에서 빛나고 춤추는 것이 더 좋다고 했지.

내가 그의 천국은 반만 살아 있고 반은 죽은 거라고 했더니 그 애는 내 천국이 술에 취한 상태라는 거야. 그래서 그가 그리는 천국에서는 나 같으면 잠이 오겠다고 말하니까 그 애도 내가 그리는 천국 같은 데서는 숨을 쉬지 못할 거라면서 골을 내잖아. 결국 우리는 날씨만 좋아지면 곧 두 가지 다 해 보기로 하고 입을 맞춘 다음 풀어졌어. 한 시간쯤 가만히 앉아 있다가 바닥이 매끄럽고 양탄자도 깔지 않은 그 커다란 방을 보니까 탁자만 치우면 놀기에 참 좋은 방이겠다는 생각이 들었어. 그래서 린튼에게 질라를 부르게 해서 우릴 도와 달랬지. 그리고 함께 까막잡기를 하자고 했어. 질라가 술래가 되어 우리를 잡게 하고 말이야. 엘런도 전에는 늘 그렇게 놀아 줬잖아. 그런데 린튼이 까막잡기는 재미없어 안 하겠다면서 나랑 공놀이를 하자는 거야. 벽장을 보니까 팽이, 고리, 배틀도어 채, 셔틀콕 같은 헌 장난감 더미 속에서 공 두 개가 나왔어. 하나는 C, 또 하나는 H를 써 놓았기에 C는 캐서린의 머리글자이고, H는 그의 이름인 히스클리프의 머리글자이니까 C는 내가 갖고 H는 저더러 가지라고 했더니, H가 쓰인 공에서 겨가 밀려 나오는 걸 보고 싫어하잖아.

내가 계속 이기니까 그 애는 다시 토라져서 기침을 하며 제 의자로 돌아갔어. 그런데 그날 밤은 쉽게 풀어져서 내가 고운 노래를 두세 곡 했더니 좋아했어. 엘런이 가르쳐 준 노래 말이야. 그러고 나서 내가 돌아와야 할 때가 되었는데 다음 날 밤 다시 오라고 사정사정하기에 그러마고 약속했지.

난 미니를 타고 바람처럼 가볍게 집으로 달려왔어. 그리고 그날 밤은 아침까지 워더링 하이츠와 귀여운 사촌 동생 꿈을 꾸었어.

그런데 아침에 일어나니까 어쩐지 쓸쓸한 생각이 들더라고. 엘런은 아프지, 또 아빠가 내가 워더링 하이츠에 가는 걸 알고 승낙해 주시면 얼마나 좋을까 하는 생각이 들잖아. 하지만 차 마시는 시간이 지나고, 달빛이 아름답게 비치고 말을 타고 가니까 다시 기분이 좋아졌어.

'오늘 밤도 재미있게 놀아야지.' 하고 혼자 생각하며 갔어. 그리고 귀여운 린튼이 좋아할 것을 생각하니까 더욱 기뻤어.

내가 그 집 뜰로 말을 몰고 가서 집 뒤로 돌아가려는데, 마침 헤어튼 녀석이 나를 보더니 고삐를 붙잡고 앞문으로 들어가라는 거야. 미니의 목덜미를 토닥거리며 '좋은 말인데.' 하고는 마치 내가 자기에게 말을 걸어 주었으면 하는 눈치인 거야. 난 그저 '말을 그냥 놔둬. 그러지 않으면 말한테 차일 테니까.' 하고 말해 줬어.

그 애는 그 상스러운 말투로 이렇게 대답하지 뭐야.

'이런 말한테 차여도 별일 없을 거야.' 그러더니 웃으면서 미니의 다리를 훑어보지 않겠어.

난 한번 차게 할까 싶었어. 그랬는데 문을 열러 뛰어가지 뭐야. 그리고 빗장을 벗기면서 위에 새겨진 글자를 올려다보더니 어색하기도 하고 뽐내는 것 같기도 한 미련스러운 표정으로 말하는 거야.

'캐서린 양! 나도 이제는 저걸 읽을 수 있다고.'

'어머, 그래? 어디, 어서 한번 읽어 봐. 너도 이제 영리해졌구나!' 내가 소리를 질렀어.

그 애가 글자를 하나하나 더듬거렸어. '헤어튼 언쇼.'

'저 숫자는 뭐지?' 그가 딱 막히는 것을 보고 나는 힘을 내게 하느라고 이렇게 큰 소리로 물었어.

그런데 '그건 아직 모르는데.' 하잖아.

나는 그가 못 읽자 '저런, 바보!' 하고 실컷 웃어 주었어.

그 바보는 나를 따라 웃어야 할지 어째야 할지 잘 모르겠다는 듯이 이를 한껏 드러내어 웃음을 지으면서 눈께는 잔뜩 찌푸리고 나를 노려보지 뭐야. 그 애는 내 웃음이 유쾌하고 다정한 웃음인지, 아니면 사실 무시하는 웃음인지 분간하지 못했던 거야.

난 갑자기 다시 얌전한 표정을 짓고, 그 애가 아니라 린튼을 만나러 온 거니까 길을 비켜 달라고 해서 그 애의 의심을 풀어 주었지.

그 애는 얼굴을 붉히더니(달빛에 얼굴이 붉어지는 게 보였어.) 빗장에서 손을 떼고 창피하다는 표정으로 슬금슬금 물러가 버리는 거야. 그 애는 제 이름을 댈 수 있게 됐으니 아마 저도 린튼만큼 알게 됐다 싶은 모양이었어. 그런데 내가 그렇게 생각하지 않으니까 몹시 당황한 거지."

"저, 아가씨, 잠깐만!" 하고 제가 말을 가로막았어요. "아가씨를 나무라는 건 아니지만요, 아가씨가 그 댁에 가서 한 행동은 마음에 들지 않아요. 히스클리프 도련님과 마찬가지로 헤어튼도 아가씨의 사촌이라는 걸 생각했다면 아가씨의 그런 행동이 얼마나 온당치 못한 짓이었는지 알았을 거예요. 적어도 헤어튼 도련님이 린튼 도련님만큼 알고 싶어 한다는 건 칭찬해 줄 만한 욕심이지요. 아마 그 도련님은 그저 뽐내기 위해서 배운 게 아닐 거예요. 전에도 그 도련님이 글을 모른다고 아가씨가 창피를 준 일이 있지요. 틀림없어요. 그래서 그 도련님은 모르는 걸 배워 가지고 아가씨를 기쁘게 해 드리고 싶었던 거죠. 그 도련님의 노력이 숫자를 모를 만큼 불완전하다고 해서 그를 비웃는 건 아주 버릇없는 짓이에요. 아가씨가 만약 그 도련님과 같은 환경에서 자랐다면 얼마나 더 나았을 것 같아요? 그 도련님도 어릴 적에는 아가씨와 마찬가지로 영리하고 재주가 있었어요. 게다가 그 야비한 히스클리프 씨가 몹시 학대했기 때문에 그렇게 된 건데 이제 와서 그 도련님이 멸시를 당하다니 저도 기분이 나빠요."

"설마 엘런, 그 때문에 울지야 않겠지?" 아가씨는 제가 정색을 하고 이야기하자 놀라서 큰 소리로 이렇게 말했어요. "하지만 좀 더 들어 봐. 그러면 그 애가 나를 기쁘게 할 양으로 ABC를 배웠는지, 그리고 그런 짐승 같은 놈에게 점잖게 대할 가치가 있는지 없는지 알 수 있을 테니까. 내가 들어가니까 린튼은 긴 의자에 누워 있다가 나를 맞기 위해서 반쯤 몸을 일으켰어.

'나 오늘 밤엔 몸이 좋지 않아, 캐서린. 그러니까 이야기는 누나만 하고 난 듣고 있을게. 이리 와서 내 옆에 앉아. 난 누나가 약속을 꼭 지킬 줄 알고 있었어. 그리고 오늘이 가기 전에 다시 약속하게 할래.' 린튼이 말했어.

난 린튼이 아프다니까 귀찮게 하지 말아야겠다고 생각했어. 그래서 조용히 이야기만 하고 뭘 묻거나 하지도 않고, 어쨌든 그 애를 성가시게 하는 일은 하지 않았어. 난 린튼에게 보이려고 제일 재미있는 책 몇 권을 가지고 갔거든. 그 가운데 한 권을 조금 읽어 달라기에 막 읽으려는데 언쇼가 조금 전의 일에 앙심을 품고는 문을 활짝 열어젖히며 들어오지 뭐야. 곧장 우리한테 다가오더니 린튼의 팔을 붙잡아 의자에서 떠다 밀었어.

'네 방으로 가 버려!' 하고 흥분해서 거의 알아들을 수도 없는 소리를 지르는데 얼굴이 부은 것 같고 아주 험악해 보였어. '이 계집애도 너를 만나러 왔으면 데리고 가. 네까짓 게 나를 이 방에서 내쫓진 못해. 둘 다 나가란 말이야!'

그는 우리에게 욕을 퍼붓고는 린튼에게 대답할 틈도 주지 않고 부엌으로 내던지다시피 했어. 그리고 내가 린튼의 뒤를 따라가려는데, 나를 때려눕히고 싶어 못 견디겠다는 듯이 두 주먹을 불끈 쥐는 거야. 난 잠시 무섭다는 생각이 들어 그만 책을 한 권 떨어뜨렸어. 그러자 그가 뒤에서 냅다 그 책을 차 버리더니 우릴 내쫓고 나서 문을 닫아 버리는 거야.

난롯가에서 목이 잠긴 심술궂은 웃음소리가 나기에 돌아다보니까 징그러운 조지프가 그 앙상한 손을 비비며 몸을 흔들고 서 있지 뭐야.

'난 틀림없이 헤어튼 도련님이 너희를 혼낼 줄 알았어! 헤어튼 도련님이야 훌륭한 분이지! 훌륭한 정신을 지닌 분이라 이 말씀이야! 헤어튼 도련님도 알고 있다 이거야. 그렇고말고. 나야 말할 것도 없고 그분도 누가 그곳 주인이 돼야 하는지 다 알고 있다 이 말씀이지. 헤헤헤! 헤어튼 도련님이 보기 좋게 너희를 몰아낼 거다 이거야! 헤헤헤!'

'우린 어디로 가야 해?' 내가 그 망할 영감의 놀림 같은 건 못 들은 척하고 말했어.

린튼은 얼굴이 파래져서 벌벌 떨고 있지 뭐야. 그때는 보기 싫었어. 엘런! 아이, 정말! 끔찍하게만 보이잖아! 야윈 얼굴과 커다란 눈에는 광기를 띠었지만 무력한 분노에 그치고 말았어. 문손잡이를 쥐고 흔들어 보았지만, 안에서 잠갔지 뭐야.

'문 열지 않으면 죽여 버릴 테야! 들어보내 주지 않으면 널 죽여 버릴 테야!' 하고 말하는데 말이라기보다는 날카로운 비명이었어. '망할 자식! 망할 자식! 내 널 죽일 테야. 죽여 버린단 말이야!'

조지프가 또 끼룩끼룩 목 쉰 소리로 웃잖아.

'옳거니, 영락없는 제 아비로구먼!' 하고 영감이 소리치는 거야. '영락없는 제 아비래도! 하기야 우린 누구나 조금씩은 부모를 닮긴 하지만. 헤어튼 도련님, 염려 마요. 무서워할 것 없다고요. 린튼은 덤비지 못할 테니!'

난 린튼의 두 손을 잡고 끌고 가려고 했어. 그런데 어찌나 비명을 질러 대는지 겁나서 그러지 못했지 뭐야. 결국 린튼은 무섭게 기침이 터져 나오는 바람에 고함도 못 지르고 피를 토하면서 방바닥에 쓰러졌어.

난 겁이 나서 뒷마당으로 뛰어나가 힘껏 큰 소리로 질라를 불렀어. 질라는 곳간 뒤 외양간에서 우유를 짜고 있다가 곧 알아듣고는 일을 하다 말고 급히 뛰어오면서 무슨 일이 일어났느냐고 물었어.

난 숨이 차서 설명을 못 하고 질라를 끌고 안으로 들어가서 린튼이 어떻게 됐나 둘러봤지. 언쇼가 제가 저질러 놓은 일이 궁금해서 보러 왔다가 가엾은 린튼을 2층으로 떠메고 가고 있었어. 질라와 나는 뒤를 따라 올라갔지. 그런데 계단을 올라가자 헤어튼이 나를 가로막고 방에는 들어가지 못한다면서 집으로 가야 한다는 거야.

난 그가 린튼을 죽였다고 소리를 지르고는 아무래도 들어가야겠다고 우겼어.

조지프가 문을 잠그더니 나더러 '그따위 엉터리 짓'을 하면 못쓴다고 떠들면서 나도 '린튼처럼 날 때부터 미쳤'느냐고 하잖아.

난 질라가 나올 때까지 서서 울었어. 린튼이 조금만 있으면 나올 텐데 그렇게 시끄럽게 울면 싫어한다면서 질라는 나를 데리고 안다시피 해서 식구들 방으로 데리고 내려왔어.

엘런, 난 내 머리를 쥐어뜯고 싶었어! 얼마나 흐느끼며 울었던지 눈이 보이지 않을 정도였어. 그런데 엘런이 그렇게 동정하는 그 악당 놈이 내 앞에 서서는 가끔 건방지게 나더러 '조용히 해.' 하면서 자기가 잘못한 게 아니라는 거야. 그러다가 나중에는 내가 아빠한테 일러서 감옥에 가두었다가 교수형으로 죽게 하겠다고 쏘아 주었더니 겁이 나서 엉엉 울기 시작하더니만 그렇게 비겁하게 소란을 피운 것을 감추기라도 하려는 듯이 냅다 뛰어나가 버리지 뭐야.

그런데 그 녀석이 완전히 물러난 건 아니었어. 결국 내가 그들의 권유에 못 이겨 떠나 오는데 울안을 벗어나 몇백 미터쯤 나오니까 그 녀석이 갑자기 길옆 그늘에서 나오더니 미니를 가로막고 나를 붙잡지 뭐야.

'캐서린 양, 정말 슬퍼. 이건 너무 지나치지 않아?' 하고 말을 꺼내는 거야.

난 그 녀석이 날 죽이려고 하는 게 아닌가 싶어 채찍으로 후려갈겼지 뭐야. 그러자 그가 심한 욕지거리를 퍼부으면서 손을 놓았어. 그 틈에 나는 정신없이 집으로 달려왔어.

그날 밤 난 엘린에게 인부도 묻지 않았어. 그리고 다음 날에는 워더링 하이츠에 가지 않았고. 하기야 몹시 가고는 싶었지만 이상하게 흥분이 돼서 말이야. 어떤 때는 린튼이 죽었다는 말을 들을까 무섭기도 했고 어떤 때는 헤어튼을 만날 생각을 하면 소름이 끼치기도 했어.

사흘째 되던 날에는 용기를 냈어. 더는 걱정만 하고 앉아 있을 수 없어서 다시 한번 살그머니 빠져나갔지. 5시에 갔는데, 누구의 눈에도 띄지 않게 그 집에 살짝 들어가서 린튼이 있는 방으로 들어갈 수 있을 거라 생각하며 걸어갔어. 그런데 개들이 짖는 바람에 사람들이 내가 온 걸 알게 됐지. 질라가 나를 맞아 주면서 '도련님은 차차 좋아지고 있'다고 일러 주고 융단이 깔린 작고 깔끔한 방으로 안내해 주었어. 린튼이 그 방 조그만 소파에 누워서 내가 갖다준 책을 읽고 있는 걸 보고 얼마나 기뻤는지 몰라. 그런데 그 애는 한 시간 내내 나한테 말도 하지 않고 쳐다보지도 않지 뭐야, 엘런. 그 애는 그렇게 우울한 성격이야. 그런데 어처구니없게도 겨우 입을 열어 한다는 소리가 소란을 피운 건 나지 헤어튼한테는 아무 잘못이 없다는 거야!

어찌나 화가 치미는지 대답도 나오지 않아 그대로 일어서서 나와 버렸어. 뒤에서 들릴 듯 말 듯 하게 '캐서린!' 하고 부르더라고. 그 애는 내가 대답하는 대신 그렇게 나오리라고는 생각지도 않았을 거야. 하지만 난 다시 들어갈 수 없었어. 그래서 다음 날에는 두 번째로 집에 있었고, 다시는 그 애를 찾아가지 않기로 결심까지 했더랬어. 그런데 그 애에 대한 소식 하나 듣지 못하고 지내려니 자나 깨나 어찌나 괴로운지 내 결심은 제대로 굳어지기도 전에 날아가 버렸지 뭐야. 전에는 그곳에 가는 것이 잘못인 것 같았는데 이젠 가지 않는 것이 잘못인 것처럼 생각됐어. 그런데 마이클이 와서 말을 탈 채비를 해야 하느냐고 묻기에 그만 '그래.' 하고 대답하고 말았어. 미니의 등에 앉아서 언덕을 넘어가면서도 무슨 의무라도 수행하는 기분이었어.

안마당으로 가려면 어쩔 수 없이 집 앞 창문을 지나야 했기 때문에 내가 왔다는 걸 숨기려고 해 봤자 아무 소용이 없었어.

'도련님은 거실에 계시는데요.' 질라가 응접실로 들어가는 나를 보고 말하는 거야.

들어갔더니 언쇼도 함께 있었는데 바로 나가 버렸어. 린튼은 커다란 안락의자에 앉아서 선잠이 들어 있었어. 나는 난롯가로 걸어가서 신중한 말투로 말을 꺼냈지. 그건 어느 정도 진심이었어.

'린튼, 네가 나를 싫어하고, 내가 일부러 네게 상처를 주려고 온다고 생각하고, 올 때마다 그런다고 생각하는 눈치니까 오늘이 우리가 만나는 마지막 날이야. 오늘은 작별 인사나 하자고 온 거야. 네 아빠한테는 말이야, 네가 나를 만나고 싶지

않고, 이제부터는 이 문제에 대해 더는 거짓말을 꾸며서는 안 된다고 말씀드려.'

'앉아서 모자나 벗어, 캐서린. 누난 나보다 훨씬 행복하니까 좋은 사람이 돼야 해. 아빠는 늘 내 결점만 이야기하고 야단만 치니까 자연히 난 나 자신을 잃게 돼. 그래서 아빠가 자주 말씀하시듯이 정말로 한 푼어치의 가치도 없는 사람이 아닌가 의심이 들어. 그러니까 내 성격이 비뚤어지고 고약해져서 다 보기 싫은 거야! 나라는 사람은 아무 가치도 없고 성질도 나쁜 데다 거의 언제나 기분이 우울하단 말이야. 그러니 그렇게 하려면 그래도 좋아. 누나는 귀찮은 일을 한 가지 더는 셈이지. 캐서린, 다만 이것만은 믿어 줘. 나도 누나같이 상냥하고 친절하고 착해질 수만 있다면 그렇게 하려고 한다는 걸 말이야. 그리고 나도 누나처럼 행복하고 건강해지기를 바란다는 걸 믿어 줘. 만약 내가 누나의 사랑을 받을 자격이 있다면 말이지, 누나의 그 친절한 마음씨 때문에 누나가 나를 사랑하는 것 이상으로 나도 누나를 깊이 사랑하게 되었다는 걸 믿어 줘. 난 이제까지 내 나쁜 성격을 누나한테 보이지 않을 수 없었고 지금도 그러지 않을 수 없지만 난 그걸 후회하고 원통하게 생각해. 그리고 앞으로 내가 죽을 때까지 후회스럽고 억울할 거야!' 그 애가 대답했어.

난 그 애의 이야기가 진정이라고 생각했어. 그래서 용서해야겠다고 생각했지 뭐야. 다음에 또 그가 싸움을 걸더라도 다시 용서해 줘야겠다고 말이야. 화해는 했지만 우리 둘은 내가 거기 있는 동안 내내 울었어. 슬퍼서 운 것은 아니었지만, 그래도 난 린튼의 성격이 그렇게 비뚤어졌다는 것만은 슬펐어. 그 애는 자기와 가까운 사람들을 마음 편하게 해 주지 못할 테고, 저 자신도 마음이 편치 못할 테니 말이야.

그날 밤 이후로 난 언제나 그 애의 조그만 방으로 갔어. 그 애 아빠가 그다음 날 돌아왔기 때문이지. 한 세 번쯤이나 될까, 우린 내가 처음 간 밤처럼 즐겁고 희망에 찼어. 그 나머지 방문은 지루하고 귀찮았어. 어떤 때는 그 애의 고집과 심술 때문에 그랬고, 어떤 때는 그 애의 병 때문에 그랬어. 하지만 난 그 애가 고집 피우거나 심술을 부릴 때도 그 애가 아플 때와 마찬가지로 화내지 않고 참을 수 있게 되었지.

고모부는 일부러 나를 피했어. 통 얼굴을 볼 수 없었으니까. 참, 지난 일요일엔 말이야, 여느 때보다 좀 일찍 갔더니 전날 밤 일을 놓고 가엾은 린튼에게 험하게 욕하는 소리가 들리지 않겠어. 그분이 엿듣지 않았다면 어떻게 그걸 알았는지 모르겠어. 확실히 린튼이 그날 밤 너무하긴 했지만 그래도 나 이외에는 아무와도 관계없는 일인데 말이야. 그래 내가 들어가서 고모부의 말을 가로막고 그렇게 말했지. 고모부는 웃음을 터뜨리면서 나가 버렸어. 내가 그렇게 생각한다니 다행이라면서. 그래서 난 린튼에게 언짢은 일은 조그만 소리로 말해야 한다고 일러 줬어.

자, 엘런! 이게 다야. 내가 워더링 하이츠에 못 가게 되면 오직 두 사람만 불쌍해질 뿐이야. 그런데 엘런만 아빠한테 말하지 않으면 내가 거기 가는 것은 아무한테도 방해가 되지 않는단 말이야. 말하지 않을 거지? 아빠한테 이르는 건 너무 무정한 짓이야.”

“그 일에 대해서는 내일까지 결정하겠어요, 아가씨. 그건 좀 생각해 봐야겠어요. 그러니 아가씨는 어서 쉬세요. 난 가서 다시 생각해 보겠어요.” 제가 대답했어요.

저는 아가씨 방에서 곧장 서방님 방으로 가서 린튼 도련님과 했다는 이야기와 헤어튼에 관한 것만 빼고 모조리 말씀드렸답니다.

린튼 서방님은 저한테 말씀하신 것 이상으로 놀라고 실망하셨어요. 다음 날 아침, 아가씨는 제가 아가씨의 믿음을 저버렸고 아가씨의 비밀 방문이 이제는 불가능해졌다는 것을 알게 되었지요.

아가씨는 방문을 금지당하자 울고불고 몸부림쳤지만 헛일이었답니다. 아가씨가 린튼을 가엾게 여겨야 한다고 서방님께 애원했지만 그것도 헛일이었지요. 아가씨가 기껏 위안받을 만한 것이라고는 서방님께서 린튼 도련님에게 편지를 해서 그가 오고 싶을 때 우리 집으로 오는 것은 좋으나 아가씨가 워더링 하이츠에 가서 만나는 것은 더 이상 기대해서는 안 된다고 설명하시겠다는 것이었어요. 서방님이 당신 조카의 성격과 몸 상태를 아셨다면 아마 그 조그만 위안조차 주어서는 안 된다고 생각하셨겠지요.

25장

"지난겨울에 일어난 일들이죠, 주인님." 딘 부인이 말했다. "겨우 일 년 남짓 전의 일이랍니다. 그때만 해도 일 년 뒤에 이런 이야기를 그 집안 식구와는 아무런 관계도 없는 분에게 들려주게 되리라고는 생각지도 못했지 뭡니까! 하기야 주인님이라고 언제까지나 관계가 없는 분일지 누가 알겠어요? 주인님은 아직 젊으시니까 항상 독신으로 사시는 데 만족하실 수는 없겠지요? 그리고 저는 어쩐지 캐서린 린튼 아가씨를 만나는 분은 아가씨를 사랑하지 않고는 못 배길 것만 같아요. 주인님은 웃으시는데, 왜 제가 캐서린 아가씨에 대해 이야기할 때면 그렇게 생기가 돌고 흥미를 느끼시는 것처럼 보일까요? 그리고 저더러 주인님 방의 벽난로 위에 그 아가씨의 초상화를 걸어 놓으라시는 건 웬일이세요? 그리고 왜……."

"잠깐만!" 내가 외쳤다. "내가 그 여자를 사랑할 수는 있겠지만, 그 여자가 나를 사랑할까? 될 것 같지 않은 일이라 난 내 조용한 생활을 버리고 그런 유혹 속에 뛰어들 수 없고, 여긴 내 고장이 아니란 말이오. 나는 바쁜 세상에 사는 사람이니 곧 그곳으로 돌아가야 하오. 어서 이야기를 계속해 봐요. 그래서 캐서린은 아버지 명령에 순종했소?"

"순종했지요." 하고 가정부가 이야기를 계속했다.

*

아버님에 대한 애정이 역시 무엇보다 강했던 것이지요. 그리고 그 어른은 화를 내며 말씀하시는 법이 없었답니다. 그분은 마치 자신의 보배를 위험과 원수들 사이에 놓아두고 가려는 사람이 딸에게 남겨 줄 수 있는 유일한 도움은 자신의 말뿐이라고 생각하고 하는 자애 넘치는 말씀을 하셨어요.

며칠이 지난 뒤 그 어른이 제게 말씀하셨어요.

"난 조카 놈이 편지를 보내오거나 찾아와 주었으면 싶은데 말이야, 엘런. 엘런이 그 애를 어떻게 생각하는지 진정으로 얘기해 봐. 그 녀석이 좀 나아졌는지, 어른이 되면 좀 나아질 것 같은지?"

"그 도련님은 너무나 약골이라서요, 서방님. 성인이 될 때까지 제대로 살 것 같지 않아요. 하지만 도련님이 제 아버지를 닮지 않았다는 것만은 말씀드릴 수 있어요. 혹 캐서린 아가씨가 불행히도 그 도련님과 결혼을 하더라도 아가씨가 지나칠 정도로 바보스럽게 멋대로 굴게만 하지 않는다면 다루지 못할 분은 아닐 것 같아요. 서방님, 그 도련님을 좀 더 두고 보고 아가씨와 맞는지도 알아보실 시간이야 얼마든지 있지 않나요? 도련님이 성인이 되려면 사오 년은 더 있어야 하니까요." 제가 대답했어요.

에드거 서방님은 한숨을 짓고 창가로 걸어가서 기머튼 교회 쪽을 내다보셨어요. 안개 낀 오후였지만 2월의 햇빛이 희미하게 빛나 교회당 묘지에 서 있는 전나무 두 그루와 드문드문 세워진 비석들을 겨우 분간할 수 있었지요.

"난 종종 기도했어. 앞으로 다가올 일에 대해서. 그러기가 이제 겁이 나고 무서워졌어. 새신랑이 되어 그 골짜기를 내려올 때의 즐거웠던 기억이, 내가 머지않아 몇 달 뒤, 어쩌면 몇 주 뒤에라도 그 호젓한 골짜기에 들려 올라가 눕혀지리라는 기대보다는 덜 달콤할 거라 생각했어! 엘런, 난 어린 캐시가 있어 아주 행복하게 지내 왔어. 그 많은 긴 겨울밤과 여름밤을 지내 오는 동안 캐시는 내 곁을 떠나지 않는 살아 있는 희망이었지. 하지만 저 낡은 교회당 아래 비석들 사이에서 나 혼자 깊은 생각에 잠기는 것도 즐거웠어. 그 긴 6월 저녁을 그 애 어미의 푸른 무덤 위에 누워서 그 아래 내가 누울 날을 바라며 기다리는 것이 말이야. 캐시를 어떻게 하면 좋을까? 그 애를 어떻게 떼어 놓고 가야 잘 가는 것일까? 내가 없을 때 캐시를 위로해 줄 수만 있다면 린튼이 히스클리프의 자식이라는 건 조금도 문제가 안 되고, 그가 캐시를 내게서 빼앗아 간대도 염려될 게 없어. 히스클리프가 그의 목적을 이루어도 난 겁날 게 없단 말이야! 그러나 린튼이란 녀석이 보잘것없는 인간이라면, 그저 제 아비의 하찮은 도구에 지나지 않는다면, 그 녀석에게 캐시를 맡길 수는 없어! 캐시의 설레는 기분을 눌러 버리는 건 괴로운 일이지만 내가 살아 있는 동안에는 캐시가 슬퍼하는 것을 억시로라노 참을 수밖에 없고, 내가 죽으면 외롭게 혼자 둘 수밖에 없는 노릇이지. 귀여운 것! 차라리 나보다 먼저 그 애를 하나님께 맡겨 땅속에 묻어 주면 좋겠어." 서방님이 거의 혼잣말처럼 말씀하셨어요.

"지금 그대로 하나님께 맡기세요, 서방님. 혹시라도 서방님이 먼저 세상을 떠나신다면, 그럴 리가 없도록 기도드립니다만, 제가 아가씨의 벗이 되어 끝까지 돌봐 드릴게요. 캐서린 아가씨는 착해요. 아가씨가 일부러 잘못된 짓을 할 염려는 없지요. 그리고 누구나 자기가 하는 일에 충실하면 결국 보답을 받기 마련이니까요." 제가 대답했습니다.

봄이 한창인 때였어요. 서방님은 따님을 데리고 정원을 산책할 정도의 차도는 있었지만 여전히 기운을 회복하지 못하셨어요. 경험이 없는 아가씨에게는 그 정도만으로도 회복의 징조로 여겨졌겠지요. 게다가 서방님의 볼에 가끔 혈기가 돌고 눈빛이 밝아졌기 때문에 아가씨는 틀림없이 서방님이 건강을 회복하신 걸로 알았지요.

아가씨의 열일곱 번째 생일에는 서방님이 묘지에 가지 않으셨어요. 비 오는 날이었지요. 제가 물어보았어요.

"오늘 밤에는 안 나가실 거지요, 서방님?"

"응, 금년에는 좀 미뤄야겠는데." 서방님이 대답하셨어요.

서방님은 린튼에게 몹시 만나고 싶다는 내용의 편지를 다시 보내셨어요. 도련님이 몸이 약했지만 사람 앞에 나설 수만 있다면 틀림없이 도련님의 아버지가 보냈을 테지요. 그러나 사실은 어디를 다닐 만한 몸이 아니었기 때문에 아버지의 말을 듣고 아버지가 이 집을 찾아오는 것을 반대한다는 것을 넌지시 알리는 답장을 보내왔더군요. 그러나 삼촌이 자기를 잊지 않아 퍽 기쁘고 자신이 산책을 나올 때 종종 만나 뵙기를 바라며 자기로서는 사촌끼리 그렇게 아주 헤어진 채 오래도록 서로 만나지 못하고 지내지 않게 되기를 원한다는 내용이었지요.

이 대목은 단순한 것으로 보아 아마 도련님의 생각이었을 거예요. 히스클리프 씨는 자기 아들이 캐서린 아가씨를 만나고 싶다는 사연 정도는 혼자서도 충분히 훌륭하게 쓸 수 있다는 것을 알았던 것이지요.

"그리고 저는 캐서린이 이곳에 와 주기를 바라지는 않습니다." 하고 계속되었어요. "하지만 아버지가 저를 그곳에 못 가게 하시고 삼촌이 캐서린을 우리 집에 못 오게 하신다고 해서 제가 캐서린을 결코 만날 수 없을까요? 부디 캐서린을 데리고 워더링 하이츠 쪽으로 종종 나와 주시기 바랍니다. 그리하여 삼촌이 보시는 앞에서 저희가 몇 마디 말이라도 나눌 수 있게 해 주시기 바랍니다. 저희가 이렇게 헤어져 있어야 할 짓은 아무것도 하지 않았습니다. 그리고 삼촌은 저 때문에 화를 내고 계시는 것도 아니지요. 저를 싫어하실 이유가 없다는 것을 삼촌도 인정하시지요. 그리운 삼촌! 내일 반가운 편지 보내 주세요. 그리고 스러시크로스 저택만 아니면 어디든지 삼촌께서 원하시는 곳에서 만나 뵙게 해 주세요. 삼촌께서 저를 만나 보시면 제 성격이 아버지의 성격과는 다르다는 것을 반드시 아시게 되리라고 믿습니다. 아버지는 제 성격이 아버지의 아들 이상으로 삼촌의 조카라고 주장하십니다. 그리고 저는 캐서린과 어울릴 자격이 없을 만큼 많은 결점이 있지만, 캐서린은 그런 것을 용서해 주었습니다. 그러니 캐서린을 생각해서라도 삼촌께서도 제 결점들을 용서해 주시기 바랍니다. 염려하신 저의 건강은 좀 나아졌습니다. 그러나 모든 희망이 끊긴 채 고독에 묻혀, 이전에도 좋아한 일이 없고 앞으로도 결코 좋아하지 않을 사람들 틈에서 제가 어떻게 기운을 차리고 건강해질 수 있겠습니까?"

서방님은 도련님을 측은하게 생각하시긴 했지만, 그의 요구를 들어주실 수는 없었지요. 캐서린 아가씨를 데리고 가실 수는 없었으니까요.

서방님은 여름엔 어쩌면 만날 수 있을지 모르겠다고 말씀하셨어요. 그사이에도 도련님에게 종종 편지를 하라고 하시고 편지로도 할 수 있는 충고와 위로는 해 주겠다고 약속하셨답니다. 그 집에서 도련님이 어려운 입장임을 잘 알고 계셨기 때문이지요.

린튼 도련님은 그 말씀에 따랐어요. 만약 그대로 내버려 두었더라면 도련님이 편지마다 불평과 비탄을 늘어놓아 어쩌면 만사를 망쳤을지도 모르지요. 그러나 도련님의 아버지가 철저히 감시하는 한편 물론 서방님이 보내는 편지 역시 한 줄도 빼놓지 말고 보이라고 우겼던 것이지요. 그리하여 린튼 도련님은 혼자만의 괴로움이나 슬픔은 쓰지 못하고, 그것들이야말로 언제나 제일 먼저 그의 머리에 떠오르는 것이었지만, 그저 친구이며 애인인 캐서린과 떨어져 있어야 하는 가혹한 처지에 대해 누누이 이야기할 뿐이었답니다. 그리고 서방님께서 곧 만나 주셔야 한다고 점잖게 부탁하고 만약 그러지 않으면 서방님이 헛된 약속으로 자기를 속였다고 생각하겠다는 것이었어요.

이쪽에서는 또 캐시 아가씨가 강력한 그의 편이었지요. 그리하여 그들은 결국 함께 서방님을 설득하여 한 주에 한 번쯤 제 감독 아래 우리 집에서 제일 가까운 벌판에서 함께 말을 타거나 산책을 해도 좋다는 허락을 받아 냈답니다. 6월이 되어도 서방님의 건강은 여전히 나빠지기만 해서 아가씨를 데리고 나가실 수 없었거든요. 서방님은 해마다 수입의 일부를 아가씨 몫으로 떼어 놓기는 하셨는데, 대대로 내려오는 그 집도 아가씨가 소유하게 되기를 당연히 바라셨고, 혹 출가를 하더라도 적어도 짧은 시일 안에 돌아와서 살기를 바라셨지요. 그리고 그렇게 할 수 있는 유일한 방법은 아가씨를 서방님의 상속인과 결합시키는 길밖에 없다고 생각하셨어요. 그러나 바로 그 사람도 서방님 못지않게 급속히 건강이 나빠지고 있다는 것은 전혀 모르셨지요. 그걸 아는 사람은 아무도 없었다고 믿어요. 의사가 워더링 하이츠에 가는 일도 없었고, 히스클리프 도련님을 보고 와서 저희에게 그의 건강 상태를 알려 주는 사람도 없었으니까요.

저로 말하면, 당초의 제 예감이 잘못이었다는 생각이 들기 시작했답니다. 도련님이 벌판에서 말을 타거나 산책하는 이야기를 하기도 하고, 자신의 목적을 이루려고 매우 열심히 노력하는 것 같아서 실제로 건강이 회복되었음이 틀림없다고 생각하게 되있지요.

린튼 도련님이 그렇게 열의를 가진 것처럼 보인 것이 히스클리프 씨의 음모였다는 것은 나중에 알게 되었는데, 설마 죽어 가는 자식을 그처럼 잔인하고 사악하게 대하는 아버지가 있을 줄은 상상도 못 했지요. 히스클리프 씨는 그의 욕심 많고 냉혹한 계획이 린튼의 죽음으로 허사가 될지 모른다는 위기감에 더욱 다급히 서둘렀던 모양이에요.

26장

에드거 서방님이 그들의 애원을 울며 겨자 먹기로 승낙해 캐서린 아가씨와 제가 처음으로 도련님을 만나러 말을 타고 갔을 때는 어느덧 여름도 한고비가 지날 무렵이었습니다.

숨이 막힐 듯 무더운 날이었지요. 햇빛은 없었지만 하늘에는 온통 얼룩 구름에 안개가 낀 것이 비가 올 것 같지도 않았어요. 우리가 만날 장소는 네거리 옆 표석이 서 있는 곳으로 약속되어 있었어요. 그런데 우리가 그곳에 도착하자 어린 목동이 심부름 온 듯 말했어요.

"린튼 도련님은 바로 고개 너머에 계시는데요, 미안하지만 조금만 더 오시래요."

"그렇다면 린튼 도련님이 삼촌의 첫째 주의를 잊어버린 게로군. 그 어른께서는 우리 집 땅을 벗어나지 말라고 하셨는데 여기서 조금만 나가면 바로 남의 땅인걸." 제가 말했어요.

"그럼 린튼이 있는 곳까지 갔다가 말을 돌리지, 뭐. 우리 집 쪽으로 거닐면 되잖아." 아가씨가 대답했어요.

그러나 린튼이 있는 곳에 가 보니 그 댁 정문에서 400미터도 채 안 되는 곳이었는데, 도련님이 말을 타지 않고 왔기 때문에 우리는 어쩔 수 없이 말에서 내리고, 말들은 풀을 뜯게 두지 않을 수 없었어요.

도련님은 벌판에 누워서 우리가 오기를 기다리고 있었는데 바로 몇 미터 앞에 갈 때까지도 일어나지 않더군요. 우리가 가자 겨우 일어나서 아주 힘없이 걸었는데 얼굴빛이 몹시 창백해 보여 제가 대뜸 큰 소리로 물었어요.

"웬일이에요, 도련님! 오늘 아침엔 산책을 못 하시겠네. 안색이 썩 좋지 않아 보이는데요!"

캐서린 아가씨는 슬프고 놀라운 표정으로 도련님을 바라보았어요. 막 입 밖에 나오려던 기쁨의 환성이 놀란 음성으로 바뀌고, 오래 미루어 오다가 겨우 만난 데 대한 반가운 인사는 그만 왜 여느 때보다 건강이 더 나빠졌는가 하는 걱정스러운 위로의 말로 바뀌고 말았어요.

"아냐, 괜찮아. 나아진걸!" 도련님은 떨면서 마치 아가씨의 손에 의지하지 않으면 안 될 듯이 아가씨의 손을 꼭 쥐고는 숨 가쁘게 말했어요. 그리고 그 크고 푸른 눈은 겁을 먹은 듯 아가씨를 멍하니 보고 있었지요. 전에는 어쩐지 기운 없는 기색이 깃들어 있던 두 눈은 언저리가 움푹 들어가 수척하고 사나워 보였어요.

"넌 더 나빠졌어. 지난번에 보았을 때보다 나빠졌단 말이야. 더 마르고……." 하며 아가씨는 곧이듣지 않았지요.

"나 피곤해." 하고 도련님이 급히 말을 막았어요. "더워서 못 걷겠어. 여기서 쉬자. 아침나절엔 가끔 몸이 좋지 않거든. 아빠는 내가 아주 빨리 자란다고 하시는데."

아가씨는 영 납득이 가지 않는다는 얼굴로 앉았고, 도련님도 그 옆에 누웠어요.

"여기는 마치 네가 말한 천국 같은데. 우리 각자가 제일 즐겁다고 생각하는 장소에서 가장 즐거운 방법으로 하루씩 지내기로 한 것 기억하지? 여기가 네가 말한 그 천국과 거의 비슷하구나. 구름이 끼긴 했지만 말이야. 그런데 구름이 저렇게 부드럽고 보기 좋으니까 해가 비치는 것보다 더 좋은데. 다음 주일엔 말이야, 너만 갈 수 있다면, 우리 집 숲으로 말을 타고 가서 내가 말한 천국을 보자." 아가씨가 애써 즐거운 표정을 지으며 말했어요.

린튼 도련님은 아가씨가 이야기하는 것을 기억하는 것 같지 않았어요. 분명 어떤 이야기건 계속하는 것이 무척 버거운 모양이었고요. 아가씨가 꺼낸 이야기에 도련님이 통 흥미를 보이지 않고 아가씨를 즐겁게 해 줄 힘도 없다는 것이 역력하자 아가씨는 실망한 기색을 감추지 못했답니다. 확실하지는 않지만 도련님의 온몸과 태도에 어떤 변화가 일어났던 것이지요. 귀여워해 주면 어리광 부리던 변덕스러운 성격은 어떤 일에도 마음이 내키지 않는 무관심으로 변했고, 응석을 부리려고 일부러 안달하며 성가시게 구는 어린애 같은 투정도 별로 보이지 않았으며, 환자처럼 자기만 아는 까다로운 성미가 더욱 강해져서 위로해 주는 것도 마다하고 남이 기분 좋은 쾌활한 태도를 보이면 그걸 곧 자신에 대한 모욕이라고 생각하는 버릇이 생겼던 것이지요.

도련님은 우리와 함께 있는 것을 고마워하기보다는 도리어 벌이라도 받는 것처럼 여긴다는 것을 저는 물론 캐서린 아가씨도 알아차렸답니다. 아가씨는 조금도 망설일 것 없이 곧 돌아가자고 말하더군요.

아가씨의 말에 뜻밖에도 린튼 도련님은 그 무기력한 상태에서 깨어나 이상하게 당황하는 태도를 보였어요. 도련님은 겁이 난 눈초리로 워더링 하이츠 쪽을 힐끗 바라보더니 반 시간만 더 있어 달라고 사정했어요.

"그런데 말이야, 내 생각엔 네가 여기 앉아 있는 것보다 집에 가 있는 게 더 편안할 것 같은데. 오늘은 내 이야기나 노래나 잡담 같은 것으로 너를 즐겁게 해 줄 수 없을 것 같아서 그래. 지난 여섯 달 동안에 넌 나보다 더 약해졌어. 이제 내가 즐기는 오락에는 흥미가 없어진 거야. 그렇지 않고 내가 너를 즐겁게 해 줄 수만 있다면야 기꺼이 머무를게." 아가씨가 말했습니다.

"여기서 좀 쉬었다 가. 그리고 캐서린, 내가 아주 몸이 좋지 않다고 생각하거나 말하지 마. 날씨가 이렇게 흐리고 더워서 맥이 풀려서 그러는 거니까. 누나가 오기 전엔 혼자서 많이 걸어 다녔어. 삼촌한테도 내가 건강하다고 말씀드려, 알았지?" 도련님이 말했어요.

"네가 그렇게 말하더라고 아빠한테 말씀드릴게, 린튼. 하지만 네 말대로 아주 건강하다고는 말씀드릴 수 없을 거야." 아가씨는 빤히 사실이 아닌 것을 도련님이 굳이 우기는 것을 이상하게 생각하며 말했어요.

"다음 목요일에 또 와." 도련님이 의아스럽게 쳐다보는 아가씨의 눈길을 피하며 말했어요. "그리고 삼촌한테 누나가 오게 승낙해 주셔서 고맙다고 말씀드려. 정말로 고맙다고 말이야, 캐서린. 그리고, 그리고 말이야, 혹 우리 아빠를 만나 아빠가 나에 대해 물으시면 내가 아주 말이 없고 멍청하게 있었다고 생각하시지 않게 말씀드려야 해. 지금처럼 그렇게 슬프고 실망한 얼굴 하지 마. 아빠가 화내실 테니까 말이야."

"난 네 아빠가 화내도 아무렇지 않아." 아가씨는 자기한테 화를 낼 경우를 상상하면서 큰 소리로 대답했어요.

"하지만 난 그렇지 않단 말이야. 나 때문에 아빠가 화나게 하면 안 돼, 캐서린. 아빠는 대단히 엄한 분이니까." 도련님이 벌벌 떨면서 말했습니다.

"아버님이 도련님에게 엄하신가요, 히스클리프 도련님? 응석을 받아 주는 게 싫증이 나서, 소극적이던 것이 이제 적극적으로 미워하시게 되었나요?" 제가 물어보았어요.

린튼 도련님은 저를 쳐다보았지만 아무 대답도 하지 않더군요. 아가씨는 십 분쯤 더 그의 옆에 앉아 있었는데, 그동안에 도련님은 머리를 푹 숙이고는 지쳐서 그러는지 아니면 괴로워서 그러는지 답답한 신음만 낼 뿐 아무 말도 하지 않았어요. 아가씨는 심심풀이로 월귤나무 열매를 주워다가 제게 나누어 주었어요. 아가씨는 린튼의 마음을 더 이상 건드려 보았자 귀찮아하고 괴로워할 뿐이라는 것을 알았기 때문에 그에게는 하나도 주지 않았지요.

"이제 반 시간은 됐지, 엘런?" 아가씨가 마침내 제 귀에 대고 소곤거렸어요. "난 우리가 왜 여기 있어야 하는지 모르겠어. 저 앤 잠이 들었고, 아빠는 우리가 돌아오기를 기다리고 계실 텐데."

"하지만 잠든 사람을 놔두고 갈 수는 없죠. 도련님이 깰 때까지 기다려요. 조금만 참아요. 떠나올 때는 무척 열심이더니 가엾은 린튼을 보고 싶은 생각이 벌써 사라진 게로군요." 제가 대답했어요.

"저 앤 왜 나를 만나고 싶어 했을까? 전엔 몹시 까다롭게 굴 때도 지금 저렇게 이상한 기분에 젖어 있는 것보다는 나았는데. 이건 마치 억지로 시켜서 하는 일 같아. 이렇게 만나는 게 말이야. 아빠한테 야단맞을까 봐 무서워서 하는 짓 같아. 하지만 난 고모부를 즐겁게 해 드리기 위해서 오고 싶지는 않아. 고모부가 린튼에게 이런 벌을 내리는 데 어떤 이유가 있든지 말이야. 그리고 린튼의 건강이 좋아진 것은 반가운 일이지만 그 애가 전보다 훨씬 명랑하지 못하고, 나에 대한 애정도 전보다 훨씬 못한 것이 섭섭해." 아가씨가 말했어요.

"그럼 아가씨는 도련님의 건강이 좋아졌다고 생각하는 거예요?" 제가 물었어요.

"그래. 지금까진 줄곧 아프다고 야단이었잖아. 아빠한테 말하라는 것처럼 아주 좋아진 건 아니지만, 전보다는 나은 것 같아." 아가씨가 대답했어요.

"내 생각하고는 다른데요, 아가씨. 나는 훨씬 나빠졌다고 생각하는걸요." 제가 말했어요.

그런데 도련님이 공포에 사로잡힌 듯 갑자기 잠에서 깨더니 누가 자기 이름을 부르지 않았느냐고 물었어요.

"아니. 꿈속에서 불렀다면 몰라도 부른 사람은 없어. 어쩌면 이렇게 아침에 이런 데서 잠을 잘 수 있는지, 이상한데." 아가씨가 말했어요.

"아빠가 부르시는 것 같았는데. 정말 아무도 부르지 않았어?" 도련님이 우리의 머리 위에 잔뜩 찌푸리고 솟아 있는 것 같은 언덕배기를 힐끗 쳐다보면서 숨 가쁜 듯 말했어요.

"정말이라니까. 엘런과 내가 너의 건강에 대해서 이야기했을 뿐이야. 린튼, 너 정말 지난겨울에 우리가 헤어졌을 때보다 건강해졌니? 그렇다 해도 분명 건강해지지 않은 것이 꼭 한 가지 있어. 나에 대한 너의 마음 말이야. 말해 봐, 그렇지?" 아가씨가 말했어요.

"그렇지 않아. 그렇지 않단 말이야!" 린튼 도련님이 눈물을 마구 쏟으면서 대답했어요.

그리고 자신을 부르는 소리가 여전히 들리는지 눈을 두리번거리면서 그 음성의 주인을 찾았어요.

캐시 아가씨가 일어섰어요.

"오늘은 이만 돌아가야 해. 그리고 난 오늘 우리가 만난 일에 대해서 실망했다는 것만은 숨길 수 없어. 이건 너 이외에는 아무한테도 말하지 않겠지만 말이야. 고모부가 무서워서 그러는 건 아냐." 아가씨가 말했어요.

"쉿, 제발 조용히 해 줘! 아빠가 오셔." 린튼 도련님이 소곤거렸어요. 그러고는 아가씨의 팔에 매달려 가지 못하게 붙들었어요. 그러나 아가씨는 히스클리프 씨가 온다는 말을 듣자 도련님을 급히 뿌리치고는 미니에게 휘파람을 불었지요. 미니는 강아지처럼 곧장 달려왔어요.

"다음 목요일에 올게." 하고 외치면서 아가씨는 안장에 올랐습니다. "잘 가, 서둘러, 엘런!"

이렇게 해서 우리는 그를 놓아두고 돌아왔지요. 도련님은 아버지가 올 거라는 생각에 마음이 쏠려 우리가 떠나는 것도 거의 모르는 모양이었어요.

우리가 집에 도착하기 전에 캐서린 아가씨의 불쾌감은 사그라져서 동정과 후회가 뒤섞인 묘한 감정으로 변했고, 그 감정에는 린튼 도련님의 건강과 실제로 처해 있는 환경에 대한 막연하고 불안한 의아심이 다분히 섞여 있었답니다. 어차피 다음에 가서 만나면 잘 알게 될 테니 너무 이야기하지 말라고 아가씨에게 충고했지만, 사실은 저도 동감이었지요.

서방님이 밖에서 어떤 일이 있었는지 물으시더군요. 조카가 고맙다고 말하더라는 것은 그대로 말씀드리고, 나머지는 아가씨가 적당히 말씀드렸지요. 저도 무엇을 숨기고 무엇을 말씀드려야 할지 잘 몰라 서방님의 물음에만 간단히 대답해 드렸답니다.

27장

일주일이 지났습니다. 그날부터 갑작스레 악화된 린튼 서방님의 병세는 누구나 그 증세를 알 수 있을 만큼 심했답니다. 전에는 몇 달에 걸친 파괴였던 것이 이제는 거의 몇 시간의 잠식과 맞먹었지요.

우리는 되도록 아직 캐서린 아가씨에게는 알리지 않으려 했지만 본래가 영리한 아가씨인지라 속지 않았어요. 차츰 확신으로 변해 가는 다가올 무서운 일에 대해서 남몰래 짐작하고 골똘히 생각하고 있었던 것이지요.

아가씨는 목요일이 돌아와도 산책 가자는 말을 꺼낼 용기를 내지 못했어요. 제가 대신 말해서 아가씨가 외출할 수 있게 승낙을 얻었지요. 그동안 서방님이 매일같이 잠시 머무르시는(그나마 겨우 일어나 앉아 계실 수 있는 잠깐 동안이지만) 서재와 서방님의 침실이 아가씨 세계의 전부였으니까요. 아가씨는 잠시도 자리를 뜨지 않고 서방님의 머리맡에서 시중을 들거나 옆에 앉아 있었어요. 서방님의 간병과 슬픔으로 핼쑥해진 아가씨의 얼굴을 보고 서방님은 밖에 나가서 사촌이라도 만나면 기분 전환이 되리라 생각하고 쾌히 아기씨를 내보내셨지요. 이제 당신이 돌아가신 뒤에도 아가씨가 외톨이로 남지는 않으리라는 희망으로 위안을 받으셨던 거예요.

서방님이 우연히 말씀하신 몇 가지 의견으로 제가 추측한 것입니다만, 서방님은 조카의 외모가 당신을 닮았으니 마음도 당신을 닮았을 거라고 굳게 믿으셨어요. 하기야 린튼 도련님의 편지에는 그의 성격적 결함이 거의, 아니 하나도 드러나지 않았기 때문이겠지요. 그리고 저도 잘못 알고 계시는 점을 고쳐 드리는 것을 삼갔답니다. 마음이 약해서 그런 것이겠지만 그 정도야 용서받을 수 있겠지요. 어차피 달리 생각하실 힘도 기회도 없는 분에게 부질없는 말을 해서 마지막 순간까지 마음을 어지럽혀 무슨 소용이 있겠는가 하고 저 스스로 생각했던 것이지요.

우리는 산책을 오후로 미뤘어요. 화창한 8월의 오후였지요. 언덕에서 불어오는 바람결마다 얼마나 생기가 넘치는지 그것을 마시는 사람은 누구나, 설령 죽어 가는 사람이라도 소생할 것 같았어요.

캐서린 아가씨의 얼굴도 마치 주위의 경치 같았지요. 그늘과 햇빛이 잇달아 재빨리 얼굴을 스치고 지나가더군요. 그러나 그늘은 오래 머물고 햇빛은 빨리 지나갔어요. 그리고 아가씨의 가엾은 마음은 그렇게 잠깐 동안이나마 근심을 잊는 것조차 가책을 느꼈지요.

린튼 도련님이 전에 정해 놓은 자리에서 우리를 기다리고 있는 모습이 보였어요. 아가씨는 말에서 내리더니 잠깐만 있다 올 테니 저더러 말에서 내릴 것 없이 아가씨의 작은 말을 붙들고 있으라고 하더군요. 그러나 저는 반대했답니다. 제가 보호를 맡은 아가씨에게서 단 일 분 동안이라도 눈을 뗄 수 없었으니까요. 그래서 우리는 함께 히스가 우거진 언덕길을 올라갔지요.

린튼 도련님이 웬일인지 이번에는 무척 활기차게 우리를 맞아 주더군요. 그러나 그것은 기분이 좋아서 생기는 활기도 아니고, 즐거워서 그러는 것도 아니었어요. 그보다는 두려움 때문인 것 같았지요.

"늦게도 오는군. 누나네 아빠 편찮으시지 않아? 난 못 오는 줄 알았어." 도련님이 짧지만 힘겹게 말했어요.

"왜 넌 솔직하지 못하니?" 캐서린 아가씨가 인사 대신 이렇게 소리를 질렀어요. "왜 넌 내가 싫다고 똑바로 말하지 못하느냔 말이야! 이봐, 린튼, 다른 이유는 아무것도 없으면서 분명 우리 둘을 괴롭히려고 일부러 두 번씩이나 이런 데로 불러내다니 이상해!"

린튼 도련님은 몸을 떨면서 반은 애원하듯, 반은 부끄러운 듯이 아가씨를 힐끔 쳐다보았어요. 그러나 아가씨는 그런 수수께끼 같은 태도를 견딜 만한 참을성이 없었지요.

"우리 아빠가 몹시 편찮으시단 말이야. 그런데 왜 나를 아빠

머리말에서 불러내느냐고? 내가 약속을 지키지 않아도 된다면 왜 그래도 좋다고 알리지 않았어? 어서! 설명해 봐. 놀이나 장난 같은 건 이제 내 마음에서 완전히 사라지고 말았어. 이제 사랑하는 척하는 네 장단에 맞춰 춤을 출 수 없단 말이야." 아가씨가 말했어요.

"내가 사랑하는 척한다고?" 도련님이 중얼거렸어요. "그게 뭔데? 제발, 캐서린, 그렇게 화난 얼굴 하지 마! 마음대로 실컷 멸시해도 좋아. 난 아주 쓸모없는 겁쟁이니까. 난 아무리 욕을 먹어도 괜찮아! 하지만 난 누나가 화낼 상대도 못 돼. 우리 아빠를 미워하고 난 멸시의 대상으로 놔두란 말이야!"

"무슨 바보 같은 소리야!" 캐서린 아가씨는 화가 나서 소리쳤어요. "바보, 천치 같으니! 어머머! 마치 내가 정말 손이라도 댈 것처럼 떨고 있는 것 좀 봐! 멸시해 달라고 그렇게 일러 둘 필요까진 없어, 린튼. 누구라도 자연히 그럴 테니까. 가 버려! 난 돌아갈 테야. 너를 난롯가에서 끌어내서 뭔가 하는 척만 하고 있다니 무슨 바보짓이야. 옷자락 놓아줘. 그렇게 울며 몹시 놀란 표정을 짓는다고 내가 동정하면 너는 그따위 동정은 차 버려야 해! 엘런, 이런 게 얼마나 부끄러운 짓인지 좀 가르쳐 줘. 일어나, 그리고 그렇게 천하고 비열한 짓은 하지 마. 하지 말란 말이야."

린튼 도련님은 얼굴을 눈물로 적시고 비통한 표정으로 힘없는 몸뚱이를 땅에 내던졌습니다. 마치 말할 수 없는 공포에 경련이라도 일으키는 것 같았지요.

"아아! 못 견디겠어! 캐서린, 캐서린, 난 역시 배반자야. 그런데 말할 수는 없어! 하지만 나를 떼어 놓고 가면 난 죽는단 말이야! 캐서린 누나, 내 목숨은 누나 손에 달렸어. 누난 나를 사랑한다고 했지. 그렇다면 누나에게 괴로울 건 없을 거야. 가지 않을 거지? 친절하고 다정스럽고 착한 캐서린! 아마 누나도 승낙해 주겠지. 그렇게 되면 아빠는 내가 누나와 함께 죽게 내버려 둘 거야!" 도련님이 흐느끼며 말했어요.

아가씨는 그가 못 견디게 괴로워하는 꼴을 눈앞에서 보고 그를 일으켜 주려고 몸을 굽혔어요. 고분고분하게 응석을 받아 주던 예전의 감정이 되살아나 아가씨의 노여움은 사그라지고 몹시 가엾다는 마음이 들고 걱정되었던 거지요.

"무엇을 승낙한단 말이야?" 아가씨가 물었어요. "여기 있겠다고 승낙하라고? 그 이상한 이야기가 무슨 뜻인지 말해 봐. 그러면 여기 있을 테니까. 네가 하는 짓이 말과는 다르니까 나도 어리둥절하잖아! 진정하고 마음속에 있는 걸 솔직히 이 자리에서 다 이야기해 봐. 넌 나를 해치려는 게 아니지, 린튼, 안 그래? 네가 막아 낼 수만 있다면, 어떤 원수도 나를 해치지 못하게 할 것 아냐? 난 네가 혼자서는 겁쟁이지만 둘도 없는 친구를 배반하는 비겁한 사람이 아니란 것을 믿겠어."

"하지만 아빠가 위협한단 말이야. 그리고 난 아빠가 무서워. 아빠가 무섭단 말이야! 난 감히 말할 수 없어!" 도련님이 자신의 여윈 손가락을 움켜쥐고 헐떡이며 말했어요.

"그럼 좋아!" 아가씨가 딱하기도 하다는 듯이 경멸하는 태도로 말했어요. "비밀은 놔둬, 난 겁쟁이가 아니니까. 너나 조심해. 난 두렵지 않단 말이야!"

아가씨의 너그러운 태도에 도련님은 눈물을 흘렸어요. 도련님은 부축해 주는 아가씨의 손에 입을 맞추며 마구 큰 소리로 울면서도 속마음을 털어놓을 용기는 내지 못했지요.

저는 그 비밀이 무엇일까 곰곰이 생각해 보았답니다. 그리고 저의 호의로 말미암아 도련님이니 그 밖의 어떤 사람을 이롭게 하기 위해서 캐서린 아가씨가 괴로움을 당하는 일이 있어서는 결코 안 된다고 결심했지요. 히스 덤불 사이에서 바스락거리는 소리가 나기에 쳐다보았더니 히스클리프 씨가 언덕 위에서 우리 바로 앞으로 내려오고 있더군요. 그가 린튼 도련님이 우는 소리가 충분히 들릴 만큼 가까이 있었는데도 두 사람은 거들떠보지도 않고 다른 누구에게도 보인 적 없는 제법 정다운 어조로 저를 반갑게 대하면서 말을 붙였지만 저는 그의 진심을 의심하지 않을 수 없었답니다.

"이렇게 우리 집 가까이에서 만나니 반갑군, 넬리! 그 댁은 다 무고하시고? 이야기 좀 들어 봅시다! 소문에는 말이야, 에드거 린튼이 다 죽게 됐다는 말이 있던데, 아마 병세를 과장해서 하는 말이겠지?" 그가 낮은 어조로 덧붙였어요.

"그렇지 않답니다. 우리 서방님은 돌아가시게 됐어요." 제가 대답했어요. "그건 틀림없는 사실이에요. 우리에게는 슬픈 일이지만, 그분을 위해선 다행한 일이죠, 뭐!"

"얼마나 갈 것 같소?" 그가 물었어요.

"그야 모르지요." 제가 대답했어요.

"왜 그런고 하면 말이야." 그가 눈앞에 뻣뻣이 서 있는 두 젊은이를 바라보며 말했습니다. 린튼 도련님은 감히 몸을 움직이거나 머리를 들지도 못하는 눈치였고, 그 바람에 캐서린 아가씨도 움직거리지 못했지요. "사실은 저기 저 녀석이 아무래도 일을 저지를 모양이야. 그래 저 녀석의 외숙이 먼저 가면 고맙겠는데. 아니! 저 녀석은 내내 저 꼴을 하고 있었나? 훌쩍거리면 좋지 않다고 단단히 일러 놓았는데. 아니면 제 사촌을 만나서 생기가 좀 났나?"

"생기가 나다니요? 그렇지 않아요. 근심이 이만저만이 아니에요." 제가 대답했어요. "도련님을 보면 애인과 더불어 언덕을 산책하느니 자리에 누워 의사에게 치료를 받아야겠다는 생각이 드는걸요."

"하루나 이틀 후에는 그렇게 하겠는데." 히스클리프 씨가 중얼거렸어요. "그러나 우선은…… 일어나, 린튼! 일어나란 말이야! 그렇게 땅바닥에 나자빠져 있지 말란 말이야. 당장 일어나지 못해!" 그가 소리쳤어요.

린튼 도련님은 제 생각에 아버지의 눈총을 받아 어쩔 수 없는 무섬증이 한 번 더 발작한 듯 다시 땅바닥에 주저앉는 것이었어요. 그것 말고 그를 그렇게 움츠러들게 할 만한 거라고는 아무것도 없었으니 말이지요. 도련님은 몇 차례 일어나려고 기를 썼지만 당장 그 빈약한 힘마저 아주 빠져 버려 끙끙거리며 다시 쓰러지더군요.

히스클리프 씨가 다가서더니 도련님을 잡아 일으켜서는 잔디가 자란 둔덕에 기대게 했어요.

"이런, 화가 치밀어 오르는군. 네 그 못난 근성을 버리지 않으면, 알지? 망할 자식! 냉큼 일어나!" 히스클리프 씨가 억누르고 있는 듯한 사나운 감정으로 말했어요.

“일어날게요, 아빠. 좀 가만 놔두세요. 그러지 않으면 기절할 것 같아요! 아빠가 하라는 대로 했어요. 정말이에요! 캐서린한테 물어보시면 제가, 제가 활발했다고 말씀드릴 거예요. 아! 옆을 떠나지 마, 캐서린. 손 좀 잡게 해 줘.” 도련님이 헐떡거리며 말했어요.

“내 손을 잡아. 네 발로 일어서란 말이야! 자, 해 봐. 캐서린이 팔을 내밀 테니. 됐어, 캐서린을 봐라. 캐서린, 너는 내가 저 녀석한테 이렇게 무섭게 하니까 날 악마라고 생각하겠지. 제발 저 녀석을 데리고 집까지 걸어가 주지 않으련? 저 녀석은 내가 건드리면 벌벌 떠니 말이다.” 히스클리프 씨가 말했어요.

“이봐, 린튼! 난 워더링 하이츠에는 갈 수 없어. 아빠가 가지 못하게 했단 말이야. 고모부는 널 해치지 않으실 텐데 왜 그렇게 무서워하니?” 캐서린 아가씨가 속삭이듯 말했어요.

“나 그 집엔 다시 못 들어가겠어. 누나와 함께 가지 않으면 정말 못 들어가겠단 말이야!” 도련님이 대답했어요.

“닥쳐!” 도련님의 아버지가 소리를 질렀어요. “자식으로서 주저하는 캐서린의 마음을 우리가 존중해 줘야지. 넬리, 저 녀석 좀 데리고 들어가시오. 그러면 내 지체 없이 넬리 말대로 의사를 데려올 테니.”

“그러는 게 좋을 거예요. 하지만 나는 우리 아가씨와 함께 있지 않으면 안 돼요. 댁의 아드님을 돌보는 것은 내가 할 일이 아니지요.” 제가 대답했어요.

"어지간히 딱딱하군. 나도 그건 알아요. 넬리가 동정하지 못한다면 내 어쩔 수 없이 저 녀석을 꼬집어서 악을 쓰게 하는 수밖에 없겠군. 그럼 이리 와, 우리 집 용사. 너 나와 함께 집에 돌아가고 싶어?" 히스클리프 씨가 말했어요.

그가 다시 한번 도련님에게 다가서더니 만지면 부서질 것같이 허약한 도련님을 체포라도 하듯 하더군요. 그런데 도련님은 움찔하면서 거절할 틈도 주지 않고 미친 듯이 아가씨에게 달라붙어서는 함께 가자고 애걸했어요.

제가 아무리 반대해도 아가씨를 말릴 수는 없었지요. 아가씨인들 어떻게 거절할 수 있었겠어요? 린튼 도련님이 무엇 때문에 그렇게 무서워하는지 우리로서는 알 도리가 없었지만, 거기 그렇게 꼭 매달린 채 맥이 빠져 있는데, 그 이상 어떻게 한다면 놀란 나머지 바보가 될 것만 같았지요.

우리는 문 앞에 도착했어요. 캐서린 아가씨는 안으로 들어가고 저는 아가씨가 병자를 의자에 앉히면 곧 나오려니 하며 서서 기다렸지요. 그런데 히스클리프 씨가 저를 집 안으로 떠밀면서 큰 소리로 말했어요.

"우리 집에 전염병이 돌진 않아, 넬리. 그리고 오늘은 제대로 대접할 생각이야. 어서 앉아요, 문을 닫아야겠으니."

그는 문을 닫더니 자물쇠까지 채워 버리더군요. 저는 섬뜩했답니다.

"차라도 한잔 들고 가요." 그가 덧붙였어요. "나 혼자요. 헤어튼 녀석은 소를 몰고 목장으로 나가고 질라와 조지프는 놀러 나갔소. 나 혼자 지내는 데 길이 들었지만, 그래도 재미있는 친구가 있으면 싶어. 그럴 수만 있다면 말이지. 캐서린, 너도 저 녀석 옆에 앉아. 네게 줄 게 있다. 선물이래야 받을 가치도 없는 것이지만. 그 밖에는 줄 게 없으니까. 그건 바로 린튼이다. 캐서린도 그렇게 노려보나! 난 나를 두려워하는 것 같은 사람이 있으면 더 포악한 감정이 일어나니 이상한 일이지! 내가 만약 여기처럼 법이 엄하거나 취미가 고상하지 않은 곳에서 태어났더라면 저 둘을 하룻밤 심심풀이로 천천히 산 채로 해부해 버렸을 텐데."

그는 숨을 한 번 들이쉬더니 탁자를 두드리며 혼자서 욕지거리를 퍼부었어요.

"에이 망할! 밉살스러운 것들 같으니."

"난 고모부가 무섭지 않아요!" 캐서린 아가씨가 큰 소리로 말했어요. 아가씨는 그가 뒤에 혼자서 한 욕지거리는 알아듣지 못했던 것이지요.

아가씨가 바싹 다가가더군요. 검은 두 눈이 흥분과 결의로 번뜩였어요.

"그 열쇠 이리 주세요. 그건 제가 갖겠어요. 저는 굶어 죽는 한이 있어도 여기선 먹지도, 마시지도 않겠어요." 아가씨가 말했어요.

히스클리프 씨가 탁자 위에 있던 열쇠를 집었어요. 그러고는 아가씨의 대담한 태도에 약간 놀란 듯이 쳐다보았어요. 어쩌면 아가씨의 음성과 눈초리를 보고 아가씨의 어머님을 생각했는지도 모를 일이지요.

아가씨가 열쇠를 낚아챌 듯이 덤벼들어 느슨해진 그의 손가락 사이로 거의 빼앗을 뻔했답니다. 그러나 아가씨의 행동에 정신이 든 그가 열쇠를 재빨리 도로 빼앗았어요.

"자, 캐서린 린튼, 거기 서 있어. 그러지 않으면 때려눕힐 테니. 그럼 저 딘 부인께서 미쳐 날뛰겠지." 그가 말했어요.

이 말을 들은 척도 하지 않고 아가씨가 다시 열쇠를 쥔 손을 붙잡았어요.

"우린 갈 거예요!" 아가씨가 그 쇳덩이 같은 손을 펴려고 안간힘을 쓰면서 말했어요. 그런데 아가씨의 손톱으로는 까딱도 하지 않자 이번에는 이로 힘껏 물었어요.

히스클리프 씨가 저를 흘깃 쳐다보았는데, 그 눈길이 무서워서 저는 한동안 말리지도 못하고 있었답니다. 캐서린 아가씨는 손가락에만 너무 열중한 나머지 그의 얼굴을 쳐다볼 겨를이 없었지요. 그가 갑자기 손가락을 펴더니 실랑이를 벌이던 열쇠를 내놓았어요. 그런데 아가씨가 그걸 손에 쥐기도 전에 그가 풀린 손으로 아가씨를 붙들어 자기 무릎 위로 잡아당기더니 다른 손으로 아가씨의 양쪽 따귀를 무섭게 내리갈기는 것이었어요. 아가씨가 만약 서 있기라도 했다면 그의 위협대로 벌써 나가떨어지고 말았겠지요.

그 악마 같은 폭행에 저는 미친 듯이 덤벼들었어요.

"이 악당! 이 악마 같은 놈아!" 제가 고함을 지르기 시작했어요.

가슴을 떠밀리는 바람에 저는 말이 막히고 말았답니다. 저는 뚱뚱한 편이어서 곧 숨이 차지요. 그런 데다 화까지 치밀어 눈앞이 아찔해서 비틀거리며 물러섰어요. 금방 숨이 막히거나 혈관이 터질 것만 같았지요.

소동은 이 분쯤 뒤에 끝났어요. 캐서린 아가씨는 그의 손에서 놓여나자 두 손을 관자놀이에 대고는 마치 귀가 제자리에 붙어 있는지 떨어져 나갔는지 알 수 없다는 듯한 표정이었어요. 아가씨는 가엾게도 갈대처럼 몸을 떨고는 어찌할 바를 모르며 탁자에 기댔어요.

"난 아이들을 다스리는 법을 안단 말이야, 알았지?" 그 악한이 마룻바닥에 떨어져 있던 열쇠를 다시 주우려고 몸을 굽히면서 징그럽게 말했어요. "이제 내 말대로 린튼 곁으로 가서 맘대로 울어 봐! 내일이면 난 네 아비가 되지. 며칠 있으면 네 아비라고는 나뿐일 테고. 그렇게 되면 실컷 때려 줄 테고, 넌 실컷 견뎌 내겠지. 넌 약골이 아니니까 말이야. 다시 네 눈에 그따위 악마 같은 성질이 비치기만 해 봐라. 매일같이 맛을 보여 줄 테니!"

캐시 아가씨는 린튼에게 가지 않고 제게로 와서 무릎을 꿇고 빨갛게 달아오른 볼을 제 무릎에 대고 소리 내어 울었어요. 아가씨의 사촌은 긴 의자 한쪽 구석에 쥐새끼처럼 웅크리고 앉아서 아마도 그 벌이 자기 말고 다른 사람에게 떨어진 것을 다행스럽게 여기는 듯했지요.

히스클리프 씨는 우리가 모두 멍하니 앉아 있는 것을 보고 일어나서 금세 차를 준비했어요. 잔을 접시에 받쳐 차려 놓고 차를 따라 제게 한 잔을 내밀더군요.

"자, 한 잔 마시고 상한 속을 씻어 내지. 그리고 댁의 저 버릇없는 말썽꾸러기와 우리 집 놈에게도 먹여 줘요. 내가 만들었지만 독을 타진 않았으니까. 난 나가서 당신네 말을 찾아볼 테니." 그가 말했어요.

그가 나가자 우리는 무엇보다 먼저 어디로든, 어떻게 해서든 나가야겠다는 생각이 들었어요. 부엌문을 건드려 보았지만 밖에서 잠겨 있었어요. 유리 창문을 보았지만 너무 좁아서 캐시 아가씨의 작은 몸조차 빠져나갈 수 없었답니다.

"린튼 도련님, 도련님의 잔인한 아버지가 무엇 때문에 저러는지 도련님은 알고 있을 테니 말해 봐요. 그러지 않으면 도련님의 아버지가 아가씨에게 한 것처럼 나도 도련님의 따귀를 때려 주겠어요." 저는 우리가 완전히 갇혔다는 것을 알고 고함을 쳤어요.

"그래, 린튼. 말해야 해. 내가 온 건 너 때문이었으니까, 말하지 않는다면 은혜를 모르는 나쁜 놈인 거야." 아가씨가 말했어요.

"나 차 좀 줘, 목이 말라. 그러면 이야기해 줄게. 딘 부인은 좀 비켜요. 그렇게 가로막고 있는 건 싫으니까. 에이, 캐서린, 내 컵 속에 누나의 눈물이 떨어지잖아! 이것 안 마실래. 다른 걸 줘." 도련님이 말했어요.

캐서린 아가씨는 다시 한 잔을 따라 주고 자기 얼굴을 닦았어요. 도련님이 자신은 이제 무섭지 않다는 꼴을 보이자 그 어린 녀석의 침착한 태도가 비위에 거슬리더군요. 그가 벌판에서 보이던 그 괴로워하는 꼴이 워더링 하이츠에 들어서자 사라지고 말았어요. 우리를 그곳으로 끌어들이지 못하면 가만두지 않겠다는 무서운 위협을 받았는데, 그 일이 이루어졌으니 이제 당장은 무서울 것이 없다는 태도였지요.

"아빠는 우리를 결혼시키려는 거야. 그리고 아빠는 누나네 아빠가 지금 우리를 결혼시키지 않으려 한다는 것을 알거든. 아빠는 더 기다리다가는 내가 죽고 말지나 않을까 걱정하고 있어. 그래서 우리를 내일 아침에 결혼시키기로 한 거지. 그러니까 누나는 오늘 밤 내내 여기 있어야 해. 그리고 아빠가 원하는 대로 하면 이튿날엔 집에 돌아가게 할 거야. 나도 함께 말이지." 그가 차를 몇 모금 마시고 나서 말을 계속했어요.

"아가씨가 도련님을 데리고 간다고요? 이 불쌍하고 못난 바보 같으니! 도련님이 결혼을 해? 원, 그 작자도 미쳤지! 그렇지 않으면 우리를 모두 바보로 알고 있는 거야. 그래, 저렇게 건강하고 마음씨 고운 우리 예쁜 아가씨가 다 죽어 가는 원숭이 새끼 같은 도련님에게 시집갈 줄 알아요? 캐서린 린튼 아가씨는 고사하고 어느 누가 도련님 같은 사람을 남편으로 삼겠어요? 비겁한 짓으로 속여서 기어코 우리를 여기까지 끌어들이다니. 도련님 같은 사람은 흠씬 때려 줘도 모자라요. 그리고 제발 그런 바보 같은 상판은 하지 마요. 그 비열한 배신과 천치 같은 자만에 속은 것을 생각하면 실컷 쥐어흔들어 주고 싶네요." 제가 소리를 질렀어요.

제가 그를 조금 쥐어흔들었더니 그는 기침을 하기 시작하고 여느 때처럼 끙끙거리고 소리 내어 울었어요. 그러자 캐서린 아가씨가 저를 나무랐어요.

"밤새 여기 있으라고? 그건 안 돼! 엘런, 난 저 문에 불을 지르고서라도 나가겠어." 아가씨가 천천히 주위를 살피면서 말했어요.

아가씨는 당장 그 위협적인 말을 실행에 옮기려는 것 같았어요. 그런데 린튼 도련님은 그런 일이 생기면 저 자신이 또 어떻게 되지 않을까 하고 깜짝 놀라 일어섰어요. 그는 그 가냘픈 두 팔로 아가씨를 얼싸안고 흐느껴 울었어요.

“나와 결혼해서 나를 좀 살려 줘! 나를 그 집으로 데려가지 않을 테야? 아! 캐서린! 가면 안 돼, 제발 나를 떼어 놓고 가면 안 돼. 아빠 말대로 해야 해. 그렇게 해야 한단 말이야!”

“난 우리 아빠 말에 따라야 해. 그리고 이런 잔인한 짓 때문에 염려하시지 않게 해 드려야 한단 말이야. 밤새 이렇게 있어야 한다니! 아빠가 어떻게 생각하시겠어? 벌써부터 걱정하고 계실 텐데. 난 때려 부수든지 불을 지르고서라도 이 집을 나갈 테니 조용히 해! 네게 위험은 없으니까. 하지만 나를 방해하면…… 린튼, 난 너보다 아빠를 더 사랑한단 말이야!” 아가씨가 말했어요.

히스클리프 씨의 노여움에 대한 지독한 공포심이 도련님으로 하여금 비겁한 변명을 다시 늘어놓게 했답니다. 캐서린 아가씨는 미칠 것만 같았지요. 그러면서도 아가씨는 가야 한다고 고집을 부리고, 이번에는 아가씨가 도련님에게 자기 괴로운 일만 생각하지 말라고 타이르면서 간청해 보았어요.

둘이 그러고 있는 동안 우리의 감시자인 히스클리프 씨가 다시 들어왔지요.

“당신네 말이 달아나 버렸더군. 그런데 얘, 린튼! 넌 또 찔끔거리는 거냐? 캐서린이 너에게 어떻게 하던? 자, 자, 그만하고 잠이나 자거라. 한두 달만 있으면 말이야, 이 녀석아, 지금 당한 캐시의 횡포를 호되게 돌려줄 수 있을 테니. 넌 지금 순결한 사랑을 갈망하지, 그렇지 않아? 이 세상에 오직 그것밖에 바라는 것이 없잖아. 그러니 캐시에게 장가를 보내 준단 말이다! 자, 가서 자! 질라는 오늘 밤에 안 돌아온다. 네가 혼자 잠옷으로 갈아입어야 해. 쉿! 훌쩍거리지 말고 한번 네 방에 들어가면 아빠는 다시 너한테 안 갈 테니 무서워할 필요 없다. 어쩌다 이번에는 잘했구나. 뒷일은 내가 처리하마."

아들이 나가도록 문을 열어 놓은 채 그가 말했어요. 아들은 마치 심술궂게 문 사이에 끼이게 하려는 게 아닌가 주인을 의심하는 강아지처럼 슬금슬금 나갔어요.

자물쇠가 다시 잠겼어요. 히스클리프 씨는 아가씨와 제가 묵묵히 서 있는 난로 옆으로 다가왔어요. 캐서린 아가씨는 얼굴을 들더니 대뜸 두 손으로 볼을 가렸어요. 그를 보니 다시 통증이 일어나는 모양이었어요. 다른 사람이라면 아무도 그런 어린 행동에 딱딱하게 굴지 못할 텐데, 그는 아가씨에게 얼굴을 잔뜩 찌푸려 보이면서 중얼거리더군요.

"아, 넌 나 같은 건 무섭지 않다고 했지? 용기를 잘도 꾸며 대는군. 내가 몹시 무서운 모양인데!"

"지금은 무서워요. 제가 돌아가지 않으면 아빠가 몹시 걱정하실 테니까요. 정말 아빠에게 걱정을 끼쳐 드릴 수는 없어요. 아빠는 말이에요, 아빠는……. 고모부, 저를 보내 주세요. 린튼과 결혼하겠다고 약속할게요. 아빠도 제가 그런다면 좋아하실 거예요. 저는 린튼을 사랑해요. 그런데 왜 고모부는 제가 자진해서 하겠다는 걸 억지로 시키려고 하세요?" 아가씨가 말했어요.

"억지로 될지 한번 해 봐요! 이 나라에는 법이라는 게 있어요. 고맙게도 법이 있단 말이에요! 우리가 아무리 시골구석에서 산다고 해도요. 설령 도련님이 내 자식이라 해도 나는 고소하겠어요. 목사님도 부르지 않고 억지로 결혼시키는 건 중죄라는 걸 알아야지!" 제가 외쳤답니다.

"닥쳐! 빌어먹을, 왜 떠드는 거야! 당신이 지껄이는 소리는 듣고 싶지 않아. 캐서린, 네 아비가 걱정할 것을 생각하니 아주 기분이 좋은걸. 흐뭇해서 잠도 올 것 같지 않아. 그런 사실을 알려 주다니 너는 무슨 일이 있어도 앞으로 스물네 시간 동안은 우리 집에 갇혀 있어야겠다. 린튼과 결혼하겠다는 네 약속을 지킬 수 있게 내가 돌봐 주지. 약속이 이루어질 때까지 네가 이곳을 떠나게 하지 않을 테니까." 악한이 말했어요.

"그럼 엘런을 보내서 내가 무사하다는 걸 아빠한테 알리게 해 줘요! 그렇지 않으면 지금 결혼하게 해 주세요. 아빠가 불쌍해요! 엘런, 아빠는 우리가 길을 잃은 줄 아실 테지. 어떡하면 좋아?" 캐서린 아가씨가 마구 울면서 큰 소리로 말했어요.

"그렇지 않아! 네가 간호하는 데 싫증이 나서 잠시 놀러 나갔으려니 생각할 거야. 그러지 말라는 아버지의 명령에도 불구하고 네 마음대로 이 집에 들어왔다는 사실은 너도 부인하지 못하겠지. 그리고 너만 한 나이에는 놀고 싶어 하는 게 당연한 일이야. 게다가 병자, 아버지 딱 한 사람의 병간호에 싫증이 나는 건 아주 당연한 일이란 말이야. 캐서린, 네 아버지의 행복한 시절은 네가 태어났을 때 이미 끝났어. 내 말해 두지만, 네 아버지는 아마 네가 태어난 것을 저주했을 거야.(적어도 나는 저주했으니까.) 그러니 그가 세상을 하직하는 마당에 너를 저주한다면 그럴 법한 일이지. 나도 네 아비 편이 되어 너를 저주하겠다. 난 너를 사랑하는 게 아냐! 내가 어떻게 너를 사랑할 수 있단 말이냐? 실컷 울어 봐라. 내가 볼 수 있는 한, 린튼 녀석이 네 아버지의 빈자리를 메워 주지 않는 한, 이제부터 우는 일이 너의 주된 소일거리가 될 테니까. 그런데 선견지명이 있는 네 아버지는 린튼이 그럴 수 있으리라고 생각하는 모양이야. 네 아버지가 린튼에게 보낸 충고와 위안의 편지는 퍽이나 재미있게 읽었지. 그리고 맨 마지막 편지에는 린튼에게 너를 잘 보살펴 주고 결혼하게 되면 친절히 해 주라고 부탁했더구나. 잘 보살피고 친절히 해 주라니, 그야말로 아버지다운 말이지! 하지만 린튼은 자신의 모든 관심과 친절을 제 몸에 쏟아야 할 애거든. 그 녀석은 작은 폭군 노릇을 잘 해낸단 말이야. 이빨과 발톱만 뽑아 버린 고양이라면 얼마든지 못살게 굴 놈이지. 넌 틀림없이 이번에 돌아가면 린튼이 여러 가지로 친절히 해 주더라는 반가운 이야기를 그 녀석의 외삼촌에게 전할 수 있을 거야." 히스클리프 씨가 말했어요.

"그 점만은 제대로 말하는군요. 당신 아들의 성격을 잘 설명해 줘요. 당신과 닮은 점을 잘 보여 주란 말이에요. 그러면 캐시 아가씨도 그런 독사 같은 괴물과 결혼하기 전에 다시 한번 생각할 테니까요!" 제가 말했어요.

"이제는 그 녀석의 상냥한 성격을 이야기해도 상관없겠군.

캐시는 그 녀석과 결혼하든가 여기 갇혀 있든가 해야 하고, 당신도 주인어른이 죽을 때까지는 캐시와 함께 있어야 할 테니 말이야. 난 두 사람을 감쪽같이 여기에 가둬 놓을 수 있어. 내 말이 의심스럽거든 캐시에게 약속을 취소하라고 일러 봐요. 그러면 그 여부를 판단할 기회를 줄 테니!" 그가 대꾸했어요.

"제 약속을 취소하지 않겠어요. 그러고 나서 스러시크로스 저택에 갈 수만 있다면 지금 바로 린튼과 결혼하겠어요. 고모부, 고모부는 잔인하긴 하지만 악마는 아니겠지요. 그리고 순전히 악의에 찬 마음으로 제 모든 행복을 여지없이 파괴하지는 않겠지요. 만약 아빠가 제가 일부러 아빠를 버렸다고 생각하고 제가 돌아가기 전에 숨을 거두신다면 제가 어떻게 참고 살겠어요? 이젠 울지 않겠어요. 하지만 여기 고모부 앞에 무릎을 꿇고 앉아서 고모부 얼굴에서 눈도 떼지 않겠어요! 안 돼요. 그렇게 얼굴 돌리지 마세요! 저를 쳐다보란 말이에요! 고모부 비위에 거슬릴 것은 보여 드리지 않을 테니까요. 전 고모부를 미워하지 않아요. 고모부가 저를 때렸다고 노여워하지도 않고요. 고모부, 고모부는 평생 아무도 사랑해 본 일이 없나요? 한 번도 없어요? 아! 한 번만이라도 쳐다보셔야 해요. 저는 슬퍼서 못 견디겠어요. 제 얼굴을 보면 가엾고 불쌍히 여기지 않을 수 없을 거예요." 아가씨가 말했어요.

"그 도마뱀 같은 손가락으로 만지지 마. 저리 비키란 말이야, 차 버릴 거야! 차라리 뱀이 몸을 감는 게 낫겠다. 도대체 어떻게 내게 아양을 떨 생각이 들었을까? 난 네가 못 견디게 싫다!" 히스클리프 씨가 무지막지하게 아가씨를 떠밀면서 고함을 쳤어요.

그는 어깨를 움찔했어요. 정말로 징그러워 소름이 끼치는 듯이 몸을 떨었어요. 그리고 의자를 뒤로 밀었어요. 그러는 동안에 저는 일어서서 냅다 욕설을 퍼붓기 시작했지요. 하지만 그가 한마디만 더 하면 서반 나른 방에 가둬 버리겠다고 위협하는 바람에 첫마디도 채 맺지 못한 채 그만 입을 다물고 말았답니다.

차츰 어두워졌어요. 정원 문께에서 사람들의 소리가 들렸어요. 히스클리프 씨가 곧장 뛰어나가더군요. 그는 눈치가 빨랐지만 우리는 그렇지 못했어요. 이삼 분 동안 이야기를 하고 나서 그가 혼자 돌아왔어요.

“난 아가씨의 사촌 오빠인 헤어튼인 줄 알았어요. 그 도련님이라도 오면 좋으련만! 그 도련님이 우리 편을 들어 줄지 혹시 알아요?” 제가 캐서린 아가씨에게 말했어요.

“당신들을 찾으러 스러시크로스 저택에서 하인 셋을 보냈더군.” 히스클리프 씨가 제 말을 듣고 말했어요. “창문을 열고 소리쳤으면 좋았을걸. 하지만 틀림없이 저 계집애는 당신이 그러지 않은 걸 좋아할 거야. 저 애는 이렇게 억지로라도 여기 있게 된 것을 분명 좋아하고 있을 테니.”

우리는 좋은 기회를 놓쳤다 싶어 걷잡을 수 없이 울음을 터뜨렸답니다. 그는 9시까지 우리를 울게 내버려 두었어요. 그러고 나서 우리에게 부엌으로 해서 위층에 있는 질라의 방으로 가라고 하더군요. 그래서 저는 아가씨에게 그렇게 하자고 소곤거렸어요. 어쩌면 거기서는 유리창을 통해서라거나 다락방으로 들어가서 천장에 난 들창문을 지나 밖으로 나갈 궁리를 할 수 있으리라고 생각했지요.

그런데 유리창은 아래층과 마찬가지로 좁았고 다락방으로 가는 발판도 이용할 수 없었답니다. 우리는 아래층에서와 마찬가지로 갇혀 있게 되었지요. 우리는 둘 다 눕지 않았어요. 캐서린 아가씨는 들창 옆에 자리를 잡고 앉아서 아침이 오기를 초조하게 기다렸어요. 저는 좀 쉬라고 아가씨를 몇 번이고 달랬지만 아가씨는 오직 깊은 한숨으로 대답할 뿐이었어요.

저는 의자에 혼자 앉아 흔들거리며 제가 여러 가지로 할 일을 다 하지 못한 데 대해 몹시 자책했답니다. 그러자 그 때문에 주인이나 아가씨의 모든 불행이 닥쳐온 것이라는 생각이 들더군요. 실제로는 그렇지 않다는 것을 저도 알지요. 그러나 비참했던 그날 밤에는 그런 상상이 들었고 히스클리프 씨는 저보다 죄가 덜하는 생각이 들었답니다.

아침 7시가 되자 그가 와서 린튼 아가씨가 일어났느냐고 물었어요.

아가씨가 냉큼 문으로 뛰어가서 대답했어요.

"네."

"그럼 이리 와." 하며 그가 문을 열더니 아가씨를 끌어냈어요. 저도 일어나서 뒤를 따라갔지만 그가 다시 문을 잠가 버렸어요. 저도 나가게 해 달라고 소리쳤어요.

"참고 있어. 잠시 후에 아침을 올려 보낼 테니." 그가 대답했어요.

저는 벽 판자를 마구 두드리고 빗장을 사납게 흔들었어요. 캐서린 아가씨도 왜 저는 가두어 두느냐고 물었어요. 그는 다시 한 시간쯤 참지 않으면 안 된다며 아가씨를 데리고 가 버렸답니다.

저는 두세 시간쯤 참았습니다. 바침내 발소리가 들렸지만 히스클리프 씨의 발소리는 아니었어요.

"먹을 걸 좀 가져왔어요. 문 열어요!" 하는 소리가 났어요.

얼른 열어 보니 헤어튼이 온종일 먹을 수 있는 먹거리를 가져왔더군요.

"이것 받아!" 그가 쟁반을 제 손에 떠맡기며 덧붙였어요.

"잠깐만 있다 가요." 제가 말을 꺼냈어요.

"안 돼!" 그가 소리쳤어요. 제가 그를 좀 붙들어 놓으려고 온갖 애원을 다 했지만 그는 아랑곳하지 않고 물러갔어요.

그리고 저는 하루 종일 그리고 그다음 날, 또 그다음 날까지 갇혀 있었답니다. 닷새 밤과 나흘 낮 동안, 매일 아침 헤어튼 도련님을 한 번 만나는 일 이외에는 아무도 보지 못하고 갇혀 있었지요. 헤어튼 도련님은 모범적인 간수였어요. 정의감이나 동정심을 불러일으키려고 갖은 짓을 다 해 보았으나 뾰로통하니 입을 다물고 듣지 않았지요.

28장

닷새째 되던 날 아침에, 아니 아침이 아니라 오후에, 다른 발소리가 다가왔는데, 그 전보다 가볍고 잰 발걸음이었어요. 이번에는 그 발소리의 주인이 방으로 들어왔지요. 질라였어요. 주홍빛 숄을 두르고, 까만 비단 모자를 쓰고, 팔에는 버들가지로 엮은 광주리를 걸고 있었어요.

"아이고, 이런! 딘 부인, 글쎄 말이에요! 기머튼에 당신 소문이 났던데. 당신을 발견해서 집에 데려다 묵게 했다는 이야기를 주인어른한테서 듣기 전에는 당신이 아가씨와 함께 블랙호스 늪에 빠져 버린 줄만 알았지 뭐예요! 뭐, 틀림없이 늪 속의 섬에라도 올라가 있었겠죠, 안 그래요? 그래 얼마 동안이나 수렁에 빠져 있었수? 우리 집 주인어른께서 건져 주시던가요, 딘 부인? 그런데 그리 야위진 않았구먼. 별로 고생은 안

했나 보지요?" 질라가 큰 소리로 말했어요.

"당신네 주인은 정말로 악당이로군. 모두가 그 양반 책임이라우. 그런 터무니없는 이야기까지 지어낼 필요는 없는데. 결국 드러나고 말 일을!"

"그게 무슨 말이에요?" 질라가 물었어요. "그분이 지어낸 이야기가 아니라 마을에 난 소문인데요. 당신이 늪에 빠졌다고 말이에요. 그래서 집에 들어와 언쇼 도련님에게 말한걸요.

'이봐요, 헤어튼 도련님. 내가 나간 뒤에 이상한 일이 일어났더군요. 그 귀여운 아가씨와 활발한 넬리 딘이 정말 가엾지 뭐예요.' 하고 말이에요.

도련님이 나를 멀뚱멀뚱 쳐다봅디다. 난 도련님이 아무것도 듣지 못한 줄 알고 그 소문 이야기를 했지요.

주인어른이 듣고는 그저 혼자서 빙그레 웃고 말하더군요. '그 사람들 늪에 빠졌었다 해도 지금은 나와 있어, 질라. 넬리 딘은 지금 질라 방에 묵고 있는걸. 올라가서 슬쩍 빠져나가라고 말해. 열쇠 여기 있어. 늪의 물이 머릿속에 들어가서 아주 미친 듯이 날뛰면서 집으로 달려갈 참이었는데 정신이 돌아올 때까지 내가 못 가게 막아 둔 거야. 갈 수만 있으면 당장 집으로 가라고 일러 줘. 그리고 아가씨는 그 댁 어른의 장례식에 참석할 수 있게끔 늦지 않게 뒤따라가게 한다고, 내가 그러더라고 전해 주게.'라고요."

"에드거 서방님은 아직 돌아가시지 않았지? 아, 질라, 질라!" 제가 숨 가쁘게 물었어요.

"아니, 돌아가시지 않았어요. 앉아 있어요, 딘 부인. 아직도 몸이 꽤 불편하신 것 같네요. 그분은 돌아가시지 않았어요. 케네스 선생이 그러는데 하루는 더 넘길 것 같다네요. 내가 길에서 만나 물어봤지요." 질라가 말했어요.

저는 앉기는커녕 모자며 숄 등 나들이 물건을 집어 들고 아무것도 걸릴 것이 없었으니 아래로 뛰어 내려갔답니다.

거실로 들어가서 저는 캐서린 아가씨 소식을 아는 사람이 없을까 사방을 둘러보았어요.

방 안에는 햇빛이 가득히 비쳤고 문은 활짝 열려 있었지만 가까이에는 아무도 없는 것 같았어요.

그대로 나가 버릴까, 다시 돌아가서 아가씨를 찾아볼까 망설이던 참인데, 난로 쪽에서 가벼운 기침 소리가 들려와 제 주의를 끌더군요.

린튼 도련님이 긴 의자를 혼자 차지하고 누워서 길쭉한 사탕을 빨며 무표정한 눈으로 제 거동을 살피고 있었어요.

"캐서린 아가씨는 어디 있나요?" 저는 그가 그렇게 혼자 있을 때 붙들고 물어보면 겁을 먹어 사실을 알려 주겠거니 생각하고 무섭게 다그쳤어요.

그는 어린애처럼 계속 사탕만 빨고 있었어요.

"아가씨는 돌아갔나요?" 제가 물었어요.

"아니. 2층에 있는걸. 캐시는 못 가. 우리가 놓아주지 않을 거야." 그가 대답했어요.

"놓아주지 않는다고, 이 바보 같으니! 당장 아가씨가 있는 방으로 나를 안내해요. 그러지 않으면 눈물이 쏙 빠지도록 혼내 줄 테니까." 제가 소리를 질렀어요.

"거기 가려고만 해 봐. 아빠가 넬리를 울릴걸. 아빠가 그러는데 캐서린한테 친절하게 하지 말래. 캐서린은 내 아내니까 나를 놓아두고 떠나고 싶어 하는 건 창피한 일이라고! 아빠는 캐서린이 나를 미워하고 내가 죽기를 바란다는 거야. 내 돈을 가지려고 말이지. 하지만 돈을 누가 주나. 그리고 집에도 못 가게 할걸! 절대 안 보낸단 말이야! 실컷 울다가 병이나 나라지!" 그가 말했어요.

그는 잠이나 자려는 듯이 눈을 감으며 다시 사탕을 빨기 시작했어요.

"히스클리프 도련님, 지난겨울 도련님은 아가씨를 사랑한다고 큰소리치고 아가씨는 도련님에게 여러 가지 책을 갖다주고 노래도 불러 주고 도련님을 만나려고 여러 차례 바람과 눈을 맞으며 찾아왔을 때, 아가씨가 베푼 친절을 도련님은 잊었나요? 아가씨는 하루 저녁이라도 못 오면 도련님이 실망할 거라고 울기도 했어요. 도련님도 그때는 아가씨가 도련님에게 잘한다고 생각했잖아요. 그런데 이제 와서 아버지가 두 분을 몹시 싫어한다는 걸 알면서도 아버지가 하는 거짓말을 믿다니! 그리고 도련님도 한패가 돼서 아가씨를 미워하는군요. 그야말로 훌륭한 보답이네요, 안 그래요?" 제가 말했어요.

린튼 도련님은 입가를 샐쭉하더니 물었던 사탕을 빼냈어요.

"아가씨가 도련님을 미워해서 워더링 하이츠에 왔나요?" 제가 계속했어요. "혼자서 잘 생각해 봐요! 도련님의 돈에 대해서는 말이에요, 아가씨는 도련님한테 돈이 생기는지 어쩌는지조차 모르는걸요. 그리고 도련님은 편찮으시다면서 아가씨를 낯선 집 2층에 저렇게 혼자 버려 두고 있잖아요! 그렇게 돌보지 않고 내버려 둔다는 게 어떤 건지 잘 아는 도련님이 말이에요! 도련님은 자기 자신의 괴로운 일을 딱하게 생각했고 아가씨도 도련님의 그 괴로움을 동정했는데 도련님은 아가씨의 괴로움 같은 건 동정하지 않는단 거로군요. 난 이렇게 눈물을 흘리고 있어요. 히스클리프 도련님, 보세요. 나이 든 하녀에 지나지 않는 내가 말이에요. 그런데 도련님은 아가씨를 그렇게 사랑하는 것처럼 보였고 아가씨를 거의 숭배할 만한 이유가 있으면서도 눈물 한 방울이 그렇게 아까워 흘리지도 않고 아주 태평하게 누워 있군요. 정말 도련님은 무정하고 제 몸만 생각하는 사람이에요!"

"난 캐시와 함께 있을 수 없는걸." 그가 얼굴을 찌푸리며 대답했습니다. "나 혼자서는 함께 있을 수 없단 말이야. 어찌나 우는지 견딜 수 없어. 그래서 아빠를 불렀어. 아빠가 조용히 하지 않으면 목을 조르겠다고 위협했지만 캐서린은 아빠가 방에서 나가자마자 다시 울기 시작했어. 내가 잠을 잘 수 없어 화가 나서 소릴 질러도 밤새껏 신음하며 슬퍼하는 거야."

"아버지는 나가셨나요?" 그 보잘것없는 소년에게는 자기 사촌의 정신적 고통을 동정할 힘이 없음을 알고 제가 물었어요.

"아빠는 안뜰에 계셔." 도련님이 대답했습니다. "케네스 선생님과 말씀하고 계시는데, 그 선생님 말로는 삼촌이 이제 정말 돌아가시게 됐대. 아이 좋아, 삼촌이 돌아가시고 나면 내가 그 집의 주인이 될 테니까 말이야. 캐서린은 언제나 그게 제 집이라고 말했거든. 그건 자기 집이 아니지! 내 집이라고. 아빠가 그러시는데 캐서린 것은 모두 다 내 것이래. 그 재미있는 책들도 모두 내 것이지. 캐서린은 내가 우리 방 열쇠를 가지고 와서 자기를 내보내 주기만 하면, 그 재미있는 책들이며 예쁜 새, 조랑말 미니도 다 준다는 거야. 하지만 난 그것들은 모두 내 것이니까 누나가 나한테 줄 거라곤 아무것도 없다고 말해 줬어. 그랬더니 캐서린이 울면서 목걸이에 단 조그만 그림을 꺼내더니 그걸 가지라는 거야. 금으로 만든 케이스에 들어 있는 그림인데 한쪽에는 자기 엄마의 그림이 있고, 다른 쪽엔 삼촌 그림이 있는데 두 분 다 젊을 때 그린 거였어. 그게 어제였어. 난 그것들도 내 것이라고 말하고 캐서린에게서 뺏으려고 했지. 그 망할 것이 안 주려고 나를 떠밀어서 아프게 했어. 난 소리를 질렀어. 캐서린은 이 소리를 듣고 깜짝 놀랐지. 아빠가 올라오시는 소리가 들리자 캐서린은 케이스를 둘로 나누어 엄마의 초상이 들어 있는 쪽을 내게 주고 다른 쪽은 감추려고 했어. 그런데 아빠가 왜 그러느냐고 묻기에 내가 설명을 했지. 아빠가 내가 가지고 있던 것을 빼앗고, 캐서린에게 제 것을 내게 주라고 말하니까 안 된다지 뭐야. 그래서 아빠가 캐서린을 때려 넘어뜨리고 그 케이스를 줄에서 비틀어 떼어 발로 짓밟아 버렸어."

"그래 아가씨가 맞는 걸 보니 좋습디까?" 그에게 말을 더 시킬 생각으로 제가 물었지요.

"난 못 본 체했어." 그가 대답했어요. "난 아빠가 개나 말을 때리면 못 본 체하거든. 얼마나 심하게 때린다고. 그래도 처음에는 기분이 좋았어. 나를 떠밀었으니까 벌을 받아야 한다고 생각했지. 그런데 아빠가 나가신 뒤에 캐서린이 내게 창가로 오라고 하더니 볼 안쪽이 이와 맞닿아서 째지고 입 안에 피가 가득 차 있는 걸 보여 주잖아. 그러고 나서 캐서린은 찢어진 그림 조각을 주워 가지고 가서 벽 쪽을 보고 앉더니 그때부터 아무 말도 하지 않는 거야. 그래서 나는 아파서 말을 못 하는가 보다고 생각했지. 그렇게 생각하고 싶지는 않지만, 그렇게 내리 울고만 있으니 제멋대로인 사람이지 뭐야. 그리고 얼마나 파리하고 사납게 보이는지 난 캐서린이 무서워졌어!"

"도련님은 그 방 열쇠를 가져오려면 가져올 수 있지요?" 제가 물었어요.

"그럼, 내가 2층에 가면 되지. 하지만 난 지금은 2층까지 걸어갈 수 없어." 그가 대답했어요.

"어느 방에 있는데요?" 제가 물었습니다.

"아이, 어디 있는지 넬리에게 가르쳐 줄 수 없어! 그건 우리 비밀인걸. 아무도 몰라야 해. 헤어튼도 질라도 말이야. 자! 넬리 때문에 피곤해졌어. 저리 가, 저리 비키란 말이야!" 그가 소리를 질렀어요. 그러고는 팔을 베고 다시 눈을 감았습니다.

저는 히스클리프 씨한테 들키지 않고 나가서 우리 집에 가 아가씨를 구출해 낼 사람을 데려오는 것이 상책이라고 생각했지요.

제가 집에 도착하자 저를 본 동료 하인들의 놀라움과 기쁨은 굉장했답니다. 그리고 아가씨도 무사하다는 말을 듣고 두세 사람이 서둘러 올라가서 에드거 서방님의 방문에 대고 그 소식을 큰 소리로 알리려고 했지만, 그 일에 대해서는 제가 직접 알려 드리기로 했지요.

정말 며칠 사이에 서방님이 얼마나 변하셨던지! 비애에 잠기고 체념한 모습으로 누워 죽음을 기다리시는 것 같았어요. 그분은 아주 젊어 보였답니다. 실제 나이는 서른아홉인데 모르는 사람은 적이도 열 살은 더 젊게 보았을 거예요. 아기씨의 이름을 중얼거리는 것을 보니 아가씨 생각을 하셨던가 봐요. 저는 손을 잡고 조그만 소리로 말씀드렸어요.

"아가씨는 곧 돌아와요, 서방님! 아가씨는 살아 있어요. 건강하고요. 아마 오늘 밤쯤 돌아올 겁니다."

이 소식에 대한 첫 반응에 저는 몸이 떨리더군요. 서방님은 몸을 반쯤 일으켜 방 안을 열심히 둘러보더니 다시 누워 정신을 잃고 말았지요.

서방님이 다시 깨어나시자마자 저는 우리가 강제로 끌려가서 워더링 하이츠에 감금되어 있었다고 말씀드렸어요. 전적으로 그런 건 아니었지만, 저는 히스클리프 씨에게 강제로 끌려갔다고 말씀드렸어요. 린튼 도련님에 대한 좋지 않은 이야기는 되도록 삼갔고요. 그의 아버지가 벌인 야만스러운 행동에 대해서도 말하지 않았답니다. 이미 넘치는 그분 괴로움의 잔에 되도록 괴로움을 더는 붓지 않으려는 의도였지요.

서방님은 원수인 히스클리프 씨의 한 가지 목적이 서방님의 부동산은 물론 동산까지 아들의 것이라기보다 오히려 자신의 것으로 확보하려는 것임을 미리 알고 계셨어요. 그런데도 서방님은 자신과 조카가 다 같이 세상을 떠날 날이 얼마나 가까워졌는지 몰랐기 때문에 히스클리프 씨가 왜 당신이 죽을 때까지 기다리지 않고 그랬는지 궁금해하셨지요.

어쨌든 서방님은 유언장을 다시 쓰는 게 좋겠다고 생각하셨답니다. 캐서린 아가씨의 재산을 아가씨 마음대로 처분하게끔 맡겨 두지 않고 보관인이 관리하게 해서 아가씨가 일생 동안 쓸 수 있게 하고, 다만 아가씨에게 아이들이 생기면 아가씨가 죽은 뒤에 그 아이들에게 넘겨주기로 결정하셨지요. 그렇게 해 놓으면 린튼 도련님이 죽더라도 재산은 히스클리프 씨에게 넘어가지 않게 되니까요.

서방님의 분부를 받고 저는 한 사람은 변호사를 부르러 보내고, 다시 네 사람을 불러 적당한 무기를 갖추게 하여 아가씨를 그 감시자한테서 데려오라고 보냈습니다. 두 패 다 밤늦도록 돌아오지 않았어요. 혼자 간 사람이 먼저 왔더군요.

그는 변호사인 그린 씨가 집에 없어서 돌아올 때까지 두 시간을 기다려야 했고, 그린 씨가 마을에 중요한 볼일이 있어 스러시크로스 저택에는 다음 날 아침 식전에 오겠다고 했다고 전했어요.

네 사람도 그들만 돌아왔답니다. 그들이 가져온 소식에 의하면, 캐서린 아가씨가 아픈데, 너무 아파서 방에서 나올 수 없으며 히스클리프 씨가 아가씨를 만나게 해 주지 않더라는 것이었어요.

저는 그 바보 같은 친구들에게 어쩌면 그따위 말에 넘어가느냐, 그따위 이야기는 서방님께 말씀드릴 수 없다고 단단히 나무랐답니다. 그리고 다음 날 새벽에는 그 패를 모조리 데리고 워더링 하이츠에 가서 갇혀 있는 아가씨를 순순히 내놓지 않으면 어떻게 해서라도 뛰어 들어가기로 결정했습니다.

만약 그 악마 같은 놈이 내놓으려고 하지 않으면 그 집 문간에서 그자를 때려죽이는 한이 있어도 서방님께 따님을 보여 드려야겠다고 저는 다짐하고 또 다짐했지요.

다행히도 저는 워더링 하이츠에 가서 그런 고역을 치를 필요가 없었답니다.

새벽 3시쯤 물병을 가지러 아래층으로 내려갔다가 현관 마루로 물병을 들고 지나가려는데 현관문을 요란하게 두드리는 소리가 나서 펄쩍 뛸 만큼 놀랐지요.

"아하! 그린 씨로구나. 그린 씨가 온 걸 가지고." 제가 마음을 진정하며 다른 사람이 문을 열게 하고 그냥 가려는데 다시 두드리는 소리가 났어요. 큰 소리는 아니었지만 아주 끈질지게 두들겨 대더군요.

저는 물병을 난간에 올려놓고 뛰어가서 손수 문을 열어 주었어요.

바깥은 쟁반 같은 가을달이 대낮처럼 훤했지요. 그 사람은 변호사가 아니었어요. 우리 귀여운 작은 아가씨가 흐느끼면서 제 목을 얼싸안는 것이었어요.

"엘런! 엘런! 아빠는 살아 계셔?"

"그럼요! 그럼요. 우리 아가씨, 안 돌아가셨고말고요! 하나님 덕택으로 아가씨도 무사히 돌아왔군요." 제가 소리쳤어요.

아가씨는 숨이 차서 헐떡거리면서도 위층 서방님 방으로 뛰어가고 싶은 눈치였어요. 그러나 저는 아가씨를 억지로 의자에 앉히고 물을 마시게 한 다음 파리해진 얼굴을 씻기고 제 앞치마 자락으로 비벼서 희미하게나마 화색이 돌게 했답니다. 그러고 나서 제가 먼저 올라가서 아가씨가 왔다는 것을 말씀드려야겠다고 말하고, 히스클리프 도련님과는 행복하게 지낼 수 있을 거라고 아버님께 말씀드리도록 아가씨를 타일렀어요. 아가씨는 놀란 눈으로 쳐다보았지만 제가 왜 아가씨에게 거짓말을 하라고 이르는지 곧 알아듣고 불평은 하지 않겠다고 다짐했지요.

저는 부녀가 만나는 자리에는 차마 있을 수 없었답니다. 십오 분가량이나 침실 밖에 서 있으면서도 아무래도 침대 가까이에는 갈 수 없었지요.

그런데 너무 조용하기만 했습니다. 아가씨의 슬픔도 서방님의 기쁨도 똑같이 조용한 것이었지요. 아가씨는 겉보기에는 침착하게 아버님을 부축하고 있었어요. 서방님은 기뻐서 넋을 잃고 부릅뜬 듯한 눈을 치켜뜨고 아가씨의 모습을 지켜보고 계셨고요.

서방님은 더없이 행복하게 운명하셨답니다, 록우드 씨. 그분은 그렇게 눈을 감으셨으니까요. 따님의 목에 입을 맞추면서 이렇게 속삭이듯 중얼거리셨지요.

"난 네 엄마한테 간다. 아가, 너도 우리한테 오겠지." 그리고 다시 움직이지도 입을 열지도 못하셨지만 조용히 맥이 멎고 혼이 나갈 때까지도 그 기쁨에 넋을 잃은 듯한 빛나는 눈길을 따님의 얼굴에서 떼지 않으셨어요. 서방님이 숨을 거둔 정확한 시간은 아무도 알 수 없을 정도로, 그렇게 조금도 괴로워하지 않고 조용히 돌아가셨지요.

캐서린 아가씨는 눈물이 다 말라 버렸는지, 아니면 슬픔이 너무나 버거워서 눈물도 나오지 않았는지, 어쨌든 눈물도 흘리지 않고 해가 뜰 때까지 그 자리에 앉아 있었어요. 아가씨가 정오까지 앉아서 시신이 누워 있는 침대를 바라보며 골똘히 생각에 잠겨 움직이지 않으려고 하기에 저는 좀 쉬어야 한다고 타일렀지요.

제가 아가씨를 그 자리에서 뜨게 한 것이 다행이었어요. 점심때가 되어 변호사가 나타났으니까요. 그는 워더링 하이츠에서 어떻게 하라는 지시를 받고 온 것이었지요. 그는 히스클리프 씨에게 매수되었던 거예요. 그렇기 때문에 전날 서방님이 부르셔도 곧 오지 않았던 것이고요. 다행히 따님이 돌아온 뒤에는 그런 세속적인 일에 대한 생각으로 서방님이 괴로워하거나 불안해하시지는 않았지요.

그린 씨는 집 안의 모든 물건과 하인의 처리를 떠맡아서 명령하더군요. 그는 저 이외에는 하인들을 모두 해고한다고 통고했어요. 그는 위임받은 권한을 내세워 에드거 린튼은 그의 아내 옆에 매장해서는 안 되고 예배당 안에 있는 가족 묘지에 매장해야 한다는 것까지 주장하려 했지요. 그러나 유언장에는 그렇게 되어 있지 않았고, 저도 유언장에 기록된 것은 조금도 어겨서는 안 된다고 큰 소리로 항의했답니다.

장례는 서둘러 끝냈습니다. 이제 린튼 히스클리프 부인이 된 캐서린 아가씨는 아버님의 유해가 떠날 때까지 집에 머물러 있어도 좋다는 허락이 내려졌지요.

아가씨 말에 따르면, 아가씨가 너무 괴로워하자 마침내 린튼 도련님이 아가씨를 풀어주는 모험을 저지른 모양이었어요. 아가씨는 제가 보낸 사람들이 현관에서 옥신각신하는 소리를 들었고 히스클리프 씨 대답의 의미도 짐작했다는 것이었어요. 그러자 아가씨는 무슨 짓을 해서라도 빠져나가야겠다는 생각이 들었겠지요. 제가 떠나온 뒤에 곧 그 조그만 방으로 올라가 있던 린튼 도련님은 무서워서 아버지가 다시 올라오기 전에 열쇠를 꺼내 왔더랍니다.

도련님은 머리를 써서 자물쇠를 열었다가 문을 닫지 않은 채 자물쇠를 다시 잠갔답니다. 그러고는 자야 할 시간이 되자 헤어튼과 함께 자게 해 달래서 그날 밤만 그러도록 승낙을 받았다는 것이지요.

캐서린 아가씨는 날이 새기 전에 가만히 빠져나왔답니다. 개들이 짖어서는 안 되겠기에 출입문으로 나가지 않고 빈방을 돌아다니면서 창문을 살펴보았다더군요. 그런데 다행히도 아가씨의 어머님이 쓰시던 방에 우연히 들어가서 그 방 들창문으로 쉽게 빠져나와 옆에 있는 전나무를 타고 땅으로 내려왔답니다. 이렇게 아가씨가 도망치는 데 협력한 공범자라고 해서 도련님은 겁을 내면서 꾀를 짜낸 보람도 없이 호되게 혼이 났다더군요.

29장

장례를 치른 날 저녁 아가씨와 저는 서재에 앉아 있었습니다. 한편으로는 서방님의 죽음을 생각하며 슬픔에 잠기기도 하고(아가씨는 슬픔보다 절망에 빠져 있었지요.) 한편으로는 암담한 미래에 관해서 이런저런 상상을 해 보았지요.

우리는 결국 캐서린 아가씨를 위한 가장 좋은 길은 적어도 린튼 도련님이 살아 있는 동안에는 이 집에서 그대로 눌러살도록 허락을 받아 도련님이 이 집으로 와서 함께 지내고 제가 가정부로 남아 있는 것이라는 데 의견의 일치를 보았습니다. 너무나 희망적인 생각인 것 같기는 했지만 그래도 저는 꼭 그렇게 되기를 바랐고, 제가 살던 집이며 제가 하던 일 그리고 무엇보다도 사랑스러운 아가씨와 헤어지지 않고 그대로 머물러 있게 되리라는 기대로 기운이 나기 시작했지요. 그런데 마침 그때 하인 하나(해고된 하인 중 한 사람이었지만 아직 나가지 않고 있었답니다.)가 급히 뛰어 들어오더니 "그 망할 놈의 히스클리프"가 마당으로 들어오고 있는데 그의 눈앞에서 문을 닫아 버리랄 거냐는 것이었어요.

우리가 무모하게 그러라고 이른다 해도 시간이 없었지요. 그는 문을 두드린다거나 이름을 대는 예의는 차리지 않았어요. 그는 이 집의 주인이 되었으니 주인으로서의 특권을 발휘하여 말 한마디 없이 곧장 안으로 들어왔지요.

그가 왔다고 우리에게 알린 하인의 목소리를 따라 그는 서재 쪽으로 걸어오더니 안으로 들어와서는 하인에게 나가라는 몸짓을 하고 문을 닫아 버리더군요.

그곳은 그가 십팔 년 전에 처음 손님으로 안내받아 들어왔던 방이었답니다. 바로 그때의 그 달이 창문으로 비쳤고, 밖으로는 그때와 똑같은 가을 풍경이 펼쳐져 있었지요. 아직 촛불을 켜지는 않았지만 방 안은 벽에 걸린 초상화들, 즉 린튼 아씨의 멋진 얼굴과 바깥어른의 우아한 모습까지도 훤히 보였답니다.

히스클리프 씨가 난로 옆으로 다가왔습니다. 세월은 그의 용모를 별로 변하게 하지 않았지요. 그때 그 사람이었던 거예요. 다만 검은 얼굴이 다소 누레졌고 좀 더 안정되어 보였으며, 어쩌면 9킬로그램쯤 체중이 불어 보였을 뿐 다른 변화라고는 없었어요.

캐서린 아가씨는 그를 보자 도망치고 싶은 충동을 느껴 벌떡 일어났어요.

"가만있어!" 그가 아가씨의 팔을 붙들면서 말했어요. "이제는 도망쳐도 소용없어! 어디로 가려는 거야? 난 너를 데리러 온 거야. 이제부터는 며느리 노릇을 충실히 하고 린튼이 더 이상 나를 거역하게 해서는 안 돼. 네가 도망쳐 나오는 데 그 녀석이 어떤 역할을 했는지 알고는 그 녀석을 이떻게 혼내 줄까 망설였지. 너무나 약해 빠진 놈이라 한번 쥐어박으면 없어질 테니까 말이야. 그 녀석의 얼굴을 보면 마땅히 받아야 할 벌을 받았다는 걸 알 수 있을 거야! 그저께 저녁에는 그 녀석을 아래층으로 데리고 내려가서 그저 의자에 앉혀 놓기만 하고 그 뒤로는 조금도 건드리지 않았지. 헤어튼을 내보내고 우리 둘만 있었어. 두 시간 있다가 조지프를 불러 그 녀석을 다시 위층으로 올려 보냈지. 그런데 그때부터 그 녀석은 내가 나타나기만 하면 귀신이라도 본 것처럼 무서워하더군. 내가 옆에 없어도 종종 내가 눈에 비치는 모양이야. 헤어튼의 말을 들으면 밤중에 계속 몇 시간씩 잠을 못 자고 비명을 지르면서 내게서 저를 보호해 달라고 너를 부른다는 거야. 그러니 너의 훌륭한 짝을 위해 넌 좋든 싫든 가야 해. 그 녀석은 이제 네 책임이니까. 이제까지 내가 그놈에게 쏟은 모든 관심을 네게 넘겨주겠어."

"왜 캐서린 아가씨를 그대로 여기에 두고 린튼 도련님을 아가씨에게 보내지 않나요? 두 사람을 다 싫어하니까 헤어져도 섭섭할 게 없잖아요. 저 두 사람이야 당신의 별난 성미에는 매일같이 두통거리일 뿐일 텐데요." 제가 항의했답니다.

"난 이 집에 세 들 사람을 구하는 중이야." 그가 대답했어요. "사실은 내 애들을 옆에 두고 싶단 말이야. 그뿐 아니라 저 애도 먹여 주는 대신 나를 위해 일을 좀 해 줘야 하고. 난 린튼이 죽은 뒤에도 저 애를 호사스럽고 편하게 먹여 살리지는 않을 작정이니까. 이제 어서 갈 준비를 해. 내가 끌고 가게 하지 말고."

"가겠어요. 린튼은 이 세상에서 제가 사랑해야 하는 유일한 사람이니까요. 그리고 당신은 린튼이 제게 미워 보이고 저는 린튼에게 미워 보이게 하려고 갖은 짓을 다 하지만, 우리가 서로 미워하게 하지는 못할 거예요! 제 옆에서 그를 해치려거든 해치고 저를 위협하겠다면 그렇게 해 보세요." 아가씨가 말했어요.

"당당한 투사로군. 하지만 난 그 녀석을 해칠 정도로 너한테 잘하고 싶진 않은걸. 괴로움이 지속되는 동안 네가 그것을 실컷 맛보게 해 주겠단 말이다. 그를 너에게 미워 보이게 하는 것은 내가 아니야. 그건 그 녀석 자신의 훌륭한 정신이지. 그 녀석은 네가 도망친 일과 그 뒤에 일어난 일 때문에 죽을 지경이야. 그 고귀하고 헌신적인 네 사랑에 대해서 그 녀석이 고마워하리라고는 기대하지 마. 그 녀석이 말이야, '만약 내가 아빠만큼 힘이 세다면 뭘 어떻게 할 텐데.' 하는 유쾌한 이야기를 질라에게 하는 것을 내가 들었지. 그 앤 그런 생각을 하는 아이란 말이야. 몸이 몹시 약하니까 힘 대신 머리가 날카로워지는 거지." 그가 말했어요.

"저도 그가 성질이 고약하다는 것은 알아요." 캐서린 아가씨가 말했어요. "당신의 아들이니까요. 하지만 다행히 저는 성격이 좋으니 그의 나쁜 점을 용서할 수 있어요. 그리고 그가 저를 사랑한다는 것을 알기 때문에 저도 그를 사랑해요. 당신은 사랑해 주는 사람이 아무도 없잖아요. 아무리 우리를 비참하게 만든다 해도 말이에요. 당신의 그 잔인한 성격은 당신이 우리보다 훨씬 비참하기 때문이라 생각하면 마음이 풀려요. 당신은 비참해요, 그렇지 않아요? 악마같이 외롭고 시기심이 많은 거죠. 아무도 당신을 사랑하지 않아요. 당신이 죽어도 아무도 울어 주지 않을 거예요! 저는 당신처럼 되지 않을 거예요!"

캐서린 아가씨가 일종의 서글픈 승리감을 맛보며 말했지요. 아가씨는 앞으로 가족이 될 사람의 마음을 이해하고 원수의 슬픔에서 기쁨을 찾으려는 듯이 보였답니다.

"너야말로 당장 네 몸이 불쌍하게 여겨질 거다. 그러고 일 분만 더 있었단 봐라. 비켜, 이 요망한 것. 어서 가져갈 물건이나 챙기란 말이다." 아가씨의 시아버지가 말했어요.

아가씨는 빈정대며 물러갔어요.

저는 아가씨가 없다면 여기는 그만둘 테니 질라 대신 워더링 하이츠에 있게 해 달라고 간청했지만 그는 들어주지 않았습니다. 그는 조용히 하라고 말하고 나서 그제야 처음으로 방 안을 흘낏 둘러보더니 벽에 걸린 초상화들에 눈길을 멈췄어요. 린튼 아씨의 초상화를 살펴보고 나서 그가 말했어요.

"저건 내가 가져가야겠군. 꼭 필요한 건 아니지만……."

그는 갑자기 난로 쪽으로 향하더니, 뭐랄까 적당한 말이 없으니 미소라고밖에 달리 표현할 수 없겠군요, 미소를 지으면서 말을 계속했어요.

"내가 어제 무슨 일을 했는지 이야기해 주지! 린튼의 무덤을 파고 있는 교회 머슴을 시켜 캐서린의 관 뚜껑에 덮인 흙을 치우게 하고 관을 열어 보았어. 언젠가 나도 거기에 묻혔으면 하고 생각한 일이 있었거든. 다시 그녀의 얼굴을 보니 예전 그대로이더군. 그 교회 머슴이 나한테 비키라고 야단이었어. 시신에 바람을 쏘이면 변한다기에 난 관 한쪽을 두드려서 조금 느슨하게 해 놓고는 흙으로 덮어 버렸어. 느슨하게 해 놓은 쪽은 그 망할 린튼이란 놈이 묻힌 쪽이 아냐! 그따위 놈은 납으로 만든 관에 넣어 땜질을 했어야 하는 건데. 그리고 교회 머슴에게 돈을 조금 쥐여 주면서 내가 거기에 묻힐 때는 그놈의 것은 비켜 놓고 내 관도 그녀의 관처럼 한쪽을 좀 느슨하게 해 달라고 했어. 내 관이 그렇게 되도록 만들 거야. 그렇게 해 놓으면 린튼이란 놈이 우리한테 올 무렵이면 어느 게 어느 것인지 모를 테니까 말이야!"

"당신은 참 악독하기도 하군요, 히스클리프! 죽은 이를 괴롭히다니 부끄럽지도 않던가요?" 제가 큰 소리로 말했어요.

"난 아무도 괴롭히지 않았어, 넬리. 내 마음이 다소 안정되긴 했지. 이제 훨씬 더 마음이 편해질 거야. 내가 죽더라도 땅속에 조용히 누워 있게 될 테니까. 그녀를 괴롭혔다고? 천만에! 그녀야말로 십팔 년 동안을 밤낮으로 나를 괴롭혀 왔어. 늘 끊임없이, 그리고 잔인하게, 바로 어젯밤까지 말이야. 어젯밤에야 내 마음이 가라앉았어. 난 어젯밤 심장이 멎은 채 차디찬 내 볼을 그녀의 볼에 맞대고 그녀 옆에서 마지막 잠을 자는 꿈을 꾸었지." 그가 말했어요.

"그럼 만약 아씨가 썩어 흙이 되어 버렸다든가 그보다 더한 상태였더라면 그땐 무슨 꿈을 꿨을까요?" 제가 물었어요.

"그녀와 함께 썩어서 더욱더 행복해지는 꿈을 꿨겠지!" 그가 대답했어요. "넬리 자네는 내가 그따위 변화를 무서워할 줄 알아? 난 그 관 뚜껑을 열 때 이미 그런 변화를 기대했어. 그러나 내가 죽을 때까지 그 변화가 시작되지 않으면 좋겠어. 더욱이 그녀의 생기 없는 용모에서 강렬한 인상만 받지 않았던들 그 묘한 감정이 여간해선 가시지 않았을 거야. 그건 이상하게 시작됐지. 알다시피 난 그녀가 죽은 뒤로 미치광이처럼 밤낮으로 늘 그녀가 내게 돌아오기를 빌었어. 영혼이라도 돌아오라고 말이야. 난 유령의 존재를 믿어. 유령이라는 게 이 세상에 있을 수 있고 있다고 확신한단 말이야!

그녀가 거기 묻히던 날은 눈이 내렸지. 저녁때 나는 묘지에 갔어. 겨울처럼 찬바람이 휘몰아치고 사방은 적막했어. 난 그녀의 바보 같은 남편이 그렇게 늦게 그 골짜기를 기어 올라오리라고는 생각지도 않았어. 다른 사람이야 누가 거기에 올 일이 있을까 생각한 거지.

나 혼자였고, 우리 사이에 가로놓여 있는 것은 2미터밖에 안 되는 퍼슬퍼슬한 흙뿐이라는 생각이 들어 난 혼잣말을 했어. '다시 한번 저 여자를 이 팔로 안아 보자! 만약 그녀의 몸이 차면 이 북풍 때문에 내 몸이 차가워졌다고 생각하고, 그녀가 움직이지 않는다면 잠들어서 그러는 거라고 생각하자.'

나는 연장 창고에서 삽을 꺼내다가 힘껏 파기 시작했어. 삽

끝이 관에 닿는 소리가 나더군. 그러자 엎드려서 손으로 후볐지. 관 뚜껑의 못 박은 자리가 벌어지고 내가 목적하던 바가 거의 이루어질 참인데, 그때 바로 묘 가장자리에서 내 머리 위로 몸을 구부리며 누군가가 한숨 쉬는 소리가 들리는 것 같았어. '내 이 뚜껑을 열 수만 있다면 나를 함께 묻고 흙을 덮어 주면 좋으련만!' 내가 중얼거렸어. 그리고 나는 더욱더 미친 듯이 뚜껑을 잡아떼려고 했지. 바로 내 귓전에서 다시 한숨 소리가 들리더군. 진눈깨비를 몰고 오는 바람을 물리치는 따뜻한 숨결 같은 느낌이었어. 피가 통하는 산 인간이 옆에 없다는 건 알았지. 그러나 어둠 속에서 누군가가 다가오면 눈으로 분간은 못 할망정 분명히 알 수 있듯이 난 확실히 캐시가 거기 땅속이 아니라 땅 위에 있는 걸 느꼈어.

갑자기 안도감이 심장에서 온몸으로 퍼지더군. 난 고뇌에 찬 일을 그만두고 당장 마음이 놓여 돌아보았지. 무어라 표현할 수 없이 위안이 되었어. 그녀의 모습이 내 옆에 있었단 말이야. 내가 파낸 묘를 다시 메우는 동안 그대로 거기 있다가 나를 집까지 데려다주었어. 웃을 테면 웃어도 좋아. 그러나 그녀가 틀림없이 내 옆에 있었기 때문에 난 이야기를 건네지 않을 수 없었어.

워더링 하이츠에 돌아와서 난 곧장 문으로 달려갔어. 문이 잠겼더군. 그 망할 언쇼란 놈과 내 아내가 나를 못 들어오게 했던 것이 기억나는군. 나는 언쇼란 놈을 숨이 막힐 만큼 발길로 차 버리고는 위층으로 급히 뛰어 올라가 내 방으로, 그녀가 쓰던 방으로 갔지. 나는 초조하게 사방을 둘러보았어. 그녀가 내 옆에 있음을 느꼈어. 거의 볼 수 있을 것 같으면서도 보이지 않았어! 내 애달픈 그리움과 오직 한 번만이라도 보고 싶다는 열렬한 애원으로 말한다면 나는 그때 피땀을 흘려 마땅했지! 단 한 번도 보지 못했으니까. 그녀는 생전에도 종종 그랬듯이 악마 같은 짓을 한 거야. 그리고 그 뒤로는 어떤 때는 좀 더하기도 하고, 어떤 때는 좀 덜하기도 했지만 나는 참을 수 없는 괴로움에 시달려 왔어! 지긋지긋한 노릇이지. 내 신경을 그처럼 팽팽히 긴장시켜 놓다니 말이야. 만약 내 신경이 힘줄같이 질기지 않았더라면 옛날에 벌써 린튼처럼 풀어져서 맥이 빠졌을 거야.

내가 헤어튼과 함께 거실에 앉아 있을 때는 밖에 나가면 그녀를 볼 수 있을 것 같고, 벌판을 쏘다니다 보면 집 안으로 들어오는 그녀와 만날 수 있을 것 같단 말이야. 그래서 집을 나갔다가도 급히 돌아오는 거지. 그녀가 틀림없이 워더링 하이츠의 어느 곳엔가 있을 것만 같아서 말이야! 그녀가 쓰던 방에서 잠이 드는 날에는 난 쫓겨나고 말아. 거기에 누워 있을 수가 없어. 눈을 감자마자 그녀가 창밖에 나타나거나 판자벽 뒤로 살그머니 몸을 숨기거나, 그러지 않으면 방으로 들어오기도 하고, 심지어 그녀가 어릴 때 쓰던 베개 위에다 그 귀여운 머리를 누이기도 하거든. 그러면 보려고 감았던 눈을 뜨지 않을 수 없단 말이야. 나는 하룻밤에도 몇 번씩 눈을 떴다 감았다 해. 언제나 실망하기 마련이지만! 그렇게 나를 못살게 굴었어! 난 가끔 끙끙 소리를 내며 앓았고, 그 늙은 조지프 녀석은 틀림없이 내 양심이 마음속에서 마귀를 부리는 거라고 생각했을 거야.

이제 그녀를 보고 나니 마음이 평온해지는군. 약간이긴 하지만. 그건 사람을 죽이는 방법치고는 맹랑한 것이었지. 십팔 년 동안 희망이라는 허깨비로 속여 그나마 한 치 두 치도 아니고 털끝만큼씩 사람을 괴롭혔으니 말이야!"

히스클리프 씨가 말을 멈추고 이마를 닦았어요. 머리카락이 땀에 젖어 이마에 붙어 있었고 두 눈은 난로 속의 붉은 불씨를 응시하고 있었지요. 눈썹은 찌푸리지 않았지만 관자놀이께까지 올라가 있고, 험상궂은 인상은 조금 가셨지만, 고뇌에 찬 기묘한 모습과 어느 한 가지 일에 정신이 쏠려 긴장되고 괴로운 표정이 뒤섞여 있었어요. 그는 겨우 반쯤 이야기한 것이었는데 저는 잠자코 있었답니다. 그의 이야기는 듣고 싶지 않았거든요!

잠시 후에 그는 다시 그림을 보고 생각에 잠기더니 그걸 떼어 내려서는 더 잘 보이는 곳에 놓고 들여다보려는 듯 소파 위에 기대 놓았어요. 그러고 있는 동안에 캐서린 아가씨가 들어와 준비가 다 되었는데 언제 자기 말에 안장을 얹으면 좋겠느냐고 묻더군요.

"저건 내일 보내도록 해." 히스클리프 씨가 제게 말하고 나서 아가씨를 돌아보며 덧붙였어요. "네겐 말이 필요 없어. 오늘 저녁은 이렇게 날씨도 좋고, 워더링 하이츠에 가면 말 같은 건 필요 없어. 너는 어디를 가든지 그 발로 걸어 다니면 충분할 테니까 말이야. 어서 가."

"잘 있어, 엘렌!" 우리 작은 아가씨가 소곤대듯이 말했어요.

제게 입을 맞추는데 아가씨의 입술이 얼음같이 차가웠지요. "놀러 와, 엘런, 잊지 말고 와야 해."

"그따위 짓은 안 하도록 조심해, 넬리! 하고 싶은 이야기가 있으면 내가 올 테니까. 우리 집에 얼씬거리지도 마!" 아가씨의 시아버지가 말했이요.

그가 아가씨한테 앞서 가라고 눈짓을 했어요. 아가씨가 제 가슴을 저미는 듯한 눈길로 돌아다보며 앞서 가더군요.

저는 그들이 뜰을 걸어 내려가는 것을 창문으로 지켜보았어요. 히스클리프 씨는 캐서린 아가씨가 분명 처음에는 싫다고 하는 것 같았는데도 굳이 캐서린 아가씨의 팔을 끼고 가더군요. 그리고 성큼성큼 빠른 걸음으로 나무들로 가려진 작은 길로 아가씨를 급히 끌고 갔어요.

30장

저는 아가씨가 떠난 뒤에 한 차례 워더링 하이츠를 찾아갔지만 아가씨를 만나지는 못했답니다. 아가씨의 안부가 궁금해서 찾아갔는데 조지프가 문을 잡고는 들여보내지 않더군요. 린튼 아씨는 '바쁘고' 주인은 없다는 것이었어요. 질라가 그들이 지내는 모습을 이야기해 주었는데, 그마저도 듣지 못했다면 누가 죽고 살아 있는지조차 모를 뻔했지요.

질라가 캐서린 아가씨가 건방지다고 생각하고, 그래서 아가씨를 좋아하지 않는다는 걸 그녀의 이야기로 짐작할 수 있었어요. 아가씨가 처음 그 댁으로 갔을 때 질라에게 뭘 좀 해 달라고 부탁했는데, 히스클리프 씨가 질라에게 자기 일이나 하라고 말하고, 며느리에게도 자기 일은 스스로 하라고 일렀다는 거예요. 그런데 질라는 본래 소견이 좁고 이기적인 여자라

얼씨구나 하고 주인 말대로 했지요. 캐서린 아가씨는 그렇게 자기를 소홀히 하는 데 어린애같이 역정을 내며 멸시하는 태도로 대했고, 마치 질라가 자기에게 무슨 큰 잘못이라도 저지른 것처럼 철저히 원수의 한 사람으로 치부한 것이지요.

여섯 주 전, 그러니까 주인님이 오시기 얼마 전이었지요. 하루는 벌판에서 질라를 만나 한참 동안 이야기했는데, 질라가 이런 이야기를 제게 들려주더군요.

"린튼 아씨가 처음 와서 한다는 짓이 말이에요, 글쎄 집에 도착하자마자 나와 조지프에게 잘 있었느냐는 인사말 한마디 없이 위층으로 뛰어가 버리더군요. 린튼 서방님 방에 틀어박혀서는 아침까지 꼼짝 않는 거예요. 그러더니 큰 서방님과 언쇼 도련님이 아침을 먹는 동안에 안방에 들어와서는 온몸을 떨면서 의사를 불러올 수 없느냐고 말하면서 서방님이 몹시 아프다는 것이었어요.

'그건 다 알고 있어! 하지만 그 녀석의 목숨은 한 푼의 값어치도 없어. 난 그 녀석을 위해서 동전 한 푼 쓰지 않겠단 말이야.' 큰 서방님이 대답하시더군요.

'하지만 저는 어떻게 하면 좋을지 모르겠어요. 아무도 거들어 주지 않으면 그 사람은 죽고 말 거예요!' 아씨가 말합디다.

'나가 있어! 그리고 그 녀석에 대한 얘기는 한마디도 내 귀에 들어오게 하지 마! 녀석이 어떻게 되든지 걱정해 줄 사람은 이 집에 아무도 없으니까. 걱정되면 간호를 해 주든지, 그렇지 않으면 가두어 두란 말이야.' 큰 서방님이 외쳤어요.

그러자 아씨가 나를 졸라 대기 시작하는 거예요. 그래서 내가 아씨에게 그 지겨운 서방님에게는 신물이 났고, 우리는 각자 할 일이 있는데 아씨가 할 일은 린튼 서방님의 시중을 드는 것이며 그 일은 아씨에게 맡겨 두라고 큰 서방님이 분부하시더라고 말해 줬지요.

그분들이 어떻게 하고 지냈는지 나는 몰라요. 아마 작은 서방님은 몹시 안달을 하고 밤낮없이 으르렁거렸을 겁니다. 그리고 아씨는 그 핼쑥해진 얼굴과 눈에 힘이 빠진 것으로 보아 거의 잠을 자지 못한다는 것이 짐작이 갔고요. 가끔 도무지 어떻게 하면 좋을지 모르겠다는 표정으로 부엌에 들어와서는 도움이 절실하다는 눈치를 보였지만 나는 큰 서방님의 명령을 거역하고 싶지 않았거든요. 어떻게 큰 서방님의 명령을 거역하겠어요, 딘 부인? 그래도 케네스 선생을 부르러 보내지 않은 것은 잘못이라고 생각했지만 그런 걸 권하거나 잔소리하는 것은 내가 할 일이 아니잖아요. 그러니 나야 참견하지 않을 수밖에요.

모두 잠자리에 든 뒤에 내가 어쩌다 한두 차례 내 방문을 열었다가 아씨가 계단 꼭대기에 앉아서 우는 것을 본 일이 있어요. 그럴 때면 나는 참견하고 싶은 마음이 들까 봐 얼른 문을 닫아 버렸답니다. 확실히 불쌍하다는 생각은 들었지만 그렇다고 내가 쫓겨날 수는 없는 일이지요, 그렇지 않아요?

결국 어느 날 밤에는 아씨가 용기를 내서 내 방에 들어와 이런 말을 하는 바람에 깜짝 놀랐어요. '큰 서방님한테 가서 아드님이 죽어 간다고 말해 줘요. 이번에는 틀림없이 죽는단 말이야. 일어나, 어서. 가서 그렇게 말하란 말이야!'

이렇게 말하고는 다시 나가 버리더군요. 나는 십오 분가량 오들오들 떨면서 귀를 기울이고 누워 있었지 뭡니까. 아무 소리도 나지 않고 집 안은 조용하기만 했어요.

'아씨가 잘못 안 거지. 서방님은 이겨 내실 거야. 잠자는 사람들을 깨울 것까진 없잖아.' 나는 혼잣말을 하고는 다시 잠을 청했어요. 그런데 종소리가 요란하게 나는 바람에 두 번째로 잠을 깼지요. 우리 집에 종이라고는 딱 하나 있는데, 린튼 서방님이 쓰도록 달아 놓은 것이지요. 큰 서방님이 나를 부르시더니 무슨 일인지 가 보고 다시는 종을 울리지 못하게 하라고 하시더군요.

나는 캐서린 아씨의 말을 전해 드렸지요. 그러자 큰 서방님이 혼자 욕지거리를 하더니 조금 있다가 촛불을 켜 들고 나와 그 방으로 가시더군요. 나도 따라갔지요. 아씨는 두 손을 무릎 위에 포갠 채 침대 옆에 앉아 있었어요. 큰 서방님이 가까이 가서 작은 서방님의 얼굴에 촛불을 비추며 들여다보고 만져 본 다음 아씨를 돌아보시더군요.

'자, 캐서린! 기분이 어떠냐?'

아씨는 아무 말도 않더군요. '기분이 어떠냔 말이다, 캐서린!' 큰 서방님이 다시 물었어요. '저 사람은 안전한 곳으로 가 버렸고 저는 자유로운 몸이 됐군요. 제 기분이 좋아야겠지요. 하지만…….' 아씨가 괴로움을 감추지 못하고 말을 이었어요. '아버님이 저 혼자 죽음과 맞서도록 무작정 내버려 두셨으니 저야 죽음만을 느끼고 죽음만을 볼 뿐이에요! 저도 죽을 것 같은 기분이란 말이에요!' 아씨가 대답했어요.

사실 아씨도 정말 그렇게 보이더군요. 내가 포도주를 조금 갖다줬어요. 종소리와 발소리에 잠이 깬 헤어튼 도련님과 조지프가 문밖에서 우리 이야기를 듣고 있다가 그제야 방 안으로 들어오더군요. 조지프는 작은 서방님의 시신을 옮기고 싶었던 게지요. 헤어튼 도련님은 작은 서방님 생각보다도 아씨를 쳐다보는 데 마음이 더 쏠리긴 했지만 좀 걱정스러운 모양이더군요. 그런데 큰 서방님이 가서 잠이나 자라고 말씀하셨어요. 우리의 도움이 필요하지 않았던 거지요. 큰 서방님은 뒤에 조지프더러 시신을 자기 방으로 옮겨 놓게 하고 나한테도 내 방으로 돌아가라고 이르셨어요. 그래서 아씨만 혼자 그 방에 남아 있게 되었지요.

다음 날 아침 큰 서방님이 내게 아씨한테 가서 아침 식사를 하러 내려오라고 전하라 하셨어요. 아씨는 옷을 벗고 막 자려던 모양인데 몸이 아프다더군요. 아픈 것도 무리는 아니라고 생각했지요. 큰 서방님에게 그대로 말씀드렸더니 이렇게 대답하는 것이었어요. '그럼 장례식이 끝날 때까지 그대로 놔둬. 그리고 가끔 올라가서 필요한 게 있다면 갖다주고 좀 나아진 것 같으면 곧 내게 알려.'"

질라의 이야기에 따르면, 캐시 아가씨는 두 주나 위층에서만 지냈는데, 질라는 하루에 두 번씩 찾아갔고, 좀 더 다정하게 해 주고 싶었지만 질라가 친절하게 대하려고 할수록 아가씨가 거만한 태도로 이내 반발했다는 거예요.

히스클리프 씨가 린튼 서방님의 유언장을 아가씨에게 보여주려고 위층에 올라갔더랍니다. 린튼 서방님이 자신의 전 재산과 아가씨의 소유였던 동산을 전부 자기 아버지 앞으로 물려주었다는 거였어요. 그 불쌍한 서방님은 외삼촌이 돌아가셨을 때 아가씨가 한 주쯤 집을 비운 사이에 아버지에게서 위협을 받았든가 아니면 꾐에 빠져 그렇게 했던 것이지요. 토지만은 린튼 서방님이 미성년자였기 때문에 손을 낼 수 없었어요. 그런데 히스클리프 씨는 자기 아내와 자신의 권리를 주장하여 토지도 자기 것으로 만들어 버렸지요. 아마 법적으로 그렇게 했을 테지만요. 어쨌든 캐서린 아가씨는 돈도 없고 아는 사람도 없어 그렇게 부당한 소유권 주장에도 어쩔 도리가 없었답니다.

"한 사람도 없었어요." 질라가 말했어요. "그렇게 유언장을 보이러 큰 서방님이 한 번 찾아간 것 말고는 나밖에 그 누구도 아씨 방에 가까이 가 본 사람이 없었어요. 누구 하나 아씨에 대해 물어보는 일도 없었고요. 아씨가 처음으로 거실에 내려온 것은 어느 주일 오후였어요.

내가 점심을 들고 가니까 추워서 더는 견딜 수 없다고 고함을 치더군요. 그래서 내가 큰 서방님은 스러시크로스 저택에 가시려는 참이고 언쇼 도련님과 나야 아씨가 내려오는 걸 방해하지 않겠다고 했지요. 그래서 아씨는 큰 서방님이 말을 타고 나가는 소리가 들리자 곧 아래로 내려왔어요. 검은 옷을 입고 노란 고수머리를 마치 퀘이커교도처럼 단정하게 귀 뒤로 빗어 넘겼더군요. 그 고수머리만은 빗으로 잘 풀 수가 없었던 모양이에요.

조지프와 나는 주일이면 대개 예배당에 가거든요.('아시겠지만 그 교회 말인데요, 지금은 목사님이 안 계시죠. 그런데 그게 감리교회인지 침례교회인지 저는 모르지만 기머튼에서는 예배당이라고들 부른답니다.' 하고 딘 부인이 설명했다.) 조지프는 교회에 갔는데 나는 집에 남아 있는 게 좋겠다고 생각했어요. 젊은 사람들이란 언제나 나잇살이나 먹은 사람이 옆에서 돌보는 게 좋으니까요. 그리고 헤어튼 도련님은 그렇게 부끄럼을 타면서도 행실은 얌전한 편이 아니거든요. 그래서 나는 헤어튼 도련님에게 아씨가 내려와서 우리와 함께 앉아 있을 텐데, 아씨는 늘 안식일을 잘 지키는 것을 보며 자랐으니까 아씨와 함께 있는 동안에는 도련님도 총 같은 걸 만지거나 혼자서 자질구레한 집안일 같은 것은 하지 말라고 일러 놓았지요.

도련님은 이 말을 듣자 얼굴을 붉히더니 자기 손이며 옷을 훑어보더군요. 그러고는 고래 기름과 화약 같은 것을 보이지 않는 곳에 냉큼 치워 버리는 거예요. 아씨의 상대가 되어 주고 싶었던 모양이에요. 그가 하는 짓으로 보아 깔끔하게 보이고 싶어 한다는 것을 짐작했지요. 큰 서방님이 옆에 계실 때야 소리 내어 웃는 일이 없었지만, 내가 웃으면서 원한다면 치장하는 걸 도와주겠다고 말하고는 당황하는 꼴을 놀려 주었더니 도련님이 상을 찌푸리며 욕을 퍼붓기 시작했어요.

그런데 말이에요, 딘 부인……." 질라는 제가 자신의 태도를 못마땅하게 여기고 있다는 걸 알았는지 이렇게 말했어요. "부인은 아마 그 아씨가 헤어튼 도련님에게는 과분하다고 생각하시겠지요. 그 생각이 옳을 겁니다. 하지만 내 생각으로는 아씨의 그 자존심을 한 단계 낮춰 주면 좋겠어요. 이제 와서야 아무리 지식이 있고 호사를 좋아한들 무슨 소용이 있어요? 아씨도 이제 부인이나 나나 마찬가지로 가난하니 말이에요. 우리보다 더 가난할지 모르지요. 틀림없이 부인은 모아 놓은 게 있을 테니까요. 그리고 나도 그 방면에는 조금씩이나마 신경을 쓰고 있지요."

헤어튼 도련님은 질라에게 모양내는 걸 도와 달랬고 질라가 칭찬을 해 주자 기분이 좋아지더랍니다. 그 가정부 말에 따르면, 캐서린 아씨가 들어오자 도련님은 전에 모욕당한 일은 잊어버리고 상냥하게 대하려고 애쓰더라는 것이었어요.

"아씨가 걸어오는데 말이에요." 질라가 말했어요. "고드름같이 차갑고 공주처럼 도도하지 뭐예요. 내가 일어나서 앉아 있던 안락의자를 권했지요. 그런데 웬걸요, 내 공손한 대접 같은 건 거들떠보지도 않는 거예요. 언쇼 도련님도 따라 일어나서 긴 의자가 있는 데로 와서는 난로 옆에 가까이 앉으라고 권하면서 '배가 많이 고프지?' 하고 묻더군요.

'난 한 달 이상이나 배고파 죽을 뻔했는걸, 뭐.' 하고 아씨는 마음껏 비웃는 어조로 배고파 죽을 뻔했다는 말에 힘을 주어 대답하더군요. 그러고는 손수 의자를 들어다가 우리 두 사람에게서 조금 떨어진 곳에 놓지 않겠어요.

아씨는 몸이 녹을 때까지 앉아 있다가 방을 둘러보기 시작하더니 찬장 안에 책이 가득 쌓여 있는 것을 발견하고는 얼른 다시 일어서서 책을 꺼내려고 손을 뻗쳤으나 너무 높아서 닿지 않더군요.

도련님은 아씨가 애쓰는 것을 한참 지켜보고 있다가 마침

내 용기를 내서 도와줬어요. 아씨가 치맛자락을 폈고, 도련님이 먼저 손에 잡힌 책을 꺼내 그 위에 한 아름 담아 주더군요.

그것은 도련님에게는 커다란 진보였지요. 아씨는 고맙다는 말도 안 하더군요. 그런데도 도련님은 아씨가 자기 도움을 받아들였다는 것만으로도 만족하고 아씨가 책들을 뒤적거리고 있는 뒤에 서서, 책 속에 들어 있는 몇몇 옛날 그림 중에 마음에 드는 것은 몸을 굽혀 손으로 가리키기도 했어요. 아씨가 도련님의 손가락이 닿은 책장을 거만하게 잡아채는데도 도련님은 기가 꺾이지 않고 조금 물러서서 만족한 듯이 책 대신에 아씨를 쳐다보고 있었어요.

아씨는 계속해서 책을 읽거나 읽을 만한 것을 찾고 있었어요. 도련님은 차츰 아씨의 숱 많은 명주실 같은 고수머리를 쳐다보는 데 온통 주의가 쏠리더군요. 도련님은 아씨의 얼굴을 보지 못했고 아씨도 도련님을 보지 못했지요. 그리고 도련님은 아마 자기가 한 짓을 잘 몰랐겠지만요, 촛불에 마음이 끌린 어린애처럼 마침내 보고만 있는 게 아니라 만지고 싶었던 모양이에요. 도련님이 손을 내밀어 마치 새라도 만지듯이 부드럽게 한쪽 머리채를 더듬더군요. 아씨는 그가 목덜미에 칼이라도 댄 듯 화들짝 놀라서 휙 돌아다봤어요.

'저리 비켜! 왜 함부로 내 몸에 손을 대는 거야? 왜 그러고 서 있지? 보기 싫단 말이야. 가까이 오기만 해 봐라, 다시 위층으로 올라가 버릴 테니까.' 아씨가 불쾌하다는 투로 소리를 지르더군요.

헤어튼 도련님은 바보 같은 얼굴로 물러섰어요. 도련님은 조용히 긴 의자에 앉아 있었고, 아씨는 반 시간쯤 더 계속해서 책을 뒤적거리고 있었어요. 드디어 헤어튼 도련님이 내게로 건너오더니 조그만 소리로 말했어요.

'우리도 들을 수 있게 읽어 달라고 얘기해 봐, 질라. 아무것도 하지 않고 있으니 답답해 죽겠어. 책이나 읽어 주면 좋겠는데. 캐서린이 읽는 걸 들으면 재미있을 거야! 내가 그랬다고 하지 말고 질라가 듣고 싶다고 말해 보란 말이야.'

'헤어튼 도련님이 저희도 들을 수 있게 책을 읽어 달랍니다, 아씨. 도련님은 매우 친절하다 생각할 겁니다. 아주 고맙게 여길 거고요.' 내가 당장 말했어요. 아씨가 눈살을 찌푸리고 헤어튼을 올려다보며 대답하더군요.

'헤어튼 그리고 당신들, 모두 잘 알아 둬. 난 당신들이 위선적으로 꾸며 보이는 친절은 어떤 것이든 거절한다는 것을 말이야! 나는 당신들을 경멸해. 그리고 당신들 누구하고도 얘기할 게 없어! 내가 당신들한테 친절한 말 한마디만 들어도, 아니 당신들 가운데 누구라도 좋으니 얼굴이라도 좀 보면 죽어도 한이 없겠다고 생각했을 때는 누구 한 사람 얼굴도 내비치지 않았어. 하지만 당신들에게 불평하고 싶은 생각은 없어! 당신들을 즐겁게 해 주기 위해 여기 온 것도 아니고, 당신들과 한패가 되어 놀려고 온 것도 아니고, 그저 추워서 어쩔 수 없이 온 것뿐이니까.'

'내가 어쨌다는 거야?' 하고 언쇼 도련님이 말을 꺼내더군요. '내가 뭘 잘못했다는 거야?'

'참! 당신은 예외야. 나는 당신 같은 사람이 와 주지 않아서 섭섭한 일은 한 번도 없었으니까.' 아씨가 대답했어요.

'하지만 내가 자진해서 부탁한 게 한두 번이 아닌걸.' 도련님이 아씨의 무례한 태도에 얼굴을 붉히며 말했어요. '난 당신 대신 밤을 새우게 해 달라고 히스클리프 씨에게 여러 번 얘기했단 말이야.'

'닥쳐요! 당신의 그 불쾌한 목소리를 듣느니 차라리 밖이나 다른 데로 나가 버리겠어!' 아씨가 말했어요.

헤어튼 도련님은 '네까짓 것 뒈져도 알 게 뭐야!' 하고 중얼거렸어요. 그리고 일요일이면 하는 일을 해야겠다는 듯 걸어 둔 총을 내리더군요.

그러고는 마구 제멋대로 지껄이지 뭡니까. 그래서 아씨는 곧 자기 방으로 물러가는 게 좋겠다고 생각한 모양이었어요. 그러나 서리가 내려 추웠기 때문에 자존심에도 불구하고 아씨는 더욱더 우리 틈에 끼지 않을 수 없었지요. 내가 아무리 사람이 좋다지만, 더는 우리를 멸시하지 않게 주의를 줬답니다. 그 뒤로는 나도 아씨와 똑같이 딱딱하게 굴었어요. 우리 가운데 아씨를 사랑해 주는 사람도 좋아하는 사람도 없지 뭐예요. 사실 아씨는 사랑받을 자격도 없지만요. 우리가 아씨에게 뭐라고 한마디만 하면 너 나 가릴 것 없이 덤벼들 테니 말이에요! 큰 서방님한테까지도 물고 늘어져서 때릴 테면 때려 보라고 대드는 판인걸요. 그리고 혼이 나면 날수록 더욱 독살스러워지더군요."

저는 질라한테 이런 이야기를 듣고 처음에는 이 자리를 떠나 오두막이라도 하나 마련해 가지고 아가씨를 모셔다가 함께 살아야겠다고 결심했답니다. 그러나 히스클리프 씨는 헤어튼 도련님에게 따로 집을 만들어 나가 살게 해 주지 않은 것처럼 그러라고 하지 않을 게 빤한 노릇이었어요. 그러니 아가씨가 다시 결혼이라도 할 수 있다면 몰라도 지금 형편으로는 저야 어쩔 도리가 없지요. 그리고 재혼 문제도 저로서는 어떻게 할 수 없는 일이고요.

*

이로써 딘 부인의 이야기는 끝났다. 의사의 예언과 달리 나는 건강이 퍽 빨리 회복되어 겨우 1월 둘째 주지만 하루나 이틀 뒤에 말을 타고 워더링 하이츠에 가서 주인을 만나 내가 다음 여섯 달 동안은 런던에서 지낼 것이고, 원한다면 10월 이후에는 나 대신 세 들 사람을 물색해도 좋다는 이야기를 할 예정이다. 나는 그만큼 여기서 다시 겨울을 나고 싶은 생각이 없다.

31장

어제는 맑고 바람도 없이 쌀쌀한 날씨였다. 나는 예정대로 워더링 하이츠에 갔다. 우리 집 가정부가 그 젊은 부인에게 조그만 쪽지 하나를 전해 달라고 부탁했다. 이 훌륭한 여인은 그런 부탁을 별로 이상하게 여기지 않았기 때문에 나도 거절하지 않았다.

현관문은 열려 있었지만, 빈틈없는 정문은 지난번에 내가 찾아왔을 때와 마찬가지로 잠겨 있었다. 문을 두드리자 언쇼가 정원 화단 틈에서 나와 문을 열어 주어 나는 안으로 들어갔다. 그 친구는 농사꾼으로서는 보기 드물게 말쑥한 편이었다. 그러고 보니 그는 아무래도 자신의 좋은 점을 되도록 돋보이지 않게 하려고 노력하는 눈치다.

히스클리프 씨가 집에 계시느냐고 물었더니 없다고 했다.

그러나 점심때에는 돌아오리라는 것이었다. 11시였고, 내가 안에 들어가서 기다리겠다는 뜻을 전하자, 그는 손에 들고 있던 연장을 얼른 내동댕이치고는 주인의 대리로서가 아니라 감시인 노릇을 할 양으로 나를 안내했다.

우리는 함께 들어갔다. 캐서린은 거기서 점심에 먹을 채소 요리 같은 것을 만들며 일을 거들고 있었다. 처음 보았을 때보다 더 침울하고 기운이 없어 보였다. 내게는 거의 눈길을 돌리지도 않고 전과 마찬가지로 그 흔한 예의 같은 것은 차리지도 않고 하던 일을 계속했다. 내가 고개를 숙여 잘 있었느냐고 인사해도 조금도 알은체하지 않았다.

'저 여인은 그리 상냥한 사람은 아닌 것 같군. 딘 부인이 나더러 믿으라고 누누이 이야기한 것만큼 미인임에는 틀림없지만 천사는 아니야.' 나는 생각했다.

언쇼가 캐서린에게 하던 것들을 부엌으로 치우라고 무뚝뚝하게 말했다.

"자기가 치우지." 캐서린이 일을 끝내자마자 그것들을 밀어내면서 말했다. 그리고 창가에 있는 의자로 물러나 앉아 무릎 위에 있는 순무 껍질에 새와 짐승의 모양을 새기기 시작했다.

나는 정원을 내다보고 싶어 하는 척하면서 그녀에게 다가갔다. 그리고 헤어튼이 눈치채지 않게 딘 부인의 쪽지를 재치 있게 그녀의 무릎 위에 떨어뜨렸다고 생각했는데, 그만 그녀가 큰 소리로 이렇게 묻지 않는가.

"이게 뭐예요?" 하며 그녀는 그것을 집어 던졌다.

"당신의 옛 친구가 보낸 편지요. 우리 집 가정부 말이오."

나는 생각하고 한 짓을 폭로해 버린 것에 화도 나고, 그게 내가 주는 편지라고 생각했다가는 곤란할 것 같아서 이렇게 대답해 버렸다.

그녀가 그 말을 듣고 반가워하며 그것을 주우려고 했으나 헤어튼이 먼저 집어 버렸다. 그가 히스클리프 씨에게 먼저 보여야 한다며 그것을 조끼 속에 집어넣는 게 아닌가.

그 꼴을 당하자 캐서린은 말없이 우리에게서 얼굴을 돌리더니 슬그머니 호주머니에서 손수건을 꺼내 눈으로 가져갔다. 그러자 그 사촌은 동정심을 억누르느라 한참 동안 속으로 애를 쓰더니 그 편지를 꺼내서 아주 볼품사납게 그녀 앞 바닥에 던져 버렸다.

캐서린은 그것을 쥐고 열심히 읽었다. 그러고 나서 나한테 자신의 옛집에서 함께 살고 있는 사람들에 대해서 횡설수설 몇 마디 물어보았다. 그리고 먼 산을 바라보면서 혼잣말로 중얼거렸다.

"미니를 타고 저길 가 봤으면! 저길 올라가 보고 싶어. 아! 난 피곤해. 답답해 죽겠어, 헤어튼!"

그리고 한숨 반 하품 반으로 그 예쁜 머리를 창턱에 기대고는 우리가 보건 말건 관심도 없고 알 바도 아니라는 듯이 넋을 잃은 슬픈 표정을 지었다.

"히스클리프 부인." 한동안 말없이 앉아 있다가 내가 불렀다. "내가 부인과 안면이 있는 사이란 걸 잊으셨소? 각별한 사이처럼 생각되는데 부인께서 말도 걸지 않으니 이상하다는 생각이 드는군요. 우리 집 가정부는 지칠 줄 모르고 주인에 대한 이야기며 칭찬을 하던데. 내가 만약 부인에 대한 아무런 소식도 없이 돌아가 부인이 편지만 받고 아무 말도 없더라고 전하면 우리 집 가정부는 이만저만 실망하지 않을 거요!"

내 이야기를 듣자 그녀가 정색하며 물었다.

"엘런은 당신을 좋아하나요?"

"그럼요, 아주 좋아하지요." 내가 주저 없이 대답했다.

"꼭 이렇게 전해 주세요. 편지를 보냈으니 답장을 하고 싶지만 편지 쓸 종이도 없고 책장이라도 찢으면 좋겠는데 그럴 책조차 없다고요." 그녀가 말했다.

"책도 없다니요?" 내가 큰 소리로 물었다. "책도 없다니 이런 데서 어떻게 지내십니까? 이렇게 말하면 실례가 될지 모르겠습니다만, 나는 커다란 서재가 있는데도 집에서는 가끔 아주 심심한데요. 책을 빼앗아 간다면 나는 미치고 말 거요."

"나도 책이 있을 때는 늘 읽었어요. 그런데 히스클리프 씨가 책을 안 읽거든요. 그래서 내 책을 없앨 생각을 했지 뭐예요. 나는 몇 주 동안 책을 한 권도 구경하지 못했어요. 언젠가 딱 한 번 조지프의 종교 서적들을 뒤적거리다가 굉장히 혼난 일이 있지요. 그리고 한번은, 헤어튼, 당신 방에 숨겨 둔 것을 본 일이 있어. 라틴어와 그리스어 책이 몇 권, 이야기책과 시집이 몇 권 있었는데 모두 옛날에 읽은 것들이었지. 시집은 내가 여기 가져왔어. 당신은, 마치 까치란 놈이 재미로 은수저를 모아 놓듯이 그저 훔치는 재미로 그것들을 모아다 놓았겠지! 그 책들은 당신에게는 소용없는 것들이니까 말이야. 그렇지 않으면 자기가 못 읽으니까 다른 사람도 읽지 못하게 하려는 못된 생각으로 감춰 놓았을 거야. 아마도 당신의 그 질투심이 히스클리프 씨가 내 소중한 책들을 빼앗도록 꼬드겼겠지? 하지만 그것들 대부분은 내 머릿속에 인쇄해 놓은 거나 마찬가지니까 내게서 빼앗아 갈 수 없어." 캐서린이 말했다.

언쇼는 남몰래 책을 모아 둔 것을 이렇게 사촌이 폭로하자 홍당무가 되어서 더듬거리며 부정했다.

"헤어튼 군은 지식을 넓히고 싶은 거겠지요. 이 사람은 부인의 학식을 질투하는 게 아니라 부인에게 지지 않으려고 애쓰는 겁니다. 이 사람은 몇 해 안에 훌륭한 학자가 될 겁니다!" 나는 그를 두둔해서 말했다.

"그리고 그동안에 내가 바보가 되기를 원하겠죠." 캐서린이 대답했다. "그래요, 헤어튼이 혼자서 더듬더듬 읽느라고 애쓰는 것을 들은 일이 있는데 재미있는 실수를 하더군요? 어제 읽은 것처럼 「체비 체이스」를 다시 읽어 보지그래? 아주 재미있던데. 난 듣고 있었어. 그리고 어려운 낱말들을 찾아보려고 사전을 뒤적거리다가 그 설명을 읽을 수 없어 욕하는 소리도 들은걸!"

그 젊은이는 무지를 조소당하고 이제 무식을 면하려는 태도마저 비웃음을 사자 너무 지독한 일이라고 생각했음이 분명했다. 나도 동감이었다. 그리고 그가 배우지 못하고 자라면서 무식의 어둠을 밝히려 처음으로 애쓰던 때의 몇 가지 이야기를 딘 부인에게서 들은 일이 생각나서 내가 말했다.

"하지만 부인, 누구에게나 시작이 있었습니다. 그리고 그 시작의 문턱에서는 넘어지기도 하고 비틀거리기도 했지요. 그런데 선생님이 그런 우리를 깨우쳐 주지 않고 비웃었다면 우리는 아직도 넘어지고 비틀거릴 겁니다!"

"어머! 나는 헤어튼의 공부를 막으려는 건 아니에요. 하지만 내 것을 차지할 권리는 없잖아요. 그리고 그렇게 천박한 실수와 틀린 발음으로 그것을 웃음거리로 만들 권리는 없단 말이에요! 그 책들은 산문집이든 시집이든 모두가 여러 가지 사연이 있어서 내게는 신성한 것들이기 때문에, 저런 사람의 입으로 품위가 떨어지거나 더럽혀지는 것이 싫단 말이에요! 게다가 무엇보다도 저 사람은 계획적으로 앙심을 품은 듯이 내가 제일 되풀이해서 읽기를 좋아하는 애독서만을 빼다 놓았지 뭐예요!" 그녀가 말했다.

헤어튼의 가슴이 잠시 조용히 들먹거렸다. 그는 심한 굴욕감과 분노로 괴로워했고 이를 억제하기란 쉬운 일이 아니었다.

나는 일어섰다. 그리고 그의 창피한 마음을 덜어 줘야겠다는 신사다운 생각에 입구 쪽으로 자리를 옮기고 선 채로 바깥 풍경을 내다보고 있었다.

그도 나를 따라 방을 나왔다. 그러나 곧 손에 책을 대여섯 권 들고 다시 들어가더니 그것들을 캐서린의 무릎 위에 내던지며 큰 소리로 말했다.

"가져가! 난 다시는 그따위 것을 보고 싶지도, 생각하고 싶지도 않아!"

"이제 안 가져. 그것들을 당신이 가지고 있었다는 생각이 날 테니 싫단 말이야." 그녀가 대답했다.

그녀는 분명 자주 읽어 본 것 같은 책을 한 권 펴더니 처음 배우는 사람처럼 더듬더듬 한 문장을 읽고 나서 소리 내어 웃으며 그것을 내던졌다.

"그리고 들어 봐요!" 그녀가 조금 전과 같은 투로 약을 올리며 옛 민요를 계속 읽었다.

그러나 헤어튼도 자존심이 있는지라 더는 괴로움을 참을 수 없었다. 나는 그녀의 건방진 입놀림을 막기 위해 손으로 한 대 치는 소리를 들었는데, 그것이 전적으로 부당한 일이라고는 생각되지 않았다. 그 딱한 여인이 자기 사촌의 거칠기는 하지만 예민한 감정을 끝까지 상하게 했으니 헤어튼이 그 감정을 청산해서 상대편에게 그 결과를 돌려줄 유일한 방법은 완력에 호소하는 것이었다.

그는 조금 뒤에 책들을 주워 모아 난로 속에 던져 버렸다. 나는 화풀이로 그런 희생을 바치게 된 것을 그가 얼마나 괴로워하는지 얼굴에서 읽을 수 있었다. 책들이 타서 없어지는 동안 그는 그 책들에서 이미 얻었던 즐거움 그리고 그가 그 책들에서 얻으리라 기대했던 승리감과 끊임없이 늘어나는 즐거움 같은 것을 회상하는 듯했다. 그리고 그가 그렇게 남몰래 공부를 하고 싶어 한 이유도 아울러 알 수 있을 것 같았다. 그는 캐서린이 그의 길에 나타날 때까지는 하루하루의 노동과 거친 동물적 즐거움에 만족했던 것이다. 그녀가 비웃는 것이 부끄럽고, 그녀에게 인정받고 싶다는 희망이 처음으로 그에게 공부를 해야겠다는 자극제가 되었다. 그런데 인정받기는커녕 자신을 높이려는 노력은 정반대의 결과를 가져왔다.

"좋아, 헤어튼처럼 짐승 같은 사람이야 책에서 배울 수 있는 게 기껏 그 정도겠지!" 캐서린이 소리를 지르고는 얻어맞은 입술을 빨며 화가 치민 눈으로 책들이 타는 것을 지켜보았다.

"그만 입 닥치는 게 좋을걸!" 헤어튼이 사납게 대꾸했다.

그러고는 흥분해서 더 말을 못 하고 급히 입구 쪽으로 오기에 거기 서 있던 나는 그가 지나가도록 길을 비켰다. 그가 문 앞 디딤돌을 지나가기도 전에, 둔덕길을 걸어 올라오다 그와 마주친 히스클리프 씨가 헤어튼의 어깨를 잡으며 물었다.

"왜 그러냐, 너?"

"아무것도 아니에요. 아무것도 아니에요!" 그는 슬픔과 노여움을 혼자서 누리려는 듯이 빠져나갔다.

히스클리프 씨는 그의 뒷모습을 물끄러미 쳐다보다가 한숨을 쉬었다.

"나 자신을 내가 훼방 놓다니 야릇한 노릇이군. 그런데 저 녀석의 얼굴에서 제 아비의 모습을 찾아보려 해도 나날이 그녀의 모습만 보이니! 왜 그렇게도 닮아 갈까? 저 녀석의 얼굴을 쳐다볼 수가 있어야지." 그가 뒤에 내가 있는 것도 모르고 중얼거렸다.

그는 눈길을 떨어뜨리고 우울하게 들어왔다. 그의 얼굴에 전에는 볼 수 없던 불안과 근심이 어려 있었다. 몸도 훨씬 여위어 보였다.

그의 며느리는 창밖으로 그가 오는 것을 보고 서둘러 부엌으로 달아나 버렸기 때문에 나 혼자 남아 있게 되었다.

"다시 이렇게 나오실 수 있게 되어 다행이로군요, 록우드 씨." 그가 내 인사를 받으며 말했다. "한편 내 개인적인 형편으로 보아서도 다행한 일입니다만, 당신이 아니라면 이런 쓸쓸한 곳에서 쉽게 사람을 구할 수 있을 것 같지 않습니다. 당신이 무엇 때문에 이런 데로 오게 됐을까 가끔 이상하다는 생각이 들지요."

"그저 쓸데없는 변덕 때문이겠죠, 뭐. 이번에는 쓸데없는 변덕 때문에 떠나게 될 모양입니다. 나는 내주에 런던으로 떠납니다. 그래서 계약 기간인 열두 달이 지나면 스러시크로스 저택을 더 빌리지 않겠다고 지금 말씀드리려는 겁니다. 그곳에서 더 살지는 않을 것 같소." 내가 대답했다.

"아, 그러시오! 세상과 떨어져 사는 게 싫증이 난 모양이구려. 하지만 당신이 이제 거기서 살지 않는다고 집세를 내려 달래러 왔다면 그건 헛수고요. 나는 누구에게나 당연히 받을 돈을 받는 데는 사정을 두는 사람이 아니니까요."

"집세를 깎아 달라고 온 것은 아니오. 원하신다면 당장 지불해 드리리다." 나는 몹시 기분이 나빠져서 큰 소리로 말하고는 호주머니에서 지갑을 꺼냈다.

"아니, 아니. 혹 돌아오지 못하게 되면 집세가 될 만한 것이라도 남겨 두겠지요. 나야 그리 급하지 않으니까. 앉으시오. 점심이나 함께 합시다. 다시 찾아오지 않을 손님이란 대개 대접을 받기 마련이죠. 캐서린! 점심을 준비해. 어디 있는 거야?" 그가 냉정하게 말했다.

캐서린이 나이프와 포크가 담긴 쟁반을 든 채로 다시 들어왔다.

"넌 조지프와 함께 먹어라. 그리고 손님이 가실 때까지 부엌에 있어."

캐서린은 깍듯이 지시대로 했다. 아마 명령을 어기고 싶은 유혹조차 느끼지 않는 모양이었다. 시골뜨기와 인간 혐오자들 틈에서 살았기 때문에 아마 조금 나은 계층의 사람들을 만나도 분별할 줄을 모르는 모양이다.

한쪽의 음울하고 무뚝뚝한 히스클리프 씨와 다른 쪽의 숫제 벙어리가 된 헤어튼 사이에서 나는 별로 즐겁지 않은 식사를 하고 일찍 작별을 고했다. 떠날 때 뒤안으로 가서 캐서린을 마지막으로 잠깐 보고 늙은이 조지프를 성가시게 해 줄 참이었는데, 헤어튼이 내 말을 끌고 오라는 분부를 받은 데다 주인이 몸소 현관까지 나를 바래다주는 바람에 소원을 이룰 수 없었다.

'저런 집에서 살려면 얼마나 따분할까!' 나는 길을 내려오면서 생각했다. '그녀의 착한 유모의 소망대로 혹시 린튼 히스클리프 부인과 내가 어울리게 되어 런던의 시끄러운 분위기 속에서 함께 살게 되었더라면, 그녀에겐 동화 속 세계보다 더 낭만적인 꿈이 실현되었을지도 모르지!'

32장

1802년. 9월에 나는 북쪽 지방에 사는 한 친구로부터 자기네 벌판 사냥터로 오라는 초대를 받았다. 그 친구의 집에 가는 길에 뜻밖에도 기머튼까지 24킬로미터가 채 못 되는 고장을 지나게 되었다. 길가 어느 여관에서 마부가 내 말에게 물을 먹이느라고 물통을 들고 있는데, 마침 갓 벤 새파란 귀리를 실은 짐마차가 지나가자 마부가 말을 건넸다.

"그거 기머튼에서 오는 거로군. 거기 사람들은 추수를 다른 데보다 석 주는 늦게 하니께."

"기머튼이라고?" 내가 되뇌었다. 그 지방에서 살던 생각은 이미 희미해졌고 꿈만 같았다. "아, 나도 알 만한데! 여기서 얼마나 가면 되지?"

"아마 저 고개를 넘어가면 23킬로미터쯤 될 텐데 길이 험하죠." 마부가 대답했다.

나는 불현듯 스러시크로스 저택을 찾아가고 싶은 충동을 느꼈다. 정오가 채 안 된 무렵이었고, 여관에서 지낼 양이면 세 든 집이기는 하나 내 지붕 밑에서 지내는 게 낫지 않겠냐는 생각이 들었던 것이다. 그뿐 아니라 집주인을 만나 일을 보려면 하루쯤은 쉽게 보낼 터인데, 그럴 바에는 이번 기회에 찾아보는 것이 수고를 더는 셈이 아닌가.

잠시 쉬고 나서 나는 하인에게 그 마을로 가는 길을 알아보라고 일렀다. 그리고 말들이 몹시 애를 먹긴 했지만 우리는 세 시간가량 걸려서 그럭저럭 그곳에 도착했다.

나는 하인을 마을에 두고 혼자서 골짜기를 따라 내려갔다. 회색 예배당 건물은 더욱 짙은 회색이 되었고 쓸쓸한 교회 묘지는 더욱 쓸쓸했다. 나는 들양 한 마리가 무덤 위의 잔풀을 뜯고 있는 것을 보았다. 기분 좋은 따뜻한 날씨였다. 나들이하기에는 약간 더웠지만 그 더위가 아래위로 바라다보이는 아름다운 경치를 즐기는 데 방해가 되지는 않았다. 만약 8월에 더 가까운 무렵에 그 경치를 보았더라면, 나는 틀림없이 그 호젓한 고장에서 한 달쯤 지내고 싶은 마음이 생겼으리라. 산들에 둘러싸인 저 계곡들 하며 깎아지른 듯한 절벽, 소박한 느낌의 굴곡진 히스 둔덕들. 겨울에는 이보다 쓸쓸한 곳이 없고, 여름이 되면 또한 더할 나위 없이 멋진 곳이 아닌가.

나는 해 지기 전에 그 집에 도착해서 문을 두드려 들어가기를 청했다. 그러나 한 줄기 가느다란 푸른 연기가 부엌 굴뚝에서 동그라미를 그리며 솟아오르는 것으로 보아 식구들이 모두

뒤채로 물러가 있는지 문 두드리는 소리가 들리지 않는 모양이었다.

나는 말을 탄 채 안뜰로 들어갔다. 바깥 현관 아래에서는 아홉이나 열 살쯤 돼 보이는 계집애가 앉아 뜨개질을 하고 있었고, 웬 할머니가 현관 층계에 기대앉아서 생각에 잠긴 듯이 담뱃대를 빨고 있었다.

"딘 부인이 안에 있나요?" 내가 노파에게 물었다.

"딘 부인이요? 없는데! 딘 부인은 여기 살지 않아요. 워더링 하이츠로 올라가 있다우." 노파가 대답했다.

"그럼 할머니가 이 집 가정부이신가요?" 내가 계속 물었다.

"그렇다오. 내가 이 집을 지키고 있다우." 노파가 대답했다.

"그렇군, 나는 이 집에 세를 든 록우드요. 내가 묵을 수 있는 방이 혹시 있소? 오늘 밤은 여기서 쉬어야겠는데."

"서방님이시구려! 원, 서방님이 오실 줄이야 누가 알았겠수? 오신다고 기별이나 하실 일이지! 깨끗이 치워 놓은 방이 없는데. 깔끔한 방이 어디 있어야 말이지. 하나도 없으니 어떡하면 좋아!" 노파가 놀라서 소리를 쳤다.

노파는 담뱃대를 내던지고 야단스레 안으로 들어갔다. 계집애도 뒤를 따르고 나도 들어갔다. 들어가 보니 노파의 말이 틀림없다는 것을 곧 알 수 있었고 더욱이 나의 예기치 않은 출현으로 노파는 정신이 나갈 지경이었다.

나는 너무 서두를 것 없다고 일렀다. 바람이나 쐬고 올 테니 그동안에 저녁이나 먹을 수 있도록 거실 한쪽이라도 치워 놓고 잘 수 있게 침실이나 보아 놓으면 된다고 말했다. 그리고 쓸거나 털 것도 없이 그저 불이나 잘 피워 놓고 마른 시트만 있으면 된다고 일러 놓았다.

노파는 정성을 다하려는 듯이 보였다. 그런데 난로 소제용 솔을 부지깽이로 잘못 알고 재받이를 쑤시기도 하고, 자기가 늘 쓰던 다른 물건들도 헛갈리는 모양이었다. 그러나 내가 돌아올 때까지 쉴 자리야 마련해 놓겠지 싶어 노파의 성의를 믿고 물러 나왔다.

내가 예정한 나들이의 목적지는 워더링 하이츠였다. 나는 안뜰을 나올 때 문득 생각이 나서 도로 들어갔다.

“워더링 하이츠에서는 모두 별일 없소?” 내가 노파에게 물었다.

“네, 그런가 봅디다요!” 노파가 빨갛게 불이 붙은 밑불 그릇을 급히 들고 가면서 대답했다.

나는 왜 딘 부인이 이 저택을 나갔느냐고 물어볼까 하다가 그렇게 서두르는 노파를 붙들고 이야기할 수 없어서 그냥 나와 버렸다. 나는 붉게 물든 석양빛을 등에 받으며 막 솟아오르는 부드러운 달빛을 앞에 두고 한가롭게 거닐었다. 내가 울안 숲을 벗어나서 히스클리프 씨의 집 쪽으로 뻗은, 돌이 깔린 샛길을 올라가고 있을 무렵 석양빛이 희미해지고 달빛이 밝아 왔다.

워더링 하이츠가 보이는 데까지 이르기도 전에 햇빛은 아주 사라지고 서쪽 하늘은 그저 아련한 호박 빛깔로 물들고 있었다. 그러나 나는 대낮 같은 달빛으로 길 위에 깔린 자갈 하나하나, 풀잎 하나하나를 볼 수 있었다.

나는 문을 넘거나 두드리지 않아도 되었다. 손이 닿자 곧 열렸던 것이다.

'이거야말로 좋아진 게 아닌가!' 나는 생각했다. 그리고 코의 도움으로 다른 한 가지가 개선된 사실도 알게 되었다. 흔한 과일나무들 사이에서 비단향꽃무며 계란꽃 향기가 바람에 풍기고 있었던 것이다.

출입문도, 유리창 덧문도 모두 열려 있었다. 그런데도 탄광지대에서는 대개가 그렇지만 활활 타오르는 빨간 불빛이 벽난로 굴뚝을 훤히 비추고 있었다. 그 불꽃을 들여다보는 재미로 열이 과해도 참을 수 있었다. 워더링 하이츠의 거실은 얼마나 큰지 그 집 식구들이 열이 너무 닿지 않는 곳으로 피해 앉으려면 자리야 얼마든지 있었다. 그렇기 때문에 식구들은 창문에서 별로 떨어지지 않은 곳에 자리를 잡고 앉아 있었다. 나는 방으로 들어가기 전에 그들을 볼 수도 있었고 그들이 이야기하는 소리도 들을 수 있어서 자연히 자세히 보기도 하고 귀를 기울여 이야기 소리를 듣기도 했다. 게다가 호기심과 질투가 뒤섞인 감정이 일었는데, 거기서 머뭇거리는 동안 그 감정이 더욱 강해졌다.

"컨-트러리란 말이야! 벌써 세 번째야, 이 바보! 다시는 가르쳐 주지 않을 테야. 외워 봐, 못 외우면 머릴 잡아 흔들어 줄 테니까!" 흔들리는 은방울 같은 소리였다.

"그래, 컨트러리. 이제 잘 외웠으니까 입을 맞춰 줘." 다른 음성이 굵지만 부드러운 어조로 대답했다.

"안 돼, 먼저 하나도 틀리지 말고 정확하게 다 읽어 봐."

남자가 읽기 시작했다. 그는 말쑥하게 차린 젊은이로 탁자에 앉아 책을 앞에 놓고 있었다. 잘생긴 그의 얼굴은 기쁨에 넘쳐 환했고 그의 눈길은 참을성 없이 책에서 그의 어깨를 짚고 있는 조그만 하얀 손으로 옮아가곤 했는데, 그렇게 해이해지는 꼴을 손의 주인한테 들킬 때마다 그 하얀 손은 그의 볼을 보기 좋게 철썩 때려서 정신을 차리게 했다.

그 손의 주인은 그의 뒤에 서 있었다. 여자가 남자의 공부를 살펴보기 위해 몸을 구부릴 때면 여자의 윤기 나는 고수머리가 이따금 그의 머리카락과 엉켰다. 그리고 그가 여자의 얼굴을 볼 수 없어 다행이지 보았더라면 도저히 그렇게나마 착실히 앉아 있지 못했을 것이다. 나는 그녀의 얼굴을 볼 수 있었는데, 그녀의 매혹적인 미모를 쳐다보지만 말고 무슨 짓이라도 좀 했으면 얻게 되었을지도 모를 기회를 내던지고 만 것을 생각하고 억울해서 입술을 깨물었다.

큰 실수가 아주 없지는 않았지만 공부가 끝났다. 그런데 학생은 상을 달라고 졸라 적어도 다섯 번의 입맞춤을 받았고, 그 자신도 마음껏 입을 맞췄다. 그러고 나서 그들은 문 쪽으로 나왔는데 그들이 주고받는 이야기를 들으니 이제부터 밖에 나가 벌판을 거닐 모양이었다. 그때 내가 옆에서 부적절하게 모습을 드러냈더라면, 헤어튼이 말로는 못 할망정 마음속으로는 지옥에서도 제일 밑바닥에 떨어질 치사한 인간이라고 욕할 것만 같아 나는 피할 곳을 찾아 부엌으로 살금살금 돌아 들어갔다.

그쪽도 문이 열려 있었는데, 문간에 넬리 딘이 앉아서 바느질을 하며 노래를 부르고 있었다. 그런데 그 노랫소리는 안에서 들려오는 멸시와 고집이 섞인 딱딱한 말소리 때문에 이따금 멎곤 했다. 그 말소리란 그야말로 음악적인 어조와는 거리가 멀었다.

"좌우간 그 소리를 듣느니 차라리 아침부터 밤까지 저 사람들의 욕지거리를 듣는 게 낫겠어, 에이!" 부엌에서 들리는 소리의 주인이 넬리의 말소리가 잘 들리지 않을 텐데도 대꾸하는 것이었다. "내가 성경책을 읽을 수 없게 마귀나 찬송하고 세상에 몹쓸 짓은 모조리 찬송하는 노래를 떠들어 대니 이거 망측스러워 견디겠나, 원! 임자는 돼먹지 않았단 말이야. 저 여자도 마찬가지고. 그리고 말이야, 저 가엾은 도련님은 임자들 틈에 끼어 못쓰게 되어 가지. 도련님도 참 딱하게 됐어!" 그가 으르렁대며 덧붙였다. "도련님이 마귀에 홀렸지. 틀림없어! 오, 하나님, 저들을 심판하옵소서. 우리를 다스리는 인간들 가운데는 법률도 정의도 없습니다!"

"하나도 없고말고! 있다면 우리가 활활 타오르는 장작더미에 올라앉으라고. 제발 늙은일랑 교인답게 성경이나 읽어요. 참견은 말고. 이 노래는 「요정 애니의 결혼」이라는 건데, 좋은 곡이에요. 춤에도 어울리고." 노래를 부르던 넬리가 대꾸했다.

딘 부인이 다시 노래를 시작하려는 참에 내가 앞으로 가자 그녀가 나를 알아보고는 벌떡 일어나 소리를 질렀다.

"어머나, 이게 웬일이에요, 록우드 씨! 어떻게 이렇게 갑자기 오시게 되었어요? 스러시크로스 저택은 완전히 잠가 버렸는데요. 기별이라도 하시지 않고!"

"내가 머물 동안만 그럭저럭 있을 수 있게 마련하라고 일러 놓았소. 내일이면 다시 떠날 테니까. 그런데 딘 부인은 어떻게 해서 이곳으로 옮겨 오셨소? 그 이야기나 해 보시오." 내가 말했다.

"질라가 나갔어요. 그래서 주인님이 런던으로 떠나시고 나서 얼마 되지 않아 히스클리프 씨가 와 있어 달라고 해서요. 주인님이 돌아오실 때까지만 있어 달라는 거예요. 어서 들어오세요! 지금 기머튼에서 걸어오시는 길인가요?"

"그 집에서 오는 길이오. 거기서 묵을 수 있도록 준비를 하는 동안 나는 이 집 주인과 집 문제를 끝내려고 온 거요. 언제 다시 갑자기 올 기회도 있을 것 같지 않아서 말이오." 내가 대답했다.

"무슨 일이신데요? 그 양반 지금 나가고 안 계시는데요. 곧 돌아오시지는 않을 거예요." 넬리가 나를 방 안으로 안내하면서 말했다.

"집세 때문인데." 내가 대답했다.

"그러세요? 그럼 아씨와 해결하셔야죠. 그렇지 않으면 저하고 하시든가. 아씨는 아직 그런 일은 처리하실 줄 몰라 제가 대신 하고 있답니다. 아무도 할 사람이 없으니까요." 딘 부인이 말했다.

나는 깜짝 놀란 표정을 지었다.

"아! 주인님은 아직 히스클리프 씨가 세상을 뜬 걸 모르시겠군요."

"히스클리프 씨가 세상을 떠나다니? 얼마나 되었소?" 내가 놀라서 큰 소리로 물었다.

"석 달 됐어요. 그러나저러나 앉기나 하세요. 모자도 벗으시고요. 다 말씀드릴 테니까요. 아니, 아직 저녁 안 드셨지요?"

"아무것도 먹고 싶지 않소. 집에다 저녁 준비하라고 일러 놓았소. 부인도 앉아요. 그가 죽을 줄은 꿈에도 생각지 못했군. 도대체 어떻게 된 일인지 들어 봅시다. 그 사람들 곧 돌아오지 않는다고 했지? 그 젊은 사람들 말이오."

"네. 아주 늦도록 돌아다니기 때문에 저녁마다 야단을 쳐야 돼요. 그런데 제 말을 들어야 말이죠. 그건 그렇고 묵은 맥주가 있는데 한잔 드세요. 몸에 좋을 테니. 무척 피곤해 보이시는군요."

내가 거절할 틈도 없이 딘 부인이 서둘러 맥주를 가지러 갔는데 조지프의 말소리가 들려왔다. "한창때 사내를 불러들이다니! 추잡스러운 소문이 나지 않겠어? 게다가 주인네 지하실에서 맥주까지 꺼내다 먹이고! 살아남아서 그런 꼴을 보다니 창피스러운 일이지."

딘 부인은 대꾸하지도 않고 나가더니 500밀리미터짜리 은잔에 맥주를 가득 부어 가지고 곧 다시 들어왔다. 나는 술맛에 대해 열렬히 칭찬했다. 그런 뒤에 딘 부인이 히스클리프 씨의 후일담을 들려주었다. 그는 과연 딘 부인의 표현대로 '괴이한' 죽음을 맞이했다.

"저는 주인님이 댁에서 떠난 지 보름도 안 돼서 워더링 하이츠로 오라는 기별을 받았답니다. 그래서 캐서린 아씨를 위해서 기꺼이 그 말에 따랐지요."

*

제가 아씨를 처음 만났을 때는 서럽고도 놀라웠어요! 우리가 떨어져 있는 동안 엄청나게 변했더군요. 히스클리프 씨는 새삼 저를 이곳으로 오라고 한 이유를 설명하지 않았어요. 그저 제가 필요하다면서 캐서린 아씨를 보는 게 지겨워졌다는 말만 하더군요. 그 조그만 응접실을 제 거실로 쓰고 캐서린 아씨를 함께 데리고 있으라는 거예요. 자기는 하루에 한두 번 볼일이 생길 때 보기만 하면 된다는 것이었어요.

캐서린 아씨는 그렇게 되니 기쁜 모양이었어요. 그래서 저는 아씨가 스러시크로스 저택에 있을 때 즐기던 많은 책이며 다른 물건들을 조금씩 남몰래 날라다 놓고 그만하면 어느 정도 심심치 않게 지낼 수 있겠다 싶어 은근히 좋아했어요.

그런데 그 꿈은 오래가지 못했답니다. 처음에는 좋아하던 캐서린 아씨가 얼마 안 가서 차츰 안달을 하고 초조해하지 뭐예요? 첫째로, 아씨는 정원 밖으로는 나가지 못하게 되어 있었는데 봄에 접어들면서 그런 좁은 구석에만 갇혀 있자니 몹시 답답해졌던 거지요. 그리고 다른 한 가지는 집안일을 보아야 하기 때문에 제가 어쩔 수 없이 자주 아씨 곁을 떠나게 되었는데, 그러면 혼자 있기 적적하다고 불평이었어요. 그러고는 혼자서 조용히 앉아 있지 못하고 부엌에 나와서 조지프와 다투는 거였어요.

그들이 싸우는 거야 별일 아니었어요. 주인어른이 거실에 혼자 있고 싶어 할 때면 헤어튼 도련님도 어쩔 수 없이 부엌으로 밀려나는 일이 가끔 있었는데 그게 문제였지요. 처음에 아씨는 헤어튼 도련님이 가까이 오면 그 자리를 떠나든가 조용히 제가 하는 일을 거들고 도련님을 쳐다보거나 말을 건네지도 않았어요. 도련님도 언제나 대체로 침울하여 말이 없었는데, 얼마 후에 아씨가 태도를 바꾸어 도련님을 그냥 놔두지 않았어요. 말을 걸기도 하고 둔하다느니 게으르다느니 비난을 하며, 어떻게 그런 생활을 견뎌 내는지, 어떻게 하루 저녁 내내 난롯불을 바라보며 졸기만 하는지 이상한 일이라고 말하지 뭐예요?

"저 사람은 꼭 개야. 그렇지 않아, 엘렌? 아니면 마차를 끄는 말이라고나 할까? 언제까지나 일하고 먹고 잠이나 자니 말이야! 저 사람의 마음은 얼마나 허전하고 쓸쓸할까! 꿈을 꿔본 일이 있어, 헤어튼? 꿈을 꾼다면 무슨 꿈을 꾸지? 하지만 내게 말하진 못할 거야!" 하고 아씨가 언젠가 말하더군요.

그러고 나서 아씨가 도련님을 쳐다보았으나 그는 다시 입을 열려고도 쳐다보려고도 하지 않았어요.

"저 사람은 아마 지금 꿈을 꾸고 있을 거야." 아씨가 계속했어요. "마치 우리 집 암캐 주노가 어깨를 꿈틀거리는 것처럼 저 사람도 어깨를 꿈틀거렸어. 한번 물어봐, 엘런."

"그렇게 점잖지 못하게 굴면 헤어튼 도련님이 아버님께 일러 아씨를 위층으로 보내게 할 거예요!" 제가 말했어요. 도련님은 자기 어깨를 움찔거렸을 뿐 아니라 주먹을 한번 써 보고 싶다는 듯이 불끈 쥐어 보기도 했지요.

"내가 부엌에 있으면 왜 헤어튼이 아무 말도 하지 않는지

난 알아." 언젠가 또 아씨가 큰 소리로 말했어요. "내가 비웃을까 봐 두려운 거야. 엘런, 어떻게 생각해? 저 사람이 언젠가 혼자 읽기 공부를 시작한 일이 있거든. 그런데 내가 웃었더니 책을 모두 태워 버리고 그만뒀어. 바보가 아니고 뭐야?"

"그건 아씨가 잘못한 게 아닐까요? 어디 대답해 봐요." 제가 말했어요.

"그럴지도 몰라." 아씨가 계속하더군요. "하지만 나는 저 사람이 그렇게 바보짓을 할 줄은 미처 몰랐어. 헤어튼, 내가 책을 준다면 이제 받겠어? 한번 시험해 봐야지!"

아씨는 자기가 읽고 있던 책을 그의 손 위에 놓았어요. 도련님은 그걸 내동댕이치고는 바보짓을 집어치우지 않으면 모가지를 꺾어 버리겠다고 중얼거렸어요.

"좋아. 이건 여기 놓아두겠어. 책상 서랍 속에 말이야. 그리고 난 이제 자야겠어." 아씨가 말했어요.

그러고 나서 아씨는 도련님이 책을 건드리는지 잘 보라고 제게 귓속말로 이르고는 나가 버렸답니다. 그러나 도련님은 그 근처에는 오려고 하지도 않았어요. 그래서 다음 날 아침에 아씨에게 그랬다고 알려 주었더니 몹시 실망하는 눈치였어요. 도련님이 침울하고 게으르게만 지내는 것을 아씨가 딱하게 여기고 있다는 것을 알았지요. 도련님이 공부하려는 것을 집어치우게 만든 것에 대해 양심의 가책을 느꼈던 거지요. 그것도 아주 효과적으로 중지시키고 말았으니까요.

그런데 아씨는 그 피해를 어떻게 해서라도 보상하려고 여러 가지로 궁리했답니다. 제가 다림질을 한다든가 응접실에서

할 수 없는 다른 일들을 하고 있으면, 아씨는 더욱 재미있는 책을 가지고 와서 제게 큰 소리로 읽어 주었어요. 언쇼 도련님이 그 자리에 있을 때 재미있는 대목이 나오면 아씨는 읽다 말고 책을 그대로 그 근처에 놓아둔 채 나갔어요. 그런 일이 여러 차례 되풀이됐지요. 하지만 도련님은 어찌나 고집쟁이인지 아씨의 그런 유혹에 빠지지 않고, 날씨가 궂은 날에는 조지프와 함께 담배나 피우면서 난롯가에 한자리 차지하고 자동 인형처럼 앉아 있었어요. 늙은이는 자기 말마따나 아씨의 그 망측스러운 허튼소리가 다행히 귀가 어두워 들리지 않았고, 젊은이는 애써 듣지 않는 척했지요. 날씨가 좋은 저녁이면 젊은이는 사냥을 하러 나가고, 캐서린 아씨는 하품이나 하고 한숨을 쉬면서 제게 말을 시켰어요. 그래서 제가 무슨 이야기를 꺼낼라치면 아씨는 안뜰이나 정원으로 뛰어나가 버렸어요. 그리고 마지막에 가서는 울음을 터뜨리고, 자신은 사는 것이 지겹고 자기 삶은 쓸모없다고 말했어요.

히스클리프 씨는 사람들과 어울리는 것을 점점 더 싫어해서 언쇼를 자기 방에 거의 얼씬거리지 못하게 했답니다. 3월 초에 사고가 나서 도련님이 며칠 동안 부엌에만 들어앉아 있게 되었어요. 혼자 산에 사냥을 나갔다가 총이 폭발해서 팔에 파편이 박혔는데 집에 오는 동안 출혈이 심했던 것이지요. 그 결과 도련님은 회복될 때까지 난롯가에 가만히 앉아 있을 수밖에 없었답니다.

도련님이 부엌에서 그러고 있는 것이 캐서린 아씨는 싫지 않은 모양이었어요. 어쨌든 그 뒤로 아씨는 다른 때보다 더 위층 자기 방에 있기를 싫어하게 되었지요. 그리하여 아씨는 제게 억지로라도 아래층에서 일거리를 찾아내게 해서 저를 따라 내려왔어요.

부활절 다음 월요일에 조지프가 소 몇 마리를 끌고 기머튼 장에 갔습니다. 그리고 오후에 저는 부엌에서 빨래한 것들을 손질하느라고 바빴지요. 언쇼 도련님은 언제나 그러듯 시무룩해서 난롯가 한쪽에 앉아 있었고, 아씨는 심심풀이로 유리창에 그림 같은 것을 그리다가 싫증이 나면 이따금 숨이 막힐 듯 노래를 부르다가 무엇인지 조그만 소리로 중얼대기도 하면서, 담배를 피우며 난롯가만 쳐다보고 있는 자기 사촌 쪽을 약이 오른 듯이 안타깝게 힐끗힐끗 쳐다봤어요.

창가에 그렇게 빛을 가리고 서 있으니 어두워서 일을 못 하겠다고 제가 말하자 아씨는 난로 앞으로 자리를 옮겼어요. 저는 아씨가 하는 일에는 별로 관심을 두지 않았는데, 곧 이런 말소리가 들려오더군요.

"헤어튼, 만약 나한테 그렇게 화를 내고 난폭하게 굴지만 않는다면 말이야, 나야 반가운 일이지만, 내가 헤어튼이 내 사촌 오빠 노릇을 해 주면 얼마나 좋을까 하고 바란다는 것을 이제 알았어."

헤어튼 도련님은 아무런 대꾸도 하지 않았어요.

"헤어튼, 헤어튼, 헤어튼! 안 들려?" 아씨가 계속 불렀어요.

"저리 비켜!" 도련님이 붙임성 없이 퉁명하게 중얼거렸어요.

"그 담뱃대를 빼앗아 버려야지." 아씨는 조심스럽게 손을 내밀어 도련님의 입에서 담뱃대를 뽑아 버렸어요.

도련님이 미처 다시 빼앗으려고 하기도 전에 아씨는 그것을 부러뜨려 불 속에 던져 버렸어요. 도련님은 욕을 하면서 담뱃대를 집었어요.

"그만 좀 피워. 먼저 내 이야기를 들어. 이렇게 연기가 얼굴을 가리면 말을 할 수 없잖아." 아씨가 소리를 질렀어요.

"너 뒈지고 싶어? 제발 날 가만 내버려 두란 말이야!" 도련님이 사납게 고함쳤어요.

"안 돼. 가만두지 않을래. 어떻게 하면 나한테 말을 걸게 할지 모르겠지만. 헤어튼은 나를 도무지 이해하지 않을 작정인가 봐. 내가 헤어튼에게 바보라고 한 것은 다른 뜻이 있어 그런 게 아냐. 헤어튼을 경멸해서 그런 게 아니라고. 자, 나를 좀 봐. 헤어튼, 헤어튼은 내 사촌 오빠야. 그러니까 헤어튼도 내가 사촌이란 걸 인정해." 아씨가 억지를 썼어요.

"난 너 같은 것하고는 아무 관계도 없어. 더럽게 빼기고 되지 않게 사람을 놀리고 말이야! 내 다시 너 같은 것에게 곁눈질이라도 하면 아주 지옥으로 가 버리겠어! 썩 비켜. 당장 비키란 말이야!" 도련님이 대답했어요.

캐서린 아씨는 얼굴을 찌푸리고 입술을 깨물며 창가에 있는 자리로 돌아왔지요. 그리고 이상한 가락을 흥얼거리며 울음이 터져 나오려는 것을 애써 감추었어요.

"사촌 동생인데 사이좋게 지내셔야죠, 헤어튼 도련님. 아씨가 잘못을 뉘우치고 있잖아요! 아씨와 친구로 지내시면 도련님에게도 퍽 도움이 될 거예요. 도련님은 전혀 딴사람이 될 겁니다." 제가 참견했지요.

"친구가 되라고! 저 애가 나를 그렇게 미워하고, 나 같은 건 제 신발 닦는 걸레만큼도 여기지 않는데! 관둬. 왕이 된대도 저 애의 환심을 사기 위해서 더는 모욕당하고 싶지 않단 말이야." 도련님이 소리쳤어요.

"내가 헤어튼을 미워하는 게 아니라 헤어튼이 나를 미워하는 거지! 히스클리프 씨 못지않게 나를 미워하잖아." 아씨가 더는 괴로움을 감추지 못하고 울음을 터뜨렸어요.

"넌 지독한 거짓말쟁이야." 언쇼 도련님이 말하기 시작했어요. "그럼 왜 내가 골백번이나 너를 봐주려다가 히스클리프 씨한테 야단을 맞았느냔 말이야? 그것도 네가 나를 비웃고 업신여길 때였어. 어서 귀찮게 굴어 봐. 저쪽 방으로 가서 네가 나를 못살게 굴어 부엌에서 내쫓았다고 이를 테니까!"

"헤어튼이 내 편인 줄은 몰랐지. 나는 비참해서 누구한테나 심하게 굴었지 뭐야. 하지만 이제 헤어튼을 고맙게 생각하고 용서해 주기를 바랄 뿐이야. 그러는 수밖에 다른 도리가 없잖아?" 아씨가 눈물을 닦으면서 말했어요.

아씨는 난로께로 다가가서 솔직하게 손을 내밀었어요.

도련님은 먹구름처럼 얼굴이 어두워지고 상을 찌푸리며 두 주먹을 불끈 쥐고 방바닥을 뚫어져라 내려다보더군요.

캐서린 아씨는 도련님이 그렇게 완강한 것은 괴팍한 고집 때문이지 자기가 싫어서 그러는 것이 아님을 본능적으로 알아차린 게 틀림없어요. 잠깐 우물쭈물 서 있다가 허리를 구부리고는 도련님의 볼에 부드럽게 입을 맞췄으니까요.

그 어린 장난꾸러기 아씨는 제가 자기를 못 본 줄 알고 돌아서서 아주 점잖게 창가 자기 자리로 돌아가 앉았어요.

저는 나무라는 듯이 고개를 저었어요. 그랬더니 아씨가 얼굴을 붉히며 조그만 소리로 말했어요.

"그래! 어쩌겠어, 엘런? 악수는 고사하고 쳐다보려고도 하지 않는걸. 어떻게든 나는 그를 좋아하고 사이좋게 지내고 싶다는 것을 보여 주지 않을 수 없단 말이야."

아씨의 입맞춤이 헤어튼 도련님에게 확신을 주었는지 어쨌는지는 모르겠어요. 도련님은 얼굴을 보이지 않으려고 몹시 신경을 쓰더군요. 그리고 얼굴을 들었을 때도 눈 둘 곳을 몰라 아주 난처한 표정이었어요.

캐서린 아씨는 멋진 책 한 권을 흰 종이로 쌌어요. 그것을 리본으로 묶고 '헤어튼 언쇼 씨에게'라고 써서는 저더러 대신 전해 달라고 부탁했어요.

"그리고 이것을 받는다면 내가 가서 읽는 법을 가르쳐 주겠다고 말해 줘. 받지 않는다면 난 위층으로 가고 다시는 그를 귀찮게 하지 않겠다고 말해."

저는 그것을 들고 가서 보낸 사람이 근심스럽게 보는 가운데 그 말을 되풀이해서 전했지요. 헤어튼 도련님이 손을 펴려고 하지 않기에 저는 그것을 무릎 위에 놓았답니다. 도련님은 그것을 밀어내지는 않았어요. 저는 하던 일을 하러 돌아왔어요. 캐서린 아씨는 머리와 두 팔을 탁자 위에 기대고 있었는데, 마침내 책을 풀어 보느라 바스락거리는 소리가 희미하게 들리더군요. 그러자 아씨가 살그머니 일어나 사촌 옆으로 가더니 조용히 앉았어요. 도련님은 몸을 떨며 얼굴을 붉혔어요.

그의 거칠고 무뚝뚝하고 굳은 표정은 말끔히 가셨지요. 처음에는 아씨의 묻고 싶어 하는 표정이며 속삭이는 듯한 애원에 한마디도 입을 열 용기를 내지 못했어요.

"나를 용서한다고 말해, 헤어튼. 어서. 그 간단한 말 한마디로 나를 아주 즐겁게 해 줄 수 있단 말이야."

도련님이 들리지 않는 소리로 뭐라고 중얼거렸어요.

"그리고 내 친구가 되어 주는 거지?" 캐서린 아씨가 잇달아 물었어요.

"아니! 너는 죽을 때까지 매일 나 때문에 창피할 거야. 그리고 나를 알면 알수록 더 창피할 거야. 난 그걸 참을 수 없어."

"그래서 친구가 될 수 없다는 거야?" 아씨가 꿀같이 달콤한 미소를 지으면서 말하고는 도련님에게 바싹 다가섰어요.

제게는 더 이상 확실한 이야기 소리가 들리지 않더군요. 그러나 제가 다시 돌아보았을 때 두 사람이 무척 환한 얼굴로 도련님이 받은 책을 펴 놓고 내려다보고 있었기 때문에 양쪽의 협상이 잘 성립되어 조금 전까지도 원수였던 사이가 이제 굳은 동지가 된 것이 틀림없음을 알았답니다.

그들이 보고 있던 책에는 귀중한 그림들이 가득 차 있었어요. 그 그림들과 자기네가 취하고 있는 자세에 마음이 끌려 그들은 조지프가 돌아올 때까지 그대로 움직이지 않고 있었답니다. 그 불쌍한 늙은이는 캐서린 아씨가 헤어튼 언쇼 도련님과 같은 의자에 앉아 한 손을 도련님의 어깨에 올리고 있는 광경을 보고 끔찍이도 놀라더군요. 자신이 아끼는 도련님이 아씨와 가까이 앉아 있는 것을 참고 있다는 사실에 어리둥절했던 것이지요. 조지프는 그 광경에 너무 심한 충격을 받아 그날 밤에는 그 문제에 대한 이야기를 꺼내지도 못했어요. 그가 받은 충격은 그가 커다란 성경책을 엄숙하게 탁자 위에 펴 놓고 그날의 장사 결과인 때 묻은 지폐를 지갑에서 꺼내 책 위에 올려놓으면서 크게 내쉰 한숨으로 드러나 보일 뿐이었지요. 그가 드디어 헤어튼 도련님을 자기 자리로 부르더군요.

"이걸 주인어른께 갖다 드려요. 그리고 그 방에 있어요. 나도 내 방으로 올라갈 테니. 이 방은 깨끗하지도 않고 우리한테 마땅치도 않아. 우선 나가서 다른 방을 찾아야겠군." 그가 말했어요.

"이봐요, 아씨. 우리도 나가야겠어요. 난 다리미질 다 했는데, 아씨도 다 하셨죠?"

"8시도 안 됐는걸!" 아씨가 마지못해 일어서면서 대답하더군요. "헤어튼, 이 책 난로 선반 위에 두고 갈게. 그리고 내일 다른 책도 좀 더 가져올게."

"아씨가 놓고 가는 책은 무엇이든 안방으로 가져갈 거요. 그 책들을 다시 보기는 어려울걸. 그러니 자기가 알아서 할 일이지!" 조지프가 말했어요.

캐시 아씨는 자기 책을 없애기만 하면 조지프의 책도 가만두지 않겠다고 위협했어요. 그러고는 헤어튼 도련님 옆을 지나면서 미소를 짓고 노래를 부르며 위층으로 올라갔어요. 제가 보기에, 아마 맨 처음 린튼 도련님을 찾아왔을 무렵 말고는 아씨가 이 집에 온 뒤로 이때처럼 마음이 가볍고 즐거운 적이 없었던 것 같아요.

이렇게 시작된 친밀한 정은 급속히 깊어졌답니다. 더러 일시적으로 중단되긴 했지요. 언쇼 도련님은 소원대로 금세 교양이 느는 것도 아니었고, 아씨 또한 학자도 아니고 본받을 만한 인내심이 있는 사람도 아니었으니까요. 그러나 두 분의 마음은 같은 목표를 향했어요. 한 사람은 상대방을 사랑하고 인정해 주려고 마음먹었고, 그 상대방 역시 사랑하고 인정받으려고 결심했으니까요. 그들은 노력한 결과 그 목표에 이르게 되었답니다.

보셨다시피 주인님이 히스클리프 아씨의 마음을 붙드는 일은 퍽 쉬웠던 거죠. 하지만 이제 와서 보니 주인님이 그러시지 않은 게 다행이에요. 제가 지금 무엇보다 바라는 것은 그 두 분이 결합하는 일이니까요. 그들의 결혼식 날 저는 아무것도 부러울 게 없을 거예요. 온 영국 땅에서 저보다 행복한 여자는 없을 테니까요!

33장

그런 일이 있은 월요일이 지나고 그다음 날 아침, 언쇼 도련님이 아직 일상적으로 하던 일을 할 수 없어 집 안에 남아 있었기 때문에 저는 전처럼 아씨를 제 옆에 둘 수 없다는 것을 곧 알았답니다.

아씨는 저보다 먼저 아래로 내려가서 정원으로 나가더니, 사촌이 거기서 무언가 힘들지 않은 일을 하는 것을 보고 있었어요. 제가 아침이 다 됐다고 그들을 부르러 가서 보니, 아씨는 사촌에게 까치밥나무와 구스베리가 무성하게 덤불진 곳을 쳐 내고 넓게 땅을 일구게 하여 저택에서 화초를 갖다 심을 계획을 둘이서 열심히 짜고 있었어요.

저는 겨우 반 시간 동안에 나무들을 그만큼 쳐 내고 땅을 일구어 놓은 것을 보고는 깜짝 놀랐어요. 까막까치밥나무들은 조지프가 무엇보다 소중히 여기는 것이었는데, 하필 바로 그 가운데를 골라 화단을 만들겠다니 말이지요!

“저런! 조지프가 보면 당장 주인어른께 일러 나와 보시라고 야단일 텐데. 누구 맘대로 정원을 그렇게 손댔느냐고 하시면 어떻게 변명하려고 그래요? 그 일 때문에 한바탕 벼락이 떨어질 테니 어디 두고 보세요! 헤어튼 도련님도 그렇지, 글쎄 아씨가 말한다고 생각해 보지도 않고 저렇게 파헤쳐 버리면 어떻게 해요!” 제가 소리쳤어요.

“저게 조지프 거라는 걸 깜빡 잊었군. 하지만 내가 그랬다고 말하지, 뭐.” 언쇼 도련님이 약간 난처한 듯이 대답했어요.

우리는 언제나 히스클리프 씨와 함께 식사를 했답니다. 저는 차를 만들고 고기를 써는 안주인 노릇을 했어요. 그래서 식사 때는 제가 꼭 있어야 했지요. 캐서린 아씨는 대개 제 옆자리에 앉아 식사했는데, 그날은 살그머니 헤어튼 도련님 쪽으로 가까이 가는 것이었어요. 아씨는 적의를 나타낼 때 그랬듯이 친밀한 감정을 보일 때도 거침없이 행동한다는 것을 저는 바로 알 수 있었답니다.

“아씨, 사촌 오빠와 너무 이야기하거나 그쪽만 바라보는 일은 삼가야 해요. 그러지 않으면 틀림없이 히스클리프 씨가 역정을 내고 두 분에게 야단을 칠 테니까요.” 제가 함께 방에 들어가면서 귓속말로 일렀어요.

“안 그럴게.” 아씨가 대답하더군요.

방금 그렇게 말하고 나서도 아씨는 도련님에게 살금살금 다가가더니 그의 죽이 담긴 접시에 앵초 같은 것을 꽂아 놓았어요.

도련님은 그런 자리에서는 감히 아씨에게 말도 걸지 못하고 제대로 쳐다보지도 못했어요. 그런데도 아씨가 자꾸만 집적거리자 결국 도련님도 하마터면 두어 차례 웃음을 터뜨릴 뻔했지요. 제가 눈살을 찌푸렸더니 아씨는 주인 쪽을 힐끗 쳐다보았어요. 그 양반의 안색으로 보아 함께 있는 우리보다 다른 일에 열중하고 있는 것 같았어요. 아씨는 매우 심상치 않은 표정으로 그 양반의 얼굴을 살피면서 잠시 심각한 얼굴을 하더군요. 그런데 조금 있다가 아씨가 얼굴을 돌리더니 다시 장난을 시작했어요. 드디어 헤어튼 도련님은 참았던 웃음을 터뜨리고 말았지요.

히스클리프 씨가 깜짝 놀라 얼른 우리의 얼굴을 훑어보았어요. 캐서린 아씨는 그 양반이 지긋지긋하게 싫어하는, 초조해하면서도 해 볼 테면 해 보라는 얼굴로 마주 보았어요.

"내 손이 닿지 않아서 다행인 줄 알아. 도대체 넌 무슨 마귀가 붙었기에 그 악마 같은 눈깔로 자꾸만 돌아다보는 거냐? 눈 내리깔지 못해! 제발 내 앞에서 네가 있다는 표시를 다시는 내지 말란 말이야. 그 히죽거리는 버르장머리를 고쳐 준 줄 알았는데!" 그 양반이 소리쳤어요.

"내가 웃었어요." 헤어튼 도련님이 중얼거렸어요.

"뭐라고?" 주인이 놀라며 물었어요.

헤어튼 도련님은 식탁 위에 있는 접시를 쳐다보며 자기가 웃었다는 말을 되풀이하지 않았어요.

히스클리프 씨는 잠깐 그를 쳐다보더니 말없이 다시 식사를 계속하며 조금 전처럼 생각에 잠겼어요.

모두 식사가 거의 끝나고 두 젊은이도 조심해서 서로 조금 떨어져 앉았어요. 그래서 저는 아침 식사 중에는 다시 소동이 벌어지지 않으리라고 생각했답니다. 그런데 마침 그때 조지프가 입구에 나타났는데, 입술이 떨리고 눈꼬리가 사나운 것으로 보아 그의 소중한 나무들을 잘라 낸 끔찍한 짓이 발각되었음을 알 수 있었지요.

그는 그것을 보기 전에 이미 캐서린 아씨와 사촌이 그 근처에 있는 것을 보았음이 틀림없었어요. 소가 되새김질할 때처럼 아래위 턱을 움직거리며 알아듣기 힘든 말을 내뱉기 시작했으니까요.

"난 받을 돈이나 타 가지고 나가야겠습니다요! 육십 년 동안이나 모셔 왔으니 이 댁에서 뼈를 묻을 작정이었는데. 그래서 내 책 나부랭이도 다락방에 다 끌어다 놓고 자질구레한 소지품도 다 치워 버리고설랑 부엌은 저들에게 내줄 작정이었는데. 이 댁이 조용하게 말이지요. 내 정든 난롯가를 떠난다는 게 여간 힘든 일이 아니지만서도 난 그렇게 하려고 했습니다요. 그런데 이번에는 저 아씨가 내 정원까지 빼앗아 갔으니, 원! 서방님, 도저히 못 참겠습니다요! 서방님은 저런 골칫덩어리를 놓아두려면 놓아두십시오. 난 그런 데 익숙하지도 않고, 원래 늙은 몸에는 새 자리가 쉽사리 익지 않는 법입니다요. 난 차라리 길가에 나가서 망치라도 두드려 입에 풀칠을 할랍니다!"

"이봐, 이봐, 천치 같은 영감!" 히스클리프 씨가 말을 막았어요. "간단히 말해! 도대체 뭐가 못마땅하단 말이야? 난 영감과 넬리의 다툼엔 참견하지 않을 테니까. 넬리가 영감을 석탄광에 처박는대도 내 알 바 아니야."

"넬리 이야기가 아닙니다요! 넬리 때문에 나가지는 않습니다요. 심술궂고 몹시 고약하긴 하지만, 다행히도 남의 혼을 빼앗지는 못하는 여편네거든요! 사내 녀석이 눈짓을 하며 쳐다볼 만큼 잘난 여자는 결코 아니란 말씀입니다요. 그런데 저 버림받은 끔찍한 여왕께서 그 대담한 눈초리와 뻔뻔스러운 행동으로 우리 도련님을 홀렸습지요. 아니, 원! 제 가슴이 미어질 지경입니다요. 도련님이 내가 봐주고 애써 준 것도 몽땅 잊어버리고설랑 정원에 있는 그 좋은 까치밥나무들을 전부 뽑아 버리지 않았겠습니까요!" 여기까지 말한 조지프는 몹시 속이 상하고 배은망덕한 언쇼의 위태로운 처지를 생각하는 마음에 맥이 풀려 울어 댔어요.

"이 바보 영감이 술에 취했나? 헤어튼, 저 영감이 너 때문에 저 야단이냐?" 히스클리프 씨가 물었어요.

"제가 까치밥나무를 두세 그루 뽑았어요. 하지만 다시 심어 놓을 거예요." 젊은이가 대답했어요.

"무엇 때문에 나무를 뽑은 거냐?" 주인이 말했어요.

캐서린 아씨가 약삭빠르게 나섰어요.

"우리가 거기다 꽃을 좀 심으려고 그랬어요. 제가 헤어튼더러 나무를 뽑으라고 시켰으니까 잘못한 건 바로 저예요." 아가씨가 큰 소리로 말했어요.

"그런데 도대체 어느 놈이 너한테 정원에 있는 나무토막 하나라도 손대게 했단 말이냐?" 시아버지가 무척 놀라 다그쳤어요. "그리고 누가 너더러 저 계집애 말을 들으라고 일렀어?" 그가 헤어튼 도련님을 돌아다보며 덧붙였어요.

헤어튼 도련님은 대답하지 못했어요. 그러자 사촌 누이가 대신 대답하더군요. "당신은 내 땅을 모두 빼앗아 놓고, 겨우 몇 미터 되는 땅에 화단을 만든다고 아까워하는 법이 어디 있어요!"

"뭐, 네 땅이라고, 건방진 년 같으니! 네 땅이 어디 있었단 말이냐!" 히스클리프 씨가 말했어요.

"내 돈도 빼앗아 가고서." 아씨가 화가 치밀어 노려보는 그를 마주 노려보면서 이렇게 계속했어요. 그러고는 아침으로 먹다 남은 빵 조각을 질근질근 깨물었어요.

"닥쳐!" 그가 소리쳤어요. "어서 처먹고 나가 버려."

"그리고 헤어튼의 땅도 돈도 다 빼앗고. 이제 헤어튼과 나는 친구가 됐어요. 그러니까 당신에 대해 모조리 헤어튼에게 이야기해 줄 거예요!" 그 무모한 아씨가 계속 말했어요.

주인어른은 잠시 당황한 모양이었어요. 얼굴이 새파래지더니 죽이고 싶을 만큼 증오한다는 표정으로 한참 동안 아씨를 뚫어지게 노려보았지요.

"나만 때려 보세요. 헤어튼이 당신을 때릴 테니! 그러니 그냥 앉아 있어요." 아씨가 말했어요.

"만일 헤어튼이 너를 밖으로 끌어내지 않으면 내가 저놈을 때려죽일 테다. 이 망할 요물 같으니! 네까짓 게 감히 저놈을 꾀어 내게 반기를 들게 해? 저년을 끌어내! 안 들려? 부엌으로 내쫓으란 말이야! 엘런 딘, 만약 저년을 다시 내 앞에 나타나게 했다가는 내 저년을 죽여 버릴 테야!" 히스클리프 씨가 고함을 쳤어요.

헤어튼 도련님이 기어 들어가는 목소리로 애써 아씨더러 나가라고 설득했어요.

"저년을 끌어내! 더 지껄이고 서 있을 테야?" 그가 사납게 소리치며 자신이 직접 끌어내려고 아씨에게 다가섰어요.

"헤어튼은 더 이상 당신 말을 듣지 않아요. 이 악당 같으니! 곧 나와 똑같이 당신을 싫어할걸요!" 캐서린 아씨가 말했어요.

"그만둬! 그만두란 말이야! 네가 아저씨한테 그렇게 말하는 걸 듣고 싶지 않아. 그만해 둬." 도련님이 나무라는 듯이 중얼거렸습니다.

"하지만 저 사람이 날 때리게 내버려 두진 않겠지?" 아씨가 소리쳤어요.

"그만 이리 와!" 도련님이 애써 속삭였어요.

때는 너무 늦었지요. 히스클리프 씨가 아씨를 붙들었으니까요.

"넌 이제 저리 비켜!" 그가 언쇼 도련님에게 말했어요. "망할 놈의 이 요물! 이번엔 참을 수 없게 속을 뒤집어 놓는구나. 이년이 뒈질 때까지 후회하게 만들어 줄 테니 어디 두고 봐!"

그가 아씨의 머리채를 잡았어요. 헤어튼 도련님은 이번만은 때리지 말라고 애원하면서 머리채를 쥔 손을 떼게 하려고 했지요. 히스클리프 씨의 검은 두 눈이 번뜩였고, 마치 캐서린 아씨를 갈기갈기 찢어 버리기라도 할 듯한 기세여서 저도 점점 흥분되어 위험을 무릅쓰고 나서서 아씨를 막 구하려는 참인데, 그때 그가 갑자기 움켜쥐었던 머리채를 놓고 대신 팔을 붙들더니 아씨의 얼굴을 뚫어지게 쳐다보는 것이었어요. 그러고 나서 그는 손으로 두 눈을 가리고 마음을 진정하려는 듯 잠시 서 있다가 다시 캐서린 아씨를 돌아다보며 억지로 가라앉힌 목소리로 말했어요.

"너는 내 화를 돋우지 말아야 해. 그렇지 않으면 언젠가는 정말로 내 손에 죽게 될 테니까! 딘 부인과 함께 나가 있어. 그 건방진 소릴랑 딘에게나 들려주란 말이야. 헤어튼 언쇼 녀석도 네 말을 듣고 있는 것이 내 눈에 띄기만 하면 제 밥벌이는 제가 하도록 내쫓아 버릴 테다! 네가 그 녀석을 사랑하면 그 녀석은 부랑자가 되고 거지꼴이 될 테니 알아서 해. 빨리 저 애를 데리고 나가. 모두 나가란 말이야! 어서 나가!"

저는 아씨를 데리고 방을 나갔어요. 아씨는 도망쳐 나오게 된 것이 어찌나 기쁜지 말대꾸도 하지 않더군요. 언쇼 도련님도 따라 나오고, 히스클리프 씨는 점심때까지 혼자 그 방에 들어앉아 있었어요.

저는 캐서린 아씨에게 위층에서 점심을 먹으라고 권했답니다. 그러나 히스클리프 씨가 아씨의 자리가 비어 있는 것을 보자 당장 저더러 아씨를 불러오라고 했어요. 히스클리프 씨는 아무에게도 말을 걸지 않고 식사도 하는 둥 마는 둥 하더니 조금 뒤에 저녁때까지 돌아오지 않겠다고 말하고는 곧장 나가 버렸어요.

친구가 된 두 분은 히스클리프 씨가 없는 동안 거실을 차지하고 있었지요. 거기서 저는, 아씨가 헤어튼 도련님의 아버지에 대한 히스클리프 씨의 행동을 다시 들춰내려 하자 헤어튼 도련님이 아씨를 몹시 꾸짖는 소리를 들었어요.

헤어튼 도련님은 히스클리프 씨에 대한 욕은 한마디도 듣지 않을 것이고, 설령 그가 악마라 해도 자신은 아무 상관 없고 그의 편이 될 것이며, 아씨가 히스클리프 씨를 욕하는 소리를 듣느니 차라리 전처럼 자기 자신이 아씨에게서 욕지거리를 듣고 싶다고 말했어요.

캐서린 아씨는 이 말을 듣자 슬그머니 약이 오르기 시작했지요. 그러나 도련님은 만약에 자기가 아씨의 아버지 욕을 한다면 어떻겠느냐고 물어 아씨의 말을 막는 방편으로 삼았어요. 아씨는 언쇼 도련님이 히스클리프 씨에 대한 평판을 자기 일처럼 여긴다는 것 그리고 이성의 힘으로는 어떻게 할 수 없는 더욱 강렬한 유대로 맺어진 관계, 즉 습관으로 다져진 쇠사슬 같은 관계라는 것, 그러니 그 관계를 끊으려는 것은 잔인한 일이라는 것 등을 깨닫게 되었지요.

그 뒤로 아씨는 히스클리프 씨에 대한 불평도, 반감에 찬 표정도 삼가고 선심을 보였답니다. 그리고 그때까지 히스클리프 씨와 헤어튼 도련님을 이간하려고 한 짓이 후회된다고 제게 고백하더군요. 정말로 그 뒤로는 헤어튼 도련님이 듣는 데서 히스클리프 씨에 대한 이야기는 단 한 마디도 한 일이 없다고 저는 믿어요.

이와 같은 가벼운 말다툼이 끝나자 두 분은 다시 사이좋게 지내면서 학생과 선생이 되어 몇 가지 공부에 아주 열심이었답니다. 일이 끝나 방에 들어가서 그들과 함께 앉아 그들이 하는 짓을 보고 있노라면 어찌나 위안이 되고 즐거운지 시간 가는 줄 몰랐지요. 아시다시피 그들은 어느 의미에서는 제 친자식 같으니까요. 한 분은 제가 오랫동안 자랑으로 여겨 오던 사람이고, 이제 다른 한 분도 틀림없이 그와 똑같이 흐뭇한 자랑거리가 되어 주리라고 저는 생각했답니다. 도련님의 정직하고 따뜻하고 총명한 성품은 이제까지 그가 자라 온 무지와 퇴보의 어두운 구름을 급속히 헤쳐 버렸어요. 게다가 캐서린 아씨가 진정으로 칭찬해 주었기 때문에 도련님은 더욱 공부에 매진했고요. 그는 마음이 밝아지자 얼굴도 밝아졌고, 기운이 솟고 품위도 돋보이게 되었답니다. 그때의 도련님이 언젠가 아씨가 절벽에 소풍 갔다 오다가 워더링 하이츠에 들른 날 제가 찾아갔을 때 본 바로 그 사람이라고는 도저히 생각되지 않았지요.

어느덧 어둠이 깔리기 시작하고 어둠과 함께 주인어른이 돌아왔지요. 그는 현관으로 들어왔는데 불시에 나타난 탓에 우리가 고개를 들어 쳐다볼 겨를도 없이 그가 우리 세 사람을 있는 그대로 다 보고 말았답니다.

그런데요, 제 생각으로는 그렇게 즐겁고 그보다 더 천진한 광경은 없었던 것 같아요. 그런 그들을 야단친다거나 하는 것은 말할 수 없는 수치일 테고요. 벌겋게 타는 난로 불빛이 그들의 사랑스러운 머리에 비쳐 어린애 같은 열렬한 호기심으로 생기가 도는 얼굴들을 드러내 보였지요. 그도 그럴 것이 도련님은 스물세 살이고 아씨는 열여덟 살이었는데, 둘 다 새로 느끼고 배울 것들이 너무나 많았기 때문에 별 흥미 없고 시큰둥한 어른의 느낌을 경험해 본 일도 없고 나타내 보인 일도 없었던 것이지요.

그들은 똑같이 눈을 들어 히스클리프 씨의 얼굴을 마주 보게 되었어요. 아마 주인님은 아직 눈여겨보신 일이 없겠지만 그 두 사람의 눈은 아주 많이 닮았고 돌아가신 아씨의 어머님, 캐서린 언쇼 아씨의 눈 그대로랍니다. 지금의 캐서린 아씨는 앞이마가 조금 넓고 콧마루가 다소 휘어진 모양 때문에 사실인지 아닌지는 모르겠지만 좀 거만해 보인다는 것 이외에는 어머님을 닮은 데가 없지요. 헤어튼 도련님이 조카이긴 하지만 닮은 데가 훨씬 더 많았어요. 볼 때마다 그게 이상했는데, 그때는 그런 생각이 더욱 강하게 들더군요. 도련님의 생각이 기민하고, 머리 쓰는 것이 전에 없이 활기를 띠고 있었기 때문이지요.

그렇게 아씨를 닮은 점이 히스클리프 씨의 마음을 너그럽게 한 것이 아닌가 저는 생각합니다. 그 양반은 흥분한 기색이 역력한 얼굴로 난로께로 걸어왔어요. 그러나 그 젊은이를 쳐다보는 동안에 그런 기색은 곧 가라앉았지요. 아니면 그 흥분의 성격이 바뀌었는지도 모르고요. 여전히 그런 기색이 남아 있긴 했으니까요.

그 양반은 도련님의 손에서 책을 빼어 들더니 펴져 있는 곳을 그대로 흘깃 보고 나서 아무 말 없이 돌려주었어요. 그저 캐서린 아씨에게만 나가라는 손짓을 하더군요. 도련님도 곧 아씨를 따라 나갔고 저도 막 나가려는 참인데 그가 그대로 앉아 있으라고 하더군요.

“초라한 종말이군그래.” 그가 방금 눈앞에서 벌어진 광경을 보고 잠시 생각에 잠기더니 말했어요. “나의 그 맹렬한 노력이 이렇게 끝장난단 말인가? 두 집을 부숴 버리려고 지렛대며 곡괭이를 장만해 놓고 헤라클레스와 같이 괴력을 낼 수 있도록 나 자신을 훈련했건만, 막상 만반의 준비가 되고 내 힘으로 무엇이든 할 수 있게 되자 어느 쪽 집에서도 석판 한 장 들어내고 싶은 생각이 없어졌으니! 나의 숙적들은 나를 넘어뜨리지 못했어. 이제야말로 바로 그들의 후손에게 복수를 할 때지. 내 힘으로 할 수 있지. 그리고 아무도 막지 못해. 하지만 그런다고 무슨 소용이 있겠어? 난 사람을 때리고 싶지 않아. 주먹을 휘두르는 것이 귀찮아졌단 말이야! 이렇게 말하니 마치 오직 아량의 미덕을 보이기 위해서 이제까지 애를 써 온 것처럼 들리는데, 그것과는 거리가 먼 얘기지. 난 그들의 파멸을 즐길 만한 힘도 없어졌고 쓸데없이 남을 파멸시킬 생각도 없어졌단 말이야.

넬리, 묘한 변화가 다가오고 있어. 나는 지금 그 변화의 그늘 아래 서 있는 셈이지. 내 생활에 도무지 흥미가 없어져서 먹고 마시는 것조차 잊어버릴 지경이야. 지금 방을 나간 저들이 내게 확실한 물체의 형상으로 보이는 유일한 대상이지. 그런데 저들의 모습이 몸서리가 쳐질 만큼 내게 괴로움을 준단 말이야. 캐서린에 대해서는 말하지 않겠어. 생각하고 싶지도 않아. 제발 내 눈앞에 보이지 않으면 좋겠어. 저 애를 보기만 하면 꼭 미칠 것만 같으니까. 헤어튼이란 놈은 좀 다르지. 그런데도 만약 내가 미친 사람처럼 보이지 않고도 그럴 수만 있다면 다시는 그 녀석을 보지 않겠어! 넬리는 아마 내가 미치는 게 아닌가 생각할 거야." 그가 애써 미소를 지으려 하면서 덧붙였어요. "만약 내가 그 녀석이 일깨우거나 구체화한 지난날의 그 수많은, 관련된 기억이며 생각을 일일이 다 이야기하려 한다면 말이야. 내가 말하는 것을 넬리가 다른 데서 얘기하진 않겠지. 내 마음은 줄곧 그 자체 안에 틀어박혀 있었는데 결국 누구한테고 털어놓고 싶어진 거지.

오 분 전까지만 해도 헤어튼이란 놈은 인간이 아니라 내 젊은 시절의 화신 같았어. 난 여러 의미에서 그에게 올바른 정신으로는 말을 걸 수 없을 것만 같았어.

첫째로, 그 녀석은 놀라울 만큼 죽은 캐서린을 닮아서 녀석을 보면 무서울 정도로 그녀가 연상된단 말이야. 그런데 내 상상력을 가장 강하게 자극하리라고 넬리가 생각할지 모르는 그것은 사실 전혀 그렇지 않아. 내 눈에 그녀와 관련되지 않은 것이 뭐가 있겠어? 무엇 하나 그녀 생각을 불러일으키지 않는 것이 있어야 말이지! 이 바닥을 내려다보기만 해도 그녀의 모습이 깔린 돌마다 떠오른단 말이야! 흘러가는 구름송이마다, 나무마다, 밤이면 온 하늘에, 낮이면 눈에 띄는 온갖 것들에, 나는 온통 그녀의 모습으로 둘러싸여 있단 말이야! 흔해 빠진 남자와 여자의 얼굴들, 심지어 나 자신의 얼굴마저 그녀를 닮은 모습으로 나를 비웃거든. 온 세상이 그녀가 전에 살아 있었다는 것과 내가 그녀를 잃었다는 무서운 기억의 진열장이라고!

제기랄, 헤어튼의 모습은 내 불멸의 사랑, 내 권리를 지키겠다는 무모한 노력, 나의 타락, 나의 자존심, 나의 행복 그리고 내 고뇌의 망령이었어.

이러한 내 생각을 넬리에게 되풀이해서 이야기하는 것은 미친 짓이지. 다만 왜 내가 언제나 혼자 있는 것을 싫어하면서도 그와 함께 있는 것이 고마운 일이라기보다는 지금 겪고 있는 끊임없는 괴로움을 심하게 만드는 일일 뿐인지는 알 수 있을 거야. 내가 그 녀석과 그 사촌이 어떻게 어울리건 무관심해진 것도 한편으로는 그런 생각에 원인이 있지. 나는 더 이상 그 애들에게 신경을 쓸 수 없게 됐어."

"그런데 다가오는 변화란 무엇을 말하는 거지요, 히스클리프 씨?" 제가 그의 태도에 놀라 말했어요. 제 생각에 그는 정신을 잃을 염려도 없고, 죽을 것 같지도 않았으며, 아주 힘있고 건강해 보였답니다. 그리고 그의 근본 성격에 대해서 말하자면, 그는 어릴 때부터 어두운 생각에 잠기기를 좋아하고 기묘한 공상을 즐겼답니다. 죽은 애인의 일을 너무나 외곬으로 파고들었는지 모르지만 그 밖의 다른 점에서는 그의 생각에 제 생각과 마찬가지로 이상한 점이라고는 없었지요.

"변화가 생길 때까지는 나도 알 수 없을 거야. 지금은 다만 어렴풋이 의식하고 있을 뿐이야."

"어디 편찮으신 것 같진 않아요?"

"아니야, 넬리, 그렇진 않아."

"그럼 죽음이 두려우세요?"

"죽음이 두렵냐고? 천만에! 난 죽음이 두렵지 않거니와 그런 예감도, 죽으면 좋겠다는 희망 같은 것도 없어. 왜 죽어야 하지? 이렇게 튼튼한 몸에 절제된 생활을 하고 위험 없는 직업에 종사하고 있는데, 마땅히 내 머리에서 검은 머리가 없어질 때까지 살아 있어야지. 그리고 어쩌면 그렇게 살게 될 거야. 이런 상태로 머물 수는 없으니까! 숨 쉬는 것을 나 자신이 잊지 않도록 해야겠어. 심장의 고동마저도 거의 잊지 않아야겠단 말이야! 마치 강한 용수철을 젖혀 놓은 것과 같다고나 할까. 한 가지 생각에 자극받지 않으면 아무리 사소한 행동이라도 억지로 하고 있는 것 같고, 하나의 보편적인 관념과 관계없는 것은 산 것이든 죽은 것이든 억지로 주의를 기울이지 않으면 알 수 없단 말이야! 내겐 오직 한 가지 소원이 있고, 내 몸과 능력이 그것을 성취하기를 열망하고 있어. 얼마나 오랫동안 그리고 얼마나 꿋꿋하게 그 소원이 성취되기를 열망했는지 나는 그것이 꼭 성취되리라고 믿고 있지. 그것도 얼마 있지 않아서 말이야. 그것을 위해 내 생애를 바쳐 왔기 때문이지. 나는 소원이 성취되리라는 기대 속에 갇혀 버린 거야.

내가 고백한다고 해서 구원받는 건 아니겠지. 하지만 이 고백이 내 성격의 설명할 수 없는 면에 대한 설명은 될 거야. 아, 젠장! 오랜 싸움이었지. 이제 끝장이 났으면 좋겠어!"

그는 끔찍한 말을 혼자 중얼거리면서 방 안을 왔다 갔다 하기 시작했어요. 조지프의 말처럼, 저도 양심이 그의 마음을 생지옥으로 변하게 한 것이라고 믿고 싶어졌어요. 저는 어떻게 끝장날지 몹시 궁금했어요.

그는 그때까지 자신의 그런 마음을 실토한 적은 물론이고 얼굴에 나타낸 일조차 거의 없었지만, 그것이 그의 평소 마음이었던 것은 틀림없었어요. 그 자신도 분명히 말했으니까요. 그러나 그의 평상시 태도로는 아무도 그렇다는 사실을 짐작하지 못했을 거예요. 주인님도 그를 보았을 때 그렇게 생각하지 않으셨을 테고요. 그리고 제가 지금 말씀드리는 그 무렵에도 그는 다만 계속되는 고독을 좋아할 뿐 주인님이 만난 때와 똑같았으니까요. 아마 사람들 앞에서는 여전히 말수가 적었을 겁니다.

34장

그날 저녁부터 며칠 동안 히스클리프 씨는 식사 때 우리와 만나는 것을 피했습니다. 그런데도 겉으로는 헤어튼 도련님과 캐시 아씨를 들어오지 못하게 하려고 하지 않더군요. 그는 완전히 자기 감정에 휩쓸리는 것을 싫어하는 면이 있어서 도리어 스스로 식사하러 오지 않는 길을 택하는 것이었어요. 그리고 하루 한 끼만 먹어도 충분히 지탱할 수 있다는 배짱인 모양이었어요.

어느 날 밤, 식구들이 모두 잠든 뒤인데 그가 아래로 내려가더니 현관문으로 나가는 소리가 들렸어요. 다시 들어오는 소리는 듣지 못했고, 아침에 일어나 보니 그때까지도 여전히 들어오지 않았더군요.

마침 4월이라 날씨가 따뜻해서 잔디는 봄비와 햇볕을 실컷 머금어 한결 푸르렀고, 남쪽 담 가까이에 있는 두 그루의 키 작은 사과나무는 꽃이 만발했지요.

아침을 먹고 나자 캐서린 아씨는 제게 집 모퉁이에 있는 전나무 아래로 의자를 가지고 가서 거기 앉아 일을 하라고 졸랐어요. 그리고 상처가 다 나은 헤어튼 도련님을 꾀어 그곳을 파서 아씨의 조그만 꽃밭을 만들게 했어요. 조지프가 투덜대는 바람에 그 모퉁이로 꽃밭 자리를 옮긴 것이지요.

저는 아름답고 부드러운 푸른빛이 도는 하늘을 머리에 이고 사방에서 풍기는 봄 향기에 기분 좋게 취해 있었답니다. 그런데 마침 아씨가 꽃밭 가에 심을 앵초꽃 뿌리를 캐러 정문 쪽으로 뛰어 내려갔다가 겨우 반쯤밖에 캐지 못하고 돌아와서는 히스클리프 씨가 돌아온다고 알려 주었어요.

"그런데 나한테 말을 거는 거야." 아씨가 난처한 표정으로 덧붙였어요.

"뭐래?" 헤어튼 도련님이 물었어요.

"어서 저리 가래. 그런데 얼굴이 여느 때와는 아주 딴판이라 잠깐 서서 쳐다보았지 뭐야."

"어땠는데?" 도련님이 물었어요.

"글쎄, 거의 밝고 기운이 넘친다고 할까, 아냐, 그런 기색이 아니라 몹시 흥분되고 열정적이고 미칠 듯이 기쁜 것 같았어!" 아씨가 대답했어요.

"그럼 밤 산책이 즐거웠던 모양이로군요." 제가 별로 관심 없는 척하며 말했어요. 사실은 저도 아씨 못지않게 놀랐고, 아씨의 말이 정말인지 꼭 확인해 보고 싶었지요. 그가 기쁜 표정을 짓는다는 것은 그리 흔히 볼 수 있는 일이 아니었으니까요. 그래서 저는 안으로 들어갈 구실을 생각해 냈답니다.

히스클리프 씨는 열린 문 옆에 서 있었는데, 창백한 얼굴로 몸을 떨고 있었어요. 그런데 과연 그의 눈에는 이상하게도 기쁨에 찬 빛이 서려 있었고, 그 때문에 얼굴이 완전히 달라져 있었지요.

"아침을 좀 드셔야죠? 밤새 거니셔서 시장하실 텐데요!" 제가 말했어요.

저는 그가 어디를 갔다 왔는지 알고 싶었지만 당장 묻고 싶지는 않았어요.

"아니, 시장하지 않아." 그는 마치 제가 자기 기분이 좋은 이유를 캐내려 한다는 걸 알아차리기라도 한 듯이 약간 무시하는 투로 고개를 돌리며 대답했어요.

저는 당황스러웠어요. 충고를 한마디 하고 싶은데 그 시기가 꼭 맞는지 어떤지 몰랐던 거지요.

"밤중에 밖에 돌아다니시면 좋지 않을 텐데요. 주무시지도 않고 말이에요. 어쨌든 요새같이 습기가 많은 철에 그러시는 건 좋은 생각이 아니에요. 잘못하면 감기가 들거나 열병이 나지요. 지금도 뭔가 안 좋아 보이는걸요!" 제가 말했어요.

"아무것도 아냐, 견딜 수 있어. 자네가 나를 내버려 두기만 하면 얼마든지 기꺼이 참을 수 있다고. 어서 안으로 들어가요. 성가시게 굴지 말고."

저는 그 말대로 들어갔답니다. 옆을 지나가면서 그가 고양이처럼 숨을 가쁘게 쉬고 있다는 것을 알았지요.

'옳지! 또 병이 나겠구나. 무엇을 하고 있는지 도무지 알 수가 없네!' 저는 혼자 생각했어요.

그날 낮에 그는 우리와 함께 점심을 하려고 자리에 앉았는데, 마치 전에 먹지 않은 것을 채우기라도 하려는 듯이 음식이 가득 담긴 접시를 제 손에서 받아 들었어요.

"난 감기도 열병도 걸리지 않았어, 넬리." 그가 아침에 제가 한 말에 넌지시 빗대어 말했어요. "당신이 가져온 음식을 실컷 먹을 작정이야."

그는 나이프와 포크를 들고 막 먹으려다가 갑자기 식욕이 달아난 모양이었어요. 나이프와 포크를 식탁에 놓고 애절한 눈으로 창 쪽을 쳐다보더니 일어나서 밖으로 나가더군요.

우리는 우리가 식사를 하는 동안 그가 정원을 이리저리 왔다 갔다 하는 것을 보았어요. 언쇼 도련님이 왜 식사를 하지 않는지 가서 물어보겠다고 했어요. 도련님은 그가 무언가 우리 때문에 속이 상한 거라고 생각했던 것이지요.

"그래서 들어온대?" 사촌이 돌아오자 캐서린 아씨가 큰 소리로 물었어요.

"아니." 도련님이 대답했어요. "그런데 화가 난 건 아니야. 정말로 이상하게 유쾌해 보이네. 내가 두어 차례 말을 건넨 걸 성가시게 생각했을 뿐이야. 그리고 너한테 가 있으라면서 나더러 어쩌면 내가 그렇게 남들과 함께 있고 싶어 하는지 모르겠다는 거야."

저는 그 양반의 음식이 식지 않도록 접시를 난로 가리개 위에 갖다 놓았어요. 한두 시간 있다가 방을 치운 뒤에 그가 다시 들어왔는데 흥분이 조금도 가라앉지 않았더군요. 여전히 어색한, 그건 사실 어색한 표정이었어요, 기쁜 표정이 그의 검은 눈썹 아래 어려 있었지요. 여전히 얼굴에는 핏기가 없고 가끔 가볍게 웃을 때면 이가 드러나 보였어요. 몸을 떨고 있었는데, 사람이 춥거나 쇠약해지면 떨듯 떠는 것이 아니라 팽팽히 당긴 줄이 떨리듯이, 떤다기보다 짜릿짜릿하게 저려 오는 모양이었어요.

저는 웬일로 그러느냐고 물어봐야겠다고 생각했어요. 제가 아니면 누가 물어보겠어요? 그래서 제가 큰 소리로 말했답니다.

"무슨 좋은 소식이라도 들으셨나요, 히스클리프 씨? 여느 때와 달리 기운이 나 보이시네요."

"나 같은 사람한테 좋은 소식이 올 데가 있나? 굶어서 기운이 나는 거야. 그러니 아마 먹지 말아야 할 모양이야." 그가 말했어요.

"점심이 여기 있는데, 왜 안 드세요?" 제가 되물었어요.

"지금은 먹고 싶지 않아. 저녁이나 먹지, 뭐. 그런데 넬리, 마지막으로 부탁하겠는데, 헤어튼과 캐서린에게 내 곁에 오지 말라고 좀 일러 줘. 아무도 신경 쓰고 싶지 않아. 여기 혼자 있게 해 주면 좋겠단 말이야." 그가 빠르게 중얼거렸어요.

"다 나가라고 하시니 무슨 이유라도 있나요? 히스클리프 씨, 왜 그렇게 이상한 모습을 하고 계시는지 말씀 좀 해 보세요. 어젯밤에는 어딜 다녀오셨나요? 괜한 호기심에서 물어보는 것이 아니라……." 제가 말했어요.

"그거야말로 괜한 호기심으로 묻는 말인데." 그가 소리 내어 웃으면서 제 말을 막았어요. "그건 그렇고, 내 말해 주지. 어젯밤에는 지옥의 문턱까지 갔었어. 오늘은 천국이 보이는 곳에 있지만. 난 지금 천국을 눈앞에 보고 있어. 불과 1미터도 떨어져 있지 않아! 자, 그만 가는 게 좋을 거야. 꼬치꼬치 캐지만 않는다면 넬리는 무서운 꼴을 보지도 듣지도 않게 될 거야."

저는 난로 청소를 하고 식탁을 치운 다음에 전보다 더욱 착잡한 마음으로 방을 나왔답니다.

그는 그날 오후에는 다시 거실을 떠나지 않았고 아무도 그의 고독을 방해하지 않았어요. 하지만 결국 8시에 저는 그가 부르지는 않았지만 촛불과 저녁 식사를 가지고 그에게 가는 게 좋겠다고 생각했어요.

그는 덧문이 열려 있는 창가에 기대어 서 있었는데 밖을 내다보고 있지는 않았어요. 얼굴은 침침한 방 안쪽으로 돌리고 있었지요. 난로에는 재가 쌓여 연기만 피어오르고, 방 안은 구름 낀 저녁 무렵의 습하고 후텁지근한 공기로 가득 차 있었어요. 어찌나 조용한지 저 아래 기머튼 쪽으로 졸졸 흘러내리는 시냇물 소리뿐 아니라 잔물결 소리며 자갈 위와 물속에 잠기지 않은 커다란 돌 사이를 콸콸 흐르는 물소리도 분간할 정도였답니다.

저는 불이 다 꺼진 탄받이를 보고서 불만을 터뜨리고 창문을 차례차례 닫아 나가다가 마침내 그가 기대고 서 있는 곳까지 갔어요.

"이 문도 닫아야겠지요?" 그가 꼼짝도 하려 들지 않자 정신이 들게 하려고 제가 물었어요.

제가 이렇게 말하는데 갑자기 불빛이 그 양반의 얼굴을 반짝 비췄어요. 정말이지, 그 순간에 비친 그의 얼굴을 보고 얼마나 놀랐는지 이루 다 말할 수 없어요! 깊이 들어간 검은 눈, 그 미소와 오싹 소름이 끼칠 만큼 창백해진 얼굴, 그건 히스클리프 씨가 아니라 귀신의 모습이었답니다. 저는 그만 무서워서 촛불을 벽 쪽으로 넘어뜨리고 말았어요. 그러자 방 안이 어두워져 버렸지요.

"그래, 닫아요. 저런, 거 정말 바보 같은 짓을 하는군. 왜 촛불을 쓰러뜨리고 야단이야? 어서 다른 촛불을 가져와." 그가 귀에 익은 목소리로 대답했어요.

저는 바보처럼 놀라 뛰어나와서는 조지프에게 말했어요. "주인어른이 조지프더러 촛불을 가져오고 난로에 불을 피우래요." 저로서는 아무래도 그때 다시 들어갈 용기가 나지 않았기 때문이랍니다.

조지프는 떨그럭거리며 불붙은 탄을 부삽으로 퍼 가지고 갔어요. 그러나 곧 도로 가지고 왔는데, 한 손에는 저녁 식사를 놓아둔 쟁반마저 들고 있었어요. 히스클리프 씨가 이미 잠자리에 들려고 하고 다음 날 아침까지 아무것도 먹지 않겠다더라고 설명하는 것이었어요.

우리는 그가 곧장 계단을 올라가는 소리를 들었어요. 그는 여느 때 쓰던 침실로 가는 것이 아니라 판자로 가장자리를 댄 침대가 있는 방으로 들어갔어요. 그 방의 창문은 전에도 말씀드린 것처럼 누구나 나갈 수 있을 만큼 넓답니다. 그래서 그가 우리가 눈치채지 못하게 하던 밤 외출을 할 작정이구나 하는 생각이 문득 들더군요.

'도대체 시체를 파먹는 귀신인지, 흡혈귀인지?' 저는 생각에 잠겼어요. 사람의 탈을 쓴 그런 끔찍한 귀신이 있다는 것을 책에서 읽은 일이 있었거든요. 그러자 저는 어릴 적에 그를 돌봐 준 일이며 청년이 될 무렵에 본 일 그리고 거의 그의 일생을 통해서 일어난 일들을 돌이켜 보았어요. 그러자 그런 끔찍한 생각을 하다니 얼마나 어처구니없는 짓인가 하는 생각이 들더군요.

'그런데 사람 좋은 언쇼 어른이 데려다 길러 결국 자신의 재앙의 씨가 된 저 검은 아이는 도대체 어디서 온 것일까?' 어렴풋이 졸면서 저는 이런 미신 같은 생각을 떠올렸지요. 그리고 꿈을 꾸듯이 그에게 어울릴 만한 혈통 같은 것을 싫증이 날 만큼 이리저리 상상해 보기 시작했답니다. 그리고 다시 말짱한 정신이 들어 그의 생애를 끔찍한 것으로 바꾸어 다시 처음부터 훑어보았어요. 결국 그의 죽음과 장례 같은 것까지 마음속으로 그려 보았는데, 그 일에 대해 제가 기억할 수 있는 것은 그의 비석에 뭐라고 새길지 몹시 골치 아파하며 묘지기와 의논한 일 그리고 그의 성(姓)도 나이도 알 수 없으니 어쩔 수 없이 단 한 마디 '히스클리프'라고 쓸 수밖에 없다는 것 등이었지요. 그 일은 뒤에 실제로 그러했고, 우리는 그대로 했답니다. 혹 묘지에 들어가시면 그의 비석에 그렇게 이름과 죽은 날짜만 새겨진 것을 보실 수 있을 거예요.

날이 샐 무렵이 되어 저는 제정신이 들었어요. 자리에서 일어나 앞이 보일 만큼 훤해지자마자 그의 방 창문 밑에 발자국이 있는지 알아보려고 뜰로 나갔답니다. 그러나 아무런 자국도 없었어요.

'집에 있었구나. 오늘은 별일 없겠네!' 저는 생각했어요.

저는 여느 때와 다름없이 식구들의 아침을 준비했는데, 헤어튼 도련님과 캐서린 아씨에게 그는 늦을 테니 내려오기 전에 먼저 먹으라고 일렀지요. 그들이 바깥에 나가 나무 아래에서 먹겠다기에 저는 두 사람에게 맞는 조그만 탁자를 갖다주었답니다.

제가 다시 안에 들어왔을 때 히스클리프 씨가 내려와 있었어요. 조지프와 무슨 농장 일에 대해 이야기하는 중이었어요. 의논하고 있는 일에 관해 분명하고 세세하게 지시를 하는데, 말투가 몹시 급하고 연신 고개를 옆으로 돌리는 것이 여전히 흥분한 표정이었고, 심지어 전보다 더욱 심했어요.

조지프가 방을 나가자 그는 자신이 대개 차지하는 그 자리에 가서 앉았고, 저는 커피 잔을 그의 앞에 갖다 놓았어요. 그는 그것을 끌어당기더니 두 팔을 식탁 위에 올려놓고 맞은편 벽을 쳐다봤어요. 제가 보기에는 번뜩이는 불안한 눈초리로 벽의 어느 한 부분을 아래위로 훑어보고 있는 것 같았는데 얼마나 열심히 쳐다보는지 삼십 초 동안 숨도 쉬지 않을 정도였지요.

"이제 그만하고 식기 전에 좀 드세요. 차려 놓은 지가 한 시간이 다 되어 가는데." 제가 빵을 그의 손에 닿을 만큼 밀어 놓으면서 큰 소리로 말했어요.

그는 제 말은 들은 척도 않고 싱글벙글 웃었어요. 그렇게 웃는 것을 보느니 차라리 이를 가는 것을 보는 게 나았지요.

"이것 보세요, 히스클리프 씨!" 제가 소리를 질렀어요. "제발 그렇게 헛것을 보듯이 노려보지 마세요."

"제발 그렇게 큰 소리로 떠들지 좀 마. 방 안을 둘러보고 우리 두 사람뿐인지나 말해 줘요." 그가 대답했어요.

"물론이지요. 물론 두 사람뿐이에요."

그러면서도 저는 혹 누가 있지는 않나 하는 태도로 그 양반의 말에 따라 본의 아니게 방을 둘러보았답니다.

그 양반은 차려 놓은 아침을 한 손으로 쓸어 앞을 비워 버리고는 더 잘 보이게 앞으로 몸을 기댔어요.

그제야 저는 그가 벽을 쳐다보고 있는 게 아니라는 것을 알아차렸답니다. 그 양반만 주의해서 보니 분명 2미터쯤 떨어져 있는 무언가를 응시하고 있는 듯했으니까요. 그리고 응시하는 것이 무엇이든지, 틀림없이 더할 나위 없는 즐거움과 고통을 아울러 주는 것 같았어요. 고통이 어려 있으면서도 황홀해하는 표정이 그런 생각을 하게 했어요.

넋을 잃고 바라보는 그 대상이 고정되어 있지는 않았나 봅니다. 두 눈은 지칠 줄 모르고 주의 깊게 그것을 좇았고, 심지어 저한테 얘기할 때도 결코 눈을 떼지 않더군요.

제가 그렇게 오랫동안 식사를 하지 않으면 어떻게 하느냐고 주의를 주었지만 헛일이었어요. 그는 제 잔소리가 귀찮아서 무언가 만지려고 움직거리고, 빵 조각을 집으려고 손을 내밀었지만 손가락은 그것에 닿기도 전에 틀어쥐어진 채 무얼 하려고 했는지 잊어버리고 탁자 위에 그대로 놓일 뿐이었어요.

저는 참을성의 본보기를 보이는 것처럼 꾹 참고 앉아서 넋을 잃고 생각에 잠겨 있는 그의 마음을 돌려 보려고 했답니다. 결국 그는 짜증을 내며 일어서더니 왜 식사를 할 때마다 자기 혼자만의 시간을 가질 수 있게 내버려 두지 않느냐면서 다음부터는 저더러 시중을 들 필요가 없으니 음식이나 차려 놓고 나가라는 것이었어요.

이렇게 말하고 나서 그는 거실을 나가 어슬렁어슬렁 뜰을 내려가더니 정문을 지나 어디론가 사라져 버렸어요.

몇 시간이 기어가듯 불안하게 지나가고 다시 저녁이 되었습니다. 저는 늦게까지 자리에 들지 않고 있었는데 막상 자리에 드니 잠이 오지 않더군요. 그는 자정이 지나서야 돌아왔는데, 올라가서 자지 않고 아래층 방에 틀어박혀 있었어요. 저는 아래층에 귀를 기울이며 이리저리 몸을 뒤척이다가 결국 옷을 주워 입고 아래로 내려갔어요. 온갖 하염없는 불안한 생각에 골머리가 아프고 어찌나 지겹던지 자리에 그대로 누워 있을 수가 없었어요.

초조하게 방 안을 왔다 갔다 하는 히스클리프 씨의 발소리가 들렸어요. 그리고 이따금 신음에 가까운 깊은 한숨이 적막을 깨고 들려왔지요. 그는 또 드문드문 알아들을 수 없는 말을 한마디씩 중얼거렸어요. 제가 알아들을 수 있는 말이라고는 오직 캐서린이라는 이름뿐이었는데, 그 말에는 그리움과 괴로움이 뒤섞인 다소 거친 말투가 겹쳤어요. 마치 앞에 사람을 두고 하는 말 같았어요. 낮고 진지한, 가슴속 깊은 곳에서 우러나오는 말이었지요.

저는 곧장 그 방으로 들어갈 용기가 나지 않았어요. 그러나 그를 그 환상에서 깨워 주고 싶었어요. 그래서 저는 부엌에 있는 난롯불을 흔들어 대고는 타고 남은 석탄 찌꺼기를 달그락 달그락 긁기 시작했답니다. 그럼으로써 제가 예상했던 것보다 쉽게 그를 끌어낼 수 있었어요. 그가 대뜸 문을 열더니 말했어요.

"넬리, 이리 와. 날이 샜나? 불을 가지고 이리 좀 들어와."

"4시를 치는군요. 위층으로 가지고 가실 촛불이 있어야 할 텐데. 이 불에다 붙이세요." 제가 대답했어요.

"아냐. 위층으로 가고 싶지 않아. 들어와서 여기에도 불을 좀 피워 줘야겠어. 이 방에서 할 일이 있거든."

"불을 옮기기 전에 먼저 석탄에 불을 붙여야겠어요." 제가 의자와 풀무를 갖다 놓으면서 대답했어요.

그사이에 그는 거의 정신이 나간 상태로 이리저리 왔다 갔다 했어요. 숨을 평상시처럼 쉴 겨를도 없이 무거운 한숨을 내리쉬고 있었지요.

"날이 밝으면 그린 씨를 불러야겠어. 내가 법률적인 문제에 대해 제대로 생각할 수 있고 조용히 몸을 움직일 수 있는 동안에 그에게 그런 문제에 대해서 좀 물어봐야겠단 말이야. 아직 유언장을 써 놓지 않았고, 내 재산을 어떻게 처리해야 할지 결정을 못 했거든! 재산 같은 건 이 세상에서 몽땅 없애 버릴 수 있다면 좋겠는데 말이야." 그가 말했어요.

"나는 그런 이야기는 하고 싶지 않아요, 히스클리프 씨." 제가 가로막았어요. "유언장 같은 건 좀 더 있다 쓰세요. 아직 그 많은 잘못을 뉘우칠 여유는 있으니까요! 나는 히스클리프 씨의 정신에 이상이 생기리라고는 생각조차 못 했어요. 그게 거의 모두 히스클리프 씨 자신의 잘못 때문에 그렇게 된 것이지만요. 요 사흘 동안 히스클리프 씨가 지내신 것처럼 지낸다면 타이탄 같은 거인도 버텨 내지 못할 거예요. 뭘 좀 드시고 쉬세요. 히스클리프 씨가 얼마나 잠과 음식이 필요한지 알려면 거울에 모습을 좀 비춰 볼 필요가 있을 것 같아요. 히스클리프 씨의 볼은 푹 꺼지고, 두 눈에는 핏발이 섰어요. 마치 굶주려 죽어 가는 사람이나 잠을 못 자서 눈이 멀어 가는 사람처럼 말이에요."

"내가 먹지 못하고 자지 못하는 것은 내 잘못이 아냐. 분명히 얘기해 두지만 그건 일부러 계획하는 게 아니란 말이야. 할 수만 있으면 언제든 먹고 잠도 자겠어. 그런데 지금 넬리가 하는 말은 마치 물에 빠져 허우적거리는 사람에게 한 팔만 뻗으면 기슭에 닿을 판인데 그대로 쉬라는 거나 같은 얘기야! 난 먼저 기슭에 닿은 다음에 쉬어야겠단 말이야. 그린 씨를 부르는 것은 그만두지. 그리고 내 잘못에 대해 뉘우치라고 하지만 난 잘못한 것이 없으니 뉘우칠 게 아무것도 없어. 난 너무 행복하지만 아직 충분히 행복하지는 않아. 내 영혼의 행복은 내 육체를 죽이고 있지만 영혼 자체는 만족하지 못하거든."

"행복하다고요? 괴상한 행복도 다 있군요. 만약 히스클리프 씨가 화내지 않고 내 얘기를 들어만 주신다면 더욱 행복해질 수 있도록 충고해 드릴게요." 제가 소리 높여 말했어요.

"무슨 얘긴데? 해 봐." 그가 말했어요.

"히스클리프 씨 자신이 알고 있을 거예요. 히스클리프 씨는 열세 살 때부터 자기만을 위하는 생활, 신자답지 않은 생활을 해 온 거예요. 그리고 아마 그동안 성경이란 것엔 한 번도 손을 대지 않았을 테고요. 히스클리프 씨는 틀림없이 성경에 뭐라고 쓰여 있는지도 다 잊어버렸을 거예요. 그리고 이제는 그걸 뒤적거릴 여유도 없겠지요. 어느 분이고 간에, 어느 교파의 목사든 그건 관계없으니까, 한 분 불러서 성경 말씀을 들으시고 이제까지 히스클리프 씨가 성경 말씀과 얼마나 동떨어진 잘못된 생활을 해 왔으며; 만약 이제라도 돌아가시기 전에 마음을 고치지 않는다면 도저히 성경 말씀에 나오는 천국에는 갈 자격이 없다는 말씀을 들으시는 것도 해롭지는 않겠지요?" 제가 말했어요.

"넬리, 화를 내다니 고마운 일이지. 내 희망대로 묻힐 수 있는 길을 넬리가 이야기해 주니 말이야. 내 시신은 저녁에 교회 묘지로 옮겨질 거야. 가능하다면 넬리와 헤어튼이 따라오면 좋겠어. 그리고 그 묘지기가 두 개의 관을 내가 일러 둔 대로 하도록 주의시키는 것을 특히 잊지 마시오! 목사는 올 것 없고 설교 같은 것을 할 필요도 없어. 사실 나는 내가 바라는 천국에 거의 와 있으니까. 그리고 남들이 원하는 천국은 나로서는 전혀 바라지 않고 가고 싶지도 않아!"

"그런데 그렇게 끝끝내 고집을 부리고 아무것도 드시지 않다가 돌아가시게 됐는데, 교회 묘지에 묻히는 것을 거절당하면 어떻게 하지요? 그러면 어떻게 하시겠어요?" 저는 그의 믿음 없는 냉담함에 화가 나서 말했어요.

"거절하지 않을 거야. 만약에 거절한다면 자네가 손을 써서 몰래 옮겨 줘야지. 그리고 만약 자네가 그렇게 해 주지 않는다면, 내 영혼이라도 나와서 사람은 죽어도 영영 없어지는 게 아니라는 것을 실제로 보일 테야!"

다른 식구들이 깨어나 움직이는 소리가 들리자 그는 곧 자기 방으로 물러갔고 저는 그제야 편히 숨을 쉴 수 있었답니다. 그런데 오후에 조지프와 헤어튼이 나가 일을 하는 동안에 그가 다시 부엌으로 들어와 험상궂은 얼굴로 제게 거실에 들어와 앉으라고 말했어요. 누군가가 자기 옆에 있어 주면 좋겠다는 것이었지요.

저는 그의 이상한 말과 태도가 무서워서 혼자서는 그의 말벗이 될 용기가 없거니와 그럴 생각도 없다고 솔직히 말하고 거절했답니다.

"당신은 나를 악마로 생각하는 거지! 이를테면 너무 끔찍해서 점잖은 집에서는 살 수 없는 뭔가로 알고 있지!" 그가 음흉한 웃음을 지으면서 말했어요.

그러고 나서 부엌에 들어왔다가 그가 가까이 오자 제 뒤로 몸을 피하는 캐서린 아씨를 보고 비웃는 어조로 말했어요.

"어때, 네가 오지 않겠니? 잡아먹지는 않을 테니. 그렇지! 네겐 내가 악마보다 더 심하게 굴었지. 좋아, 내 말벗이 되는 것을 꺼리지 않을 사람이 한 명 있지! 원, 참. 저 여잔 매정해. 에이, 망할 것! 얼마나 지독한지 보통 사람은, 아니 나 같은 사람조차 도저히 참을 수 없단 말이야."

그는 더 이상 아무에게도 함께 있어 달라는 말을 하지 않았어요. 어두워지자 그는 방으로 들어갔어요. 그리고 밤새도록, 아침이 될 때까지 그가 혼자서 신음하고 중얼거리는 소리가 들려왔지요. 헤어튼 도련님은 몹시 들어가 보고 싶어 했지만, 제가 케네스 선생을 불러다가 들어가 보게 해야 한다고 일렀어요.

케네스 선생이 오셨기에 제가 들어가게 해 달라고 말하고 문을 열려 했으나 잠겨 있었어요. 히스클리프 씨가 우리에게 꺼져 버리라고 욕을 하더군요. 이제 많이 좋아졌으니 혼자 있게 해 달라는 것이었어요. 그래서 의사는 돌아갔답니다.

이튿날 저녁에는 비가 무척 많이 왔습니다. 정말 날이 샐 무렵까지 퍼부었으니까요. 제가 집 주위에서 아침 산책을 하다가 보니 그의 방 창문이 열려 덜거덕거리면서 비가 방 안으로 마구 들이치는 것이었어요.

'그가 누워 있을 리 없겠지. 이렇게 내리 퍼부으니 흠씬 젖을 것 아냐! 틀림없이 일어나 있거나 밖에 나갔겠지. 소란 피우지 말고 용기를 내서 들어가 봐야지!' 저는 생각했어요.

다른 열쇠로 겨우 문을 열고 들어가 보니 방이 텅 비어 있었어요. 저는 판자 미닫이로 달려들어 열어 보았어요. 안을 들여다보았더니 히스클리프 씨는 거기에 있더군요. 천장을 바라보고 누워 있었던 거예요. 그의 눈빛이 어찌나 날카롭고 사납게 제 눈에 부딪쳐 오던지 저는 소스라치게 놀랐어요. 그러면서도 그는 미소를 짓는 것 같았어요.

그가 죽었다는 생각은 들지 않았어요. 그러나 얼굴이며 목이 비에 씻기고 침대 홑이불에서는 물방울이 뚝뚝 떨어지는데 그는 꼼짝도 하지 않았어요. 창문이 열렸다 닫혔다 덜거덕거리면서 창틀 위에 놓인 그의 한쪽 손을 짓찧고 있었어요. 껍질이 벗겨졌지만 피가 흐르지는 않았어요. 손가락으로 그 자리를 만져 보았을 때는 더 이상 의심의 여지가 없었지요. 그는 이미 죽어 빳빳하게 굳어 있었던 거예요.

저는 창문을 닫아걸고 그의 앞이마로 늘어진 검고 긴 머리카락을 빗겨 주고 두 눈을 감기려고 해 보았어요. 되도록 다른 사람들이 보기 전에 무섭고 살아 있는 듯한 환희의 눈빛을 지우려고 했지요. 눈은 감기지 않았어요. 제가 감기려는 것을 비웃는 것 같았고, 벌어져 있는 입술이며 뾰족하고 하얗게 드러난 이마저 저를 비웃었어요. 저는 다시 덜컥 겁이 나서 조지프를 외쳐 불렀어요. 조지프는 발을 질질 끌면서 올라와서는 한바탕 소란을 떨었지만 시신에는 손대려고 하지 않더군요.

"악마가 그의 혼을 빼앗아 갔군. 기왕이면 송장마저 가져갈 일이지. 내 알 바 아니지! 에이! 어쩌면 저렇게 흉악한 꼴을 하고 있담. 죽어서까지 능글맞게 웃고 있네!" 그 죄받을 늙은이도 징그럽게 이를 드러내며 웃었어요.

그 늙은이가 침대 주위를 뛰며 춤이라도 추려는 듯이 보이더군요. 그러다 문득 제정신이 들었는지 무릎을 꿇고는 두 손을 들어 진짜 주인과 오랜 가문이 권리를 되찾게 되었다고 감사의 기도를 드렸어요.

저는 무서운 일을 당해서 넋을 잃었고, 제 기억은 가슴을 억누르는 듯한 일종의 슬픔을 안고 어쩔 수 없이 옛날을 되새

겼답니다. 그런데 누구보다도 고인에게 심하게 학대당한 헤어튼 도련님만 가엾게도 혼자서 진정으로 슬퍼하더군요. 도련님은 밤새껏 시신 옆에 앉아서 복받치는 울음을 참지 못했어요. 망자의 손을 만지기도 하고 누구든지 제대로 마주 보기를 꺼릴 그 비꼬는 듯한 험상궂은 얼굴에 입을 맞추기도 했어요. 비록 두드려서 늘린 강철처럼 단단하고 거칠기는 했지만 너그러운 마음에서 절로 우러나는 깊은 슬픔으로 그의 죽음을 슬퍼하는 것이었어요.

케네스 선생은 주인어른이 무슨 병으로 죽었는지 진단을 내리는 데 난처해했답니다. 저는 귀찮은 일이라도 생길까 싶어 그가 나흘 동안이나 아무것도 목에 넘긴 일이 없다는 사실은 숨겼어요. 그리고 저는 그가 일부러 아무것도 안 먹은 게 아니라 기이한 병의 결과로 그렇게 된 것이라고 저 나름대로 생각하고 있었답니다.

우리는 온 이웃의 수군거림을 무릅쓰고 그의 소원대로 장례를 치렀습니다. 언쇼 도련님과 저 그리고 묘지기와 시신을 나르는 인부 여섯이 장례식에 참석한 사람의 전부였죠.

여섯 명의 인부는 무덤 안에 시신을 내려놓고 떠나고, 우리는 시신을 다 묻을 때까지 남아 있었어요. 헤어튼 도련님은 눈물을 흘리면서 푸른 잔디를 떠다가 손수 누런 무덤 위에 떼를 입혔어요. 지금은 그의 무덤도 다른 분들의 무덤같이 고르고 푸르지요. 저는 그 속에 있는 히스클리프 씨도 더불어 고이 잠들기를 바란답니다. 그런데 이 고장 사람들한테 물어보면 아시겠지만, 그의 유령이 나온다는 거예요. 예배당 근처나 벌판에서 그를 보았다는 사람도 있고, 심지어는 이 집 안에서 보았다는 사람도 있답니다. 주인님은 부질없는 얘기라고 하시겠지요. 저도 그렇게 말하고 있지만요. 그런데 부엌 난로 옆에 있는 저 노인은 그가 죽은 뒤로는 비 오는 밤마다 그가 머물던 방의 창문으로 두 사람의 유령이 내다보는 것을 보았다고 우기고 있답니다. 그리고 이상하게도 한 달 전에는 제게도 그런 일이 일어났답니다.

어느 날 저녁에 스러시크로스 저택으로 가는 길이었는데, 천둥이 치고 캄캄했어요. 워더링 하이츠 언덕을 막 돌아서려다가 어미 양 한 마리와 새끼 양 두 마리를 앞세우고 가는 소년을 만났는데 몹시 울고 있었어요. 아마 새끼 양들이 말을 잘 안 들어서 끌고 오기가 힘들어 그러는 모양이라고 생각했지요.

"얘야, 왜 우니?" 제가 물었어요.

"저기 저 산모퉁이에 히스클리프 씨와 웬 여자가 있어요. 무서워서 그 옆을 지나갈 수가 없어요." 그 애가 엉엉 울면서 말했어요.

제 눈에는 아무것도 보이지 않았어요. 그러나 양들도 그 소년도 좀처럼 가려고 하지 않는 거예요. 그래서 저는 그 소년에게 아랫길로 해서 가라고 말해 주었답니다.

그 애는 아마 부모나 친구들에게 유령이 나온다는 쓸데없는 말을 여러 차례 듣고는 혼자서 벌판을 지나자니 유령이 나오는 것같이 생각된 모양이었어요. 그러나 저 역시 요즘은 어두워지면 나가기가 싫더군요. 이 음산한 집에 혼자 남아 있기도 싫고요. 어쩔 도리가 없지요. 그래서 헤어튼 도련님과 캐서린 아씨가 스러시크로스 저택으로 옮겨 가면 기쁠 거예요!

*

"그러면 그들은 그 저택으로 갈 작정인가요?" 내가 물었다.

"그럼요." 딘 부인이 대답했다. "결혼하면 곧 옮길 예정이지요. 그리고 결혼식은 새해 첫날이 될 겁니다."

"그럼 여기에는 누가 살게 되나요?"

"그야 집은 조지프가 돌보겠지만, 젊은이 하나가 같이 있어야겠지요. 부엌에서 지내고 나머지는 다 잠가 둘 겁니다."

"거기 살고 싶어 하는 귀신들이 쓰도록 말이군요." 내가 말했다.

"아니에요, 주인님." 넬리가 고개를 저으면서 말했다. "죽은 사람은 고이 잠들어 있는데, 그이들의 이야기를 경솔하게 입 밖에 내는 것은 옳지 않은 일이라고 생각해요."

그때 마침 정문이 닫히는 소리가 났다. 바람 쐬러 나간 사람들이 돌아오는 것이었다.

"저 사람들은 두려운 게 없군." 내가 창 너머로 그들이 걸어오는 것을 쳐다보며 중얼거렸다. "저 사람들이 함께라면 악마와 그 군단도 무찌르겠는데."

그들이 문 앞 디딤돌 위에 발을 디디고 마지막으로 달을 보기 위해서, 아니 좀 더 정확히 말하자면 그 달빛에 비치는 서로의 얼굴을 보기 위해서 멈췄을 때 나는 그들을 피해야겠다는 생각이 들었다. 나는 기념 삼아 딘 부인의 손에 억지로 몇 푼을 쥐여 주고, 이런 나의 실례를 나무라는 그녀의 말은 들은 척도 하지 않고 그들이 거실 문을 여는 것과 동시에 부엌을 지나 빠져나와 버렸다. 내가 조지프의 발밑에 던져 준 1파운드짜리 금화가 쨍그랑하는 소리를 듣고 다행히 그가 나를 그런 인물로 보지 않았기에 망정이지 조지프는 영락없이 딘 부인이 정부라도 끌어들였다고 생각했을 것이다.

집으로 돌아오는 길은 교회 쪽으로 돌았기 때문에 한참 걸렸다. 예배당 담 밑에 이르러 보니 겨우 일곱 달 사이에 눈에 띄게 황폐해져 있었다. 창문은 대부분 유리가 없어져서 그 자리가 검게 비어 있었다. 석판도 여기저기 지붕의 원래 자리에서 밀려나 있어 다가오는 가을 폭풍을 만나면 떨어져 나갈 것 같았다.

무덤을 찾아보았더니 벌판에서 가까운 언덕배기 위로 비석 세 개가 이내 눈에 띄었다. 가운데 것은 회색이었고 히스에 반쯤 묻혀 있었다. 에드거 린튼의 것만 비석 밑의 잔디와 이끼 때문에 어울려 보였다. 히스클리프 것은 여전히 벌거벗고 있었다.

나는 포근한 하늘 아래에서 그 비석들 둘레를 어슬렁거렸다. 히스와 초롱꽃 사이를 날아다니는 나방들을 지켜보고 풀을 스치는 부드러운 바람 소리를 들으며 생각했다. '저렇게 조용한 땅속에 잠든 사람들을 보고 어느 누가 편히 쉬지 못하리라고 상상할 수 있겠는가.'

작품 해설

사라지지 않는 야성의 초상

1961년 초여름에 브론테의 고장인 영국 요크셔 서부의 황량한 시골 호어스를 찾은 적이 있다. 『폭풍의 언덕』의 원제인 '워더링 하이츠(Wuthering Heights)'라는 집의 모델로 추정되는 언덕 중턱의 허물어진 옛집도 둘러보고, 브론테 자매가 살았던, 지금은 '브론테 박물관'이 된 목사관에도 들러 보았다. 그 목사관의 내벽에는 그들의 어릴 적 낙서 자국이 아직도 남아 있었고, 그들이 바느질 연습을 한 천 조각도 그대로 보관되어 있었다.

그곳을 찾은 날은 화창한 날씨였는데도 허물어진 옛집이 서 있는 목사관 뒤편 언덕바지에는 '워더링 하이츠'라는 이름에 걸맞게 거센 바람이 불고 있었다. '워더링'이란 바람이 거세다는 뜻의 그쪽 사투리이다. 그 황량하고 바람이 거센 자연

환경 속에서 『폭풍의 언덕』의 작가는 자랐고 그의 작품을 그러한 자연 가운데에 설정했던 것이다. 그리고 히스클리프와 캐서린이라는 이 작품의 두 주인공의 강렬한 야성도 그러한 환경과 대응한다.

그러나 『폭풍의 언덕』은 단순히 그와 같은 자연 가운데서 펼쳐지는 비극적인 사랑 이야기만은 아니다. 서술의 방식과 구성이 매우 특이하고 복잡한 것처럼 이 작품은 주제도 결코 단순하지 않다. 이 작품은 히스클리프라는 기구한 운명과 냉혹한 집념의 사나이의 특이한 성격을 그리면서도, '워더링 하이츠'라는 야성의 세계와 '스러시크로스 저택'이라는 교양의 세계 사이의 대조와 결합과 몰락을 다뤘다.

게다가 이 작품은 소설이면서 드라마요, 또한 시라고도 할 수 있다. 록우드라는 사람과 엘런(넬리) 딘이라는 가정부 두 사람의 이야기로 되어 있지만 그들의 이야기는 평판적인 서술이 아니라 그 가운데서 등장인물들의 말과 행동을 통해 그들의 내면이 생생히 드러나는 드라마와 같은 구실을 한다. 그리고 그 이야기 속에는 히스클리프와 캐서린의 열정적이면서도 비극적인 사랑이 황량하면서도 아름다운 자연 가운데서 때로는 초자연적인 색채를 띠며 전개된다.

그러나 이 작품은 소설로서 모든 점에서 완벽한 것은 아니다. 예를 들면 가정부 넬리의 말투나 긴 편지의 인용 같은 부분은 가끔 부자연스러운 데가 없지 않다. 소설가 서머싯 몸도 이 작품의 문체와 구성에 결함이 있다면서도 매우 뛰어난 소설이라고 칭찬한다. 그는 이 작품을 세계 10대 소설의 하나로

꼽으면서 다음과 같은 말로 해설을 끝맺는다.

> 『폭풍의 언덕』은 다른 어떤 저작과도 비교가 되지 않는다. 만약 비교하기로 한다면 엘 그레코의 그림이 하나 있을 뿐이다. 우뢰 구름이 두껍게 하늘을 덮고 있는 음산하고 황량한 풍경 속에서 키가 크고 수척한 사람들 몇이 너 나 할 것 없이 자세를 꾸부리고 으스스한 느낌에 사로잡혀 숨을 죽이고 있는 그림, 한 줄기 번개가 하늘을 가로지르는 것이 그 광경에 이상야릇한 공포감을 주는 그림이 하나 있을 뿐이다.

이 작품의 작가 에밀리 브론테는 시인이기도 했다. 『폭풍의 언덕』도 오랫동안 참다운 이해와 평가를 받지 못했지만 그의 시는 더욱더 인정받지 못했다. 1846년 여름에는 언니인 샬럿, 동생인 앤과 함께 세 자매의 합저 시집이 『커러, 엘리스, 액턴 벨의 시집(Poems by Currer, Ellis, and Acton Bell)이라는 가명을 쓴 제목으로 출판되었는데, 거기에 수록된 에밀리의 작품은 스물한 편이었다. 그들의 소설 『제인 에어(Jane Eyre)』, 『폭풍의 언덕』 및 『아그네스 그레이(Agnes Grey)』가 출판되어 세상에 나오기 한 해 전의 일이다. 그 뒤 몇 차례 영국과 미국에서 세 자매의 합저 시집이나 에밀리만의 전집으로 그의 시가 거듭 출판되기는 하였으나 미완성 작품을 포함하여 총 193편에 이르는, 그가 남긴 전 작품을 수록한 결정판 시 전집이 나온 것은 1941년이 되어서이다.

그 가운데서 비교적 짧은 한 편을 여기 소개한다.

돈도 내겐 하찮은 물건,
　사랑의 신도 내겐 비웃음거리.
명예욕은 아침이면 자취 감추는
　헛된 꿈에 지나지 않고.

만약 내가 기도한다면
　나의 유일한 기도의 말은
지금의 내 심장을 그대로 두고
　내게 자유를 달라는 그 말!

아무렴, 삶의 끝이 멀잖았으니
　그것만이 나의 간절한 소망.
살아 있든 죽어 가든 용기를 갖고
　견디는 얽매이잖는 하나의 영혼.

—「늙은 금욕주의자」

이 작품은 비록 허구의 한 늙은 금욕주의자의 입을 빌려서 한 말이나 우리는 여기서 에밀리의 인품과 인생관의 일관을 엿볼 수 있다. 이 작품은 1841년 8월 3일에 쓰인 것이니 그가 만 스물세 살 때의 것이다. 『폭풍의 언덕』이 세상에 나온 지 꼭 일 년 뒤인 1848년 12월 19일, 만 삼십 년 오 개월의 짧은 생애를 끝맺은 그는 박복한 사람이었지만 앞의 시 작품에서 보듯 얽매임을 싫어하는 굳건한 영혼의 소유자였다.

『폭풍의 언덕』은 주로 시에만 손을 댄 역자가 번역한 단 한 편의 소설이다. 시와 마찬가지로 소설에서도 문체는 매우 중요하다는 요량으로 원문의 문체에 충실하려고 애쓴 점을 특히 밝혀 두고자 한다. 그러나 이번에 민음사 세계문학전집으로 간행하면서 당초의 번역 문체에 상당한 손질이 가해졌다. 그 과정에서 교정을 보느라 수고한 민음사 편집부분들의 노고에 감사하는 바이다.

마지막으로 이 번역은 노튼 비준판(Norton Critical Edition)을 대본으로 하였음을 밝혀 둔다.

2005년 봄

김종길

작가 연보

1818년 7월 30일 영국 요크셔주의 손턴에서 영국 국교회 목사인 패트릭 브론테의 4녀로 태어난다.

1820년 막내 여동생 앤이 태어난다.
가족이 아버지의 교구로 정해진 호어스로 이사한다.

1821년 9월 어머니 마리아 브론테가 세상을 떠난다. 이후 아버지는 재혼하지 않고 독신으로 산다. 브론테 형제의 양육은 이모인 엘리자베스 브랜웰에게 맡겨졌으며, 그녀는 죽을 때까지 브론테 집안의 일을 보아 준다.

1824년 8월 랭커셔주의 코언 브리지라는 사립 기숙 학교에 입학한다. 이곳에서 언니인 마리아, 엘리자베스, 샬럿과 함께 기거한다. 이 학교는 나중에 샬럿의 『제인 에어』에 등장하는 로우드 기숙 학교의 배경이 된다.

1825년 5월 언니 마리아가 영양실조와 폐병으로 죽는다. 엘리자베스, 샬럿, 에밀리는 집으로 돌아간다. 6월 엘리자베스가 사망한다.

두 언니를 잃은 샬럿과 에밀리 자매는 이모의 보살핌을 받으며 독자적으로 학문을 익혀 나간다. 이후 오 년 동안 이들은 다양한 분야의 책을 읽고, 글쓰기를 시작하며, 잡지에도 글을 기고한다.

1835년 언니 샬럿이 로헤드에 있는 미스 울러 학교에 교사 자리를 구하자 에밀리는 학생으로 따라간다. 그러나 극심한 향수병에 시달려 석 달 만인 10월에 집으로 되돌아간다. 그 후 앤이 대신 입학한다.

1838년 핼리팩스 근처 로힐에 있는 미스 패칫 학교에서 교사 생활을 시작하나 너무 힘들어 여섯 달 만에 그만둔다.

1840년 샬럿과 함께 호어스에 머문다.

한편 화가 지망생이던 남동생 브랜웰이 음주와 마약 등 방탕한 생활로 몸을 망친다.

1841년 샬럿과 함께 호어스에서 사립 학교를 열 계획을 세운다.

1842년 2월 사립 학교 설립 계획에 따라 학력을 기르기 위해 샬럿과 에밀리가 벨기에의 브뤼셀에 가서 에제 기숙 학교에 들어간다.

10월 살림을 보아 주던 엘리자베스 이모가 세상을 떠나 자매는 영국으로 돌아온다.

1845년 샬럿이 우연히 에밀리가 쓴 시들을 발견하고 재능을 확신해 세 자매가 함께 출판할 계획을 세운다.

브랜웰이 가정 교사로 들어간 집의 부인과 사랑에 빠져 내쫓긴다.

1846년 세 자매가 『커러, 엘리스, 액턴 벨의 시집』(각각 샬럿, 에밀리, 앤의 필명)을 출판한다. 그러나 시집은 단 두 부가 팔렸을 뿐 전혀 주목받지 못한다. 에밀리의 시는 총 스물한 편이 실렸는데, 후대의 비평가들은 한결같이 에밀리의 시만 진정한 시인으로서의 재능을 보여 준다고 평가했다.

1847년 10월 샬럿의 『제인 에어』가 스미스 출판사에서 출간되어 즉각적인 호평을 받는다.

12월 『폭풍의 언덕』이 출간된다.

앤의 『아그네스 그레이』가 출간된다.

1848년 샬럿과 앤이 런던의 출판사를 방문하여 후한 대접을 받는다.

9월 브랜웰이 거의 미치광이 상태로 죽는다.

12월 19일 『폭풍의 언덕』 출간 이후 건강이 급속도로 나빠진 에밀리가 숨조차 쉬기 어려운 고통에 시달리다가 결핵으로 세상을 뜬다.

세계문학전집 118

폭풍의 언덕

1판 1쇄 펴냄 2005년 3월 15일
1판 61쇄 펴냄 2024년 6월 24일

지은이 에밀리 브론테
옮긴이 김종길
발행인 박근섭, 박상준
펴낸곳 (주)민음사

출판등록 1966. 5. 19. (제 16-490호)
서울특별시 강남구 도산대로1길 62(신사동) 강남출판문화센터 5층 (우편번호 06027)
대표전화 02-515-2000 팩시밀리 02-515-2007
www.minumsa.com

© 김종길, 2005. Printed in Seoul, Korea

ISBN 978-89-374-6118-7 04800
ISBN 978-89-374-6000-5 (세트)

* 잘못 만들어진 책은 구입처에서 교환해 드립니다.

민음사 세계문학전집

세계문학전집 목록

1·2 변신 이야기 오비디우스·이윤기 옮김 서울대 권장도서 100선

3 햄릿 셰익스피어·최종철 옮김 서울대 권장도서 100선 | 미국대학위원회 선정 SAT 추천도서

4 변신·시골의사 카프카·전영애 옮김 서울대 권장도서 100선

5 동물농장 오웰·도정일 옮김 미국대학위원회 선정 SAT 추천도서 | 《타임》 선정 현대 100대 영문소설

6 허클베리 핀의 모험 트웨인·김욱동 옮김 《뉴스위크》 선정 100대 명저

7 암흑의 핵심 콘래드·이상옥 옮김 미국대학위원회 선정 SAT 추천도서 | 《뉴스위크》 선정 10대 명저

8 토니오 크뢰거·트리스탄·베네치아에서의 죽음 토마스 만·안삼환 외 옮김 노벨 문학상 수상 작가

9 문학이란 무엇인가 사르트르·정명환 옮김

10 한국단편문학선 1 김동인 외·이남호 엮음 국립중앙도서관 선정 청소년 권장도서

11·12 인간의 굴레에서 서머싯 몸·송무 옮김

13 이반 데니소비치, 수용소의 하루 솔제니친·이영의 옮김 노벨 문학상 수상 작가

14 너새니얼 호손 단편선 호손·천승걸 옮김

15 나의 미카엘 오즈·최창모 옮김

16·17 중국신화전설 위앤커·전인초, 김선자 옮김

18 고리오 영감 발자크·박영근 옮김

19 파리대왕 골딩·유종호 옮김 노벨 문학상 수상 작가 | 《타임》 선정 현대 100대 영문소설

20 한국단편문학선 2 김동리 외·이남호 엮음

21·22 파우스트 괴테·정서웅 옮김 서울대 권장도서 100선 | 미국대학위원회 선정 SAT 추천도서

23·24 빌헬름 마이스터의 수업시대 괴테·안삼환 옮김

25 젊은 베르테르의 슬픔 괴테·박찬기 옮김 논술 및 수능에 출제된 책(1998~2005)

26 이피게니에·스텔라 괴테·박찬기 외 옮김

27 다섯째 아이 레싱·정덕애 옮김 노벨 문학상 수상 작가

28 삶의 한가운데 린저·박찬일 옮김

29 농담 쿤데라·방미경 옮김

30 야성의 부름 런던·권택영 옮김

31 아메리칸 제임스·최경도 옮김

32·33 양철북 그라스·장희창 옮김 노벨 문학상 수상 작가 | 서울대 권장도서 100선

34·35 백년의 고독 마르케스·조구호 옮김 노벨 문학상 수상 작가 | 서울대 권장도서 100선

36 마담 보바리 플로베르·김화영 옮김 서울대 권장도서 100선

37 거미여인의 키스 푸익·송병선 옮김

38 달과 6펜스 서머싯 몸·송무 옮김

39 폴란드의 풍차 지오노·박인철 옮김

40·41 독일어 시간 렌츠·정서웅 옮김

42 말테의 수기 릴케·문현미 옮김

43 고도를 기다리며 베케트·오증자 옮김 노벨 문학상 수상 작가 | 서울대 권장도서 100선

44 데미안 헤세·전영애 옮김 노벨 문학상 수상 작가

45 젊은 예술가의 초상 조이스·이상옥 옮김 서울대 권장도서 100선

46 카탈로니아 찬가 오웰·정영목 옮김

47 호밀밭의 파수꾼 샐린저·정영목 옮김 《타임》 선정 현대 100대 영문소설 | 미국대학위원회 선정 SAT 추천도서 | 《뉴스위크》 선정 100대 명저 | BBC 선정 꼭 읽어야 할 책

48·49 파르마의 수도원 스탕달·원윤수, 임미경 옮김

50 수레바퀴 아래서 헤세·김이섭 옮김 노벨 문학상 수상 작가 | 국립중앙도서관 선정 청소년 권장도서

51·52 내 이름은 빨강 파묵 · 이난아 옮김 노벨 문학상 수상 작가
53 오셀로 셰익스피어 · 최종철 옮김 서울대 권장도서 100선
54 조서 르 클레지오 · 김윤진 옮김 노벨 문학상 수상 작가
55 모래의 여자 아베 코보 · 김난주 옮김
56·57 부덴브로크 가의 사람들 토마스 만 · 홍성광 옮김 노벨 문학상 수상 작가
58 싯다르타 헤세 · 박병덕 옮김 노벨 문학상 수상 작가
59·60 아들과 연인 로렌스 · 정상준 옮김 《뉴스위크》 선정 100대 명저
61 설국 가와바타 야스나리 · 유숙자 옮김 노벨 문학상 수상 작가 | 서울대 권장도서 100선
62 벨킨 이야기 · 스페이드 여왕 푸슈킨 · 최선 옮김
63·64 넙치 그라스 · 김재혁 옮김 노벨 문학상 수상 작가
65 소망 없는 불행 한트케 · 윤용호 옮김 노벨 문학상 수상 작가
66 나르치스와 골드문트 헤세 · 임홍배 옮김 노벨 문학상 수상 작가
67 황야의 이리 헤세 · 김누리 옮김 노벨 문학상 수상 작가
68 페테르부르크 이야기 고골 · 조주관 옮김
69 밤으로의 긴 여로 오닐 · 민승남 옮김 노벨 문학상 수상 작가 | 미국대학위원회 선정 SAT 추천도서
70 체호프 단편선 체호프 · 박현섭 옮김
71 버스 정류장 가오싱젠 · 오수경 옮김 노벨 문학상 수상 작가
72 구운몽 김만중 · 송성욱 옮김 서울대 권장도서 100선 | 국립중앙도서관 선정 청소년 권장도서
73 대머리 여가수 이오네스코 · 오세곤 옮김
74 이솝 우화집 이솝 · 유종호 옮김 논술 및 수능에 출제된 책(1998~2005)
75 위대한 개츠비 피츠제럴드 · 김욱동 옮김 《타임》 선정 현대 100대 영문소설
76 푸른 꽃 노발리스 · 김재혁 옮김
77 1984 오웰 · 정회성 옮김 《타임》 선정 현대 100대 영문소설 | 《뉴스위크》 선정 100대 명저
78·79 영혼의 집 아옌데 · 권미선 옮김
80 첫사랑 투르게네프 · 이항재 옮김
81 내가 죽어 누워 있을 때 포크너 · 김명주 옮김 노벨 문학상 수상 작가
82 런던 스케치 레싱 · 서숙 옮김 노벨 문학상 수상 작가
83 팡세 파스칼 · 이환 옮김
84 질투 로브그리예 · 박이문, 박희원 옮김
85·86 채털리 부인의 연인 로렌스 · 이인규 옮김
87 그 후 나쓰메 소세키 · 윤상인 옮김
88 오만과 편견 오스틴 · 윤지관, 전승희 옮김 미국대학위원회 선정 SAT 추천도서
89·90 부활 톨스토이 · 연진희 옮김 논술 및 수능에 출제된 책(1998~2005)
91 방드르디, 태평양의 끝 투르니에 · 김화영 옮김
92 미겔 스트리트 나이폴 · 이상옥 옮김 노벨 문학상 수상 작가
93 페드로 파라모 룰포 · 정창 옮김
94 차라투스트라는 이렇게 말했다 니체 · 장희창 옮김 국립중앙도서관 선정 청소년 권장도서
95·96 적과 흑 스탕달 · 이동렬 옮김 국립중앙도서관 선정 청소년 권장도서
97·98 콜레라 시대의 사랑 마르케스 · 송병선 옮김 노벨 문학상 수상 작가 | BBC 선정 꼭 읽어야 할 책
99 맥베스 셰익스피어 · 최종철 옮김 서울대 권장도서 100선 | 미국대학위원회 선정 SAT 추천도서
100 춘향전 작자 미상 · 송성욱 풀어 옮김 서울대 권장도서 100선
101 페르디두르케 곰브로비치 · 윤진 옮김
102 포르노그라피아 곰브로비치 · 임미경 옮김
103 인간 실격 다자이 오사무 · 김춘미 옮김
104 네루다의 우편배달부 스카르메타 · 우석균 옮김

105·106 **이탈리아 기행** 괴테 · 박찬기 외 옮김
107 **나무 위의 남작** 칼비노 · 이현경 옮김
108 **달콤 쌉싸름한 초콜릿** 에스키벨 · 권미선 옮김
109·110 **제인 에어** C. 브론테 · 유종호 옮김 BBC 선정 꼭 읽어야 할 책
111 **크눌프** 헤세 · 이노은 옮김 노벨 문학상 수상 작가
112 **시계태엽 오렌지** 버지스 · 박시영 옮김 《타임》 선정 현대 100대 영문소설 | 《뉴스위크》 선정 100대 명저
113·114 **파리의 노트르담** 위고 · 정기수 옮김 미국대학위원회 선정 SAT 추천도서
115 **새로운 인생** 단테 · 박우수 옮김
116·117 **로드 짐** 콘래드 · 이상옥 옮김 《뉴스위크》 선정 100대 명저
118 **폭풍의 언덕** E. 브론테 · 김종길 옮김 미국대학위원회 선정 SAT 추천도서
119 **텔크테에서의 만남** 그라스 · 안삼환 옮김 노벨 문학상 수상 작가
120 **검찰관** 고골 · 조주관 옮김
121 **안개** 우나무노 · 조민현 옮김
122 **나사의 회전** 제임스 · 최경도 옮김 미국대학위원회 선정 SAT 추천도서
123 **피츠제럴드 단편선 1** 피츠제럴드 · 김욱동 옮김
124 **목화밭의 고독 속에서** 콜테스 · 임수현 옮김
125 **돼지꿈** 황석영
126 **라셀라스** 존슨 · 이인규 옮김
127 **리어 왕** 셰익스피어 · 최종철 옮김 서울대 권장도서 100선 | 《뉴스위크》 선정 100대 명저
128·129 **쿠오 바디스** 시엔키에비츠 · 최성은 옮김 노벨 문학상 수상 작가
130 **자기만의 방 · 3기니** 울프 · 이미애 옮김
131 **시르트의 바닷가** 그라크 · 송진석 옮김
132 **이성과 감성** 오스틴 · 윤지관 옮김
133 **바덴바덴에서의 여름** 치프킨 · 이장욱 옮김
134 **새로운 인생** 파묵 · 이난아 옮김 노벨 문학상 수상 작가
135·136 **무지개** 로렌스 · 김정매 옮김
137 **인생의 베일** 서머싯 몸 · 황소연 옮김
138 **보이지 않는 도시들** 칼비노 · 이현경 옮김
139·140·141 **연초 도매상** 바스 · 이운경 옮김 《타임》 선정 현대 100대 영문소설
142·143 **플로스 강의 물방앗간** 엘리엇 · 한애경, 이봉지 옮김 미국대학위원회 선정 SAT 추천도서
144 **연인** 뒤라스 · 김인환 옮김
145·146 **이름 없는 주드** 하디 · 정종화 옮김
147 **제49호 품목의 경매** 핀천 · 김성곤 옮김 《타임》 선정 현대 100대 영문소설
148 **성역** 포크너 · 이진준 옮김 노벨 문학상 수상 작가 | 퓰리처상 수상 작가
149 **무진기행** 김승옥
150·151·152 **신곡(지옥편 · 연옥편 · 천국편)** 단테 · 박상진 옮김 《뉴스위크》 선정 100대 명저
153 **구덩이** 플라토노프 · 정보라 옮김
154·155·156 **카라마조프가의 형제들** 도스토옙스키 · 김연경 옮김
157 **지상의 양식** 지드 · 김화영 옮김 노벨 문학상 수상 작가
158 **밤의 군대들** 메일러 · 권택영 옮김 퓰리처상 수상 작가
159 **주홍 글자** 호손 · 김욱동 옮김 서울대 권장도서 100선 | 미국대학위원회 선정 SAT 추천도서
160 **깊은 강** 엔도 슈사쿠 · 유숙자 옮김
161 **욕망이라는 이름의 전차** 윌리엄스 · 김소임 옮김
162 **마사 퀘스트** 레싱 · 나영균 옮김 노벨 문학상 수상 작가
163·164 **운명의 딸** 아옌데 · 권미선 옮김

165 **모렐의 발명** 비오이 카사레스 · 송병선 옮김
166 **삼국유사** 일연 · 김원중 옮김 서울대 권장도서 100선
167 **풀잎은 노래한다** 레싱 · 이태동 옮김 노벨 문학상 수상 작가
168 **파리의 우울** 보들레르 · 윤영애 옮김
169 **포스트맨은 벨을 두 번 울린다** 케인 · 이만식 옮김
170 **썩은 잎** 마르케스 · 송병선 옮김 노벨 문학상 수상 작가
171 **모든 것이 산산이 부서지다** 아체베 · 조규형 옮김 《타임》 선정 현대 100대 영문소설
172 **한여름 밤의 꿈** 셰익스피어 · 최종철 옮김 미국대학위원회 선정 SAT 추천도서
173 **로미오와 줄리엣** 셰익스피어 · 최종철 옮김 미국대학위원회 선정 SAT 추천도서
174·175 **분노의 포도** 스타인벡 · 김승욱 옮김 노벨 문학상 수상 작가 | 《타임》 선정 현대 100대 영문소설
176·177 **괴테와의 대화** 에커만 · 장희창 옮김
178 **그물을 헤치고** 머독 · 유종호 옮김 《타임》 선정 현대 100대 영문소설
179 **브람스를 좋아하세요...** 사강 · 김남주 옮김
180 **카타리나 블룸의 잃어버린 명예** 하인리히 뵐 · 김연수 옮김 노벨 문학상 수상 작가
181·182 **에덴의 동쪽** 스타인벡 · 정회성 옮김 노벨 문학상 수상 작가
183 **순수의 시대** 워튼 · 송은주 옮김 《뉴스위크》 선정 100대 명저 | 퓰리처상 수상작
184 **도둑 일기** 주네 · 박형섭 옮김
185 **나자** 브르통 · 오생근 옮김
186·187 **캐치-22** 헬러 · 안정효 옮김 《타임》 선정 현대 100대 영문소설
188 **숄로호프 단편선** 숄로호프 · 이항재 옮김 노벨 문학상 수상 작가
189 **말** 사르트르 · 정명환 옮김
190·191 **보이지 않는 인간** 엘리슨 · 조영환 옮김 《타임》 선정 현대 100대 영문소설
192 **왑샷 가문 연대기** 치버 · 김승욱 옮김 퓰리처상 수상 작가
193 **왑샷 가문 몰락기** 치버 · 김승욱 옮김 퓰리처상 수상 작가
194 **필립과 다른 사람들** 노터봄 · 지명숙 옮김
195·196 **하드리아누스 황제의 회상록** 유르스나르 · 곽광수 옮김
197·198 **소피의 선택** 스타이런 · 한정아 옮김 퓰리처상 수상 작가
199 **피츠제럴드 단편선 2** 피츠제럴드 · 한은경 옮김
200 **홍길동전** 허균 · 김탁환 옮김
201 **요술 부지깽이** 쿠버 · 양윤희 옮김
202 **북호텔** 다비 · 원윤수 옮김
203 **톰 소여의 모험** 트웨인 · 김욱동 옮김
204 **금오신화** 김시습 · 이지하 옮김
205·206 **테스** 하디 · 정종화 옮김 미국대학위원회 선정 SAT 추천도서 | BBC 선정 꼭 읽어야 할 책
207 **브루스터플레이스의 여자들** 네일러 · 이소영 옮김
208 **더 이상 평안은 없다** 아체베 · 이소영 옮김
209 **그레인지 코플랜드의 세 번째 인생** 워커 · 김시현 옮김 퓰리처상 수상 작가
210 **어느 시골 신부의 일기** 베르나노스 · 정영란 옮김
211 **타라스 불바** 고골 · 조주관 옮김
212·213 **위대한 유산** 디킨스 · 이인규 옮김 서울대 권장도서 100선 | BBC 선정 꼭 읽어야 할 책
214 **면도날** 서머싯 몸 · 안진환 옮김
215·216 **성채** 크로닌 · 이은정 옮김
217 **오이디푸스 왕** 소포클레스 · 강대진 옮김 서울대 권장도서 100선
218 **세일즈맨의 죽음** 밀러 · 강유나 옮김
219·220·221 **안나 카레니나** 톨스토이 · 연진희 옮김 서울대 권장도서 100선

275 픽션들 보르헤스·송병선 옮김 서울대 권장도서 100선
276 신의 화살 아체베·이소영 옮김
277 빌헬름 텔·간계와 사랑 실러·홍성광 옮김
278 노인과 바다 헤밍웨이·김욱동 옮김 노벨 문학상 수상 작가 | 퓰리처상 수상작
279 무기여 잘 있어라 헤밍웨이·김욱동 옮김 미국대학위원회 선정 SAT 추천도서
280 태양은 다시 떠오른다 헤밍웨이·김욱동 옮김 《타임》 선정 현대 100대 영문 소설
281 알레프 보르헤스·송병선 옮김
282 일곱 박공의 집 호손·정소영 옮김
283 에마 오스틴·윤지관, 김영희 옮김
284·285 죄와 벌 도스토옙스키·김연경 옮김 미국대학위원회 선정 SAT 추천도서
286 시련 밀러·최영 옮김
287 모두가 나의 아들 밀러·최영 옮김
288·289 누구를 위하여 종은 울리나 헤밍웨이·김욱동 옮김 노벨 문학상 수상 작가
290 구르브 연락 없다 멘도사·정창 옮김
291·292·293 데카메론 보카치오·박상진 옮김
294 나누어진 하늘 볼프·전영애 옮김
295·296 제브데트 씨와 아들들 파묵·이난아 옮김 노벨 문학상 수상 작가
297·298 여인의 초상 제임스·최경도 옮김 미국대학위원회 선정 SAT 추천도서
299 압살롬, 압살롬! 포크너·이태동 옮김 노벨 문학상 수상 작가
300 이상 소설 전집 이상·권영민 책임 편집
301·302·303·304·305 레 미제라블 위고·정기수 옮김
306 관객모독 한트케·윤용호 옮김 노벨 문학상 수상 작가
307 더블린 사람들 조이스·이종일 옮김
308 에드거 앨런 포 단편선 앨런 포·전승희 옮김 미국대학위원회 선정 SAT 추천도서
309 보이체크·당통의 죽음 뷔히너·홍성광 옮김
310 노르웨이의 숲 무라카미 하루키·양억관 옮김
311 운명론자 자크와 그의 주인 디드로·김희영 옮김
312·313 헤밍웨이 단편선 헤밍웨이·김욱동 옮김 노벨 문학상 수상 작가
314 피라미드 골딩·안지현 옮김 노벨 문학상 수상 작가
315 닫힌 방·악마와 선한 신 사르트르·지영래 옮김
316 등대로 울프·이미애 옮김 《타임》 선정 현대 100대 영문소설 | 《뉴스위크》 선정 100대 명저
317·318 한국 희곡선 송영 외·양승국 엮음
319 여자의 일생 모파상·이동렬 옮김
320 의식 노터봄·김영중 옮김
321 육체의 악마 라디게·원윤수 옮김
322·323 감정 교육 플로베르·지영화 옮김
324 불타는 평원 룰포·정창 옮김
325 위대한 몬느 알랭푸르니에·박영근 옮김
326 라쇼몬 아쿠타가와 류노스케·서은혜 옮김
327 반바지 당나귀 보스코·정영란 옮김
328 정복자들 말로·최윤주 옮김
329·330 우리 동네 아이들 마흐푸즈·배혜경 옮김 노벨 문학상 수상 작가
331·332 개선문 레마르크·장희창 옮김
333 사바나의 개미 언덕 아체베·이소영 옮김
334 게걸음으로 그라스·장희창 옮김 노벨 문학상 수상 작가

335 코스모스 곰브로비치 · 최성은 옮김
336 좁은 문 · 전원교향곡 · 배덕자 지드 · 동성식 옮김 노벨 문학상 수상 작가
337·338 암 병동 솔제니친 · 이영의 옮김 노벨 문학상 수상 작가
339 피의 꽃잎들 응구기 와 시옹오 · 왕은철 옮김
340 운명 케르테스 · 유진일 옮김 노벨 문학상 수상 작가
341·342 벌거벗은 자와 죽은 자 메일러 · 이운경 옮김 퓰리처상 수상 작가
343 시지프 신화 카뮈 · 김화영 옮김 노벨 문학상 수상 작가
344 뇌우 차오위 · 오수경 옮김
345 모옌 중단편선 모옌 · 심규호, 유소영 옮김 노벨 문학상 수상 작가
346 일야서 한사오궁 · 심규호, 유소영 옮김
347 상속자들 골딩 · 안지현 옮김 노벨 문학상 수상 작가
348 설득 오스틴 · 전승희 옮김
349 히로시마 내 사랑 뒤라스 · 방미경 옮김
350 오 헨리 단편선 오 헨리 · 김희용 옮김
351·352 올리버 트위스트 디킨스 · 이인규 옮김
353·354·355·356 전쟁과 평화 톨스토이 · 연진희 옮김
357 다시 찾은 브라이즈헤드 에벌린 워 · 백지민 옮김
358 아무도 대령에게 편지하지 않다 마르케스 · 송병선 옮김
359 사양 다자이 오사무 · 유숙자 옮김
360 좌절 케르테스 · 한경민 옮김 노벨 문학상 수상 작가
361·362 닥터 지바고 파스테르나크 · 김연경 옮김 노벨 문학상 수상 작가
363 노생거 사원 오스틴 · 윤지관 옮김
364 개구리 모옌 · 심규호, 유소영 옮김 노벨 문학상 수상 작가
365 마왕 투르니에 · 이원복 옮김 공쿠르상 수상 작가
366 맨스필드 파크 오스틴 · 김영희 옮김
367 이선 프롬 이디스 워튼 · 김욱동 옮김 퓰리처상 수상 작가
368 여름 이디스 워튼 · 김욱동 옮김 퓰리처상 수상 작가
369·370·371 나는 고백한다 자우메 카브레 · 권가람 옮김
372·373·374 태엽 감는 새 연대기 무라카미 하루키 · 김난주 옮김
375·376 대사들 제임스 · 정소영 옮김
377 족장의 가을 마르케스 · 송병선 옮김 노벨 문학상 수상 작가
378 핏빛 자오선 매카시 · 김시현 옮김
379 모두 다 예쁜 말들 매카시 · 김시현 옮김
380 국경을 넘어 매카시 · 김시현 옮김
381 평원의 도시들 매카시 · 김시현 옮김
382 만년 다자이 오사무 · 유숙자 옮김
383 반항하는 인간 카뮈 · 김화영 옮김 노벨 문학상 수상 작가
384·385·386 악령 도스토옙스키 · 김연경 옮김
387 태평양을 막는 제방 뒤라스 · 윤진 옮김
388 남아 있는 나날 가즈오 이시구로 · 송은경 옮김
389 앙리 브륄라르의 생애 스탕달 · 원윤수 옮김
390 찻집 라오서 · 오수경 옮김
391 태어나지 않은 아이를 위한 기도 케르테스 · 이상동 옮김 노벨 문학상 수상 작가
392·393 서머싯 몸 단편선 서머싯 몸 · 황소연 옮김
394 케이크와 맥주 서머싯 몸 · 황소연 옮김

395 월든 소로·정회성 옮김
396 모래 사나이 E. T. A. 호프만·신동화 옮김
397·398 검은 책 오르한 파묵·이난아 옮김 노벨 문학상 수상 작가
399 방랑자들 올가 토카르추크·최성은 옮김 노벨 문학상 수상 작가
400 시여, 침을 뱉어라 김수영·이영준 엮음
401·402 환락의 집 이디스 워튼·전승희 옮김
403 달려라 메로스 다자이 오사무·유숙자 옮김
404 아버지와 자식 투르게네프·연진희 옮김
405 청부 살인자의 성모 바예호·송병선 옮김
406 세피아빛 초상 아옌데·조영실 옮김
407·408·409·410 사기 열전 사마천·김원중 옮김 서울대 권장도서 100선
411 이상 시 전집 이상·권영민 책임 편집
412 어둠 속의 사건 발자크·이동렬 옮김
413 태평천하 채만식·권영민 책임 편집
414·415 노스트로모 콘래드·이미애 옮김
416·417 제르미날 졸라·강충권 옮김
418 명인 가와바타 야스나리·유숙자 옮김 노벨 문학상 수상 작가
419 핀처 마틴 골딩·백지민 옮김 노벨 문학상 수상 작가
420 사라진·샤베르 대령 발자크·선영아 옮김
421 빅 서 케루악·김재성 옮김
422 코뿔소 이오네스코·박형섭 옮김
423 블랙박스 오즈·윤성덕, 김영화 옮김
424·425 고양이 눈 애트우드·차은정 옮김
426·427 도둑 신부 애트우드·이은선 옮김
428 슈니츨러 작품선 슈니츨러·신동화 옮김
429·430 세계의 끝과 하드보일드 원더랜드 무라카미 하루키·김난주 옮김
431 멜랑콜리아 I—II 욘 포세·손화수 옮김 노벨 문학상 수상 작가
432 도적들 실러·홍성광 옮김
433 예브게니 오네긴·대위의 딸 푸시킨·최선 옮김
434·435 초대받은 여자 보부아르·강초롱 옮김
436·437 미들마치 엘리엇·이미애 옮김
438 이반 일리치의 죽음 톨스토이·김연경 옮김
439·440 캔터베리 이야기 초서·이동일, 이동춘 옮김
441·442 아소무아르 졸라·윤진 옮김
443 가난한 사람들 도스토옙스키·이항재 옮김

세계문학전집은 계속 간행됩니다.